W0365772

From VAL with love

MOLLY REAGAN

ÉDITIONS
Élixyria

From VAL with love

MOLLY REAGAN

Mentions légales
Éditions Élixyria
http://www.editionselixyria.com
https://www.facebook.com/Editions.Elixyria/
ISBN : 978-2-37961-291-527-6
Photo de couverture : LightField Studios

Le Code de la propriété intellectuelle interdit les copies ou reproductions destinées à une utilisation collective. Toute représentation ou reproduction intégrale ou partielle faite par quelques procédés que ce soit, sans le consentement de l'auteur ou de ses ayants droit, est illicite et constitue une contrefaçon, aux termes des articles L.335-2 et suivants du Code de propriété intellectuelle.

Retrouvez nos plus belles romances

Elixir of Love
Collection Romance

Parce que vous méritez
les émotions les plus intenses !

From VAL with love

LIVRE 1

1ER JUIN - EMMA

— Champagne !

— Vas-y, fais péter la bouteille ! Tu nous dois bien ça pour t'avoir supporté ces dernières semaines !

Bon OK, je suppose que je l'ai bien mérité, j'ai été du genre exécrable durant mes examens de fin d'année. Entre les révisions, le stress et la pression accumulée pendant ces longues années de master, c'est clair que je me suis défoulée sur mes copines, mais les amies ne sont-elles pas faites pour ça ?

Toujours est-il que les résultats sont tombés aujourd'hui. Même si je ne suis pas dans ce fameux peloton de tête que je visais, je ne m'en sors pas trop mal, avec une très bonne moyenne et une proposition d'embauche qui prendra effet dans un mois tout pile.

Au cours du dernier oral, le plus important des exams et surtout le dernier de ma vie, l'un des examinateurs a été bluffé par mes propositions. Bien que le cas était fictif, il a apprécié ma faculté d'adaptation et mon aisance, mais ce qui l'a le plus séduit, c'est l'enthousiasme de la jeunesse comme il m'a dit. Moi qui suis d'une nature plutôt calme, j'ai tout donné pendant cette demi-heure, j'étais branchée sur du deux cent vingt Volts, ce qui a été payant puisque grâce à ce Monsieur, je vais devenir la nouvelle consultante RH de la société CVML, que dis-je, du mastodonte CVML. Je ne vais pas juste être une stagiaire ou une secrétaire, non, je vais être celle qui remanie les services, celle qui tire les ficelles, celle qui décide. À moi, le grand bureau avec vue sur les bâtiments parisiens, à moi le fauteuil en cuir molletonné, à mon tour de donner les ordres ! Dans trente petits jours, je commencerai enfin une nouvelle vie. Une vie d'adulte palpitante, pleine de projets à réaliser, pleine de rêves, mais pour l'heure, il est temps de fêter ça !

D'ailleurs, l'ambiance est top dans le bar où nous nous trouvons. Le champagne coule à flots, les rires fusent de toutes parts, et la bonne humeur est au rendez-vous. Il faut dire que je ne suis pas là seule à fêter un événement ce soir, Ingrid a eu son diplôme d'infirmière, Elsa a signé son premier CDI pour une grande boîte de cosmétiques en tant que maquilleuse professionnelle, et Léna nous a annoncé sa grossesse il y a quelques jours. Soit quatre belles raisons de faire la fête sans modération. Enfin, pour toutes, sauf pour une qui trinque au *Virgin mojito*.

J'avoue que ça m'arrange bien. Pour une fois, je ne suis pas la capitaine de soirée, la sage Emma, celle qui a toujours du mal à se lâcher.

— En parlant de supporter quelqu'un, annonce Elsa en levant son verre pour trinquer. Je vais vraiment avoir besoin de votre soutien dans les semaines ou les mois à venir, car… Roulement de tambour… Je suis bien décidée à trouver l'homme de ma vie avant la fin de l'année, mesdames ! D'ailleurs, je te conseille vraiment d'en faire autant, Emma !

Tandis qu'elle se lève et me tend la main pour que je l'accompagne en « chasse », je m'empresse de décliner poliment son invitation avec une tape sur sa main.

— Va vraiment falloir que tu te remettes sur le marché un de ces quatre, ma belle ! s'exclame-t-elle après m'avoir tiré la langue. Tu vas finir par avoir l'abricot tout desséché…

— Elsa, fous-moi la paix ! Tu sais très bien que je ne cherche rien. Ça arrivera quand ça arrivera, inutile de me presser. Et surtout, ne reparle plus jamais de mon abricot ! Laisse-le en dehors de tout ça ! objecté-je sous les rires étouffés des deux autres.

— C'est avec des phrases comme ça qu'on finit seule avec cinq chats, Em ! reprend Léna en pressant mon épaule pour me faire croire qu'elle compatit à ma situation. Regarde Grid, elle se dévoue pour les autres, résultat, pas un mec à l'horizon.

— Eh ! J'ai rien demandé, moi ! s'offusque Ingrid, simple spectatrice jusqu'alors. Occupez-vous de vos affaires, et par pitié Elsa, n'évoque pas mon abricot non plus ! Je te vois venir à des kilomètres !

À l'inverse d'Elsa qui grimace face à nos âmes perdues, nous explosons de rire devant l'air de petite fille effarouché d'Ingrid. Il faut dire que je ne connais pas de plus pur modèle de vertu qu'elle. Douce, prévenante, dotée d'une empathie débordante, elle est le stéréotype de la fille parfaite qui se réserve pour le prince charmant. On aime la taquiner sur ce sujet, ça l'agace, ça la dérange, pourtant elle reste toujours aussi calme et gentille. Tout le contraire d'Elsa.

Notre Zaza, c'est notre petit cœur d'artichaut qui tombe amoureuse toutes les semaines. Elle a beau se vanter de ses conquêtes à chaque fois que l'on se retrouve, elle reste une inconditionnelle amoureuse de l'amour. Enfin, c'est ce qu'elle prétend, car pour moi, elle serait plutôt une consommatrice de l'amour, peut-être même une droguée de la période lune de miel. À chaque rencontre, elle croit avoir trouvé le bon, le parfait, l'idéal, sauf qu'au bout de deux ou trois jours, apparaissent les petits défauts — défauts souvent exagérés, voire inexistants — et les désillusions, autant d'excuses pour passer au suivant.

Au milieu de ces deux-là, il y a moi. Je ne suis ni comme l'une ni comme l'autre. Romantique ou indépendante à doses égales, je ne rêve pas du prince charmant, mais je garde tout de même un espoir bien enfoui quelque part au fond de moi. Depuis Josh, l'américain crétin, je suis célibataire. Avant lui, je ne l'avais jamais été, mais j'ai tellement souffert de cette relation que, depuis notre séparation, je n'ai pas réussi à ouvrir mon cœur à nouveau. Ni mon abricot au passage. Les filles ont bien tenté de me caser avec quelques spécimens de leur connaissance, sauf que rien n'y a fait. Ça va faire deux ans que je suis dans l'abstinence totale.

On dit qu'il faut du temps pour se reconstruire après une grosse déception. Ce temps, je l'ai pris, j'en ai profité pour me consacrer à mes études, et même s'il se pourrait que je sois prête, je n'éprouve pas encore le besoin de me précipiter dans ce monde masculin qui m'entoure, j'ai d'autres priorités.

Bien sûr, j'ai parfois quelques pulsions physiques que je ne prends pas le temps d'assouvir, car pour moi, le corps et l'esprit restent liés. Alors je ne ferme pas la porte à l'amour, il arrivera quand le moment sera venu, et non pas parce qu'on me force la main dans un bar.

Vexée de devoir partir chasser toute seule, Elsa s'engage dans la foule masculine agglutinée près du bar. Léna, qui l'observe d'un œil envieux, caresse son petit ventre rond avec douceur, un air de nostalgie dans le regard.

— Si je peux vous donner un conseil, les filles, profitez de vos dernières heures d'étudiantes insouciantes ! Après cette soirée, vous serez casées et en cloque plus rapidement que vous le pensez ! ironise-t-elle avec une faiblesse dans la voix.

Elle a beau plaisanter sur sa grossesse, d'aussi loin que je m'en souviens, Léna a toujours voulu être maman, c'est le rôle tant espéré dans sa vie. D'ailleurs, elle a toujours été la plus maternelle de nous. Il faut dire qu'on se connaît bien toutes les quatre, notre amitié remonte déjà à plus de quinze ans. Nous nous soutenons depuis le CM1 : même quartier, même classe, même cours de danse… Une belle bande d'inséparables avec toujours les mêmes discours. Ou les mêmes jeux…

— Em, action ou vérité ? me questionne Léna, d'un regard malicieux.

— Tu ne vas pas recommencer avec ton jeu pourri, on a passé l'âge de jouer à ça !

— Fais-moi plaisir ! geint-elle pour m'amadouer. Déjà que je ne peux pas boire avec vous, j'ai besoin d'un peu de distraction.

Soufflant fort pour lui prouver que je n'ai pas du tout envie de rentrer dans son délire, elle plisse les yeux pour me faire culpabiliser. Agacée qu'elle puisse se servir de cette technique pour me faire plier encore une fois, je récupère mon verre sur la table pour le finir d'une traite avant de lui répondre.

— OK ! Action pour une fois. Je ne vois pas ce que tu pourrais apprendre de nouveau sur moi de toute façon !

— Action…, lance-t-elle en grattant son menton pour faire mine de réfléchir tandis qu'Ingrid lui glisse un mot à l'oreille… Non, Grid, trop gentil ! C'est la fin de sa vie d'étudiante, on doit marquer le coup !

Ce regard vicieux que je ne lui connaissais pas me file la chair de poule. Un sourire taquin au coin des lèvres, elle me fixe en hésitant à reprendre la parole. Cette retenue dont elle fait preuve n'annonce rien qui vaille, je sens que je ne vais pas aimer la suite.

— Je crois qu'Elsa a raison pour une fois… Ton abricot…

— Stop ! m'exclamé-je en collant ma main sur ses lèvres pour la faire taire alors qu'elle me mord pour que je l'enlève. Aïe ! Ça ne va pas la tête !

Ne prenant même pas la peine de s'excuser, elle enchaîne en me laissant sur le cul :

— Tu vas devoir t'envoyer en l'air ce soir…

— N'importe quoi, t'es cinglée, ma pauvre ! C'est pas parce que toi tu ne peux plus le faire que je vais compenser tes envies.

— Détrompe-toi, chérie ! Ma vie sexuelle n'a jamais été aussi géniale.

— Vu ta tête, ça m'étonnerait ! répond Ingrid amusée.

— OK… Elle est à chier. Cristo ne veut plus me toucher depuis la première échographie, et en plus…, s'arrête-t-elle en portant sa main à la bouche. Je ne fais que vomir.

Tandis que son teint vire au vert en une seconde, je la regarde courir en direction des toilettes. Sur son passage, elle manque de renverser un gars qui se trouve sur sa route. En voyant la tête de ma copine, il s'écarte pour la laisser passer, avant de se tourner dans notre direction.

Quand ses yeux croisent les miens, c'est un flash, un coup de poing dans l'estomac, une grande claque… C'est furtif, bien trop rapide pour que je puisse comprendre quel effet ses yeux verts ont sur moi qu'un grand blond baraqué l'embarque au milieu de la foule.

— Tu l'as vu toi aussi, le mec aux yeux verts ? lancé-je.

— Quel mec ? me demande Ingrid en scrutant la masse de gens.

— Celui que Léna a poussé.

— J'ai pas fait gaffe, désolée. Qu'est-ce qu'il avait ?

Déjà plus attentive à mon amie, je me lève et prétexte d'aller rejoindre Léna aux toilettes en laissant Grid seule à notre table.

Sur le court chemin qui me sépare de ma copine, je croise Elsa, en grande discussion avec un beau brun ténébreux, qui me fait signe de la rejoindre. Ne lui prêtant pas attention pour tenter de repérer Monsieur-les-yeux-verts dans la masse d'anonymes, je passe la porte à contrecœur pour retrouver la malade sans avoir revu celui que je cherchais.

— Léna, ça va ?

1er JUIN - THOMAS

Je ne l'ai aperçu qu'une seconde, mais quelle seconde ! Elle m'a fait l'effet d'un électrochoc. Adorable petite blonde aux cheveux ondulés, de jolis yeux marron en forme d'amande, un visage doux et des traits fins avec une belle bouche charnue… Oh oui… Ce genre de lèvres qui ne demandent qu'à être goûtées.

J'ai eu envie d'aller vers elle immédiatement, mais à cause de cet abruti de Victor, je l'ai perdue de vue. Pas découragé pour autant, je continue à scruter le bar pour la retrouver. J'ai de beaux projets pour elle cette nuit.

— T'as perdu un truc, Tom ? me questionne l'abruti en question en regardant dans la même direction que moi.

— Le dernier morceau de cervelle que tu avais encore, ironisé-je en le repoussant pour retourner vers le bar. Pas de bol, je crois qu'il s'est fait la malle.

— Quoi ? s'exclame-t-il en posant ses coudes sur le comptoir.

— Laisse tomber ! De toute façon, à cause de toi, je viens de perdre le meilleur coup de la soirée.

— Dis donc, t'es venu avec ton pote « Aigreur » ce soir ? Allez, bois une bière, ça te détendra le colon !

Entrechoquant nos verres avant de descendre nos bières d'une traite, j'ai encore du mal à comprendre pourquoi je l'ai suivi ici. S'il ne s'était pas fait larguer par sa meuf, je serais resté peinard chez moi, ou j'aurais frappé deux ou trois sacs à la salle, mais puisque, selon ses dires, il était au bord du suicide, je n'ai pas pu lui refuser cette sortie.

Au programme : bière à volonté, filles et boîte. La routine, quoi. J'espère au moins que ça l'aidera à tourner la page sur son histoire avec l'infâme petite salope qu'il se tapait depuis quelques mois, pour ma part, je sais d'avance qu'à part finir comme chauffeur, je ne tirerai aucun avantage de cette nuit.

Tandis que je le laisse en grande conversation avec une brune aux jambes démesurément longues, mon petit doigt me dit que la page sera bien vite tournée finalement. Je profite de ce moment de distraction pour aller pisser. On ne sait jamais, sur le chemin, je pourrais peut-être recroiser Boucle d'or, même si malgré le radar que j'ai enclenché, tout porte à croire qu'elle est déjà partie.

Tirant la porte des toilettes, je tombe nez à nez avec la fille qui m'est rentré dedans quelques minutes plus tôt, celle-ci essuie sa bouche mouillée pour m'adresser un sourire désolé.

— Excuse-moi pour tout à l'heure, lance-t-elle, visiblement gênée de m'avoir foncé dessus. J'avais... une urgence.

— Faut y aller mollo avec l'alcool, mademoiselle ! réponds-je pour la mettre encore plus mal à l'aise qu'elle ne l'est déjà.

De sa petite hauteur, elle me regarde avec insistance, laissant le vert de son teint malade faire place à un rouge de colère.

— Em, rapplique ! Il y a trop de cons dans ce bar, on se casse.

Ma Boucle d'or, c'est donc ici que tu te cachais !

Sortant des toilettes avec la jupe remontée jusqu'à la taille, elle reste figée en remarquant ma présence près de l'encadrement de la porte. Si elle pensait être seule avec sa copine, c'est raté ! Quant à moi, il faudra que je pense à remercier le mec qui a créé les chiottes mixtes dans les pubs, sans cette invention de dingue, jamais je n'aurais pu apercevoir une si belle culotte en dentelle blanche et des jambes à se damner… Quand elle prend conscience de la fâcheuse posture dans laquelle elle se trouve, Boucle d'or rabaisse sa jupe fleurie à la va-vite avant de virer au cramoisi des pieds à la tête.

En temps normal, j'aurais pu balancer une réplique cinglante pour la mettre encore plus mal à l'aise, mais la douceur qui se dégage de ses traits ne m'en donne pas l'envie, totalement à l'opposé de sa copine qui me pousse avec force pour sortir du minuscule espace aux senteurs de pisse.

Alors que la colérique tire la toute douce par la main, la jolie blonde fluette me fonce dessus à son tour, emportée dans le sillage de sa copine. Elle me frôle à peine, juste assez pour me permettre de sentir son parfum frais et envoûtant qui agit sur moi comme un philtre aphrodisiaque.

Malgré mes poils hérissés sur mes avant-bras, je saisis ma chance au vol en l'attrapant par le poignet. « Attends » est le seul mot que j'ai le temps de lui dire avant que son amie ne l'embarque loin de moi comme une poupée de chiffon, en me laissant seul dans ces chiottes avec un vague souvenir olfactif pas assez suffisant à mon goût.

Quand elle se retourne vers moi en haussant les épaules comme pour s'excuser, je ne peux m'empêcher de sourire et penser que tout n'est pas perdu pour cette soirée. Au contraire… En la regardant regagner sa place, j'ai au moins l'avantage de savoir où elle se trouve à présent.

Tandis que je ressors des toilettes une poignée de minutes plus tard, je croise les doigts pour qu'elle soit toujours là. Ce qui est le cas. Elle est vissée à sa chaise, ses yeux sont rivés à la porte que je suis en train de passer, si bien que lorsqu'elle m'aperçoit, un délicieux sourire s'affiche sur son visage. Heureux de voir qu'elle guettait mon retour, je lui fais un signe de tête en direction du bar pour qu'elle m'y rejoigne, ce à quoi elle ne répond pas.

Regagnant le comptoir pour reprendre ma place près de mon pote, je m'abstiens de déranger Victor, en plein cours de biologie humaine. Même si je n'ai pas fait médecine, inutile d'obtenir un doctorat pour comprendre que ce qu'il fait à cette fille avec sa langue n'a absolument rien de médical.

Un peu blasé de te tenir la chandelle, je passe commande auprès du barman, juste avant de sentir une présence à côté de moi. Nul besoin de me tourner vers celle qui prend place sur le siège vide que je gardais au cas où, son parfum l'a précédé.

Les coudes posés sur le comptoir, le barman dépose les deux verres que j'attendais face à moi, et sans la regarder, je repousse la coupe de champagne qui lui était destinée devant elle.

— Merci, murmure-t-elle timidement sans y toucher.

— Ne t'en fais pas, je n'ai mis aucune drogue dedans. Je n'ai pas eu le temps…, ironisé-je en me tournant vers elle, affublé de mon plus beau sourire, avant de lui tendre la main. Dimitri, enchanté !

— Ouf, tu me rassures ! se moque-t-elle en serrant ma main. Merci, Dim !

On en est déjà aux petits surnoms… Timide, mais pas farouche, ma Boucle d'or !

Alors que je tiens sa paume dans la mienne, je ne peux m'empêcher de laisser courir mes doigts contre sa peau douce. Le contact est si sensuel que je ne parviens pas à la relâcher. Ses yeux en amande fixés dans les miens, elle m'offre sa main encore quelques secondes avant de se rendre compte de cette caresse prolongée. Retirant ses doigts brutalement de mon emprise pour mettre un terme à cette promiscuité naissante, le rouge envahit ses joues une nouvelle fois.

— Vous êtes adorable quand vous rougissez, Mademoiselle.

Tandis qu'elle bredouille un timide merci avant de poser ses lèvres sur le bord fin de son verre, je contemple sa bouche avec délectation, n'ayant plus qu'une envie en tête, celle de pouvoir prendre la place de cette coupe pour les goûter.

Après une gorgée de champagne, elle se ressaisit et me sourit.

— Je m'appelle Emma, annonce-t-elle d'une voix sensuelle.

Avec toute la douceur que cette fille dégage, il ne pouvait pas en être autrement. Sa voix est à son image, soyeuse et lascive, tout comme l'est son prénom.

— Tu viens souvent ici, Emma ? Je ne t'y ai jamais vue, sinon sois sûre que je t'aurais remarquée depuis longtemps.

Sous l'effet du compliment, ses pommettes reprennent une adorable teinte rose qui s'accorde parfaitement avec ses yeux noisette, provoquant en moi le genre d'émotion que j'ai toujours du mal à trouver.

Quand je sors, je sais exactement ce que je cherche. C'est toujours le même schéma, le même objectif. Mon but, c'est de me dégoter une jolie femme, pas trop coincée, prête à me faire oublier qui je suis ne serait-ce que pour quelques heures. Pas besoin de parler, pas besoin de se raconter nos vies, juste du sexe, des chairs qui se titillent, qui s'apprivoisent, mais qui ne se doivent rien. Parfois, je me dis que je voudrais vivre le grand frisson, celui qui bouscule, qui déstabilise, mais pour être honnête, combien de fois est-ce vraiment arrivé depuis que je suis en âge de baiser ? Je crois que même les cinq doigts de ma main sont de trop. Un pouce suffirait, et encore… Ce même pouce qui voudrait encore caresser la peau fine de cette perle blonde.

Car elle est divine. De loin, elle était très jolie, en tout cas, assez pour attirer mon regard, mais de près, c'est une tout autre histoire. Elle est carrément sublime, si belle qu'elle me paraît presque inatteignable.

Alors que je quitte ses yeux aux teintes chocolat, je m'autorise un coup d'œil discret vers le bas, où ce que je vois me laisse songeur. J'aimerais avoir plus de recul pour apprécier son corps dans sa totalité, mais le spectacle de son décolleté est déjà plus que ce que je n'aurais pu espérer. Une peau laiteuse, un buste fin, une poitrine menue, mais somme toute rebondie, parfaitement mise en valeur par une échancrure discrète, elle me ferait presque penser à une femme de la cour au temps des rois.

— Je suis venue quelques fois avec mes amies, lance-t-elle en me les montrant rapidement du doigt, mais je ne t'ai jamais vu non plus. On se recroisera peut-être un de ces quatre, Dim !

Alors qu'elle soulève sa coupe pour me remercier une nouvelle fois avant de me tourner le dos, je réalise qu'elle vient de me planter en beauté.

C'est abrupt, pourtant ça me fait sourire. C'est tellement mon style à moi aussi de faire ce genre de plan. J'aime susciter l'envie, créer le manque, j'aurais pu tout à fait lui faire ce coup-là, mais cette fois, c'est moi l'idiot qui reste en plan, celui qui est en manque. Pour tout dire, ça me déstabilise autant que ça m'excite. Son assurance soudaine m'intrigue, son audace me fait sourire, je n'ai nullement envie de la voir s'éloigner. Alors pour combler le vide qu'elle vient de laisser, je colle mon dos au bar, scelle mes coudes au comptoir pour mieux la dévisager. Pile dans ma ligne de mire, elle se rassied à sa place sans me lâcher des yeux. Pire encore, elle croise et décroise les jambes en faisant semblant de s'intéresser à la conversation de ses copines, laissant apparaître furtivement la dentelle blanche que j'ai pu admirer tout à l'heure.

Mais qui est donc cette fille ? Car sous ses airs d'ange sage, se cache en réalité une véritable diablesse qui vient tout juste de me faire prendre feu.

Près de quinze minutes plus tard, alors que je suis toujours à la même place, en train de la dévorer du regard, elle se lève, puis se rapproche à nouveau du bar avec des verres vides dans la main.

— Aurais-je le plaisir de te croiser à nouveau, Dim ?

J'ai l'impression d'avoir affaire à une autre femme encore. Tantôt timide et discrète, tantôt allumeuse, la voilà maintenant prédatrice. Sûre d'elle, presque désinvolte, elle se penche près de moi pour déposer les verres derrière mon dos, tout en laissant sa poitrine me frôler comme si elle n'avait pas fait exprès. Malgré moi, un sourire s'étire sur mes lèvres en réponse à ce qui se trame dans mon boxer.

Cette fois, c'est clair, si je rentre seul ce soir, je serais un vrai blaireau.

2 JUIN - EMMA

Il est déjà 3 heures du matin quand le bar ferme ses portes. L'air à l'extérieur est assez doux en ce début de mois de juin, et les fêtards commencent à prendre tranquillement le chemin de la boîte de nuit la plus proche, en bas de la rue.

Discutant devant la devanture baissée d'un magasin de prêt-à-porter que je n'avais jamais remarqué pendant qu'Elsa fume sa clope, je l'écoute s'épancher sur le nouveau coiffeur qui a été recruté pour bosser avec elle. Quand elle commence à parler de son taf, on sait toutes qu'on en a pour des lustres, mais pour une fois, aucun problème. Inutile de se speeder à dévaler la rue étant donné le monde qui doit squatter le guichet de la boîte.

En face de nous, un groupe d'hommes éméchés chantent des chansons paillardes pendant qu'un couple s'embrouille à quelques mètres. J'ai beau essayer de me concentrer sur mon amie, le spectacle qui se déroule à deux pas est bien plus divertissant.

Il faut dire que les sorties de bar sont toujours un vrai spectacle. Même si ce sont bien souvent les mêmes tableaux qui se jouent et se rejouent, ça fait toujours naître en moi un petit côté voyeurisme. Les bourrés joyeux qui attendent gaiement le dernier verre avant de rentrer, ceux qui s'endorment dans un coin et qu'on oublie aisément, mais aussi les pires, ceux qui ont le vin mauvais et qui vont chercher la castagne à la moindre occasion, tout ça fait partie du monde de la nuit. On a beau se dire que l'alcool fait des ravages, on reste quand même là à contempler le spectacle. Je crois d'ailleurs que la nature humaine à la sortie d'un bar pourrait être un super sujet de thèse en psycho. Autant de cas concrets à exploiter, c'est de l'or en barre.

En ce qui me concerne, je ne bois pas beaucoup. Les fois où j'ai vraiment été ivre peuvent se compter sur les doigts d'une main... OK, de deux mains. Il faut dire qu'avec un verre, je commence déjà à être joyeuse, alors à trois, je suis debout sur une table.

De nous quatre, Léna serait la bagarreuse au vin mauvais, Ingrid celle qui voudrait refaire le monde et Elsa, fidèle à elle-même, est celle qui tombe amoureuse à chaque regard avant de rentrer au bras de l'homme de sa vie, mais seulement d'une nuit...

Ce soir, aucune de nous n'a vraiment bu, ce qui ne nous empêche pas d'être ultra motivées pour aller nous trémousser sur le dancefloor. Car c'est ce que je préfère le plus dans les soirées, j'aime cette sensation de lâcher prise quand je danse au rythme des basses, j'aime que la musique m'envahisse au point d'oublier le monde qui m'entoure. Fermer les yeux, bouger comme si j'étais seule sur Terre, et pourtant sentir la même ferveur qui se dégage des corps attenants. Une sensation si grisante, si excitante. Un point essentiel pour une soirée réussie.

— On se bouge ? demande Elsa en nous indiquant le chemin d'un moonwalk sexy, pressée de rejoindre sa prise du jour.

— C'est pas trop tôt ! grogne Léna, visiblement épuisée. J'ai besoin de bouger, sinon je vais m'endormir sur place.

Ingrid passe son bras sous le mien pour m'accompagner en bas de la rue, hilare devant la danse presque suggestive de notre nymphomane préférée.

— T'as vu que ton beau gosse de tout à l'heure se dirige dans la même direction que nous ? me demande-t-elle tout bas pour que je sois la seule à l'entendre.

Par un rapide regard en arrière, j'évalue sa position avant de piquer un fard monumental. Effectivement, il se dirige dans la même direction que nous, mais je ne pensais pas qu'il était si près. À moins de cinq mètres de notre position, il m'a tout de suite captée, puisqu'apparemment, il avait les yeux rivés sur mon cul.

En temps normal, j'aurais probablement flippé qu'un mec puisse nous filer le train d'aussi près, pourtant, ce soir, c'est tout le contraire. L'idée de le savoir juste derrière moi, à me mater sans vergogne, m'excite presque.

Avec une assurance que je ne me connaissais pas, je commence à marcher en tortillant davantage du bassin. J'ai envie qu'il le remarque, qu'il ait envie de poser ses mains sur mes hanches, qu'il me rattrape et me serre contre un mur.

D'ordinaire, je ne suis pas le genre de fille qui couche le premier soir, je suis même plutôt du genre à ne rien faire pendant deux ans, c'est pour dire ! Mais ce soir, cette pensée me rend folle et me fait honte en même temps. Finalement, Léna n'avait peut-être pas tort : j'ai envie de m'envoyer en l'air.

Après quelques mètres de marche, nous arrivons devant la boîte. Pas de queue, pas d'attroupement, nous nous plantons devant la porte blindée munie d'une petite grille à hauteur d'yeux, en attendant que le videur daigne nous ouvrir. La musique pulse contre le cuir noir matelassé qui recouvre l'entrée, se faisant encore plus puissante quand le gardien du temple nous accueille enfin.

Avec nos plus jolis sourires, nous passons avec aisance le contrôle visuel du physio qui nous laisse entrer sans même passer par la case caisse. Un tour aux vestiaires, puis un autre aux toilettes, et en moins de dix minutes, nos consos sont déjà sur une table, n'attendant plus que nous pour profiter du reste de la nuit.

La musique est entraînante, elle emplit déjà mon corps. Les boum-boums résonnent dans ma tête, si bien que machinalement, je commence à bouger les épaules avant que ma tête suive la cadence. Pour leur montrer qu'il est temps d'investir le dancefloor, je lève mon verre devant les filles pour le vider d'une traite.

— OK, les filles, ce soir, c'est décidé, je m'envoie en l'air !

Rien que de prononcer cette phrase, je sens la chaleur m'envahir. Il n'y a pas que mes joues qui sont en feu, tout le reste de mon corps se consume littéralement en voyant l'image de ce mec au bar.

Par chance, ce n'est pas l'incendie sous ma jupe que les filles remarquent, c'est mon enthousiasme communicatif. À coup de « enfin », et de « c'est pas trop tôt », elles m'applaudissent, me motivent. Ingrid ose même crier :

— Poussez-vous de devant, les mecs ! Ce soir, ma copine va être chaude comme la braise !

Ce à quoi la bande de gars de la table voisine répond en m'invitant à boire un verre avec eux.

Bien qu'un peu mal à l'aise d'être entourée par cinq mecs qui me scrutent comme des chiens en rut, après deux autres coupes de champagne, l'euphorie a raison de moi. Oui, je ne vais pas rentrer seule ce soir, les gars, mais désolée, j'ai déjà une cible en vue.

Tandis que je les laisse en plan sans écouter leurs plaintes, j'entame un tour de la boîte pour tenter de le retrouver. Malgré ma recherche concentrée, je me retrouve vite entraînée au centre de la piste bondée par Léna. Elle a retrouvé du peps, elle est visiblement prête à danser jusqu'au petit matin.

Toujours à l'affût de retrouver ce type, je me laisse tout de même envoûter par les basses, et me déhanche, presque en transe sur la musique. Sans m'en rendre compte, un monde fou s'est accumulé entre Léna et moi, si bien que me voilà isolée dans un groupe d'inconnus. Je m'en fou. Je danse encore et encore. J'ai chaud, très chaud. Même en débardeur, je sens que je commence à transpirer à cause de tout ce monde autour de moi.

Bras en l'air, yeux fermés, j'ondule en rythme, perdue quelque part entre le tempo et la voix électronique de la chanson, quand je sens des mains encercler ma taille, avant qu'une bouche se pose sur mon cou.

Nul besoin de me retourner, j'ai reconnu son parfum, ce mélange subtilement boisé, piquant. Passant mes mains derrière moi pour les plonger dans les cheveux de l'inconnu qui me lèche doucement la clavicule, je frémis en sentant son bassin se coller à mes fesses.

— Mademoiselle, faites attention ! Vous pourriez tomber sur un dangereux prédateur dans votre état…

D'un geste vif, plein d'assurance malgré mon état d'ébriété avancé, je me retourne pour me retrouver face à lui, yeux dans les yeux. Si les pupilles pouvaient parler, je les entendrais me faire la cour, peut-être même me dire à quel point elles me trouvent appétissante. Toutefois, cette nuit, je ne compte pas être un simple trophée de chasse pour des yeux trop gourmands.

— Sachez, Monsieur, que ce soir, JE suis la prédatrice, et que, malheureusement pour vous, JE vous ai attrapé.

Il sourit, puis s'apprête à rétorquer, mais je ne lui en laisse pas le temps. Je vole sa bouche une première fois pour voir sa réaction, avant de l'embrasser avec ferveur alors que mes mains tirent ses cheveux avec force.

Je ne reconnais pas cette hardiesse qui émane de tout mon corps. Je me sens à la fois sexy et irrésistible, bouillante entre ses mains qui balaient frénétiquement le bas de mon dos.

— Je ne t'aurais pas du tout imaginée comme ça ! finit-il par me susurrer à l'oreille entre deux baisers.

— Moi non plus… Pour être franche, je n'ai pas envie de m'étendre dans des discussions inutiles ce soir, Dim. On sait tous les deux ce qu'on cherche, ce qu'on attend et comment ça va finir. Inutile de jouer au psy pour un coup d'un soir…

Son air étonné me fait rire, sauf que je n'ai pas envie de rire. J'ai envie qu'on me désire, qu'on me dévore. J'ai envie d'une bonne séance de baise sans fioritures, de quoi me remettre le pied à l'étrier. Alors pour lui faire comprendre ce dont j'ai besoin, j'attire son bassin contre le mien et plaque mes mains sur ses fesses fermes.

Son corps, encore plus raide qu'à l'instant où il s'est serré contre moi, fait monter la pression qu'il exerce contre mon bas ventre. Il y a si longtemps que je n'avais plus ressenti cette sensation de chaleur entre mes cuisses. Ça fait un bien fou.

2 JUIN - THOMAS

— OK, ma beauté… Je n'ai pas l'habitude d'être sage avec une belle femme, mais je ne voudrais pas non plus qu'on se fasse choper pour attentat à la pudeur au milieu de la piste.

À sa façon de se désolidariser de mon corps, je sens tout de suite la frustration qui vient de naître en elle. Qu'est-ce qu'elle croyait, que j'allais la sauter sur place ? L'idée est certes tentante, mais je ne suis pas en manque à ce point.

Alors qu'elle cesse de remuer sur la piste, elle regarde autour d'elle comme si elle prenait seulement conscience de l'endroit où elle se trouve. Pour ne pas gâcher l'instant, je récupère sa main pour la conduire vers les toilettes. Après tout, bien que je sois étonné qu'elle puisse être ce genre de nana alors qu'elle prétend le contraire, puisqu'elle crève d'envie que je la baise maintenant, je ne voudrais surtout pas la décevoir et me priver d'un bon coup par la même occasion.

Pour être honnête, j'aurais préféré qu'elle soit différente, ça m'aurait fait sortir de ma zone de confort, ça m'aurait permis de goûter à autre chose qu'à toutes ces nymphos que je me tape depuis quelques années. Tant pis, faut se rendre à l'évidence, cette fille n'est pas encore celle qui me fera changer, mais elle fera bien l'affaire pour ce soir.

— Dimitri, pas ici ! s'offusque-t-elle en serrant ma main pour que je stoppe. Je préfère qu'on en reste…, hésite-t-elle en se mordant l'intérieur de la joue avant de reprendre au bout de quelques secondes. On pourrait aller chez moi ? Enfin… Si ça te dit…

Soudain pleine de doutes, son assurance s'effondre en même temps que le sourire sur son visage.

— OK, je te suis, déclaré-je sans effusion de joie pour ne pas lui montrer qu'elle me trouble plus qu'elle ne le devrait.

— OK… Super…, balbutie-t-elle en passant nerveusement d'un pied sur l'autre. Je dois juste prévenir mes copines, laisse-moi une minute.

Plutôt que de partir comme une bombe pour aller se cacher vers ses potes, comme j'aurais pu m'y attendre, elle se rapproche de moi, puis m'embrasse fougueusement. Surpris, je pose mes mains sur ses hanches pour la serrer contre moi, alors que ses lèvres me goûtent une dernière fois avant de s'éloigner.

Je la regarde traverser la piste au milieu de cette marée humaine avec une étrange sensation au creux du ventre. Si on m'avait dit que je tomberais sur une fille comme elle ce soir, j'aurais demandé à voir. Moi qui pensais rentrer tranquillement chez moi après avoir descendu encore une ou deux bières, je me retrouve avec une nana superbe, au comportement un peu étrange, mais quand même chaude comme la braise… Et ça promet de valoir le détour, j'en suis certain.

Même si elle n'est pas celle qui me fera changer mes mauvaises habitudes, je dois avouer que je suis quand même un petit veinard.

Voilà cinq minutes que je l'attends dans le hall de la boîte en m'imaginant la suite des événements. Quand elle revient enfin vers moi, je la regarde s'avancer doucement, d'un pas presque hésitant. Elle ne semble plus aussi féline que sur la piste de dance, au contraire, elle a l'air plus timide, plus fragile, comme quand je l'ai surprise en train de sortir des toilettes tout à l'heure. Peut-être regrette-t-elle déjà sa proposition ?

J'avoue que je suis assez perturbé de l'avoir vue aussi entreprenante ici, alors que dans le bar, elle paraissait si douce. C'est un peu comme si elle avait deux facettes qui se disputaient en elle, et que je ne parvienne pas à savoir laquelle des deux me plaît le plus.

Si j'apprenais à la connaître, je dirais que, de prime abord, je pourrais m'attacher à la Emma sage, mais si je m'en tiens à son penchant diabolique, je baiserais volontiers la Emma chaude, comme un fou, jusqu'à ce qu'elle me supplie d'arrêter.

Pour l'heure, elle n'est plus qu'à quelques centimètres de moi, et le contact de sa main froide contre mon bras ne me donne pas vraiment envie de lui faire du sale. Cette candeur qu'elle dégage subitement m'inspire plus de délicatesse, de la tendresse même. Cette Emma-là, j'ai envie de la serrer dans mes bras, pas de la prendre contre un mur.

— Tu veux toujours y aller ? murmuré-je en sentant le stress monter en moi.

Pas de réponse. Elle se contente d'enfouir son visage dans mon cou avant de presser ses mains contre mon torse. Ce simple contact réveille instantanément tous mes sens. Pourvu qu'elle dise oui.

Sa nervosité est palpable, je peux ressentir sa réserve par tous les pores de sa peau, par les battements inégaux de son cœur contre mon torse. Sa peur est contagieuse au point que je tente d'imaginer les multiples questions qui doivent se bousculer dans sa tête pour la mettre dans cet état.

Toujours pas de réponse, pas de geste non plus pour m'aiguiller sur la suite. Alors, avant de paniquer à mon tour, je récupère sa main pour qu'elle me suive à l'extérieur. Il faut qu'on bouge, il me faut de l'action avant que je ne finisse par me dégonfler face à tout ce stress qu'elle dégage. J'ai envie de la baiser, et très vite.

Dehors, au plus sombre de la nuit, je me sens mieux. Cette noirceur, je la connais pour l'avoir pratiquée tellement de fois. Elle me fait du bien, me rassure. Mais pas aussi sereine que moi, Emma s'active pour rejoindre le lampadaire le plus proche.

Sous le gros halo de lumière, elle ressemblerait presque à un ange. Ses cheveux blonds retombent en cascade sur ses épaules, son chemisier blanc se confond avec sa peau diaphane. Elle est belle à couper le souffle. Une beauté si naturelle qu'elle en est presque étrange, surréaliste, un charme de dingue qu'elle semble ignorer totalement. La grâce dans ses gestes, sa façon délicate de pencher la tête sur le côté, tout chez elle déborde de sensualité.

— Tu as une voiture ? s'inquiète-t-elle en me sortant de ma contemplation.

Pris en flag, je me sens si con que ma seule arme pour ne pas lui montrer mon trouble est de tenter de lui en mettre plein la vue. Mon moyen de transport a toujours excité les filles, c'est un véritable piège à gonzesses.

— Si la demoiselle ne craint pas la vitesse, alors je me ferais un réel plaisir de la reconduire chez elle à moto.

Son regard dubitatif me fait sourire. Pas de bol pour moi, je viens de tomber sur la seule femme que ça n'excite pas, sauf que c'est à prendre ou à laisser, je n'ai que ça à lui proposer. Qu'elle soit contente, comme je suis passé chercher Victor en début de soirée, j'ai un deuxième casque à prêter. Ce n'est pas toujours le cas.

Plus nous nous rapprochons de ma moto, plus je sens ses doigts se crisper dans ma main. De mon mieux, je tente de la rassurer en lui expliquant la conduite à tenir sur ce genre d'engin, avant de l'aider à s'installer derrière moi.

Assise à califourchon, pressée contre mon dos, je me permets un regard en arrière pour voir si elle va bien, quand mes yeux se posent sur ses cuisses dénudées. Dans cette position, sa jupe remonte trop haut pour que je puisse me concentrer. Chassant immédiatement cette image terriblement bandante de mon esprit, je me force à scruter la rue devant moi pour me recentrer sur la route qui m'attend.

Tandis qu'elle me donne l'adresse de chez elle, c'est à mon tour de sentir le stress monter. Heureusement, son appart est tout près, nous serons vite arrivés, et tant mieux, car plus vite je verrais ce qui se cache sous ses vêtements, plus vite j'arrêterais de me poser des questions sur cette fille qui me perturbe.

La clé dans le contact, j'appuie un peu sur l'accélérateur pour faire vrombir le moteur. Sa réaction est instantanée, son corps vient se coller au mien pour y trouver une quelconque protection.

Pour la rassurer, je caresse sa main cramponnée à ma taille avant de lui demander encore une fois si ça va aller, ce à quoi elle répond par un hochement de casque.

Comme prévu, le trajet est rapide, peut-être trop. J'aurais apprécié qu'il soit plus long pour faire durer cette sensation inédite que ça m'a procuré, car étrangement, je ne la connais que depuis quelques heures, mais l'avoir derrière moi m'a semblé très naturel.

Arrivés au pied de son immeuble, je coupe le moteur avant d'enlever mon casque. Les doigts toujours agrippés à mes flancs, visiblement encore choquée par la vitesse de mon engin, Emma ne bouge plus d'un cil.

Pour me déculpabiliser d'avoir un peu appuyé sur l'accélérateur afin qu'elle se colle encore plus contre moi, je descends et lui enlève son casque. Contrairement à la peur que je m'attendais à voir dans ses yeux, elle affiche un sourire immense. Le plus joli sourire qu'il m'ait été donné de voir jusqu'à ce jour.

Sa beauté me coupe le souffle. Plus encore, au-delà de ses traits divins, c'est l'envie de la serrer contre moi pour ne plus jamais la laisser partir qui me frappe le plus. Finalement, je me suis peut-être trompé, elle a un truc en plus cette fille. Un truc qui me touche.

— Alors ? demandé-je pour chasser cet émoi qui me perturbe.

Prenant une grande inspiration alors que je l'aide à descendre, elle se met à sautiller sur place comme une gamine :

— Alors, c'était génial ! Je ne pensais pas que ce serait le cas, mais j'ai adoré. Tout ! La vitesse, sentir le vent sur ma peau, les lumières défiler à toute allure... C'était top !

— Content que ça t'ait plu, alors. J'avais peur que tu sois complètement pétrifiée.

Face à tant d'euphorie, je reprends confiance en moi. Me rapprochant d'elle pour la coincer contre le siège de la moto avant de caresser une mèche de cheveux rebelle sur sa joue :

— Et pour notre projet commun... On en est où ?

— On peut déjà commencer par boire un verre...

Malgré sa joie apparente, rien n'est gagné pour moi, elle est encore sur la réserve. Il est évident qu'elle n'est pas le genre de fille à coucher le premier soir. Je l'ai compris au premier regard, malgré ce qu'elle a bien voulu me faire comprendre.

Alors pourquoi moi ?

Voilà que je me mets à flipper pour la suite. Je flippe qu'elle puisse me remballer, et en même temps, je flippe qu'elle me fasse monter chez elle. Je dois avoir un sérieux problème pour me poser ce genre de question. Bien sûr que je vais monter et que je ne vais pas la laisser dormir. Bien sûr que je vais monter et qu'elle va en redemander ! C'est pour ça que je suis ici, il ne peut pas en être autrement.

Habitant au deuxième étage de l'immeuble, je ne me prive pas de mater son cul moulé dans sa jupe au fil des marches de l'escalier.

Au moment où Emma tourne la clé dans la serrure en me jetant un dernier coup d'œil avant d'ouvrir sa porte, je sens le poids de ce regard plein de sous-entendus. Si ses yeux pouvaient parler à la place de sa bouche, ils me diraient : « voilà, mon avenir se joue maintenant. Soit je prends mon courage à deux mains et je l'affronte, soit je laisse tomber et je ne saurai jamais ».

Quand elle se décide à pousser la porte pour me laisser entrer, j'ai follement envie de la prendre dans mes bras pour la féliciter d'avoir eu le cran de le faire. Pourtant, je ne fais rien, je ne dis rien, je reste planté dans le hall, stressé comme un puceau qui va faire l'amour pour la première fois...

2 JUIN – EMMA

Un homme entre dans mon appart. Dimitri rentre dans mon appart et j'ai l'impression de manquer d'oxygène. Depuis Josh, il est le premier mec que je ramène chez moi. Mais qu'est-ce qui m'a pris bordel ?

Je ne connais pas ce mec, ou du moins, je le connais depuis une poignée d'heures, il pourrait tout aussi bien être un psychopathe à tendance serial killer.

Ce n'est pas comme si mes parents m'avaient toujours appris à ne pas parler aux inconnus. Bon, OK, j'ai vingt-quatre ans, mais si ma mère savait qu'à l'instant même j'ai emballé un inconnu dans une boîte de nuit, pire encore, que je l'ai ramené chez moi, elle se pointerait pour me hurler dessus en me disant qu'avec tous les cinglés qui courent les rues de nos jours, une jeune femme ne peut plus se permettre ce genre de stupidité. Elle n'aurait pas tort, c'est sûr, mais je sens que Dim est différent. S'il avait voulu me séquestrer dans une cave, je serais probablement déjà ligotée à une chaise en train de pleurer sur mon sort.

Je l'observe furtivement depuis la cuisine, par l'ouverture qui sépare le salon du coin repas, en me questionnant sur sa présence ici. Même si ce type est sexy à mort, il a l'air tout aussi stressé que moi.

Bizarrement, il semble être de ce genre de gars ultra sûr de lui qui n'a besoin de rien pour emballer, le genre que je fuis au premier regard, car on sent tout de suite l'arnaque. Mais lui, il a su attirer mon attention malgré cet air qu'il se donne. Les apparences sont parfois trompeuses, et à le voir aussi coincé sur mon canapé, je crois que l'adage se vérifie tout à fait à ce moment précis.

Pour nous mettre à l'aise, mais aussi pour gagner un peu de temps afin de savoir ce que je désire pour la suite, je nous sers une bière avant de partir m'asseoir près de lui.

L'ardeur qui m'animait sur la piste de dance a disparu, j'aurais aimé être encore un peu éméchée pour me donner du courage, mais j'ai la nette impression que la Emma gauche et coincée quand elle se trouve près d'un être humain avec une aubergine dans le boxer a bien trop vite refait son apparition. Il ne tient qu'à moi de ne pas être cette Emma-là après tout.

Ravalant ma salive avant de bomber le torse pour m'insuffler le courage qui me fait défaut, je pose ma bière sur la table en même temps que Dimitri. Un coup d'œil en coin, un sourire timide, je me rapproche de lui pour goûter à nouveau à ses lèvres, mais il recule son visage.

— On peut discuter un peu si tu veux.

Je ne sais pas quelle tronche je dois tirer, mais il a soudain l'air de prendre conscience de ce qu'il vient de dire. Je crois que le Dimitri maladroit vient de faire son entrée lui aussi. Finalement, on est plutôt pareils, lui et moi.

— Je ne voulais pas dire ça... Enfin si, mais non. J'ai envie de toi, très, très envie de toi, même, mais je ne suis pas certain que tu sois ce genre de fille. Je ne voudrais pas que tu puisses faire quelque chose que tu regrettes après.

— Quel genre de fille ? me vexé-je en ne sachant pas comment prendre cette remarque alors qu'il se met à rougir comme un gamin.

Bien qu'il ne m'ait pas précisé son âge — je lui donnerais vingt-quatre ou vingt-cinq ans tout au plus — ce n'est pas ça qui fait l'homme, c'est ce qu'il dégage, et moi, je ne pensais pas qu'il était le genre de mec à louper une telle occasion. En même temps, je ne sais pas quel genre il est, je ne le connais pas.

C'est vrai qu'il est grand, qu'il a l'air hyper bien foutu. C'est vrai que sa barbe de trois jours lui donne l'air viril et sexy. C'est vrai aussi que son look de trader dégage une forte assurance, peut-être même un peu de suffisance. Mais qu'est-ce qui me dit que sous tous ses airs, il n'est pas en fait plus timide qu'il ne le laisse paraître. Me faire culpabiliser de sauter sur un inconnu dès le premier soir est peut-être un stratagème pour ne pas montrer que c'est lui qui est mal à l'aise après tout.

Les sourcils relevés face à ma question, je le sens de plus en plus gêné. Ouvrant la bouche pour répondre, il se ravise en prenant son verre posé sur la table. Une gorgée, puis deux, il se racle la gorge, repose son verre, puis se tourne vers moi à nouveau avec un air très sérieux.

Tu peux bien tenter de te rattraper, mon tout beau, va falloir que tu sortes les rames.

— Quand je t'ai vue dans le bar, j'ai toute de suite repéré la femme douce et réservée que je vois maintenant, mais après, sur la piste, tu n'étais plus la même, et je ne pense pas me tromper en disant que le champagne y était pour beaucoup. J'en ai rencontré des… enfin… Je veux dire que tu n'es pas ce genre de fille, j'en mettrais ma main à couper ! Alors, ne le prends pas mal, mais je ne voudrais pas que tu puisses faire quelque chose qui te mettrait mal à l'aise.

— Peut-être que tu cernes assez bien les gens, affirmé-je en analysant chaque trait de son visage d'apollon. C'est vrai que je ne suis pas le genre de fille à ramener un mec chez moi le premier soir, ce n'est vraiment pas dans mes habitudes. Pourtant, tu es là, sur mon canapé, à te demander si oui ou non j'aurais assez de cran pour aller plus loin. Je n'ai pas changé d'avis, ajouté-je dans le plus grand calme. Je veux bien parler, mais j'ai surtout envie de baiser.

Aussi surpris que moi par ce qui vient de sortir de ma bouche, il inspire un grand coup, à la limite entre le fou rire et la peur.

Je n'ai aucune idée de ce qui vient de me passer par la tête. Jamais de ma vie je n'ai osé parler de la sorte. Utiliser des mots crus pour parler de sexe, ce n'est pas moi, du moins, pas celle que je suis habituellement. Pourtant, j'ai tellement l'impression qu'il me prend pour une sainte-nitouche que j'ai envie de lui montrer que ce n'est pas du tout le cas.

Même si j'ai un peu honte de ce que je viens de lui sortir, je garde la tête haute et le regard fixé sur lui. Ce soir, j'ai reçu un gage que je compte bien honorer, quoi qu'il m'en coûte.

— Je reviens sur ce que j'ai dit, Emma. « Timide et réservée », oublie cette partie de la conversation, s'il te plaît..., ironise-t-il sans oser me regarder.

— Pas la peine de vouloir me faire la conversation, on verra si tu es toujours là quand on aura fait ce qu'on a à faire... Dimitri, je sais pourquoi tu es là, tu sais pourquoi je t'ai fait monter, pourquoi perdre notre temps ?

Alors que ses yeux deviennent incandescents à l'instant où ils se posent sur moi, je sens la chaleur m'envahir. Sans attendre le feu vert, il m'attrape par le cou pour me rapprocher de lui et je le laisse faire avec plaisir.

Ce n'est pas l'alcool qui a parlé pour moi, pas comme sur la piste de danse. La réserve dans ses mots, la retenue dans ses gestes, sa façon de me bouffer du regard, c'est tout cela qui a réveillé la flamme ardente. Il me plaisait déjà dans ce bar, il me plaît encore plus maintenant.

Doucement, il m'allonge sur le canapé avant de s'attaquer aux boutons de mon chemisier. À l'inverse de ce que je m'étais imaginé, ses gestes sont lents, doux, il prend son temps, appréciant l'instant pour examiner chaque millimètre de ma peau. Le souffle court, je le regarde caresser ma poitrine de la pulpe du doigt avec l'envie grandissante de le voir poser sa bouche dessus pour me dévorer.

Tandis qu'il me déshabille, je le regarde faire avec fascination. Ce mec est un pur inconnu, pourtant, chacun de ses mouvements me semble familier, comme s'il ne s'agissait pas de notre première fois. Cette douceur naturelle, cette tendresse qu'il met dans ses gestes… Fait-il cela pour les autres ou est-ce que ça lui semble aussi naturel à lui qu'à moi ?

Nue face à son œil expert, il admire mes courbes en les frôlant à peine du bout des doigts. Un instant si sensuel que mon corps est parcouru d'un frisson qui me fait sourire. Il n'y a encore rien eu de sexuel entre nous, pourtant, je suis déjà aux anges. Mais j'en veux plus. Maintenant que j'ai passé cette étape de la nudité, il m'en faut plus. Rapidement, je me redresse pour faire voler sa chemise avec une hâte non dissimulée. Souriant devant tant d'impatience, il déboutonne son pantalon pour me satisfaire plus rapidement.

À découvert, je le reluque et admire son corps sans défaut, sculpté à la perfection. Ses muscles fins et dessinés tressaillent d'impatience. C'est un homme athlétique, il doit certainement faire beaucoup de sport pour être taillé de cette façon.

La main tendue vers moi avec un préservatif entre les doigts pour me tirer de ma contemplation, il m'invite à le lui enfiler. Figée par la peur de ne plus savoir faire, je cache mes doutes en secouant la tête par la négative avant de mordre mes lèvres pour lui faire croire que c'est moi qui gère la situation.

Une nouvelle fois surpris par ma réaction, il me sourit en enfilant la capote lui-même sous mes yeux ébahis, avant de se coucher sur moi pour me susurrer à l'oreille :

— Toujours aussi sûre de toi ?

Pour lui donner mon consentement, je l'attire contre moi, n'attendant que l'instant où je le sentirais enfin prendre possession de mon corps.

2 JUIN – THOMAS

En sursaut, je me réveille en ouvrant un œil pour m'apercevoir que je ne suis pas chez moi. Les images de cette nuit me reviennent progressivement en tête tandis que je regarde la belle Boucle d'or encore endormie.

Il fait jour dehors, le soleil de juin réchauffe mon visage à travers les persiennes de cet immeuble au style très haussmannien. Bien que je n'aie pas pris le temps de détailler l'endroit où je me trouvais en arrivant ici avec elle, je jette un rapide coup d'œil à la pièce en sentant la culpabilité me monter au nez. Il est évident qu'aucun homme ne vit là, d'ailleurs, l'idée même de savoir qu'un autre pourrait lui faire l'amour dans ce lit m'agace pendant une seconde.

Sa chambre est un petit cocon douillet rose pâle et beige, doux et sensuel, à son image, comme le reste de l'appart. Des teintes pastel, des tissus épais et moelleux, tout un univers de volupté. C'est un lieu où on se sent à l'aise, comme à la maison. Je pourrais me sentir bien ici. Il faut dire que ces quelques heures passées avec elle m'ont fait la même impression familière. Je sais qu'on ne se connaît pas, pourtant, ça paraissait si simple, si… normal.

Recouverte jusqu'au menton par un simple drap en coton, je la regarde dormir un instant, puis caresse doucement sa joue. Elle est vraiment singulière. Pas juste belle ou sexy, elle dégage plus que ça. À la fois femme et enfant, forte et fragile, ou prude et libérée, il émane d'elle une complexité que je n'ai jamais rencontrée ailleurs. Elle ne mérite pas d'avoir croisé mon chemin, son cœur devrait être mis à l'abri des mecs comme moi.

Avant de la quitter, je contemple ses traits parfaits, sa peau de pêche rougie par nos ébats fiévreux de la nuit. Une mèche blonde recouvre sa bouche, je la dégage lentement, profitant de caresser ses lèvres encore une fois avant de sortir du lit avec précaution pour éviter de la réveiller. Pour ne pas risquer de faillir à ma ligne de conduite, je me rhabille sans le moindre bruit, en évitant surtout de la contempler encore. La nuit que j'ai passée avec Emma a été fabuleuse, tout a été très intense, très naturel entre nous, mais je ne tiens pas à m'éterniser. Je ne suis pas prêt pour ça. Elle me plaît, beaucoup même, mais avoir une ébauche de relation sérieuse ne fait pas partie de mes plans à court ou à long terme. J'ai encore beaucoup trop de choses à régler pour pouvoir me plonger dans ce genre de galère. Du sexe, seulement du sexe, c'est déjà bien assez suffisant.

Parti à la recherche d'un morceau de papier et d'un stylo pour ne pas passer pour un salopard insensible, je tombe enfin sur un post-it rose en forme de cœur. Après une courte minute de réflexion, je lui griffonne un mot de remerciement :

Merci pour cette nuit géniale. Tout a été parfait et surtout TU as été parfaite ! J'espère que l'on se recroisera au détour d'une coupe de champagne. Je t'embrasse. Dim

De toute façon, comment pourrais-je entamer une relation avec une meuf à qui j'ai donné un prénom bidon ? Dimitri, Liam, Arthur, et bien d'autres, j'ai l'habitude de raconter des conneries sur mon identité, c'est sûrement ma technique de protection la plus efficace. J'emballe en dissimulant ma vérité, car elle est bien trop contraignante, et au petit matin, je disparais comme si je n'avais jamais existé. C'est un peu comme une marque de fabrique chez moi. Tout du moins, c'est la seule technique que j'ai trouvée pour me préserver.

Combien de femmes ont dû se réveiller en espérant me trouver endormi à côté d'elle ? Je ne saurais même plus compter tant il y en a eu. Sauf que je me le suis juré : plus d'attache, plus de promesses que je ne pourrais tenir, plus de jugements.

Du moins, c'était vrai jusqu'à aujourd'hui. Ce matin, je vais faire un truc que je n'ai jamais eu envie de faire avec aucune autre, je vais retourner dans la chambre pour apercevoir une dernière fois ma jolie Boucle d'or endormie.

Remords de lui avoir fait miroiter les prémices d'une histoire ou regrets de ne pouvoir rester près d'elle ? Je n'arrive pas à savoir ce qui m'anime le plus...

Un dernier regard, un au revoir silencieux, et doucement, je repousse la porte de sa chambre avant de fermer celle de son appartement sans retour possible en arrière.

Oui, c'est clair, elle aurait pu être celle pour qui j'aurais réussi à changer, mais j'ai encore bien trop peur pour ça.

2 JUIN – EMMA

Le soleil caresse mon visage, me réveille en douceur. L'air frais balaie mon corps nu et découvert. Comme c'est agréable de sentir la chaleur de ce mois de juin. Je m'étire en prenant soin de ne pas gêner Dimitri qui dort à côté de moi... Ou plutôt qui dormait à côté de moi. Je me redresse pour observer la pièce. Rien.

— Dim ?

Personne ne répond. Pas un bruit dans l'appart. Avec une boule au creux du ventre, je me lève, puis enfile le premier tee-shirt qui me passe sous la main. Un coup d'œil rapide dans le salon, un tour dans la salle de bains, et rien que je ne sais déjà. En passant devant le hall de l'entrée, j'aperçois un post-it collé sur la porte.

Rapidement, je parcours les mots qui n'ont rien d'une surprise avant de laisser tomber le papier par terre pour retrouver la quiétude de mon lit. À quoi je m'attendais en levant un mec dans un bar ? À ce qu'il pose ses valises pour le restant de ses jours ? Foutaises ! Ça ne pouvait que finir de cette manière, c'était évident depuis le début, pourtant, ce constat me fait mal. Un peu perdue, ne sachant quoi en penser, une larme roule sur ma joue malgré moi.

Si comme il le dit j'ai été géniale, parfaite, exceptionnelle, pourquoi il s'est quand même fait la malle ? La nuit qui vient de s'écouler a été fantastique. Dimitri a été un amant extraordinaire, doux et tendre, attentif à mes désirs. Il a été généreux dans ses gestes, aux petits soins avec moi, il m'a même emmenée au septième ciel... Trois fois ! Je n'avais plus ressenti ces sensations depuis si longtemps, comme l'impression de me sentir à nouveau vivante entre ses bras.

Si c'était à refaire, je le referais sans hésitation ! Mais en même temps, je me sens mal. Il est parti sans prévenir. Il ne m'a même pas laissé son numéro. Son attitude de la veille et ce qu'il a fait ce matin… Ce n'est pas raccord. Il a eu l'air d'aimer autant que moi, pourtant il n'est plus là.

Je l'ai ramené ici en sachant pertinemment quelle serait l'issue de l'histoire, mais peut-être qu'une part de moi espérait que ça ne s'arrêterait pas à cette seule nuit… Putain de côté fleur bleue à la con ! Je devrais être rôdé avec mon ex, mais au fond de moi, je continue de croire que les hommes ne sont pas tous des salopards sans cœur. Encore une fois, voici la preuve flagrante qu'il ne faut rien attendre d'un homme, ce sont bien des connards de glace.

Alors pourquoi je me sens abandonnée, en colère ? Oui, tu as été un Dieu du sexe cette nuit. Oui, tu as refait naître des envies enfouies depuis longtemps. Mais ne te fais pas d'illusion mon cher coup d'un soir, si on se recroise au détour d'une coupe de champagne, méfie-toi de ne pas te la prendre en pleine tronche !

Fin des vacances, fin de ma vie d'étudiante. J'attends ce moment depuis que j'ai rencontré ce monsieur qui m'a proposé une place, et voilà, le jour J est arrivé.

J'ai d'ailleurs appris hier par MA secrétaire, car c'est assez dingue, mais il s'avère que j'ai une secrétaire rien que pour moi, que ce monsieur Baldoneau avait pris sa retraite depuis mon oral. J'ai été la dernière personne qu'il a embauchée, et j'espère pouvoir faire honneur à cette chance qu'il m'a donnée. Bien sûr, j'aurais aimé pouvoir travailler avec lui, un homme de son envergure aurait eu mille choses à m'apprendre, j'en suis certaine. Mais selon Hélène, celui qui a pris sa place est tout autant compétent, même s'il est plus jeune et plus charmant. Je n'ai pas eu la chance de le rencontrer quand je suis passée signer mon contrat et caler mes horaires, apparemment, il était en voyage d'affaires avec un retour prévu pour aujourd'hui. Je vais donc faire sa connaissance dans quelques minutes, quelques heures tout au plus. Et comme me l'a expliqué Hélène, il sera mon supérieur hiérarchique direct, mais sera surtout celui qui aura la lourde tâche de former la novice que je suis.

En tout cas, grâce à ma secrétaire, je suis plus sereine en arrivant ce matin. Cette femme d'une quarantaine d'années à la voix douce et rassurante a su trouver les bons mots pour apaiser mes craintes. Avec elle, j'ai pu visiter mon nouveau lieu de travail, et c'est presque en terrain déjà conquis que je m'avance devant les portes du siège de CVML.

Face à l'immense immeuble qui se dresse devant moi, je me sens minuscule. Des milliers de vitres illuminées par les rayons du soleil scintillent au petit matin, comme autant de signes pour me dire que cette journée va être excellente.

Mon bureau, situé au quatorzième étage de cette tour dorée, est dédié aux ressources humaines. Dire que c'est là que l'on gère tous les employés de la société, qu'ils se trouvent n'importe où en France ou en Europe. En ce qui concerne les États-Unis, le PDG fondateur du groupe a ouvert une succursale à New York afin de gérer au mieux ses affaires sur le nouveau continent. Selon Hélène, le marché se fait une place de plus en plus conséquente en Asie, au point qu'il serait même question d'ouvrir un troisième bureau à Singapour.

Au cours de mes études, jamais je n'avais imaginé travailler pour un tel acteur du marché économique, et pour être honnête, New York, Singapour… Ces villes me font rêver, elles me donnent envie de donner le meilleur de moi-même pour, peut-être un jour, devoir me rendre là-bas et y dispenser mon savoir.

Je n'ai pas encore eu connaissance de mes missions, mais selon Hélène, monsieur Dumas m'a casé dans son emploi du temps du jour, entre deux rendez-vous. Je ne sais pas à quelle heure aura lieu cet entretien, mais plutôt que de rater le coche, je passe les portes-tambours avec un sourire radieux aux lèvres.

À l'intérieur, c'est une véritable fourmilière. Des gens s'activent dans tous les sens, courant pour utiliser les escalators qui mènent au premier ou s'agglutinant devant les ascenseurs en attendant leur tour. Vu la taille du bâtiment, je ne sais combien de personnes peuvent bosser ici, mais rien qu'au rez-de-chaussée, il y a au moins de quoi remplir une petite ville de province sans problème.

Patiemment, je poireaute pour passer le portique de sécurité, mon badge tout beau tout neuf serré au creux de ma main comme un précieux sésame. Quand vient mon tour de montrer patte blanche, je tends mon pass au vigile qui me regarde d'un drôle d'air. Avec tout le monde qu'il doit croiser au quotidien, j'ai un sérieux doute quant au fait qu'il puisse connaître tous les visages de ceux qui bossent ici, mais qu'importe, avec calme, je continue mon chemin sans m'offusquer de sa façon de me dévisager.

Devant l'un des nombreux ascenseurs, je fais la queue quelques minutes avant que les portes de l'un d'eux ne s'ouvrent enfin sur un cube vide. En un instant, le minuscule espace se remplit, et emportée par le mouvement, je me retrouve en plein centre sans avoir la possibilité de bouger. Note à moi-même : arriver avant ou après l'heure de pointe, mais jamais à huit heures pile !

Bondé à ras bord, je panique à l'idée de me retrouver coincé entre deux étages avec une douzaine d'inconnus. Le souffle court, mes yeux parcourent tous ces visages anonymes en espérant en trouver un qui me sera plus amical que les autres. Après un rapide tour d'horizon, mon regard se pose sur un homme aux yeux rivés sur son portable qui n'écoute rien de ce que son voisin lui raconte.

D'allure athlétique, il est plutôt du genre canon dans son costume noir impeccablement bien taillé. Sa belle gueule, tout aussi remarquable que cet air désinvolte qu'il arbore, lui donne un petit côté bad boy attirant qui ne me laisse pas de marbre. Toutefois, dans tout ce tableau, c'est surtout son attitude qui m'interpelle. Il semble si ennuyé par ce que lui raconte son voisin que s'en est aussi dramatique que risible.

Alors que l'autre homme est lancé dans un monologue infernal, le sexy en costume cintré relève la tête en regardant partout autour de lui sauf en direction de son interlocuteur. Pour ne pas me faire surprendre, je détourne un instant les yeux, mais trop pressée de connaître la suite, je me focalise à nouveau sur cette scène divertissante.

Dépité par la lenteur de notre moyen de transport, il serre les dents en fixant les chiffres qui grimpent doucement pour nous conduire d'étage en étage, avant que les portes ne s'ouvrent sur le numéro sept et que les trois quarts des gens sortent enfin de cette prison carrée.

Soulagé que le bavard doive s'arrêter ici, le sexy le salue poliment d'un revers de main avant de parcourir la cabine du regard pour envisager le nombre de personnes encore présentes avec lui.

Nous ne sommes plus que cinq. Trois se sont calées dans le fond, tandis que je me retrouve à quelques pas de cet inconnu qui a éveillé ma curiosité.

Pendant un instant, j'hésite à lui parler avant de me raviser. C'est vrai qu'on ne se crée un réseau que lorsque l'on sort de notre zone de confort pour engager la conversation avec les autres, mais ce type m'intimide, il en impose. Peu sûre de moi en temps normal, je ne sais pas comment aller vers les autres, comment les aborder sans passer pour une cruche timide ou coincée. Et ce n'est pas cette dernière expérience avec Dimitri qui a renforcé ma confiance en moi, bien au contraire. J'ai voulu sortir des sentiers battus, aller au-devant de ma pudeur, voilà le résultat !

Les pieds bien ancrés au sol, le regard fixé sur les chiffres comme le type canon quelques secondes plus tôt, j'attends le quatorzième étage sans un mot.

Plus que six… cinq… quatre…

— Vous vous moquiez de moi, tout à l'heure ? me demande l'inconnu en me matant du coin de l'œil.

Et voilà comment se griller en un instant… Sentant le rouge me monter aux joues, je n'ose pas lui faire face. Nier ? Avouer ? Difficile de répondre sans passer pour une conne.

— Je… Euh… Non pas du tout ! Désolée, je ne voulais pas être indiscrète ! avoué-je en levant les yeux vers lui pour m'excuser de mon impolitesse.

— Ne soyez pas désolée, reprend-il en souriant. C'est toujours agréable de se sentir observer par une jolie femme.

Bouche bée par ses mots, je pique un fard monumental tandis que le « ding » des portes résonne dans l'espace.

— C'est là que je descends, annonce-t-il en sortant avant de se retourner pour se planter en face de moi. Au plaisir de vous revoir…

Il a tout juste le temps de finir sa phrase que les portes se referment sur lui et sur son regard bleu acier qui vient de me transpercer de part en part.

La sensation qui me parcourt me rend fébrile. Je n'avais pas ressenti ça depuis... Enfin bref, inutile de ressasser mes échecs. Je suis là pour avancer, pour prendre ma vie en main, et il est grand temps de faire mon entrée dans la cour des grands.

Un pas, puis deux en dehors de cette boîte qui m'apportait une certaine sécurité, j'avance avec prudence dans mon nouvel environnement.

Essayant de retracer mentalement le trajet qui mène à mon bureau avant même de choisir de partir sur la droite ou sur la gauche, j'envisage mes possibilités. Demander mon chemin ou me débrouiller comme une grande ? Voilà qui marque le plus gros tournant de cette nouvelle vie. Si je demande de l'aide, je leur montre une première image de moi négative. Si je marche, la tête haute, confiante et sûre de moi, ils me verront comme leur égal. Préférant nettement commencer ma carrière sous les meilleurs auspices, je redresse les épaules, relève les yeux et m'aventure sur la gauche en espérant ne pas me planter.

Les bureaux se succèdent, les visages me scrutent les uns après les autres, me donnant la sensation d'être une extraterrestre fraîchement débarquée dans un monde bien ordonné. Par chance, mon intuition était la bonne, si bien qu'au bout de ce grand open space, un visage connu fait enfin son apparition. Heureuse de trouver les traits rassurants de ma secrétaire, je me fraye un passage vers ma nouvelle alliée. Tout sourire, cette petite femme rondouillette aux cheveux bruns très longs et au visage étonnamment juvénile pour l'âge qu'elle m'a donné hier, m'accueille avec entrain.

— Ravie de vous retrouver, Madame Rolland ! lance-t-elle en se levant pour me serrer la main. Pas trop stressée ?

— C'est de vous entendre m'appeler Madame Rolland qui pourrait me stresser, Hélène. Je crois qu'on pourrait se contenter d'un Emma, après tout, on va devenir inséparable vous et moi à présent !

— Vous avez raison, Emma. Autant prendre nos nouvelles habitudes dès à présent, me conforte-t-elle avec douceur. Souhaitez-vous un café pour bien démarrer cette journée ?

— Bien volontiers ! Je pose mes affaires dans le bureau et je vous suis à la machine à café.

Étonnée, Hélène me regarde sans comprendre.

— Vous ne souhaitez pas que je vous l'apporte dans votre bureau ? Votre prédécesseur n'allait jamais à la machine à café lui-même, tout devait être prêt dès son arrivée.

— Eh bien, puisque l'on va prendre nos marques ensemble, partons du principe que nous prendrons notre café à la machine à café, ensemble. Ça vous convient ?

Ravie par l'annonce de cette nouvelle organisation, Hélène me laisse poser mes affaires avant de me montrer le chemin. Contente de me présenter à mes nouveaux collègues au fur et à mesure de notre ascension vers le coin stratégique de l'étage, elle m'intronise auprès d'eux, mieux que personne n'aurait pu le faire.

Avec une personne comme ça à mes côtés, nul doute qu'il ne me faudra que peu de temps pour me sentir comme un poisson dans l'eau ici.

3 JUILLET – VALENTIN

— Il faut que j'y aille, beauté, je t'ai déjà dit que je devais accueillir ma nouvelle subalterne. Je suis déjà en retard à cause de toi !

Plutôt que de se pousser, Cindy remonte sa robe un peu plus haut sur ses cuisses, persuadée qu'elle va pouvoir me faire craquer une seconde fois. Son regard vicieux en dit long sur son état d'esprit, elle est jalouse de l'arrivée de la nouvelle, et j'adore qu'elle sorte les griffes pour moi.

Malheureusement pour elle, ce n'est pas parce qu'elle me tient par la queue que je lui passerais la bague au doigt. Elle ou une autre, je m'en tape tant que mes bas instincts sont satisfaits. Le seul bénéfice que je tire avec celle-ci, c'est qu'elle bosse juste à l'étage en dessous du mien. Un petit coup le matin en arrivant, un petit coup le soir en partant, elle a l'impression que je lui donne l'importance qu'elle mérite, et moi je me sens plus léger avant de rentrer à la maison. Tout le monde est gagnant.

— Tu vas me laisser tomber pour elle, bébé ? minaude-t-elle en remontant ma cravate pour me couper le souffle. Tu m'as promis que tu étais à moi, tu te souviens de ça ? En plus, tu m'es redevable. Sans mon joli petit cul, tu n'aurais jamais eu ta promo, tu t'en souviens quand même ?

Agacé qu'elle puisse remettre ça sur le tapis, je la repousse pour rentrer ma chemise dans mon pantalon et repasser mes vêtements d'un revers de main avant de prendre la direction de la sortie. J'ai beau être conscient qu'elle a piégé le vieux Baldoneau en exhibant ses charmes pour lui faire du chantage, je n'accepte pas qu'elle me le rabâche à longueur de temps.

— T'as beau être la meilleure commerciale de ton étage, fais quand même gaffe en t'adressant à moi. N'oublie pas justement que, grâce à toi, je suis le directeur des ressources humaines. Un coup de tampon sur ton dossier, et bye-bye Madame Lestour. Tu n'auras plus qu'à retourner chez ton mari, et il ne te restera que tes yeux pour pleurer !

À peine troublée par ce que je viens de lui dire, cette garce réajuste sa jupe à la bonne hauteur avant de remonter son soutien-gorge pour gonfler sa lourde poitrine qui ne demande qu'à exploser de son chemisier. Toujours aussi vicelarde, elle me lance un baiser dans les airs pour que je le rattrape, geste que je ne fais pas pour lui montrer mon mécontentement.

— T'es beaucoup trop terre à terre, mon lapin ! Reviens ce soir, je saurais comment t'apprendre le second degré…

— Ouais…, soufflé-je en lui tournant le dos pour m'avancer dans le couloir. On verra si je suis toujours d'humeur à passer du temps avec toi !

J'ai à peine le temps de faire deux pas que j'entends un « sombre connard » me fouetter les oreilles. Désolé ma beauté, t'étais déjà sur un siège éjectable à cause de cette relation perverse que tu entretiens avec ton DRH, et là, tu viens tout juste de sauter ! Maintenant qu'elle ne m'est plus d'aucune utilité, pas la peine de m'encombrer d'un boulet qui pourrait me faire chanter moi aussi…

Délesté de soixante kilos de problèmes, j'ai la sensation de voler dans les dédales qui me mènent à l'étage au-dessus. Quand je monte dans l'ascenseur que j'ai emprunté il y a à peine une heure, l'image de cette blonde à l'allure farouche me revient en tête. Pendant quelques secondes, j'ai eu du mal à la regarder, car j'ai eu l'impression de revoir… Foutus mirages ! Bien sûr que ça ne pouvait pas être le cas, elle n'est qu'un fantôme du passé, un démon à exorciser. Non, cette petite fleur-ci paraissait douce, fragile, elle avait l'air de sentir bon la vanille ou l'amande, et j'aurais adoré glisser mon nez dans son cou pour me délecter de son parfum.

Avec ses boucles blondes vaporeuses et son air plaisant de petite vierge romantique, je lui aurais bien volontiers fait comprendre qu'on ne se moque pas de moi dans un ascenseur. J'espère juste que j'aurais le plaisir de la revoir, je sens qu'il va y avoir matière à approfondir avec ce joli diamant brut.

Arrivé à mon étage, je salue quelques gazelles, serre quelques paluches avant de parvenir à mon bureau. Mon assistant, fidèle au poste, m'accueille comme tous les jours, avec un latte à la main. Tandis que je récupère la boisson encore brûlante qu'il a dû changer une ou deux fois vu comme je suis à la bourre, je lui lance :

— Tu pourras informer la gestionnaire de carrières, comment elle s'appelle celle-là déjà ? grogné-je en claquant des doigts pour que Loris me sorte le nom que j'ai sur le bout de la langue. Tu sais, celle avec les hanches larges et un nez à piquer des gaufrettes !

— Estelle ?

— Oui, Estelle ! m'exclamé-je en le pointant du doigt. Dis-lui qu'après discussion avec le directeur commercial, on a décidé de renvoyer Cindy Lestour. Ses chiffres sont en perte de vitesse, et je ne sais plus quoi encore… Enfin bref, elle doit dégager avec une petite indemnité pas trop dégueu, histoire de ne pas se retrouver avec un procès au cul !

Notant les informations que je viens de lui donner, Loris relève la tête une seconde pour mieux m'observer. Mon regard de fer a le mérite de lui faire baisser les yeux, m'apportant au passage une satisfaction personnelle non dissimulée.

Avant que je ne tourne les talons pour aller m'enfermer dans mon bureau, puisqu'il faut bien que je justifie mon salaire d'une manière ou d'une autre, ce petit merdeux m'interpelle :

— Monsieur Dumas, vous aviez rendez-vous avec la nouvelle chargée d'études il y a dix minutes, dois-je annuler l'entretien ou puis-je la faire venir ?

— Fais-la venir, on doit accueillir trois stagiaires dans la matinée, et je crois qu'elle va s'en charger.

— Mais monsieur, vous vouliez les accueillir vous-même ! Rappelez-vous, le fils Vidal fait partie du lot !

— Putain, fais chier ! Je l'avais oublié, celui-là ! Il ne pouvait pas faire son stage ailleurs, ce merdeux ? Bah non, son papa chéri plein aux as a fait des pieds et des mains pour qu'on se le tape pendant un an ! Rien que ça ! maugréé-je en sentant la colère monter avant de réaliser que j'ai parlé à voix haute. OK… Oublie ce que je viens de dire, d'abord je vois la nouvelle, et en fonction de l'entretien, j'aviserais de la suite.

À peine cinq minutes de répit plus tard, un léger frappement contre la porte me tire de mon inspection quotidienne des réseaux sociaux. Changeant immédiatement mon fond d'écran pour me mettre sur ma boîte mail, je balance un « Entrez » nonchalant pour mettre mon futur interlocuteur dans les meilleures conditions. Un peu de trac avant une entrevue avec le chef n'a jamais fait de mal à personne, au contraire, ça forge un mental.

Doucement, la porte s'ouvre sur une silhouette fine surplombée par de beaux cheveux ondulés. Tiens, tiens ! Mais qui se présente ainsi dans mon bureau avec sa jolie frimousse de diplômée toute neuve… L'inconnue de l'ascenseur est donc ma nouvelle chargée d'études, quel heureux hasard !

— Quelle surprise ! m'étonné-je pour la mettre encore plus mal à l'aise qu'elle ne l'est déjà. Si on m'avait dit que vous étiez mon rendez-vous de 9 heures 30, jamais je ne serais arrivé en retard, mademoiselle…

Tandis que je me lève et que je lui montre le fauteuil en cuir qui fait face à mon bureau, je l'invite à prendre place pour faire plus ample connaissance.

— Madame Rolland, annonce-t-elle en me tendant sa main pour me saluer. Ravie de vous rencontrer monsieur Dumas, et surtout, ravie d'intégrer cette entreprise.

— Tout le plaisir est pour moi, madame ! Enfin, si je peux me permettre, vous faites plus « mademoiselle » que « madame », ce qui est un compliment, bien évidemment, Emma ! lancé-je en lorgnant sur la fiche de renseignements que Loris a déposée sur mon bureau en mon absence. Je peux vous appeler Emma, ça ne vous dérange pas ?

— Comme il vous plaira, monsieur ! déclare-t-elle alors que ses joues se teintent d'un ravissant rouge cerise.

Assise, les jambes croisées, les mains qui tapotent son genou, Emma me semble de plus en plus nerveuse, ce qui lui donne un petit côté sainte-nitouche qui m'intrigue et qui m'exciterait presque.

— Alors Emma, si on met de côté cette fiche de renseignements, mais aussi votre façon d'espionner les gens dans les ascenseurs, amorcé-je volontairement pour la perturber davantage, qu'y a-t-il à savoir d'inédit sur vous ? Je sais déjà que vous avez vingt-quatre ans, que vous êtes fraîchement diplômée, que vous aviez tapé dans l'œil de mon prédécesseur de toute évidence… Cela dit, ajouté-je avant de marquer une courte pause, il m'avait annoncé que vous aviez l'allure d'un ange, mais il faut croire qu'il avait nettement minimisé votre beauté !

Ne sachant plus où se mettre, la demoiselle croise les jambes de l'autre côté en murmurant un merci à peine audible qui me laisse croire que tous ces compliments commencent à atteindre leur but. Impossible de ne pas le voir, c'est aussi flagrant que le nez au milieu de la figure, je plais à cette petite. Ce n'est qu'une question de jours avant qu'elle ne succombe et ne me mange dans la main comme toutes les autres.

— Alors ? réitéré-je avec douceur pour ne pas lui faire peur malgré tout. Vos études, votre vie, vos attentes ? Qu'est-ce que je dois savoir d'après vous ?

Ravalant sa salive pour reprendre une contenance, la jeune femme se redresse afin de prendre de l'assurance. Un sourire ravissant au visage, elle tente de fixer un point non loin de moi, mais son regard finit toujours par revenir sur moi. D'abord mes yeux, puis mes lèvres, elle fait des allers-retours entre mon visage et mon torse pendant quelques secondes avant de reprendre la parole :

— Je crois que tout est dans la fiche que vous tenez entre les mains, Monsieur. Je suis navrée, mais je suis une personne des plus banales, pas de surprises à découvrir, pas de cadavres dans le placard, rien qui ne mérite d'être souligné dans cet entretien en tout cas.

Ouh… La jolie biche effarouchée sort les griffes. J'adore ça ! Celle qui m'est apparue comme une proie facile aurait-elle en elle un fond de rebelle ? Il me tarde de le découvrir !

— Pas de mari ou de petit ami ?

— Comme je vous l'ai dit, rien qui n'a sa place ici !

C'est tellement bon que j'en ai la chair de poule.

Encore Emma ! Fais-moi rêver !

— Par contre, si je ne m'abuse, Monsieur Dumas, je crois que vous avez des choses à me dire ! C'était d'ailleurs le but de cette entrevue, me semble-t-il…

Évasive, mystérieuse, sûre d'elle, elle commence à beaucoup me plaire. Pas qu'une gueule d'ange plantée sur un corps sublime, cette jolie pouliche a aussi un caractère fougueux qui complète à merveille le tableau. Je suis déjà sous le charme.

3 JUILLET – EMMA

J'ai beau être plus mal à l'aise que jamais, je suis persuadée que cette façon de me titiller n'est qu'un test que je dois passer haut la main. Le coup de l'ascenseur n'est qu'un prétexte que je lui ai moi-même fourni, il veut savoir si j'en ai dans le ventre, si je me laisse facilement déstabiliser ou impressionner, alors à moi de lui montrer que je ne suis pas juste une gamine inexpérimentée.

Bien qu'il soit tout à fait mon style de mec, je dois l'amener à penser que ce n'est pas le cas, et que malgré ses allusions à ma façon de le mater tout à l'heure, il n'aura jamais aucune chance avec moi. Il doit comprendre que j'ai du caractère, que je suis hargneuse, et que surtout, rien ne peut me détourner de mon objectif. Et certainement pas un homme.

— Bien joué, annonce-t-il en me faisant un clin d'œil complice. C'est exactement l'attitude que j'attends de mes collaborateurs ! Détermination, concentration, franc-parler, j'aime ça ! Encore plus chez une novice, Emma ! Avec une telle volonté, nul doute que vous vous intégrerez parfaitement à CVML, et plus encore à notre service.

— Merci, monsieur ! dis-je, fière de moi, en réalisant que j'ai passé le test avec brio. Ravie que mon profil corresponde à ce que vous recherchez. Il ne me reste plus qu'à faire mes preuves maintenant. Quelles seront mes missions au sein de la société ?

— Justement, j'allais y venir, Emma. Après concertation avec mes chefs de service, nous avons décidé de vous déléguer deux tâches primordiales. Vous serez, d'une part, notre nouvelle chargée d'études. Vous verrez, c'est un job intéressant, qui permet de faire ses armes, mais aussi de vite évoluer au sein du service. Et d'autre part, vous allez accueillir la prochaine salve de stagiaires qui arrive ce matin. Ils seront trois, et je vous donne deux mois pour n'en garder qu'un. Celui que vous aurez sélectionné aura la possibilité de poursuivre son stage pour l'année complète.

Surprise qu'on puisse m'allouer une telle responsabilité alors que je commence à peine, je dévisage mon nouveau directeur sans oser lui poser la question qui me brûle les lèvres.

— Vous vous demandez sûrement comment vous allez pouvoir évaluer les capacités d'un stagiaire alors que vous êtes vous-même en formation, j'imagine ?

— Vous lisez dans mes pensées, monsieur Dumas. Comment puis-je être à la hauteur d'une telle fonction alors que je suis encore novice en la matière ?

Tandis que son regard se plisse et que de minuscules ridules lui strient le front, je remarque toute la contrariété que je viens de déclencher avec cette question. Et merde, j'aurais dû faire croire que j'étais au niveau, que ça ne m'effrayait pas. Quelle conne !

— On va être clair, Emma ! annonce-t-il d'une voix grave. Nous n'allons pas pouvoir nous entendre si vous persistez à m'appeler monsieur Dumas. Pour vous, et pour tous les autres chefs de service, c'est Valentin. Me suis-je bien fait comprendre ?

Étonnée par sa remarque, j'approuve avec un « oui, monsieur » qui m'échappe, avant de reprendre avec un « oui, Valentin » qui lui redonne immédiatement le sourire. Sourire enjôleur qui a tendance à beaucoup trop me captiver au demeurant.

Alors qu'il m'expose pour quelle raison je suis la mieux placée pour sélectionner le stagiaire qui va passer une année avec nous, j'observe cet homme au charisme de dingue. Élocution fluide et parfaitement posée, gestuelle aérienne, précision des mots, il m'explique que mon regard neuf et encore formaté par l'école sera le meilleur juge… Et blablabla… Le seul élément qui retient toute mon attention, c'est cet annulaire dénué d'alliance. Je ne sais pas pourquoi je me focalise sur ce détail, d'autant plus que je ne suis pas là avec l'idée de me dégoter un mec. Même si je dois avouer qu'il est charmant, j'ai bien d'autres objectifs pour le moment. Surtout que pour être franche, depuis ma dernière rencontre, j'ai presque envie de tirer une croix définitive sur les hommes.

J'ai un peu honte de l'avouer, mais je suis pas mal sortie ce mois-ci. Je voulais effacer cette nuit de mon esprit, et en même temps, j'avais presque envie de tomber sur lui pour avoir une explication sur son comportement. Oui, il ne devait être qu'un coup d'un soir, un one-shot avec une DLC courte, mais cela ne l'empêchait pas de rester un peu, pour un petit-déj' ou un brunch, rien de plus.

Toujours est-il que je ne sais pas trop ce que je cherchais en squattant le bar où nous nous sommes rencontrés chaque week-end. Peut-être avais-je tellement la rage contre lui que j'avais besoin de le retrouver pour lui crier dessus devant tout le monde et lui dire à quel point il a été nul. Ou, ce qui me paraît être le plus honnête, peut-être avais-je envie de le revoir, car la nuit que l'on a partagée a été unique, et j'étais sûre que l'histoire ne pouvait pas se finir de cette manière.

— Emma, vous avez compris ?... Mme Rolland !

Monsieur Dumas me touche l'épaule pour me sortir de mes pensées. Me souriant franchement en me demandant si je vais bien, il me tire de mes rêveries, m'extirpant du souvenir des bras tendres et chauds de Dimitri.

Ce bref contact m'électrise. La chaleur qui descend le long de mon dos me fait frissonner. Je dégage ma main pour rompre cette proximité qui me trouble avant que mon esprit ne s'échauffe, et que mon absence ne soit mal interprétée. En guise d'approbation, je hoche la tête pour lui faire comprendre que j'ai tout saisi alors que je n'ai pas écouté un mot de ce qu'il a dit. Quelle gourde ! Maintenant, je vais me retrouver avec trois stagiaires dont je ne vais savoir que faire, et en plus, je vais avoir la lourde tâche d'en choisir un en me basant sur du vent, puisque je ne sais même pas quels sont les critères pour les départager.

J'ai beau avoir étudié des années pour arriver jusqu'ici, je suis encore loin d'être parée pour affronter une telle situation. La seule méthode que l'on m'ait enseignée dans ce genre de cas de figure, c'est plutôt grâce à l'école de la vie que je l'ai apprise : French flair et advienne que pourra.

Quand il se lève, je l'imite avant de lui emboîter le pas. A priori, notre entretien vient de prendre fin, me laissant un goût d'inachevé dans la bouche. Je ne saurais dire si c'est parce que mon manque d'attention me fait monter la bile au bord des lèvres ou si c'est parce que la main qu'il vient de poser sur mes reins me chamboule, mais je me laisse reconduire vers la porte en serrant mon porte-document contre ma poitrine.

— Ne vous en faites pas, Emma, mon assistant est briefé. Il pourra vous épauler en cas de doute, lance-t-il en ouvrant la porte sur ledit assistant. N'est-ce pas Loris ? Je veux que tu donnes un coup de main pour l'accueil des stagiaires. Vous avez une heure trente pour vous préparer avant leur arrivée.

Après un coup d'œil à sa montre pour évaluer le temps, il me balance un sourire ravageur en me poussant en dehors du bureau avant de me refermer la porte quasiment au nez. Plantée comme un piquet, à un mètre à peine de l'assistant qui me scrute avec un rictus malaisant, mon cerveau fonctionne à plein régime sans vraiment savoir comment réagir. Quand j'avance enfin d'un pas en direction de Loris, la porte s'ouvre à nouveau en me faisant sursauter. De sa voix grave et chaude, le regard compatissant de mon patron me rassure à l'instant même où je tourne la tête vers lui :

— Quel idiot je suis ! J'ai oublié de vous préciser que je ne vous laisserais pas faire le grand saut toute seule, Emma. Je serais bien évidemment présent pour vous assister pendant cet accueil, ainsi que pour la suite. Je suis là en cas de besoin, vous pouvez compter sur moi !

Apaisée par son intervention, je lui souris chaleureusement avant qu'il ne referme la porte pour la seconde fois. Plus sûre de moi, je m'approche du bureau de Loris avec la ferme intention de mener à bien cette toute première mission qui m'a été confiée.

— Salut ! me lance-t-il en me proposant de prendre place en face de lui d'un geste de la main. Pas trop intimidée par le boss ? Il fait cet effet à tout le monde, rassure-toi !

Les traits fins et la voix aiguë, Loris me dévisage de ses grands yeux noirs. Étonnée par la longueur de ses cils, je m'y reprends à deux fois pour réaliser que le mec a mis du mascara. Certes, c'est léger, mais n'importe quelle femme peut s'en rendre compte à condition qu'elle soit suffisamment près de lui.

À le regarder de plus près, je peux même affirmer qu'il n'a pas que ça comme maquillage. Un léger hâle doré sur les joues, une lèvre bien rebondie, je mettrais ma main à couper qu'il a en plus utilisé une poudre de soleil et un gloss, peut-être même des injections de botox. C'est une première pour moi, jamais je n'avais rencontré un homme qui se maquille… Enfin, peut-être en soirée, mais jamais au boulot.

— J'avoue qu'il est plutôt du genre charismatique, confirmé-je en tâchant de ne plus reluquer son maquillage plutôt bien fait. Il a l'air d'être un bon chef, on voit qu'il connaît son boulot !

Mordant l'intérieur de sa joue pour ne pas répondre, Loris détourne le regard avant de se mettre à chercher une pochette dans une grosse pile de documents sur sa droite. Sa réaction me surprend, pour un peu, je dirais même qu'il est en train de rougir. Après tout, c'est lui qui a lancé le sujet en premier.

Ne voulant pas me mettre l'assistant du boss à dos dès mon premier jour, je le regarde sortir des papiers griffonnés à la main de sa pochette avant de me les présenter. Après les avoir posés devant moi, je lui tends la main afin de faire les présentations officielles.

Même si on s'est dit bonjour avant l'entretien avec monsieur Dumas, je ne lui ai donné que mon nom de famille, mais à présent que nous sommes collègues, il me semble normal de me montrer plus amicale. Puisqu'on va être amenés à bosser ensemble souvent, autant partir sur de bonnes bases dès le départ :

— Au fait, moi, c'est Emma, enchantée !

— Loris, rétorque-t-il en me rendant ma poignée de main, mais tu le sais déjà. Monsieur Dumas t'a mis au courant de ce que tu vas devoir faire ? Tu as une petite idée de ce qui t'attend ?

— À vrai dire, il a été plutôt évasif sur le sujet, déclaré-je en omettant de lui faire part de mon manque de concentration. Je ne m'attendais pas à devoir former des stagiaires alors que je sors tout juste de l'école et que je ne sais même pas ce que je dois faire…

— Mouais, je vois ce que tu veux dire ! Je suis arrivé l'année passée, quand c'était encore monsieur Baldoneau aux commandes.

— J'ai rencontré ce Baldoneau, c'est lui qui m'a fait passer mon oral et qui m'a recrutée. Il avait l'air si gentil ! J'aurais aimé travailler avec lui !

— C'est vrai qu'il était gentil ! Il avait beau être exigeant, il m'a quand même beaucoup appris. Si je suis un très bon assistant aujourd'hui, sûrement même le meilleur de la boîte, lance-t-il en me montrant sa pancarte d'employé de l'année fixée au mur, c'est parce qu'il m'a aidé à m'installer qu'il a pris du temps pour m'expliquer mon poste. J'ai vraiment aimé bosser avec lui, j'adorais mon boulot, mais…

Le regard perdu sur son pot à crayon qu'il remet droit juste pour occuper ses mains, j'attends qu'il finisse sa phrase, curieuse de connaître ce qui a changé depuis l'arrivée de Dumas.

— … Enfin, ce que je veux dire, c'est que la méthode de travail est différente à présent, reprend-il dans un sursaut. Monsieur Dumas est de la nouvelle école, si je puis dire ainsi. Il me donne plus de responsabilités, il se repose sur moi pour bon nombre de ses dossiers. Je ne m'en plains pas, au contraire, c'est génial d'avoir une plus grande marge de manœuvre, mais je me suis senti comme toi quand il est arrivé il y a un mois. C'est un peu « prends ça et démerde-toi » !

Bien qu'il souhaite arrondir les angles pour ne pas entacher l'image de son chef, je sens bien qu'il n'est pas très enthousiaste quand il parle de lui. Même si Dumas m'a fait une très bonne impression, j'avoue qu'il a tout de même attisé ma curiosité.

Peut-être est-ce dû à son jeune âge ? Il doit avoir quoi, trente-deux ans tout au plus… Ce qui est plutôt jeune pour occuper un poste avec de telles responsabilités. Ou alors, c'est à cause de sa familiarité ? Même s'il frôle les sommets de l'organigramme, il a été très sympa avec moi, il a fait en sorte de me mettre en confiance. Alors c'est vrai que je le connais à peine, mais bien souvent, la première impression est généralement la bonne… Enfin presque, si on met de côté ma rencontre avec Dimitri. Lui était l'exception qui confirme la règle. Dumas ne pourra pas se comporter d'une façon plus lâche que lui, ou alors, il faudrait vraiment que ce soit le pire des connards !

— Il occupait quel poste avant ça ?

— Apparemment, il avait un poste similaire au tien dans la succursale du sud. On a des bureaux à Marseille qui gèrent le pourtour méditerranéen. Ils font partie du pôle France au même titre que les locaux de Paris, mais le grand boss voulait un petit pied-à-terre près de la mer pour y emmener sa femme en vacances sans vraiment couper avec le taf, m'explique Loris en grimaçant. Les lubies des gens riches… Tu vas devoir t'y faire !

Amusée par cet air de grand tragédien qu'il prend en se frottant le front pour mimer son immense désarroi, je pouffe de rire devant ses talents d'acteur. Même s'il a l'air un peu blasé de bosser avec Dumas, je crois que lui et moi allons tisser de très bons liens.

— Ne t'en fais pas en tout cas, tu es entre de bonnes mains avec Hélène, tu verras. Elle est comme une seconde maman, cette femme est une sainte ! Et puis, moi aussi je serais là pour t'épauler, déclare-t-il comme un écho à mes pensées.

— Je n'ai pas le moindre doute, confirmé-je pour le remercier de son soutien. Et si on se mettait à bosser maintenant ?

Après un coup d'œil à ma montre, je réalise que cela fait déjà plus d'une heure que nous sommes concentrés sur l'accueil des stagiaires. Loris a beau ne plus apprécier son job comme à l'époque de monsieur Baldoneau, il n'en reste pas moins qu'il est très appliqué dans ce qu'il fait. Méticuleux, organisé, il gère son sujet au point que j'en suis à me demander pourquoi monsieur Dumas ne lui a pas refilé le bébé à lui.

Toujours est-il que grâce au travail de fond de Loris, je sais à présent qu'elle va être ma mission avec ces jeunes. Pendant deux mois, ils ne vont pas être avec moi tout le temps, fort heureusement, ils vont vaquer de bureau en bureau afin d'explorer le service des ressources humaines de fond en comble. Mon rôle sera de faire le point avec eux toutes les semaines afin de voir lequel des trois se sent le plus à sa place dans la société, mais aussi afin de trouver celui qui correspondra le plus à ce qu'on attend de lui. Il devra être à l'écoute, entreprenant, autonome et faire preuve d'initiative. À l'issue de ces deux mois, je devrais choisir lequel des trois poursuivra son stage jusqu'en juin prochain, avant de recommencer avec d'autres candidats au poste.

Ces trois-là vont me servir d'essai. Grâce à eux, je vais pouvoir me faire la main. J'imagine qu'ils vont être plus chanceux que les recrues des années futures, puisque je vais me former en même temps qu'eux, je n'aurais aucun point de comparaison ou aucune base pour me servir d'appui.

Cette mission m'excite autant qu'elle me fait peur. Elle me reporte à ma propre expérience, quand moi aussi, je faisais mes premiers pas en entreprise, sauf que cette fois, je suis de l'autre côté. Je suis celle qui va servir de référence, celle à qui on va rendre des comptes…

Tandis que je remercie Loris pour son travail, je prends congé pour me retirer dans mon bureau. À présent, il ne me reste plus que trente minutes pour plancher sur les trois CV que je tiens dans la main. Quand je les aurai tous étudiés, je me sentirais plus confiante, prête à faire face à ces petits nouveaux qui vont tout faire pour accaparer la première place.

Au premier coup d'œil, je me rends compte que les trois candidats ont presque le même âge que moi. Bien que ce ne soit pas vraiment étonnant puisque je viens tout juste d'obtenir mon diplôme, cela n'en reste pas moins étrange, car je vais devoir coacher des gens qui ont à peine deux ans de moins que moi. Dans un sens, c'est assez flatteur, ça veut dire que ces messieurs Baldoneau et Dumas ont eu suffisamment confiance en moi pour me permettre de manager une petite équipe.

Le premier CV est celui de Justin Poimont, 23 ans, qui a suivi un double cursus en italien. Bravo à lui, car même si le cursus normal est largement gérable, devoir le faire en double avec une autre langue n'en reste pas moins une prouesse.

Claire Simène est la deuxième candidate. Tout juste vingt et un ans, elle a sauté deux classes entre le collège et le lycée, et a obtenu son bac avec une note proche de la perfection. Un petit génie avec un potentiel à crever de jalousie.

Enfin, le dernier CV est celui de Thomas Vidal, 22 ans. Vidal… Vidal… Comme le grand boss de CVML : Carl Vidal Mary Lingold. Se pourrait-il que ce stagiaire-là soit de la famille de monsieur Vidal ? Un neveu éloigné, un cousin lointain ou même un fils ? J'ai beau me creuser la cervelle, je ne me rappelle pas n'avoir jamais rien vu sur les enfants du grand PDG de l'entreprise. Il faut dire que cet homme et sa famille sont plutôt du genre discret. Leurs seules apparitions publiques se font principalement lors de galas de bienfaisance ou de soirées caritatives, pour le reste, ils pourraient être des anonymes parmi les anonymes sans aucun problème.

Cela étant, ce CV-là n'est pas particulièrement fourni. Des études avortées aux États-Unis avant de venir les finir en France. Un trou d'une année dans les lignes, sans aucune explication… Bizarre. Curieuse de découvrir qui est ce jeune homme qui a vécu entre Paris et New York, je m'apprête à le googliser quand l'intercom de mon téléphone retransmet la douce voix de ma secrétaire.

— Madame Rolland, deux de vos rendez-vous sont arrivés. Dois-je les installer en salle de réunion ou les faire entrer dans votre bureau ?

Deux sur trois ? Le retardataire commence mal son stage ici, je ne manquerai pas de le noter dans son dossier. Cela étant, il ne va pas me gâcher ma joie d'appuyer sur le bouton pour la première fois. Avant de répondre à Hélène, je me racle la gorge une seconde pour adoucir ma voix :

— Installez-les en salle de réunion, déclaré-je avec le plus grand sérieux alors que mon sourire est immense. Et prévenez aussi monsieur Dumas de leur arrivée, je les rejoins dans une minute.

— Très bien, Madame.

3 JUILLET – THOMAS

Après avoir frappé à la porte, j'entre sans attendre qu'on m'en donne la permission. Quitte à être en retard pour mon premier jour de stage, autant me faire remarquer jusqu'au bout. Rien que de penser aux remarques de mon père, j'en jubile d'avance.

Sans même jeter un regard à ceux qui se trouvent vers le tableau de présentation, sans un bonjour ni une excuse, et avant qu'ils n'aient le temps de protester, je cherche une place où m'asseoir.

— Monsieur Vidal, je présume....

Pas besoin de lever la tête pour sentir la pointe d'agacement dans la voix de la personne qui se trouve à deux mètres à peine de moi. Une voix qui ne m'est pas inconnue qui plus est, qui me semblerait presque familière.

Prenant mon temps pour m'installer sur ma chaise, je m'apprête à lui dire de continuer quand je me retourne pour regarder mon interlocutrice alors qu'elle est sur le point de me parler à nouveau. Comme moi, elle s'arrête net, bouche bée, blanche comme la mort. Tandis qu'elle se décompose sur place, j'imagine que ma tronche ne doit pas être mieux que la sienne. Je suis scotché, tellement surpris par la vision d'Emma devant moi.

Emma… Je n'ai oublié ni son prénom ni la nuit qu'on a passée ensemble. Au contraire. Je m'en suis tellement voulu de l'avoir laissée comme ça au petit matin. J'ai dû passer pour un vrai salopard et je le regrette amèrement, car ce qu'il s'est passé avec cette fille ne s'est jamais passé avec aucune autre avant ou après elle. Une connexion intense. Une envie dévorante. Mais moi, comme d'habitude, j'ai tout fait foirer comme un connard.

En même temps, comment aurais-je pu envisager quoi que ce soit avec cette fille alors que je lui ai menti dès les premières secondes ? J'ai bien essayé de la croiser à nouveau dans ce bar, je m'y suis rendu à plusieurs reprises pour m'excuser même, mais je ne l'ai jamais trouvée. Et vu la tête qu'elle fait en me dévisageant, j'ai la sensation qu'elle a plus envie de m'en coller une que de me rouler une pelle.

En tout cas, elle est toujours aussi belle, sûrement même plus encore que le jour où on s'est rencontré. Ses boucles blondes retombent en cascade sur ses fines épaules, ses cheveux sont plus longs que dans mes souvenirs, mais ça lui va divinement bien. Sa petite robe lui va à ravir, elle met son corps en valeur à m'en faire baver d'envie. Et le rouge qui commence à lui monter aux joues me rappelle cette fois où nous avons fait l'amour, ce moment précis où elle s'est allongée près de moi pour se remettre de l'émotion qui la submergeait alors que ses pommettes étaient en train de prendre feu. Un instant hors du temps que j'ai rêvé mille fois de revivre.

— Monsieur Vidal…, commence-t-elle en se raclant la gorge alors que le mec à côté d'elle l'arrête.

Assez grand, un air hautain de connard prétentieux, il me toise comme si j'étais un collégien paumé. Qu'est-ce qu'il croit, cet abruti, je n'avais déjà pas une folle envie de faire ce stage, alors me pointer ici ce matin et prendre le risque d'y croiser mon père, c'était vraiment ma dernière volonté. Sauf que maintenant que je viens de retrouver celle qui occupe toutes mes pensées depuis un mois, les règles du jeu viennent radicalement de changer.

— Monsieur Vidal, vous pourriez au moins avoir la politesse de vous excuser ! s'exclame le type d'une voix mielleuse.

— Oui, ce serait la moindre des choses ! Politesse ou non, j'exige des excuses ! ajoute Emma d'un ton ferme et directif tandis que ses jolies joues virent au cramoisi. Sachez que votre retard sera consigné dans votre dossier, monsieur Vidal.

Alors que j'acquiesce d'un mouvement de tête, je réalise qu'il n'y a pas qu'eux dans la pièce qui me dévisagent. Deux autres paires d'yeux me scrutent, aussi bouche bée qu'elle a pu l'être quand j'ai fait mon entrée. Ils oscillent entre Emma et moi comme s'ils assistaient à un match de ping-pong.

Pendant une seconde interminable, je la dévisage avec la nette impression que mon avenir va se jouer dans cette salle. M'excuser, faire profil bas pour la conquérir ou me barrer d'ici et oublier ce stage pour ne pas affronter la lâcheté dont j'ai pu faire preuve avec elle ?

À sa façon de me tuer du regard, je ressens sa colère avec la même intensité que si elle me la crachait au visage. Il est évident qu'elle me déteste à cet instant précis, je lui ai menti, je l'ai sautée, je l'ai abandonnée et je débarque ici en retard avec une nonchalance qui m'autoagacerait si je devais la subir moi aussi. Elle est furieuse, c'est vrai qu'elle serait folle de ne pas l'être, mais ça veut aussi dire qu'elle ne m'a pas oublié. Finalement, c'est plutôt bon signe.

— Bonjour, lâché-je en me relevant pour faire les présentations. Je suis Thomas Vidal, et désolé d'être arrivé en retard. Cela dit, même si j'ai une bonne excuse, je peux vous assurer que ça ne se reproduira plus.

— Qu'importe vos excuses ou vos raisons, si ça venait à arriver de nouveau, inutile de vous représenter devant moi ! lance-t-elle alors que le mec à côté d'elle lui jette un regard de biais, à la fois inquiet et admiratif. Puisque nous n'avons commencé que depuis dix minutes, je vais faire l'effort de reprendre les présentations, mais c'est la dernière fois que je serai amenée à répéter, monsieur Vidal. La dernière.

En silence, je m'installe, puis sors de quoi prendre des notes. Pas besoin de l'énerver davantage en me montrant effronté ou récalcitrant, car autant je suis capable de tenir tête à mon père, autant les jolis yeux noisette d'Emma me donnent presque envie de filer droit.

Alors qu'elle se présente, et qu'elle introduit le mec en costard taillé sur mesure à ses côtés, je la scrute, mais elle fait tout pour fuir mes yeux. Savoir que je la trouble me plaît, savoir que l'on partage un secret tous les deux m'excite. Les autres ne connaîtront jamais les raisons qui la rendent aussi confuse quand son regard croise le mien, quand ils le comprendront, il sera déjà trop tard pour eux, j'aurais déjà gagné la place pour le reste de l'année. Car elle a beau être fâchée aujourd'hui, Emma craquera à nouveau, j'en suis certain.

Les minutes ont défilé à vitesse grand V si bien que la matinée est déjà presque finie et qu'il est déjà l'heure d'aller déjeuner. Mon esprit carbure à dix mille en repensant au programme que nous a exposé Emma, mais ce qui me stimule, ce n'est pas le boulot que l'on va devoir accomplir, c'est de savoir que je vais pouvoir la voir tous les jours pendant deux mois. Soixante jours, c'est plus qu'il n'en faut pour pouvoir la reconquérir, c'est plus qu'il n'en faut pour comprendre pourquoi elle me met dans un tel état de stress.

À présent qu'il est temps de sortir de la pièce, je ne peux plus me dérober, je vais devoir prendre mon courage à deux mains pour l'affronter sous peu.

Après avoir fixé un horaire de retour au travail, elle souhaite un bon appétit aux deux autres stagiaires qui passent à côté d'elle alors que je prends mon temps pour ranger mes affaires. Je dois être le dernier à passer le seuil de la porte pour avoir une chance de m'expliquer avec elle. La question est : aura-t-elle envie, elle aussi, de s'expliquer avec moi ?

— Alors, pas trop difficile cette première matinée ? lui demande le directeur du service en lui touchant le coude. Je savais que vous alliez relever le défi avec brio !

— Vous trouvez ? lui répond-elle en me jetant un coup d'œil furtif alors que je mets un temps fou à sortir.

— Monsieur Vidal, reprend le mec qui se prend pour *Christian Grey* sans même me regarder. Ce n'est pas parce que vous êtes arrivé en retard que vous devez faire du rab inutilement maintenant.

Au moment où il se retourne vers moi, il me fait le sourire le plus faux-cul que j'ai jamais vu. Sa façon de zieuter le décolleté d'Emma me dérange. Clairement, je vais avoir une sérieuse concurrence pour reconquérir ma belle.

— J'y vais, annoncé-je en baissant la tête quand je m'arrête à côté d'elle. Permettez-moi tout de même de renouveler mes excuses pour mon retard de ce matin. Je vous le redis, mais ça ne se reproduira plus. Bon appétit à vous.

Au moment où je sors de la salle, je sens le poids de ses yeux de miel sur moi. Qu'elle se rassure, je n'ai pas dit mon dernier mot.

Après avoir avalé un sandwich en vitesse accélérée, je remonte au bureau avec vingt bonnes minutes d'avance. C'est la première fois que j'arpente les couloirs de cet étage, le seul endroit que je connaissais avant, c'était le dernier niveau, celui du bureau de mon père. Par chance, il n'est là que très rarement. Ce ne serait pas étonnant qu'il débarque dans les jours qui viennent pour savoir comment se passe le stage, d'ailleurs, je suis surpris qu'il ne m'ait pas appelé pour s'assurer que je sois bien venu.

Quoi qu'il en soit, je n'avais jamais entendu parler de ce Dumas avant aujourd'hui. Je ne sais pas d'où sort ce type, mais il ne va pas arranger mes affaires. En passant devant la machine à café, je repère un homme en train de se commander une boisson.

— Excusez-moi, vous savez où je peux trouver le bureau de madame Rolland ?

— Tu dois être le fils Vidal, toi ! Je t'ai vu une fois ici avec ta mère, tu ressembles à ton père comme deux gouttes d'eau, me sort le mec en me tendant sa main pour me saluer.

Gêné qu'il puisse sortir cette information aussi fort, je fronce les sourcils pour qu'il comprenne qu'il ferait mieux de la fermer.

— J'y suis, tu ne veux pas qu'on découvre qui tu es...

— Bien vu ! J'aimerais autant que ça ne se sache pas. C'est déjà bien assez difficile comme ça de porter ce nom, si en plus on parle sur moi au boulot, je vais avoir du mal à me faire une place.

— Je comprends. Moi, c'est Loris, je suis l'assistant de monsieur Dumas. Et toi, t'es là pour te former à reprendre l'entreprise familiale ?

— Disons qu'on ne m'a pas trop laissé le choix. Le bureau de madame Rolland, du coup ? lui redemandé-je alors qu'il devient un peu trop curieux pour moi.

Malgré son envie d'en savoir plus, il m'indique le chemin à prendre pour retrouver ma future boss. Avec un simple mouvement de tête en guise de remerciement, je prends congé pour faire face à mon destin.

Arrivé devant le bureau de sa secrétaire, je constate qu'elle est encore en pause déjeuner. Et si Emma n'était pas là, elle aussi ?

Le cœur qui tambourine dans ma poitrine, je frappe à sa porte en espérant presque qu'elle soit absente. Le « entrez » qu'elle me lance depuis l'autre côté me file la chair de poule, je me sens au pied du mur. À l'inverse du jour où je l'ai laissée dans sa chambre, aujourd'hui, je vais devoir l'affronter, je n'ai plus le choix.

Derrière son PC, se dressant droite comme un i quand elle m'aperçoit, elle fait semblant de ranger des affaires en évitant soigneusement de relever la tête dans ma direction. Dans un monde parfait, elle me dirait qu'elle me pardonne et nous ferions l'amour sur le bureau en guise de réconciliation, mais vu le regard qu'elle me jette à présent, nous sommes loin, très loin d'être dans ce monde parfait.

— Emma... Euh...

Je n'ai pas le temps d'en dire plus qu'elle me coupe la parole. Si elle avait des revolvers à la place des yeux, je crois que je serais probablement criblé de balles.

— Qui me parle ? Thomas Vidal ou cet enfoiré de Dimitri, ce pauvre type que j'ai rencontré dans un bar ? Je n'arrive pas à savoir... Aide-moi à me décider !

Pauvre type ? Même si je l'ai bien mérité, elle y va un peu fort.

— Emma, je suis vraiment désolé. Je n'aurais pas dû...

— Tu n'aurais pas dû quoi ? Me sauter et te barrer comme un voleur ? Ou tu n'aurais pas dû me faire croire que tu t'appelais Dimitri, que tu avais vingt-cinq ans et que tu étais trader ?

Je la regarde, interloqué. Mais d'où a-t-elle pu sortir toutes ses conneries ?

— Attends une minute, à quel moment je t'ai sorti que j'avais vingt-cinq ans et que j'étais trader ? Ou je ne sais quelle autre débilité d'ailleurs. Oui, j'ai menti sur mon prénom et, oui, je suis parti comme un lâche. Pour ces deux actions-là, je m'excuse platement, tu ne méritais pas ça. Par contre pour le reste, démerde-toi avec ta mémoire, ma belle, car je n'ai rien d'autre à me reprocher à ce niveau-là.

Pour la seconde fois de la journée, je la vois se décomposer sous mes yeux. Je n'en suis pas fier, mais il faut croire qu'elle avait pas mal idéalisé le Dimitri qu'elle a rencontré ce soir-là.

Désolé d'être une déception pour toi, chère Emma.

Ses joues sont rouge vif, elle a l'air prête à exploser. Elle prend une grande bouffée d'air avant de prendre la parole.

— Dimitri... Non, Thomas, putain ! J'ai merdé, j'aurais dû être plus méfiante, et sois certain qu'on ne m'y reprendra plus. En tout cas, nous allons devoir vivre avec ça pour les semaines à venir, car on ne pourra ni revenir en arrière ni effacer ce qui s'est passé. Alors, écoute-moi bien, ici, je ferais de mon mieux pour tolérer ta présence, mais une connerie, un retard ou une parole de travers, et je ferais mon possible pour te faire dégager ! déclare-t-elle avec hargne avant de s'arrêter un instant pour mieux reprendre son monologue. Une dernière chose, ne t'avise surtout pas de dire à quelqu'un ce qui s'est passé entre nous, c'est bien clair ?

Son ton est froid, mais l'émotion que je lis dans ses yeux me perturbe. Je l'ai profondément blessée, et je ne sais pour quelle raison, cela m'affecte bien plus que je ne le voudrais. Je ne veux pas qu'elle se sente mal, ou pire, sale à cause de moi.

Comme il est indéniable qu'elle m'attire autant qu'au premier jour, puisque le destin m'offre une seconde chance de croiser son chemin, il est hors de question que je la gâche. À partir de maintenant le compte à rebours est lancé, j'ai soixante foutus jours pour qu'elle me pardonne et plus encore... J'ai soixante foutus jours pour qu'elle me choisisse, pour qu'elle découvre le vrai Thomas.

— Je suis vraiment désolé, madame Rolland. Pour tout. Vous pouvez être assurée de ma discrétion.

Juste au moment où je m'apprête à sortir de son bureau pour ne pas attiser davantage sa colère contre moi, je me retourne pour lui jeter un dernier coup d'œil. Les mains agrippées au rebord de son bureau, elle a les yeux fixés sur moi. La beauté qu'elle dégage est à couper le souffle. Elle a des airs de lionne féroce alors qu'elle n'est qu'un petit lionceau… À cet instant précis, je me fais la promesse qu'un jour je lui ferais l'amour sur ce bureau et qu'elle n'aura plus du tout le même air.

Alors qu'elle fait le tour pour s'avancer dans ma direction, j'ai encore l'espoir qu'elle me retienne. Mais quand elle empoigne la porte pour la fermer derrière moi, je la repousse pour lui dire :

— Tu es toujours aussi belle, Emma…

La porte claque à deux centimètres de mon nez au moment où je l'entends pester depuis l'autre côté. Je devrais être vexé qu'elle m'envoie chier de la sorte, pourtant, je ne peux m'empêcher de sourire niaisement. Elle me kiffe encore, c'est évident.

3 JUILLET – VALENTIN

Tandis que je passe devant les grandes vitres de la salle de réunion, j'observe ma nouvelle recrue présenter les différents services aux trois stagiaires. Tous les trois en train de prendre des notes comme les bons élèves qu'ils sont, ils écoutent leur prof du jour leur donner leur cours. Même le fils du boss semble attentif aux dires de miss Rolland, ce qui dénote complètement avec son arrivée agaçante de ce matin.

Je ne doute pas un instant que les explications soient intéressantes, mais si j'étais un môme de son âge, ce n'est pas la structure de l'entreprise qui me fascinerait, ce serait plutôt les courbes ensorcelantes de la prof ou bien le rebond parfait de son cul. Il faut dire que cette petite blondinette a de nombreux atouts dans sa poche. Que ce soit cette chevelure dorée et ondulée que j'attraperais volontiers pour lui faire rejeter la tête en arrière, que ce soit cette poitrine fière et sûre d'elle malgré son petit gabarit, tout me plaît chez cette fille. Sa taille fine, ses longues jambes, l'ourlet de sa bouche ou ses grands yeux marron-vert qui rappellent l'automne… Oui… Tout me plaît.

Et puis, cette matinée à ses côtés m'en a révélé tellement sur elle. Mademoiselle Emma Rolland a beau ressembler à une jolie poupée de porcelaine fragile et délicate, il n'en reste pas moins qu'à l'intérieur, un volcan sommeille. Sa façon de répondre au fils Vidal quand il est arrivé en retard m'a presque fait bander. Une demi-molle tout à fait honorable quand on pense qu'il ne s'agissait que de mots. Je n'ose même pas imaginer l'effet qu'elle m'aurait fait si elle avait craché son venin en me chevauchant. J'entrevois la scène d'ici : elle, à califourchon sur moi, ses seins dans la paume de mes mains pour accuser le coup de ses va-et-vient alors qu'elle m'engueulerait pour je ne sais quelle raison… Un pur bonheur. Pour être honnête, j'étais presque jaloux de ce petit merdeux privilégié.

Alors que je lui fais un signe de la main et qu'elle me répond par un sourire avant de se recentrer sur ses boulets, je me demande si elle a une idée de qui il est. En effet, j'ai malencontreusement oublié de lui dire qu'il était le fils du boss, mais qu'est-ce que ça changerait ? Inutile de lui mettre la pression, vu comment il a commencé son stage, je suis persuadé qu'il ne fera pas long feu ici. Tout du moins, si papa vient fourrer son nez dans les affaires d'Emma, il trouvera à qui parler. Je la soutiendrais quoi qu'il arrive. Être le fils du patron n'est pas nécessairement synonyme de performance, si le gamin ne fait pas l'affaire, alors ciao, ce n'est pas plus difficile que ça.

Toujours est-il que s'il y en a un qui devrait se faire virer aujourd'hui, c'est bien moi ! Les minutes se succèdent depuis le début de l'après-midi et je n'arrive pas à poser mon cul derrière mon bureau pour bosser. J'aurais pu aller retrouver Cindy à l'étage en dessous, mais comme je l'ai fait dégager ce matin, impossible d'aller me soulager auprès d'elle. Peut-être que si j'essayais de l'appeler pour lui expliquer que je n'y suis pour rien dans son licenciement, que les ordres venaient de plus haut, elle passerait l'éponge et accepterait de me faire une petite gâterie dans le parking ? Arff ! Arrête de rêver mon vieux Val ! Cette gonzesse te couperait les couilles à la seconde où tu baisserais ton futal. C'est une enragée celle-là, pas comme ma douce Emma.

Non, rien de tel que les bonnes vieilles méthodes pour se faire passer l'envie. Décidé à m'enfermer dans mon bureau pour me retrouver au calme, je longe les couloirs avant de passer devant Loris qui me regarde d'un drôle d'air. Quelle tête de con celui-là aussi avec sa poudre bronzante mal étalée. S'il croit que son maquillage ne se voit pas, il se goure complètement, on voit très bien que le mec n'a pas été squatter les plages de Thaïlande, mais qu'il a plutôt acheté un autobronzant bon marché dans un magasin low cost du quartier chinois dans le 13e. Quel branleur !

D'un signe de tête poli, je passe devant lui sans un mot avant de m'enfermer dans mon bureau. Une fois assis sur mon fauteuil en cuir moelleux, j'appuie sur l'intercom pour prévenir Loris que je planche sur un dossier important et qu'il ne faut me déranger sous aucun prétexte.

Sortant mon portable de ma poche pour me rendre sur le site que je préfère, je fais défiler les gonzesses jusqu'à en trouver une qui me plaise. Cette application est un vrai supermarché à chaudasses, un garde-manger toujours plein. Même si la marchandise n'est pas toujours de premier choix, parfois, il est bon de ne pas être trop regardant sur la qualité tant que ça fait le taf.

Aujourd'hui, mon attention se porte sur une plantureuse rousse du doux nom de Miranda. Elle danse lascivement devant la caméra, touche sa poitrine en faisant la sainte-nitouche, j'aime ça, ça m'excite. Les yeux rivés sur son corps de déesse, je caresse mon entrejambe en sentant le désir pulser contre mes doigts.

Le portable calé contre mon pot à crayon, je défais ma braguette pour passer la main dans mon boxer. Lentement, je me donne le plaisir dont j'ai besoin même si j'aurais préféré qu'il me soit procuré par les lèvres siliconées de cette poupée gonflable grandeur nature.

Après cinq bonnes minutes de mouvements saccadés, c'est le visage angélique de cette douce Emma qui se transpose sur le corps de la bombasse. Elle me dévore des yeux, me dit qu'elle m'aime, qu'elle me veut, qu'elle ne désire que moi, elle se touche pour moi alors que je balance tout ce que j'ai à lui offrir dans mon boxer. Putain, quel pied ! Je savais qu'une simple image d'elle me ferait jouir, c'était évident, elle est si... pure. Un vrai diamant, une pépite d'or que je voudrais chérir et garder jalousement loin de tous ces malades qui peuplent la Terre...

Ma belle Emma, tu ne le sais pas encore, mais un jour, tu ne seras qu'à moi...

Un paquet de mouchoirs entier traîne éparpillé au fond de la poubelle quand je finis de me nettoyer. Ce n'est pas le moment de l'affaire que je préfère, mais qu'importe, il faut en passer par là pour ne pas finir avec une tâche compromettante sur le pantalon. J'ai un standing à tenir quand même, je ne peux pas me permettre d'être négligé avec le rang que j'occupe dans cette boîte.

Juste avant de couper la vidéo en direct de Miranda, je la regarde une dernière fois. Bien que ses cheveux soient d'une couleur qui ne me plaît pas, il y a quelques similitudes entre les traits de son visage et celui d'Emma. Avec une perruque blonde, on pourrait presque se rapprocher de ma douce brebis. Même si Miranda a des seins de la taille de deux pastèques bien mûres alors qu'Emma doit faire un petit 90B, elles ont un corps semblable. Je serais curieux de savoir ce qu'elle donne en vrai... Comme on dit, la curiosité est un vilain, vilain défaut, pour autant, pas le temps de me poser ce genre de question à la con. J'empoigne mon portable pour envoyer un mot doux à la demoiselle. Pas grand-chose, juste un très classique « tu baises ? » qui devrait l'interpeller.

Alors qu'elle prend son téléphone dans sa main pour lire le message, je la vois plonger ses yeux sur l'œil de la caméra. Son sourire affiche des dents parfaitement alignées, d'une blancheur éblouissante. Frottant la pulpe de son pouce contre celles de son index et de son majeur pour me faire le signe de l'argent, je repose le portable sur le bureau en pestant.

Le pognon, toujours le pognon ! N'y a-t-il pas de femme intègre dans ce monde ? Toutes vénales, toutes attirées par le fric, la lumière et les paillettes. Bordel, ça me fout tellement les nerfs de vivre dans une société de consommation où tout repose sur la thune à outrance. Le sexe ne devrait pas se monnayer. Non, on devrait vivre comme les bonobos, ses primates dont le secret réside dans un coup de quéquette magique qui règle tout. Plus de problème, plus de disputes ou de mésententes, plus de transactions à coup de bitcoin, juste de la bite dans un coin. Voilà un monde parfait, un système idéal !

Pour l'heure, je vais encore devoir raquer pour me faire sucer, elle a intérêt d'y mettre tout son cœur ou toute sa gorge, je m'en fous, qu'importe la manière qu'elle utilisera, je m'en tape tant que j'en ai pour mon argent. J'en serais presque à vraiment avoir un pincement au cœur en repensant à Cindy. Elle, au moins, elle faisait ça gratis !

4 JUILLET – EMMA

Je me réveille en sursaut, de grosses gouttes de sueur perlent sur mon front.

— Ce n'était qu'un rêve Em, détends-toi ! me dis-je tout bas.

Je revois Dimitri comme si c'était hier... Mais bordel, c'était hier ! Comment cette journée qui devait être une des plus satisfaisantes de ma vie a pu virer au cauchemar juste en une fraction de seconde ? Quand il a passé la porte, j'ai eu l'impression que le monde s'effondrait sous mes pieds. C'était comme si ce que nous avions fait était évident et que tout le monde pouvait le voir sur ma tête. J'avais l'horrible sensation d'avoir un énorme panneau clignotant juste au-dessus du crâne avec écrit *« Attention, elle a déjà couché avec le stagiaire »* en grosses lettres fluo avec un avertisseur sonore poussé à son maximum.

Quand Dimitri est sorti de mon bureau, enfin Thomas, mes nerfs ont lâché au point que je me mette à pleurer. Cette nuit que j'ai idéalisée pendant de longues heures, ce moment que j'ai tenté de revivre en le cherchant chaque soir, tout ça s'est avéré n'être qu'un gros mensonge, une farce dont je suis la dinde. Je suis tellement naïve.

Ce n'est probablement qu'une question de jours avant que tout l'immeuble soit au courant et que je perde mon job, mais au-delà de mon travail, je me sens bafouée. Il m'a menti sur son identité, sur toute sa vie.

Peut-être que je me suis un peu trompée sur son âge ou sur son boulot, mais lui il s'est carrément inventé un personnage. Sa technique de drague ? Pitoyable... Malhonnête... S'il m'avait dit la vérité, s'il m'avait donné son nom, ça n'aurait rien changé à cette envie qu'il avait fait naître en moi. J'aurais même pu lui pardonner son départ au petit matin. Mais là, il m'a roulée, il s'est volontairement foutu de ma gueule, et à cause de lui, je prends un sérieux risque dans mon premier vrai job. Tout le monde le sait, les histoires de cul au boulot, ça ne tourne jamais bien.

Hier, quand il est arrivé dans la salle de réunion, j'ai vraiment cru à une blague. Mais quand j'ai compris qu'il était aussi déstabilisé que moi, j'ai bien dû me faire à l'idée. Ce crétin va être le stagiaire que je vais devoir évaluer pendant deux mois. S'il n'avait pas porté ce nom, nul doute que je lui aurais montré la porte à l'issue des soixante jours, mais là, je me sens presque coincée. Comment bazarder un membre de la famille du big boss qui a été pistonné sans en subir les conséquences ? J'ai la désagréable sensation de me retrouver sur un siège éjectable juste parce qu'un soir, j'ai eu l'entrejambe qui me chatouillait. Bordel de merde, qu'est-ce que j'ai été conne !

Je crois que ce qui m'effraie le plus dans toute cette histoire, ce n'est pas tant de perdre mon travail. Ça m'ennuierait beaucoup, c'est certain, mais ce qui est encore plus difficile à admettre, c'est plutôt l'effet qu'il a eu sur moi. Passé le moment du choc, je n'ai pas réussi à résister à l'envie de l'observer à la dérobée. C'est un petit connard menteur, tricheur et manipulateur, mais c'est aussi le plus sexy des connards que je connaisse.

J'ai tellement souvent rêvé de lui depuis notre rencontre, tantôt je le retrouvais dans notre boîte de nuit, tantôt il était mon banquier ou le boulanger du coin de la rue... La finalité était cependant toujours la même, nous finissions par faire l'amour tendrement, comme si nous ne nous étions jamais quittés. Et pour mon plus grand malheur, il est exactement le même que dans mes souvenirs. Peut-être plus beau encore.

À partir de maintenant, je n'ai plus le choix, je dois activer ma sonnette d'alarme intérieure. Ce mec est un piège à éviter à tout prix, un fruit empoisonné. Il n'est qu'un stagiaire comme les deux autres et ne devra jamais plus être considéré autrement.

Malgré cette bonne résolution, impossible de retrouver le sommeil. Il me reste une bonne heure avant que le réveil sonne, pourtant, je gagne la salle de bains et commence à me préparer pour aller bosser.

Avec ma conscience torturée, j'ai envie d'en parler à quelqu'un, mais en même temps, je sais que c'est le genre de secret qu'il vaut mieux dissimuler le plus longtemps possible.

Est-ce que monsieur Dumas serait clément si je lui avouais la vérité tout de suite ? Ou est-ce qu'il me dirait qu'il ne peut pas prendre le risque de nous laisser dans la même pièce, car on ne sait pas ce que le futur nous réserve ?

J'imagine mille et un scénarios pour cette prochaine journée de travail. Même s'il me reste un peu de sursis pour envisager la suite des événements, pour définir la ligne de conduite exacte que je dois adopter avec lui, la phrase qu'il m'a dite en sortant de la salle résonne encore dans ma tête. Mon cœur se soulève, mon esprit s'emballe. Putain, comment vais-je bien pouvoir réussir à gérer tout ce bordel sans y laisser des plumes ?

Il est tôt quand les portes de l'ascenseur s'ouvrent sur mon étage. Les lumières du hall d'accueil sont éteintes, il n'y a pas un bruit. La quiétude des lieux apaise les boum-boums de mon cœur et, plus légère, j'arpente les couloirs pour parvenir jusqu'à mon bureau. Étrangement, la porte est entrouverte. Il me semblait pourtant l'avoir fermée à clé hier. Tandis que j'entre à pas feutrés, je réalise que tout est nickel et que la femme de ménage a dû oublier de refermer. Posant mon sac à main et mon porte-document sur mon bureau, je m'étire un instant devant la grande fenêtre qui surplombe le palais Brongniart. Le soleil brille déjà sur la capitale et je me maudis d'être ici de si bonne heure alors que j'aurais pu paresser encore un peu. Foutu Thomas ! J'ai eu beau essayer de clore le chapitre dans ma tête, je n'arrive pas à penser à autre chose.

Avec les derniers mots qu'il a prononcés, il sait qu'il est en position de force, qu'il a atteint sa cible, alors j'ai besoin de plus d'éléments pour avoir toutes les cartes en main, je dois devenir le maître du jeu, je n'ai pas le choix.

Les yeux dans le vague, perdus sur la rue encore endormie, j'essaie de réunir pour la énième fois toutes les données que j'ai en ma possession. Le butin est toujours aussi maigre, je vais devoir creuser.

Trop concentrée sur ce menteur, je n'entends pas les pas qui s'approchent derrière moi. C'est une voix d'homme qui me tire de mes pensées. Pas sa voix à lui.

— Tu es bien matinale, ma chère, s'exclame Loris en se penchant pour me faire la bise. D'habitude, je suis le seul à errer dans les couloirs à cette heure-ci ! T'es déjà devenue une accro au boulot ?

— Une insomnie… Plutôt que de tourner en rond dans mon lit, j'ai préféré mettre mon temps à profit ! Et toi, pourquoi tu es déjà là ?

— Mon homme se lève très tôt le matin, et dès qu'il quitte le lit, je ne vois plus l'intérêt d'y rester sans lui…

Attendrie par le sourire radieux qu'il arbore quand il parle de son mec, j'en ai presque squeezé l'information sur son homosexualité. Le maquillage aurait pu me mettre la puce à l'oreille, mais pour le coup, l'idée ne m'avait vraiment pas effleuré l'esprit. Toujours est-il qu'il doit être sacrément amoureux pour avoir les yeux qui pétillent de la sorte rien qu'à l'évocation de son chéri.

— J'aimerais avoir quelqu'un qui partage mon lit, moi aussi, soufflé-je dans un soupir empreint de jalousie. J'aimerais au moins trouver quelqu'un qui me fasse sourire, ce serait déjà pas mal !

— Et un bon café, ça te ferait sourire ? me lance-t-il avec un clin d'œil taquin.

Sans me laisser le temps de répondre, il m'embarque en passant un bras sous le mien pour me forcer à le suivre. Sur le court chemin qui mène à la machine à café, il me parle de Marco, le bel italien qui partage sa vie. Enthousiaste quand il me raconte leur rencontre, j'apprends qu'ils sont ensemble depuis six mois seulement, que c'est la première fois qu'il est amoureux, mais aussi que Marco a plaqué sa vie à Rome pour emménager avec lui il y a moins de deux mois.

— Il bosse dans un café près de l'opéra, comme c'est juste à côté, ça nous permet de nous retrouver le midi pour manger un bout ensemble. Tu devrais venir avec moi un de ces quatre, je te le présenterais, il est adorable, tu verras !

— Je n'en doute pas une seconde, lui dis-je avec sincérité. Ce serait même avec plaisir !

Déjà conquise par toutes les qualités de Marco, j'écoute Loris chanter les louanges de sa moitié pendant près de trente minutes sans même m'en rendre compte.

Je ne savais pas si l'assistant du boss allait être un allié dans mon nouveau job, mais avec ce petit tête-à-tête matinal, nul doute qu'il le deviendra. On plaisante, on rit, c'est fluide entre nous. Pourtant, ça ne l'est pas encore assez pour que je puisse lui confier mes déboires avec le nouveau stagiaire. Cela dit, Loris est ici depuis quelque temps déjà, peut-être avait-il déjà rencontré Thomas avant-hier ?

— Et au fait, ça a été avec les stagiaires hier ? me demande-t-il comme un écho à mes pensées.

Le remerciant mentalement pour cette perche qu'il me tend malgré lui, je profite de la situation pour creuser sur le cas « Thomas Vidal » :

— Oui, super ! Justin et Claire ont l'air très sérieux. Je vois déjà les missions que je vais pouvoir leur confier. Par contre, j'ai plus de mal avec…

— Le fils Vidal ? me coupe-t-il en répondant à la première question qui me taraudait.

— Tu le connais ? Il est souvent venu ici ?

— Alors oui pour ta première question et non pour la seconde. Je ne l'ai vu qu'une seule fois, un jour où il s'était pointé avec sa mère alors que monsieur Vidal était venu régler un problème, m'explique-t-il tandis que je fronce les sourcils malgré moi.

M'observant avec attention, comme s'il était à l'affût du moindre battement de cils, Loris esquisse un sourire sadique en me voyant rougir.

— Il a déjà fait des siennes, le beau gosse plein aux as ? Dis-moi au moins que Dumas t'avait prévenue que tu allais te le taper ?

— Me le taper ? m'exclamé-je, horrifiée. Je ne compte pas me le taper, voyons !

Pris d'un fou rire, Loris me presse l'épaule d'une main tout en se tenant le ventre de l'autre.

— Je ne parlais pas de sexe ! se moque-t-il avec plaisir alors que mon cœur est à deux doigts d'exploser. Je parlais de son statut de stagiaire. Enfin, il est vraiment pas mal, je lui ai parlé hier et pour être honnête, je ne cracherais pas sur la marchandise !

— Pas sûr que ton Marco approuverait…, rétorqué-je pour lui rendre la monnaie de sa pièce.

— Mama Mia ! Que cette discussion reste entre nous, je te préviens ! plaisante-t-il en rougissant. Alors, il a fait quoi le gamin Vidal ?

— Gamin, gamin… Il n'a rien d'un gamin, il a à peine deux ans de moins que moi !

— Ouh… C'est qu'il ne te laisse pas indifférente, on dirait !

— N'importe quoi, Loris ! Ne va pas mal interpréter mes propos !

— OK, OK ! lâche-t-il en levant les mains en l'air pour prouver son innocence alors que son gobelet en carton est coincé entre ses dents.

— Toujours est-il qu'il est arrivé en retard, presque en moonwalk tellement il ne semblait pas vraiment emballé par son stage.

— À moi, il m'a paru plutôt déterminé quand il te cherchait après la pause déjeuner.

Surprise qu'ils aient pu se parler à ce moment-là, et encore plus que Loris soit au courant du passage de Thomas à mon bureau avant de reprendre le boulot, je pique un nouveau fard monumental en imaginant quel genre de pensées a pu lui passer par la tête.

— J'ai un peu grincé des dents quand il a débarqué à la bourre, alors il est venu s'excuser. Je ne sais pas trop quels sont les enjeux de ce stage pour lui, mais il faut croire qu'il n'a pas encore trouvé la motivation suffisante pour gagner un poste à l'année.

— Je n'aimerais pas être à ta place, lance-t-il en plissant les yeux pour accentuer ses mots. Comment faire dégager ce gars s'il n'est pas à la hauteur ? Hum… Tu dois avoir le cul entre deux chaises, je comprends mieux pourquoi Dumas t'a refilé le bébé !

— Dumas m'a dit que ça faisait partie de mes attributions. Ce n'était pas le cas ?

— Au départ, c'est lui qui devait les accueillir personnellement, sauf qu'il a décidé de te passer le dossier, mais c'est limpide maintenant, si le gamin ne fait pas l'affaire, ce n'est pas lui qui se mouille, c'est toi !

— Je comprends aussi pourquoi il n'a trop rien dit quand Thomas s'est pointé en retard. Au départ, j'ai pensé que c'est parce qu'il voulait voir de quoi j'étais capable, mais finalement, c'est surtout pour se faire passer pour le gentil…

Les yeux perdus dans le vague, Loris étudie le couloir qui vient de s'allumer au loin. Alors qu'il s'apprête à répondre, le boss pointe son nez, un sourire radieux aux lèvres. J'ai du mal à croire qu'un homme aussi séduisant que lui puisse être manipulateur. Même s'il y a une part de vrai dans ce que je viens de comprendre, je préfère rester sur ma position de départ, il voulait voir de quoi je suis capable.

D'un signe de tête, il nous salue tous les deux avant de passer à côté de nous sans même prendre le temps de s'attarder. Surprise par son attitude, je jette un coup d'œil à Loris qui hausse les épaules, désolé. Après avoir fait couler un autre café pour son chef, il s'approche de mon oreille comme s'il voulait y glisser un secret :

— Je suis sûre que Thomas va se mettre au boulot ! Avec une tutrice aussi canon, il va probablement avoir à cœur de se plier en quatre pour te séduire…

Juste avant de s'éclipser en me laissant en plan, il me balance un clin d'œil qui me hérisse les poils. J'aimerais autant qu'il ait tort et que Thomas n'essaie plus de me séduire. Je vois déjà trop bien où ça m'a conduit la première fois !

Tandis que j'appuie sur le bouton déca de la machine, les couloirs de l'étage se remplissent en une fraction de seconde. Le calme qui m'entourait une minute plus tôt est vite remplacé par un brouhaha assourdissant. Récupérant le café bien chaud en vitesse, je tourne les talons pour me réfugier dans mon antre au plus vite.

Alors que je prends la direction de mon bureau pour y trouver encore un peu de quiétude avant l'arrivée des stagiaires, j'entends que l'on m'appelle du bout du couloir. Ce n'est pas du tout le son de sa voix, pourtant mon cœur bat à tout rompre en imaginant une seconde que c'est Thomas. Le temps que je me retourne, monsieur Dumas n'est déjà plus qu'à quelques enjambées de moi. Une main dans la poche de son pantalon de costume, l'autre qui bat la mesure au rythme de ses pas, il s'approche avec un sourire éclatant.

— Bonjour Emma ! Désolé de ne pas m'être attardé tout à l'heure, j'avais un coup de fil très urgent à passer, il fallait impérativement que je respecte le timing pour ne pas rater mon interlocuteur, s'explique-t-il en me serrant la main.

Dans son costume cintré qui fait ressortir ses larges épaules et son torse bombé, il se dégage de cet homme un charme singulier, presque attractif. Voilà quelqu'un sur qui je devrais me concentrer plutôt que de penser à un gars qui n'en vaut pas la peine. Surtout quand il porte un parfum aussi captivant.

Ma main toujours serrée au creux de la sienne dans un geste presque intime et dérangeant, il reprend :

— Prête à attaquer votre nouvelle journée ?

Tandis qu'il relâche mes doigts, il me fait signe de le suivre dans le couloir, prenant soin de m'escorter jusqu'à mon bureau. Brièvement, je lui expose mes doutes quant à la motivation de Thomas, mais il reste silencieux à son sujet. Les mots de Loris me reviennent en tête, peut-être n'avait-il pas vraiment tort finalement.

Pas encore prête à lui demander des explications, et surtout pas en position de me le permettre pour le moment, je passe rapidement à un sujet moins entremettant en dirigeant la conversation vers la pluie et le beau temps.

Dans l'encadrement de ma porte, le sourire charmeur de cet homme m'hypnotise. Plus grand que moi d'au moins vingt bons centimètres, je suis obligée de lever légèrement la tête pour le regarder et ne pas rester fixée sur sa bouche charnue.

Brun aux yeux verts, une barbe de trois jours qui fait ressortir sa mâchoire carrée, et des cheveux coiffés négligemment, il a un petit air à la James Dean terriblement sexy. Avec cette carrure athlétique qui inspire force et sécurité, il a ce genre de prestance qui attire, cette nonchalance dans le regard qui rend fébrile… Il a ce petit truc curieux qui donne envie d'en savoir plus. Si j'étais tombé sur lui dans le bar ce soir-là, je suis sûre que l'histoire aurait été bien différente.

Et merde ! Cet homme attirant me parle, il s'intéresse à moi, mais moi, comme une conne, je pense encore à Thomas…

Quand on parle du loup, on le croise souvent au bout du couloir... Et pour ne pas déroger à l'adage, il est là, s'avançant vers nous avec une heure d'avance.

4 JUILLET – THOMAS

Trop pressé de la revoir, mais surtout déterminé à lui prouver toute ma bonne volonté, je me suis pointé au taf avec presque une heure d'avance. Je ne sais pas trop à quoi je pensais en venant si tôt. Faire le lèche-cul n'est pas vraiment ma marque de fabrique, cependant, je veux me racheter, je veux qu'elle me considère à nouveau comme un mec qu'elle pourrait ramener chez elle.

Je voulais aussi lui expliquer qui j'étais, lui dire la vérité sur mon nom ou sur ma présence ici. C'est vrai que je préférerais qu'on ne fasse pas trop le rapprochement avec mon paternel, pourtant, elle est en droit de savoir, car pour elle, mon identité risque de devenir un poids supplémentaire dans le choix qu'elle doit faire dans deux mois. J'imagine d'ailleurs que l'assistant de Dumas a déjà dû lui vendre la mèche. Ce n'est pas tous les jours que le fils du grand boss vient jouer les larbins dans sa propre société.

Bien que ça ne m'enchante pas d'être ici, bien que ce soit mon père qui m'ait imposé ce stage, je suis maintenant heureux de m'être plié aux volontés du patriarche… Sans lui, je n'aurais peut-être jamais revu Emma. Alors finalement, ça valait le coup.

En réalité, si elle me connaissait vraiment, elle comprendrait que je ne suis pas la mauvaise personne qu'elle pense que je suis. Si elle me connaissait vraiment, elle comprendrait qu'il y a un avant et un après « moi ». Le « moi » d'avant l'accident et le « moi » d'après.

Pour résumer la situation, je garde une très belle image de mon enfance, car à l'époque je n'avais pas conscience de ce qu'un tel nom impliquait. Même si mes parents faisaient le maximum pour être présents dans notre vie quotidienne, ils avaient une charge de travail telle que nous avons été élevés en majeure partie par une gouvernante. Les rares moments où nous étions tous ensemble étaient toujours des moments de qualité, de partage et de tendresse.

Adolescent, j'ai commencé à subir leurs absences avec plus de difficultés. Je les comblais en couchant avec des filles pour trouver un peu de réconfort et de tendresse. Je devais avoir douze ans quand j'ai eu mon premier rapport. Je ne saurais même plus dire à quoi elle ressemblait, ni même quel âge elle avait. Jeunes, vieilles, petites ou grandes, le physique n'avait pas vraiment d'importance tant qu'elles me paraissaient douces et tendres. Et comme avec Emma, je mentais à chaque fois sur mon identité dans le seul but de protéger le nom des Vidal. Je me suis inventé tellement de personnages que je ne saurais même pas tous les nommer.

Après mes dix-huit ans, ça s'est un peu corsé. Je faisais mon bonhomme de chemin sans me soucier de ce que ça impliquait pour mon avenir. J'étais un poil rebelle, rien de bien méchant cela dit. Je fumais quelques pétards, faisais le con en classe ou je sortais très tard le soir sans parfois donner de nouvelles. Un jeune normal quoi. C'est à cette époque que mon père a commencé à vouloir me formater. En tant qu'aîné, il a hissé la barre si haute pour mon avenir professionnel ou pour mon futur en général, que l'objectif m'a toujours semblé quasi inatteignable. Pourtant, j'ai fait de mon mieux pour le rendre fier de moi. Du moins, jusqu'à l'accident, trois ans auparavant.

À partir de ce moment-là, mes parents ont changé, j'ai changé. J'ai compris que je ne serais jamais à la hauteur de leurs attentes, que je ne serais jamais le fils prodige dont ils rêvaient. J'ai aussi compris que l'argent ne faisait pas le bonheur, et j'ai sombré dans la noirceur du monde. J'ai tellement fait n'importe quoi pendant trois ans, qu'un abysse s'est creusé entre eux et moi.

Une fois, dépités par mon comportement, ils sont même allés jusqu'à me menacer avec un « continue comme ça et on te déshérite ». Putain, s'ils avaient pu comprendre à quel point je m'en tapais de leur fric. Aujourd'hui encore, ce n'est pas leur nom ou leur argent qui m'intéresse, car ça ne nous fera jamais revenir en arrière, ça ne changera rien à notre vie ou à nos relations, ça ne le fera pas revenir !

Si je suis là aujourd'hui, ce n'est pas par gaieté de cœur. Si j'ai réussi à échapper à mes démons, c'est parce qu'ils m'ont extrait de cette vie qui était devenue la mienne, et pour ça, je me sens redevable. Et puis, je dois avouer qu'ils ne m'en ont pas vraiment laissé le choix. S'ils m'ont sorti la tête de l'eau, ce n'est pas tant par amour pour leur fils, en tout cas pour mon père. C'est surtout parce qu'il leur faut quelqu'un pour reprendre la société quand il sera trop vieux pour s'en occuper. Il leur faut un héritier pour faire perdurer leur empire et je suis désormais le seul sur qui ils peuvent compter à présent. Je pourrais très bien tout plaquer et me barrer à l'autre bout de la Terre, mais je ne peux m'y résoudre. Ils sont la seule famille qu'il me reste et si notre relation est rompue, ça me donne l'impression, même factice, d'avoir encore de l'importance pour quelqu'un. Enfin, c'était vrai jusqu'à elle.

Le seul moment où j'ai eu la sensation de vraiment compter pour quelqu'un, c'est le jour où Emma m'a ramené chez elle. Aucune femme ne s'était jamais comportée comme ça avec moi. Et je n'avais jamais ressenti cette alchimie avec personne avant elle. Ça m'a fait peur, mais ça m'a aussi fait réfléchir.

Ce jour-là, quand je suis parti de chez elle, j'ai vraiment hésité à retourner la voir pour me rallonger à ses côtés, mais comment j'aurais pu lui expliquer mon mensonge, comment j'aurais pu lui dire « viens, on recommence à zéro, on refait les présentations ! ». J'en crevais d'envie, pourtant je ne l'ai pas fait. Peur, lâcheté, facilité, j'ai tracé ma route avec tous les doutes et les regrets que ça m'a apporté. Ce jour-là, j'ai même pris une grande décision. J'ai décidé d'arrêter de courir après des chimères. Inventer des noms, changer d'identité ou de femmes chaque week-end, voire chaque soir… Qu'est-ce que ça m'apportait finalement ? Un grand vide, du non-sens, le néant. Ce jour-là, je me suis promis d'arrêter les conneries avec les femmes, de ne plus me servir d'elles comme d'un substitut à la présence ou à l'amour de mes parents. Je me suis promis de tout faire pour la retrouver, pour mériter une seconde chance. Je veux qu'elle me regarde autrement que comme un lâche ou un petit gosse de riche qui a merdé, qu'elle m'envisage différemment. Je veux retrouver la Emma que j'ai connue cette nuit-là et ne plus jamais la faire souffrir.

Mais il n'y a pas que ça. Aujourd'hui, j'ai compris que quoi que je fasse, que je sois un gars bien ou un branleur, mes parents s'en tapent. Comme ils ne m'accordent pas plus d'importance dans un cas comme dans l'autre, ils ne méritent pas que je gâche ma vie pour eux. Il est tant que je redresse la barre, que je prenne mon destin en main. Je dois me mettre au boulot pour moi, pour réussir par moi-même et non pas parce qu'ils me pistonnent pour un stage. Je dois réussir pour qu'elle se rende compte que je vaux mieux que ce mec qui la dévisage comme s'il était le loup et qu'elle n'était que son prochain repas.

Il est si près d'elle que je sens mon cœur s'emballer. Est-ce que je suis jaloux de lui ? Carrément ! Le sourire qu'elle lui accorde disparaît à la seconde même où ses yeux se posent sur moi. Je sais que la tâche va être délicate, mais je compte bien faire mon maximum pour me racheter. La tête haute en arrivant près d'eux, je les salue avec détachement :

— Monsieur Dumas, madame Rolland.

— Vous êtes bien en avance ce matin, monsieur Vidal. Après votre arrivée fracassante d'hier, je suis agréablement surpris !

— Merci, monsieur, mais j'ai compris la leçon. J'ai promis d'être un stagiaire modèle, je compte bien honorer cette promesse. J'ai d'excellentes raisons pour cela, ou en tout cas, j'ai une excellente raison.

Emma change de couleur, elle devient livide. Elle qui n'avait rien dit jusqu'à maintenant entrouvre les lèvres pour parler, mais se ravise immédiatement.

— C'est une excellente nouvelle, Thomas, je suis ravi de ce choix. Qu'importe la raison qui vous pousse à un tel changement d'attitude, gardez-la toujours en tête pour atteindre vos objectifs.

— Croyez-moi, je ne compte pas dévier de ma trajectoire, l'enjeu est bien trop important, monsieur.

Tandis que je jette un coup d'œil à Emma qui se contente de scruter le sol, je me prends à espérer qu'elle ait compris qu'elle était à la fois la raison du changement et l'objectif à atteindre. Nul doute que ce soit le cas d'ailleurs, vu le rouge qui teinte ses pommettes.

— Très bien, très bien ! N'hésitez pas à venir me voir si vous éprouvez quelques difficultés. Nous trouverons toujours une solution pour vous aider.

— J'en prends bonne note, monsieur Dumas. C'est notamment la raison de ma présence avant l'heure. Je souhaiterais m'entretenir avec madame Rolland au sujet des missions qu'elle va nous allouer. Je voulais avoir plus de précisions sur ce qu'on attend de moi exactement, afin de pouvoir donner le meilleur de moi-même.

— Je suis sûr que madame Rolland saura vous aider dans ce sens. N'est-ce pas, Emma ? lui demande-t-il en guettant sa réaction.

— Certainement, répond-elle avec professionnalisme en évitant de me regarder.

— Super ! Je vous laisse donc gérer ensemble. Bonne journée, Thomas, je vous souhaite de garder cette mentalité jusqu'en septembre. Je suis certain qu'avec un tel enthousiasme, vous serez celui qui nous accompagnera pour le reste de l'année, lance le chef de service avec un rictus factice. Madame Rolland, nous nous recroiserons certainement dans la journée.

Il n'y a pas que son air hypocrite qui m'agace chez ce type, le sourire qu'il vient de lui faire n'est pas celui d'un supérieur à son employée. On dirait qu'ils se connaissent davantage. Cette idée me révulse, je n'ose même pas l'imaginer avec lui, ça m'écœure. Pire encore, son sourire à elle. Elle le regarde lui et pas moi. J'ai les nerfs, ma gorge se noue.

Alors qu'il nous laisse tous les deux devant le bureau d'Emma, je me retrouve face à deux yeux tueurs, prêts à déverser leur colère une nouvelle fois.

4 JUILLET – EMMA

Je tourne la clé dans la serrure en serrant la poignée avec fermeté pour ne pas me laisser aller à lui foutre ma paume sur la joue. D'un grand geste qui fait voler la porte contre le mur, je bouillonne de l'intérieur face à la sournoiserie dont il vient de faire preuve. De toute évidence, je n'ai pas été assez claire lors de notre dernière entrevue. S'il pense pouvoir me la faire à l'envers, il va vite comprendre de quel bois je me chauffe.

Je m'avance vers mon bureau, avant d'y jeter la pochette que je tenais contre moi pour contenir ma colère grandissante. Mes doigts tapotent le bois lisse de façon mécanique sans que je puisse les retenir. Au bord de l'explosion, je tâche de maîtriser ma respiration avant de lui ordonner d'entrer. Pour ne pas faiblir devant sa gueule d'ange, je me contente de lui jeter un rapide coup d'œil sans vraiment prolonger le contact visuel.

Penaud, il reste dans l'encadrement de la porte pour me fixer, attendant de voir ma réaction.

ARRRGGGHHH, il va me rendre dingue s'il continue à jouer avec mes nerfs de cette façon.

— Entre ! lui ordonné-je en pointant le fauteuil qui me fait face pour qu'il y prenne place.

Alors qu'il s'exécute enfin, je profite d'un regard à la dérobé pour l'observer. Quand je l'ai rencontré, il avait la même petite barbe naissante, la même attitude nonchalante, à la fois sexy et désinvolte. Je mentirais si je disais que sa présence ne m'affecte pas, au contraire, elle me perturbe.

Quand je l'ai vu arpenter le couloir dans notre direction, c'est comme si mon cœur avait cessé de battre. Je voudrais pouvoir affirmer qu'il me laisse indifférente, je voudrais qu'il ne me fasse aucun effet, pourtant, à chaque fois que je pose les yeux sur lui, j'ai l'impression qu'il est encore mieux que dans mon souvenir. Plus beau. Plus séduisant. Ce qui m'effraie vraiment, c'est la réaction de mon corps quand il est aussi près de moi. Je me sens instinctivement attirée.

Assise sur le bord de bureau, j'essaie de prendre un air sévère, mais les flash-back de notre nuit qui s'immiscent dans mon esprit me font monter le rouge aux joues. Bordel, il n'a été qu'un plan cul d'un soir, alors pourquoi ça me met dans un tel état ?

Les coudes posés sur ses genoux, il contemple le sol sans oser relever les yeux vers moi. Ma main est si proche de ses cheveux, quelques centimètres ridiculement précieux qui pourraient être réduits à néant s'il relevait la tête. Il est même si proche que j'arrive à sentir son parfum. Ce même parfum qui m'a envoûtée une nuit de juin.

Du haut de mon mètre soixante, je me redresse, puis inspire profondément avant de prendre la parole. Il ne doit surtout pas remarquer à quel point il me déstabilise, il doit comprendre qu'il ne représente rien. Rien du tout.

— Qu'est-ce que tu cherches, Thomas ? Tu te fous de moi ou quoi ? finis-je par lui balancer au visage tout en faisant le tour du bureau pour mettre de la distance entre nous. À quoi tu joues ?

Ma question le fait sourire. Et merde ! Cet enfoiré ne me prend pas au sérieux une seule seconde. Il se mordille machinalement l'intérieur de la joue, puis passe sa main dans ses cheveux, son polo se soulève un peu, laissant entrevoir une infime partie de ses abdos.

Ce geste lent et complètement calculé me semble outrageusement sexy. Pour je ne sais quelle raison, ça me met encore plus en rogne contre lui. Ou bien contre moi-même.

— OK, c'est vraiment pour le stage que tu es là ?

Il hoche la tête et continue de m'observer comme s'il essayait de voir à travers moi.

— Je pense que tu devrais aller demander à Loris de te briefer à nouveau. Moi, j'ai un paquet de boulot qui m'attend ! affirmé-je en tapant une pile de quelques dossiers qui trône devant moi sans même savoir ce qu'elle contient. Il est autant au courant que moi, si ce n'est plus. Il me paraît tout indiqué pour te faire le topo dont tu as besoin.

Sa réponse tarde à venir. Les yeux fixés sur moi, mais pourtant à des années-lumière de là, il passe sa main dans ses cheveux en serrant les dents comme s'il s'apprêtait à lâcher une bombe.

— Thomas, est-ce que ce serait OK pour toi ? demandé-je en faisant mine de décrocher mon téléphone pour contacter Loris. Je le préviens immédiatement…

— Est-ce que tu te le tapes ? balance-t-il en revenant dans notre espace-temps pour me jeter un regard noir.

— Qui ? Quoi ? Qu'est-ce que tu racontes ?

Un peu confuse face à cette question qui me prend de court, je repose le combiné pour rassembler mes idées. Mais putain de quoi il parle ? Et de qui ? De Loris ? Non, mais quelle idée !

Devant mon air surpris, il reformule sa question, la mâchoire de plus en plus crispée :

— Est-ce que tu sors avec Dumas ?

Choquée par ce que j'entends, je ne réussis pas à lui répondre immédiatement. La tournure que prend cette conversation ne me plaît pas du tout, pourtant, imaginer qu'il puisse être jaloux me procure un plaisir presque sadique.

Réalisant qu'avec cette question je peux faire d'une pierre deux coups, je m'immisce tout de même dans la faille qu'il vient d'ouvrir. D'une part, je vais laisser les doutes lui tarauder les méninges, et ensuite, je vais le mettre suffisamment mal à l'aise pour qu'il ne daigne plus m'approcher.

— Oui... Non... Peut-être, hésité-je sciemment pour laisser le doute planer dans son esprit. Enfin, de quoi je me mêle ? Qu'est-ce que ça pourrait te foutre après tout ? Tu penses avoir un droit de regard sur qui je me tape ?

— Non, mais...

Toujours bien décidé à le pousser dans ses retranchements, je ne le laisse pas finir sa phrase en feignant une colère terrible :

— Qui es-tu pour te dire que tu as le droit de me poser une telle question ? Thomas, reste à ta place, tu n'es qu'un stagiaire parmi tant d'autres. Tu n'es rien et tu ne seras jamais rien pour moi. Si tu veux le savoir, eh bien oui, je sors avec Valentin. C'est un homme merveilleux qui me rend vraiment heureuse. Et pour ta gouverne, il est mille fois meilleur au lit que Dimitri ne l'a jamais été ! grogné-je en tapant le bureau d'une main pour le faire sursauter. Putain, Thomas, tu n'es pas Dimitri. Dimitri n'existe pas et n'a jamais existé, tu n'as fait que te jouer de moi, et le jeu s'arrête là. Rentre-toi bien ça dans le crâne une bonne fois pour toutes !

Il peine à déglutir, son regard s'assombrit, je peux même lire de la colère dans ses yeux. De la colère et beaucoup de tristesse. Pour un peu, j'ai l'impression qu'il pourrait se mettre à chialer, ce qui me blesse plus que ça ne le devrait.

Je ne sais pas ce qui m'a pris d'inventer un tel bobard, je ne voulais pas le peiner. Surtout qu'à présent, je ne vaux guère mieux que Dimitri. Mais bordel, pourquoi lui ai-je dit que je sortais avec notre supérieur ? Si ça vient à se savoir, je risque de m'attirer des problèmes pour des conneries.

Tandis qu'il se penche vers moi par-dessus l'imposant meuble qui nous sépare, bien trop près pour garder une distance raisonnable entre un stagiaire et son tuteur, mon esprit part dans tous les sens. Jetant un coup d'œil à la porte laissée ouverte, je réalise qu'Hélène ne devrait plus tarder à arriver. Que se passerait-il si elle venait à nous voir si proches sur notre lieu de travail ? Qu'irait-elle raconter à Dumas ?

Déboussolée, je relève la main pour tenter de le repousser, mais une force démoniaque me retient de le faire quand il approche ses lèvres près de mon oreille. Mon cœur est prêt à exploser dans ma poitrine, mon ventre se serre quand sa joue effleure la mienne. Quand il va jusqu'à repousser une mèche de mes cheveux, je reste tétanisée.

— Ce n'est pas ce que tu me susurrais à l'oreille quand je te faisais l'amour, Em. Tu ne peux pas nier ce qu'il y a eu ce soir-là, il s'est passé quelque chose de spécial entre nous et tu le sais aussi bien que moi. Ce que j'ai ressenti quand je t'ai croisée dans le bar s'est ravivé à la seconde où je t'ai revue dans cette salle. Je te veux, Emma, et je ferai tout pour t'avoir à nouveau... Écoute comme tu respires, Em, tu me veux aussi, ça ne sert à rien de lutter contre ça, c'est plus fort que nous. C'est une évidence.

Tandis qu'un bruit m'interpelle dans le couloir, je le repousse dans un mouvement involontaire. Le sentir si près de moi m'a mis dans tous mes états. Ses mots résonnent en moi comme un électrochoc. Il a raison, le langage corporel ne ment pas.

Mes mains cramponnées au rebord de mon bureau tremblent. Mes jambes, pourtant bien calées contre le bois, flageolent au point que je ne sais pas si elles vont pouvoir me soutenir encore longtemps. Ma respiration est si saccadée que j'ai l'impression de manquer d'air. Il a mis mon corps entier en ébullition en une fraction de seconde.

Je pourrais me voiler la face indéfiniment que ça ne changerait pas les choses, il m'attire toujours autant. Même si je déteste qu'il me provoque de la sorte, même si je déteste qu'il prenne plaisir à me tourmenter, je retombe dans son piège. Ce mec a beau avoir une gueule d'ange, pour moi, il serait plutôt le diable en personne, la tentation, l'interdit.

L'air impassible, il fait un pas en arrière, puis un autre, et dans un regard qui me brûle de l'intérieur, il scrute chaque partie de mon corps jusqu'à ce que ses yeux plongent dans les miens.

Je sais qu'il a envie de moi, je le vois à ses pupilles qui se dilatent de plus en plus ou à son torse qui trahit sa respiration hachée. Je le vois, je le sens, et même si je veux me persuader du contraire, j'en meurs d'envie aussi. Sa peau, son odeur, sa voix, tout me rend folle chez lui.

Je dois me ressaisir. Il le faut. Prenant une grande inspiration avant de le remettre à sa place, je le regarde droit dans les yeux, sans ciller. Un bruit me fait sursauter près du bureau d'Hélène et la chanson qu'elle fredonne en prenant son poste me ramène sur Terre. Thomas, qui l'a entendue aussi, marche à reculons vers la porte sans me lâcher des yeux, l'air triomphant. Plus le temps de le remettre à sa place, plus le temps de l'envoyer sur les roses, il sait qu'il a gagné cette manche et il s'en délecte en me jetant un clin d'œil juste avant de s'éclipser.

Au moment où je l'entends saluer ma secrétaire, mon corps entier m'échappe au point que je m'effondre dans mon fauteuil en cuir moelleux. Les yeux fixés sur la porte qu'il vient de franchir, je me sens comme prise au piège de mes propres émotions. Je me déteste, je le déteste... Mais ce qui est le plus dingue, c'est que je sens que je vais adorer le détester.

29 AOÛT – EMMA

Bientôt deux mois que j'ai pris mes fonctions, et presque deux mois depuis la dernière fois que l'on s'est parlé… Enfin, qu'on a abordé un autre sujet que le boulot. Pour être honnête, ça fait surtout trop longtemps que j'attends de ressentir à nouveau le frisson qui m'a parcouru lors de notre dernière confrontation.

Thomas a été exemplaire ces dernières semaines. Il est arrivé en avance tous les jours, a été studieux, attentif, il a accepté chacune des missions que je lui ai confiées sans rechigner, même les moins valorisantes. Il a d'ailleurs pris l'habitude de m'apporter mon café, sucré juste comme il faut, tous les matins avant l'arrivée d'Hélène. J'aurais été enchantée si cette attention n'avait été que pour moi, mais il l'a aussi fait pour Loris et pour les deux autres stagiaires, car selon lui, il passe tous les jours devant le *Starbucks* qui se trouve à un pâté de maisons de chez lui.

Au-delà de ses compétences en matière de café, il s'est révélé être un homme ingénieux, qui anticipe les besoins et percute à vitesse grand V en cas de problème. Toutes les personnes à qui je l'ai confié pour avoir à le croiser le moins possible sont formelles, Thomas serait un excellent atout pour la société. En bref, il est un parfait petit stagiaire modèle avec un bel avenir devant lui.

Il y a cependant, un unique élément qui me chiffonne. Cela fait surtout presque deux mois qu'il ne m'a pas adressé un regard, un sourire, ou une parole en dehors de tout ce qui concerne le travail.

J'ai eu beau me poser la question mille fois, j'ai toujours autant de mal à comprendre ce brusque changement dans son attitude. Est-ce parce qu'il croit que je sors vraiment avec le directeur des ressources humaines, ou plutôt parce qu'il s'est lassé de son plan cul d'une nuit qui n'en valait pas tant la peine que ça ?

Je dois avouer que j'étais tout de même flattée qu'un homme puisse me courir après. Encore plus quand ce mec a été le meilleur coup de ma vie et que le souvenir du moment passé ensemble hante presque toutes mes nuits...

Encore la semaine dernière, pendant la réunion hebdomadaire du service, il avait la tête baissée sur son calepin pour griffonner je ne sais quoi dessus, la main posée sur son front. Il humectait inconsciemment sa bouche, et ça me rendait dingue. Je ne parvenais pas à détourner mes yeux de son visage, complètement hypnotisée par le lent mouvement de sa langue sur ses lèvres. N'importe qui aurait pu voir que mon regard n'avait rien de bienveillant, heureusement qu'ils étaient tous concentrés sur les paroles du chef.

Quand on a été les derniers à sortir de la salle, je m'attendais, j'espérais même, qu'il me dise quelque chose, ou qu'il tente de frôler ma main en passant à côté de moi, mais rien, nada. Je sais que c'est mieux comme ça, aussi bien pour lui que pour moi, pourtant, j'ai cette petite boule qui grandit dans ma gorge à chaque fois que mes yeux se posent sur lui, à chaque fois que je pense à lui.

Accoudée à mon bureau, l'esprit perdu sur les lèvres bien ourlées de Thomas, je n'entends même plus le bruit autour de moi. Il est 18 heures, la journée est finie. Hélène est partie depuis près d'une demi-heure, mais je reste là, le regard dans le vide, à touiller ma cuillère dans mon café d'un geste mécanique en pensant que je suis pathétique de me mettre dans un état pareil.

C'est ce que je voulais après tout, qu'il me foute la paix, qu'il ne soit plus rien pour moi si ce n'est qu'un simple stagiaire et il m'a entendu. Je devrais être heureuse, mais ce n'est pas le cas.

— Est-ce que quelqu'un m'entend ? Emma ? Emma ?

Je mets une bonne dizaine de secondes à me rendre compte que je suis toujours au bureau, que mon café est froid et que je suis toute seule avec Valentin assis en face de moi.

— Ça va, Emma ?

— Euh… oui, excusez-moi, Valentin ! soufflé-je en secouant discrètement la tête comme pour remettre de l'ordre dans mon esprit. J'étais un peu… ailleurs. Vous m'avez parlé ? Vous me disiez…

— Vous allez bien, Emma ? Vous aviez l'air si triste, se soucie-t-il en posant sa main sur la mienne. Je peux vous être utile, est-ce que vous avez besoin d'aide ?

Les sourcils plissés sur son regard doux, il avise son pouce qui caresse ma main machinalement, avant de le retirer, gêné.

Cet homme est vraiment adorable, il a été très prévenant ces dernières semaines avec moi, toujours à s'inquiéter de savoir si tout allait bien, si je n'avais pas trop de travail ou si j'avais besoin d'un coup de main. Il s'est montré si bienveillant à mon égard que nous avons commencé à bien discuter tous les deux, notamment pendant notre pause déjeuner du mardi où nous avons mangé quelques fois ensemble au self de l'entreprise.

— Oui, tout va bien, affirmé-je en lui souriant sincèrement. Il m'arrive parfois de m'égarer un peu... Un pied sur Terre et le reste sur la lune... Heureusement que ce n'est pas trop récurrent !

Ma remarque le fait rire. S'il savait que je suis dans cet état presque en permanence à cause de Thomas, je suis persuadée qu'il rirait moins. Cela dit, j'aime son rire chaleureux et communicatif. J'aime beaucoup ses jolies fossettes qui se dessinent quand il s'esclaffe ou quand il me sourit. J'aime cette façon qu'il a de me couver du regard, comme si j'étais un objet précieux.

— Vous êtes si adorable, Emma. J'adore ce côté tête dans les nuages chez vous. Ça me change du mien, trop terre à terre. C'est... rafraîchissant.

Ces mots me font rougir. Il me regarde d'une manière différente. On dirait presque que c'est une façon de me faire la cour.

Non... Impossible. Un supérieur ne se permettrait nullement ce genre de familiarité dans une société aussi procédurière que la nôtre.

Troublée par son aveu, je ne lui réponds pas, préférant détourner le regard pour ne plus avoir à soutenir le sien.

— Emma, j'espère que ce ne sont pas les rumeurs qui circulent chez CVML en ce moment qui vous mettent mal à l'aise…

— Quelles rumeurs, Valentin ? De quoi parlez-vous ?

Surprise de n'avoir eu aucun écho sur quelque rumeur que ce soit, je donne le change pour faire croire que je ne sais pas de quoi il veut parler, mais c'est évident, il parle de Thomas.

Merde, ça y est, je suis foutue. C'était donc ça le plan de cet enfoiré de menteur : aller raconter à tout le monde qu'il avait sauté sa tutrice de stage cet été. Voilà pourquoi il est devenu si distant avec moi, voilà pourquoi il fait comme si je n'existais plus. Il sait que la bombe ne va pas tarder à nous exploser à la tronche, et que je serais la plus éclaboussée de nous deux.

— Comment ça, vous n'êtes pas au courant ? Mon assistant ne s'est donc pas précipité vers vous pour tout vous déballer ?

— Non, pas du tout, Loris ne m'a rien dit, et personne d'autre non plus ! Quelle rumeur, Valentin ? Vous commencez à me faire peur !

Malgré moi, je retiens ma respiration avec l'estomac noué d'appréhension. Ça y est, le compte à rebours est lancé... Trois... Deux....

— Navré d'être celui qui vous l'apprend dans ce cas, mais il se dit dans les couloirs que madame Rolland aurait une liaison avec...

Presque fébrile à écouter la chute de cette phrase, je fais une dernière prière mentale. Son air gêné ne fait qu'accélérer la sensation de brûlure au fond de ma gorge. Mon cœur est sur le point de s'arrêter.

—... Avec monsieur Dumas !

Serrant la mâchoire en dévoilant ses dents d'une blancheur exceptionnelle quand il prononce son nom, son regard a encore changé. Le pauvre a l'air extrêmement mal à l'aise, ce qui le rend carrément attendrissant.

Quant à moi, je respire enfin. Bien sûr que je suis au courant, c'est un peu moi qui en suis à l'origine même si seul Thomas a été mis au courant...

Au lieu de m'en vouloir terriblement de le mettre dans une situation aussi embarrassante, j'ai envie de rire devant son air intimidé. Pour autant, je me retiens de lui montrer mon soulagement, et fais mine d'être aussi gênée que lui.

— Ah bon ? Mais d'où ça sort, ça ?

— Apparemment, ça circule depuis un moment. J'imagine que le fait que l'on mange ensemble de temps en temps à la cafèt' a suffi à faire naître les cancans. Mais le directeur du marketing m'a dit qu'il avait entendu un bruit de couloir, une rumeur comme quoi on nous aurait vus sortir d'un hôtel du centre-ville, explique-t-il avec précaution avant de dédramatiser le problème. Il faut croire que certains de nos collaborateurs ont beaucoup d'imagination, n'est-ce pas !

Tandis qu'il passe sa main dans ses cheveux, il fait mine de se gratter le crâne pour réfléchir à la situation. Avant que je ne puisse lui répondre, il ajoute :

— Si j'avais dû vous emmener quelque part, j'aurais commencé par un bon resto, certainement pas par un de ces bouis-bouis du centre-ville !

Alors que je pouffe de rire malgré moi, il rougit subitement en se relevant d'un bond. Le temps que je comprenne que ses mots tenaient plus d'une invitation que d'une simple boutade sans arrière-pensée, il reprend, confus :

— Je... Je suis désolé qu'une telle rumeur fasse le tour de la boîte, Emma. Je ne voudrais pas que cela puisse vous mettre dans une position inconfortable, aussi, je vous promets que je vais mener l'enquête pour trouver qui l'a lancée.

D'un signe de main, et sans même me laisser de droit de réponse, il fuit mon bureau en pensant que toute cette histoire me met mal à l'aise. Touchée par sa réaction, je l'interpelle par son prénom, l'obligeant à revenir sur ses pas.

— Oui ? répond-il tout bas alors que mon ventre se noue de trac.

— Ça aurait pu être sympa...

Son regard horrifié m'indique clairement qu'il n'a pas compris le sous-entendu. En plein dans ce quiproquo gênant, je rougis instantanément avec la furieuse envie d'aller me cacher dans un trou de souris face à ma maladresse. Mal à l'aise, je prends sur moi et précise :

— Pas le boui-boui, je veux dire... Ça aurait pu être sympa le... le restaurant...

Ma voix est presque inaudible, je me sens pitoyable alors que lui se redresse et expulse une longue bouffée d'air de ses poumons. Le torse bombé, un sourire rayonnant à nouveau collé au visage, il efface ces quinze dernières secondes de supplice en annonçant :

— Je serais heureux de pouvoir vous inviter au restaurant, Emma ! Dites-moi quand vous êtes disponible et je me ferais une joie de vous réserver ma soirée.

À la fois troublée et excitée par sa proposition, je mordille ma lèvre en réalisant que je vais encore faire une connerie, mais qu'importe, les mots sortent de ma bouche dans la précipitation :

— Pourquoi pas maintenant ? Enfin, si vous êtes libre...

29 AOÛT – VALENTIN

Putain, deux mois que j'attends ça en rongeant mon frein pour ne pas la brusquer ! Si on m'avait dit que ce serait si simple, j'aurais tenté l'aventure nettement plus tôt ! Au lieu de ça, elle est assise dans mon nouveau cross-over haut de gamme, avec sa jupe crayon noire qui remonte légèrement sur ses genoux.

Je commence à la connaître, la jolie Emma, elle n'est pas du style à se donner au premier venu, au contraire, avec elle, il faut faire preuve de patience et de douceur. Elle est le genre de femme à qui il faut du temps avant de se livrer à un homme, il faut qu'elle se sente en confiance, qu'elle soit suffisamment à l'aise pour s'ouvrir.

Elle est comme une délicate petite fleur de frangipanier qui tarde à dévoiler ses mystères aux yeux des curieux, mais qui, quand elle est enfin ouverte, illumine par le blanc pur et nacré de ses pétales. Oui, c'est ça, Emma est une adorable fleur de frangipanier qu'on rêve de préserver, de protéger, de chérir. Enfin… Si sa jupe me provoque encore en remontant d'un centimètre supplémentaire, je ne suis plus certain de pouvoir patienter ou préserver quoi que ce soit. Le peu de peau que je distingue de ses genoux enflamme déjà mon esprit, alors si ses cuisses venaient à s'extirper de leur fourreau, je ne pourrais plus jurer de rien et surtout pas de mes capacités à me retenir.

Le regard fixé sur la route, elle contemple les rues animées qui nous rapprochent de Montparnasse avec un délicieux sourire aux lèvres. D'un coup d'œil discret, j'observe le profil de ce visage qui me subjugue depuis près de deux mois déjà. À chaque fois que je la contemple, je remercie ce vieux

Baldoneau bedonnant qui me l'a offerte sur un plateau d'argent. Quel cadeau de départ il m'a fait, ce vicelard !

Toujours est-il que je ne saurais la décrire, tant elle frôlerait presque la perfection. Avec ses boucles blondes, ses yeux turquoise et son nez légèrement retroussé, elle est l'incarnation même de la beauté, une Aphrodite du XXIe siècle en mille fois plus belle, une sublime déesse qui ferait pâlir d'envie toutes les starlettes du cinéma, toutes les miss de concours, de tous pays confondus. En toute objectivité, je crois qu'elle est la plus belle femme qu'il m'ait été donné de voir dans ma vie, et le pire, c'est que je suis certain qu'elle n'en a pas conscience.

— Alors, on va dans quel boui-boui de la capitale ? ironise-t-elle en faisant référence à tout à l'heure.

Pour être honnête, je n'aurais jamais parié un billet sur ce coup de poker que je lui ai joué. Inventer la rumeur d'une liaison entre elle et moi, jouer la comédie pour lui faire croire que la situation m'a vraiment mis mal à l'aise, lui tendre une perche en me faisant passer pour un grand romantique... Quel coup de génie ! Un poil diabolique et calculateur, mais brillant tout de même. Comme quoi, se mettre dans la peau de la victime a eu du bon, sans cela, elle n'aurait peut-être jamais accepté ce rendez-vous. Alors, autant sortir le grand jeu ce soir...

— Un petit troquet qui ne paie pas de mine, vous allez voir ! lui dis-je avec un clin d'œil pour laisser planer encore le doute

Au même moment, je bifurque dans le parking souterrain le plus près de la brasserie où j'ai réservé une table. Avant de partir du bureau, quand je rassemblais mes affaires, j'ai cherché un endroit où l'emmener qui pourrait lui convenir. En tapant « brasserie romantique » sur *Google*, je suis tombé sur cet endroit charmant dont Miranda m'a parlé quelques fois. Elle qui squatte souvent les chaises du bar, ne tarit pas d'éloges sur cet endroit. Cadre superbe, mets gastronomiques, ambiance cosy et pleine d'histoire, elle voulait m'y emmener un soir, après notre rencontre hebdomadaire, mais l'esprit trop préoccupé par ma belle innocente, j'ai préféré rentrer chez moi. Baiser une pouf toutes les semaines histoire de ne pas perdre la main, OK, la sortir dans un restaurant romantique, pas possible. J'aurais presque eu l'impression de tromper Emma.

Alors que je me gare près de l'ascenseur le plus proche, je lui ordonne de rester dans la voiture avant d'en faire le tour au pas de course. Ouvrant sa portière pour me la jouer galant, je m'incline comme le ferait un majordome avant de lui proposer ma main pour l'aider à descendre.

— Si madame souhaite se donner la peine.

— Quel gentleman ! On n'en fait plus des comme ça !

Saisissant mes doigts pour sortir de la voiture, elle se redresse telle une reine, le port de tête altier, l'allure fière, dissimulant à peine le sourire taquin en coin qu'elle me fait.

Voilà tout à fait le genre de comportement qui illustre mes propos. Serait-ce par timidité ou humilité, toujours est-il que cette femme n'a aucune idée de son énorme potentiel. C'est une véritable beauté qui s'ignore, une beauté qui me rend presque fébrile. Alors quand son chemisier frôle le mien, et que son parfum aux notes vanillées effleure mes narines, je sens mon cœur remuer dans ma poitrine.

Sans aucune préméditation, je me penche sur son cou pour humer son odeur divine. Figée sur place, sa main toujours dans la mienne, un frisson parcourt son corps pour finir par hérisser les poils de son avant-bras.

— Hum…, fais-je en inspirant un grand coup. Mandarine, fève tonka… C'est délicieux !

Jouant à quitte ou double la carte de l'attraction olfactive, elle humecte sa lèvre inférieure en posant ses iris noisette au plus profond de moi. La tension est presque palpable, et pendant une seconde, j'hésite à venir goûter sa bouche si bien dessinée.

Patience, patience, mon vieux Val, tout vient à point à qui sait attendre…

— Une note m'échappe cependant…, ajouté-je en inspirant une nouvelle fois. La vanille ? La fleur d'oranger ?

Surprise par mes talents de nez, elle esquisse un sourire à croquer tout en passant ses mains dans ses cheveux pour les faire tomber en cascade derrière ses épaules. Ce geste, si anodin pour une femme, en dit pourtant beaucoup à l'instant. Elle m'offre une vue somptueuse sur son cou, elle évapore son parfum tout autour d'elle pour m'attirer dans ses filets. Elle veut me plaire !

— Ylang-ylang, réplique-t-elle d'une voix plus chaude. C'est *« Ange ou démon »* de *Givenchy*. Vous connaissez ?

Ma première pensée est de l'imaginer dans une combinaison de latex noire, couronnée par deux cornes rouges de diablesse. Mais cette vision d'elle ne lui correspond pas du tout. Emma, c'est la version ange du parfum. Une robe blanche presque transparente, portée sans rien en dessous, lui siérait à ravir. J'entrevois d'ici ses tétons pointer sous le tissu léger, doucement caressés par le va-et-vient du coton sur sa peau pendant qu'elle se balade sur un nuage. Oui, ça, c'est mon Emma. Et puisqu'elle est mon ange, alors je ferais tout pour être son démon. Nous serons complémentaires, nous le sommes déjà.

— Pas jusqu'à cet instant, avoué-je en gravant toutes ces senteurs grâce à une dernière inspiration. Mais je crois que je ne pourrais plus jamais oublier ce parfum…

Les joues rougies par mes mots, elle détourne le regard telle une biche effarouchée devant un cerf avant de prononcer un timide « et si on y allait » qui me fait frétiller. Cette fois c'est sûr, le poisson est ferré, la cible est verrouillée, la chasse peut commencer.

Bras dessus, bras dessous, nous entrons dans l'ascenseur pour regagner la surface de la Terre. Profitant du soleil de fin de journée qui inonde encore les rues, je nous mène tranquillement là où je vais pouvoir commencer à lui faire la cour.

— Je ne connais pas très bien ce quartier de Paris, par contre, j'ai entendu dire que c'était le coin des poètes ici, des écrivains, raconte-t-elle en découvrant les lieux comme une enfant émerveillée. Il paraîtrait même qu'*Hemingway*[1] se rendait souvent dans l'une de ces brasseries historiques pour y griffonner quelques lignes.

— *Hemingway* entre autres, déclaré-je pour lui exposer l'étendu de mon savoir avant de m'arrêter devant le restaurant où j'ai réservé. Cette charmante brasserie est réputée pour avoir accueilli de nombreux artistes comme *Verlaine* ou *Picasso*. Ça m'a paru être l'endroit tout indiqué pour y emmener une femme qui prétend avoir un pied sur Terre et l'autre sur la lune…

Elle rit. Tandis que je lui tiens la porte pour qu'elle entre la première, elle se retourne avec grâce pour me lancer cet incroyable regard qui me fait fondre comme neige au soleil.

— Je n'aurais jamais dû vous avouer cette faiblesse à mon sujet ! plaisante-t-elle alors que le maître d'hôtel nous accueille par un sourire. Il ne faudrait pas que ça vous serve d'excuses au cas où mon travail ne vous conviendrait plus.

— Monsieur Dumas. J'ai réservé une table pour deux, expliqué-je au serveur sans vraiment le regarder. Rassurez-vous Emma, je n'ai rien à reprocher à votre travail. Bien au contraire, je n'ai que des louanges à vous faire…

Je n'ai pas le temps de finir ma phrase que nous sommes interrompus pour la seconde fois. Un serveur au look un peu trop propret dévore Emma des yeux avant de se présenter.

— Madame, monsieur, si vous voulez bien me suivre jusqu'à votre table, lance-t-il en nous emboîtant le pas sans même lâcher Emma des yeux.

Qu'il ne rêve pas trop, ce petit trou du cul n'aura pas un centime de pourboire !

Arrivés devant la table pour deux dressée avec goût, Emma est encore ébahie par l'arbre qui transperce la pièce. Il faut dire que ça en jette, Miranda avait

---

[1] Ernest Hemingway : écrivain, journaliste, reporter de guerre, 1899-1961

raison, cette brasserie est vraiment top, et je sens que rien qu'avec ça, j'ai déjà fait la moitié du boulot avec Emma.

Si je ne finis pas dans son lit ce soir, c'est que soit je m'y serais mal pris, soit elle a plus du démon en elle qu'elle ne le laisse imaginer, car souvent derrière le masque de la fille prude, se cache une salope en puissance.

29 AOÛT – THOMAS

Putain, qu'est-ce que je peux détester les dîners d'affaires avec mes parents. Devoir rester le cul sur ma chaise pendant des heures pour entendre parler de fric, de contrat d'exclusivité et de toutes sortes d'autres merdes dans le même genre, ça me débecte... Le pire, c'est de constater à quel point c'est un monde d'hypocrites : des courbettes dans tous les sens, des mensonges à gogo, des promesses dans le vent… J'exècre la haute société. Pour moi, ce n'est ni plus ni moins qu'un monde de putes. Que font-ils de plus que de se prostituer pour de l'oseille ? Ils vendraient leur mère pour un milliard.

Et moi je suis là, obligé de sourire à un connard qui vient de l'autre bout du monde, que je ne connais pas et que je ne reverrai jamais. La punition n'était-elle pas déjà assez suffisante que de m'imposer un stage dans la boîte familiale, papa ?

Ma mère, attentionnée, tout du moins en apparence, fait semblant de me caresser l'épaule en me demandant si mon plat est bon. J'ai envie de lui hurler d'aller se faire foutre. *Oui, maman, mon plat est excellent, peut-être devrais-je m'étouffer avec pour que tu ne fasses pas juste semblant de t'intéresser à moi ?*

C'est dans ce genre de moment que j'aimerais m'autoflageller pour avoir foutu en l'air trois ans de ma vie à faire des conneries. Je pourrais être n'importe où sur cette Terre, heureux et épanoui, plutôt que d'être là à jouer la comédie auprès de mes « chers » parents.

Le nez plongé dans mon assiette, je tue le temps en observant les gens autour de moi. C'est un restaurant chicos, bien entendu, mes parents ne savent pas consommer en dessous d'un cinq étoiles. Que des pingouins en costume, certains sont là avec leurs officielles, des vieilles bourgeoises coincées du cul et liftées jusqu'à la moelle ; d'autres, plus chanceux, trouvent le temps de sortir avec leur maîtresse, bien souvent des escorts à peine plus vieilles que moi, que de vieux bonshommes dégueulasses sautent et se déculpabilisent en leur payant appart et études. Ouais... Un monde vraiment pourri jusqu'à l'os.

Je commence à étouffer dans cet endroit. J'ai besoin de prendre l'air. M'excusant auprès des convives de la table, je prends congé avec toute la politesse que l'on attend de moi, et sors fumer une clope sur le trottoir.

En temps normal, je ne fume plus, mais pour ce genre de rendez-vous merdique, je prends toujours une cigarette de décompression. Vu la qualité du dîner de ce soir, c'est plutôt un joint qu'il me faudrait pour m'évader un peu de ma prison dorée.

Après quelques minutes à tirer sur ma clope, à repenser à cette belle bande de faux-culs, je sens la pression pulser dans mes tempes. Les secondes s'écoulent au ralenti, et plus elles passent, plus la sensation d'étouffer est intense au creux de ma poitrine. J'en ai marre de cette mascarade, je n'en peux plus. J'ai besoin de me réfugier dans le meilleur souvenir que je connaisse.

Virant la cravate d'une main avant de la jeter sur le trottoir, je déboutonne deux ou trois boutons de ma chemise pour trouver l'air qui me fait cruellement défaut. Mes écouteurs enfoncés dans les oreilles, je me barre de cet endroit sans un au revoir.

Au fil de mes pas, je repense à ses bras, à sa peau douce, à la tendresse dans ses caresses. Impossible d'effacer ces souvenirs de ma tête, ils sont omniprésents. Cette bulle que l'on s'est créée cette nuit-là a été le plus bel endroit que j'ai connu jusqu'à maintenant. Si elle savait que je donnerais tout ce que j'ai pour ne serait-ce que retrouver la chaleur de ses bras.

Sans m'en rendre compte, je marche, je marche encore et encore, la musique à fond dans les tympans jusqu'à arriver en bas de chez elle.

Le problème depuis le mois de juin, c'est que je me retrouve beaucoup trop souvent sous ses fenêtres. Elle ne le sait pas, mais je dois bien venir ici une ou deux fois par semaine. En même temps, si je le lui avouais, elle me prendrait pour un psychopathe à coup sûr !

Je ne sais pas trop ce que j'espère quand je viens là. J'aimerais avoir le courage de lui crier que je suis en bas, que je suis venu pour elle, mais non, je ne bouge pas, je me contente d'attendre. D'attendre quoi ? De me faire surprendre comme un pauvre petit voyeur de merde ? Ou de me retrouver nez à nez avec elle pour revivre une seule seconde de ce souvenir entêtant ?

La vérité, c'est qu'elle me rend cinglé. C'était déjà le cas avant que je la retrouve chez CVML, mais ça l'est encore plus depuis qu'on bosse ensemble.

Pire, je suis enragé rien qu'à l'idée de savoir qu'elle se tape ce pseudo beau gosse intello qui nous sert de directeur. Les imaginer ensemble me file même la gerbe.

D'un point de vue tout à fait objectif, je ne sais pas ce qu'elle lui trouve. OK, il a une belle gueule et il a l'air assez sympa, mais basta. Il est bien trop vieux pour elle, bien trop fade.

Par vengeance ou par puérilité, j'ai failli balancer leur liaison à toute la boîte. Le plan était simple, tout dire pour que ça lui remonte aux oreilles et qu'elle me chope pour m'engueuler. Mais m'abaisser à ce genre de manœuvre aurait été stupide, je n'aurais finalement pas été une meilleure personne que tous ces gens qui me débectent.

Planté comme un piquet sous le porche en face du sien, j'ai pris l'habitude de squatter cette place pour attendre un miracle. Il est tard, la rue est déserte, et comme souvent, aucune lumière ne filtre à travers ses persiennes. Il commence même à cailler, j'en regretterais presque la chaleur du resto. Non, en fait, plutôt mourir gelé en plein mois d'août que d'y retourner.

Quand une voiture éclaire la ruelle de ses phares puissants, je me glisse dans l'obscurité pour passer inaperçu. Bien à l'abri derrière une camionnette, la bagnole me dépasse pour se garer à quelques mètres de moi. Frottant mes yeux pour me remettre de ce que j'ai eu l'impression de voir, je scrute la portière qui s'ouvre au ralenti en priant que cette vision ne soit qu'un mirage.

Malheureusement, je n'ai pas rêvé ! Monsieur Dumas sort de sa caisse pour en faire le tour avant d'ouvrir sa portière. Putain, Em ! Ce n'étaient donc pas des conneries !

J'ai l'impression que mes poumons sont trop étroits et que l'air qui s'infiltre dans ma cage thoracique n'est pas suffisant pour que je puisse respirer.

Ça fait deux putain de mois que je suis un stagiaire parfait, que je prends mes distances en espérant un geste, un mot, et que dalle. Mais je comprends mieux pourquoi à présent. Qu'est-ce qu'elle pourrait bien en avoir à foutre de moi maintenant ? Le savoir était une chose, mais les voir ensemble…

Alors qu'il la raccompagne jusqu'à sa porte d'entrée, je la vois rire à ce qu'il lui raconte en renversant la tête en arrière. Bordel, s'il l'embrasse, je risque de gerber tout mon repas cinq étoiles sur le trottoir.

Heureusement pour mon estomac, il ne le fait pas. Pourtant, il reste prostré à côté d'elle, béat d'admiration alors qu'elle cherche quelque chose dans son sac. Quand elle lui montre ses clés comme s'il s'agissait d'un trophée, mon cœur manque un battement. Cet enculé va monter.

Dans ma tête, c'est une pluie d'insultes qui s'abat sur eux. Des grossièretés surgissent dans tous les coins de mon cerveau, et l'envie d'aller les leur balancer à la gueule me brûle les méninges.

S'il monte chez elle, je vais péter un câble. Hors de question qu'il le fasse, hors de question qu'elle le laisse monter, qu'elle l'invite à partager ce que j'ai partagé avec elle avant lui. Elle est à moi. C'est ma bulle à moi.

Tandis qu'elle l'embrasse sur la joue et qu'elle rentre dans son immeuble pendant qu'il retourne dans sa caisse, ma pression artérielle redescend d'un coup, en même temps que ma respiration retrouve un rythme normal. Même si le calme semble être revenu en apparence, dans mon esprit, ça carbure à toute vitesse.

S'ils sont vraiment ensemble, ils se seraient sûrement embrassés. Mais là, rien. Nada.

J'ai la nette intuition que tout n'est pas perdu pour moi, je suis sûr que même si elle prétend le contraire, il y a toujours un truc qui l'attire chez moi. Je m'en suis rendu compte pendant cette réunion où elle me fixait, pensant certainement que je ne la voyais pas. Lui, elle ne l'a pas regardé de cette façon. Pas une fois.

À quel jeu joues-tu, Em ? Qu'est-ce que tu attends de moi ? Tu n'as qu'à me le demander et je m'exécuterai... Je ferais tout ce que tu m'ordonnes !

Toujours face à ses fenêtres alors que les lumières de son appart s'éteignent une à une, je reste planté à espérer qu'elle sorte un instant. Mais j'ai beau l'implorer de se montrer, elle n'en fait rien. La mort dans l'âme, contraint à bouger d'ici avant qu'on ne me surprenne et qu'on appelle les flics pour voyeurisme, je commande un taxi pour rentrer chez moi, l'esprit toujours aussi tourmenté.

30 AOÛT – THOMAS

Je me suis réveillé de très mauvaise humeur ce matin. Enfin, si on considère que deux heures de sommeil constituent une nuit correcte. Quand je suis rentré, très tard ou très tôt selon le point de vue, mes parents étaient déjà prêts à partir pour l'aéroport. Bien que bref et distant, comme d'habitude, mon père m'a fait ses remontrances habituelles juste avant de franchir la porte, et toujours comme d'habitude, ma mère a pris son parti sans oser me regarder droit dans les yeux. Je n'ai pu souffler qu'au moment où ils ont quitté la baraque, mais déjà trop en colère à cause d'Emma, je n'ai pas réussi à trouver le sommeil avant le lever du jour.

Arrivé dans le hall d'accueil de CVML pile à l'heure, je constate que mon humeur n'est pas près de s'arranger. En grande discussion en attendant l'ascenseur, Emma et ce pseudo bellâtre qui nous sert de supérieur se lancent des œillades langoureuses à en gerber mon café. Lui, pecs bombés, sourire digne d'un mannequin *Abercrombie*, et elle... Pff... Une ado de quinze ans qui fait sa timorée. Pathétique, écœurant, dégueulasse... Je n'ai même pas les mots pour les qualifier tous les deux.

Ce qui m'achève le plus, c'est qu'elle ne m'a même pas remarqué.

Moi qui la pensais différente des autres filles, il semblerait que je me sois complètement planté sur son compte. J'aurais tellement aimé ne pas me tromper, mais même si je suis déçu, je n'ai pas dit mon dernier mot. Au contraire, ce que je retiens de son air de gamine amoureuse, c'est que ma stratégie du stagiaire modèle n'est pas la bonne. Je dois changer de tactique, passer à l'offensive très vite si je ne veux pas qu'elle me glisse entre les doigts, quitte à devoir jouer les faux-culs avec mes parents pour faire sauter Dumas de la partie.

Debout contre le mur du fond de son bureau pour un débrief de nos missions du jour, je ne parviens pas à cesser de la contempler. Aujourd'hui, elle s'est lissé les cheveux, et je ne peux m'empêcher d'admirer le mouvement qu'ils font quand elle bouge : libres, aériens, lui caressant les épaules et la nuque comme j'aimerais pouvoir le faire. Même si ça lui va bien, je la préfère largement au saut du lit, quand ses cheveux bouclent naturellement et lui donnent un petit côté angélique.

Son chemisier enrobe sa poitrine si bien que je me revoie très précisément la caresser avec ma main quand elle était allongée sur son canapé. La douceur de sa peau, l'excitation qui émanait de son corps… Bloqué dans mes pensées, les yeux fixés sur son décolleté, j'entends une voix lointaine m'appeler, mais je voudrais rester dans cette vision d'extase, à l'instant même où elle serrait les dents si fort pour se retenir d'exploser sous mes coups de reins.

— Thomas ? … T.H.O.M.A.S !

Je sursaute en entendant que le ton qui m'interpelle n'a rien d'amical. Mes yeux remontent jusqu'à sa bouche, tandis qu'un soupir las s'échappe de la mienne. Je ne peux pas continuer à me torturer comme ça. Soit j'agis, soit je laisse tomber, mais il faut que je prenne une décision.

— Oui, madame ?

— J'étais juste en train de t'expliquer ton travail du jour, mais si tu n'as pas envie de bosser, tu sais où se trouve la sortie…

Effectivement, il n'y a plus rien d'amical chez elle, ni son ton, ni le regard qu'elle me jette en me tendant ma feuille de route pour la journée. Alors que je m'approche sans baisser les yeux, je profite de récupérer le papier pour lui caresser rapidement la main. Le contact de sa peau contre la mienne a un effet euphorisant qui me hérisse le poil, si bien que je me mets à lui sourire comme un idiot.

Gênée que quelqu'un puisse avoir capté cet effleurement peu discret, elle retire sa main aussi sec, avant de se mettre à rougir. J'aime quand elle rougit, ça prouve que, malgré tout, je ne la laisse pas si indifférente que ça.

Satisfait de l'avoir mise mal à l'aise, je regagne ma place en jubilant. Quand je me retourne pour m'adosser au mur et que je relève la tête pour la chercher du regard, je la prends en flagrant délit de voyeurisme. Les yeux rivés sur mon cul la seconde d'avant, elle pique un fard en nous foutant presque dehors à celle d'après.

Prenant tout mon temps pour lire les consignes de la journée avant de sortir, elle fait mine de checker ses mails jusqu'au moment où les deux autres nous laissent enfin tranquilles.

Après une brève hésitation, elle se lève pour faire le tour de son bureau et s'assied sur le rebord pour conserver une certaine distance de sécurité entre nous.

— Tu as bien bossé ces dernières semaines, Thomas. Tous ceux à qui je t'ai confié sont unanimes, tu mériterais d'avoir ta place parmi nous.

Avec une fesse sur le bureau, sa jupe qui lui arrive mi-cuisse remonte un peu plus sur sa peau diaphane. Je sais que je ne devrais pas lorgner de cette façon, mais je suis un homme après tout, et cette vue est loin de me laisser de marbre.

Quand elle remarque que mes yeux sont braqués sur ses sublimes jambes, elle se redresse instantanément pour couper court à tous mes fantasmes.

— Je pensais qu'on était enfin passé à autre chose, Thomas, que tu avais compris que notre relation n'est que purement professionnelle.

— Je l'ai compris, Emma, rassure-toi. Je suis…

Sans me laisser le temps de finir ma phrase, elle me coupe la parole en blêmissant :

— Cesse de m'appeler Emma ! Je suis madame Rolland pour toi, comme pour tous les autres !

Agacé par sa façon de remettre les pendules à l'heure comme si rien ne s'était jamais passé, les mots affluent dans ma bouche et dépassent mes pensées :

— Pour tous, Emma ? Tu es une belle hypocrite sur ce coup-là, car c'est pour tous sauf pour Dumas... Monsieur Dumas, toutes mes excuses ! m'exclamé-je avant de plaquer ma main sur ma bouche pour faire mine d'être désolé. Et dis-moi, il t'appelle comment dans l'intimité ? Em ? Emma ? Chérie ?

Alors qu'elle reprend sa place dans son fauteuil en cuir noir qui contraste avec son chemisier en soie écrue, elle pousse un soupir d'exaspération qui fait bouillir mon sang. Je ne comptais pas la brusquer ainsi, mais il faut croire que je suis plus en colère que je ne veux bien l'admettre.

Pour la provoquer, je referme la porte de son bureau d'un coup. Sa réaction ne se fait pas attendre. Alors qu'elle se lève d'un bond pour venir la rouvrir au plus vite, elle râle en posant la main sur la poignée. Bien décidé à ne pas la laisser faire, je cale mon pied contre le bois pour l'empêcher de réussir, et tandis que je m'approche d'elle pour me retrouver à un centimètre à peine, elle recule jusqu'à se retrouver dos au mur.

— Qu'est-ce que tu fous ? Ton petit jeu ne me fait pas rire du tout !

— Alors, comment il t'appelle dans l'intimité ? lui demandé-je en enroulant une mèche de ses cheveux autour de mon index.

D'un coup de main agressif, elle me frappe pour me forcer à reculer, mais je ne suis pas dupe. Sa façon de respirer, sa poitrine en avant, la lueur dans son regard, autant d'indices qui trahissent sa volonté prête à partir en fumée.

— Alors quoi ? Ça te pose un problème, Thomas ?

Son ton n'est pas juste agressif, il est sarcastique, presque acide, comme si elle voulait me faire regretter de ne pas être à la place de ce crétin… Et je ne marche pas, non, je cours ! Tenté de reculer et de lâcher l'affaire pour ne pas souffrir davantage, le besoin quasi vital de la sentir contre moi prend le pas sur la raison. Au lieu de partir, j'avance encore, centimètre par centimètre. Près, trop près, jusqu'à me retrouver quasiment collé à elle.

Son souffle s'accélère, ses poings se serrent le long de ses cuisses, son corps dégage une chaleur que je ressens même à travers mes fringues. À quoi tu penses, Em ? Qu'est-ce que tu désires vraiment ? Dis-le-moi, bordel !

— Est-ce qu'il te fait l'amour mieux que moi, Em ? lui susurré-je à l'oreille en attendant sa réaction. Moi, en tout cas, je n'ai pas réussi à trouver quelqu'un qui puisse rivaliser avec toi.

Encore un pas, le dernier, celui qui colle nos corps pour faire grimper la tension.

Tandis que je me penche en avant pour effleurer son lobe avec mon nez, son bassin se cambre pour venir à ma rencontre. Bien qu'elle ferme les yeux pour échapper à cette réalité qui la tourmente, je sens un frisson la parcourir. Elle a beau le nier de toutes ses forces, son corps est attiré par le mien comme un aimant. C'est plus fort qu'elle, plus fort que moi. Son odeur agit comme un aphrodisiaque sur moi, impossible à présent de faire machine arrière.

Elle pourrait me repousser, elle pourrait crier ou demander de l'aide, pourtant, quand j'approche mes lèvres pour l'embrasser, elle laisse ma langue rencontrer la sienne sans même tenter de m'en empêcher.

Avec autant de ferveur que moi, elle me rend mon baiser avant de passer ses mains dans mes cheveux pour tirer dessus avec force. J'en ai presque mal, pourtant, je ne voudrais qu'elle s'arrête pour rien au monde. Je ne veux pas rompre notre contact de peur de la perdre encore.

Brutal, vorace, ce baiser n'a rien de romantique ou de tendre. Mon corps tout entier est aussi tendu qu'une bombe à retardement. Je veux plus. Je la veux tout entière.

— Arrête, Thomas…, échappe-t-elle contre mes lèvres quand j'attrape ses fesses pour la maintenir contre moi.

Juste des mots pour m'arrêter, mais sa demande ne colle pas avec ses gestes, elle ne fait rien pour m'éloigner d'elle. Rien jusqu'à ce qu'elle reprenne ses esprits et pose ses mains sur mon torse pour me repousser violemment.

Ne m'attendant pas à autant de puissance dans un corps aussi menu, je manque de trébucher sous la force de son geste. À la fois perdu et vexé, je la dévisage pour comprendre. Elle en avait envie autant que moi, j'en suis sûr.

Alors, pourquoi me laisser l'embrasser de cette manière pour finir par m'envoyer bouler ?

Je ne sais pas ce qui me fait le plus de mal dans son attitude : d'être rejeté ou de remarquer que son visage a complètement changé ? Elle s'est refermée pour dresser un mur imaginaire entre nous.

— T'as perdu la tête ? Ton comportement est complètement inapproprié, tu mériterais d'être foutu dehors sur-le-champ pour avoir fait ça ! Sors d'ici tout de suite ou je…

— Ou tu quoi ? Le stage touche à sa fin, qu'est-ce que j'ai à perdre… Emma..., soufflé-je en lui tendant la main, la voix éraillée par l'émotion. Em... S'il te plaît !

— Il n'y a pas d'Em ou d'Emma pour toi, Thomas. Sors d'ici et ne refais jamais ça ou je serais obligée d'en parler à mon supérieur. T'as compris, JAMAIS !

Elle ne semble plus en colère contre moi, elle semble résignée. Ce qui est encore pire.

— Il faut être deux pour un baiser, Em… Tu m'as embrassé aussi, ne prétends pas le contraire !

Peut-être que j'ai fait le premier pas, mais à aucun moment je ne l'ai forcée à quoi que ce soit. Elle veut me faire porter le chapeau alors qu'elle m'a rendu mon baiser. Cette fois, c'est elle la plus lâche de nous deux.

— C'était une erreur absurde, je me suis laissé aller, je n'aurais pas dû. Maintenant, va-t'en…, balance-t-elle en ouvrant la porte. S'il te plaît.

Ses mots résonnent en moi comme un coup de poing dans le ventre. Ils me coupent le souffle, ils me mettent K.-O.

Elle ferme les yeux en me montrant la porte ouverte de la main. Ne voulant pas me ridiculiser plus encore, je sors de son bureau, tête baissée, en me disant qu'elle vient de tout gâcher.

30 AOÛT – EMMA

Mais qu'est-ce qu'il lui a pris ? Il est complètement cinglé, pourquoi a-t-il fait ça ? N'importe qui aurait pu nous surprendre, les conséquences auraient été désastreuses pour nous deux.

Toute retournée par ce baiser, je jette un coup d'œil dans le couloir, en direction du bureau d'Hélène, pour m'apercevoir avec soulagement qu'il n'y a personne dans les environs. Regagnant mon bureau à la hâte avant de poser un dossier devant moi pour faire semblant de bosser d'arrache-pied, mon regard se perd sur les mots qui noircissent la feuille.

La tête engouffrée dans mes mains, j'ai beau faire le point sur mes sentiments, sur les émotions que j'ai ressenties à son contact, j'ai beau essayer de les occulter en les enfermant à double tour dans un recoin perdu de ma tête, mon rythme cardiaque me rappelle à l'ordre. Le cœur ne ment pas. Il ne ment jamais. Thomas m'attire toujours autant, si ce n'est plus.

Impossible de rester focus sur mon boulot ou sur quoi que ce soit d'autre alors que son parfum flotte dans l'air et que le goût de ses lèvres sur les miennes me fait frissonner. Passant ma langue dessus pour retrouver un peu de sa saveur, je balance les feuilles au sol en réalisant que je suis en colère contre lui. Il ne peut pas envahir mon esprit de cette façon alors que je ne l'y ai pas convié. Il ne peut pas refermer la porte de mon bureau pour me prendre en otage de cette façon, il ne peut pas avoir ce putain de pouvoir sur moi qui me fait perdre le contrôle. Je ne lui en donne pas le droit.

Un café. J'ai besoin d'un café pour me remettre les idées en place, et pendant que je serai vers la machine à café, j'en profiterai pour aérer la pièce et faire disparaître son odeur. Il n'y a pas de place pour lui, ni dans mon bureau, ni dans ma vie.

— Toc toc toc ! lance une voix depuis l'encadrement de ma porte. Salut, ma belle, t'es dispo pour un café ?

Je bascule l'oscillo-battant pour faire disparaître les traces de ma culpabilité par la fenêtre. Tandis que je me retourne pour saluer Loris, il fait une tête horrifiée qui ne m'inspire rien de bon. Il sait, c'est évident qu'il sait.

— T'as mauvaise mine, tu sais ? Tu ne nous couverais pas quelque chose, toi ?

Depuis mon arrivée à CVLM, j'ai passé pas mal de temps avec lui. Je crois qu'on peut dire que nous sommes devenus de bons collègues, presque des potes. J'ai même l'impression que je pourrais me confier à lui, j'ai d'ailleurs hésité à le faire à de nombreuses reprises, mais je n'y suis pas parvenue. Non pas que j'ai honte de ce qui s'est passé avec Thomas, je ne savais pas à cette époque qui il était et qu'on se retrouverait ici, mais plutôt la gêne d'avoir à avouer à voix haute l'effet qu'il me fait encore maintenant alors qu'il est mon stagiaire.

— Un peu de fatigue, rien de grave.

— Comme je te comprends ! Vivement demain soir, le week-end va nous faire du bien. Tu as des trucs de prévu ?

— Rien de spécial. Repos, shopping, petite soirée avec les copines. Pas de quoi fouetter un chat. Et toi ?

— À part t'embarquer tout de suite avec moi à la machine à café pour te booster un peu ? plaisante-t-il avant de répondre à la question. On part à Londres avec Marco, on a quelques amis là-bas. Mais le week-end prochain, on pourrait aller boire un coup ensemble... Si ça te dit.

— J'adorerais ! annoncé-je avec entrain, trouvant là une occasion rêvée d'aborder le sujet.

— Tu crois que tu me parleras de ta petite romance avec Dumas, petite cachottière ?

Même si je suis au courant des rumeurs qui circulent à présent sur mon compte, ce qui est sûr, c'est que pour le moment, il n'y a rien à en dire. Hier, il a été un parfait gentleman au resto, pas un geste déplacé, rien. Il a été gentil et prévenant, mais s'il avait été plus entreprenant, j'aurais peut-être un peu moins lorgné sur Thomas ce matin.

Est-ce que ça fait de moi une fille ignoble que de vouloir me taper un mec adorable juste pour en oublier un autre ? Possible. En attendant, je n'ai pas trouvé d'alternatives pour tenir Thomas à distance. Dans quelques jours, il faudra que je prenne une décision sur son avenir dans la boîte, et ce qu'il s'est passé tout à l'heure vient de tout remettre en question.

— Une romance avec Valentin ? Il te faut vraiment du repos à toi aussi ! ironisé-je pour noyer le poisson.

— Mouais, allez, ramène ton joli cul au lieu de raconter des conneries ! grogne-t-il en me faisant un geste de la main pour que je le rejoigne. En attendant, moi, je ne l'ai jamais appelé par son prénom…

La journée s'annonçait longue et sinueuse après avoir commencé d'une manière aussi déstabilisante, mais elle a été si bien remplie qu'elle se finit mieux qu'elle n'a débuté. Sur les rotules quand je ferme la porte de mon bureau à double tour, j'arpente les couloirs de l'étage pour me rendre à l'ascenseur en espérant ne pas tomber sur celui auquel je ne dois pas penser. D'ailleurs, essayer de le fuir me fait réaliser que je n'ai plus repensé à lui depuis l'instant où Loris a débarqué pour me changer les idées. Ce type est mon sauveur…

Dehors, le soleil tape malgré l'heure tardive. Venue en transport en commun pour ne pas bouger ma bagnole de la bonne place où je l'ai garée, je profite de la douce chaleur du soir pour rentrer à pied. Après tout, mon appart n'est pas si loin de la boîte et personne ne m'attend à la maison, alors marcher, sentir le léger vent sur mon visage ne pourra que me faire du bien.

J'ai à peine fait quelques pas qu'une voiture s'arrête à côté de moi. La vitre du conducteur descend, je me penche pour l'entrevoir.

— Je ne savais pas que tu étais encore au bureau, je serais venu te voir sinon. Tu veux que je te ramène ?

— J'avais du boulot… Mon patron est un bourreau de travail exigeant…, plaisanté-je en continuant de marcher tandis qu'il roule au pas.

— Si je mets la main sur ce mec, promis, je lui dirais ce que je pense de ses manières ! reprend-il en entrant dans mon jeu. Alors, un petit tour avec moi ?

— C'est vraiment gentil, mais regarde, dis-je en lui montrant la rue d'un geste du bras, c'est un temps idéal pour flâner un peu ce soir. Merci quand même !

— Comme tu veux, répond-il avec un clin d'œil. J'espère qu'on mange toujours ensemble demain midi ?

— Bien sûr ! J'ai hâte !

Un signe de la main pour toute réponse, il referme la vitre avant de reprendre sa route. Reconnaissante qu'il n'ait pas plus insisté, je regarde Valentin s'éloigner avant de l'entendre faire ronfler le moteur en bout de rue.

J'ai été honnête avec lui, c'est vrai que je suis contente de le retrouver demain midi pour manger à la cafèt' de CVML, mais concrètement, si j'ai accepté, c'est surtout pour apporter une preuve de plus à Thomas sur cette relation que j'ai complètement inventée.

Continuant mon chemin pour faire le vide dans ma tête, je sens une présence derrière moi. On me suit. Un bref coup d'œil en arrière me permet de remarquer qu'une moto me talonne dans un silence total. J'accélère le pas quand l'engin arrive à ma hauteur.

— Grimpe !

Le ton est sec, directif, et avec ce casque noir, je ne reconnais ni le visage ni la voix de mon interlocuteur. L'angoisse remonte le long de ma gorge, mon cœur palpite. Je devrais appeler à l'aide, au lieu de ça, je me mets à courir. On vit dans une société où tout le monde peut être suspecté d'un crime. Attentat, serial killer, violeur... Il ne faut faire confiance à personne, et encore moins s'arrêter à côté d'un inconnu sur une moto, alors je trace aussi vite que me portent mes jambes.

Comprenant que je ne compte pas obéir à son ordre, l'inconnu me dépasse en quelques secondes pour me couper le chemin. Quand il s'apprête à enlever son casque, mon cœur bat à tout rompre. Avec un regard à trois cent soixante degrés, je réalise que la rue est déserte. Peu de choix s'offrent à moi : soit je hurle, soit je rebrousse chemin.

Prête à m'élancer de nouveau, je m'arrête au moment où j'aperçois le menton de cet inconnu qui n'en est pas un. Comment ai-je fait pour ne pas le reconnaître tout de suite ?

— Qu'est-ce que tu veux ? grondé-je en croisant les bras sur ma poitrine en signe de mécontentement.

— Te ramener chez toi. Il est trop tard pour laisser une femme rentrer seule. La preuve, j'aurais pu t'embarquer, personne n'aurait rien vu !

— Je n'ai pas besoin de toi, casse-toi !

Agacé, Thomas pousse un soupir qui me laisse comprendre que je n'aurais pas le dernier mot. Rien à foutre, il ne m'emmènera nulle part.

— Em, on est parti sur de mauvaises bases tous les deux, je voudrais juste te parler. S'il te plaît.

— Me parler comme tu l'as fait ce matin ? Garde tes grands discours pour toi, car je n'ai pas du tout envie de te parler, d'aucune manière que ce soit. On n'est pas au boulot, je ne suis plus obligée de faire semblant de te supporter.

Mes mots font mouche. Touché, il fronce les sourcils avant de faire vrombir son moteur. Bordel, mais qu'est-ce qu'ils ont tous à faire rugir leurs joujoux ? Si c'est une preuve de virilité ou une espèce de parade nuptiale, autant dire que ça me fait zéro effet !

— Monte ! gronde-t-il en serrant les dents. Monte, ou demain, je balancerai à toute la boîte que tu m'as proposé le stage contre des faveurs sexuelles...

Exaspérée par son attitude, et presque certaine qu'il ne mettra pas ses menaces à exécution, je décide de ne pas rentrer dans son jeu. S'il pense qu'il peut me convaincre avec ça, il rêve.

— Tu sais quoi, Thomas ? C'est à ce genre de comportement que je peux voir que tu ne mérites pas de seconde chance. Du chantage, tu n'as rien trouvé de mieux ? Dis ce que tu veux à qui tu veux… Je n'en ai rien à foutre ! déclaré-je dans un coup de bluff qui a l'air de fonctionner. Allez, rentre chez toi, tu me fais perdre mon temps.

Contre toute attente, il ne s'énerve pas, il sourit. D'un sourire terriblement sexy.

Il a beau être à peine plus jeune que moi, à cet instant précis, j'ai l'impression qu'il a beaucoup plus d'années au compteur. Sa barbe courte, son regard sombre, cette attitude protectrice, je ne sais pas ce qui a pu se passer dans sa vie pour qu'il puisse avoir un air aussi à vif, mais la candeur et l'innocence ont dû le déserter il y a bien longtemps déjà.

Il n'a pas l'immaturité d'un jeune de notre âge, il est mentalement plus vieux, plus écorché, plus abîmé. Et la simple idée de savoir qu'il a pu en baver me retourne l'estomac.

— OK, tu l'auras voulu ! Mesdames et Messieurs, se met-il à crier comme un taré alors que j'éclate de rire malgré moi. Cette femme est une vraie...

Bien qu'il n'y ait personne aux alentours, je m'approche de lui pour plaquer ma main sur sa bouche afin de le faire taire. En une fraction de seconde, je vois déjà deux vieilles commères se pencher à leur fenêtre.

— T'es complètement barge ! grogné-je alors que mon cœur palpite à son contact. Arrête tes conneries tout de suite !

Prenant ma main dans la sienne pour l'enlever de sa bouche, il y dépose un délicat baiser avant de me relâcher.

— Alors, tu montes ou je recommence ? Je te préviens, ta main ne sera pas suffisante pour me faire taire cette fois-ci, chérie !

Je sais que j'ai largement le choix, que je pourrais le laisser crier, après tout, je ne connais personne dans cette rue, mais il a ce pouvoir inexplicable sur moi, celui de me faire faire n'importe quoi. Il a ce truc en plus qui me fait vibrer, ce truc que Valentin n'a pas.

Inutile de réfléchir davantage, il ne me foutra pas la paix tant qu'il ne m'aura pas déposée au pied de mon immeuble. Montant derrière lui avant de passer mes bras autour de sa taille, je sens le moteur vrombir entre mes cuisses comme la toute première fois où je me suis accroché à lui. La sensation intense mêlée à la puissance de ce souvenir m'émeut plus que ça devrait être le cas. J'ai beau faire semblant, cette nuit-là a compté et compte bien plus que je ne le voudrais. Même si je veux lutter corps et âme contre ce qui m'anime, à cet instant, je sais que le combat est perdu d'avance.

Le chemin est rapide jusqu'à mon appart. Nous n'étions qu'à deux pâtés de maisons et pour être honnête, je n'aurais pas été contre un trajet un peu plus long. Alors qu'il coupe déjà le contact, je reste immobile derrière lui, mes bras qui encerclent toujours sa taille sans pouvoir desserrer leur étreinte. Le menton posé sur son épaule, je laisse son parfum m'enivrer, je me sens bien, comme à ma place.

Quand il enlève son casque, je profite de la vue pour admirer sa nuque avant d'imaginer son dos sous son tee-shirt blanc cintré. Mon imagination s'arrête au moment où il se retourne vers moi pour me rappeler qu'on est arrivé. Propulsée sur Terre bien trop vite, je hoche la tête, presque blasée, avant de descendre de sa moto. Il ne me faut qu'une seconde à peine pour me sentir en manque de lui. Une infime, ridicule seconde qui me met face à cette réalité que j'évite, que je réfute depuis plus d'un mois.

À son tour, il descend de la moto, range son casque et se plante devant moi en attendant la suite.

Volontairement, je m'écarte d'un pas pour ne pas succomber à la tentation de m'accrocher à nouveau à sa taille sculptée. Je dois retrouver la raison, et il n'y a qu'en mettant une distance de sécurité entre nous que je pourrais garder les idées claires.

— Alors, je t'écoute... Tu voulais parler, parlons…

— Tu ne m'invites pas à monter ?

Il plaisante ou quoi ? Si je le laisse monter chez moi, je peux dire adieu au peu de volonté qu'il me reste. Il veut me tester ? OK, mais je ne me ferais plus avoir.

— On est très bien ici, balancé-je alors que des flashs de cette nuit me reviennent en pleine face pour me torturer. Et si on ne tournait pas autour du pot, Thomas ! Il faut que tu arrêtes tes conneries, ça devient vraiment n'importe quoi.

— Quelles conneries ?

— Ne fais pas l'innocent, ne fais pas celui qui ne comprend pas où je veux en venir, ce rôle te va très mal. Je veux, non, j'exige que tu arrêtes de me tourner autour. Je t'ai déjà dit qu'il ne se passerait plus rien entre nous, alors pourquoi tu ne veux pas le comprendre ?

— Tu te fous de moi ? Toi, arrête de jouer les effarouchées une seconde ! Tu ne fais que de me mater en réunion ou dans ton bureau, et partout où l'on se croise. Ce matin, tu m'as rendu mon baiser, et là, tu montes sur ma moto et tu t'accroches à moi comme si c'était normal. Je suis même sûr que si je t'embrassais maintenant, tu en redemanderais encore ! Tu en crèves d'envie, avoue-le, Em !

Indignée, vexée, je hausse les sourcils en restant la bouche ouverte face à tant de mauvaise foi. Cela dit, reste encore à définir lequel de nous deux fait le plus preuve d'hypocrisie, car même si je ne le lui avouerai pas, il n'a pas tout à fait tort. Que pourrais-je bien faire de plus de toute manière ? Laisser libre cours à mes envies, à mes fantasmes et risquer de perdre mon job ou tout du moins toute crédibilité au boulot ? J'ai travaillé trop dur pour en arriver là ou pour me permettre de tout gâcher en si peu de temps.

— Arrête de prendre tes rêves pour la réalité. Je crois que tu te fais trop de films, Tho...

Je n'ai pas le temps de finir ma phrase qu'il me plaque contre le mur juste à côté de ma porte d'entrée pour écraser ses lèvres sur les miennes. Sa langue force le passage vers la mienne pour me donner un baiser brûlant qui me fait perdre pied.

Ses mains maintiennent mes joues avec fermeté, son corps bloque le mien contre le béton froid, mais très vite, il glisse ses paumes contre mes fesses pour m'attirer plus fort contre lui.

Mon souffle s'accélère, mon cœur est au bord de l'explosion et ma raison n'est plus. Ça ne peut pas continuer comme ça, il doit cesser tout de suite avant que les choses ne dérapent trop loin. Brutalement, je le repousse pour la seconde fois de la journée avant de lever la main pour lui flanquer une claque magistrale. Son regard se voile, sa joue rougit sous l'effet de la douleur, il bégaye :

— Pu… Putain, Emma ! T'es devenue folle ou quoi ?

— Je... je ne voulais pas te gifler, objecté-je, aussi perturbée que lui par mon geste. Mais je t'avais prévenu que tu ne devais plus me refaire ça. Plus jamais.

— T'es qu'une putain de faux-cul ! Tu sais quoi, finalement, c'est toi qui as raison, ça ne peut pas continuer comme ça. Tu ne mérites pas que je puisse t'accorder autant d'importance. Je ne sais même pas pourquoi je me suis imaginé qu'on pourrait repartir à zéro tous les deux. Je dois être trop con !

En moins de temps qu'il n'en faut pour le dire, il remet son casque, puis enfourche sa moto. Il est prêt à partir, pourtant, il relève sa visière pour me jeter un regard noir avant de me balancer :

— Tu sais quoi, Emma… Va te faire foutre !

Les pneus crissent quand il décampe à vive allure. Alors que je le regarde s'éloigner, plantée sous mon porche comme une idiote, je sens les larmes me monter aux yeux en même temps que les regrets me retournent déjà l'estomac. Je viens de tout gâcher, il ne reviendra plus… Mais c'est sûrement mieux ainsi.

Mon téléphone dans la main, je compose le numéro d'Ingrid. De ma bande de copines, elle est la plus douce, la plus compréhensive, elle saura m'écouter sans trop me juger. Je ne peux plus garder cette histoire uniquement pour moi, j'ai besoin de me confier, de savoir ce qu'elle en pensera.

Deux heures et deux cocktails plus tard, Grid connaît toute mon histoire. À voir son air dubitatif, elle ne l'approuve pas.

— Tu as des circonstances atténuantes pour cette soirée-là, tu ne savais pas qu'il serait ton stagiaire et tu ne connaissais rien de lui...

Tandis que j'approuve en hochant la tête avant d'avaler une nouvelle gorgée de mojito au travers de ma paille rose fluo, elle me jette un coup d'œil sévère, comme le ferait une mère autoritaire à sa fille rebelle.

— Mais Em, reprend-elle plus sérieuse que jamais, je suis désolée de te dire ça, mais pour tout le reste tu es complètement à côté de la plaque.

— Comment ça ?

À sa façon de soutenir mon regard, mes poils se hérissent, ma gorge se noue. Elle va me sortir ce que je redoutais le plus, elle va m'engueuler pour n'avoir pas été assez cash avec lui.

— Tu lui as dit « non » alors que tu lui montrais « oui » ! Le langage corporel ne ment pas, Emma. Tu ne peux pas le pourrir parce qu'il t'a embrassée le premier alors que tu lui as caressé la langue toi aussi. Ce n'est pas fairplay. Je comprends qu'il puisse t'en vouloir, tu lui as montré des signaux totalement contradictoires !

Troublée par ces propos auxquels je ne m'attendais pas, je me refais la journée dans ma tête en accéléré afin d'y trouver le moment où j'ai merdé. Noyée dans mes pensées, les yeux rivés sur la feuille de menthe qui flotte à la surface de mon verre, je tourne le liquide dans le sens d'une aiguille d'une montre en espérant finir hypnotisée par cette putain de feuille.

— Il te plaît tant que ça ? reprend Ingrid en posant sa main sur la mienne pour stopper mon mouvement. Je veux dire, est-ce qu'il pourrait te plaire au point de le faire passer avant ton boulot ?

Gros soupir. Répondre et affronter mes sentiments ou éluder la question pour continuer à me voiler la face ? Je me sens minuscule au pied d'un mur immense prêt à s'écraser sur moi. Pas sûre que je puisse répondre à cette question sans vraiment y laisser des plumes. Avouer à voix haute serait presque un premier pas vers lui, mais en ai-je le courage ?

Les secondes s'éternisent, le temps est suspendu à mes lèvres. C'est l'heure de vérité.

— Non... Enfin… Oui. Oui, il me plaît. Je le trouve terriblement beau, mais pas que... Il est aussi drôle, gentil, attentionné et prévenant... Tout du moins, c'est le souvenir que j'ai de lui cette nuit-là. Mais c'est tellement faussé depuis qu'il est mon stagiaire. Je ne vois plus ces qualités-là. Je vois le gamin qui s'assied au fond de la salle de réunion et qui bosse pour obtenir son stage. Je vois le fils du big boss qui pourrait mettre un terme à ma carrière si je ne le choisis pas, je vois le mec qui me fait sortir de mes gonds au moins autant qu'il fait battre mon cœur.

Sur mes bras, la chair de poule hérisse mes poils alors que je prends conscience de toute l'importance qu'il a à mes yeux. Il n'y a eu qu'une nuit, pourtant, j'ai l'impression qu'elle aura un impact sur tout le reste de ma vie.

— De toute façon, poursuis-je après avoir avalé mon verre cul sec, tout ça n'a plus grande importance puisqu'il m'a très clairement suggéré d'aller me faire foutre.

— Je ne le connais pas, pourtant, je ne crois pas une seconde qu'il était sincère en disant ça. Je pense plutôt qu'il l'a dit pour te blesser, Emma, tout comme tu l'as blessé, lui. Je peux me tromper, mais j'ai l'impression que vous vous ressemblez plus que tu ne le penses.

— Et toi alors, tu ferais quoi à ma place ?

— Franchement, difficile à dire. Tu sais que je suis plutôt du genre raisonnable comme fille…

— C'est bien pour ça que je t'ai appelée, Grid ! la coupé-je, presque soulagée qu'elle m'ait si bien comprise. Parce que j'avais besoin qu'on me raisonne, qu'on me remette dans le droit chemin !

— Tu sais quoi, Em ? Je suis tellement « raisonnable » que ça fait plus de quatre ans que je suis toute seule ! lance-t-elle en me prenant de court. Alors, si j'étais toi… J'arrêterais de me prendre la tête et foncerais sans hésiter. Il n'y a pas vraiment d'enjeux majeurs dans cette affaire, il n'y a que les barrières que tu ériges toi-même entre vous…

Sa révélation me surprend, si bien que j'en recrache le contenu de ma bouche dans mon verre. Je ne m'attendais tellement pas à ça venant d'elle, ce n'est pas du tout ce que j'envisageais. Jamais je n'aurais imaginé que la plus raisonnable de mes amies soit aussi celle qui me conseille d'agir à l'encontre du Code du travail. Néanmoins, au moment de ressortir du bar, après avoir entendu tous ses arguments, mon cœur penche dangereusement du côté de la folie. C'est vrai qu'on a qu'une seule vie, c'est vrai aussi qu'on ne peut pas la passer en ayant des regrets… Mais même si je pourrais me laisser tenter à lui présenter des excuses, je ne compte pas brusquer les événements. Dans quelques heures, je vais devoir choisir quel stagiaire je retiens pour l'année, et il est hors de question que ce soit mon cœur qui me dicte mes choix.

31 AOÛT – THOMAS

Encore une nuit de merde. Une nuit de plus où je rêve d'elle, où mon existence tout entière tourne autour de cette femme. Je me souviens lui avoir crié « barre-toi de ma vie, barre-toi de mes pensées », mais de toute évidence, ça n'a pas fonctionné puisqu'elle est revenue dans le rêve d'après.

J'imagine que l'annonce du stagiaire sélectionné de ce soir ne doit pas arranger mon subconscient, elle me hante comme un putain de fantôme, à chaque seconde.

Bien que je n'aie rien à me reprocher au boulot, après la gifle qu'elle m'a mise, j'en suis arrivé au point où je croise les doigts pour qu'elle me sorte un bye-bye définitif en fin de journée. Car même si j'ai dû me forcer à finir ce stage uniquement pour que mon père ne m'accuse pas d'avoir abandonné, j'aurais l'avantage de partir la tête haute si elle en choisit un autre. De toute façon, avec ce qui s'est passé hier, je n'ai aucun mal à croire que je ne serais pas celui qui la supportera tous les jours jusqu'en juin l'année prochaine.

Dès ce soir, je ne serais plus obligé de prendre sur moi quand elle m'adressera la parole, je ne serais plus obligé de faire semblant en la croisant dans les couloirs de cette putain de boîte. Je serais enfin délivré de cette emprise qu'elle a sur mon cœur.

En réalité, j'ai bien pensé à ne pas venir aujourd'hui. Mais d'une part, j'aurais offert à mon père une excuse splendide de me rabaisser une fois de plus, et d'autre part, je ne voulais quand même pas lui faciliter la tâche. Au contraire. Parce que quand j'y pense, mon seul tort à ce jour a été de me sauver comme un voleur après lui avoir fait l'amour. Pas très gentleman, je le conçois, mais elle l'avait dit elle-même, ça devait être une histoire sans lendemain, un coup vite fait qui n'aurait jamais dû me pourrir la vie de cette façon.

Et puis, après deux mois passés à la côtoyer tous les jours, on peut dire qu'à présent les torts sont partagés. Elle a soufflé le chaud et le froid pendant tout l'été, pour au final finir par se taper son supérieur. Est-ce qu'elle vaut mieux que moi ? Je n'en ai plus vraiment l'impression. Tout ce que je constate, c'est que je l'ai idéalisée pendant des semaines, et que pour le coup, la réalité s'avère bien plus décevante que l'image que je me suis créée dans ma tête.

Alors que l'ascenseur s'ouvre sur le quatorzième étage, je n'ai pas encore choisi mon plan d'attaque pour affronter cette dernière journée, mais lorsque j'entre dans la salle de réunion pour mon dernier brainstorming ici, elle me regarde avec attention, un sourire timide aux lèvres. Chaud... Froid... Chaud... Froid... Encore et toujours.

Je ne lui rends pas son sourire et pars m'asseoir à ma place, toujours la même, celle qui se trouve le plus loin possible d'elle.

— Aujourd'hui, vous n'êtes pas sans savoir que c'est le jour J ! annonce-t-elle d'un air enjoué avant de boire une gorgée de café. Le moment que vous attendez depuis deux mois, celui pour lequel vous avez tout donné et qui marquera un tournant capital dans votre carrière !

— Nous avons conscience que vous avez tous travaillé dur pour en arriver là, reprend Loris en me lançant un clin d'œil amical. C'est pour cette raison que notre rôle à nous, en tant que tuteur, est de vous départager avec le plus d'impartialité, en fonction de vos compétences, de votre investissement et de votre avenir au sein de la société.

— Bel avenir…, soufflé-je tout bas en serrant les dents.

— Un problème, Thomas ? Vous voudriez vous exprimer sur le sujet ? me demande-t-elle avec assurance alors que je bombe le torse comme un coq de basse-cour.

— Non, je n'ai rien à dire.

— Exprime-toi, Thomas, renchérit-elle plus calmement. C'est pour cette raison que l'on est ici ce matin, pour faire le point, pour avoir votre ressenti. Je suis curieuse de savoir comment vous envisagez la suite de votre parcours tous les trois. Chez CVML ou ailleurs…

— C'est plutôt facile d'envisager la suite quand papa est derrière…, murmure le binoclard contre lequel je suis en compétition.

— On se passera de ce genre de commentaires, merci ! souligne Loris en jetant un regard lourd de sens aux deux autres stagiaires. On a conscience que la pression est importante pour chacun d'entre vous, et tout ce qui se trouve en dehors du travail que vous avez effectué jusqu'à aujourd'hui ne rentre pas en ligne de compte. C'est bien compris ?

— L'avantage, c'est que je n'aurais pas besoin de coucher pour prendre du grade, moi…

Mes mots sonnent comme une bombe dans la salle qui devient soudain silencieuse. Rouge de colère, Emma m'affronte du regard en serrant les poings, tandis que Loris nous dévisage tour à tour sans comprendre le pourquoi de mes insinuations.

— De quoi ? Qu'est-ce qui vous prend, Thomas ? Votre remarque est totalement déplacée et je ne saurais tolérer une telle dérive dans cette pièce, se défend Emma, la lèvre tremblante.

— Et alors quoi ? Vous allez me conduire dans le bureau du directeur ?

J'ai envie de lui dire que je serais ravi qu'elle me conduise dans le bureau de son mec, on pourrait discuter d'un truc qui me tient terriblement à cœur… Mais je n'en fais rien, me contentant seulement de soutenir son regard en hochant la tête de colère pour ne plus ouvrir la bouche sous peine de lui déballer tout un tas d'insultes bien visées.

— OK, on va faire comme si personne n'avait rien dit et effacer cette dernière minute de notre esprit. Reprenons, souffle-t-elle en inspirant un grand coup. Aujourd'hui, nous allons devoir vous annoncer le nom de celui qui restera au sein de CVML. Notre choix est arrêté et nous verrons donc chacun d'entre vous pour faire le point, mais aussi pour vous annoncer notre décision. Si ce programme vous convient, je vous laisse rejoindre la salle d'attente le temps que nous nous installions avec Loris, puis nous viendrons vous chercher à tour de rôle.

Comme d'habitude, les deux lèche-culs font semblant d'approuver les paroles d'Emma avant de sortir de la salle pour suivre les consignes à la lettre. Ils sont stressés, mais qu'ils se rassurent, l'un d'eux poursuivra son aventure chez CVML sans problème. Surtout après mon intervention.

Quand je sors à mon tour pour attendre la sentence, une main se pose sur mon épaule au moment où je franchis la porte.

— Ne t'en fais pas pour la suite ! murmure Dumas en regardant autour de lui comme s'il était en mission d'infiltration. J'ai eu ton père au téléphone, on s'est mis d'accord.

Le clin d'œil qu'il me jette me donne envie de lui foutre mon poing dans la gueule. Qu'est-ce qu'il croit, ce bâtard ? Qu'en contactant le big boss, il se le fout dans la poche par la même occasion ? Je ne sais pas ce qu'ils se sont dit, mais après deux mois à bosser avec lui, je peux affirmer que ce mec ne mérite pas sa place à un tel poste. Souvent à la bourre, il délègue tout son taf à ce pauvre Loris qui croule sous le boulot. Et pour couronner le tout, il se tape ses employées... Pas sûr que mon père approuve de rémunérer grassement un tel profiteur encore longtemps !

— Allez, fiston, va attendre à côté des autres, je vais en toucher deux mots à vos tuteurs.

Avec une tape entendue sur l'épaule, il me montre les fauteuils près de la machine à café du menton, m'obligeant à rejoindre le reste du cheptel.

Alors que je devrais être en colère, que je devrais me barrer et fuir l'avenir tout tracé par mon précieux papa, je jette un coup d'œil vers Emma qui m'observe avec attention à travers la vitre. Honteuse de se faire surprendre, elle referme la bouche avant de détourner son regard brillant pour le poser sur Dumas qui l'interpelle.

J'ai encore le temps, je peux encore partir et faire un fuck à tous ces gens. Le problème, c'est : est-ce que je souhaite vraiment lui en faire un à elle ?

Assis dans ces foutus fauteuils depuis une plombe, je me maudis d'être resté tout ce temps à attendre un verdict tronqué, car les dés étaient pipés d'avance. Justin, qui a été le premier à passer, est déjà parti depuis un bail. Je l'ai vu récupérer ses affaires dans le bureau qui nous a été alloué depuis juillet en pestant contre la Terre entière. Il avait l'air en colère, et le regard noir qu'il m'a lancé en disait long sur son opinion sur moi.

Claire est avec eux depuis près d'une heure, et je n'ai aucune idée de ce qu'il peut se dire là-bas. Dans un sens, j'aurais été content que ce soit elle qui « gagne » ce stage. D'une part, c'est elle qui le mérite le plus de nous trois, et d'autre part, ça aurait mis fin à mon calvaire. Sauf qu'après le regard tourmenté d'Emma, je n'ai plus la force de refuser la place et de m'en aller. Elle a beau affirmer que je ne suis rien pour elle, je sais qu'elle ment. Elle me l'a prouvé avec les yeux. Et ce n'est pas cette idylle avec Dumas qui sera une barrière à ce que je ressens pour elle. J'ai beau avoir conscience que cette fille me mènera à ma perte, c'est plus fort que moi, j'ai besoin de la savoir près de moi, même si elle me déteste.

Claire sort enfin, avec un grand sourire aux lèvres. Pourquoi est-elle si heureuse, je ne comprends pas... Dumas m'a dit que la place était pour moi.

— Claire, ça va ? lui demandé-je en me relevant pour venir à sa rencontre.

— Super ! Apparemment, le chef de la compta, au quinzième, a trouvé que mon profil correspondait tout à fait à son service, et il me propose de poursuivre le stage à l'étage au-dessus. Ce n'est pas vraiment ce que j'avais prévu, vu que je voulais m'orienter vers les RH, mais Emma m'a assuré qu'elle m'épaulerait pour mon rapport de stage final. C'est génial, je suis trop contente !

— Franchement, tu le mérites ! lui dis-je du fond du cœur. Et Justin, t'en sais plus ? Il avait l'air bien vénère…

— Je ne sais pas trop ce qui s'est dit, mais à ce que j'ai compris, il s'est fait recaler, m'explique-t-elle en rougissant. Si ça peut te rassurer, je ne pense pas que ce soit parce que tu es le fils du boss, je pense que tu as mérité ta place parce que tu as bossé dur pour ça.

Surpris par ses propos, je regarde cette fille avec qui j'ai bien sympathisé d'un œil nouveau. Se pourrait-il qu'elle me fasse du gringue ?

— Merci… C'est… Sympa.

— Tu sais, Tom, si un jour tu es libre pour qu'on aille boire un verre ensemble, fais-moi signe. Ça me ferait plaisir d'apprendre à te connaître en dehors du boulot.

Tiens, c'est donc ça ! La petite Claire a des vues sur moi, et moi, je dois vraiment être accro à Emma pour n'avoir rien remarqué. Avant, j'aurais sauté sur l'occasion sans me faire prier, mais là, Claire a beau être une jolie fille, elle ne peut rivaliser avec mon bourreau.

— Monsieur Vidal ! m'appelle la tortionnaire en question. C'est à vous !

Sauvé par le gong, je m'excuse auprès de Claire avant de prendre la direction de la salle de réunion. Dans mon dos, elle me souhaite bonne chance tandis que je frôle déjà le seuil de la porte.

Dans la salle, Dumas a pris la tangente, laissant le soin à ses sbires de m'annoncer officiellement la bonne nouvelle alors que c'est sûrement lui qui va en récolter les lauriers.

— Installe-toi, m'ordonne Loris avec un sourire contrit. On a des choses à se dire.

Plus distant que d'habitude, Loris semble sur ses gardes, presque gêné, quant à Emma, elle me fixe sans desserrer les lèvres.

— Il y a un problème ? demandé-je en m'attendant à ce que le ciel me tombe sur la tête.

Se raclant la gorge avant de prendre la parole, elle appuie sur le bouton de son stylo à intervalles réguliers, si bien que le *clic clic* qui résonne à chaque fois me tape sur le système.

— Bon, Thomas…, commence-t-elle, mal à l'aise. On vient d'apprendre que tu devais rester, et que cette décision a été prise en hautes sphères entre ton père et monsieur Dumas. On sait aussi que tu as déjà été mis au courant…

— Effectivement, Dumas me l'a dit tout à l'heure, mais je n'ai pas besoin d'un accord tacite entre eux pour poursuivre ici, réponds-je sur la défensive.

Vous n'avez pas de couteau sous la gorge, et je ne crierais pas au scandale parce que je ne suis pas pris.

Le front recouvert de petites lignes de contrariété, Emma ne détache pas son regard du mien, et pour la première fois depuis deux mois, j'ai presque l'impression d'avoir à nouveau de l'importance pour elle.

— On le sait, réplique Loris, et c'est pour cela que l'on voulait aborder le sujet avec toi avant, pour avoir ton ressenti sur cette discussion en coulisse…

— Je ne souhaite pas être pistonné par mon père, je préfère prouver ma valeur, gagner ma place. Si je ne la mérite pas, alors c'est que je n'ai pas assez bossé pour que ce soit le cas. Je ne devrais m'en prendre qu'à moi.

Quand je termine mon laïus, les épaules d'Emma se détendent en une fraction de seconde. Le visage plus serein, un sourire timide aux lèvres, elle stoppe enfin ce bruit horripilant pour prendre la parole :

— C'est exactement ce qu'on souhaitait entendre de ta part. Sache que malgré l'intervention de ton père et l'intermédiaire de monsieur Dumas, nous t'avions choisi pour poursuivre ce stage. Malgré ton attitude parfois déplacée, lance-t-elle en faisant référence à ma remarque de tout à l'heure, tu as fait de l'excellent boulot et tu méritais déjà ta place au sein de notre service. Alors si tu acceptes de devenir l'un de nos collègues pour l'année à venir, c'est avec plaisir que nous t'accueillerons parmi nous.

Je ne suis pas con, je sais que ça lui coûte de devoir faire semblant avec moi. Avec l'attitude qu'elle a eue hier, impossible qu'elle soit heureuse de m'accueillir, ma présence ici ne fera que la mettre sous tension perpétuelle. Alors, pourquoi me proposer cette place si ce n'est par obligation ? Tandis que j'analyse la situation en version accélérée, je réalise qu'elle ne serait pas la seule à morfler si je décidais de rester ici. En effet, j'ai beau me convaincre du contraire, ce que je ressens à son égard ne me permet pas d'accepter ce poste. Prêt à refuser pour ne pas souffrir, moi aussi, je m'apprête à répondre quand Loris reprend la parole :

— Tu n'es pas obligé de répondre aujourd'hui ! Tu as d'abord une semaine de congé avant de signer le contrat pour les dix mois à venir. À toi de voir…

7 SEPTEMBRE – EMMA

— Salut toi...

Qui me parle ? Qui s'est introduit chez moi ? Je me réveille en sursaut, mais n'ose pas ouvrir les yeux de peur de me retrouver face à un cambrioleur ou pire encore...

Une main caresse mon front pour déplacer une mèche de cheveux qui retombe sur ma paupière close. La douceur du geste affole mon esprit, j'aurais tant préféré que ce soit Thomas.

— Ouvre les yeux, Emma… Il est 11 heures et tu m'as demandé de te réveiller.

Bien que je reconnaisse la voix de Val, je ne me souviens pas l'avoir invité à passer la nuit chez moi. Pour être honnête, je ne me souviens plus de rien en ce qui concerne la nuit qui vient de s'écouler.

En ouvrant un œil, j'entrevois le visage de Valentin qui se penche au-dessus de moi. Presque déçue de ne pas en découvrir un autre, je tente de me remémorer notre soirée de la veille aussi vite que possible malgré le mal de crâne qui tambourine bien trop fort.

Pour fêter la fin de ma période d'essai au sein de CVML, Valentin a insisté pour nous embarquer dans une petite sortie entre collègues. Même si Hélène, Loris et d'autres étaient choqués par la proposition, ils ont vite été séduits par la perspective d'une dégustation à l'aveugle dans une cave à bière de la capitale. Si j'en crois mes souvenirs un peu flous, il me semble que la bière au rhum a eu le dessus sur moi, du moins, après celle-ci, je ne me souviens plus de rien.

Toujours est-il que cela n'explique pas la présence de Valentin chez moi, assis sur mon lit, à me couver du regard.

En tâtonnant discrètement mes cuisses, je sens le fin tissu du pantalon que je portais la veille… Ouf ! Pendant une seconde, j'ai cru qu'il s'était passé quelque chose entre nous et que je n'en avais plus aucun souvenir, non pas que je serais totalement contre un rapprochement. Au contraire, après une semaine sans croiser Thomas, je me sens plus légère. Une semaine entière à réfléchir à cette relation qui n'en est pas une, une semaine sans nouvelles et où la raison a pris le pas sur le cœur.

Succomber aux charmes de Valentin ne serait pas une si mauvaise chose. Premièrement, c'est un bel homme, attirant et gentil. Deuxièmement, cela mettrait fin aux rumeurs qui circulent et leur apporterait enfin un fondement pour faire taire toutes les mauvaises langues. Et pour finir, ça me permettrait d'oublier définitivement cette histoire qui me hante depuis des mois...

Oui, enfin, ça, c'est le plan idéal dans le meilleur des mondes, sauf que dans ma réalité, il y a toujours un foutu hic ! Valentin a beau être vraiment sexy, il me manque ce truc qui me fait fondre, ce truc que Thomas a, lui. Non, c'est clair, il n'est pas Thomas.

Le cœur serré dans un étau, je prends sur moi pour ne pas offenser celui qui me sourit :

— Salut, Val…

Ma voix est rocailleuse, me donnant presque l'impression d'être une femme des cavernes qui sort du sommeil. Prise de panique rien qu'en écoutant le son émis par ma gorge desséchée, je n'ose même pas imaginer ma tronche. Vu que je suis encore habillée comme hier, il y a fort à parier que je ne me suis pas démaquillée non plus.

Au revoir, Emma, bonjour panda ! Le point positif est que si Valentin aime ce qu'il voit ce matin, on pourra dire qu'on part sur des bases solides tous les deux. Lui, au moins, ne s'est pas enfui au petit matin !

Évitant de trop articuler pour qu'il ne découvre pas le poney qui embaume ma bouche en plus du panda, je reprends entre mes dents :

— J'ai bien peur que tu doives me rafraîchir la mémoire sur la soirée d'hier. Je ne me souviens pas de tout et je n'ai aucune idée de comment je me suis retrouvée dans mon lit…

— C'est vrai que tu étais dans un sale état cette nuit, ironise-t-il en caressant une nouvelle fois mon front. J'ai proposé de te raccompagner et tu m'as demandé de rester. Pour être honnête, je n'étais pas trop chaud, car je ne voulais pas profiter de la situation, mais je n'aurais pas eu la conscience tranquille si je t'avais laissée toute seule.

Je lui bredouille un merci inintelligible en piquant un fard monumental, gênée d'avoir été dans un tel état devant lui. Toutefois, il n'a pas l'air de m'en vouloir. Au contraire, toujours aussi souriant, il reprend :

— Ton canapé est très confortable au passage, ça m'a donné l'impression de revenir des années en arrière, quand j'étais étudiant et que je finissais mes nuits ailleurs que dans un lit. C'est… revigorant ! ironise-t-il accompagné d'une grimace qui ne laisse planer aucun doute sur le ridicule de la situation.

Son clin d'œil me fait sourire. Il est si prévenant, c'est vraiment trop chou. Ce mec frôle la perfection, alors pourquoi ne me retourne-t-il pas l'estomac comme sait si bien le faire Thomas ?

— Je suis tellement désolée, Valentin.

— Ne le sois pas et bois ça ! rétorque-t-il gaiement en me tendant un verre rempli d'un liquide jaunâtre étrange. Crois-moi, ça t'évitera un bon mal de crâne.

Prenant le verre avant de le lui montrer pour le remercier, j'en contemple son contenu avec méfiance. Je ne me sens ni nauséeuse, ni même mal en point, je suis juste un peu fatiguée, mais j'accepte de boire uniquement pour faire disparaître cette haleine de chacal qui m'empêche de lui parler de façon normale.

— C'est vraiment gentil d'être resté pour me surveiller, Val. J'espère au moins que je n'ai pas été trop chiante hier soir, dis-je en reprenant une gorgée de la mixture pas si horrible que ça. Par contre, j'ai un peu honte de me retrouver dans une telle situation ce matin.

— Tu n'as pas à avoir honte, au contraire ! Tu m'as fait découvrir une nouvelle facette de toi, tu m'as fait mourir de rire et franchement, c'était génial ! Radieuse, drôle, tu étais la toi de tous les jours, mais puissance mille, déclare-t-il en riant comme s'il se souvenait d'un passage de la soirée en particulier. Oui, j'ai beaucoup aimé la Emma bourrée, même si j'adore encore plus la Emma de lendemain de fête ! Elle est encore plus belle que d'habitude…

Pour donner du poids à ses mots, il caresse ma joue du bout des doigts, laissant traîner son index à un millimètre de la commissure de mes lèvres.

Son geste est doux, presque prudent, à l'image de l'homme qui se tient devant moi. Pas de pression, pas de passion démesurée, pas de brusquerie… Pas comme Thomas.

— Emma, reprend-il plus sérieux cette fois, tu as voulu que je partage ton lit cette nuit, enfin… Tu m'as demandé de te faire l'amour...

Je rougis de honte. Nouvelle résolution avec application immédiate, ne plus jamais, jamais, jamais boire une goutte d'alcool !

— Je te mentirais si je te disais que je n'en avais pas envie, bien au contraire même ! Tu me plais beaucoup, cependant, je ne voulais pas précipiter les choses alors que tu étais seulement à demi consciente, ironise-t-il pour dédramatiser la situation. Je ne sais pas trop ce que tu envisages entre nous pour la suite, mais je n'aurais jamais profité d'une fille saoule. Et puis… les histoires d'un soir ne m'intéressent pas. Je ne suis pas ce genre d'homme.

— Je ne sais pas trop quoi te dire, Valentin. Je suis flattée, mais...

— Mais tu penses à ce Dimitri ? demande-t-il en baissant la tête, visiblement déçu par mon manque d'entrain.

Dimitri ? Putain, mais il m'obsède jusque dans mon sommeil ! Heureusement que je n'ai pas balancé son vrai prénom. Prise au dépourvu, je lui serre la main, en ne sachant que faire d'autre pour le rassurer.

— Oui, enfin, non ! Dimitri, c'est une histoire du passé qui n'a plus aucun intérêt à cet instant. J'étais ivre, je…

Tandis qu'il pose son index sur ma bouche pour me faire taire, il retrouve à la fois son sourire, son regard doux et enveloppant dont lui seul a le secret. Même s'il ne me procure pas les mêmes émotions que ce foutu Dimitri, il a tout de même cet air rassurant qui m'attire. J'aimerais tellement qu'il puisse me faire oublier Thomas.

— Tu sais, on a tous nos casseroles, ne t'en fais pas. Et en parlant de casseroles, j'ai préparé le petit-déjeuner ! Si tu veux aller te rafraîchir avant que je te fasse goûter ma spécialité... Non pas que je n'affectionne pas le look grunge au mascara qui coule, mais je te préfère quand même au naturel.

Alors qu'il se met à rire de bon cœur devant ma tronche de panda enfariné, je remonte la couette pour me cacher le visage, hilare. Attrapant la main qui tient le bout de tissu épais pour m'aider à me relever, il m'attire à lui dans un geste leste qui m'embarque contre son torse.

Serrée contre lui, ses lèvres sont à quelques centimètres des miennes, mais il reste figé. Avec intensité, il me fixe comme s'il voulait sonder mon âme, comme s'il en avait envie, mais qu'une force surnaturelle le retenait de se jeter dans la gueule du panda-poney.

Sa respiration est plus rapide, ses mains sur mes reins me pressent plus fort, j'ai l'impression que nous restons dans cette position pendant une éternité.

Dans ma tête, tout se bouscule, pourtant, je voudrais lui crier : « allez, Val, c'est le moment rêvé, embrasse-moi ! Fais-moi oublier ce petit con qui a pris possession de mon esprit. »

Pour qu'il comprenne enfin que je lui donne le feu vert, je ferme les yeux afin de l'aider à se lancer. Ma bouche en cul de poule offerte à la sienne, je compte les secondes en attendant qu'il se décide. Sa tête se rapproche, je sens son front contre le mien, le bout de son nez qui me frôle… Et… Ça y est...

Ses lèvres se pressent contre les miennes dans un baiser doux, tendre. C'est innocent, presque enfantin, un peu maladroit aussi, comme si c'était son premier baiser. En un mot, c'est mignon, mais bordel, que c'est décevant ! Je ne veux pas me contenter de ça, Je veux mon putain de déclic, j'en ai besoin !

Provoquant ma chance pour obtenir ce que j'attends, ma langue se fraye un passage vers la sienne avant de se mettre à tourner jusqu'à ce qu'enfin il me rende mon baiser. Moins innocent, plus sauvage... Un baiser parfait avec un homme super, sauf que c'est l'image de Thomas qui s'imprime encore dans mon esprit.

Tandis qu'il m'allonge sur le lit pour dévorer mon cou avec avidité, c'est à mon tour de rester immobile, les yeux rivés au plafond. Est-ce vraiment très mal d'envisager de faire l'amour à un homme en pensant à celui qui m'obsède depuis si longtemps ? D'essayer de retrouver un peu de ce qu'on a vécu lors d'une seule et unique nuit ?

La gorge serrée, l'estomac noué, je sens les lèvres de Valentin parcourir mon corps tandis que le visage de Thomas s'imprime sur mon plafond... Il n'y a que lui, rien que lui, je le comprends maintenant… Je l'ai enfin compris.

À présent lancé, Valentin passe sa main sur ma poitrine, inonde mon oreille de son souffle chaud, et pèse de tout son poids contre moi. Son excitation ne cesse de grandir, mais la mienne ? Pas un petit battement d'ailes de papillon au creux du ventre, pas de cœur qui tambourine, rien. De mon geste le plus doux, je pose mes mains sur ses joues pour le faire cesser et l'obliger à me regarder. Consciente d'avoir provoqué ce qui est en train de se passer, je murmure :

— Je suis désolée, Valentin, je ne peux pas. C'est trop tôt.

De tous les mensonges que je pouvais inventer, c'est celui-ci le plus vrai. Avant de me lancer dans une histoire qui ne me chamboule pas plus que ça et qui ne serait pas juste pour Valentin, j'ai besoin de savoir ce qu'il en est de ma pseudo romance avec Thomas. Après cette semaine chacun dans notre coin, je sais ce que je veux, et c'est Thomas que je veux. Mais lui, voudra-t-il encore de moi ?

Alors qu'il se redresse sur ses avant-bras et qu'il me regarde avec attention pour tenter de me déchiffrer, j'aurais voulu qu'il soit doté du pouvoir de lire dans les pensées, car il aurait compris en un instant le dilemme qui m'anime et que je ne peux exprimer à voix haute. Il m'aurait aussi sûrement traitée de girouette ou même de garce, mais au moins, je n'aurais plus à mentir.

Attentionné, il me sourit, puis caresse ma joue.

— OK, Emma, je saurais t'attendre.

Déposant un baiser sur mes lèvres au moment où mon estomac se met à gargouiller, il m'embrasse une nouvelle fois avant de s'exclamer gaiement :

— En plus, je crois bien qu'une jolie demoiselle a faim. Si on allait goûter à ce petit-déjeuner digne d'un chef étoilé !

Ma main dans la sienne pour m'aider à le suivre, il ne la lâche pas jusqu'à la cuisine, où une odeur alléchante m'emplit les narines. Préférant être présentable pour passer à table, je m'excuse un instant avant de m'éclipser à la salle de bains pour me passer un peu d'eau sur le visage.

Quand je m'aperçois dans le miroir, j'ai presque honte de moi. Ce n'est pas tant ma tronche défaite qui me semble obscène, c'est surtout ce que je viens de faire. Plus je me regarde, plus ma culpabilité est forte. Je suis une fille horrible qui se sert d'un homme doux et attentionné en se disant que peut-être… Faute de mieux... Ignoble ! Je n'ai pas le droit de lui faire ça, les gens ne sont pas des « fautes de mieux ». On ne peut pas jouer avec les sentiments de quelqu'un de cette façon.

Soufflant un bon coup avant d'entamer le ravalement de façade, je ressors de la salle de bains avec une tête à peu près présentable, prête à lui demander de rentrer chez lui. Mais quand son sourire se met à rayonner en me voyant arriver, je perds tout courage, me contenant de m'installer sur la chaise qu'il tire pour moi avec tant de galanterie.

Pour être honnête, les plats qui s'étalent devant moi me donnent l'eau à la bouche. Des fruits, des viennoiseries, une tasse de chocolat chaud fumant… Bordel, il est allé chercher des croissants pour moi alors qu'il ne s'est rien passé entre nous. Thomas s'était enfui, lui !

J'arbore un sourire factice pour donner le change, mais le cœur n'y est plus. Même si je pète la dalle, j'ai vraiment envie qu'il s'en aille pour que je reste seule avec ma honte et ma culpabilité.

J'en regretterais presque mes années de célibat à ne pas me poser de questions, à ne pas me prendre la tête pour un homme. Aujourd'hui, ce sont deux mecs qui me prennent la tête. Enfin, un qui mériterait d'avoir toutes mes attentions, et l'autre qui me rend folle dans tous les sens du terme. Pourquoi les choses ne peuvent-elles pas être plus simples ? Ou bien est-ce que c'est moi qui suis trop compliquée ?

— J'ai quelque chose à t'avouer, Emma.

Tandis que je redresse la tête de ma tasse pour le regarder, une lueur de tristesse qui n'annonce rien de bon traverse son regard.

— Tu me plais beaucoup, déclare-t-il alors que je reste muette. Tu l'avais sûrement déjà compris. J'ai été très maladroit avec toi depuis qu'on se connaît, mais en réalité, c'est parce que tu es la première que je fréquente depuis le décès de ma femme.

Oh, putain de merde !

N'ayant pas le courage de me regarder, il baisse la tête, tandis que ma culpabilité grandit, grandit encore.

— Je suis... je suis désolée, Valentin.

Par compassion, ma main trouve la sienne sur la table pour caresser machinalement le bout de ses doigts. Je devrais stopper tout contact physique au lieu de lui envoyer les mauvais signaux, mais j'ai de l'affection pour lui et sa confession me touche. Ou peut-être n'ai-je que de la pitié et que je me sens obligée de le réconforter après l'avoir repoussé…

Touché, il contemple nos mains qui se frôlent avant de glisser ses doigts dans les miens. Si j'étais une fille bien, j'enlèverais ma main tout de suite pour ne pas lui donner de faux espoirs, au lieu de ça, je suis figée en le laissant faire.

Horrible Emma ! Horrible, horrible, horrible !

— C'est arrivé il y a un an et demi, c'est pour ça que j'ai demandé ma mutation pour nous construire une nouvelle vie à Paris.

Nous ? Oh bon sang, s'il pouvait ne pas me livrer la suite…

— Depuis ce jour où tu es montée dans l'ascenseur, poursuit-il avec un sourire contrit, j'ai pensé que la vie m'offrait peut-être une nouvelle chance. Tu m'as souri, belle comme le jour, des rêves plein la tête, et en te voyant, j'étais convaincu que tout n'était pas fini pour moi. Enfin… Pour moi, mais aussi pour mon fils.

Guettant ma réaction face à cette révélation, je tente de réagir, mais mon visage reste inexpressif. Pourtant, à l'intérieur, je me liquéfie. Sa peine me dévaste, tandis qu'en même temps, je réalise à quel point je suis un monstre. J'ai donné de l'espoir à un homme veuf, père et malheureux, alors que je suis tout bonnement incapable de l'aimer comme il le mérite.

Si seulement je l'avais connu avant Thomas, si seulement les éléments s'étaient enchaînés différemment…

— J'ai un petit garçon de cinq ans, reprend-il devant mon mutisme, il s'appelle Adam. Et ce n'est pas parce que je te dis tout ça, Emma, que je veux que tu t'apitoies sur mon sort. Je te le dis, car je veux être totalement honnête avec toi.

N'importe quelle femme normalement constituée serait complètement bouleversée par de telles révélations. Je le suis d'ailleurs. Si mon esprit n'avait pas été obsédé par un autre, j'aurais certainement eu à cœur de rendre cet homme heureux après un tel drame. Mais pour le moment, je m'en sens incapable. Je ne veux pas être la personne qui brisera encore un peu plus son cœur. Je refuse de lui faire ça.

— Je te remercie de t'être confié à moi et je suis vraiment désolée pour Adam et toi, mais je dois être tout à fait franche avec toi. Je ne veux pas te faire souffrir en te faisant espérer quelque chose que je suis incapable de t'offrir pour le moment. Il y a des points d'interrogation dans ma vie que je n'ai pas encore résolus, et tant que je ne saurais pas où j'en suis, je ne pourrais pas être avec quelqu'un. Tu me plais Val, mais c'est trop tôt pour que j'envisage plus. Pour le moment, mon cœur vit au jour le jour.

Passant sa main dans ses cheveux sous le coup de ma révélation, il conserve ce joli sourire franc et sincère qu'il arbore toujours avec moi.

— Je comprends, Emma… même si je me sens un peu con de m'être livré ainsi et de passer pour un mec fragile à présent…

— Non, pas du tout ! Tu ne passes ni pour un con ni pour un fragile, Valen…

— J'aime autant savoir ce qu'il en est avant de me faire trop de films, me coupe-t-il en serrant mes doigts entre les siens. Sache que je ne m'avoue pas vaincu pour autant. Je suis persuadé que si on s'est retrouvé dans l'ascenseur ce jour-là, c'est parce que c'est le destin qui t'a mise sur ma route… Alors, que ce soit Dimitri ou moi, il y aura bien un vainqueur dans ton cœur et j'aimerais autant que ce soit moi.

Surprise, je ne peux m'empêcher de le fixer en me demandant pour quelle raison il s'obstinerait à courtiser une femme comme moi. Après ce que je viens de faire, je ne mérite pas sa compassion et encore moins son attention. Mais toujours aussi surprenant, il fait le tour de la table pour se pencher vers moi, dépose un baiser sur mon front avant de se lever et de partir.

Le regard perdu sur ce corps qui s'apprête à passer la porte de mon appart, je ne peux m'empêcher de penser qu'encore une fois, mes mauvais choix ont tout gâché.

7 SEPTEMBRE – VALENTIN

Et merde ! À quel moment ai-je bien pu me planter avec elle ? D'habitude, le coup du père veuf fragile, prêt à retomber amoureux, ça fonctionne toujours du feu de dieu. Encore une fois, Emma n'est pas une femme comme les autres, elle est surprenante, déroutante même. Elle souffle le chaud, le froid, et moi, ça me rend encore plus dingue d'elle.

Je comprends qu'elle ne souhaite pas précipiter les événements, ce qui est tout à son honneur. Se taper le boss, ça fait toujours jaser les collègues, ce genre de plan. Mais qu'est-ce qu'on en a à foutre de tous ces connards ? Personnellement, je les emmerde, je m'en branle complètement de ce qu'ils peuvent penser. Mais Emma n'est pas comme ça, elle a besoin de garder le contrôle, de montrer la meilleure version d'elle-même aux autres, et j'aime ça autant que ça me gonfle. Elle devrait se lâcher, laisser libre cours à ses envies, elle devrait se laisser aller pour voir où ça peut nous conduire. Pour ma part, ça me conduirait tout droit vers un orgasme incroyable, j'en suis sûr. Rien que le goût de sa langue m'a rendu dingue, alors celui de son corps… Je n'ose même pas imaginer.

Toujours est-il que maintenant, je suis dans ma bagnole comme un con sur la béquille, avec une furieuse envie de baiser… Je vais devoir libérer les tensions si je ne veux pas exploser.

Il n'y a qu'une seule personne qui va pouvoir m'aider à relâcher la pression comme il faut, elle est la seule à savoir s'y prendre avec moi, encore faut-il qu'elle me réponde.

Première sonnerie, ma queue frétille. Deuxième sonnerie, je presse mon entrejambe pour calmer la bête. Troisième sonnerie, les dents serrées en envisageant qu'elle ne réponde pas, je commence à m'impatienter, et quand sa voix résonne dans mon oreille à la quatrième sonnerie, je prends une grande inspiration avant de balancer :

— T'es à l'hôtel ? J'arrive !

— Comment ça, tu arrives à l'hôtel ? Je n'y suis pas, je suis chez moi, Martin. De toute façon, tu ne peux pas débarquer quand ça te chante juste parce que tu as besoin de te vider les bourses !

Martin ? Ah oui, c'est mon nom d'emprunt, celui que je lui ai donné pour garder mon anonymat. Elle a beau l'utiliser de façon récurrente, il n'en reste pas moins que j'ai toujours du mal à faire le lien entre mon pseudo et moi. Qu'importe, ce n'est pas ce qui m'intéresse aujourd'hui, j'ai besoin d'elle en urgence et ne peux lui laisser la possibilité de refuser.

— Donne-moi ton prix, Miranda.

De l'autre côté du combiné, son souffle fait bouillir mon sang. Si elle ne me laisse pas venir chez elle, je vais devoir me soulager dans la bagnole pour ne pas risquer l'explosion, pour autant, rien ne vaut le corps d'une femme pour assouvir ses envies.

Toujours sur ma place de parking, au pied de l'immeuble d'Emma, j'observe le trottoir d'en face en attendant de connaître le deal que va m'imposer ma libératrice.

— Comme tu vas me faire rater une ou deux séances vidéo en or, je dirais que ça va te coûter mille cinq cents € l'heure…

Bien que je ne puisse pas la voir faire, je sens son sourire caresser mon oreille. mille cinq cents balles, la garce ! Elle a beau avoir un cul d'enfer, je ne mettrais sûrement pas cette somme juste pour tirer un coup.

Faisant mine de réfléchir à sa proposition pour l'obliger à baisser le tarif, mes yeux se fixent involontairement sur une vieille qui me dévisage derrière ses rideaux. Ridée, l'air aigri et grincheux, l'ancienne aux traits acariâtres ne baisse pas son regard dur toujours figé sur moi. Presque mal à l'aise, je démarre la voiture pour prendre la route en direction de chez Miranda, quand celle-ci me balance enfin un plan beaucoup plus appréciable :

— OK, tu ne paies rien à condition que l'on fasse ça chez moi cette fois-ci, dans une pièce spéciale…

— Une pièce spéciale ? répété-je en dressant mon majeur à la vieille quand la voiture passe au plus près de sa fenêtre. T'entends quoi par une pièce spéciale ?

— Je ne peux rien te dire pour le moment, je préfère te faire la surprise… Mais c'est à prendre ou à laisser, Martin. Le chrono tourne et tu sais comme moi que le temps, c'est de l'argent !

— OK, OK ! Je prends ! déclaré-je en jetant un coup d'œil furtif à l'heure qui s'affiche sur mon tableau de bord. Par contre, je te préviens, pas de trip bizarre, pas de plan foireux, juste un coup vite fait, car j'ai un planning aussi serré que mon boxer aujourd'hui !

— Un coup vite fait, je suis certaine que ça lui conviendra... Je t'envoie l'adresse tout de suite.

— Attends une minute... que ça conviendra à qui ?

Je n'ai pas le temps de finir ma phrase que le bip résonne déjà dans mon oreille. Je ne sais pas qui elle compte inviter dans notre petite sauterie, mais rien qu'à l'idée qu'une de ses copines se joigne à nous, j'en frétille d'avance.

Appuyant sur l'accélérateur pour passer au rouge au bout de la rue, je coupe la route à un semi-remorque in extremis sous une rafale de coups de klaxon tandis que je finis d'enregistrer l'adresse qu'elle vient de m'envoyer dans mon GPS.

Bordel, Emma, tu vois ce que tu me fais déjà faire ! Tu m'as rendu dingue au point de braver tous les interdits, au point de mettre ma propre vie en jeu juste pour libérer toute la frustration qui sommeille en moi par ta faute. Alors oui, je veux bien être patient pour tes beaux yeux de biche effarouchée. Oui, je veux bien faire l'effort de niquer ailleurs en attendant que tu sois prête ! Mais ne me fais pas languir trop longtemps, ma douce, car même si je suis en adoration devant ta gueule d'ange, ma patience a quelques limites qu'il ne vaut mieux pas franchir.

En me garant au pied de l'immeuble grand luxe que Miranda m'a indiqué dans son SMS, je réalise qu'avec un tarif à mille cinq cents € de l'heure, elle doit avoir un sacré paquet de clients friqués pour pouvoir crécher ici. Je n'ose pas imaginer le nombre de mecs qui a dû lui passer dessus depuis qu'elle fait ce taf, toujours est-il que de toute évidence, ça paie franchement bien.

Après avoir tapé le code de l'interphone, je monte les marches qui mènent au cinquième et dernier étage trois par trois pour arriver plus vite devant chez elle. Quand je frappe à sa porte en imaginant en quoi consiste cette pièce spéciale, je réalise que je ne sais rien de cette femme. Certes, je l'ai baisée de nombreuses fois, mais c'était toujours dans cet hôtel de luxe, toujours dans la même chambre 387. Là, j'ai l'impression de prendre un risque que je ne maîtrise pas. J'arrive en terrain hostile juste pour tirer un coup, si ça se trouve, je vais finir éviscéré dans une pièce réfrigérée avant qu'elle ne m'arrache les couilles pour les bouffer en accompagnement d'un plat de spaghettis... Putain de merde... Pourquoi je suis ici ? J'ai encore le temps de me barrer !

Alors que je fais demi-tour pour emprunter l'escalier, la porte s'ouvre sur la rousse incendiaire que j'ai pris l'habitude de fréquenter. Vêtue d'un peignoir en soie rouge ouvert sur son corps et de sous-vêtements en dentelle assortis, elle me sourit en se cramponnant d'une main au chambranle de la porte tandis que son autre main caresse son ventre dans un mouvement circulaire qui m'hypnotise.

— Tu en as mis du temps, j'ai failli commencer toute seule…

Pour imager ses propos, elle glisse ses doigts dans sa culotte avant de commencer à se frotter sans détourner le regard. La voir faire attise mes sens, si bien que je m'approche d'elle sans même repenser à la chambre froide. Inutile de me voiler la face, mon sexe est tellement tendu dans mon jean que je suis prêt à tout pour faire de la place.

Miranda m'attrape par le col de mon polo avant de me faire entrer à l'intérieur. Tandis qu'elle m'embrasse goulûment pendant que je malaxe ses fesses rebondies à travers le tissu de son peignoir, j'observe l'entrée en cherchant des détails qui pourraient encore me donner envie de fuir. Rien ici ne semble particulier hormis le raffinement de la décoration. Du blanc partout, agrémenté d'or. Dans le grand salon haussmannien ouvert sur l'entrée, c'est la même chose. Des tableaux aux reliures dorées, des statues d'or, des rideaux de fils dorés, tout ici me fait penser à un palais. Le genre de décoration qu'on trouvait au XVII siècle quand les Louis ont personnalisé le château de Versailles.

— Avant de t'emmener dans la pièce spéciale, j'ai besoin de te faire signer un papier, Martin…

— Quel genre de papier ? m'inquiété-je en la relâchant pour reculer d'un pas.

— Un accord de confidentialité. C'est un contrat qui stipule que tu ne dois strictement parler à personne de cette pièce. Sans ta signature, je ne donnerais pas suite à notre entrevue, mon époux est catégorique là-dessus, il ne désire pas que nos petites séances personnelles entachent son nom.

— Ton époux ? lui demandé-je en apprenant tout juste qu'elle est mariée. C'est qui ton époux, il est connu ?

— Tu ne le sauras pas, Martin, d'où le contrat. Si tu veux quand même un nom, on peut l'appeler Georges, mais c'est tout ce que tu sauras sur lui.

De plus en plus mal à l'aise quant à la tournure des événements, je la suis dans le salon royal tandis qu'elle approche d'un secrétaire qu'on pourrait qualifier d'époque. Le meuble est une antiquité restaurée qui doit valoir plus cher que ma maison actuelle. Bordel, ce n'est tout de même pas son site porno ou ses passes dans un hôtel de standing qui lui permettent de se payer un appart ou des meubles de cette valeur… Alors qui peut bien être son mari pour lui offrir un tel train de vie ?

— Il va participer ?

— Georges ? Non… Il se contente de regarder, explique-t-elle en posant le papier accompagné d'un stylo sur le plan de travail. Allez, signe, mon canard, comme ça, on pourra passer aux choses sérieuses…

Tandis qu'elle se place derrière moi pour m'encercler de ses bras, elle déboutonne mon jean avant de fourrer ses mains dans mon boxer. Le « hum » qui s'échappe d'entre ses lèvres me hérisse le poil.

Malgré le lent mouvement de ses doigts autour de moi, je tente de parcourir les lignes de ce foutu contrat en vitesse accélérée pour être sûr de ne pas y trouver de sens caché.

— Je crois que tu as le plus beau sexe que j'ai vu de ma vie, Martin… Et bon sang ce que j'en ai vu ! Je pourrais le dorloter à longueur de journée !

— Je serais vraiment bête de ne pas te laisser faire…, avoué-je en finissant ma lecture.

— Tout est en règle, monsieur le directeur des RH ? On va pouvoir s'envoyer en l'air ?

— On dirait que ça l'est, Miranda, cela dit, avant de signer, j'ai besoin de savoir ce qu'il va se passer dans cette pièce.

— Rien que tu ne désires pas, fais-moi confiance, mon canard…

Stoppant sa main sur mon entrejambe pour lui prouver que je suis sérieux, elle enlève ses mains de mes vêtements avant de se redresser. Offusquée, elle me retourne d'un geste vif avant de planter ses ongles pointus dans ma mâchoire en grondant :

— On va remettre les points sur les i, Martin. Si tu es ici, c'est parce que tu as besoin de mes services et non l'inverse. J'ai bien assez de clients pour me passer de toi, surtout que tu es loin d'être celui qui me paie le mieux, grince-t-elle entre ses dents. Je pense avoir été suffisamment rassurante à ton égard, alors tu sais quoi, si tu ne me fais pas confiance, libre à toi de te barrer de là avec les couilles pleines !

— Pourquoi tu continues à me voir si je ne te paie pas assez ? Pourquoi tu me fais venir ici en sachant que je ne te donnerais rien ?

Relâchant mes joues avant de me mettre une claque cinglante, elle réplique, sérieuse :

— Je le fais parce que tu es celui qui me baise le mieux. Ceux qui mettent un pied chez moi sont triés sur le volet, Martin, et toi, tu me plais assez pour partager ça avec moi.

— Et lui, qu'est-ce qu'il va faire ?

— Regarder, souffle-t-elle, visiblement exaspérée. Parfois, il donnera quelques ordres, mais c'est tout.

— Pourquoi dans cette pièce ? Pourquoi cet accord ?

— Tu verras la pièce si tu signes, et tu sais déjà pourquoi cet accord, tu viens de le lire. Alors tu signes ou tu te casses ?

Piqué au vif, je récupère le papier pour y apposer ma griffe sans même réfléchir aux conséquences de mes actes. Il se pourrait que je vienne de signer mon arrêt de mort, mais trop tard, c'est fait.

Je repousse le contrat pour ne plus l'avoir sous les yeux, Miranda se met enfin à sourire. Prenant ma main pour me forcer à la suivre, elle me guide dans ce dédale de couloirs jusqu'à arriver à un embranchement rond. Bon sang, mais ils possèdent tout l'étage ou quoi ?

Une porte desserre les murs arrondis. Avant de l'ouvrir, Miranda s'arrête pour plonger son regard dans le mien.

— Georges est déjà installé à l'intérieur. Tu ne le verras pas, tu ne le verras jamais d'ailleurs, mais sache que lorsque l'on sera dedans, je peux devenir tout ce que tu désires. Avec ou sans accessoires, n'importe quelle pratique ou n'importe quel fantasme, je peux devenir tout ce dont tu rêves, Martin, tu n'as qu'à demander…

L'image d'Emma s'affiche devant mes yeux comme une évidence. Puisque Miranda et elle ont pas mal de similitudes, il ne manquerait plus qu'une perruque blonde pour parfaire le portrait. Oui, voilà ce que je veux… Je veux qu'elle devienne Emma.

— Je voudrais que tu sois blonde.

— Cheveux longs ou courts, raides ou bouclés ?

— Longs et bouclés.

Tandis qu'elle ouvre la porte pour s'engouffrer à l'intérieur, Miranda me tient toujours la main au moment où l'on passe sur des rails. Tout en me désignant le lit qui trône au milieu de la pièce, elle referme la porte que l'on vient de passer avant de rabattre une porte vitrée en verre teinté que je n'avais même pas remarquée.

— Installe-toi, mets-toi à l'aise pendant que je me prépare. J'arrive dans deux minutes, mon canard.

Miranda disparaît derrière cette porte qu'elle vient de fermer en me laissant seul dans cet endroit inédit. Avançant vers le centre en faisant un tour sur moi-même, je remarque qu'il n'y a pas que le lit qui est rond. Malgré le peu de lumière qui m'entoure, je me rends compte que la pièce entière l'est aussi, on pourrait même avoir la sensation de se trouver dans une arène, sauf qu'à la place des voûtes en pierre, je suis cerné par des vitres sans tain.

Alors que j'observe l'agencement de l'espace avec plus de précision, un ruban de lumière rouge s'allume au raz des vitres miroir pour suivre les contours de la pièce au moment même où Miranda sort de sa cachette. Une télécommande dans la main, elle appuie sur un bouton pour lancer une musique d'ambiance avant de s'approcher de moi. Quand elle arrive enfin à mes côtés, j'en oublie presque où je me trouve. Il n'y a plus de Miranda, pas de Georges vicelard qui traîne derrière les vitres, il n'y a que mon sexe qui pulse devant la créature de mes rêves. Devant mon Emma.

8 SEPTEMBRE - THOMAS

J'expire longuement, le poing prêt à frapper contre sa porte, quand Hélène me coupe dans mon élan :

— N'aies pas peur, Thomas, ça va bien se passer !

Bien que le regard de la secrétaire d'Emma soit plein de bonnes intentions, ce n'est pas tant de devoir entrer dans cette pièce qui m'effraie, c'est surtout d'affronter la femme qui se trouve derrière le bureau. Je ne sais plus ce que je pense d'elle à l'heure qu'il est. Elle me déçoit tellement que j'ai failli ne pas remettre les pieds ici ce matin. Seulement, si je ne saisis pas cette opportunité de montrer ce que je vaux vraiment, c'est mon père qui gagne, comme toujours.

Dimanche soir, quand il m'a appelé pour me demander si j'avais fait mon choix, j'ai bien senti dans sa voix qu'il avait déjà une idée sur la question. Il semblait si ironique, si mesquin que rien que pour lui faire fermer sa gueule, je lui ai affirmé que je signerais un contrat dès le lendemain. Cette décision, je ne l'avais pas vraiment encore prise, j'étais beaucoup trop partagé par ce que j'avais vu la veille, devant chez Emma.

En effet, après avoir fait le pied de grue pendant plusieurs heures sous ses fenêtres, j'étais plus que dubitatif quant aux sentiments imaginaires que je nourris pour elle. Quand Dumas et elle sont rentrés à une heure du mat', bien imbibés par l'alcool, ça a été plus fort que moi, je suis resté pour scruter le moindre mouvement dans son appartement. Au petit matin, et toutes les heures qui ont suivi, il est resté chez elle, à faire je ne sais quoi… À chaque seconde qui passait, j'avais envie d'aller frapper chez elle. Je les imaginais en train de baiser, et putain comme j'avais les nerfs ! Quand il s'est enfin cassé vers midi, Emma ne l'a pas raccompagné, il était seul. Il a regardé dans la rue, mais fort heureusement, il ne m'a pas vu. Il a levé les yeux vers sa fenêtre, espérant probablement qu'elle lui fasse signe, mais rien. Elle n'y était pas. D'ailleurs, il était grand temps qu'il se barre pour que je fasse de même, car j'ai bien cru que j'allais finir les menottes aux poignets, embarqué au commissariat pour voyeurisme à cause d'une petite vieille qui ne m'a pas quitté des yeux pendant ma dernière heure d'espionnage.

En partant, j'avais la ferme intention de ne plus jamais revenir squatter sous ses fenêtres, et même de passer à autre chose. C'est vrai, pourquoi persister à vouloir agir en fonction d'elle puisqu'elle se tape vraiment ce prétentieux de Dumas. Inutile de lui courir encore après, car de toute évidence, ce serait une perte de temps.

Pourtant, à cause de mon père, me voilà face à sa porte en me demandant ce que je vais bien pouvoir lui dire. Je souffle à nouveau avant de frapper trois petits coups sur le bois. Le « entrez » que j'entends me glace le sang. Je ne suis pas prêt.

Quand je pousse la porte pour obéir à sa demande, rien qu'en la voyant ainsi concentrée sur un dossier, un stylo à la bouche, les cheveux remontés en une espèce de chignon maintenu par un crayon, toutes mes bonnes résolutions de la veille volent en éclats. Comment ne plus graviter autour de cette femme qui m'attire comme le soleil ? Je crois que j'en suis incapable.

— Thomas ? s'étonne-t-elle en redressant la tête pour voir qui vient l'importuner de si bonne heure. Je ne m'attendais pas à te voir ce matin.

— Pourquoi ? Loris et toi m'avez bien donné une semaine de réflexion avant de revenir, je me trompe ?

— En effet… une semaine, répète-t-elle en relâchant sa chevelure d'un geste leste qui fait retomber ses boucles autour d'elle. Puisque nous t'avons proposé le poste vendredi dernier, ça veut dire que tu aurais au moins dû nous donner ta réponse avant le week-end. Je ne sais pas ce que va en penser monsieur Dumas, mais pour ma part, je crains bien qu'il ne soit trop tard.

Surpris par ce ton condescendant qu'elle emploie, je me contiens pour ne pas lui parler de son mec. Vu la situation dans laquelle je me trouve, j'aime autant faire profil bas plutôt que de lui balancer mon point de vue sur cette relation de merde qu'elle entretient avec ce type.

— Je comprends, me contenté-je de répondre en hochant la tête. Je ne vais donc pas te faire perdre plus de temps. Je vais y aller.

Tandis que je fais demi-tour pour rejoindre la sortie, elle me rappelle à l'instant où je passe la porte :

— Attends, reviens. Ferme la porte et viens t'asseoir. Je suis sûre qu'on va pouvoir arranger ça avec Loris. On n'aura peut-être même pas besoin d'en parler à Dumas.

Je me retourne pour m'assurer qu'elle n'est pas en train de se foutre de moi, mais elle me sourit pour la première fois depuis bien longtemps. Certes, ce n'est qu'un sourire timide, une esquisse de sourire, mais il n'en est pas moins qu'il s'agit d'un sourire quand même.

Et merde ! Depuis quand j'en suis à m'accrocher à un simple sourire pour sentir mon cœur battre à nouveau ? Que m'a fait cette femme pour m'ensorceler à ce point ?

D'un geste de la main, elle me désigne le fauteuil avant d'appuyer sur une touche de son téléphone. Après avoir fermé la porte, je prends à nouveau place en face d'elle tandis qu'une voix masculine s'élève dans la pièce :

— Hello, ma beauté, tu t'es remise de ta super cuite de samedi soir ?

Gênée par cette entrée en matière, Emma me fixe de ses yeux ronds avant de se mettre à rougir. Ses pommettes rosées par la honte me rappellent la jolie teinte qu'elles prennent après avoir fait l'amour. Bordel, je donnerais tout ce que j'ai pour la revoir encore une fois dans cet état. Tout.

— Loris, tu es sur haut-parleur, car j'ai Thomas Vidal devant moi, qui attend pour signer son contrat.

Amusée d'entendre son interlocuteur se racler la gorge pour cacher son trouble, elle me sourit à nouveau tandis que je réalise que je pourrais me damner pour un sourire d'elle. Dans quelle merde me suis-je fourré avec cette nana ?

Comme ils échangent sur le contrat en question et sur mon retard pour le signer, je profite de son inattention pour l'observer plus en détail. J'aime sa façon de repousser sa mèche quand elle tombe dans ses yeux. J'aime ses boucles blondes qui lui frôlent les épaules dans un mouvement aérien, comme lors d'un ballet de danseuses, quand elle se met à bouger. J'aime cette fossette quand elle rigole.

Je suis tellement absorbé dans ma contemplation que je ne l'entends même pas prononcer mon prénom.

— Thomas ? répète-t-elle une seconde fois pour me tirer de mes rêveries. Tu as entendu Loris, il arrive avec le contrat, tu vas pouvoir le signer. Si c'est… si c'est toujours bon pour toi…, hésite-t-elle un instant en rougissant de plus belle.

— Bien sûr que ça l'est ! réponds-je avec un entrain bien trop soudain au moment où quelqu'un toque à la porte.

— Super, je suis contente. Entrez, clame-t-elle alors que ses mots résonnent dans mes oreilles.

Elle est contente... Elle vient de dire qu'elle était contente que je reste dans la société. Peut-être que tout n'est pas foutu alors.

Tandis que Loris nous rejoint dans le bureau et qu'il se pose sur la chaise à côté de moi, je sens toute la complicité que ces deux-là partagent. Cela dit, ça ne me fait rien étant donné que Loris m'a appris il y a quelques semaines qu'il était en couple avec Marco. Je l'ai même rencontré son Marco, un mec bien sympa avec qui il est très bien assorti.

Passés les modalités contractuelles, les horaires, le salaire ainsi que mes missions au sein du département RH, j'appose ma signature sous le regard insistant d'Emma qui ne m'a pas lâché des yeux depuis le début de l'entretien. Bien que ce soit dans le cadre du travail, j'ai la sensation qu'elle ne m'a pas observé de la même manière que ces deux derniers mois. J'ai presque envie de dire qu'il y avait de la tendresse ou du désir dans sa façon de poser les yeux sur moi. Mais à quoi joue-t-elle dans ce cas ?

Elle vient tout juste de passer une nuit entière avec Dumas, mais voilà qu'elle semble avoir complètement changé de comportement vis-à-vis de moi. J'avoue que la situation me déstabilise plus qu'elle ne le devrait, qu'est-ce qu'elle cherche ?

Pour m'en assurer, je me prépare à agir comme je sais le faire avec elle, je vais la provoquer. Puisqu'elle semble dans de meilleurs auspices vis-à-vis de moi, autant tenter ma chance pour en avoir le cœur net.

— Je suis vraiment heureux d'intégrer l'équipe. Emma, je te dois beaucoup. C'est grâce à ta patience et à ton écoute que j'ai pu me faire une place ici et montrer que je ne suis pas juste le fils de mon père. Alors pour te remercier, je pourrais peut-être t'inviter à dîner ? Ce soir par exemple... En tout bien tout honneur.

Surprise par ma demande, elle hausse les sourcils sans oser jeter un coup d'œil à Loris qui s'est tourné vers moi en rouspétant.

— Eh oh ! Moi aussi je mérite un resto autant qu'elle ! Je suis même certain d'avoir été un plus gros allié qu'Emma dans cette histoire...

Amusé, je lui souris avant de lui taper amicalement sur l'épaule. Comprenant le signal, il me fait un clin d'œil complice qu'Emma capte immédiatement.

— C'était quoi, ça ? s'exclame-t-elle en nous pointant du doigt. Ça veut dire quoi ce clin d'œil ?

— Quel clin d'œil ? Personne n'a fait de clin d'œil, se dédouane Loris en levant les mains en l'air pour prouver son innocence. T'as vu un clin d'œil, toi ?

Tandis que je fais non de la tête, Emma vire au rouge en une fraction de seconde. Si mon invitation n'a pas eu l'air de l'offenser, c'est cette connivence entre Loris et moi qui la fâche. J'imagine déjà le scénario qu'elle doit se faire dans sa tête. Elle doit croire que Loris est au courant de toute notre histoire… mais qu'elle se rassure, c'est loin d'être le cas. Ce qu'il sait en revanche, c'est qu'Emma ne me laisse pas indifférent. Il l'a compris il y a déjà un bon moment.

— Thomas, tu peux disposer. Demande à Hélène qu'elle te montre ta place dans l'open space, un tas de dossiers t'attend.

— OK, rétorqué-je en me levant pour ne pas subir la foudre de la demoiselle. Si jamais tu veux qu'on reparle de mon invitation, je serai au bar ce soir. C'est toi qui vois.

Sur un coup de théâtre qui la rend visiblement furieuse, avant de sortir, je me retourne tandis qu'elle m'observe, les joues en feu. Elle secoue la tête de façon imperceptible. Est-ce un oui ? Viendra-t-elle ce soir ? Les cartes sont entre ses mains à présent.

8 SEPTEMBRE - EMMA

— C'était quoi ce clin d'œil, Loris ?

— Rien, je t'assure ! En attendant, il semblerait que tu as un rencard ce soir… Tu devrais peut-être le rattraper pour connaître le nom du bar où il t'attendra !

Agacée par ce qui vient de se passer, je me relève pour aller fermer la porte afin qu'Hélène ne puisse pas entendre la suite de la conversation. Puisque Thomas semble avoir tout raconté à Loris, il est temps de jouer cartes sur table.

— Dis-moi ce que tu sais ! le menacé-je de mon index pointé sur lui. Crache le morceau ou je ne t'adresse plus la parole !

— Toi d'abord !

— Non, toi !

— Crache le morceau, la blonde, il s'est passé quoi avec Dumas quand il t'a raccompagné ? Je t'ai envoyé un message dimanche pour prendre de tes nouvelles, mais j'attends toujours la réponse, je te signale !

Merde, c'est vrai ! J'ai complètement zappé de lui écrire. Confuse, je m'excuse avant de me lancer dans le récit de ma nuit avec Valentin. Tout en omettant de lui confier les détails sur la perte de sa femme et sur l'existence de son fils, je lui raconte ce qu'il s'est passé réellement quand Valentin était à mon chevet. Le baiser sans saveur, mon envie d'en oublier un autre, ma façon de le mettre gentiment dehors et la compréhension de Valentin… Loris me regarde, médusé.

— Il ne s'est rien passé alors… J'étais persuadé que tu finirais par passer à la casserole, Em, avec toutes ces rumeurs qui circulent sur vous deux et sa façon de te baiser du regard, j'ai vraiment pensé qu'il ne pouvait pas en être autrement.

— Tu aurais pu me raccompagner, toi, si tu avais remarqué quelque chose de louche. Ça m'aurait évité une honte monumentale quand je vais le croiser aujourd'hui !

— Eh, ma belle, je te l'ai proposé ! C'est toi qui m'as remballé en insistant pour que Dumas te ramène chez toi. Tu parlais d'un Dimitri qui t'avait fait souffrir, on ne comprenait plus rien. Finalement, je trouve que le boss a été plutôt gentleman de ne pas profiter de la situation.

— C'est vrai, il l'a été… mais ce n'est pas suffisant pour rivaliser avec…

— Dimitri…

— Oui… Enfin… Dimitri, c'est le prénom que l'homme en question s'est donné quand je l'ai rencontré début juin. Mais en réalité, le Dimitri que j'ai connu cette nuit-là n'existe pas. Il n'a jamais existé.

— Tu ne peux pas être plus claire, Emma ? Je ne comprends rien !

— Dis-moi d'abord ce que Thomas t'a raconté pour que tu lui fasses un clin d'œil. Tu me dois bien ça, vu que je t'ai tout dit sur la fin de la soirée de samedi.

— OK, souffle-t-il pour se débarrasser de cette partie de l'affaire. Mais détends-toi, ça n'a rien de très intéressant. J'ai juste remarqué, quelques jours après son arrivée chez nous, que Vidal Junior en pinçait pour sa supérieure. Quand on en a parlé un jour à la cafèt', il m'a confirmé que tu lui plaisais beaucoup. Je lui avais conseillé de te le dire, ou au moins de te le faire comprendre, mais voilà tout. Même si j'imagine que tu ne donneras pas suite à ce rencard, je pense que de se prendre un vent lui permettra de passer à autre chose. C'est tout, tu vois, rien de folichon quoi… Maintenant, reprends ton histoire sur ce Dimitri, c'est bien plus croustillant !

Presque rassurée qu'il n'en sache pas plus, je me sens tout de même prise à mon propre piège. Si je n'avais rien dit au sujet de Dimitri, j'aurais pu m'en sortir avec une pirouette et l'affaire était réglée, mais là, je suis coincée.

Avalant ma salive de travers, je tousse un bon coup avant de prendre mon courage à deux mains pour lui raconter toute l'histoire. Je suis confiante, Loris ne dira rien à personne, c'est une bonne personne. En plus, il me sera peut-être de bons conseils quant à ce que je dois faire ce soir.

— Je ne sais pas si tu es prêt à entendre ça, mais Dimitri, c'est Thomas…

Devant mon miroir, je me regarde pour la millième fois en inspectant ma tenue sous toutes les coutures. Il est près de vingt heures, mais je ne me suis toujours pas décidée à sortir de chez moi. J'ai eu beau peser le pour et le contre toute la journée depuis le départ de Loris de mon bureau, je ne sais toujours pas ce que je dois faire avec Thomas. Au fond de moi, j'ai envie de lui donner une chance de me prouver qu'il n'a rien d'un Dimitri, qu'il vaut mieux que ça, mais quelque part, je crois que je crains d'être déçue ou de souffrir encore.

Il faut croire que c'est un peu le rendez-vous de la dernière chance pour lui comme pour moi, car mine de rien, je ne l'ai pas vraiment ménagé ces deux derniers mois. On peut dire que j'ai même été garce avec lui. Souffler le chaud et le froid alors que depuis le début, il me rend dingue, c'était quand même hypocrite de ma part. Alors, oui, pour toutes ces raisons, j'ai autant envie d'y aller que de me sauver en courant, pourtant, qu'est-ce qui pourrait être pire que notre situation actuelle finalement ? Cette histoire, notre histoire, n'a rien d'extraordinaire pour le commun des mortels, toutefois, ce soir, j'ai l'impression que je vais jouer ma vie à pile ou face.

21 h 30, j'empoigne mes clés sur le meuble de l'entrée en appuyant sur le bouton off de mon cerveau, puis quitte mon appartement. Les dés sont jetés, advienne que pourra.

Quand j'arrive devant les vitres, il y a tellement d'affiches de concerts en tout genre que je ne réussis même pas à repérer Thomas au travers. Il y a du monde pour un lundi soir, beaucoup trop ou peut-être pas assez, je ne sais même plus. Même si j'aurais préféré être seule avec lui, me retrouver au milieu d'une foule aussi dense aura tout de même quelques avantages. Si jamais la discussion tourne au fiasco, je n'aurais aucun mal à me sauver.

Mes mains sont moites. Je suis bien plus stressée que je ne veux l'admettre. Et s'il m'avait demandé de venir pour me dire que je n'étais qu'une connasse qui ne sait pas ce qu'elle veut ? Peut-être ai-je été trop loin avec lui et qu'il va se faire un plaisir de m'envoyer bouler...

Toutes ces mauvaises pensées me poussent à rentrer chez moi, pourtant, mon cœur bat à toute allure, je sais que je dois pénétrer dans ce bar et m'asseoir face à lui.

Puisqu'il n'y a pas trente-six façons de découvrir ce que me réserve la vie, je pousse la porte du pub, puis entre dans la gueule du loup.

Au premier coup d'œil, je ne le vois à aucune table. Personne. Pas de Thomas. Il n'y avait pas d'heure dans sa pseudo invitation, alors je me suis dit que le plus romantique serait que j'arrive approximativement à l'heure où nous nous sommes vus pour la première fois. Je suis déçue. Tellement déçue. Toujours sur le pas de la porte, je m'apprête à faire machine arrière, mais avant que j'entame un demi-tour, une main se glisse sur ma taille. Nul besoin de me retourner pour savoir que c'est lui, son parfum captivant m'enivre déjà. Quand je le fais, je me retrouve nez à nez avec ce regard qui me fait fondre.

— J'ai failli t'attendre ! ironise-t-il dans un souffle près de mon oreille alors que je reste figée contre lui. Je voulais arriver le premier, mais c'est raté.

— Je voulais arriver à l'heure...

—... Où nos yeux se sont croisés, me coupe-t-il en laissant traîner ses mains sur mes hanches tandis que l'on bouche le passage. Pareil pour moi, on a l'air cons maintenant…

— Je ne trouve pas, au contraire, c'est plutôt… romantique.

Tandis que je plonge mon regard dans le sien, j'y décèle les mêmes doutes qui m'habitent. Malgré tout, en retrouvant ses yeux, je retrouve aussi l'espoir. Comment de tels iris pourraient me faire encore du mal ? Ils ont l'air si tendres, si aimants… Ils sont ceux de Thomas, pas ceux de Dimitri, et pour la première fois depuis que je l'ai rencontré, je réalise que le Thomas que j'ai en face de moi, n'a rien à voir avec celui qui m'a laissé seule au petit matin.

D'un geste doux, il laisse glisser sa main sur ma taille jusqu'à trouver la mienne pour enlacer nos doigts. Je devrais mettre une distance de sécurité entre nous, au moins le temps d'en apprendre un peu plus sur ce qu'il entrevoit pour la suite, pour nous, mais je suis incapable de lâcher sa paume chaude et rassurante. Maintenant que je viens de me donner au loup, je n'ai plus qu'une envie, c'est de me blottir contre son corps chaud.

Alors qu'il m'emmène vers une table libre au fond du bar, dans un coin un peu plus discret où tous les regards ne seront pas braqués sur nous, je me sens soudain bête. C'est comme si j'étais à nouveau une gamine de quinze ans sur le point de vivre son premier rendez-vous. Comme la moi que j'étais dans le passé, je ressens ces petits papillons virevolter dans mon ventre, je laisse les rêves envahir ma tête.

Très gentleman, il tire ma chaise pour que je puisse m'asseoir, puis part commander nos boissons. Pendant qu'il est au comptoir, je l'observe à la dérobée tandis que cette vision me transporte trois mois en arrière. Il est toujours aussi beau, sûrement même plus encore. Sexy avec sa barbe naissante, il n'arbore pas le look de trader qu'il avait ce soir-là, ni la tenue de boulot, il porte juste un jean qui lui va divinement bien et une chemise à carreaux ouverte sur un tee-shirt qui lui donnent un air plus décontracté que je ne lui connaissais pas encore, et qui me plaît encore plus.

Quand il revient avec deux bières, je ne peux m'empêcher de sourire. Être là avec lui me semble bien plus naturel que lorsque nous sommes au bureau. C'est ici que tout a commencé, c'est ici que tout pourrait finir, pourtant, je suis étrangement sereine, j'ai cette même impression que la première fois où je me suis retrouvée près de lui, l'histoire ne s'arrêtera pas dans ce bar. Finalement, je crois, non, je sais, que j'ai bien fait de venir, car à voir cette lueur de malice dans ses iris, je suis confiante, la suite promet d'être étincelante.

— Qu'est-ce qui vous fait sourire comme ça, belle inconnue ?

Déjà au boulot, sa voix me fait frissonner à chaque fois qu'il ouvre la bouche, mais ici, c'est encore pire. Elle frôle mes tympans comme une caresse, éveille mes sens, me donne la chair de poule, et cette nuit, mon désir supplante toutes mes autres émotions, je le veux, encore et encore.

— Je repensais juste à ces dernières semaines. Tu ne trouves pas que la situation est... Comment dire ? Étrange ?

— Peut-être un peu, c'est vrai, pourtant, depuis le début du stage, je savais. J'étais assez confiant.

— Tu l'as toujours su ? Vraiment ? insisté-je en me remémorant certaines de mes réactions qui ne présageaient aucunement ce genre de rencart.

Il fait une moue irrésistible. Je repère le mouvement de ses doigts contre sa bière. Il est nerveux, bien plus qu'il ne souhaite le montrer. Sous ses airs de mec sûr de lui, il n'avait aucune assurance que je viendrais ce soir. Saura-t-il toutefois se montrer honnête avec moi, cette fois ?

— Peut-être que l'emploi du verbe savoir est un peu exagéré. Je devrais reprendre ma phrase avec un autre sens probablement…

— Lequel ?

— J'espérais que ce n'était qu'une question de jour pour qu'on en arrive là, Emma. Tu m'as tellement fait douter. De toi, de moi. J'ai vraiment pensé à laisser tomber, à tourner la page sur toi, mais quelque part, je n'en ai jamais eu le courage. C'était comme si je devais continuer à me battre pour te conquérir…

Son sourire timide me touche. Il se bat avec les mêmes démons que moi depuis le début, mais il n'a pas lâché l'affaire, lui. Même si je sais à présent qu'il a bien fait, un point noir reste toujours gravé profondément en moi. Une interrogation que je ne pourrais mettre de côté tant que je ne saurai pas pourquoi il a agi ainsi.

— Thomas, pourquoi tu es parti ce matin-là ? Je veux dire, après la nuit que l'on a passée ensemble, pourquoi tu t'es sauvé de cette manière ? Rien ne te forçait à le faire, au contraire, tout avait été si parfait… Je n'ai pas compris.

Gênée de m'exposer de la sorte, je baisse la tête pour ne pas croiser son regard. Non pas que j'aime remuer le couteau dans la plaie, mais j'ai besoin de savoir.

Contre toute attente, avant même de se donner la peine de répondre, il entrelace ses doigts aux miens dans un geste d'une douceur infinie. Son pouce remonte le long de mon index, puis caresse le mien avec tendresse. Ses iris observent nos doigts emmêlés tandis que je le laisse faire sans aucune objection. Tout aussi absorbée par le contact de sa peau contre la mienne, je frémis en retenant ma respiration, quand il répond enfin :

— J'ai eu peur. Comme tu le dis, tout a été parfait. Tout coulait de source entre nous, j'ai vraiment senti une alchimie différente, quelque chose de spécial avec toi, Em… Sauf que j'ai merdé dès le départ, je t'ai menti sur mon identité, comment aurais-je pu revenir sur ce mensonge sans passer pour un cinglé ? Je ne sais pas ce qui m'a pris en réalité, j'aurais pu te dire la vérité parce que je t'ai sentie si différente avec moi. J'ai été con d'agir ainsi… la force de l'habitude, sûrement.

Surprise par ses derniers mots, je fronce les sourcils en ayant peur de comprendre où il veut en venir.

— La force de l'habitude ? Tu peux préciser ?

— À cause de mon nom, Emma. Tu sais qui je suis, tu sais qui sont mes parents. Je n'ai pas besoin de te faire un dessin… Depuis que j'ai compris ce qu'impliquait de porter un tel nom, mon nom, j'ai pris l'habitude de mentir quand je rencontre de nouvelles personnes. Enfin, des femmes, rougit-il avant de reprendre. Je me suis fait avoir de trop nombreuses fois par le passé. Elles ne me voulaient pas moi, elles voulaient juste « Thomas Vidal, futur héritier de la fortune de CVML ». C'était ma manière à moi de n'être enfin qu'une personne banale, un anonyme.

— OK, je peux comprendre que tu fasses ça pour te protéger, mais est-ce que ça te donne le droit d'agir comme un salopard et de te barrer comme un voleur ?

Les mots m'échappent avec plus de virulence qu'ils ne le devraient, je suis en colère contre lui. Au lieu de faire son mea-culpa, il se met à rire. Face à mon incompréhension, il reprend :

— Non, c'est vrai, ça n'excuse rien du tout. J'aurais pu rester près de toi ce matin-là, j'en crevais d'envie d'ailleurs…

— Alors pourquoi ne l'as-tu pas fait dans ce cas ? le coupé-je en m'emportant à nouveau tandis que je presse sa main avec force.

— Parce que tu m'as remué bien plus que je l'ai été dans ma vie, Emma. Tu n'imagines pas à quel point tout en toi m'a chamboulé, déclare-t-il en portant l'intérieur de mon poignet à ses lèvres pour y déposer un baiser. La vérité c'est que, plein aux as ou non, il n'en reste pas moins que j'ai eu la trouille. J'ai eu peur, car tu me plaisais trop, et qu'avant toi, je n'avais jamais ressenti ça. J'ai eu peur de te dire que je n'étais qu'un putain d'imposteur, que notre rencontre était basée sur un mensonge… Enfin, cela dit, souffle-t-il en esquissant un sourire sarcastique, dans l'art de modifier la réalité, tu es plutôt douée aussi… Tu t'es fait tout un film sur moi, et je suis navré de te le dire, mais il surpassait largement mon petit bobard.

Tandis que je sens le rouge me monter aux joues en me remémorant les détails que je me suis inventés toute seule, j'acquiesce d'une moue contrainte.

— J'avoue que je me suis peut-être un peu trop projetée sur toi et que j'ai fini par idéaliser ce salopard de Dimitri. En revanche, sache que moi, je ne serais pas partie de cette manière…

— En même temps, on était chez toi...

— Pas faux..., rétorqué-je en rougissant de plus belle. Ce que je veux dire c'est qu'un prénom, ce n'est rien. Je ne suis pas psy, mais j'aurais pu comprendre ton besoin d'anonymat. Je ne connais pas tes parents, je ne sais pas pourquoi tu ne veux absolument pas qu'on t'apparente à eux ni ce que tu leur reproches, en tout cas, j'étais réellement tombée sous le charme de celui que j'ai rencontré ce soir-là. Ce n'est pas un nom qui m'a attiré, c'est la personne, ce qui fait que tu es toi, Thomas. Ta douceur, ta tendresse pendant cette nuit qui reste gravée dans ma tête, mais aussi ta persévérance, ta combativité, ton esprit depuis que nous travaillons ensemble… J'ai appris à connaître le vrai Thomas, pas l'héritier, pas le dragueur de bar, mais le Thomas qui squatte sous mes fenêtres, celui qui ne baisse pas les bras, qui me surprend et me fait frémir dès que son regard croise le mien… C'est ce Thomas-là qui me plaît.

— Une minute ! Comment sais-tu qu'il m'est arrivé de squatter sous tes fenêtres ? Ne te méprends pas Emma, je ne suis pas un voyeur ou un truc dans le genre...

En voyant la panique qui s'installe dans son regard, je ne peux m'empêcher de rire. C'est vrai que la situation semble étrange, qui fait ça en réalité ? Mais alors que ça devrait me faire peur, je trouve ça mignon…

— J'ai croisé l'une de mes voisines d'en face ce week-end. Elle m'a appris qu'un jeune homme venait s'asseoir sous le porche ces derniers jours, et qu'il avait les yeux rivés sur mes fenêtres. J'en ai déduit que c'était toi... D'ailleurs, j'espère de tout cœur que ça l'était, sinon ça veut dire qu'il y a un autre mec qui m'observe, et là, ça me ferait carrément flipper !

Son regard horrifié me fait sourire. Il est tellement craquant quand il se fait du souci pour moi.

— Les deux ou trois fois où je suis passé, il n'y avait que moi si ça peut te rassurer, précise-t-il pour apaiser mes craintes. Pour les autres soirs, il faudrait peut-être que tu envisages de prendre un garde du corps...

— J'ai bien une petite idée de qui j'aimerais engager...

— Je pense que Dumas serait un bon candidat. Qu'est-ce que tu en dis ?

Oups… Je savais qu'on finirait par aborder ce sujet. Tant qu'à éclaircir les nombreuses zones d'ombres qui planent au-dessus de nous, autant faire la plus douloureuse dès le départ.

— Tom... Je te mentirais si je te disais qu'il ne s'est strictement rien passé avec Valentin. Mais sache que ça ne va pas aussi loin que les rumeurs qui circulent sur notre compte. Il y a bien eu un ou deux baisers, mais c'est tout. Je ne pouvais pas me laisser aller dans ses bras alors que c'est toi que j'imaginais à sa place. Toi, et personne d'autre.

Il déglutit difficilement face à cette révélation, mais le regard qu'il me lance est plus brûlant que jamais. De toute évidence, il ne s'attendait pas à ce que je me livre à lui de cette manière. Peut-être même n'avait-il pas conscience à quel point il a pu me marquer. Maintenant, il le sait, la balle est dans son camp.

Au bout de longues secondes à se dévisager l'un l'autre, il entrouvre la bouche, puis murmure :

— Ça veut dire que depuis notre nuit, il n'y a eu personne d'autre ?

— Personne..., soufflé-je d'une voix aussi basse que la sienne. Et toi ?

— Personne non plus, Em...

Pris dans un élan d'émotions, je fais le tour de la table sans réfléchir pour venir m'asseoir sur ses genoux. J'ai besoin de me rapprocher de lui, de le toucher, de l'embrasser, et je ne veux plus attendre. Ça fait déjà bien trop longtemps que je suis en manque.

Tout en déposant mes mains sur ses pommettes rougies par ce rapprochement soudain, je lui souris bêtement comme une gosse devant sa sucrerie préférée. Tandis que j'approche lentement mon visage du sien en sentant son souffle caresser ma bouche avant même de la toucher, il referme ses doigts sur les miens en fermant les yeux. Mes lèvres frôlent les siennes une première fois dans un baiser tendre et doux, avant de venir se sceller avec plus de fermeté. Il n'y a pas de passion dévorante où les langues s'emmêlent et se démêlent à rythme effréné, il y a juste deux bouches qui s'apprivoisent, qui se cherchent pour ne plus se séparer. Il y a surtout une multitude de papillons dans mon ventre.

Au bout de quelques secondes que j'aurais voulu faire durer des heures, il rouvre les yeux pour les plonger dans les miens. Son regard est plein de tendresse, plein de promesses aussi. Le genre de regard qui donne envie de gravir des montagnes, et qui donne surtout une confiance absolue en l'avenir ou en l'amour. Pourtant, en un instant, c'est le mien qui change pour se faire plus hésitant. Je jette un coup d'œil aux alentours en réalisant où nous nous trouvons. Je sais qu'il ne vaut mieux pas se montrer en public avec autant de proximité, si nos collègues venaient à l'apprendre, que penseraient-ils de nous, de moi ? Je ne voudrais pas qu'ils s'imaginent que je joue sur deux tableaux en même temps, ou pire encore, que je sois avec Tom pour son fric ou pour gravir des échelons, car ce n'est pas le cas. J'aimerais lui demander de sortir de ce bar qui commence à m'oppresser. Je veux pouvoir le serrer contre moi comme j'en ai envie, comme j'en ai besoin... Et comme s'il lisait dans mes pensées, il susurre contre mon oreille :

— Et si on rentrait chez toi ?

9 SEPTEMBRE - EMMA

Bip... Bip... Bip... Je tâtonne sur la table de chevet pour trouver l'auteur de ce bruit infâme. Putain de réveil ! Mon portable affiche 7 h 10. Je referme les yeux, j'ai encore largement le temps avant de me lever.

La chaleur qui se dégage de Tom m'oblige à sortir une jambe de sous la couverture pour me ventiler. Il dort encore à poings fermés, un sourire irrésistible aux lèvres. Doucement, je caresse sa joue en repensant à cette nuit.

Tout est allé si vite à partir de l'instant où on est sorti du bar. Je n'avais pas du tout prévu de rentrer chez moi accompagnée, pourtant juste après ce baiser, je n'avais plus du tout envie d'être séparée de lui.

Quand on s'est rejoint en bas de chez moi, j'avais simplement eu le temps du trajet pour me décider sur la tournure que devaient prendre les événements. Le faire monter ? Ne pas le faire monter ? Faire l'amour ? Ne pas faire l'amour ? Tout était éparpillé dans ma tête.

Si je le faisais monter, c'était une certitude que j'allais craquer et transgresser toutes les règles que je m'étais fixées en le rejoignant. S'il ne montait pas... Je dois bien avouer que cette option ne m'a jamais effleuré l'esprit finalement. Mon cœur avait déjà pris sa décision à la seconde où nos lèvres s'étaient retrouvées, même si ma raison voulait encore un peu peser le pour et le contre.

Et j'ai tellement bien fait de l'inviter à monter ! Le souvenir de notre première nuit était déjà ancré en moi comme un moment inoubliable, mais cette nuit n'a rien eu de comparable à l'autre. Elle a été plus douce, plus sensuelle, peut-être même la plus belle de toute ma vie. J'ai tout de suite senti son envie pressante, malgré ça, il a pris un temps inouï à me découvrir, me caresser, me rendre folle d'envie. À tel point que c'est moi qui l'ai supplié de me prendre. Je n'en pouvais plus de tant de plaisir sans pouvoir le sentir en moi.

La sensation que j'ai ressentie quand il m'a pénétrée a été tellement libératrice. Comme si mon corps entier n'attendait que ça depuis le premier jour de son stage, quand il est arrivé en retard dans cette salle de réunion. Repenser à cet instant précis me donne la chair de poule et réveille mon corps en entier.

Je débute le travail par un briefing avec Hélène avant la grosse réunion de service, je suis sûre qu'elle pourrait comprendre que j'ai squeezé notre temps d'échange, car je ne me sentais pas vraiment en forme ce matin... Vilaine Emma…

Alors que mon bas ventre réclame d'être comblé, ma conscience me crie que je ne suis qu'un mauvais maître de stage qui va vouer son tutoré à l'échec avec un tel comportement. Bon, pour ma conscience, c'est trop tard, elle est déjà mal barrée, mais pour mon corps... je suis certaine qu'on va pouvoir s'entendre...

Une caresse sur l'avant-bras de Tom le fait frissonner. Son sourire s'agrandit encore.

— Tu vas arrêter de me reluquer comme ça ? souffle-t-il, les yeux toujours fermés, en riant.

— Je ne voulais pas te réveiller... J'avais trop peur que tu te sauves en courant... D'ailleurs, je suis étonnée de te trouver encore ici à mon réveil !

Cette fois, c'est moi qui ris à cause de ce petit tacle, certes gratuit, mais tout de même sacrément bien placé.

— Oh que c'est facile ça..., grogne-t-il en se tournant avant de m'attraper par la taille pour m'attirer à lui sans ménagement. Je me suis déjà excusé, mais si je dois le refaire, alors je le referais, Em.

Il n'y a aucune trace d'humour dans ses mots. Aussi, j'en viens à culpabiliser de lui avoir balancé ça sans raison alors qu'il s'est déjà expliqué sur son comportement.

— C'était pour rire, Tom, je ne voulais pas te blesser. Cela dit, je connais peut-être un moyen de me faire pardonner...

À la fois étonné et excité, il me scrute avec une telle intensité dans le regard que j'ai peur qu'il me dévore en un claquement de dents. Si lui reste immobile en me maintenant contre son torse bouillant, sous la couette, c'est une autre histoire. Mes yeux sont immédiatement attirés par la toile de tente qui me laisse rêveuse. Il suit mon regard, puis me dit :

— Je crois que tout le monde est d'accord pour que tu me fasses des excuses...

Tandis qu'on se regarde en éclatant de rire, il me prend par surprise pour me retourner sur le lit. Mon corps réagit naturellement au contact du sien, comme s'il était programmé pour être immédiatement prêt à le recevoir. Il s'appuie sur moi de tout son poids alors que son sexe caresse le mien dans un mouvement lent et précis. J'ai envie qu'il me prenne vite, fort, pour satisfaire ce feu qui brûle en moi, cependant, il n'en fait rien. Il se contente d'effleurer l'entrée en me torturant à chaque va-et-vient.

Frottant le bout de son nez contre le mien avec un air taquin, il sourit contre mes lèvres. Complètement envoûtée par le vert foncé de ses iris, j'attrape sa bouche en le mordant pour le supplier d'entrer, sans détourner les yeux. Convaincue d'avoir enfin eu gain de cause, je le laisse se pencher vers mon oreille, impatiente, quand il me susurre :

— Désolé, ma douce, mais je dois filer...

Soudain, il se relève d'un bond en laissant mon corps orphelin, mais surtout complètement frustré. Vexée, je remonte la couverture pour me réchauffer de la perte de mon radiateur humain, alors qu'il est déjà debout au pied du lit, nu et toujours aussi excité. Un sourire triomphant aux lèvres, il m'envoie un baiser dans les airs.

— Hey, tu ne m'auras pas aussi facilement, ma jolie Boucle d'or, j'ai encore mes preuves à faire au boulot, moi.

J'esquisse un sourire pour le rassurer sur son abandon, en effet, quelle supérieure ferais-je si je lui tenais rigueur d'avoir envie de travailler pour mériter sa place ? Tandis qu'il récupère ses vêtements au sol et qu'il commence à se rhabiller sous mon regard plein de désir, ma frustration se transforme en nouvelle attaque facile :

— L'avantage, c'est que cette fois tu me préviens avant de t'enfuir…

Alors que je pensais lui donner envie de revenir près de moi pour se venger, il se contente de me tirer la langue, avant de m'envoyer son boxer en pleine face.

— Celui-là, déclaré-je en le faisant tourner au-dessus de ma tête pour l'obliger à venir le chercher, tu ne le récupéreras pas aujourd'hui, petit malin.

Ce qu'il n'essaie même pas de faire puisqu'au lieu de ça, il enfile son jean directement, me laissant ébahi par tant d'audace quand il remonte sa braguette.

— Tu sais quoi, on sera dans la même pièce pendant au moins deux heures ce matin, quand tu me jetteras un petit coup d'œil pendant la réunion de service, essaie de ne pas oublier que je ne porte rien dessous…

Son clin d'œil victorieux affole mes sens. Mon envie de le retenir est décuplée quand il se penche pour m'embrasser avant de sortir de la chambre. Il m'a mise K.-O. et, je dois bien l'avouer, ça m'excite terriblement de le savoir comme ça.

— Je ne risque pas d'oublier, m'écrié-je juste avant d'entendre la porte d'entrée se refermer.

Tandis que je jette un coup d'œil à mon portable, je ne peux m'empêcher de rire. Il est déjà en retard de vingt bonnes minutes, finalement, il aurait pu rester encore un peu...

9 SEPTEMBRE - THOMAS

La sensation de légèreté qui m'habite doit être communicative. Dans l'open space, les gens sourient, plaisantent et semblent tous de bonne humeur. En même temps, quelle superbe journée. Je me balade les burnes à l'air dans mon jean sans que personne ne le sache. Je viens de quitter le lit d'une déesse blonde aux yeux de miel et je m'apprête à guetter ses réactions tandis qu'elle me regardera avec envie pendant une grosse réunion… Que demander de plus ? Un café, peut-être.

Bien décidé à assouvir cette envie, mais aussi d'en apporter un à Emma qui est peut-être arrivée, je file vers la salle de pause en saluant quelques visages familiers au passage. Près de la machine à café, Loris scrute sa tasse qui se remplit sans grand enthousiasme. Quand il m'aperçoit cependant, une lueur de malice balaie son regard en même temps qu'un sourire s'affiche sur ses lèvres glossées.

— Alors… Quoi de neuf ? Tu as l'air bien cerné ce matin !

— Pas du tout… Je ne vois vraiment pas pourquoi tu dis ça…

— Mouais, fais le malin, beau gosse, mais tu ne m'enlèveras pas de la tête que cette gaieté matinale n'est pas juste due à la réunion de service.

— Au contraire, je suis vraiment heureux à l'idée d'assister à la table ronde en étant enfin le stagiaire officiel de l'équipe.

— C'est ça qui te met à ce point en joie, Thomas ? me demande-t-il sur le ton de la confidence, en fronçant les sourcils.

— C'est tout à fait ça ! insisté-je en désignant son café d'un geste de la main. Fais gaffe, ça déborde !

— Oh, merde ! Je sens que ça ne va pas être ma journée, aujourd'hui ! Dumas semble de très mauvaise humeur et je ne vais pas avoir le temps de croiser Emma pour lui tirer les vers du nez. D'ailleurs, rends-moi service et apporte-lui ce dossier, lance-t-il en me plaquant une pochette contre le torse avant de sourire, elle doit le consulter avant le début de la réunion.

— OK, j'y vais.

— T'es plutôt fin comme mec, tu fais de la muscu pour avoir les pectoraux aussi bombés ? me demande-t-il sans ôter ses doigts potelés de ma chemise à peine repassée. Oui, tu dois en faire…

— Non, je ne fais que de la boxe.

— Ah, ça s'explique alors. Cela dit, un boxeur qui se prend pour un cow-boy, c'est pas commun tout ça, glousse-t-il en retroussant son nez avant de faire une bouche en cul de poule parfaite.

— Un cow-boy ? m'étonné-je en priant pour que la signification de ce terme ne soit pas la même pour nous deux.

— Si tu crois que ça ne se voit pas, mon coco… Tu veux que je te rappelle à qui tu parles ? ironise-t-il en se désignant d'un signe de l'index. Je repère les hommes sans sous-vêtements à dix mille, et toi, je l'ai remarqué tout de suite !

Jetant un coup d'œil malgré moi vers mon entrejambe, je ne parviens pas à comprendre comment il a pu s'en rendre compte. Un peu gêné de savoir que ça se voit autant, je récupère les cafés, puis sors de la pièce à reculons pour qu'il me regarde faire. Amusé, Loris lève les mains en l'air pour montrer qu'il n'a rien fait avant de crier à qui veut bien l'entendre :

— C'est bon, Thomas Vidal, je ne te materais pas le cul, si tu insistes !

Blasé par son humour pourri, je lui fais un doigt d'honneur tout en maintenant le gobelet tandis qu'il me mime le mouvement d'une fellation avec sa bouche. Quel con !

Peut-être devrais-je m'offusquer d'un tel comportement, après tout, jamais une telle scène serait envisageable avec une femme sans risque de se prendre un procès au cul pour harcèlement, mais venant de lui, ça m'amuse plus que ça ne m'effraie. En effet, Loris a beau être très second degré, il n'en reste pas moins qu'il est surtout très amoureux, et que sa façon de me titiller n'est que de l'humour.

Toujours aussi léger, je prends la direction du couloir qui mène au bureau d'Emma quand j'aperçois une tête qui ne m'est pas inconnue. Arrivé à la hauteur du gars qui fait le pied de grue devant le bureau de ma Boucle d'or, je m'aperçois qu'il est fermé et qu'Hélène n'est pas là non plus.

— Oh, Justin, ça fait plaisir de te voir ! le salué-je avant de poser les cafés sur le bureau de la secrétaire. Qu'est-ce que tu fais là ?

Plutôt que de me répondre, il me tourne le dos en s'avançant vers le mur pour y contempler une affiche. Bien que je me fiche complètement du pourquoi de sa présence ici, je m'entête en lui demandant :

— Eh mec, tout va bien pour toi ?

Quand je pose ma main sur son épaule pour qu'il me réponde, sa réaction est plus vive que je ne l'espérais. Alors qu'il se retourne dans un mouvement rapide, il m'attrape à la gorge en me repoussant. Ses doigts sont serrés autour de ma trachée, mais il n'a pas suffisamment de force dans les biceps pour m'inculquer quelque douleur que ce soit. Les bras en l'air pour qu'il comprenne que je ne rendrais pas les coups, il grince entre ses dents :

— C'est à cause de toi que j'ai perdu le poste de stagiaire ici, fils de pute ! Papa a voulu que tu aies la place et tu l'as eue, mais tu ne la mérites pas !

D'une simple tape sur la main, je réussis à le déséquilibrer au point de le faire reculer de quelques pas. Agacé par son comportement, je le fusille du regard quand il revient à la charge en me coinçant contre le mur avant de plaquer son front sur le mien pour me faire peur. Cette fois, je le scrute méchamment en guise d'avertissement, mais ne cesse de lui sourire. S'il croit qu'il va réussir à m'intimider, il peut toujours crever. Bloqué contre le mur, il empoigne mon col avant de crier :

— Écoute-moi bien, sale gosse de riche de merde, ce n'est ni ton nom, ni ton fric qui vont m'impressionner !

— Qu'est-ce qui se passe ici ? nous coupe la voix la plus bandante du monde.

Mon regard se tourne instantanément vers Emma, je lui souris. Même si je n'ai pas besoin d'aide pour me sortir de cette petite galère, j'apprécie le geste et réplique :

— Rien du tout, madame. J'étais juste en train de faire remarquer à monsieur Poimont que l'obtention d'un poste au sein de la société n'était nullement de mon ressort. Je crois qu'il n'a pas apprécié…

Justin me regarde d'un œil noir avant de me lâcher à contrecœur.

— T'es vraiment un sombre connard !

— Possible, mais moi, je n'ai pas besoin de quémander du taf parce que je suis un gros raté.

Sa couleur rouge quitte soudainement son visage pour devenir livide.

— Stop, messieurs, on se calme. Monsieur Poimont, si vous veniez pour votre lettre de recommandation, à la vue de cette récente altercation, je me vois dans l'obligation de vous la refuser. De tels agissements au sein d'une entreprise ne pourraient être tolérés. Aussi, je vous demande de sortir de cet immeuble sans faire d'esclandre ou je serais dans l'obligation d'appeler le service de sécurité.

Soufflez un coup et reprenez votre route, car il ne sert à rien de se mettre dans un tel état.

Tandis qu'il prend la direction de la sortie en pestant, je crois que je suis encore plus joyeux qu'avant. D'une part, j'ai eu le dernier mot contre ce connard, mais en plus, je vais pouvoir passer quelques minutes en tête à tête avec Em dans son bureau.

Quand mon ex-collègue stagiaire n'est plus dans notre ligne de mire, elle me jette un coup d'œil furtif pour me désigner la pièce. Ravi, je la précède avant de me caler contre le mur, juste derrière la porte, pour l'attirer à moi.

— Qu'est-ce qu'il s'est passé, Tom ? s'inquiète-t-elle tout bas en s'assurant qu'il n'y a plus personne dans le couloir.

— Rien de bien méchant, je t'assure. Il m'a embrouillé parce qu'il avait les nerfs contre moi. Je crois qu'il pense que je lui ai pris sa place ici.

— Il t'a dit quoi exactement pour être aussi énervé ? Et toi, tu l'as cherché ?

— Cherché ? Pas vraiment, j'ai un peu répondu à l'attaque, mais rien de bien méchant. Lui, par contre, m'a sorti que mon nom et ma thune ne l'impressionnaient pas. Qu'est-ce que j'en ai à foutre de ces conneries ? Je n'ai jamais cherché à l'impressionner !

Alors que je pensais que rien ne pourrait l'entacher aujourd'hui, ma bonne humeur commence à s'effriter au fur et à mesure que je repense à la scène. Il se prend pour qui cet enfoiré ?

— Laisse tomber, Tom. Il est juste jaloux.

Son sourire timide me rend fou, il réveille mon entrejambe. J'effleure son bras en zieutant rapidement son bureau et mon esprit commence à s'emballer. Elle me regarde du coin de l'œil.

— N'y pense même pas, anticipe-t-elle avant même que je le lui demande.

— Allez, Em... On est tout seul et ça sera rapide, j'te jure. Et puis, souviens-toi que je ne porte rien dessous…, déclaré-je en défaisant le premier bouton de mon jean.

— Hors de question ! objecte-t-elle en rigolant.

Elle me repousse en murmurant que ce n'est pas raisonnable, mais colle tout de même son corps au mien en empoignant mes hanches pour me rapprocher de son bassin. Ma réaction est immédiate, mon érection, instantanée. Emma rougit en me sentant contre elle. Je pourrais parier qu'elle pense à mon boxer absent tant ses yeux sont brûlants.

Elle m'embrasse avec fougue, traversant le barrage de mes lèvres avec avidité. Je la serre plus fort contre moi, pour me contenir et ne pas la déshabiller sur place, mais elle s'écarte d'un coup, à bout de souffle.

— Non, pas ici. La réunion commence dans dix minutes en plus.

— C'est largement assez, ironisé-je en lui attrapant le poignet.

— J'ai dit non ! gronde-t-elle en tapotant ma main pour que je la relâche.

Tandis qu'elle défroisse ses vêtements pour les remettre en place, je lui tourne le dos quelques secondes pour faire redescendre la pression. Je sais bien qu'elle a raison et qu'on ne peut pas se permettre de faire ça ici, mais c'est sûr que maintenant, je ne vais plus pouvoir penser à autre chose de la journée.

Elle passe sa main dans mon dos pour que je me retourne, et à voir le sourire qu'elle affiche, je comprends qu'il est aussi faux que le mien. Elle est exactement dans le même état que moi : tourmentée entre ses envies et son professionnalisme. Personnellement, je n'ai rien à perdre ici à part elle, mais par égard pour elle et pour son travail, je range ma queue et mes envies au placard pour ne pas lui attirer d'ennuis.

— On devrait peut-être prendre deux chemins différents pour se retrouver à la salle…

Bien que je n'en voie pas l'intérêt, je lui adresse un clin d'œil avant de partir devant pour ne pas la mettre mal à l'aise. Après tout, je ne suis pas à une ou deux minutes près, nous allons être dans la même pièce pendant au moins deux heures, j'aurais le temps d'en profiter même s'il me sera impossible de la toucher. Pour être honnête, je dois dire que je trouve ça à la fois carrément pourri et en même temps super excitant.

Tandis que je fais le grand tour de l'étage pour retrouver mon bureau, je récupère quelques affaires avant de relever la tête en direction de la salle de réunion entièrement vitrée. Près du grand hall d'accueil, à deux pas de la porte d'entrée, elle est en pleine discussion avec Dumas.

La jalousie qui m'envahit me fige sur place. Hier, elle m'a avoué qu'elle n'avait pas pu aller plus loin avec lui, car elle pensait trop à moi. Même si je la crois, je ne peux m'empêcher de douter. Après tout, je la connais très peu, j'ignore tout de ses sentiments pour moi, ou pour lui. Ce qui me fait le plus peur, c'est surtout ce que lui est capable de faire pour la séduire. J'ai beau ne pas aimer le personnage, il n'en reste pas moins qu'il est plutôt séduisant… Il n'y a qu'à voir comment toutes les femmes de l'étage le reluquent. C'est sûrement l'effet du costume taillé sur mesure, ça. Enfin… j'imagine qu'il n'y a pas que ça non plus. Si on zappe son regard de pervers ou son sourire hautain, je comprends qu'une femme puisse craquer pour ce genre de mec. Plus ils se la pètent, plus elles en raffolent. J'espère juste qu'Emma n'est pas ainsi. Cela dit, vu comme il me fait signe de les rejoindre au moment où il s'aperçoit que je les épie en train de discuter, tout porte à croire qu'il n'est pas en train de lui faire du rentre-dedans. Pris en flag, je marche lentement pour les rejoindre. Je n'ai aucune envie de me confronter à lui. Après tout, bien qu'il ne le sache pas, nous sommes en concurrence directe pour le cœur d'Emma. Même si j'ai la chance d'avoir une petite longueur d'avance.

— Emma vient de m'avertir de la venue de notre ancien stagiaire, monsieur Vidal ! me prévient-il quand j'arrive à leur hauteur, avec un putain de sourire de faux-cul figé sur la tronche. Vous a-t-il agressé le premier ou est-ce vous l'instigateur de la dispute ?

— Il s'en est pris à moi pour une raison que j'ignore, mais j'ai préféré ne pas rétorquer, si ça peut vous rassurer. Madame Rolland peut en attester, c'est elle qui a mis fin à la querelle.

Mon ton est glacial, mon regard est fixé dans celui de mon superviseur. Je sens celui d'Emma sur moi, mais je ne détourne pas les yeux de mon interlocuteur. Je ne sais pas pourquoi, mais je ne peux pas le saquer ce gars. Emma a beau me dire qu'il est gentil, je suis sûr que c'est un faux jeton qui cache un truc.

— En effet, c'est ce qu'elle vient de faire puisque je lui ai posé la question. Le jeune Poimont est venu me trouver dans mon bureau pour me donner sa version, de fait, je voulais la vôtre. Il y a toujours deux versions dans une histoire, ironise-t-il en me tapant l'épaule d'un geste visiblement amical. Toujours est-il que si ce jeune homme débarque à nouveau pour créer des problèmes, nous le blacklisterons en bas, à l'accueil.

— Je ne crois pas qu'il soit nécessaire d'en arriver là, il est juste déçu de ne pas avoir eu la place, ce que je peux comprendre vu les circonstances, ajouté-je en lui rendant sa tape tout en faisant référence aux ordres qu'il a probablement reçus de mon père.

À sa manière de me presser la coiffe plus fort, je comprends qu'il a saisi le message. Son sourire sardonique fait monter ma pression artérielle d'un cran. J'aimerais lui clouer le bec une bonne fois pour toutes, mais cet empaffé reprend avant moi :

— Vous avez mérité ce poste. Je me suis moi-même porté garant de votre excellent travail, Thomas. N'en doutez surtout pas.

Sur ces mots, je ne les salue pas, puis reprends mon chemin vers le lieu de rendez-vous qu'ils ne tarderont pas à rejoindre eux aussi. Impossible tout de même que je parte sans un mot pour elle. Je me retourne et lui lance :

— En tout cas, merci encore pour tout à l'heure, madame Rolland. Et permettez-moi de vous dire que vous êtes vraiment ravissante aujourd'hui !

Je pénètre dans la pièce vitrée, elle me suit des yeux en rougissant tandis qu'il tente de lui toucher le bras. Quand elle le laisse sur place au moment où d'autres me rejoignent dans la salle pour les suivre, mon sourire s'étire un peu plus en comprenant que ma longueur d'avance vient de s'allonger, elle aussi.

Dumas la regarde partir, l'air surpris. Hypnotisé par son corps superbement sculpté dans sa robe émeraude qui met en valeur ses yeux, il reluque ses jambes fines sublimées par des collants noirs avant d'entrer dans la salle à son tour. Comme lui, je ne peux détourner le regard. Il ne m'en faut pas plus pour que mon esprit s'aventure à la prendre sur la table où elle vient de s'installer.

Tandis qu'elle ignore sa présence sur la chaise juste à côté, elle me sourit timidement en rougissant de plus belle. Ce sourire complice, je le prends comme un message subliminal. Le genre de transmission de pensées qui voudrait dire : « j'en ai autant envie que toi... mais va falloir patienter ». Le genre de sourire allumeur à te faire bander.

Assis en face d'elle, je commence à taper un texto chaud bouillant jusqu'à ce que je me rende compte que je n'ai pas son numéro. Je lève la tête pour la regarder, et d'un signe du menton discret, désigne mon téléphone pour lui faire comprendre qu'il va falloir qu'on remédie très vite à ce problème. S'échanger les numéros de portable, n'est-ce pas la première chose que l'on fait normalement ? Pas pour nous de toute évidence.

Elle prend la parole, je me plonge dans ses mots. Je n'écoute pas le sens de ses phrases, je n'entends que la douce mélodie que fait sa voix quand elle parle. Et surtout, je regarde sa bouche remuer au rythme de ses mots. Cette même bouche qui glissait sur mon sexe cette nuit... Ce cou à la peau si douce sous mes baisers... Ses seins qui réagissaient aux mouvements de ma langue... Ce ventre, plat et ferme, qui s'est contracté à chacun de mes assauts... Ce cul bombé qui a la taille idéale pour ma main... Et son intimité... Douce, chaude... Un parfait refuge pour un homme... Mon parfait refuge.

— Toi aussi, tu craques sur elle ? me demande Ali, obnubilé par la belle Boucle d'or qui nous fait un résumé rapide de la semaine écoulée.

Sa voix est si basse que j'ai dû décortiquer sa phrase dans ma tête pour la comprendre. En tout cas, lui qui ne m'avait encore jamais adressé la parole avant aujourd'hui a remarqué que j'étais complètement en extase devant elle. Étais-je si distrait que ça ?

J'hésite une demi-seconde entre l'envoyer chier et lui répondre. La deuxième option me paraît être la plus raisonnable des deux si je ne veux pas éveiller les soupçons de ce curieux.

— C'est vrai qu'elle est gaulée. Pourquoi, tu craques, toi ?

— Complètement, mec ! Depuis le jour où elle est arrivée ici. Et je ne sais pas pourquoi, mais je suis sûr qu'elle me kiffe aussi. Il n'y a qu'à voir les œillades en coin qu'elle me lance régulièrement.

Mes sourcils se relèvent involontairement, j'ai envie de lui exploser de rire à la tronche, toutefois, je me retiens de l'offenser. Mon pauvre Ali, si tu savais ! Je pourrais lui expliquer que les regards d'Emma me sont destinés, mais à quoi bon ? Il n'a pas besoin de savoir.

9 SEPTEMBRE - VALENTIN

Je m'installe à côté d'Emma pour affronter les deux heures les plus ennuyeuses de la semaine, et jette un coup d'œil discret sous la table pour admirer ses cuisses fuselées. Qu'est-ce que j'aimerais passer mes mains entre ses deux beautés pour m'immiscer vers son intimité… J'imagine déjà le mouvement de mes doigts entre ses chairs, la façon dont elle mordrait ses lèvres de plaisir, ou bien le son de mon prénom quand elle le soufflerait entre ses dents. Les images qui s'incrustent dans mon esprit me donnent la gaule. Merde ! Je dois débander de toute urgence… À quoi penser pour y parvenir ? À la vieille bique qui habite en face de chez Emma ? À ce petit prétentieux de Thomas Vidal qui s'est carrément foutu de ma gueule il y a cinq minutes ? Ou à ce merdeux d'Ali El Krief qui reluque ma copine comme si elle était une actrice porno ? D'ailleurs, depuis quand la mate-t-il de cette manière ?

Tandis que je le scrute d'un œil menaçant, cet abruti glisse un mot à l'oreille de Vidal qui se met à fixer Emma à son tour. Les sourires grivois qui s'étirent sur leurs bouches me foutent les nerfs. Je ne sais pas ce qu'ils sont en train de se dire, mais ça m'agace au plus haut point.

— Un nouveau bilan social a été demandé par la direction, avec une deadline assez courte. J'ai donc défini une équipe afin de m'aider à mener ce projet à bien avant les congés de Noël, explique Emma avec un aplomb qui lui va à ravir. Ali, Thomas, Sélène et Camille, je vous ai envoyé un mail avec tous les détails de l'étude. Vous trouverez les étapes et les missions communes, ou individuelles, avec les dates limites qu'il vous faudra gérer en plus de vos dossiers en cours. Nous procéderons à une réunion hebdomadaire complémentaire à celle-ci pour suivre scrupuleusement l'avancée du projet. Est-ce que cela vous convient ?

Bien qu'elle se soit débrouillée à merveille, qu'elle ait pris beaucoup d'assurance depuis son arrivée, je me sens forcé d'intervenir. En effet, depuis quand un supérieur demande à ses sous-fifres si le planning leur convient ? Ils sont payés pour obéir aux ordres, point barre. Si ça ne leur plaît pas, ils savent où se trouve la sortie.

— Merci pour vos explications, madame Rolland. C'était très clair et je suis certain que personne n'aura d'objections. Toutefois, je tiens à préciser aux quatre personnes destinatrices du mail que cette étude n'est pas une option. Madame Rolland est encore novice en la matière, ce qui explique pourquoi elle est suffisamment gentille pour vous demander si ça vous convient. Pour ma part, que ce soit le cas ou non, vous n'avez pas le choix. Faites ce qu'elle vous demande, point. D'ailleurs, monsieur El Krief, n'imaginez pas une seule seconde vous reposer sur vos collaborateurs comme vous le faites très souvent.

Le jeune homme dont je ne connais strictement rien relève la tête vers moi en piquant un fard. Ce gars, je ne suis même pas certain de l'avoir croisé un jour dans les couloirs de la boîte, je n'ai même jamais entendu parler de lui, mais puisqu'il regarde Emma comme si elle était un en-cas, je vais vite lui faire comprendre que s'il continue, il risque de s'étrangler avec sa bouffe.

— Non, monsieur Dumas, je n'ai jamais cherché à me décharger de mes dossiers, je ne sais pas ce qui vous fait…

— Qu'importe ! J'attends de vous un travail exemplaire, car je vous ai à l'œil. Une seule erreur, et c'est la porte. J'espère qu'on s'est compris.

Le gamin se chie dessus. Il n'ose plus me regarder. Ravi d'avoir démontré que je suis le mâle dominant de cet étage, j'admire le résultat sur l'ensemble de la table ronde. Tous mes larbins ont les yeux rivés sur leur bloc-notes, tous ont l'air de ne plus savoir où se foutre. Parfait !

D'un coup d'œil rapide, je fais le tour de la pièce jusqu'à m'apercevoir que le seul qui n'a pas baissé la tête est ce péteux de Vidal. Je sens qu'il va vraiment me casser les couilles, ce fils à papa. Pour autant, s'il y en a un auquel je ne veux pas me frotter pour le moment, c'est bien celui-là. J'ai même tout intérêt à me le mettre dans la poche si je ne souhaite pas qu'il aille rapporter quoi que ce soit à son précieux papounet. Entre ma liaison toute neuve avec Em et les casseroles de mon passé, mieux vaut ne pas trop attirer son attention. D'autant plus quand on sait que dans cette boîte, c'est tolérance zéro en ce qui concerne les relations entre collègues. Cette aberration est même stipulée dans les contrats… Alors si je veux conserver mon salaire plus que confortable et ma place dorée de directeur des RH, ce Vidal junior est intouchable pour le moment. Même s'il lorgne sur Emma, même s'il la bouffe des yeux à présent.

Au bout de longues minutes à ronger mon frein, la réunion prend fin. J'ai beau adorer le doux parfum de ma copine quand il flotte autour dès qu'elle bouge la tête, je suis bien content de passer à autre chose. J'ai prévu d'inviter ma belle à manger à midi. J'ai réservé dans un resto chicos près de la tour Eiffel, et j'ai hâte de voir sa tête quand je vais lui annoncer la surprise. Après notre rapprochement du week-end, je sens qu'il faut battre le fer tant qu'il est chaud. Suite à deux jours de réflexion, je suis persuadé qu'elle est désormais mûre pour être cueillie. J'imagine déjà la douceur de son petit abricot quand je…

— Valentin… La réunion est finie… Valentin !

Tandis que je redresse la tête pour voir l'angelot qui s'élève au-dessus de moi, j'ai l'impression d'avoir une vision céleste. Bien qu'elle n'ait pas d'auréole sur la tête, ma chère et tendre possède cette aura de sainteté que l'on ressent lorsque l'on contemple la Vierge Marie dans une église.

J'avoue que je ne suis pas un fervent défenseur des religions, je dirais même que mon moi profond a plus tendance à flirter avec l'enfer qu'avec le paradis, mais pour elle, je serais prêt à apprendre des psaumes ou des chants évangéliques par cœur pour les lui réciter.

— Merci, Emma, j'étais un peu perdu dans mes pensées…

— J'ai vu, plaisante-t-elle en rassemblant ses affaires avant de se diriger vers la sortie. Au fait, merci pour ton intervention pendant ma présentation, mais je ne suis pas sûre que c'était nécessaire. Ils avaient compris le message…

Oh… ma petite tourterelle prend son envol, elle cherche à s'émanciper. De la part de n'importe qui d'autre, j'aurais pris ça pour un affront, mais venant d'elle, je trouve ça extrêmement mignon, peut-être même super excitant.

— Excuse-moi, Emma, déclaré-je en me levant brusquement pour me rapprocher d'elle. Je ne voulais pas remettre ton autorité en cause, je souhaite juste leur montrer que tu as mon soutien total et absolu.

Tout en lui prêtant allégeance, j'attrape sa main libre dans les miennes avec l'envie irrésistible de la baiser. Je la porte à mes lèvres pour satisfaire ce besoin presque vital, mais elle retire sa paume de la mienne en me privant de sa douceur. Surpris, je fronce les sourcils en lui jetant un coup d'œil inquiet, quand elle se met à rougir. Bon sang, elle est tellement jolie… Toutefois, ça n'excuse pas ce qu'elle vient de faire. Me punir de mon intervention en me repoussant n'est pas légitime. Je ne voulais que l'aider, moi !

Tandis que je sens un malaise s'immiscer entre nous, je sors mon atout de ma manche pour la faire succomber à nouveau. Après m'être assuré que plus personne ne rôde autour de la salle de réunion, je me penche vers son oreille pour lui susurrer :

— Tu sais, j'ai beaucoup réfléchi à cette nuit qu'on a passée ensemble, Emma, je crois qu'on devrait en parler…

— On n'a pas..., me coupe-t-elle tandis que j'appose mon index sur sa fine bouche pour la faire taire.

— J'ai réservé une table dans un restaurant hors du commun pour midi. Toi, moi et la tour Eiffel en guise de décor, ça te convient ?

Prise de cours, elle reste bouche bée par mon invitation. Je savais qu'elle serait touchée, c'est une femme sensible aux petites attentions, aux messages d'amour et au romantisme sous toutes ses formes. Comme moi. Voilà une preuve supplémentaire que l'on se complète, qu'on est même sûrement fait l'un pour l'autre... Pour toujours.

— C'est très gentil de ta part, Valentin, mais j'ai beaucoup de travail, lance-t-elle en s'éloignant de moi d'un pas rapide. Une autre fois peut-être...

Cloué sur place face à son refus, je ne peux m'empêcher de chercher un sens à sa fuite malgré ma déception. Tandis qu'elle s'éloigne sans un regard en arrière, je réalise à quel point on se ressemble. Ma belle Emma est une bosseuse, une perfectionniste qui aime le travail bien fait, toutefois, ce n'est pas notre nouveau point commun. Là où je me retrouve en elle, c'est dans sa façon de souffler le chaud et le froid. De brûlante ce week-end, elle est passée à glaciale. Je sais pourquoi elle agit ainsi, c'est pour mieux m'attirer dans ses filets.

Ne t'en fais pas, ma biche des bois, je suis tout à toi, je t'appartiens déjà.

10 SEPTEMBRE - EMMA

— Tu devrais arrêter de donner de faux espoirs à cet idiot…

— Quel idiot ? demandé-je en pensant immédiatement à ce pot de colle de Valentin.

Allongée à plat ventre sur mon lit pendant que Thomas me caresse doucement le dos du revers de la main, je tourne ma tête vers lui pour obtenir une réponse.

— Ali, rétorque-t-il en riant.

— Je ne lui ai jamais donné de faux-espoirs ! objecté-je en me redressant sur les avant-bras pour pouvoir mieux comprendre ce qui l'amuse tant.

— Je sais, Em, mais ce con n'arrête pas de me répéter qu'il en pince pour toi dès qu'il me croise. Il est même certain qu'avec tous les coups d'œil que tu lui jettes en réunion, c'est réciproque. Tu crois que je devrais lui péter la tronche la prochaine fois qu'il me sort un truc comme ça ?

Il me pince les fesses pour me faire réagir, mais ce petit geste m'excite. Rien à foutre d'Ali et de ses hallucinations, moi, mon fantasme est sous mes yeux et j'ai bien l'intention de faire en sorte qu'il fasse plus que de me pincer le cul.

Emportée par une soudaine envie de prendre les rênes, je me mets à genoux pour mieux le chevaucher. Apprendre que le regard d'un autre sur moi le rend jaloux fait monter le feu en moi.

— Peut-être que mes œillades étaient effectivement pour lui... Peut-être que tu crois que c'est toi que je veux, mais qu'en réalité, c'est une manœuvre pour l'avoir lui...

Assise sur lui, la pointe de mes seins effleure son torse quand je me penche pour lui embrasser le cou. Sa respiration s'accélère en même temps que ses abdos se contractent sous mon souffle brûlant. J'adore ça.

Il a eu raison de passer prendre mon numéro dans l'après-midi. Sans ça, je ne lui aurais pas proposé de venir ce soir à la maison, et nous n'aurions pas pu faire l'amour jusqu'à maintenant. Il est plus de minuit, pourtant, je n'ai pas sommeil. Au contraire, j'ai la sensation que la nuit ne fait que commencer. En plus, savoir que je vais me réveiller contre lui au petit matin m'émoustille encore davantage, je n'ai pas l'intention de le laisser s'endormir de sitôt. De toute façon, vu comme il réagit à chacune de mes caresses, je comprends qu'il est sur la même longueur d'onde que moi.

J'ondule doucement sur son bassin, le frottement de nos deux corps m'arrache un gémissement de plaisir. Pressé de passer à la suite des festivités, il attrape un préservatif sur la table de nuit avant de plaquer ses mains sur mes cuisses en m'intimant de venir me positionner sur lui. Ne l'entendant pas de cette oreille, je continue de remuer pour le torturer longuement, alors que je résiste péniblement à l'envie pressante qui m'envahit. Pour ne pas succomber à la tentation, je laisse tomber ma tête en arrière. En ne voyant plus son visage qui se consume de désir, je me concentre sur les sensations qui me parcourent. Consciente que je lui offre une vue VIP sur ma poitrine dénudée, j'attrape ses mains pour les poser sur mes seins. Je ne sais pas si c'est l'effet de la flamme de la bougie qui vacille faiblement, ou si c'est à cause de sa façon de me regarder, mais je ne me suis jamais sentie aussi sexy que maintenant.

Il m'attire à lui d'un geste vif pour s'emparer de moi, je me laisse aller sous ses baisers brûlants, m'habituant un peu plus à la chaleur de sa peau à chaque seconde qui passe. J'ai perdu tellement de temps à me convaincre qu'il ne fallait pas succomber à mes pulsions que maintenant que j'ai réussi à franchir le cap, j'en savoure chaque instant.

Subjuguée par cette sensation de fusion qui s'échappe de nous, j'attends qu'il me pénètre enfin, plus impatiente. Déjà la première fois, j'avais eu cette impression familière, comme si nous nous connaissions depuis toujours, comme si nos corps étaient faits pour s'unir à la perfection. Quand il prend enfin possession de mon corps, ce sentiment se décuple à chaque mouvement de bassin qui, paradoxalement, me coupe le souffle autant qu'il m'éveille à la vie. La peau douce de ses paumes glisse sur mon dos jusqu'à se perdre sur mes hanches pour les maintenir ancrées tout contre lui. Je le ressens au plus profond de moi, il fait trembler mes jambes, m'obligeant à crisper mes doigts sur sa nuque pour canaliser le plaisir qui se diffuse dans tout mon corps.

Une sensation de plénitude s'empare de moi alors que ses ongles se plantent dans mes chairs avec force quand il atteint l'orgasme. Avec ses yeux toujours fixés dans les miens, j'ai le sentiment qu'il peut tout voir en moi. Dimitri, Tom ou quel que soit le prénom qu'il pourrait porter à présent, il n'a pas pris que mon corps, il a aussi attaqué mon cœur.

Face à ce constat qui me prend aux tripes, je reste figée sur lui, presque tétanisée. Attentif à mon changement d'attitude, j'ai presque l'impression qu'il a compris le trouble qui vient de s'immiscer en moi.

L'amour… Se pourrait-il que ce soit ce que je ressente pour lui ? Perdue entre mon cœur et mon esprit, je sens à peine le baiser qu'il dépose sur ma clavicule avant que je ne me laisse glisser sur le côté. Sans un mot, il se débarrasse du préservatif, récupère la couverture pour nous recouvrir, puis me serre contre lui en enlaçant ma taille avec force.

L'amour… Vraiment ? Peut-être après tout… Voilà plus de trois mois qu'il me fait passer par tout un tas d'émotions diverses et variées. Avec lui, j'ai connu l'extase, la surprise, la colère, l'indifférence et maintenant… l'amour… Je voudrais lui demander ce qu'on est l'un pour l'autre finalement, mais par peur de le faire fuir à nouveau, je me contente de garder toutes mes questions dans un coin de ma tête. Il est trop tôt pour énoncer ce que je ressens à voix haute, trop tôt pour le questionner sur ce qui lui trotte dans la tête. Il est trop tôt pour gâcher ce moment, alors pour arrêter d'y penser, je laisse mes doigts caresser ses cheveux pendant qu'il effleure mes épaules du bout du nez. Finalement, moi qui pensais pouvoir tenir toute la nuit, ces dernières secondes m'ont épuisée. Elles n'ont pas épuisé mon corps, c'est lui qui s'en est chargé, cependant, elles ont épuisé mon esprit, si bien que je n'ai plus qu'une seule envie : m'endormir blottie dans ses bras.

Une lueur de soleil filtre à travers les persiennes. Un simple rayon suffit à réchauffer ma joue et à me mettre de bonne humeur. Notre nuit a été courte, pourtant je me sens en pleine forme... Je suis heureuse, peut-être même amoureuse, et ça fait un bien fou.

Tom m'enlace fermement. Impossible de sortir de ma douce prison sans le réveiller. Comme une contorsionniste en plein show, je me défais le plus lentement possible de ses bras qui m'encerclent. Il me faut bien cinq bonnes minutes de concentration digne d'un espion en pleine mission pour me faufiler hors du lit.

Sans un bruit, je m'habille, puis sors de l'appart pour me rendre à la boulangerie du coin de la rue. À défaut d'avoir le bon nombre d'heures de sommeil avant d'aller au boulot, on aura au moins un super petit-déjeuner pour tenir toute la journée…

Je déteste sortir de chez moi quand je suis à peine réveillée, la tronche en vrac et sans un minimum de maquillage. Non pas que je me maquille beaucoup, mais en croisant mon reflet dans le miroir sur le palier, je me dis que là, je fais vraiment flipper. Ma remarque m'amuse, toutefois j'espère bien avoir un instant pour me rafraîchir avant le réveil de Tom. Il ne faudrait pas casser la magie si tôt dans notre relation.

Quand j'ouvre la lourde porte d'entrée de l'immeuble, je me fige d'effroi. Avec difficulté, ma salive glisse dans ma gorge, je ne parviens pas à prononcer un mot. Intérieurement, je prie pour que Valentin ne se rende pas compte à quel point il me prend au dépourvu tandis qu'il s'exclame :

— Oh... Emma ! Je venais justement te rendre visite. Je sais qu'on se serait vu tout à l'heure au bureau, mais j'avais envie de passer un peu de temps avec toi comme nous n'en avons pas eu l'occasion hier...

Sa façon de rougir en baissant la tête indique clairement qu'il vient de se rendre compte de la stupidité de son acte. En même temps, qui se pointe chez les gens au lever du jour, sans y avoir été invité ?

Même si c'est un homme gentil et attentionné, il est hors de question qu'il franchisse le seuil de mon appart à nouveau. D'une part, il tomberait nez à nez avec Tom, ce qui m'attirerait probablement quelques ennuis, et d'autre part, je trouve sa venue impromptue plutôt intrusive de sa part.

— Salut Val ! Je ne m'attendais pas à tomber sur toi comme ça. Je suis assez étonnée par ta visite.

— Surprise ! me fait-il en écartant les bras comme un clown qui fait son spectacle. Ça veut dire que tu es contente ?

Sans prévenir, il passe une main autour de ma taille pour m'attirer à lui, et dans un geste si rapide qu'il m'est impossible de l'éviter, il rapproche dangereusement sa tête vers la mienne avant de tendre les lèvres...

Non, ne m'embrasse pas !

Effrayée par ce qu'il s'apprête à faire, je recule et cogne mon dos contre la porte qui s'est refermée. Bien que je sois une piètre actrice, plutôt que de lui avouer qu'il ne se passera jamais rien entre nous, je me mets à simuler une quinte de toux digne d'un vieillard qui se racle la gorge bruyamment. C'est écœurant, c'est anti-sexy au possible, mais bordel que c'est efficace ! Pour un peu, je pourrais exploser de rire devant son visage dégoûté.

— Tu devrais aller te reposer Em, tu as vraiment mauvaise mine !

— J'allais justement à la pharmacie de garde. Je ne suis pas très en forme, c'est vrai, ajouté-je en expectorant à nouveau.

Par pitié ou parce qu'il a hâte de foutre le camp, il me tend un sachet de viennoiseries avant de reculer d'un pas. Tout compte fait, il a bien fait de venir, car je n'ai même plus besoin de m'exhiber dans les rues avec ma tête à faire peur.

— Repose-toi bien, Em ! souffle-t-il en embrassant mon front du bout des lèvres en prenant bien soin de ne pas me toucher pour ne pas être contaminé par ma pseudo maladie. Tu devrais rester couchée aujourd'hui, et si tu ne vas pas mieux demain, reste au repos, c'est préférable.

— Merci, Val ! lui dis-je en simulant une nouvelle quinte alors qu'il recule jusqu'à sa voiture garée tout prêt. Je vais me doper pour être en forme tout à l'heure. Sois sans crainte, je serais au boulot à l'heure.

— Comme tu veux, Emma, fais comme tu le sens, cependant, reste bien dans ton bureau pour ne pas contaminer tout l'étage ! déclare-t-il en me faisant un dernier signe de main avant de prendre place derrière son volant.

Ravie d'avoir trouvé un stratagème plausible pour l'éloigner de moi quelque temps, je lui montre le sachet de croissants pour le remercier de son attention.

10 SEPTEMBRE - THOMAS

L'odeur du café fraîchement coulé m'arrive aux narines et me réveille avec délice. Voilà une journée qui commence à la perfection. Je m'étire en sentant la place vide à côté de moi.

— Em ?

Pas de réponse. Je me lève pour faire le tour de l'appart. Vide. Pas d'Emma. La table est mise pour le petit-déj', elle ne doit pas être loin. Je chasse l'idée sordide qu'elle aurait pu me faire un coup à la Dimitri. Je suis con, on est dans son appart, elle ne peut pas se tirer en me laissant ici.

Pour patienter, je nous sers deux tasses de café juste avant d'entendre la clé qui tourne dans la serrure. Quand elle entre dans le hall d'entrée, la voir habillée à l'arrache me fait marrer. Depuis que je la connais, je ne l'ai vue que dans deux situations : apprêtée pour aller en boîte ou au boulot, soit nue dans un lit avec moi. C'est une première de la voir débraillée en survêt', sans maquillage et les cheveux en vrac. Pourtant, je la trouve divine.

Du fou rire, je passe vite à un grand sourire avec cette pensée débile qui me traverse : celle que j'adorerais pouvoir boire mon café tous les matins jusqu'à la fin de ma vie face à cette petite tête blonde parfaite. Ce qu'elle me fait ressentir est inédit. Jamais avant elle ce genre de pensée ne m'avait effleuré l'esprit. Pour être honnête, j'aime bien ça.

Elle jette un paquet de croissants sur la petite table de la kitchenette, mon sourire béat s'efface en entendant le bruit de mon ventre. Elle n'aurait pas pu arriver au meilleur moment, je crève la dalle ! Reconnaissant, je la remercie pour cette attention qui me touche en l'attrapant par la taille pour qu'elle se cale dans mes bras. Me sentant à ma place dans cette petite cuisine qui doit faire la taille d'un chiotte chez moi, enfin, chez mes parents, je me sens enfin bien quelque part sur cette Terre.

D'ailleurs, je n'avais pas pensé à mes géniteurs depuis deux jours. Je crois qu'ils avaient un jet à prendre pour New York. En tout cas, ils ne se soucient pas de ne pas m'avoir croisé depuis, et moi je me rends compte que je me sens tellement mieux dans ce petit appart plutôt que dans ce grand immeuble qui nous sert de « maison ».

Une maison... Des murs, des pièces, un abri pour le froid... Mais en aucun cas un foyer... chaud, accueillant, ou plein d'amour. Je sais que je leur en ai fait voir de toutes les couleurs ces dernières années, mais ça fait tellement longtemps que je ne me sens plus chez moi, que l'amour à disparu de cet endroit, que j'ai plus envie de m'en enfuir que de m'y abriter.

Chez Emma, c'est différent. C'est cosy, doux, c'est comme un cocon dans lequel on aurait envie de se cacher. C'est rassurant.

— À quoi tu penses ? me demande-t-elle tout bas, certainement consciente que j'étais perdu loin dans mes réflexions.

— Si je te le dis, tu vas te vexer...

Elle lève la tête vers moi, toujours blottie contre mon torse nu.

— Essaie, on verra bien... Si demain on lit dans le journal qu'un homme a été retrouvé étouffé par son croissant, ça ne sera peut-être pas qu'une coïncidence.

Elle imite le rire d'une vieille sorcière maléfique, mais ça ne réussit pas à m'affoler. En revanche, c'est suffisant pour m'amuser et pour sortir ces pensées négatives de mon crâne.

— Je pensais que ta cuisine était aussi grande que les toilettes du rez-de-chaussée de chez mes parents.

Elle me tape dans les côtes avec un regard sombre.

— Tout le monde n'a pas la chance de s'appeler Vidal, mon cher. Mon appart est peut-être petit, mais j'ai travaillé dur pour me l'offrir et j'en suis fière.

Elle me tire la langue pour me faire rire. Si elle savait à quel point c'est une chance de s'appeler Vidal ! Je veux bien échanger ma place contre la sienne, ouais ! Mais je n'ai pas envie de m'étaler sur mes petits problèmes de pauvre gosse de riches. Quel intérêt ?

— Il y a de quoi, Em ! Il est top ton appart, je l'adore et je m'y sens bien, car il te correspond à cent pour cent. Pour être honnête avec toi, je m'y sens mieux que chez moi…

Elle s'apprête à répondre avant de se mordre l'intérieur de la bouche pour se forcer à se taire. Même si j'apprécie qu'elle ne me pose pas de question sur le pourquoi de cette remarque, sa façon de me regarder comme si j'étais un chaton en manque d'attention me perturbe. Je ne veux pas qu'elle se fasse ce genre d'idée sur moi, qu'elle ait pitié… Elle embrasse mon torse avec douceur, mais je sens l'interrogatoire sur ma famille arriver comme un coup de massue.

Elle reste muette, se penche vers nos tasses de café fumantes, les récupère, puis m'en tend une. Contre toute attente, elle ne fait pas allusion à ma remarque et se contente de trinquer avec moi avant de me faire croquer dans un croissant encore chaud.

Oui, c'est clair, je pourrais m'habituer à vivre comme ça, ici.

Oui, je pourrais vivre avec elle.

Nous vivons ensemble depuis maintenant huit semaines. On est le 2 novembre, bordel ! Voilà presque deux mois que nous passons chacune de nos nuits tous les deux sans qu'une seule fois l'idée de prendre la fuite ne m'ait traversé l'esprit. Même si ça s'est fait de manière très naturelle, c'est passé à une vitesse tellement fulgurante que je n'ai pas eu le temps de réaliser ce qui nous arrivait. Nous avons pris quelques petites habitudes sans même nous en rendre compte. De simple relation de collègues le jour, nous devenons un couple dès que nous arrivons au pied de son immeuble, et je crois que cet anonymat nous convient à tous les deux. Avec ce connard de Dumas qui lui colle au cul dès qu'elle sort de son bureau, mieux vaut être prudent.

Cela dit, Emma a bien essayé de me poser quelques questions sur ma relation avec mes parents, en me demandant si ça ne les gênait pas que je dorme chez elle tous les soirs. J'ai réussi à esquiver le gros du problème par quelques manipulations habiles. Même si j'ai très envie de me livrer davantage à elle, et que je ne tiens pas à lui mentir, je garde juste quelques secrets encore un peu pour moi, le temps de me sentir suffisamment sûr de moi, de nous, pour lui balancer mon passé. Je finirais tôt ou tard par lui expliquer pourquoi je suis mieux chez elle que chez « moi », cependant pour l'heure, elle sait que mes parents sont toujours à New York et que je n'ai pas envie d'être seul. Ce n'est pas un mensonge, c'est une demi-vérité.

Ce soir, j'ai dû finir plus tard qu'elle. Plongé dans un dossier que je voulais absolument clôturer avant de partir, ce que je n'ai pas réussi à faire, je n'ai pas pensé que c'était elle qui m'avait déposé ce matin. À huit heures du mat' avec cinq degrés dehors, j'ai trouvé que c'était une excellente idée de venir ensemble, bien au chaud dans sa voiture, mais maintenant qu'il fait nuit et que je me caille le cul sur le chemin qui mène à son appart, j'avoue que je regrette sacrément ma moto.

Mon portable vibre dans ma poche. Tandis que je suis forcé d'extirper ma main de la chaleur de ma veste pour le prendre, ses mots me réchauffent presque quand je lis son SMS en souriant :

[Je me ferais pardonner d'avoir zappé que tu allais finir en glaçon en rentrant tout seul. Petite surprise quand tu passeras la porte, dépêche !]

Mon imagination s'emballe, une vision d'elle en sous-vêtement sexy pour me revigorer de cette marche glaciale me met l'eau à la bouche. J'accélère le pas, envisageant déjà de faire l'amour plutôt que de me taper la relecture de mon dossier.

Quand j'arrive devant l'immeuble, je jette un coup d'œil aux alentours pour être sûr que personne ne m'observe. J'ai pris cette habitude machinalement en repensant à mes visites nocturnes de ces derniers mois. Après tout, si la guetter depuis le porche était pour moi une activité nécessaire afin d'avoir la sensation de me trouver près d'elle, on ne sait jamais pour qui ça pourrait être aussi le cas. Rassuré, je monte les marches en vitesse avant de toquer avec entrain sur la lourde porte en bois massif, pressé de la retrouver.

Quand elle m'ouvre, ma première réaction est de constater qu'elle n'est pas du tout en lingerie fine. Elle est habillée comme elle l'était dans la journée. Une lueur de déception doit traverser mon regard, car elle explose de rire en voyant mon air défait.

— Tu t'attendais à quoi, espèce de pervers ? glousse-t-elle en m'attirant à elle pour plonger sa langue chaude dans ma bouche froide.

La température monte d'un cran jusqu'à mon cerveau quand elle me force à entrer avant de me débarrasser de ma veste et de fermer la porte. Les mains plongées dans les poches arrière de mon jean pour s'agripper à mes fesses, elle murmure contre mes lèvres :

— Tu as fini ton dossier ?

Le non que je laisse glisser contre sa bouche la stoppe net. Alors qu'elle s'écarte pour me toiser avec sérieux, je décèle tout de même la pointe de barbarie qui traverse son regard, ça ne me dit rien qui vaille.

— Hors de question que tu me touches tant que tu ne l'auras pas fini ! clame-t-elle en me relâchant.

Quelle diablesse ! De nous deux, je ne suis vraiment pas sûr d'être le plus pervers !

Elle me tire par la main pour m'entraîner dans le salon, quand son SMS me revient en tête. Elle a parlé d'une surprise… Puisqu'il ne s'agit pas d'elle dans une version mannequin de chez *Victoria's Secret*, alors c'est quoi cette surprise ?

La réponse m'apparaît bien plus vite que je ne le pensais quand j'aperçois une petite boîte qui trône sur la table basse, entourée par deux coupes de champagne. Mon cœur s'accélère subitement, mon esprit surchauffe. Une demande en mariage ? Elle est cinglée ! Si un jour je devais me marier, ce ne serait pas à ma future femme d'en faire la demande, et surtout, c'est beaucoup trop tôt !

Planté à côté du canapé, je la regarde avant de jeter un nouveau coup d'œil à la boîte, paniqué, perdu. Quand elle me pousse doucement dans le dos avec un petit « allez » d'encouragement, je sens que l'air me manque. Sous pression, je passe ma main sur mon visage, puis récupère l'écrin de velours avec les doigts crispés. Mon cœur s'affole en même temps que mon cerveau cherche la réponse la moins douloureuse pour lui dire non. Bordel, pourquoi elle veut tout précipiter comme ça ? Je ne suis pas prêt pour ça, je ne le serais peut-être jamais…

2 NOVEMBRE – EMMA

Je m'impatiente face à sa réaction, il met une plombe à ouvrir cette minuscule boîte. Qu'est-ce qu'il croit ? Que je vais lui demander de m'épouser ? Il rêve ou quoi ! Si ça doit arriver un jour, ce sera à lui d'en faire la demande ! J'ai beau être une femme moderne, j'ai quand même quelques aspirations.

Les yeux plissés, il entrouvre l'écrin pour en apercevoir rapidement son contenu. Après un second coup d'œil, il l'ouvre enfin en entier, observe l'objet quelques secondes, puis m'interroge du regard.

— Oh, ça y est, je sais ! C'est la clé de ton cœur ! s'exclame-t-il alors que je fronce les sourcils devant sa réaction inattendue. Tu es une vraie romantique, ma Boucle d'or !

Quand il s'approche de moi pour m'embrasser, je le maintiens à distance à bout de bras en cherchant à comprendre s'il est sincère ou s'il se moque de moi.

— T'es sérieux, Tom ? Tu crois vraiment que je ferais un truc aussi débile ?

— Ce ne serait pas si étonnant...

Au moment où il se rend compte de sa bêtise, son visage change d'expression. Ah bah voilà, il a compris ! Je commençais sérieusement à flipper. Bouche bée, il avale sa salive une première fois, puis reprend :

— C'est la clé d'ici ?

— Quelle perspicacité, ironisé-je, en grimaçant. Je me suis dit que comme tes parents allaient rester à New York jusqu'aux fêtes de fin d'année, ça serait bien que tu aies de quoi aller et venir à ta guise.

La clé calée au creux de la paume, il la regarde, hébété. Devant son absence de réaction, je commence à prendre peur. Je n'arrive pas à déchiffrer cet air qui s'affiche sur son visage. Est-ce qu'il est touché par mon geste, ou est-ce qu'il trouve ça too much ? C'est vrai que c'est soudain, sûrement beaucoup trop tôt, mais ce n'est pas non plus un engagement à vie…

— Tom, je ne te demande pas d'emménager avec moi. C'est juste que comme tu te sens bien ici, et plutôt que d'être seul chez toi, je me suis dit que...

Je n'ai pas le temps de finir ma phrase qu'il me prend dans ses bras pour enfouir son visage contre mon cou. Je n'ose plus parler. La désagréable sensation qu'il est à la limite de se mettre à pleurer dans mes bras me stresse, je me sens démunie, car je ne comprends vraiment pas pourquoi il réagit ainsi.

Au bout de quelques secondes lourdes de non-dits, il murmure enfin un faible « merci » contre ma clavicule. Quand il relève la tête pour me regarder, ses yeux sont rougis par l'émotion. La lèvre tremblante, il me dit :

— Em, tu ne peux pas imaginer ce que ce geste signifie pour moi. J'aurais envie de te l'expliquer, mais je ne m'en sens pas capable pour le moment. Ce n'est pas que je veux te cacher des choses, c'est juste que c'est encore trop dur à dire.

Surprise, je le scrute sans rien comprendre à ce qu'il me raconte. Qu'est-ce qui est trop dur ? Pourquoi une clé aussi banale le met dans un tel état ?

Bien que je secoue la tête pour lui signaler que ce n'est pas un problème, je meurs d'envie de savoir ce qui se passe. J'ai bien compris qu'il y avait un problème entre ses parents et lui. Jusqu'à maintenant, je me suis efforcée de ne pas lui poser de questions en attendant qu'il se livre de lui-même, mais pour être honnête, le fait qu'il ne me parle pas me frustre et me vexe un peu. Pourtant, par respect pour lui, pour ce qu'il vient de me dire, je ne cherche pas à creuser. Après avoir soufflé un bon coup, je récupère les coupes de champagne pour lui en tendre une. Quelques bulles auront peut-être le mérite d'apaiser l'électricité qui circule dans l'air.

— Tu sais que tu es parfaite, Em ?

Je ne sais pas quoi lui répondre. Si j'étais vraiment parfaite, il me parlerait davantage, preuve qu'il aurait vraiment confiance en moi, mais même après deux mois à vivre comme un couple, je n'ai aucune assurance qu'il se serve de cette clé à présent. Si ça se trouve, demain, il prendra la fuite… Il l'a déjà fait.

Malgré mes efforts pour atténuer l'atmosphère pesante de la soirée, Tom a l'air absent. Plongé dans son dossier sans vraiment me calculer, il me jette deux ou trois regards en coin que je fais semblant de ne pas voir.

Au bout d'une heure, ne supportant plus l'ambiance lourde qui m'entoure, je prétexte un mal de tête pour aller me coucher. Dans mon lit, je tourne et me retourne, n'arrivant pas à trouver le sommeil. Cette soirée devait être spéciale pour nous, au lieu de ça, ma surprise a été un vrai fiasco. Je regrette même d'avoir eu cette idée débile. C'est à cause de moi s'il a pris peur. En plus de ce murmure qui m'empêche de m'endormir, trop de questions se bousculent dans ma tête pour que je puisse fermer l'œil.

Ce murmure ? Curieuse, je me redresse dans le lit pour tendre l'oreille. Concentrée sur les bruits de l'appartement, je perçois les bribes d'une conversation que je ne comprends pas. Pour être certaine que je ne rêve pas, je me relève, puis longe le court couloir à pas feutrés.

En arrivant vers le salon, je m'arrête en entendant qu'effectivement, Thomas est bien au téléphone. Il est minuit passé, avec qui est-ce qu'il discute, et pourquoi parle-t-il si bas ?

Bien que je me sente mal d'espionner sa conversation, je ne peux m'empêcher de rester pour écouter.

— Je ne sais pas si je pourrais venir. Je ne suis pas sûr de pouvoir me libérer.

Je ne comprends rien à ce qu'il raconte. Aller où ? Se libérer de quoi ? De moi ? Même si je sais qu'on ne doit jamais tirer de conclusions hâtives quand on ne possède ni les tenants ni les aboutissants d'une histoire, cette discussion a le don de m'agacer. Des centaines de scénarios se bousculent dans mon esprit, mais c'est quand il dit à son interlocuteur qu'il ou elle lui manque, que mon esprit s'échauffe. Je viens de lui filer la clé de chez moi et cet enfoiré est en train de parler à une autre !

Excédée, je fais mine de me rendre aux toilettes. En m'entendant faire du bruit, bizarrement, il raccroche. En vitesse, je retourne me coucher, et moins de cinq minutes plus tard, il se glisse dans le lit tout contre moi.

Je me suis habituée à sa chaleur dans mon dos tous les soirs. Et même si je suis en colère, le fait de penser que ça pourrait s'arrêter bientôt me fend le cœur. Les larmes aux yeux, le cœur qui bouillonne, je me retiens de le confronter pour savoir qui était à l'autre bout du fil, tout en continuant de faire semblant de dormir.

Quand il dépose un baiser sur mon épaule, je ne peux m'empêcher de déglutir. La boule dans ma gorge est cependant trop grosse pour que j'y parvienne, ou même pour que je m'endorme.

Ce qui n'est pas son cas. En moins de temps qu'il n'en faut pour fermer les paupières, voilà qu'il s'est déjà assoupi.

Les bras toujours serrés autour de moi, Tom dort paisiblement. Les yeux rivés sur le réveil qui doit sonner dans une heure, je regarde le temps défiler en hésitant à me lever depuis vingt bonnes minutes. Ma nuit a été courte et perturbée, je n'ai pas réussi à fermer l'œil. Pourtant, bien qu'épuisée, je n'arrive plus à rester allongée pour rien.

En faisant le moins de bruit possible, je réussis à m'extirper de ma confortable prison sans le réveiller. Cela dit, ce n'est pas l'envie qui me manque de le secouer ou de lui hurler dessus pour qu'il me balance avec qui il était au téléphone hier ! Pas vraiment d'humeur à lui parler, je mets mes questions dans un coin de ma tête. Ce qu'il me faut, c'est une bonne douche brûlante pour démêler les tensions qui nouent ma nuque.

En peu de temps, l'eau chaude délasse mes muscles et apaise mon esprit. Peut-être que je cogite trop après tout et que je devrais juste lui poser la question pour tirer ça au clair au lieu d'interpréter des mots sortis de leur contexte.

C'est la faute de mon ex si je suis aussi suspicieuse ! Cet enfoiré m'a trompée et humiliée en entretenant une histoire parallèle à la nôtre pendant presque toute la durée de notre relation. Depuis, j'ai pu développer une partie de mon cerveau qui m'était complètement inconnue jusqu'à lui : la psychose. Je me suis fait tellement de films par sa faute que je suis sûre que j'aurais pu recevoir un oscar à cette époque. Je pensais qu'après deux ans de célibat et une toute nouvelle relation, j'allais pouvoir repartir sur de bonnes bases, mais apparemment, je me suis trompée, la psychose pointe à nouveau son nez.

Je ne veux plus jamais vivre comme ça a été le cas avec Josh, et si Thomas ne veut pas se confier à moi, alors je ne suis pas certaine de pouvoir aller plus loin avec lui.

Après une douche remplie de conclusions houleuses, je retourne dans la chambre pour prendre mes affaires. Discrètement, je m'habille en vitesse dans la pénombre, prends mon petit-déjeuner sur le pouce et attrape mon sac pour partir au bureau. Ce matin, je serais très en avance, ça changera de ces derniers jours où nous arrivions sur le fil à force de paresser au lit.

Sur le pas de la porte, je jette un dernier coup d'œil en direction de Tom même s'il ne me voit pas, en espérant un je ne sais quoi. Au moment où je l'entends prononcer mon prénom, je sursaute de peur et m'empresse de passer la porte pour m'enfuir, comme une gamine qui veut se cacher parce qu'elle a fait une connerie.

Pendant le trajet jusqu'au parking souterrain de l'immense building de CVML, mon portable a déjà sonné une demi-douzaine de fois. Au moment où j'ai fini de me garer, que je suis prête à sortir de la voiture, l'écran s'illumine encore une fois dans ma main. Hésitante, je claque la portière avant de prendre une grande inspiration pour lui répondre enfin, quand j'entends une voix qui m'interpelle à quelques mètres de là. Valentin se rapproche de moi, sourire aux lèvres.

J'ai réussi à l'esquiver tant bien que mal ces dernières semaines, mais je crois que là, je ne vais pas pouvoir me cacher.

— Salut, tu es bien matinal ! m'exclamé-je d'un ton faussement enjoué tandis qu'il me rejoint.

— Toi aussi à ce que je vois. Comment se fait-il que tu sois déjà là ?

Je recherche un prétexte bidon en marchant vers la sortie, quand le dossier de Thomas me revient en tête.

— Le stagiaire m'a demandé de jeter un œil à son travail hier, déclaré-je en appuyant sur le bouton d'appel de l'ascenseur. Comme une imbécile, je l'ai oublié en partant et vu tout le boulot qui m'attend aujourd'hui, je vais gagner un peu de temps en m'y mettant maintenant…

— Tu ne vas pas avoir le temps de boire un café avec moi, si je comprends bien, annonce-t-il en grimaçant quand les portes de l'ascenseur s'ouvrent devant nous.

Par galanterie, il me laisse monter la première avant de venir se poster à côté de moi. Son épaule frôle mon manteau pendant un quart de seconde, pourtant je tressaute à son contact. À l'instant où les portes se referment pour nous consigner dans quatre petits mètres carrés, je me sens soudain mal à l'aise. Même si je sais que je n'ai rien à craindre d'un homme aussi gentil que lui, après ce qu'il s'est passé en septembre avec lui, je n'arrive plus à rester seule dans une pièce avec lui sans ressentir une gêne presque palpable. Dans ma poche, mon portable ne cesse de vibrer. Si Tom savait que je suis là avec Valentin, je crois que c'est moi qui me prendrais une brasse.

En arrivant enfin à notre étage, j'ai bon espoir qu'il me salue et qu'il regagne son bureau. Pour m'en assurer, je m'apprête à sortir la première quand il appuie sur le bouton d'urgence pour bloquer les portes tout en me retenant par le poignet pour m'empêcher de sortir. Je me retrouve nez à nez avec le métal froid, l'incompréhension me gagne.

— Qu'est-ce que tu fais ? m'inquiété-je en me retournant pour le regarder.

Même si je ne souhaite pas lui montrer que je suis stressée par ce qu'il vient de faire, la panique dans mon intonation affiche clairement la couleur.

La tête baissée vers les boutons de l'appareil, la main vissée à celui qu'il vient d'enclencher, il marmonne :

— Emma, pourquoi j'ai la nette impression que tu m'évites depuis quelques semaines ? Qu'est-ce qu'il y a ? J'ai fait quelque chose qui t'a contrariée ?

Il relève la tête vers moi, je recule d'un pas. Même si sa voix est douce, son regard n'a rien de tendre. Il est dur, froid, il n'a rien à voir avec celui de l'homme que je connais depuis quelques mois. Celui qui se tient devant moi est un inconnu. Un inconnu qui me fait peur.

Il se rapproche de moi pour réduire à néant les quelques centimètres de distance qu'ils restaient entre nous, je tressaille à l'instant où son poing s'abat sur la porte en métal, juste à côté de mon visage. Bloquée entre son corps et les portes en fer, il fait peser son poids sur moi jusqu'à poser son front sur le mien. De sa main libre, il me caresse lentement la joue, glisse sur mon menton, avant de poursuivre sur mon cou. Le bleu glacial de ses iris me fait frissonner d'effroi, je ne peux maintenir son regard tant il m'effraie. Pourtant, je comprends qu'il ne me laissera pas partir tant que je ne lui aurais pas donné sa réponse.

La voix mal assurée, je murmure :

— Non, Val, pas du tout. Qu'est-ce que tu t'imagines ?

— Tu penses que je vais me contenter de ça ? J'ai un peu de mal à te suivre. On était chez toi Emma, prêts à faire l'amour et, depuis, c'est le désert total. Plus de son, plus d'image ! Je m'attendais à d'autres retrouvailles après un tel week-end, déclare-t-il en frottant son nez contre le mien.

Les yeux fermés pour ne plus le voir, je retiens mon souffle en imaginant la suite. Il est trop près, beaucoup trop près, et je n'ai aucune porte de sortie pour me libérer de cette promiscuité. Il n'y a qu'avec des mots que je vais pouvoir trouver une échappatoire.

— C'est vrai que je suis un peu bizarre comme fille, ironisé-je, pour détendre l'atmosphère. Mais je te l'ai expliqué, je ne suis pas prête à m'investir dans une relation pour le moment. J'ai préféré prendre mes distances pour ne pas t'induire en erreur ou pour ne pas te faire de promesses que je ne serais pas capable de tenir. Je ne peux pas te faire espérer quelque chose que je ne peux pas t'offrir, Valentin. Tu comprends ?

— Je pourrais le comprendre, Emma. Ce qui me gêne, c'est que je me suis confié à toi sur des détails très privés de ma vie parce que tu me plaisais beaucoup et que j'avais la sensation que c'était réciproque.

Pour ponctuer le geste à la parole, il plaque son bassin contre le mien si fort que son érection tape contre ma hanche. Loin de m'exciter, sa position me fait carrément flipper. Je lui ai dit que je ne voulais pas de relation avec lui. N'ai-je pas été assez claire ?

Tandis que je pose mes mains sur son torse pour le forcer à reculer, il ne semble pas comprendre que la situation me met mal à l'aise. Oppressée par la situation, je ne peux retenir mes craintes plus longtemps.

— Valentin, s'il te plaît, le supplié-je en le poussant encore un peu. Tu me fais peur, là…

Comme s'il venait seulement de percuter que sa position pouvait vraiment être assimilée à du harcèlement sexuel, il recule à l'opposé de moi en passant ses mains dans ses cheveux, visiblement gêné par sa façon d'insister. Le regard qu'il pose sur moi n'a plus rien d'angoissant, il n'est plus un inconnu, il est redevenu lui. Dans un souffle de panique, il tape sur le bouton pour rouvrir les portes, et juste avant de me bousculer pour sortir, il me dit :

— Excuse-moi, Emma ! Je ne voulais pas te faire peur, je suis désolé. Je ne sais pas ce qui m'a pris…

Sans même se retourner, il trace sa route en direction de son bureau tandis que je pars dans l'autre sens en retenant toujours mon souffle. Il n'y a que lorsque j'arrive dans mon bureau que mon pouls reprend un rythme normal. Le dos collé à la porte, je tâtonne près de la serrure pour la fermer à clé. Je ne sais pas ce qu'il s'est passé dans cet ascenseur, mais je connais Valentin et je suis persuadée qu'il n'aurait pas pu me faire de mal, mais bon sang, il m'a vraiment foutu la trouille.

Bordel, entre ma nuit pourrie et ça, je sens que la journée va être longue… Et encore, je n'ai pas croisé Tom...

3 NOVEMBRE – VALENTIN

Et merde ! Mais qu'est-ce qui m'a pris d'agir ainsi avec elle ? Emma est une biche sauvage, un petit animal farouche, pourquoi l'avoir effrayée de la sorte ? À présent, elle doit penser que je suis fou, pire encore, elle a peut-être eu peur que je lui fasse du mal… Jamais je n'aurais pu lui en faire. Pas à elle. Pas à mon Emma, si douce, si parfaite, jamais.

Enfermé à double tour dans mon bureau pour tenter de canaliser le feu qui brûle en moi, je fais les cent pas comme un lion de cirque en cage avant un show. J'ai envie de rugir, de crier la douleur que ça me fait à l'intérieur de l'avoir brusquée de cette manière. Plus je repense à son regard affolé, plus mon sexe pulse dans mon pantalon de costume. Putain, mais qu'est-ce qui ne tourne pas rond chez moi ? Pourquoi mon cerveau est-il passé tout seul en mode « partie de chasse » alors que ce n'était nullement mon intention de départ ? Était-ce notre promiscuité, l'effet « fantasme de l'ascenseur » ou bien le simple fait de la voir elle, de la sentir… Je ne comprends pas quel a été l'élément déclencheur, mais le résultat est là. Maintenant qu'elle m'a vu sous un nouveau jour, je ne parviendrais plus à l'approcher.

Déjà que ces deux derniers mois j'ai dû user de stratagèmes en tout genre pour pouvoir passer du temps avec elle, cette fois, je viens de gâcher mes chances de vivre l'histoire d'amour parfaite que j'entrevois pour elle et moi depuis le premier jour où l'on s'est croisés.

Merde, merde, merde ! Il me faut un café pour faire descendre la pression. Mieux encore, il me faut un exutoire pour passer mes nerfs. Le seul qui soit à la hauteur de mes attentes risque de ne pas être très collaboratif à une heure aussi matinale. Tant pis, il faut que je tente quand même.

D'un pas décidé, je retourne dans le hall d'accueil de mon bureau pour voir si mon secrétaire est arrivé, mais il n'y a personne. Merde, merde, merde et remerde ! Sans lui, comment vais-je savoir à quelle heure je peux booker Miranda ? Il est le seul qui possède la totalité de mon agenda. Les rendez-vous officiels, les réunions, les repas d'affaires, je ne les note jamais. C'est lui qui me briefe le matin, c'est lui qui m'envoie des rappels par SMS !

Une main sur le front pour me forcer à me concentrer, je tente de me souvenir de notre dernière discussion, avant mon départ d'hier. Plongé dans mes pensées, je revois Hélène partir sur les coups de 18 h 30, suivie de près par Emma. Une heure plus tard, c'était au tour de Vidal de s'en aller, et ça, c'était cinq minutes avant que Loris ne vienne frapper à ma porte pour me faire un point sur la journée d'aujourd'hui. Il m'a dit… Bordel, mais qu'est-ce qu'il a bien pu me dire !

Je tape du poing sur le bois de son bureau, quand une voix résonne dans mon dos :

— Tout va bien, Valentin ? Est-ce qu'il y a un problème ?

— Je euh…

Incapable de lui répondre, je me retourne vers Loris pour le prendre dans mes bras. Ma joie démesurée semble l'effrayer lui aussi, mais je m'en fous. Puisqu'il est là, il va pouvoir gérer.

— Valentin ? répète-t-il en posant ses mains sur mes avant-bras avant de me repousser gentiment. Vous comptez me dire ce qui se passe ?

Son air suspicieux me donne presque envie de rire. Si seulement je pouvais lui avouer à quel point je suis heureux de le voir ce matin. Non pas que je ne le suis pas d'habitude, je suis même ravi de bosser avec lui. Loris est un bras droit compétent, efficace et discret. En toute honnêteté, je pense même qu'il n'a rien à faire à un poste de secrétaire et qu'il devrait poser son cul tous les jours à ma place. Ce gars en a tellement dans la tête qu'il gérerait le service mieux que personne, en tout cas mieux que moi, c'est une évidence.

Si j'ai eu ce poste, c'est uniquement parce que j'ai fait sauter Baldoneau. Avec les photos qu'il a eues sous le nez, il était évident qu'il allait me refourguer sa place et partir vite fait bien fait à la retraite, sans faire de vagues. Ce gars avait beau être un excellent directeur des RH, son penchant pour les culs poilus musclés aurait complètement nui à sa réputation, et encore plus à son couple. Madame Baldoneau aurait fait une crise cardiaque si elle avait appris pour l'homosexualité cachée de son époux… Enfin, si Cindy ne lui avait pas casé un bel éphèbe entre les jambes avant de lui souffler mon nom pour prendre sa suite, je serais encore à Marseille, en train de me dépêtrer avec mes problèmes. Manipuler ce petit monde pour venir à Paris était mon unique sortie de secours, tout ça n'a rien à voir avec les compétences de chacun, sinon je ne serais pas là.

— Loris, annule tous mes rendez-vous de la matinée. J'ai une urgence à régler !

— Une urgence ? s'étonne-t-il en faisant le tour de son bureau pour allumer son ordinateur. Rien de grave j'espère !

— Rien de… Enfin, pas pour le moment, hésité-je en canalisant la montée de stress qui s'insinue dans mes veines. J'avais quelque chose de prévu ?

Sa manière de me jeter un coup d'œil de travers est lourd de sens. Ce type est en train de me juger dans sa tête. Je pourrais l'envoyer se faire foutre, lui et son avis sur ma personne, mais il m'est trop précieux pour que je me le permette. Sans Loris, je ne suis plus rien ici, je ne suis pas capable de donner le change sur mon inutilité.

Il ne prend même pas la peine de s'installer pour pianoter sur son clavier, il fixe son écran de ses yeux hypersoniques.

— Il n'y a rien ce matin, Valentin. Je n'ai donc rien à annuler si ça peut vous rassurer.

Me rassurer ? Je ne pensais pas être aussi facile à décrypter… Qu'importe, voilà qui me facilite la tâche.

— Parfait, j'ai un coup de fil à passer et je te tiens au courant ! lui annoncé-je en tournant les talons tandis qu'il me regarde d'un air étrange.

Après avoir refermé la porte de mon bureau, je récupère mon portable dans la poche arrière de mon chino pour composer le numéro de Miranda. La première sonnerie retentit dans mon oreille pendant que je rejoins mon siège en cuir moelleux. À la deuxième, je me laisse tomber dedans en retenant mon souffle. Quand arrive la quatrième, je commence à pester contre elle jusqu'à ce que sa voix me demande de laisser un message sur son répondeur.

Quelle journée de merde ! D'un coup sec, je tape sur mon clavier en grondant, l'écran affiche un document qui était resté ouvert. Bien que je devrais éviter de cliquer sur la foutue question « voulez-vous sauvegarder ? », je frappe à nouveau tandis que le fichier se ferme.

— Arrrggghhh, grondé-je de rage en tentant de retrouver ce foutu dossier qui vient de disparaître.

À coup de clics dans tous les sens, je fouille, retourne cet ordi de fond en comble au point de vouloir le briser contre le sol à plusieurs reprises. Les noms d'oiseaux qui s'échappent de ma bouche sans que je ne puisse les retenir me mettent encore plus hors de moi. Furieux, je me lève, empoigne l'écran de mon PC et le soulève avec une idée précise en tête. Dans moins de cinq secondes, cette merde de technologie arrêtera enfin de me casser les couilles !

Les doigts solidement agrippés aux bords, je plie les coudes en arrière pour prendre plus d'élan quand la porte s'ouvre sans prévenir. Loris, à peine entré, s'arrête net pour me dévisager. Je ne puis interpréter ce que je lis dans son regard tant il semble confus. De la surprise ? De la peur ? De la pitié ? Impossible de savoir, car cela pourrait être aussi bien les trois en même temps.

— Je... Je voulais voir si vous alliez bien..., hésite-t-il en tenant la poignée fermement comme s'il s'agissait d'un bouclier. J'ai entendu... Enfin, je vous ai entendu crier...

Me sentant soudain ridicule, je repose l'écran encore au-dessus de ma tête à sa place avant de lisser ma chemise pour la forme. Avec mon plus bel air contrarié, je lui explique que j'ai perdu un fichier important à cause d'une mauvaise manipulation, ce qu'il semble prendre avec plus de diplomatie que moi.

— Je comprends votre état dans ce cas, je sais à quel point c'est rageant ! rétorque-t-il en esquissant un sourire. Je vais contacter Eliott de la maintenance informatique, ce type fait toujours des miracles. Je suis sûr qu'on va pouvoir le récupérer !

Je m'apprête à le remercier quand mon portable vibre sur mon bureau avant de se mettre à sonner. D'un coup d'œil furtif, je distingue le prénom de Miranda qui s'affiche. Loris qui a entendu aussi, me fait un signe poli de la main avant de prendre congé.

Soulagé de le voir sortir sans avoir à poursuivre cette conversation, je décroche tout en me laissant tomber une seconde fois dans mon fauteuil.

Le soupir de soulagement qui s'extirpe d'entre mes dents quand elle prononce mon prénom me met la puce à l'oreille. Elle me pratique depuis quelque temps maintenant, elle commence à me cerner.

— Martin ? Martin, tout va bien ? Ça n'en a pas l'air...

L'inquiétude que je perçois dans sa voix me fait presque plaisir. J'ai beau n'être qu'un client fidèle pour cette femme, il n'en reste pas moins qu'elle me donne la sensation d'être plus que ça pour elle. Peut-être agit-elle ainsi avec tous les autres, c'est même très probable, mais qu'importe, j'aime sentir, tout du moins avoir la sensation d'être quelqu'un qui compte.

— J'ai besoin de te voir, Miranda. Maintenant.

— Impossible, mon tout beau. Il est très tôt et je ne suis pas disponible. On peut se voir cet après-midi à l'hôtel, comme d'habitude.

— Tu ne m'as pas compris. J'ai besoin de te voir ailleurs qu'à l'hôtel. Tu sais ce que je veux dire...

— Encore la chambre, Martin ? Quoi, tu veux que je remette cette foutue perruque blonde ?

— Oui.

— Qu'est-ce qu'elle t'a encore fait pour que tu sois dans cet état ? Elle t'ignore toujours ?

— Je crois que j'ai été un peu brute avec elle. J'ai dépassé les limites.

Le souffle que je perçois à l'autre bout du combiné me file la chair de poule. Miranda n'est pas contente. Elle déteste quand je me comporte mal. Elle me l'a bien fait comprendre la dernière fois.

— Martin, je refuse de te recevoir si tu es dans le même état de nerfs que la dernière fois. Rappelle-toi de la méthode que j'ai dû employer pour te faire redescendre !

— Je sais, je sais. Qu'est-ce que je dois faire alors ?

— Va la voir, excuse-toi et ensuite tu pourras venir me voir. Je libère ma matinée pour toi, mon canard. Ne me déçois pas cette fois !

— Je te le promets…

3 NOVEMBRE – THOMAS

Je ne sais pas ce qu'il s'est passé ce matin, mais quand je me suis réveillé en sursaut après avoir entendu la porte d'entrée claquer, Emma n'était plus là. Comme elle n'a pas laissé de mot et qu'elle ne répond pas à mes appels, je me suis préparé en quatrième vitesse pour la rejoindre au bureau. Si c'est bien là qu'elle se trouve. Même si ce n'est pas vraiment dans mes habitudes d'arriver autant en avance, je veux pouvoir la croiser avant que tout le monde ne débarque.

J'ai bien une idée de ce qui a pu lui donner envie de me laisser en plan ce matin. J'imagine que ma réaction n'était probablement pas celle qu'elle espérait. Bien que son cadeau m'ait profondément touché, j'ai eu beaucoup de mal à lui montrer tout ce qu'il représentait pour moi. Elle ne peut pas le savoir puisque j'ai été incapable de le lui dire, mais cette clé signifie plus qu'un simple accès à son appart à mes yeux. Emma me fait une véritable place dans sa vie, elle veut que j'appartienne à son présent, à son futur, et ça, je n'y suis pas habitué.

J'aurais dû lui expliquer à quel point cette attention était inestimable, à quel point j'étais heureux, amoureux même, car depuis quand n'avais-je pas ressenti cette sensation douce et enveloppante qu'est l'amour ? J'aurais dû lui dire qu'elle ne pouvait pas me faire de plus beau cadeau que cette clé, à elle qui est devenue mon foyer en si peu de temps.

Pourtant, même si j'avais là l'occasion parfaite de lui parler de mon passé, je n'ai pas réussi à m'ouvrir à elle. C'était vraiment le moment idéal pour lui expliquer pourquoi j'étais si distant de ma famille, pourquoi je squattais chez elle depuis toutes ces semaines, mais rien… Je suis resté muet. J'ai agi comme un con en lui laissant croire que je ne voulais pas partager mes secrets avec elle.

J'ai bien déjà raconté tout ça à un tas de psy, tous plus abrutis les uns que les autres, toutefois, ça ne m'a mené nulle part. Personne ne pouvait comprendre mon fardeau, ou m'aider à le rendre plus léger. Mais elle, elle ne me considère pas seulement comme le « fils de », elle me voit différemment, elle me voit moi et je sais qu'elle pourrait être mon échappatoire, ma bouée de sauvetage. Je dois m'ouvrir à elle si je veux qu'elle le soit.

Je salue le vigile du grand hall central qui zieute sa montre avant de me regarder comme si j'étais tombé sur la tête, puis j'emprunte l'un des cinq ascenseurs sans croiser âme qui vive. En arrivant à mon étage, le silence qui règne dans l'open space me fait froid dans le dos. Au loin, j'entends la voix de Loris depuis la machine à café, qui peste contre le gobelet qui s'est coincé dans le mécanisme. Un sourire aux lèvres, je traverse les couloirs sans me faire voir, jusqu'à parvenir devant le bureau d'Emma. Devant sa porte, j'hésite à toquer. Mes mains sont moites, mon cœur bat à cent à l'heure. Je crois que je n'ai jamais été aussi stressé depuis... Je chasse mes idées noires de mon esprit, ce n'est pas le moment de ruminer ou de m'effondrer.

Je frappe un coup avant d'entrer. Elle est assise à son bureau, le nez dans ses notes. Ses petites lunettes rondes qu'elle porte uniquement quand elle lit lui donnent cet air coquin que j'adore. Elle sait que quand elle les a, elle me rend fou. D'ailleurs, des images de cette fois où je l'ai prise contre son petit bureau à la maison me traversent déjà la tête pour me donner chaud. Je venais juste de rentrer de mon entraînement de boxe, elle était assise dans la même position que maintenant, complètement absorbée par un bouquin et ne portait qu'un tee-shirt trop grand pour elle ainsi que des chaussettes en laine immondes. Mais ce qui m'a le plus interpellé, c'est qu'elle avait ses lunettes. C'était la première fois qu'elle les portait devant moi et je l'ai trouvée terriblement sexy. Elle mordillait un crayon quand elle a relevé la tête pour me regarder. Mon sang s'est mis à bouillonner d'un coup, il était hors de question que je la laisse bouquiner tranquillement.

De la voir aussi studieuse aujourd'hui, me fait le même effet. Surtout que depuis le premier jour où je l'ai revue ici, mon plus gros fantasme est de la prendre sur son bureau, malgré le risque de se faire surprendre. Putain, comme j'aimerais l'allonger sur sa paperasse et m'enfoncer en elle maintenant, tout de suite. Sauf que vu la façon dont elle me regarde, je comprends d'emblée que ce n'est pas le jour pour réaliser mon rêve. À la fois intimidé et déterminé, je souffle un gros coup avant de m'approcher avec précaution comme le ferait un chasseur qui ne veut pas affoler sa proie.

— Qu'est-ce que tu veux ? me lâche-t-elle sèchement.

— Je ne sais pas… Savoir comment tu vas déjà, puisque tu es parti comme une voleuse ce matin. Pour le coup, j'ai cru que tu t'étais transformée en Dimitri...

Ma pointe d'humour n'atteint pas sa cible, au contraire, ses yeux me mitraillent au point d'en ravaler mon sourire.

— N'importe quoi... Enfin, peut-être. À toi de me dire !

— À moi de te dire quoi, Em ? Je ne sais pas pourquoi tu t'es sauvée, c'est plutôt à toi de m'expliquer.

Ma voix se fait plus suppliante que ce que j'avais envisagé. Sur le trajet, en me faisant le film de la conversation, j'étais ferme, assuré, un bonhomme quoi. Au lieu de ça, je ressemble plus à un esclave suppliant sa maîtresse pour rester dans ses bonnes grâces qu'à celui qui mène la danse.

— C'est à toi qu'il faut demander ça, Thomas. Je t'offre un morceau de ma vie, et toi tu me caches des choses. Pourquoi ?

Touché ! Son regard maussade et sa voix triste me font culpabiliser. Pas une seconde je n'ai voulu la mettre dans un tel état.

— Em, je ne te cache rien. Je ne suis juste pas prêt à tout t'expliquer. Je le ferai, fais-moi confiance, mais ne me mets pas la pression. Laisse-moi juste un peu de temps, je te raconterai tout.

Tout en lui débitant ce que j'ai sur le cœur, je m'assieds sur la chaise en face d'elle. Avec douceur, je prends sa main dans la mienne, puis lui caresse doucement la paume. Elle me laisse faire une seconde avant que ses yeux redeviennent noirs. D'un geste brusque, elle retire sa main et me demande, agressive :

— OK, par contre, je veux savoir avec qui tu étais cette nuit au téléphone !

Soulagé qu'elle n'insiste pas plus sur mon passé, qu'elle me laisse le temps de me dévoiler sans me forcer la main, je respire à nouveau en pensant que la suite devrait être bien plus simple à lui expliquer.

— C'était ma mère, Em. Elle n'a pas fait gaffe au décalage horaire, et comme elle a appelé deux fois de suite, j'ai pensé qu'il pouvait se passer quelque chose à New York. J'ai essayé de parler tout bas pour ne pas te réveiller, mais le seul truc que j'ai réussi à faire apparemment, c'est de semer le doute dans ton esprit.

Elle baisse les yeux, confuse. Je ne sais pas ce qu'elle s'est imaginé, cependant la réalité est assez banale. Pour lui prouver mon honnêteté, je sors mon portable afin de lui mettre mon historique d'appel sous les yeux. Bien qu'elle fasse mine de le repousser, je vois bien son coup d'œil discret sur l'écran. Elle n'a pas tant confiance en moi que ça finalement. Dimitri avait merdé, mais Dimitri n'existe pas et Thomas est... Enfin, je suis un gars réglo.

Elle ouvre la bouche pour parler, puis se ravise. Silencieux en attendant sa réaction, je compte presque les secondes alors que mon regard est braqué sur elle. Ce n'est plus à moi de prendre la parole, je lui ai dit la vérité, à présent, c'est à elle de me montrer qu'elle me croit.

Tandis que le temps semble suspendu à ses lèvres, la lumière du couloir s'allume alors que des pas se font entendre. Comme l'étage était désert, je n'ai pas pris la peine de fermer la porte après être entré, mais de toute évidence, il n'y a pas que Loris, Emma et moi qui sommes tombés du lit ce matin.

Les pas s'arrêtent quand la tête de Dumas passe dans l'encadrement de la porte. Le sourire qu'il avait en entrant s'efface pour laisser place à un air surpris.

— Madame Rolland, excusez-moi, je ne savais pas que vous étiez occupée. Monsieur Vidal, vous êtes bien matinal, qu'est-ce qui vous amène là ?

Emma s'empresse de prendre la parole, mais je la coupe pour donner ma version.

— J'ai eu une idée pour le bilan social, tard dans la soirée, et Madame Rolland m'a proposé de la lui expliquer ce matin, car c'était le seul créneau qui nous convenait à tous les deux.

— Un brainstorming aux aurores, c'est très bien, Thomas, me félicite-t-il franchement alors qu'Emma ne daigne même pas me regarder. J'ai la nette impression que ce stage vous pousse vers un beau niveau de compétence, j'espère... Non, je suis certain que tout ce travail sera payant !

— Oui, je confirme ! nous interrompt enfin Emma sans me lâcher des yeux cette fois. Thomas est force de proposition, il a de très bonnes idées depuis qu'il est arrivé chez nous. Celle-ci ne déroge pas à la règle d'ailleurs. Bravo, Thomas, c'est du bon travail !

Après avoir fini de m'encenser, ce n'est pas vers moi qu'elle se tourne, c'est vers lui. Un sourire s'étire sur son visage impassible jusque-là, elle rayonne à nouveau. Enfin presque, car cet air qu'elle affiche, je ne l'ai jamais vu avant. C'est un sourire factice, une illusion. Reste à savoir qui elle souhaite bluffer ? Lui ou moi ?

Même si nous sommes officieusement ensemble, leur complicité persistante m'agace. Pourquoi est-elle venue si tôt au fait ? Est-ce qu'elle avait prévu de le retrouver ? Moi aussi je pourrais me poser mille et une questions face à cette coïncidence plus que suspecte.

Le regard qu'il pose sur elle ne fait qu'accentuer mes doutes, pourtant, je veux faire confiance à Emma. Je suis persuadé qu'elle n'est pas le genre de fille à tromper quelqu'un. Par contre, lui, il a l'air plutôt tenace, et ça, ça risque de ne pas me plaire très longtemps.

— Thomas, pourriez-vous sortir un instant ? J'ai deux ou trois choses à voir avec votre tutrice.

Je me lève avant de reprendre mon portable sur le bureau. Sur l'écran, le prénom de mon père s'affiche. Je refuse l'appel en sachant d'avance pourquoi il me contacte : ma mère m'a demandé de les rejoindre pour Noël, j'ai refusé. Comme elle a sûrement dû lui demander de me convaincre, il le fait. Pas de panique cela dit, il n'insistera pas. Pour lui, il a rempli sa part du contrat et se contentera de rejeter la faute sur moi et mon tempérament de merde… Comme d'habitude

— Pas de soucis, je pense que l'on avait fini de toute façon. Merci Emma, pour le temps précieux que vous m'avez accordé, la remercié-je afin de capter son regard. Je vous souhaite une bonne journée.

Tandis que je lui tourne le dos pour avancer vers la sortie, elle me rappelle :

— Thomas, vous avez oublié votre papier, s'exclame-t-elle en me tendant une feuille.

Étonné, je fais demi-tour pour récupérer ce qu'elle me tend. Bonne idée le coup de l'oubli pour donner plus de poids à notre mensonge. Affublée d'un sourire timide mais sincère cette fois, elle finit par détourner le regard avant de me signaler que l'on se reverra plus tard dans la journée.

Sans insister davantage, je sors de la pièce, puis me poste derrière la porte toujours entrouverte. J'ai bien conscience que ça ne se fait pas, toutefois, je reste pour écouter ce qu'il a à lui dire. J'ai besoin de savoir ce qui se trame entre ma copine et ce lourdingue. Immobile, je ne bouge plus pour ne pas déclencher la cellule et rallumer les lumières du couloir. Malgré le silence tendu à l'intérieur, le directeur le rompt au bout de quelques secondes pesantes à retenir mon souffle :

— Écoute, Emma, je voulais juste m'excuser à nouveau pour tout à l'heure. Je ne voulais vraiment pas te brusquer, mon comportement a été si naze que je n'ose même plus te regarder en face.

Tout à l'heure ? Il s'est passé quoi tout à l'heure ? Qu'est-ce qu'ils ont fait tout à l'heure ?

— C'est bon, Valentin, c'est oublié, rétorque-t-elle d'une voix si étouffée que je la reconnais à peine. Par contre, je voudrais être sûre que tout est clair entre nous à présent.

— Emma, ça ne sera jamais clair, car tu me plais beaucoup trop pour que ça le soit. Même si pour le moment tu n'es pas prête à t'investir dans une relation, lui dit-il alors que je hausse les sourcils face à cette nouvelle surprenante, cela ne veut pas dire que l'histoire s'arrête. Quand tu seras prête, je serai encore là.

Tandis que je me penche pour regarder discrètement par l'entrebâillement de la porte, lui fait le tour du bureau afin de venir déposer un baiser sur la joue d'Emma. Elle ne bouge pas, ne cligne même pas des yeux. Je ne sais pas ce qu'il s'est passé tout à l'heure et quel comportement de naze il a eu, mais il est clair qu'Emma n'est pas du tout réceptive à ce qu'il lui dit. Elle recule même alors qu'il tente de se rapprocher.

Je n'aime pas du tout la voir ainsi, mais je ne peux rien faire pour le moment. J'espère juste pour lui que ce connard gardera bien sa langue dans sa bouche et sa bite dans son boxer où je pourrais bien péter un plomb s'il la touche.

Pendant qu'il s'excuse à nouveau, je perçois des pas qui résonnent dans le fond du couloir perpendiculaire à celui par lequel je suis arrivé. Pour ne pas me faire surprendre ni par Dumas ni par quelqu'un d'autre, je me barre en vitesse. Même si j'avais encore beaucoup à dire à Emma, il est temps de décamper pour ne pas me faire choper.

A priori, je ne suis pas le seul à être resté sur ma faim. Quand j'arrive près de mon bureau, dans l'open space qui grouille de monde à présent, je reçois un texto d'elle :

[Si tu rentres avec un plat de nouilles sautées du resto cambodgien après la boxe, tu seras pardonné.]

L'émoji qui envoie un baiser à la fin de son message me rassure. Je ne sais pas si la prise de tête est finie, toutefois, je sais que je vais devoir m'ouvrir à elle si je ne veux pas la perdre. Peut-être qu'en lui parlant de l'idée qui m'a traversé l'esprit cette nuit, je pourrais retarder l'échéance d'une discussion compliquée encore quelque temps…

3 NOVEMBRE – EMMA

Le temps s'écoule trop lentement. Bien que la matinée soit presque finie, j'ai l'impression que j'attends l'heure du déjeuner depuis une éternité. On pourrait croire que c'est à cause de mon estomac qui gargouille en pensant à ce plat de nouilles sautées que je rêve de dévorer, ce qui est en partie vrai, mais c'est surtout parce que j'ai hâte de retrouver Tom ce soir. Tous les événements de ce matin m'ont mise sens dessus dessous. Que ce soit le pétage de plomb de mon boss qui m'a fait un peu peur ou notre dispute avec Tom, je ne suis pas vraiment dans mon assiette. Je n'aime pas qu'il soit parti comme ça, sans un regard, sur un fichu malentendu. Et surtout, je m'en veux d'avoir tiré des conclusions hâtives. J'aurais dû penser à ses parents, au décalage horaire, mais non, moi, Emma, femme trompée par un connard, je reste persuadée que tous les mecs sont pareils. Ce qui n'est, de toute évidence, pas le cas.

J'ai beau prétendre le contraire, Josh a fait des dégâts sur l'estime que j'ai de moi-même. Je pensais que ces deux ans de célibat avaient réussi à me résonner, mais ce n'est toujours pas le cas. La tromperie a laissé des marques tenaces dans mon esprit, et pour qu'il comprenne mieux le pourquoi de ma réaction, je suppose que je devrais en parler avec Tom.

Je ne sais pas s'il est le mieux placé pour s'apitoyer sur mon sort, lui qui a baisé des tonnes de nanas avant de filer comme un voleur au lever du jour, mais je sais au plus profond de moi que c'est un homme franc. Enfin, c'est ainsi que je le ressens, je veux croire qu'il mérite ma confiance. J'en ai besoin pour espérer que ce monde n'est pas uniquement peuplé de salopards qui ne pensent qu'avec leur sexe, car au plus profond de moi, je suis convaincue que l'amour, le vrai, existe bel et bien, et qu'il est à portée de main.

C'est ce que je veux croire en tout cas quand il me regarde et que j'ai l'impression d'être la plus belle chose qu'il ait vue dans sa vie. Je sais qu'il y a des zones d'ombre dans son passé qu'il tient à garder secrètes pour l'instant. Nous avons tous nos ténèbres intérieures, nos blessures, si bien que je ne souhaite pas le forcer à m'en parler tant qu'il ne s'en sent pas le courage. L'y contraindre équivaudrait à l'obliger à se refermer un peu plus sur lui, alors je dois apprendre à lui faire aveuglément confiance et lui laisser le temps de faire pareil avec moi, même si ça me coûte de me dire qu'il a plus de mal que moi.

Perdue dans mes pensées, je n'entends pas qu'on toque à la porte. Hormis Hélène, personne n'est passé de la matinée. Ce qui m'arrange, car je n'étais plus vraiment d'humeur à croiser qui que ce soit après ma seconde discussion avec Valentin.

J'ai bien senti qu'il regrettait d'avoir été oppressant ce matin, toutefois, j'ai trouvé que sa seconde salve d'excuses était vraiment de trop. D'autant plus que ça ne sonnait pas comme des excuses, ça sonnait comme une seconde offensive, et je n'ai pas apprécié du tout. J'aurais préféré qu'il me laisse un peu de temps pour digérer son comportement déplacé. Même si ce n'est pas ce qu'il cherchait à faire, il m'a quand même effrayée. J'ai beau le côtoyer depuis quelques mois déjà, j'ai beau le connaître un peu, j'ai vraiment cru qu'il pouvait être violent. Ce regard qu'il a eu, cette façon de me maintenir de force… Rien que d'y penser, j'en ai encore la chair de poule. Ce n'était pas juste gênant, c'était violent. Que se serait-il passé s'il n'avait pas repris ses esprits ?

La boule dans ma gorge m'empêche de respirer. Je ne souhaite pas envisager une suite potentielle à cette histoire. Dorénavant, il serait préférable que je l'évite complètement. Je ne voudrais pas que certains mots ou certains gestes soient mal interprétés, mais par-dessus tout, je ne veux plus me retrouver seule avec lui.

— Tu comptes m'ignorer longtemps ? grogne Loris en se tenant dans l'encadrement de la porte restée ouverte après le passage de Valentin.

Surprise de le voir, je réalise que je ne lui ai même pas répondu quand il a frappé. Confuse, je lui souris pour donner le change, ce qui n'a pas l'air de fonctionner.

Quand il s'assied en face de moi, l'œil soucieux, ma main se met à trembler sous mon bureau. Que dirait-il si je lui racontais ce que son chef m'a fait ce matin ? Inutile de se voiler la face, il penserait que Val m'a harcelée, qu'il avait peut-être l'intention de me violer… Et ça, ce n'est que maintenant que je le comprends.

Les larmes qui s'accumulent au bord de mes cils menacent de me trahir. Je ne veux parler de cette histoire à personne, je préfère la chasser de mon esprit pour mieux l'oublier.

— Qu'est-ce qui se passe, ma belle ? Tu as l'air toute chose…, déclare-t-il en posant sa main sur mon front. Tu as de la fièvre ? T'es malade ?

— Non, non, tout va bien, ne t'en fais pas ! m'exclamé-je en reprenant le dessus pour ne plus rien laisser paraître. Je crois que j'ai vraiment très faim et que je suis à deux doigts de tomber dans les pommes…

— En même temps, manger un peu de gras ne te ferait pas de mal. T'as besoin de prendre un peu de poids, Emma, t'es à la limite de t'envoler.

— N'abuse pas quand même ! me vexé-je en encaissant cette remarque que j'ai entendue tant de fois dans ma vie. Je n'y peux rien si j'ai hérité des gènes de ma mère. Qu'est-ce que tu crois ! Moi aussi, j'aimerais bien prendre des seins et des fesses…

— Alors on va commencer aujourd'hui ! clame-t-il en me tirant par le bras pour que je le suive. À midi, on se fait péter le bide avec un double burger et un saladier de frites bien huileuses. Si ça ne te convient pas, c'est pareil !

L'idée de manger un tel plat me fait saliver d'avance. Même si je suis d'une nature plutôt fine, j'ai toujours une faim d'ogre. Il devrait le savoir depuis le temps !

Attablés dans le boui-boui que Loris adore, le serveur au tablier souillé par l'huile de friture dépose deux assiettes pleines à ras bord sous nos nez. Malgré l'odeur alléchante qui s'insinue dans mes narines, détailler mon plat me laisse dubitative. Le double burger s'est transformé en triple, et le saladier de frites ressemble à une espèce de montagne aussi haute que la tour Eiffel. J'ai beau avoir un bon appétit, je ne me sens pas capable de manger tout ça.

Pas du tout effrayé par sa portion gargantuesque, Loris attrape son burger à pleine main avant d'ouvrir grand sa bouche pour croquer dedans avec envie. Amusée, je le contemple tandis que de la mayonnaise glisse à la commissure de ses lèvres. D'un signe discret, je tapote la mienne en esquissant un sourire afin de le lui faire comprendre.

— Oh, pardon ! s'excuse-t-il en s'emparant de sa serviette pour s'essuyer. En même temps, on s'en fout, Em. On n'est que tous les deux aujourd'hui.

Il n'a pas tort. D'habitude, Hélène, Tom, Ali ou même le copain de Loris se joignent à nous, mais à midi, ils avaient tous un empêchement. Pour les autres, je n'en connais pas la raison, mais pour Tom, c'est parce que son père l'a convoqué dans la matinée. Quand il m'a envoyé un texto pour m'expliquer qu'il ne serait pas des nôtres, il m'a aussi dit que monsieur Vidal lui avait imposé un déjeuner père-fils auquel il était ravi de participer.

— Au fait, il faut que je te raconte la scène de ce matin, ajoute-t-il en posant son sandwich pour se faire plus sérieux que jamais. Tu ne vas pas y croire !

N'ayant aucune idée de ce qu'il s'apprête à me narrer, je lui fais les gros yeux pour qu'il accouche enfin. J'entame mon burger tout en le scrutant, mes oreilles sont grandes ouvertes pour écouter les commérages de mon collègue préféré.

— Ce matin, je suis arrivé en avance, comme d'habitude, ironise-t-il en haussant les sourcils d'un air blasé, mais je n'étais pas seul pour une fois. Tu ne devineras jamais qui était là aussi…

Bien consciente de qui il s'agit au contraire, je prononce le prénom de notre boss en évitant de rougir alors que je m'étonne que Loris n'ait pas vu ma voiture aussi. Voilà une raison de plus de taire ce qu'il s'est produit entre Valentin et moi dans l'ascenseur. Puisque nous n'avons croisé personne entre le parking et l'étage, si je venais à en parler à quelqu'un, ce serait la parole du boss contre la mienne. Vu les rumeurs qui circulaient sur notre compte quelques semaines plus tôt, inutile d'annoncer que je serais perdante d'avance.

— Oui ! Valentin… Et pas dans son meilleur jour, de toute évidence !

— Ah bon, pourquoi ? Il était énervé ? lui demandé-je en feignant la curiosité.

— Énervé, c'est le moins que l'on puisse dire. Il semblait bouleversé. Il m'a demandé d'annuler tous ses rendez-vous de la matinée à cause d'une urgence, puis s'est enfermé dans son bureau. Ensuite, il s'est mis à crier et à jurer tout un tas de saloperies incompréhensibles. C'était trop flippant !

— À ce point ! Il disait quoi comme genre de saloperies ?

Il confirme d'un signe du menton avant de croquer une nouvelle fois dans son burger, je reste suspendue à ses lèvres en attendant qu'il poursuive son récit avec l'envie de rendre le peu que je viens de manger. Étrangement, même si je tiens à connaître la suite, cette conversation m'a noué l'estomac.

— Franchement, c'étaient des insultes beuglées à l'arrache, mais je ne sais pas à qui elles étaient adressées. Quand j'ai entendu des coups sur son bureau, je suis entré sans frapper, et là, c'était le summum. Il était debout avec son écran d'ordinateur entre les mains, les fils étaient arrachés, et il était prêt à le jeter par terre. Il a prétexté que c'était à cause d'un fichier qui s'était effacé, mais j'en doute ! On ne se met pas dans un tel état pour un fichier, sauf si ça concernait des données ultras confidentielles… déclare-t-il en engloutissant la fin de son sandwich d'une bouchée avant de lorgner sur le mien, à peine entamé. On ne va pas se leurrer, ce type n'a rien d'un directeur qui gère des fichiers cryptés, on sait tous les deux qu'il n'en branle pas une. Même si c'est ce qu'il a voulu me faire croire, c'est pas un document qui pouvait le mettre dans un tel état. Je suis certain qu'il y avait autre chose.

Presque gênée qu'il puisse faire le moindre lien avec moi si je bas ne serait-ce qu'un cil, je me contente de piocher une frite dans mon assiette avant de l'enfoncer dans ma bouche pour me taire. Comme je le connais, Loris ne pourra pas s'en tenir simplement au fait. Quand il se lance dans des commérages sur Valentin, il se sent toujours obligé de donner son opinion.

— Si tu veux mon avis, ce mec est louche ! clame-t-il en pointant son index sur moi. J'ai toujours dit qu'il y avait un truc pas net avec lui.

— Tu as aussi dit qu'il était sexy et qu'il t'était arrivé de faire des rêves érotiques avec lui…

Tandis qu'il me fait signe de baisser le volume pour que personne ne puisse m'entendre, j'étouffe un rire en voyant son air gêné.

— Emma, sois discrète, bordel ! Je ne veux pas que ça revienne aux oreilles de Marco !

— Il n'y a que nous ici, Lo. Et puis assume ! C'est toi qui rêves de te faire ton boss !

— Tu n'en as jamais eu envie, toi ? contre-attaque-t-il en me jetant un regard sévère. Laisse-moi rire, Em ! Toujours est-il qu'il est de plus en plus bizarre, je trouve. Il me file parfois la chair de poule…

J'ai envie de lui dire que je ressens la même chose que lui, qu'à moi aussi il me fait peur, mais inutile de rentrer dans ce genre de confidences. Ce que je souhaite, c'est croiser son chemin le moins possible pour ne plus avoir à subir à nouveau ce regard pernicieux qu'il a posé sur moi ce matin.

— Enfin, pour en revenir à son fichier perdu, j'ai demandé à Eliott de la maintenance informatique de le retrouver et de m'envoyer une copie, histoire de savoir ce qui était si important…

La grimace diabolique qui se fixe sur son visage me fait sourire. Quand Loris a une idée en tête, il n'en démord pas. Dans ce cas, j'ai envie de dire tant mieux, car moi aussi je serais curieuse de savoir ce que comprenait ce document. Je ne voudrais pas qu'une vidéo de moi dans cet ascenseur circule ou même que n'importe quoi me concernant se trouve dans son ordinateur. L'épisode de ce matin a déjà été bien assez humiliant, inutile d'en rajouter une couche.

— Tu me diras si Eliott réussit à le retrouver. J'aimerais bien savoir ce que c'était moi aussi…

— Tu seras la première, Darling. N'oublie pas que tu es ma meilleure amie dans cet immeuble !

À peine arrivé à la maison, Tom claque la porte derrière lui en me faisant sursauter. Je ne l'attendais pas si tôt. D'un coup d'œil rapide à l'horloge, je réalise qu'il est encore tôt, il n'a pas dû se rendre à son entraînement de boxe. Les bras chargés de sacs en papier kraft, il s'approche du salon en souriant. Quand il dépose ses courses sur la table basse devant moi, l'odeur alléchante des plats cambodgiens s'engouffre dans mes narines pour réveiller mon estomac.

— Je plaisantais, Tom ! annoncé-je en désignant les sachets avant de me lever pour me poster face à lui. Tu n'avais pas besoin d'y aller.

— Et moi, je voulais vraiment me faire pardonner, donc…

Il m'attrape pour m'attirer à lui, et me serre dans ses bras. Fort. Heureuse de le retrouver enfin après une journée aussi difficile, je pose ma tête contre lui pour y trouver tout le réconfort dont j'ai besoin. Quand il ouvre la bouche pour parler, je le coupe en posant mon index sur ses lèvres pour le faire taire et prends la parole avant lui :

— Excuse-moi, Tom. J'ai tiré des conclusions hâtives, je t'ai mal jugé et je me suis fait un film alors que je n'aurais pas dû. Je suis désolée.

— Ne t'en fais pas, j'aurais probablement réagi comme toi. Je n'aurais pas dû parler à voix basse, mais je ne pensais pas à mal, je t'assure. Je ne veux pas que tu me croies capable de te faire du mal, Em. Je ne pourrais jamais.

— J'en suis sûre, Tom, mais c'est de ma faute. Je ne trouvais pas utile d'aborder le sujet, mais je crois que ça l'est finalement. Si j'ai réagi comme ça, c'est parce que j'ai besoin que tu me rassures. J'ai besoin que tu me montres que je peux avoir une confiance aveugle en toi. Je...

— Tu n'es pas obligée de m'en parler, Em, chuchote-t-il en m'embrassant sur le front.

— Si, je pense que c'est nécessaire si je veux pouvoir oublier cette histoire et avancer avec toi.

Il s'éloigne d'un pas pour mieux me voir, je vois la contrariété naître sur son beau visage. Ses iris gris acier me fixent avec une telle intensité qu'ils me rendent fébrile. En reprenant place sur le canapé, je crains presque de ne plus pouvoir lui livrer ce que j'ai sur le cœur. Un coussin placé devant moi en guise de bouclier, je finis tout de même par me lancer dans une longue tirade sans fin tandis qu'il s'assied dans le fauteuil en face de moi.

Sans vouloir lui cacher quoi que ce soit, je lui raconte mes mésaventures avec Josh : la fois où je l'ai retrouvé au lit avec deux filles dans notre appart, ou celle où il m'a fait une surprise et qu'il m'a traînée dans un club échangiste. Le nombre indécent de capotes que j'ai découvert dans sa bagnole, les sextos de nanas toutes plus chaudes les unes que les autres, et pour couronner le tout, mon amour propre qui a commencé à s'étioler face à cet homme qui m'a fait croire que personne ne voudrait plus jamais de moi à part lui.

À la seconde où je m'arrête enfin de parler, sans un mot, il se relève pour venir se poser à côté de moi. La gorge nouée, je le regarde en attendant une réaction qui tarde à venir. Dans ses yeux, je ne lis aucun jugement, juste de la compassion, de la tristesse. Il cherche ses mots, je le vois hésiter quand il caresse ma joue dans un geste d'une douceur infinie.

— Je ne te ferais jamais ça, moi. Je t'aime trop pour te faire du mal.

Quand il se rend compte des mots qu'il vient de prononcer, il rougit, mais ne détourne pas le regard. Au fond de ses iris, il n'y a plus de tristesse ou de pitié, il n'y a que de la tendresse, un amour infini qui guérit mes maux immédiatement. Il m'aime…

Le cœur plus léger, je l'embrasse du bout des lèvres, puis passe mes bras sous sa veste pour me blottir contre lui. Les siens m'encerclent avec force pour me maintenir contre lui tandis qu'il me rend mon baiser. Il n'y a aucun empressement dans sa façon de m'embrasser, c'est comme une caresse qui n'attend rien d'autre en retour qu'un simple baiser entre deux amoureux.

Au moment où il lâche mes lèvres pour placer ses deux mains sur mes joues, je me languis déjà de sentir sa langue contre la mienne. Mais à voir son air sérieux, je comprends que la conversation n'est pas finie.

— Em, j'ai écouté votre conversation derrière la porte ce matin. Est-ce que tu as quelque chose à me dire sur ce qu'il se passe entre Valentin et toi ?

— Il ne se passe rien entre nous ! objecté-je en reculant d'un pas.

— Pourtant, il a dit qu'il t'avait brusquée. Et toi, tu as répondu que tout était clair entre vous… Pourquoi ? Ça ne l'était pas jusqu'à maintenant ?

— Si, bien sûr ! C'est lui qui pense que…, avoué-je, honteuse, en baissant la tête pour ne plus le voir. Je ne sais pas quoi te dire, Tom. Valentin a un faible pour moi depuis que je bosse ici. Je t'avoue qu'au début, j'aurais pu envisager une aventure avec lui, mais… mais j'ai vite compris qu'il n'y avait qu'un seul homme dans ma tête, et c'est toi. Alors je lui ai fait comprendre qu'il ne passerait rien entre nous. Cette fois, je pense qu'il l'a compris…

L'envie de lui parler du moment dans l'ascenseur me brûle la langue. Ces quelques minutes avec lui traînent dans mon esprit depuis ce matin, et à force de les tourner dans ma tête, j'en arrive à penser que si Valentin a agi de la sorte, c'est uniquement de ma faute. Peut-être ai-je trop souri, peut-être ai-je eu un comportement inadéquat… Comment en parler à présent sans passer pour une allumeuse ?

— Tu penses qu'il a compris ? s'étonne-t-il en remontant mon menton pour que je soutienne son regard. Est-ce qu'il a déjà tenté quelque chose avec toi ?

Est-ce qu'il t'a mise mal à l'aise d'une quelconque manière, Em ? Il t'a forcée ou menacée ?

— Non, non jamais, mens-je en retenant mon souffle. Tu n'as aucun souci à te faire, Thomas. Je gère, je t'assure.

Il encaisse sans broncher, toutefois, je sens très bien qu'à sa façon de me scruter, il se pose des questions. Je devrais argumenter plus pour le rassurer, je devrais trouver une version béton qui conviendrait tout à fait aux excuses de Valentin dans mon bureau, mais rien ne me vient. Je ne peux rien ajouter de plus. Par un regard, j'essaie de lui montrer que je suis sûre de moi, que tout va bien, et ça semble marcher. Cependant, je sais qu'à partir de maintenant, il sera d'autant plus vigilant quand Valentin sera dans les parages.

— Bon, sinon, j'ai un truc à te demander, reprend-il en esquissant un sourire avant de rougir.

Tandis qu'il me prend par les épaules et recule pour mieux m'observer, je retrouve enfin un souffle normal. Le pire est passé. À voir cet air malicieux qu'il affiche, j'ai même de quoi penser que le meilleur est à venir… Il reprend :

— Tu sais que j'ai eu ma mère au téléphone hier, ironise-t-il avant de grimacer. Et que j'ai dû manger avec mon père à midi… J'y ai été un peu obligé, c'est certain, mais ça m'a quand même servi, parce que tu vois, ils m'ont dit qu'ils passeraient les fêtes de fin d'année à New York finalement. Ils comptent organiser une grande réception en l'honneur d'une fondation sur la famille, alors pour l'image de « notre famille », ils me demandent d'être présent...

Soudain plus tendu, il s'arrête dans son explication avant de baisser la tête. Et comme un gamin qui vient de faire une connerie ou qui attend qu'on le dispute, il commence à jouer nerveusement avec ses doigts avant de reprendre :

— Au départ, je leur ai dit que je ne serais pas présent, car je ne me voyais pas passer les fêtes loin de ma copine…

Apprendre qu'il a parlé de moi à ses parents m'étonne et m'inquiète en même temps. Que leur a-t-il dit à mon sujet ? Qu'est-ce qu'ils en ont pensé ? Tout un tas de questions se bousculent dans ma tête, mais le seul mot qui en découle est un pitoyable « et ? ».

— Je ne compte pas aller là-bas si tu ne viens pas avec moi, Em. Alors je leur ai dit que je passerais les fêtes de fin d'année avec eux à la seule condition que tu puisses m'y accompagner. Enfin… si tu es d'accord…

Il n'est plus juste stressé, il est au bord de l'évanouissement. À sa façon de baisser les yeux et de courber le dos, j'ai presque l'impression qu'il attend sa sentence. Sauf que je ne lui en veux pas ! Au contraire, j'explose intérieurement.

Tandis que je me jette dans ses bras, folle de joie, je réalise que mon plus grand rêve va se réaliser.

— Bien sûr que je suis d'accord ! Tu sais que je rêve d'aller visiter New York… Encore plus si j'ai le meilleur des guides avec moi…

— Alors, c'est d'accord, on va passer Noël à New York !

23 DÉCEMBRE – EMMA

— Tom, réveille-toi, tu vas nous mettre en retard !

Tandis que je tire sur la couverture pour le faire réagir, je n'obtiens rien d'autre qu'un grognement sourd. Prête depuis près de quarante minutes, je tourne en rond depuis en attendant que le réveil sonne. Maintenant que c'est fait, mon guide n'a plus aucune raison de paresser au lit.

— Notre avion décolle dans trois heures, Tom. Lève-toi…

Ce vol va être mon baptême de l'air, je ne voudrais rater ça pour rien au monde. Surtout quand c'est pour s'envoler à New York, la ville qui ne dort jamais.

New York, bordel ! Mon rêve depuis que je suis gamine. Le jour où ma mère m'a initiée aux téléfilms à l'eau de rose de Noël, je devais avoir vers les sept ans. Le film n'avait rien d'exceptionnel, pourtant en voyant cette fille retrouver son beau prince au milieu d'une immense foule compacte sur les pavés de Broadway pour échanger leur premier baiser sous les flocons de neige, ça m'a toujours laissée songeuse. La scène m'a profondément marquée, au point de me rêver à la place de cette fille sans pouvoir jamais distinguer le visage de l'homme qui y serait avec moi. Enfin, jusqu'à cette nuit.

New York... Noël... L'amour... Tout est presque réuni pour que je reproduise ce tableau parfait dans ma réalité et non plus avec mon *Ken* et ma *Barbie* dans un décor en carton colorié avec approximation. Je veux me jeter dans ses bras en plein milieu d'une avenue où résonnent les Jingles Bells, mais pour cela, je voudrais déjà être à l'aéroport en train de guetter l'annonce de notre vol sur les grands panneaux du terminal au lieu de regarder mon ours en pleine hibernation… Mais de toute évidence, Tom ne partage pas mon enthousiasme.

Combien de fois a-t-il tenté de me dissuader d'y aller parce qu'il aurait largement préféré rester à la maison, juste nous deux, avec une bouteille de champ' et du foie gras !

Pour lui, se rendre dans la grosse pomme n'a rien d'exceptionnel. Comme sa mère est américaine, il a vécu sur le sol de ses ancêtres maternels plus de la moitié de sa vie. En plus, dans le monde où il a grandi, c'est normal de vivre entre deux continents, d'être jetlagué six mois par an, de confondre deux langues parce qu'on ne sait plus dans quelle ville on se trouve. J'ignore encore ce qui l'a poussé à revenir en France, mais si j'avais été à sa place, je serais resté dans cette ville folle qui regorge de possibilités.

Je ne sais pas comment j'aurais survécu cela dit, mon anglais est plutôt médiocre. En voulant tester mon niveau, Tom s'est aperçu que je n'étais finalement pas aussi parfaite qu'il le pensait. Il a donc pris à cœur de m'enseigner à nouveau les bases et, grâce aux cours particuliers qu'il m'a donnés ces dernières semaines, je pense avoir fait quelques progrès.

— Wake up, Thomas Vidal ! You piss me off ![2]

Alors qu'il pouffe de rire, un message de ma mère me tire de mes pensées.

[Même si tu vas affreusement nous manquer, nous te souhaitons, ton père et moi, de belles fêtes de Noël, ma chérie. Envoie-moi un petit texto quand vous aurez atterri. Tu sais comment je suis, je vais encore devenir folle en attendant de tes nouvelles. On t'aime ! Papa et maman]

Le cœur serré, je relis le message deux fois avant de me mordre la lèvre, pleine de culpabilité. Quand Tom m'a proposé de partir, j'étais folle de joie, seulement, c'était avant de réaliser que je n'allais pas passer les fêtes avec ma famille.

À l'inverse de Tom, je suis très fusionnelle avec mes parents et mes deux frères. Jamais aucun de nous n'a été absent pour célébrer Noël, mais ma mère sait que c'est mon rêve, et en maman parfaite qu'elle est, elle m'a poussée à y aller. Enfin, avant ça, elle m'a quand même fait passer un interrogatoire musclé sur l'homme qui partage désormais ma vie.

Au départ, quand je lui ai dit que c'était un Franco-américain, elle a cru que je m'étais remise avec Josh. Sans même me laisser le temps de lui parler de Tom, elle a commencé à me sermonner sur le mal qu'il m'avait fait et l'inconscience de retomber dans ses filets. J'ai mis un moment à lui faire comprendre qu'il ne

---

[2] Réveille-toi, Thomas Vidal ! Tu m'énerves !

s'agissait pas de Josh, qui, soit dit en passant, n'avait jamais daigné m'inviter à découvrir les États-Unis, même après trois ans de relation.

Quand elle a finalement été rassurée par mon petit copain himself[3], en restant une bonne demi-heure avec lui au téléphone, elle lui a fait promettre de passer les voir après notre voyage. Ce qu'il a fait…

— C'est qui ? me demande-t-il en sortant enfin la tête de la couette, grognon.

— Ma mère. Elle me demande si on est à l'aéroport. Si je lui dis que non, elle va flipper…

— Em, on n'est pas en retard, on a encore trois heures devant nous.

À sa façon de râler, je comprends qu'il est de mauvaise humeur. Il a raison, on n'est pas en retard, alors après un dernier coup d'œil à ma montre pour m'en assurer, je me faufile sous les draps pour remonter jusqu'à lui.

En frôlant ses pieds, je l'entends grogner à nouveau, mais le son est bien différent cette fois. Tandis que je caresse l'intérieur de ses genoux avec ma langue, le grognement laisse place à un râle plus léger. Et quand mes doigts effleurent son sexe déjà dressé, il n'est plus que respiration haletante.

Les hommes ne sont pas si difficiles à comprendre. Quand ils sont contrariés ou de mauvaise humeur, il n'existe que deux choses dans ce monde qui peuvent leur rendre leurs sourires : un bon repas accompagné d'une bière ou bien du sexe. Vu qu'il est à peine huit heures du matin, il est hors de question que je lui prépare une côte de bœuf, des frites, et que je lui serve une pression, par contre je sais que l'habileté de ma langue pourra lui faire oublier son calvaire du jour. Bien que je sois heureuse de lui faire du bien, à cet instant précis, je suis une très vilaine fille qui ne pense qu'à mon propre intérêt : s'il est de bonne humeur, il se préparera vite et nous pourrons partir plus rapidement pour l'aéroport.

Avant d'atteindre le point de non-retour, il me tire doucement par les épaules pour que je me rapproche de lui. Je sais qu'il en veut plus, mais il est hors de question de rater notre avion. Je l'embrasse doucement sur le torse, puis retourne sous la couette pour finir ce que j'ai entrepris. Je crois que je n'ai jamais été aussi douée avec ma bouche, car en moins de temps qu'il ne faut pour le dire, je sens son corps se contracter pour libérer la pression.

Fière de moi et de mon efficacité sur ce coup-là, je suis à la fois partagée par l'euphorie du départ qui se précise et par la honte de m'être servie du sexe pour accéder plus vite à mes envies. Je sors des couvertures et défroisse mes vêtements, Tom me contemple avec un sourire moqueur. Il sait pourquoi j'ai fait ça, toutefois, il n'a pas l'air en colère contre moi. En même temps, il vient de jouir, il ne manquerait plus qu'il soit en colère !

---

3 Lui-même

— C'était... Waouh... Même si ce n'est pas du jeu d'user de ta jolie bouche pour arriver à tes fins ! déclare-t-il avec un clin d'œil.

— Tu vas te lever maintenant ?

— Oui, je vais me lever. Je n'ai pas le choix de toute façon, j'ai bien compris que tu ne me laisseras pas tranquille…

— Bon, si ça a marché, c'est tout ce qui compte alors, réponds-je avec fierté en lui rendant son clin d'œil.

Au moment où je m'apprête à sortir de la chambre, il me lance :

— Tu sais, je me serais levé sans ça, mais je saurais me souvenir de l'effort…

Tandis qu'il me jette un coussin en éclatant de rire devant mon air dépité, je reste prostrée devant la porte en me demandant si je dois m'énerver ou pas. Non, rien ne pourra entacher ma bonne humeur aujourd'hui. Le principal est là, il finit par se lever... Après tout, si je dois abuser de ma bouche pour le rendre heureux, je le ferais, car j'aime le voir de bonne humeur.

23 DÉCEMBRE – THOMAS

Enfin dans ce fichu avion !

Emma était tellement pressée d'arriver à l'aéroport que j'ai eu du mal à canaliser son impatience pendant le trajet. En revanche, une fois sur place, c'est le stress qui l'a envahie. D'abord, c'étaient des questions existentielles du genre : et si l'avion s'écrasait ? Et si on finissait au fond de l'eau glaciale comme les naufragés du Titanic ? Ensuite, c'est devenu plus terre à terre. Quand elle s'est aperçue du monde qui grouillait dans le terminal, elle s'est plutôt focalisée sur nous. Et si quelqu'un nous voyait ensemble ? Et si... Et si... J'ai bien essayé de la rassurer de mon mieux, mais elle s'est comportée comme une star le ferait pour éviter les paparazzis. Elle a mis ses lunettes de soleil, s'est cachée derrière un magazine avec le cul de *Beyoncé* en couverture, alors que moi, j'étais hilare de la voir réagir ainsi. Son cinéma a duré jusqu'à l'embarquement.

Enfin, quand l'hôtesse nous a accueillis, Emma a recommencé à être surexcitée. Elle était si resplendissante, si enjouée que son enthousiasme a réussi à me gagner aussi. On est monté à bord main dans la main, pris entre fous rires et projets de vacances jusqu'à ce que l'avion amorce son décollage et qu'elle vomisse dans le sachet en papier posé devant elle.

C'était son tout premier vol, et bien qu'elle ait imaginé tout un tas de scénarios catastrophes, elle n'avait pas envisagé une seconde le plus simple de tous : le fait d'être malade. L'hôtesse lui a discrètement donné un cachet pour calmer ses vomissements, cachet qui l'a carrément shootée. Maintenant, elle dort la bouche ouverte, et à chacune de ses inspirations, elle produit un petit son nasillard pas du tout sexy. Pourtant, je la trouve belle. Ses cheveux blonds encadrent son visage clair, ses pommettes rosées ressortent, ses lèvres colorées d'un rose légèrement brillant sentent la fraise quand je m'en approche. Je crève d'envie de la goûter, mais je ne veux pas la réveiller.

Nos doigts sont enlacés depuis le décollage. Elle me sert fort comme si elle voulait être sûre que je ne l'abandonnerais pas pendant son sommeil. Du pouce, je la caresse doucement. Sa peau est douce, ses paumes sont chaudes, pour rien au monde je n'aimerais lâcher cette main. Elle est à moi.

J'avais prévu de lui faire part de mes problèmes avec mes parents avant qu'ils ne la rencontrent, mais comme d'habitude avec Emma, rien ne se passe comme je l'avais envisagé. Au lieu d'une longue conversation sur mon passé tumultueux, je me tape un vieux film de Noël américain. Ce genre de classiques populaires que les chaînes télévisées nous ressortent gaiement tous les ans en sachant qu'elles vont faire un carton d'audience me donne la nausée. Encore plus quand on sait à quoi ressemble aujourd'hui le mec qui n'était qu'un gosse quand il a raté l'avion. Il aurait vraiment mieux fait de le prendre, ce vol.

Le temps me semble long, pour autant, j'aime autant être ici dans le calme, car je ne suis pas vraiment pressé de fouler le sol américain. Trop de souvenirs, trop de tristesse ressurgissent à chaque fois que je me pointe à New York. Moi qui pensais faire ma vie entière dans cette ville, avec mes amis, mes habitudes, mes projets… Comme je me suis planté. Rien que de penser aux raisons qui m'ont forcé à partir, mes yeux se remplissent de larmes. Le poids sur mon cœur est toujours là. Chaque jour depuis sa mort. Plus intense, plus douloureux. Enfin... peut-être l'est-il un peu moins depuis qu'Emma est entrée dans ma vie.

Tous les jours, je me lève et je repense à ce jour, trois ans plus tôt, en me disant que la vie, c'est de la merde, que je ne devrais plus être ici, que mes parents seraient tellement contents si j'étais mort à sa place. Et puis, comme si toute pensée négative avait son penchant positif, je me remémore cette première nuit avec Em ou tous les moments qu'on a passés ensemble depuis. Je repense à sa douceur quand elle m'embrasse le matin, à son sourire quand je la rejoins dans son bureau, à la façon qu'elle a de m'enlacer quand je rentre le soir après ma séance de boxe. Et ce n'est qu'à ce moment-là que je me dis que c'est pour ça que je suis toujours vivant, c'est pour elle. Elle est ma sauveuse, mon avenir, elle est ce qui me raccroche à la vie.

Je ne suis pas sûr qu'elle puisse comprendre l'importance qu'elle a pour moi. Je ne voudrais pas que ça l'effraie d'avoir une si grosse pression sur les épaules. Surtout que je ne suis pas certain que ses sentiments soient aussi forts que les miens. Ça me fait tellement flipper d'être aussi dépendant de ce qu'elle ressent pour moi, mais c'est plus fort que moi. Au fil des jours, elle est devenue ma drogue et je ne suis plus qu'un pauvre mec accro. Il me faut ma dose d'Em si je ne veux pas sombrer.

C'est assez ironique, car j'en ai testé des cames en tout genre pour oublier. Des cachets, des poudres, l'alcool, les filles, le sexe... Rien n'a été suffisant. Jusqu'à ma petite blonde, ma Boucle d'or, ma belle inconnue d'un soir dans un bar... En trouvant ma nouvelle addiction, j'ai trouvé mon équilibre. Si je me défoule autant à la boxe, c'est pour me vider de toutes ces peurs et cette tristesse qui me bouffent, c'est pour n'avoir que le meilleur de moi à lui offrir.

Putain, comme c'est difficile d'être face à la réalité, face à cette beauté que je ne veux pas décevoir ! Alors comme si ça pouvait tout expliquer, je me glisse vers son oreille et lui susurre un «je t'aime». Mon premier je t'aime. Le tout premier que je prononce à une femme... Mais elle est endormie et elle ronfle comme une locomotive. L'hôtesse de l'air qui passe dans le couloir me regarde d'un air compatissant. Elle me tend une coupe de champagne, petit plaisir de première classe, avant de me faire un clin d'œil aguicheur. *Désolé, mais la femme de ma vie est étendue à côté de moi, poupée...* Péniblement, je me replonge dans mon film pourri en attendant que ma belle endormie se réveille de son coma médicamenteux.

J'ai dû m'assoupir quelques heures, car quand mes yeux s'ouvrent, le plan de vol affiche une arrivée toute proche. La main d'Emma est toujours cramponnée à la mienne, elle me serre un peu plus fort tandis que l'autre gratte frénétiquement l'accoudoir. Avec tous les vols que j'ai faits dans ma vie, je ne me souviens pas n'avoir jamais vu quelqu'un d'aussi crispé sur son siège.

— Ça ne va pas mieux, Em ?

Elle sursaute, puis tourne sa tête vers moi si vite que je bondis à mon tour. Son teint est livide, la panique que je lis dans ses yeux me donne presque envie de rire, toutefois, je me retiens pour ne pas en rajouter.

— L'avion pique du nez, Tom ! s'exclame-t-elle en comprimant mes doigts d'une force herculéenne. Et si on était en train de se crasher ? Non, non, Em, calme-toi, on est juste en train d'entamer la descente pour atterrir. Je le sais, le commandant de bord l'a dit.

J'écarquille les yeux devant sa réaction. Elle est tellement stressée qu'elle fait les questions et les réponses. Perdue dans son monologue, elle me regarde, mais j'ai l'impression qu'elle ne me voit pas. Quand je lui lâche la main pour faire circuler le sang dans mes doigts, elle la rattrape pour la broyer encore plus fort. J'ai envie de lui dire d'arrêter, mais pour ne pas la rendre plus anxieuse encore, j'accepte la douleur sans moufter. Bordel, de toutes les meufs dont je pouvais tomber amoureux, il a fallu que je choisisse celle qui est phobique de l'avion. Heureusement que je n'avais pas prévu de l'emmener faire le tour du monde tout de suite.

Quand le commandant annonce l'atterrissage imminent, elle retient son souffle, le regard figé sur le hublot. Pour la rassurer, j'attrape son visage pour le tourner vers moi. Mes paumes sur ses joues, les yeux dans les yeux, je capte ses iris d'azur en lui demandant d'expirer profondément. En quelques secondes, sa respiration se fait plus régulière, la lucidité reprend peu à peu sa place.

— On est bientôt arrivé, tout va bien se passer, je te le promets. Je suis là, je ne te lâche pas.

Quand elle se blottit contre moi en prenant soin de cacher sa tête dans mon cou, je profite de ces quelques secondes d'accalmie pour respirer le doux parfum de cette brume qu'elle met dans ses cheveux pour les faire boucler. J'adore tellement son odeur.

— Et s'ils ne m'aimaient pas, Tom ? me demande-t-elle alors que ses lèvres frôlent ma peau dans une caresse.

— Comment pourraient-ils ne pas t'aimer, Em ? Tu es parfaite, déclaré-je en embrassant son crâne. De toute façon, rassure-toi, ils t'aimeront forcément plus qu'ils ne m'aiment moi.

23 DÉCEMBRE – EMMA

Je ne pensais pas que cela soit possible, mais l'atterrissage a été encore pire que le décollage. Le mélange de mon premier vol et de la rencontre imminente avec les parents de Tom a eu un effet désastreux sur mon estomac.

Dans l'allée étroite qui mène au grand air, je pousse les passagers pour sortir au plus vite de cet avion. Toujours aussi nauséeuse, j'ai un besoin urgent de retrouver la terre ferme pour ne pas vomir une nouvelle fois. Tom est sur mes talons, il s'excuse après mon passage, mais je n'en ai que faire. Plus vite je serais dehors, plus vite mon estomac arrêtera de faire des sauts périlleux.

Quand mes pieds foulent enfin le terminal de JFK, j'ai la sensation de revivre. Pliée en deux au milieu de la foule, je reprends mon souffle en réalisant où je me trouve. Ça y est, je suis aux États-Unis, pays où tous les rêves se réalisent !

— T'aurais pu m'attendre quand même ! grogne Tom visiblement agacé d'avoir dû jouer des coudes pour me rejoindre. Ça va mieux ? En tout cas, tu as retrouvé le sourire. C'est déjà pas mal !

Le ton qu'il emploie n'a rien à voir avec celui d'un mec en colère. Il se fout juste ouvertement de moi. Comme une gamine de cinq ans, je lui tire la langue avant de me jeter dans ses bras. Certes, je n'ai pas beaucoup profité du vol, mais à chaque fois que j'ai ouvert les yeux, il était toujours aux petits soins pour moi. Et ça, ça mérite bien un baiser.

— Et si on allait siffler un taxi ? J'ai toujours rêvé de me la jouer *Carrie Bradshaw* dans *Sex and the city* !

Je suis sûre qu'il n'a absolument aucune idée de qui est *Carrie*, pourtant il me sourit. C'est vrai quoi, ça doit être le pied d'être dans une rue bondée, en robe de soirée, à héler une bagnole qui s'arrêterait juste à mes pieds.

— On pourra le faire, miss *Bradshaw*, c'est promis, mais pas aujourd'hui.

Tandis qu'il regarde son téléphone qu'il vient de rallumer, il me montre un message de « Mum ». Le temps que l'information grimpe jusqu'à mon cerveau, il a le réflexe de placer sa main sur ma bouche pour m'empêcher de crier. Je trépigne sur place. La mère de Tom a fait venir une limousine avec chauffeur pour nous récupérer. Cette fois, c'est sûr, nous ne sommes vraiment pas du même monde.

Après avoir récupéré nos bagages, nous gagnons le hall central. Tom fait signe à un homme avec une pancarte où est inscrit en lettres noires : « MISTER VIDAL & MISS ROLLAND ». D'un pas hâtif, il s'approche de l'homme en costume pour le prendre dans ses bras. À sa façon d'enlacer le chauffeur, à leurs visages illuminés à tous les deux, je comprends que ces deux-là sont vraiment heureux de se retrouver.

Après quelques secondes, Tom se retourne, me prend la main, puis m'attire vers lui avec un grand sourire.

— Clive, je te présente Emma, ma copine. Emma, voici Clive, notre majordome.

— Miss Emma, enchanté ! annonce-t-il dans un français impeccable en baissant sa casquette noire pour me saluer.

Clive doit avoir une bonne soixantaine. Les cheveux grisonnants, le visage doux, le regard bienveillant, cet homme inspire la gentillesse et la bonhomie. Ce qui renforce encore plus mon intuition sur lui, c'est que Tom n'est pas du genre à se donner en spectacle dans des démonstrations d'affection, aussi, je serais prête à parier que Clive a dû beaucoup compter pour lui et que ces retrouvailles lui font plus de bien qu'elles n'y paraissent.

En bon professionnel, Clive s'empresse de me débarrasser de mes affaires avant de nous conduire à la voiture. Pendant le court trajet, ils discutent pour rattraper le temps perdu. Comme Tom n'a pas remis les pieds ici depuis plus de trois ans, j'imagine qu'ils ont beaucoup à se dire. En les observant rire, je remarque que le lien qui les lie a l'air bien plus fort qu'une simple relation de travail. Ils ont de l'affection l'un pour l'autre, ça se voit. Ils se sont manqués.

Au moment d'arriver vers une limousine noire interminable, je n'en crois pas mes yeux. Époustouflée, je me pince discrètement pour être sûre de ne pas être en plein rêve avant de resserrer spontanément la main de Tom qui me regarde d'un œil rieur. Clive, tout aussi amusé par ma réaction, nous ouvre la portière tandis que Tom me laisse monter la première.

Intimidée par tant de luxe, je grimpe dans l'habitacle pour m'asseoir précautionneusement sur le siège en cuir de l'imposante banquette arrière. À son tour, Tom s'installe près de moi quand Clive lui dit avec entrain :

— Prêt à rentrer chez vous, monsieur Thomas ?

Le clin d'œil rassurant qu'il lui lance n'a pas l'effet escompté. Bien que Tom lui réponde par un sourire, son corps est soudain raide, son visage est fermé. Il me serre contre lui comme si nous étions dans un endroit exigu quand la voiture démarre, et s'empare de ma main pour la serrer dans la sienne. En quelques secondes, ses doigts tapotent déjà la mesure dans un rythme de métronome. Même s'il ne le dit pas, je sens tout le stress qui émane. Il appréhende les retrouvailles avec ses parents et je ne sais toujours pas pour quelle raison.

— Je suis sûre que ça va bien se passer. Je suis là et je ne te lâcherais pas, moi non plus, le rassuré-je en me tournant vers lui.

Il baisse la tête, essaie de contrôler sa respiration. Les mots peinent à sortir de sa bouche entrouverte. Il a l'air si vulnérable que mon cœur se serre. Une envie furieuse de le prendre dans mes bras pour qu'il retrouve un endroit familier et rassurant me saisit violemment, pourtant je ne le fais pas, car je sais que sinon il restera muré dans son silence.

Au bout d'une longue minute, il rétorque enfin :

— Ce n'est pas tant de revoir mes parents qui me stresse. Ça, ça ne me fait plus rien. Je sais déjà ce qu'ils pensent de moi et je ne pourrais pas les décevoir plus qu'ils ne le sont déjà. Non... C'est cette ville qui m'oppresse.

Tandis que je regarde par la fenêtre où le Queens défile, les gratte-ciel de Manhattan se profilent à l'horizon et font monter mon excitation. Comment peut-on se sentir oppressé dans la plus grande ville des USA, dans la onzième plus grande métropole du monde ?

Cette immensité m'attire, la vue est époustouflante. J'ai envie de sortir mon portable, de prendre chaque mètre en photo, toutefois, l'expression triste de l'homme que j'aime me rappelle à l'ordre. Son regard est perdu dans le vide, ses mains pianotent de plus en plus vite à mesure que nous nous rapprochons des buildings.

La vitre entre le majordome et nous est remontée comme dans les films. Je ne suis pas vraiment certaine qu'elle nous garantisse la confidentialité absolue, mais qu'importe, je ne peux laisser Tom dans cet état. Comme il l'a fait avec moi pendant l'atterrissage, je détourne son attention en m'asseyant sur ses genoux alors que les rues commencent à se remplir à travers les vitres teintées. Je sais que personne ne peut nous voir, pourtant j'ai l'impression que tout le monde nous observe.

— Tom, commencé-je en remontant son visage pour qu'il me regarde. Est-ce que tu veux qu'on en parle ?

J'essaie d'avoir la voix la plus douce possible pour le mettre en confiance, mais au lieu de lui extirper les mots de la bouche, il pose son visage au creux de mon cou, puis murmure :

— On n'a plus assez de temps.

Après avoir déposé un bref baiser sur ma clavicule, il tente un sourire qui veut dire « T'inquiète pas, je vais bien », alors que je sais que ce n'est pas le cas. Je n'aurais jamais dû m'endormir dans l'avion. Si j'étais restée éveillée, je suis sûre qu'il m'aurait parlé. En huit heures de vol, je ne lui aurais pas laissé le choix. Mais quand moi je me suis réveillée après ce putain de cachet assommant, c'est lui qui dormait.

— Em, j'ai pas envie de rentrer tout de suite. Ça te dit d'aller manger un morceau quelque part ?

Quand je regarde ma montre, je m'aperçois qu'il est 19 heures à Paris et que mon ventre gargouille sans que j'y fasse attention. Avec le décalage horaire, il n'est que 13 heures ici, et même si Tom ne cherche qu'à gagner du temps, je ne serais pas contre un petit truc à manger. Excitée à l'idée de sortir dans la rue, je confirme d'un signe de tête tandis qu'il frappe déjà contre la vitre qui se baisse.

— Clive, tu peux nous poser sur Time Square ? On voudrait manger un bout.

Time Square ? Je me pince encore. Time Square, quoi !

— Votre mère m'a demandé de…

— Il est clair que tu n'as jamais vu ma copine quand elle est affamée, Clive ! Ma mère peut attendre un peu. Dépose-nous, s'il te plaît…

— Très bien, Monsieur Thomas. Dois-je vous attendre ou puis-je déposer vos bagages au Beresford avant de venir vous récupérer ?

— Qu'importe, à toi de voir, c'est comme tu veux.

— Très bien, monsieur.

Après avoir remercié son majordome, Tom se tourne vers moi en souriant :

— Prête pour ta première plongée au cœur de la Big Apple, miss *Bradshaw* ?

23 DÉCEMBRE – THOMAS

Ses yeux sont écarquillés, elle regarde dans tous les sens. À chaque pas que l'on fait, elle s'extasie un peu plus. « Regarde, Tom », « oh non, regarde ici »... Puis là. Elle observe les vitrines de Noël avec les mêmes yeux que ceux des enfants. Son insouciance me fascine. Je pourrais la contempler faire ça toute ma vie.

Ça fait tellement d'années que je ne vois plus toutes ces mises en scène articulées. Toutefois, aujourd'hui, je les redécouvre à travers elle, si bien que l'esprit de Noël pourrait presque s'emparer de moi... Enfin, jusqu'à ce qu'on arrive devant le Rockefeller Center.

Me retrouver devant ce lieu me glace le sang. Je revois chaque seconde de ce jour maudit défiler devant mes yeux comme un cauchemar que je ne pourrais jamais oublier. Il se tenait là, pile à l'endroit où nous marchons, et plus la scène devient intense dans mon esprit, plus mon cœur se serre à chaque battement de cils. Figé sur place, je ne parviens plus à avancer.

Emma, qui m'observe du coin de l'œil entre deux ébahissements, s'aperçoit de mon changement brutal d'attitude. Quand elle s'arrête pour se planter face à moi, je me contente de sourire de mon mieux pour dissiper mon malaise. Son regard m'implore de me livrer à elle, je peux le lire dans ses iris. Seulement, les mots restent bloqués dans ma gorge. Revivre cet instant est trop douloureux, je ne peux plus parler. Compréhensive, elle se tait, puis serre ma main un peu plus fort. Elle est là pour moi, je le sais.

Macy's, Barneys ou encore Bloomingdale's, je crois qu'on a fait toutes les devantures possibles. Si bien qu'il est presque dix-huit heures quand on se rend compte qu'il est déjà tard.

Même si elle ne ressent pas encore le décalage horaire, je mettrais ma main à couper que la journée de demain ne devrait pas être aussi sportive. Je ne sais pas combien de kilomètres on s'est tapés, mais il se pourrait bien que ce soit mon record ici.

Nous pourrions rentrer à pied, après tout, Central Park n'est plus si loin. Je pourrais aussi appeler Clive pour qu'il vienne nous chercher, mais comme je n'ai pas envie de le faire ressortir si tard, une tout autre idée me vient à l'esprit.

À l'angle de la 5e et de la 57e, devant la splendide vitrine de chez Tiffany's, je la place au bord du trottoir avant de me serrer contre son dos. Les lèvres collées à son lobe, je lui souffle :

— Tu es prête à héler ton premier taxi ?

Un nuage de vapeur sort de sa bouche quand elle accepte avec joie. La nuit est tombée depuis longtemps et le froid est de plus en plus pénétrant. J'encercle Emma de mes bras pour lui tenir chaud. Elle grelotte. Je lève son bras droit, puis le positionne de façon bien visible sur le bord de la route. Le trafic est dense, ça devrait être rapide. En moins de deux, un taxi se gare devant mon Emma, folle de joie.

— Une vraie New-Yorkaise, ma copine ! me moqué-je en embrassant sa tempe.

— Oh, c'est bon, arrête ! Quand je regardais faire ça dans les films, je me suis toujours dit que ça devait être un vrai geste technique. Genre un truc qu'on est presque obligé d'apprendre à l'école !

J'éclate de rire en la faisant grimper sur la banquette arrière.

— Désolé de te décevoir, grimacé-je, presque déçu pour elle.

Je l'embrasse furtivement pour la consoler de cette désillusion, et tape sur l'épaule du chauffeur avant de lui dire :

— The Beresford, please !

Il jette un coup d'œil dans son rétroviseur, puis enclenche une vitesse. Emma me regarde comme si j'étais un dieu vivant ou une star de ciné. Je ne me serais jamais douté que donner une simple direction à un chauffeur la mettrait dans un tel état.

Gelée, elle glisse sa main entre mes jambes pour se réchauffer. Ce simple geste a le mérite de me brûler de l'intérieur. À cet instant précis, j'aimerais que l'on soit seul au monde, que l'on reste dans ce taxi toute la nuit pour en découvrir les moindres recoins. J'aimerais ne pas avoir à rentrer chez moi.

Hypnotisée par ce qu'elle voit, elle se détourne de moi pour contempler la ville à travers sa fenêtre, pendant que ce qui m'absorbe moi, c'est elle. Toute cette curiosité, tout cet optimisme… J'aimerais avoir la chance de percevoir New York encore de cette manière. Si seulement.

Quand on se gare et que je donne un billet au chauffeur, je sens qu'elle recommence à être nerveuse. Même si ça m'amuse un peu, je ne me permets pas de lui en faire la remarque. Qui sait dans quel état je serai le jour où je rencontrerai sa famille. Pour être honnête, je suis aussi stressé. Pour moi aussi c'est une première. Je n'ai jamais présenté de fille à mes parents. Sauf qu'aujourd'hui, je ne la présente pas, je l'impose comme une monnaie d'échange contre ma propre présence à ce dîner de Noël de merde.

Mes parents sont très réfractaires lorsqu'il s'agit de faire entrer quelqu'un dans leur vie intime. Ils m'ont toujours appris que lorsqu'on a de l'argent comme notre famille peut en avoir, il est quasi vital d'être très prudent dans ses relations. La grosse majorité des gens qui veulent te fréquenter se compose de gens bien trop intéressés.

Quand on est gosse, on ne fait pas gaffe à qui peut avoir un peu de fric ou non, ce n'est pas un critère d'amitié. Cependant, en vieillissant, je me suis vite rendu compte que ce que je prenais pour de l'insociabilité chez mes parents n'était en réalité qu'une protection supplémentaire contre les arnaqueurs.

J'ai perdu deux ou trois plumes au détour de rencontres hasardeuses, si bien que j'ai plus que limité mes échanges avec les autres quand je suis arrivé à Paris. Ici, j'avais un ou deux amis de confiance, deux trois potes de bringues, et pour les filles, la règle d'or était de ne vivre que des aventures sans lendemain, et surtout, de n'avoir aucune attache. Je mentirais si je disais que mon nom ne m'a pas servi. J'en ai profité en manipulant certaines nanas pour trouver un peu d'amusement et de réconfort, comme elles m'ont utilisé pour mon nom et mon image afin de se valoriser le temps d'une soirée. C'était un simple échange de bons procédés pour une nuit, rien qui ne ressemble au conte de fées du prince qui trouve sa princesse.

Mais aujourd'hui, ma princesse est là, elle regarde le haut building imposant devant nous et angoisse à l'idée de rencontrer le roi et la reine.

Le portier, Stefan, vient nous ouvrir la porte massive de l'immeuble avant de me saluer chaleureusement. Avant lui, c'est son père qui bossait là, et Stefan venait souvent jouer avec moi dans les couloirs du Beresford. Ça faisait royalement chier les voisins de nous entendre hurler en jouant à cache-cache, mais aucun ne s'est jamais plaint. Se mettre les Vidal à dos n'étant pas une bonne stratégie.

— Salut mec, ça fait longtemps ! lance-t-il dans un français approximatif.

Enfants, j'ai essayé de lui apprendre les bases de ma langue paternelle, et je suis fière de voir qu'il en a gardé de bons souvenirs. Je suis aussi heureux de sentir sa présence comme avant, il était un peu comme mon second frère.

— Hey, Stef, ça me fait tellement plaisir ! déclaré-je en lui rendant son accolade. Je te présente Emma, ma copine.

Elle le salue d'une poignée de main, puis continue d'observer le hall majestueux du Beresford. En même temps, il faut avouer que c'est une splendeur. Peut-être que cet endroit m'avait un peu manqué, finalement…

— Mes parents sont là ? demandé-je pour tâter le terrain sur la présence du comité d'accueil qui se tient là-haut.

— Oui, acquiesce-t-il en rougissant. Ils m'ont demandé toutes les heures si j'avais eu de tes nouvelles. Ta mère était inquiète, elle avait l'air impatiente de te voir.

J'encaisse par un hochement de tête. Ma mère, pressée de me voir ? Ça serait bien une première. Elle veut surtout voir ce que je lui ramène : petite bourgeoise digne de moi ou allumeuse trouvée en boîte ? Le premier voudrait dire que j'ai arrêté mes conneries, le second montrerait que je continue à les défier. Ironie du sort, Emma est une fille parfaite, de bonne famille si j'en crois ce qu'elle m'a raconté sur ses parents, et pourtant, je l'ai chopée dans un bar.

L'ascenseur ouvre ses portes, direction le 21e et dernier étage. Place aux retrouvailles.

23 DÉCEMBRE – EMMA

Quand le ding du 21e étage retentit, j'ai beau avoir regardé les numéros défiler, je sursaute. La première chose qui me traverse l'esprit c'est : quelle vue peut-on avoir d'aussi haut ? En réalité, j'ai le vertige et je ne suis pas sûre d'être encore assez vaillante pour affronter cette peur aujourd'hui. Heureusement qu'il fait nuit, au moins, dans le noir, je ne verrais que les lumières de la ville et non pas le sol qui m'attend en bas si je dérape.

Les portes s'ouvrent tandis que Tom serre ma main plus fort. Je ne sais pas s'il se rend compte de la force qu'il met dans ses doigts, mais j'ai l'impression qu'il est en train de me broyer les os. Je le regarde en coin, sa mâchoire est serrée, ses yeux sont fixés aux portes qui mettent une éternité à s'ouvrir.

On est directement chez eux où je rêve ? Je m'attendais à me retrouver dans un couloir avec de la moquette rouge du sol au plafond, au lieu de ça, c'est un appart immense qui se dévoile. Pourtant, ce n'est pas le décor qui s'étend devant moi qui m'attire en premier, c'est la beauté de cette femme qui se tient face à nous. Je n'aurais pas la prétention de dire que l'on se ressemble, car je suis à des années-lumière de pouvoir rivaliser avec elle, mais certains détails mc sautent tout de même aux yeux. Même blondeur, mêmes yeux bleus, même grain de beauté au-dessus du sourcil droit... La forme de nos visages est sensiblement similaire aussi. Si elle n'avait pas été grande et mince, j'aurais pu jurer que j'avais été adoptée et que cette femme était ma mère biologique. Bon, mon certificat de naissance le prouve, ma mère est bien ma mère, mais je sais maintenant ce qui a attiré Tom chez moi.

Elle s'avance vers nous, puis tend les bras vers son fils, un énorme sourire aux lèvres. Pour quelqu'un qui ne devait pas être content de le voir selon Tom, je trouve qu'elle joue super bien la comédie. Il recule d'un pas, cependant, elle le rejoint tout de même pour le serrer dans ses bras. Raide comme la justice, il ne lâche ni ma main ni mes yeux en attendant la fin de cette étreinte qu'il ne lui rend pas. Tout porte à croire qu'il ne s'attendait pas à une telle démonstration d'affection, il semble réellement perdu.

Comprenant qu'elle n'obtiendra aucun retour de lui, madame Vidal recule avant de se tourner vers moi. Son sourire est chaleureux, mais ses lèvres tremblent comme si elle allait pleurer. Elle prend ma main libre avec les deux siennes, puis me murmure un petit « merci d'être venue » si bas que j'ai du mal à l'entendre. Surprise par son accueil, je lâche la main de Tom pour la poser sur celles de sa mère et lui rends son sourire.

Bon sang, qu'a-t-il pu bien se passer dans cette famille ? Comme je voulais que Tom se confie, j'ai résisté de tout mon cœur à l'appel des archives de Google pour ne pas jouer à la fan trop indiscrète ou envahissante. Si j'avais été plus curieuse, je n'aurais pas eu la confiance de Tom, mais j'aurais eu toutes les réponses aux questions que je me pose. Je saurais pourquoi il y a autant de retenue dans leurs gestes, pourquoi la gêne est palpable quand ils sont dans la même pièce ou pourquoi Tom se mure dans un silence sans fin qui l'empêche d'être lui-même ?

Mary se présente, quand un raclement de gorge me tire de mes pensées. Tapi dans un coin de la pièce, je n'avais pas remarqué que monsieur Vidal nous observait. Grand et massif, il sort de sa cachette sans un mot, en fixant son fils. Tom ne parle pas non plus. Il détaille son père, peut-être même qu'il le défie du regard. Je sais qu'il a envie de faire demi-tour, qu'il veut être seul. Et sa maman le connaît mieux que quiconque, ou au moins mieux que ce que lui prétend :

— J'ai préparé ta chambre, Tom. Pour tous les deux, précise-t-elle en me jetant un coup d'œil amical. Pascal nous a dit que tu n'avais pas remis les pieds à la maison depuis plusieurs semaines, j'en ai déduit que tu devais passer ton temps chez Emma.

Je rougis en me rendant compte de la situation. Tom et moi vivons ensemble depuis presque quatre mois et nous ne l'avons dit à personne. Pas même à nos parents. Et puis d'abord, c'est qui, ce Pascal dont il ne m'a jamais parlé ? Mary n'a l'air ni choquée ni déçue, elle continue juste de me sourire avec bienveillance. Elle n'a rien à voir avec le genre de femme froide et hautaine que j'imaginais. Carl, toujours aux côtés de sa femme, ose enfin esquisser un sourire à mon intention. Il n'avait pas lâché son fils des yeux depuis le début, mais voyant que Tom ne capte pas son regard, il le détourne vers moi.

— Votre voyage n'a pas trop été éprouvant, mademoiselle Rolland ?

— C'était mon premier vol, et pour être honnête, il n'a pas été de tout repos. Mais pour réaliser un rêve, il faut être prêt à tout… S'il vous plaît, monsieur Vidal, appelez-moi Emma, ajouté-je d'un air timide.

Surprise qu'il connaisse mon nom, je réalise qu'il ne peut pas l'avoir appris par le biais de Tom. Vu leur absence totale de complicité, impossible qu'il l'ait dit à ses parents. Cela étant, vu comme cet homme en impose, je ne m'amuserais pas à le lui demander. Il est à peine plus grand que son fils, mais n'a pas la même carrure. Ses épaules sont plus massives, son corps moins sculpté. Tom lui ressemble trait pour trait, avec la jeunesse et la tonicité en plus.

— Emma, me rétorque-t-il avec plus d'entrain, vous devez être fatigués. Le voyage a été long et la découverte de la ville par ce froid a dû être éreintante. Nous ne vous en voudrions pas si vous préférez vous retirer avec Thomas.

Même si je pensais rester avec eux un peu plus longtemps, madame Vidal propose de nous accompagner jusqu'à la chambre où nos bagages ont déjà été montés. La main qu'elle pose dans mon dos pour me montrer le chemin est chaude, son contact est doux et rassurant. Étrangement, elle a tout d'une femme aimante, à l'opposé des descriptions négatives de Tom. Toutefois, les apparences sont parfois trompeuses. J'en connais quelque chose avec cet enfoiré de Josh.

— C'est bon, je me rappelle encore le chemin. On est assez grands pour y aller tous seuls, grogne Thomas sèchement. Et puis, pas besoin de nous compter pour le repas de ce soir. On a déjà mangé. On va rester dans la chambre.

Prise au dépourvu par le ton employé de Tom, je hausse les sourcils tandis que Mary me lance un regard triste. Avec l'impression de me sentir coincée entre eux deux, je dois tout de même faire ce qui est bon pour mon copain malgré la nette sensation qu'il m'a prise au piège qui grandit au fond de moi. Je sais que je devrais être de son côté à cent pour cent, pourtant c'est son comportement à lui que je trouve déplacé, pas celui de ses parents. Tant d'impolitesse de sa part me choque. Même si je savais que leur relation était tendue, je ne m'attendais certainement pas à une telle présentation. Je ne le reconnais pas.

— Oui, c'est vrai, madame Vidal, annoncé-je pour confirmer les dires de Tom. Nous avons grignoté un peu sur le retour et la journée a été très longue. Une bonne douche et au lit, mais on se verra demain !

Tandis que je lui fais mon plus grand sourire pour la rassurer, Tom ne la regarde pas, il a les yeux fixés sur l'escalier, perdu dans ses pensées. Elle frotte mon bras pour me souhaiter bonne nuit avant de tenter de reproduire son geste sur Tom qui me tire par la main pour m'emmener à l'étage.

Silencieux, il longe l'immense couloir qui nous conduit à sa chambre. Au moment de passer devant une porte fermée, il ralentit le pas en y jetant un coup d'œil. Sans prendre le temps de m'expliquer quoi que ce soit, il ouvre la porte suivante pour me faire entrer dans une chambre qui doit faire la taille de mon appart... Non, en fait, je suis sûrement loin du compte. Cette chambre fait au moins la taille des trois appartements de mon étage.

Bouche bée en découvrant la grandeur de la pièce, j'ai l'impression d'être dans un véritable appartement. Une mezzanine avec un lit, une salle de bains indépendante et devant l'immense baie vitrée, un grand canapé en cuir marron, une télé plus grande qu'un tableau de classe, un billard, un baby-foot et un bureau aussi imposant que ma table de salle à manger.

Quand Tom ferme à clé, je n'ai pas le temps de me retourner qu'il m'embarque avec lui pour me plaquer contre la porte. Il m'embrasse presque violemment en remontant ma jambe contre son bassin. J'ai bien conscience que nous devons parler, qu'il doit tout m'expliquer, mais dans l'empressement de ses gestes, je comprends aussi qu'il y a tellement de tension dans son corps qu'il a besoin de se libérer. Comme il n'a pas eu sa séance de boxe journalière, je crains que le sexe soit son seul exutoire pour ce soir, et moi, j'accepte d'être son punching-ball d'une nuit si ça permet de l'apaiser.

24 DÉCEMBRE – EMMA

À travers l'immense baie vitrée, je regarde les lumières de l'Upper East Side qui scintillent. Elles paraissent si loin. Je ne pensais pas que les deux rives de Central Park étaient aussi éloignées l'une de l'autre, j'ai vraiment hâte de les découvrir quand le soleil sera levé.

Il doit être près de huit heures du matin à Paris, mais ici, il n'est que 2 heures et je n'arrive pas à trouver le sommeil. Je me sens toute drôle, comme prise entre deux feux. D'une part, il y a l'euphorie de dormir dans la ville de mes rêves et de l'autre, il y a toutes ces questions sans réponses qui se bousculent dans ma tête. Comme si j'allais pouvoir trouver mes réponses sur ses paupières closes, je me tourne vers Tom qui dort profondément. Ce soir, il a été à l'opposé du Tom que je connais, le Tom dont je suis amoureuse. Il a été distant, froid, il ne m'a pas dit un mot depuis que l'on s'est installé, et surtout, il ne m'a pas fait l'amour, il m'a baisé. Il avait besoin de canaliser son trop-plein d'émotions négatives, et j'étais là pour encaisser. Pour la première fois de ma vie, je suis restée passive jusqu'à la fin. Quand il n'a plus eu besoin de moi, il s'est tourné et s'est endormi sans un mot. Alors, non seulement sa tendresse m'a manquée, ses gestes brusques et mécaniques m'ont vexée, mais pour couronner le tout, j'ai vraiment très faim.

Après une longue tergiversation avec moi-même, je délaisse les lumières de la ville pour me rendre à la cuisine. Avant de sortir de la chambre, je gagne la salle de bains située sur la mezzanine pour me rendre présentable. Les escaliers en bois grincent légèrement sous mon poids, je m'arrête pour ne pas réveiller Thomas. Pas un bruit, je reprends mon périple, atteins ma valise, puis fouille dedans pour troquer le tee-shirt de Tom contre mon véritable pyjama. Dans le miroir, je distingue les vilains cernes qui entourent déjà mes yeux. Le décalage horaire commence à avoir de l'effet sur moi, j'ai une tête à faire peur.

Chemin inverse, escalier qui grince, je réussis à sortir sans faire trop de bruit avant de longer le couloir sombre et silencieux. Je ne sais pas pourquoi je m'aventure dans cet immense appartement que je ne connais pas, mais la faim est plus forte que la raison. Si je veux pouvoir trouver le sommeil, il faut que je mange un truc, n'importe quoi.

En passant devant la porte qui avait fait ralentir Tom tout à l'heure, je suis tentée d'entrer pour voir ce qui se trouve dans la pièce. Très vite, je me ravise. Il ne manquerait plus que je tombe sur les parents de Tom, endormis, et qu'ils pensent que je suis complètement tarée.

En haut de l'escalier qui mène à la pièce à vivre, je m'arrête en distinguant une petite lumière allumée qui se reflète dans la baie vitrée. Recroquevillée sur un fauteuil Chesterfield en cuir noir, un plaid qui lui recouvre les jambes, Mary a le regard plongé sur la noirceur de Central Park. Elle semble si concentrée que je me sens mal de la déranger dans un tel moment.

Je m'apprête à faire demi-tour, mais elle me remarque dans le reflet de la vitre et se retourne vers moi. Dans un geste rapide, elle s'essuie les joues, puis me fait signe de la rejoindre.

— Tout va bien, Emma ? Je ne m'attendais pas à voir quelqu'un en plein milieu de la nuit, s'étonne-t-elle en baissant d'une octave pour ne pas réveiller la maisonnée. Il vous faut quelque chose ?

— Je suis désolée de vous avoir surprise, madame. J'avais juste un peu faim, mais je ne voudrais pas vous déranger, je vais retourner me coucher.

Avant même que je ne bouge, elle me retient par le bras.

— Voulez-vous..., hésite-t-elle un instant avant de reprendre. Une petite tisane avec moi, ça vous dirait ?

— Avec plaisir, madame.

— Mary, voyons ! Appelez-moi Mary ! gronde-t-elle en passant son bras sous le mien pour me conduire à la cuisine.

Pendant qu'elle fouille dans les placards pour trouver deux tasses et des sachets de thé, je prends place sur le tabouret de bar face à l'îlot en la regardant s'activer pour préparer mon thé.

— Du sucre ?

— Non, merci.

— Tom dort ? demande-t-elle prudemment, comme si elle entrait en terrain miné.

— Oui, il était fatigué. Il avait besoin de s'isoler un peu aussi.

Bien que je sois sur la réserve, je n'ai pas envie de lui mentir. Même si cette femme dégage une impression très maternelle, je ne la connais pas, je ne peux me fier qu'aux impressions de son fils.

Elle baisse la tête face au mur. Je n'arrive pas à savoir si elle pleure, car elle me tourne le dos, cependant, je distingue que ses épaules sont lasses, comme si elle portait tous les malheurs du monde à bout de bras.

Quand elle se tourne vers moi avec ma tasse fumante, elle retrouve son sourire de façade. Tandis qu'elle s'assied en face de moi avant de touiller son thé machinalement, je la détaille rapidement. Quoi qu'il puisse en dire, Tom a beaucoup de points communs avec sa mère. Ils ont la même douceur dans les yeux, la même façon de se mordiller la lèvre quand ils veulent dire quelque chose, mais qu'ils hésitent.

— New York vous plaît alors ? me coupe-t-elle dans mon analyse.

— C'est à la hauteur de tous mes rêves ! J'espère en prendre plein les yeux à chaque pas que je vais pouvoir faire ici. J'ai bon espoir de pouvoir visiter le Rockefeller Center aujourd'hui. Tom n'a pas voulu y aller, mais j'espère le convaincre.

Comme je l'avais supposé, à l'annonce du nom, son visage se ferme. Il s'est bel et bien passé quelque chose là-bas. Même si évoquer ce lieu était un pari risqué, si je veux essayer de mieux comprendre Tom, sa mère pourrait être ma source d'informations. Je n'ai pas envie d'avoir une conversation futile en pleine nuit, je veux voir si cette femme est une femme de confiance. Je veux des réponses.

— Il... Il vous en a parlé ?

Ma conscience me dicte de faire comme si je savais tout pour ne pas trahir Tom, en montrant que l'on n'a aucun secret l'un pour l'autre, mais c'est plus fort que moi, j'ai besoin de savoir.

— Non, il ne m'a rien dit.

Comme je n'aurais peut-être pas d'autre occasion d'en savoir plus, je poursuis :

— Depuis que je connais Tom, je vis un peu sur des montagnes russes. Ou en tout cas, j'ai parfois l'impression d'aimer deux hommes différents. Savez-vous que votre fils est quelqu'un de merveilleux ?

Un sourire rayonnant s'affiche sur son visage, mais s'efface aussi vite qu'il est arrivé.

— Oui, il est vraiment merveilleux, poursuis-je sans lui laisser le temps de répondre. Hormis quand il s'enferme dans son mutisme. C'est une vraie tête de mule quand il veut.

Marquant une courte pause avant de reprendre, je regarde ma tasse en me souriant presque à moi-même.

— J'ai compris qu'il s'était passé quelque chose il y a plus de trois ans, mais je ne sais pas de quoi il s'agit. Tom esquive à chaque occasion. Il m'a dit à de nombreuses reprises qu'il n'était pas prêt à en parler. Ce qui est évident par contre, c'est que ça a créé un fossé entre vous et lui. Pourquoi le détestez-vous ?

Elle paraît surprise par ma question. Tout en fronçant les sourcils, elle objecte :

— Je ne le déteste pas ! C'est lui qui vous a dit ça ?

Sans répondre, j'acquiesce d'un signe du menton. L'incompréhension que je peux lire dans ses yeux me donne la chair de poule. Elle semble si sincère.

— Au contraire. Je l'aime plus que tout ! Il est mon bébé, mon seul fils. Enfin, le seul qu'il me reste.

Une larme roule sur sa joue alors qu'elle me balance cette nouvelle à laquelle je ne m'attendais pas : Tom avait un frère.

Elle baisse la tête, fuit mon regard, alors je la laisse prendre son temps. Au bout de quelques minutes de silence, elle reprend :

— Il y a quatre ans, à cette même période, enfin, c'était le 26 décembre très exactement. Lewis et Tom devaient rejoindre des amis dans un café près du Rockefeller Center. Avec Carl, nous étions partis la veille pour quelques jours de travail à Paris. Il était tard et les garçons n'avaient pas voulu que Clive les dépose...

Elle sourit en se remémorant ce moment.

— De toute façon, ils ne voulaient jamais être conduits par Clive. Mes fils n'aimaient pas être sous la lumière des projecteurs, ils faisaient tout pour rester dans l'anonymat afin de vivre comme tous les jeunes de leur âge.... Alors un chauffeur à leurs âges, c'était attirer les torchons à scandales comme des mouches.

Elle remue sa cuillère dans sa tasse vide, comme perdue dans ses souvenirs. Le visage fermé, j'entrevois les fines rides qui lui marquent les pattes-d'oie tant elle semble soucieuse.

— Ce soir-là, quand ils sont sortis du taxi sur l'avenue et qu'ils ont voulu traverser, un chauffard ne les a pas vus. Il les a percutés de plein fouet.

Pas prête à entendre cette révélation, je plaque ma main sur ma bouche pour étouffer ma respiration bruyante. Mary ne me voit plus, on pourrait presque croire qu'elle se repasse le film de cette histoire à l'intérieur de sa tasse vide. Elle retient ses larmes.

— Le choc a été tel que Lewis est mort sur le coup..., souffle-t-elle d'une voix saccadée. Et Tom... est resté dans le coma pendant trois mois.

J'écarquille les yeux, ne pouvant croire ce qu'elle me raconte. Mais comment ? Il n'a aucune cicatrice, aucune trace physique de cet accident.

— Nous avons pris un jet à l'instant où nous avons appris pour l'accident. Nous ne savions pas encore comment allaient les enfants et personne n'était fichu de nous répondre. Je crois surtout que personne ne voulait être la source de notre malheur. Quand on est arrivé à l'hôpital, le docteur qui avait pris en charge Tom, nous a d'abord expliqué que Lewis avait subi un choc fatal, tout comme le conducteur qui était ivre mort, plus du tout maître de son véhicule. Ensuite, il nous a conduits au chevet de Tom, avec tous ses tuyaux et ce bip incessant. Mon cœur de maman était déjà mort une fois, aussi je ne pensais pas qu'il pouvait subir ça une deuxième fois. J'avais tort.

Tandis qu'elle déglutit péniblement, la tête toujours baissée, je fixe son crâne, n'arrivant pas à détourner le regard. Impossible de m'imaginer le calvaire que monsieur et madame Vidal ont pu vivre. Impossible d'imaginer mon Tom dans le coma. Mon cœur se serre un peu plus à chaque mot qu'elle prononce.

— Il a fait une hémorragie interne et un trauma crânien qui l'ont conduit dans un coma profond. Trois mois entre la vie et la mort, soupire-t-elle en essuyant une larme. Les médecins étaient persuadés que ce n'était qu'une question de jour avant qu'il ne nous quitte. Et s'il y avait une infime chance qu'il reste en vie, ils ne nous garantissaient pas que Tom puisse s'en sortir sans séquelles. Nous avons tout mis entre parenthèses pour rester près de lui. Plus d'affaires, plus de relations publiques, juste lui. On s'est relayés chaque minute avec Carl pour qu'il ne puisse pas se réveiller seul dans sa chambre. Par la force des choses, nous avions même pris quelques habitudes. Je venais le matin vers six heures, tandis que Carl me remplaçait vers quatorze. Puis, nous étions tous les deux le soir de vingt heures à vingt-trois heures à peu près. Un rythme de folie qui nous aidait à tenir quelque part.

Sans même m'en rendre compte, je retiens ma respiration. Je sais qu'il s'est réveillé puisqu'il est là avec nous, pourtant, j'ai l'impression qu'on me raconte l'histoire de quelqu'un d'autre.

— Le matin où il est revenu parmi nous, le printemps était en train de s'installer. Ce jour-là, comme d'habitude, je lisais le journal quand sa main a serré la mienne. Je pensais que c'était une vue de mon esprit, mais tout d'un coup, il a chuchoté le prénom de son frère. En quelques minutes, nous passions du cauchemar au rêve. Il s'est réveillé avec de vagues souvenirs, mais sans savoir que son frère n'était plus. Les médecins lui ont fait subir une batterie de tests et, grâce au Ciel, il n'avait rien. Un vrai miracle ! annonce-t-elle en souriant quelques secondes avant de retrouver ce visage triste qui lui fait prendre quelques années. Enfin, il n'avait rien physiquement… Quand il a demandé à voir Lewis, son monde s'est écroulé. Malgré tout, il fallait reprendre le cours de nos vies. Nous sommes donc sortis de l'hôpital moins d'une semaine plus tard, quand nous avons été sûrs qu'il allait totalement bien. Sauf qu'il n'était plus le même. Il a commencé à avoir de mauvaises fréquentations, à fumer, à boire, à transgresser toutes les règles possibles et inimaginables. Je ne saurais même pas dire le nombre de fois où on l'a récupéré au commissariat.

Elle secoue la tête avec un sourire léger comme pour se persuader qu'il ne s'agissait que de simples bêtises d'ado.

— Les choses se sont dégradées très rapidement. Tom était persuadé que si nous avions été là ce soir-là, nous serions restés en famille et Lewis serait encore là. Ils étaient si proches, tu sais..., déclare-t-elle avant de s'arrêter pour me demander. Puis-je te tutoyer, Emma ?

Elle me regarde pour la première fois depuis le début de son récit tandis que je confirme d'un signe de tête. La tristesse que je lis dans ses yeux me brise le cœur. Vivre une telle tragédie pour des parents… Je n'ose imaginer comme les miens auraient réagi.

— Ils n'avaient qu'un an d'écart et étaient plus que fusionnels. On aurait dit des jumeaux. Tom est l'aîné, et je crois qu'au-delà de la haine qu'il a contre nous, c'est à lui qu'il s'en prend. Il fait n'importe quoi pour se punir d'avoir laissé tomber son petit frère.

— Ce qui est arrivé n'est pas sa faute, objecté-je d'une voix triste, presque agressive.

— Non, en effet... D'autant plus que ce soir-là, des témoignages dans le rapport de police affirment qu'il s'est jeté sur son frère pour le protéger, mais que le choc était inévitable. Il n'y est pour rien, nous non plus, pourtant, il nous fait payer la mort de son frère, et dans sa tête, le fait de gâcher sa vie pardonnera peut-être l'impuissance dont il pense avoir fait preuve ce jour-là. Je n'ai pas su comment le réconforter, comment l'aider. Son père avec qui il était si proche avant l'accident non plus, si bien que notre famille s'est disloquée. Nous nous sommes éloignés et, plutôt que d'essayer de le sauver, nous l'avons encore éloigné davantage de nous. Nous l'avons envoyé vivre à Paris pour qu'il reparte à zéro et pour essayer de prendre un peu de distance. J'étais avec lui une semaine sur deux pour le laisser respirer un peu, tandis que Pascal, notre majordome à Paris, veillait sur lui quand nous n'étions pas là. Mais ça n'a pas été la solution. Rien n'a changé si ce n'est que son ressentiment contre nous n'a cessé de croître et que le fossé s'est creusé de plus en plus. Nous avons voulu l'aider, au lieu de ça nous l'avons abandonné, car c'était plus simple que d'affronter tout ça... Si je pouvais lui dire à quel point je m'en veux ou comme je l'aime... Mais c'est tellement dur…

Elle pose son visage dans ses mains, puis se met à pleurer. La voir ainsi me fend le cœur, je ne peux m'empêcher de faire le tour de l'îlot pour la prendre dans mes bras. Bien qu'elle frissonne à mon contact, elle se laisse faire pour noyer sa peine. Une larme roule sur ma joue. Mon Tom.

— Pascal ne l'a pas souvent vu ces dernières semaines. Il nous a affirmé que le peu de fois où il l'avait croisé, il l'avait trouvé transformé. Il change grâce à vous, Emma. Je sais qu'il ne doit pas être facile au quotidien, mais si vous pouvez le sauver là où nous avons échoué, alors je vous en serais à jamais reconnaissante.

Je m'écarte d'elle, puis replace une mèche de ses cheveux. Mon naturel m'étonne moi-même. Je ne suis pas très tactile en temps normal, et encore moins avec les gens que je connais à peine, pourtant, cette femme me touche au plus profond du cœur. J'aimerais tant pouvoir apaiser sa peine.

— Il est différent avec moi vous savez, annoncé-je tout bas pour la rassurer en m'asseyant près d'elle. Il est tendre, prévenant, mais reste tellement secret. Il ne m'a jamais parlé de son passé, je ne savais pas pour Lewis… Cela dit, je le comprends mieux maintenant et je suis contente de ne pas avoir fouillé dans sa vie.

— Oui, j'imagine que c'est pour cette raison qu'il vous a donné sa confiance. Et puis, en étant sa supérieure directe, vous faites probablement figure d'autorité, ça le rassure probablement un peu.

Je déglutis péniblement, étonnée de comprendre qu'ils sont au courant alors que l'on se cache depuis deux mois.

— Ne soyez pas offusquée, Emma ! Vous savez, la notoriété a de nombreux défauts, notamment celui d'attirer les vautours. Nous sommes obligés de prendre quelques renseignements sur les personnes qui veulent entrer dans notre vie si nous ne voulons pas tomber sur des escrocs. Et même si Tom met des distances entre nous, nous gardons toujours un œil discret sur sa vie.

Elle me regarde, gênée, et comprend à mon air interrogateur que je ne vais pas me contenter de cette simple explication.

— Comme Tom ne rentrait plus beaucoup à la maison, nous avons demandé à Pascal de le suivre. Alors, un soir après son entraînement de boxe, il l'a filé jusqu'à chez vous. Il a attendu jusqu'au lendemain que vous sortiez avec notre fils, puis a fait jouer quelques relations pour en savoir plus sur vous. Il n'a pas eu à chercher longtemps, cela dit, presque tout était dans votre dossier au siège.

Mon esprit carbure à toute allure. S'il s'est renseigné auprès de Valentin, je suis foutue.

— Ne vous en faites pas, Emma. Pascal n'a pas contacté le directeur du service, si c'est ce qui vous inquiète. Carl non plus au demeurant. Même s'il est contre les relations au travail, il ne compte pas intervenir.

— Excusez-moi de vous le dire, mais évidemment que ça m'inquiète. Si monsieur Dumas venait à l'apprendre, je pourrais dire adieu à mon travail. Et j'ai besoin de mon travail !

Mon ton est nerveux. Je suis consternée à l'idée de m'être fait suivre, que quelqu'un puisse avoir pris des renseignements sur moi. C'est trop intrusif, même si je peux comprendre la démarche.

— Je comprends votre réaction. J'avais eu la même à l'époque où j'ai rencontré Carl.

Elle est tellement jolie quand elle sourit. C'est comme si elle perdait enfin toutes ces années de tristesse qui l'accablent.

L'imaginer dans la même situation que moi m'arrache un léger sourire. Je baisse la tête, puis fixe mes mains. Pour la première fois, je vais pouvoir me confier sur ma relation avec Tom et ironie du sort, je vais le faire devant ma « belle-mère ».

— Ma relation avec Tom a commencé sur un malentendu. On s'est rencontré au mois de juin, je venais fêter mon embauche au sein de CVML. Je ne savais pas qui il était et encore moins qu'on allait être amené à travailler ensemble. Quand je l'ai revu lors de son premier jour dans l'entreprise, le destin a voulu qu'il devienne l'un de mes stagiaires. Nous avons lutté contre notre attirance mutuelle, mais je crois que dès le début, c'était peine perdue. J'ai craqué. Aujourd'hui, on est obligé de se cacher, car on connaît la position de la direction sur les relations au travail, comme vous dites, mais ça ne pourra pas durer éternellement. Tout se sait toujours d'une manière ou d'une autre…

— On ne choisit pas quand l'amour nous tombe dessus, et encore moins avec qui. Je ne vous juge pas, Emma, je ne te juge pas ! Surtout que tu prends des risques pour mon fils en faisant passer ton amour pour lui avant ton travail finalement. Je ne peux qu'apprécier ça. Tu dois vraiment l'aimer !

Je souffle un grand coup. Je m'apprête à dire à sa mère quelque chose que je ne lui ai jamais dit à lui et ça me gêne. Mais je sens qu'elle a besoin de l'entendre pour être rassurée.

— Oui, je l'aime. Je suis folle de lui. Vraiment.

Tandis que je tapote machinalement la table du bout des doigts, elle pose sa main sur la mienne dans un geste apaisant.

— Je suis contente qu'il soit avec toi. Tu as l'air d'être une femme honnête et simple. Nous avons sûrement de nombreux points communs, toi et moi. J'ai hâte de mieux te connaître, déclare-t-elle soudain rouge de confusion. Enfin, de te connaître toi, la vraie Emma, pas celle qui figure sur les renseignements inscrits dans notre dossier.

Elle est tellement rouge que même dans la pénombre qui nous entoure, je vois sa couleur foncer de plus en plus. Malgré sa gêne, elle me tend les bras, puis m'encercle dans un élan très maternel.

Cette femme souffre du rejet de son fils, mais en réalité, elle est loin d'être le monstre sans cœur que j'imaginais. Peu importe la fortune qu'elle possède, le rôle le plus important de sa vie a été un échec. Ce n'est qu'une mère au cœur brisé qui ne sait pas comment recoller les morceaux.

Sur cette accolade, je me lève et décide de retourner auprès de Tom. Envolée l'envie de manger un bout, ce dont j'ai vraiment besoin, c'est de le sentir près de moi, de lui montrer que je suis là pour lui.

— Emma… Une dernière chose.

— Oui ? rétorqué-je en montant sur la première marche de l'escalier.

— Comment puis-je lui faire comprendre qu'il est toute notre vie et que nous l'aimons plus que tout, son père et moi ?

— Il lui faut du temps pour tourner cette page qui le ronge. Il a fait un premier pas en revenant ici, parce que je crois qu'il a envie d'avancer. Repensez à une phrase que vous m'avez dite tout à l'heure : le soir de l'accident, il vous en a voulu, car vous n'étiez pas là. Tout aurait été différent si vous aviez été en famille. Ce dont il a besoin, c'est d'une famille, Mary. Juste ça.

Sur ces mots, je la laisse assise dans le noir en espérant qu'elle comprenne. Je sais que c'est une femme intelligente, j'ai foi en elle.

En arrivant dans la chambre, j'avance à pas de velours. Il n'y a pas un bruit, pas un mouvement dans la mezzanine, pas un souffle. Avec précaution, je m'allonge dans le grand lit froid... et vide. Tom n'est pas là.

Bien que je n'aie entendu aucun bruit en haut quand j'étais avec sa mère, il s'est réveillé et est sorti de la chambre. Je ne connais rien des recoins de cet appartement, toutefois, mon intuition me dit qu'il n'y a qu'un endroit où il peut se trouver. Aussi, je me relève et retourne dans le couloir. Quand j'arrive devant la porte close qu'il regardait plus tôt dans la journée, je l'entrouvre et la lumière de la lune se reflète dans la grande chambre. Tom est là, allongé face au dossier du canapé, une photo dans la main. Il s'est endormi, mais ses joues sont encore mouillées par ses larmes.

Prenant le plaid qui s'étale sur le cuir, je le recouvre pour qu'il ne prenne pas froid avant de m'asseoir à même le sol. Le front posé contre son dos, j'effleure son épaule du bout des doigts pour ne pas le réveiller.

Dans le silence absolu de la chambre, j'entends sa respiration irrégulière. Concentrée pour l'écouter, ma gorge se noue quand je réalise qu'il pleure. J'ai tellement de peine pour lui. Je n'avais pas conscience de ce qu'il endurait. Pour moi, c'était juste une question de fric qui monte à la tête. Maintenant que je sais qu'il se tient pour responsable de la mort de son petit frère, je comprends mieux pourquoi il est tant en colère, pourquoi il en veut à la Terre entière pour la perte de la personne qui comptait le plus pour lui. Si je perdais l'un de mes frères, je serais probablement dans le même état. Même s'il a fait des conneries, même s'il a érigé une forteresse autour de lui, c'est un homme en miettes qui a besoin qu'on lui tende la main.

Dans un mouvement de tendresse infinie, je me glisse sur le minuscule espace qu'il reste entre le bord et lui pour me coller à son dos. Mes bras encerclent son ventre secoué par les larmes. Il se retourne, puis se blottit dans mes bras pour pleurer. Je sais à cet instant précis qu'il me dévoile toutes ses faiblesses, car il a enfin confiance en moi. Pas besoin de long discours, il met son cœur à nu.

— Je t'aime, Tom, soufflé-je en lui embrassant le front.

Il se serre encore plus fort contre ma poitrine et ces simples mots suffisent à l'apaiser. Au bout de quelques minutes, sa respiration est enfin régulière. Il s'est endormi entre mes bras, le seul endroit où il se sent chez lui.

24 DÉCEMBRE - THOMAS

Je me réveille en sueur dans la chambre de mon frère. Le rêve que je viens de faire de lui me revient en pleine tronche. Pendant qu'on était tous les deux assis sous le grand arbre dans Central Park, celui où on allait quand on était gosses pour échapper aux parents, je lui disais que j'étais désolé, qu'il me manquait, que je m'en voulais de n'avoir pu le sauver et que j'aurais préféré que ce soit moi plutôt que lui. Il me serrait fort dans ses bras en m'assurant que je n'y étais pour rien, que j'avais joué mon rôle de grand-frère à la perfection. Je lui parlais aussi d'Emma, de notre rencontre, de l'amour que j'éprouve pour elle alors qu'il me chambrait gentiment. Je me suis réveillé à l'instant où il m'a conseillé de me méfier de Dumas parce que cet homme était une menace pour Emma et moi.

Emma n'est plus là d'ailleurs. Tout à l'heure, quand elle m'a rejoint, j'aurais dû lui avouer que j'ai surpris une partie de la conversation qu'elle a eue avec Mary. Peut-être même que j'aurais dû me manifester pour me joindre à elles, mais je n'en ai pas eu le cran. J'étais bien trop ému d'entendre les mots de ma mère. Je n'avais jamais réalisé à quel point elle souffrait, elle aussi, de notre situation. Mis face à mon égoïsme, le seul endroit où j'avais besoin d'être, c'était la chambre de Lewis.

Je détaille la pièce à la lueur du jour, et me rends compte que je n'y ai pas remis les pieds depuis mon retour de l'hôpital. Tout est tel que je m'en souviens. Rien n'a bougé. J'imagine que mes parents, non plus, n'ont certainement pas eu la force d'y entrer pendant toutes ces années. C'est sûrement une vue de mon esprit, mais j'ai même l'impression que l'odeur de mon frère flotte encore dans l'air.

J'essaie de reprendre mes esprits afin de retenir les larmes qui se pointent à nouveau. Vu comme j'ai chialé cette nuit, je ne serais pas étonné d'avoir une gueule de déterré. Depuis la mort de Lewis, j'ai hurlé, j'ai frappé, j'ai insulté, j'ai perdu pieds en me noyant dans les abysses... Mais je n'avais jamais pleuré. Force est de constater que ça m'a fait du bien. Un bien fou même. J'avais peur de m'effondrer dans les bras d'Emma, je ne voulais pas qu'elle pense que je peux être faible, cependant, mon trop-plein d'émotions a eu raison de moi et j'ai craqué. Étrangement, j'ai eu la sensation que c'était le bon moment, le bon endroit.

Maintenant qu'elle est au courant et qu'elle m'a vu dans un si piteux état, je ne peux plus faire machine arrière, il faut que je m'ouvre totalement à elle, que je lui explique tout ce qui me hante depuis bientôt quatre ans. Peut-être même qu'il serait temps que j'ouvre mon cœur à mes parents.

Je me lève, puis passe un tee-shirt tandis que des bruits proviennent de la cuisine. Instinctivement, je renifle l'air. Une douce odeur de pancakes se répand jusqu'à l'étage. Les pancakes de ma mère… Ils m'avaient manqué. Quand j'arrive dans la cuisine, Emma est attablée avec mes parents et tous les trois rient ensemble. Je suis à la fois ravi qu'elle puisse si bien s'entendre avec eux, mais aussi en colère qu'elle ne prenne pas plus mon parti. Qu'est-ce que je raconte ? Quel parti ? En réalité, je suis jaloux. Jaloux de la facilité qu'elle a de pouvoir partager un moment avec eux alors que moi j'en suis incapable. En colère de me dire que je suis un putain de boulet à leurs yeux. Je me racle la gorge pour qu'ils me remarquent enfin. Emma sursaute, mais se retourne pour me faire un immense sourire. Mes parents ont l'air moins à l'aise qu'elle. Il se passe quelque chose.

— Assieds-toi, fiston, me demande mon père calmement. Ta mère et moi avons quelque chose à te dire.

Ça y est, ils en ont eu tellement marre de mes conneries qu'ils me renient et me déshéritent… Ça devait arriver un jour où l'autre de toute façon.

Emma se lève, puis s'approche de moi pour me prendre la main. Elle me tire vers l'îlot de la cuisine où elle me force à m'asseoir. Comme le pilier qu'elle représente pour moi, elle se fond à la perfection dans son rôle en se postant dans mon dos pour me soutenir, avant de poser les mains sur mes épaules.

— Tom, que dirais-tu d'annuler le dîner de ce soir afin que l'on passe la soirée entre nous ? hésite mon père d'une voix mal assurée. Après tout, c'est Noël et je n'arrive même plus à me souvenir du dernier que l'on a passé en famille.

Mon père, ce roc, cet homme d'affaires craint et respecté, est à la limite de craquer sous mes yeux. Est-ce possible ? Son attitude est maladroite, ses paroles me serrent le cœur, toutefois, je ne sais pas si je dois apprécier ou m'en offusquer, car quoi qu'il en dise, je sais qu'il se souvient de notre dernier Noël puisque c'était aussi le dernier de Lewis.

Toujours est-il qu'annuler un dîner mondain où tous les plus riches connards du monde seront réunis sous le même toit juste pour passer du temps avec moi... ce serait bien une première, tiens ! Je n'arrive pas à en croire mes oreilles. Du temps avec moi... En famille.

Bouche bée, les mots ne parviennent pas à sortir. Je n'arrive pas à définir ce que je ressens, ce que ça me fait.

Sa proposition me touche, c'est un fait, mais en même temps, elle me fait peur. J'ai peur de ce qui pourrait être dit, peur d'avoir à les affronter, peur d'avoir à leur avouer que je suis un sombre connard, peur de les décevoir encore plus. Je les regarde tour à tour, muet, quand ma mère prend la parole d'une voix tremblante.

— J'ai réalisé bien des choses cette nuit, Thomas, je crois qu'il est temps que l'on vide ce que l'on a sur le cœur. Ce dîner peut bien attendre, notre famille est plus importante.

Notre famille est plus importante ? Voilà une belle nouvelle… j'imagine que c'est sûrement ce qu'ils se sont dit quand ils m'ont envoyé sur un autre continent pour que je ne sois plus une gêne dans leur vie.

J'aimerais avancer. J'aimerais oublier toute cette douleur qui résonne en moi. Mais que dois-je faire ? Continuer à vivre avec cette rage qui me consume chaque jour un peu plus ? Ou essayer de tourner la page avec des personnes qui souffrent autant que moi ?

Tout se bouscule dans ma tête. Je me sens oppressé par leurs regards. Ils attendent une réponse et moi je me sens pris au piège. J'avale péniblement ma salive, j'ai l'impression d'étouffer. Je me lève d'un coup si brusque que mon tabouret tombe au sol avec fracas. Emma recule d'un pas, surprise. Pourtant ce n'est pas de la crainte que je lis sur son visage, c'est de la déception. Elle s'attendait à quoi, putain ? Que je saute de joie parce que mes parents ont quelques remords ? Que je me prosterne devant eux parce que tout d'un coup ils se sont aperçus qu'ils n'avaient pas bien géré la situation ? Peut-être aurait-elle voulu que j'efface quatre années de souffrance d'un revers de main.

Non, je ne peux pas... Emma, papa, maman, je suis désolé d'être toujours aussi décevant.

24 DÉCEMBRE - EMMA

— Tom ! Tom, ouvre-moi !

Je tambourine à la porte de la chambre de Lewis pour qu'il me laisse entrer. Sans succès. Lasse, je laisse mon dos glisser sur le bois chaud et me retrouve assise par terre. Il est parti tellement vite que je n'ai même pas eu le temps de réagir. Ses parents non plus d'ailleurs. Ils sont restés pétrifiés sur place, impuissants.

Je n'avais jamais vu Tom dans un tel état de stress. Pendant une seconde, j'ai eu la sensation de voir une petite bête affolée qui n'avait d'autre solution que la fuite. Ça m'a fait mal pour lui.

— Tom... S'il te plaît..., répété-je pour la énième fois.

Ça doit faire vingt bonnes minutes que je le supplie de m'ouvrir. Je pousse un soupir d'énervement... ou de peine, je ne sais plus très bien.

J'avais imaginé notre voyage à New York d'une tout autre façon. Je nous voyais heureux, profitant de cette évasion pour pouvoir être un couple à part entière. Au lieu de ça, Tom est malheureux et j'ignore comment l'aider.

C'est vrai que ce qu'il a vécu est une véritable tragédie, mais il n'y a que lui qui puisse la surpasser. Et pour cela, il serait temps qu'il comprenne que sa vie est devant lui, pas derrière, et que moi, je suis là aussi.

Je me relève, puis passe ma main sur mes vêtements de façon mécanique en cogitant à ce que je dois faire, ou bien où aller. Me rendre auprès de ses parents, ça me paraît un peu prématuré… Retourner dans notre chambre jusqu'à ce que Tom daigne enfin sortir, voilà qui me semble plus logique, car si je n'arrive pas à aider mon mec, comment pourrais-je le faire avec ses géniteurs ?

Quand je m'apprête à rentrer dans la chambre de Tom, le loquet de celle de Lewis se déverrouille. La porte s'entrouvre. Je ne cherche pas à comprendre s'il a juste voulu vérifier si j'étais encore là ou si c'est une invitation à entrer, je choisis la deuxième option et découvre Tom qui fixe l'horizon sur la terrasse du 21e étage. Mon cœur bat la chamade. Impossible de le rejoindre là-dessus sans frôler la crise cardiaque, alors je m'approche au maximum de la baie vitrée sans en franchir le seuil. Cela dit, ma curiosité me pique au vif. Si la vue est aussi splendide depuis l'intérieur, je n'ose même pas imaginer à quel point elle doit l'être de l'endroit où il se trouve, les coudes posés sur la rambarde, le regard au loin.

— Et si on allait se promener dans Central Park ? proposé-je.

Bien que sa réponse se fasse attendre, un oui sort finalement de sa bouche au bout de quelques secondes. Quand il se retourne vers moi, je comprends qu'il a encore pleuré. Le voir dans cet état me retourne l'estomac, je souffre de le voir souffrir.

Sans un mot, il me rejoint dans la chambre avant de prendre la direction de l'ascenseur. Nous quittons l'immeuble côte à côte, nos bras se frôlent à chacun de nos pas, toutefois, je perçois une distance entre nous. Pour ne pas le brusquer, je me contente de le suivre dans un silence absolu, tout en admirant le parc magnifique dans lequel nous venons de pénétrer. Je ne pensais pas pouvoir tomber amoureuse d'un endroit, pourtant, c'est bel et bien le cas. La quiétude qui se dégage de ce lieu est étonnante. Plus je marche, plus je me sens sereine. Même Tom a l'air apaisé. Il reprend des couleurs dans la froideur de l'air.

Au bout d'une dizaine de minutes, quand il s'arrête devant un immense saule pleureur, un sourire discret s'immisce entre ses lèvres.

— On grimpait dans cet arbre avec Lewis.

Je n'arrive pas à savoir si ça m'est adressé ou s'il est perdu dans ses pensées.

— Il est beau cet arbre…, ajoute-t-il dans un souffle.

Comme s'il avait la faculté de nous entendre, le saule secoue ses longues branches fines au rythme du vent. Le mouvement est fluide, léger, comme un murmure. Comme une caresse.

Je m'assieds contre le tronc. Bien que l'herbe soit presque gelée et que son contact me glace le corps, Tom s'assied à côté de moi pour passer son bras sur mes épaules qui grelottent.

— Tu veux rentrer ? demande-t-il tout bas comme pour me supplier de refuser.

— Non, on est bien ici.

Je n'ajoute rien. Je n'ai d'ailleurs rien à ajouter. C'est à lui de me parler s'il se sent de le faire. Les minutes défilent encore, je le vois hésiter à plusieurs reprises, mais pour ne pas le brusquer, je ne dis rien. Après un bon quart d'heure à observer les familles ou joggers qui passent devant nous sans nous voir, il se lance enfin :

— Je sais que ma mère t'a tout raconté cette nuit, je me suis levé et je vous ai entendu... J'aurais dû tout t'expliquer avant de te fourrer dans cette galère. Je suis désolé.

— Ne le sois pas, Tom, rétorqué-je doucement toujours en levant les yeux vers lui. Je savais que quelque chose te hantait, mais je n'avais aucune idée du drame que tu as vécu. Je ne sais pas si je comprends mieux ta relation avec tes parents, mais ce que je comprends, c'est que vous souffrez tous les trois de la perte d'un être cher et qu'au lieu d'être soudés dans votre malheur, vous souffrez chacun dans votre coin.

— Ils m'ont laissé tomber, Em ! s'offusque-t-il en me regardant enfin. Ils m'en ont voulu de la mort de Lewis et quand j'ai été trop dur à gérer, ils se sont débarrassés de moi. Comment pourrais-je encore les aimer alors qu'ils sont des parents médiocres ?

— Je crois que tu n'as pas assisté à toute la conversation, Tom, le préviens-je alors qu'il s'étonne. Tu as commencé à faire n'importe quoi et effectivement ils n'arrivaient plus à te gérer. Mais plutôt que de te laisser sombrer avec de mauvaises fréquentations, ils ont pensé que partir loin de New York pourrait te faire repartir à zéro. Ce que tu as pris pour un abandon était un ultime acte d'amour pour te sauver.

Je lis l'incompréhension sur son visage. Je sais qu'il croit que j'ai tourné ma veste et que je me suis rallié à ses parents, mais ce n'est pas le cas.

— Tom, tu as vécu ce drame de plein fouet. Tu aimais ton frère et chose complètement naturelle, tu as rejeté en bloc son décès en faisant des conneries. En te braquant contre tes parents. En détestant la terre entière… Je suppose que j'aurais été comme toi, précisé-je pour ne pas l'offenser avant de poursuivre. Mais as-tu seulement inversé les rôles au moins une fois ?

Surpris par ma question, il se détache de moi pour prendre ses genoux entre ses bras. Son corps est raide, figé, j'ai l'impression d'exagérer en le poussant dans ses retranchements pourtant, avant de lui laisser prendre la parole, je lui livre le fond de ma pensée :

— Tom, tu as perdu un frère, c'est horrible, c'est difficile de s'en remettre et ça marque le cœur pour le restant d'une vie, mais eux, ils ont perdu un enfant et ils ont fait face comme ils ont pu, car tu étais encore là, Toi, et que pour Toi, ils devaient garder la tête haute.

Une larme roule sur sa joue rougie par les assauts du vent. Il déglutit avec difficulté en secouant la tête, puis finit par susurrer :

— Et moi, je leur ai rendu la tâche impossible...

— Disons que tu as fait ce que tu as pu et qu'ils ont fait de même. Je crois que vous avez beaucoup à vous dire, car les secrets et les rancœurs n'aideront aucun d'entre vous à avancer. Je crois aussi que tu devrais assister à ce repas, ce soir. Je ne te force à rien Tom, mais ils ont fait la moitié du chemin, peut-être que c'est à toi de faire le reste.

Le dos courbé pour me mettre à son niveau, je glisse mes doigts dans les siens, puis pose ma tête sur son épaule. Il me serre la main, fort, comme pour me faire comprendre de ne pas le lâcher.

— Je serais là, ne t'en fais pas.

Je ne saurais dire combien de temps on est resté assis sous ce saule, mais quand il m'a dit « on rentre ? », on avait raté le repas de midi et le soleil commençait à se coucher.

Dans l'ascenseur qui nous ramène près des nuages, Tom est tendu, il ne lâche pas ma main. Les portes s'ouvrent sur monsieur et madame Vidal assis dans le salon, l'air grave. Une odeur alléchante emplit mes narines et me donne l'eau à la bouche. Je prie pour que cette odeur soit celle d'une énorme dinde de Noël comme dans les films.

Mary me fait un sourire timide, je lui fais un signe de tête pour la rassurer.

— OK pour le dîner, leur lance Tom sans même les regarder.

Il me tire par la main pour que je le suive. C'était peut-être minimaliste et un peu abrupt, mais il vient de faire l'autre moitié du chemin et je suis vraiment fière de lui.

24 DÉCEMBRE - THOMAS

Quand nous redescendons pour le « super » dîner qui nous attend, je reconnais immédiatement la bonne odeur de la fameuse dinde de ma mère. Elle nous a toujours dit que sa recette était un secret de famille, mais ce que je sais moi, c'est qu'elle va la farcir aux morilles pour plaire à mon frère, qu'elle sera accompagnée de marrons chauds pour me faire plaisir et qu'elle la servira avec un bordeaux millésimé pour mon père. En même temps, ça fait trois ans qu'on n'a pas fait Noël ensemble, alors les choses peuvent radicalement avoir changé.

Je tiens la main d'Emma en franchissant la dernière marche de l'escalier. Son regard vers moi est aussi furtif, pourtant j'en comprends le message. Elle veut me persuader que ça va aller.

Quand nous arrivons dans la salle à manger, mon père est déjà assis à sa place. Il se tient la tête entre les mains, mais se redresse quand il nous entend arriver. En voyant son visage cerné et son air triste, j'ai la sensation de me prendre un coup de poing dans l'estomac tellement la vision de cet homme si vulnérable me peine. Je ne l'avais plus regardé depuis si longtemps.

Bien sûr qu'on se parle vite fait quand on se croise à Paris, mais je ne suis pas sûr de l'avoir vraiment observé depuis la mort de mon frère. Il fait plus vieux. De nouvelles rides ont colonisé son front. Son teint est terne, ses yeux sont marqués. Il a maigri aussi. Je ne sais pas si c'est le poids de la culpabilité qui l'a rongé comme ça ou si c'est la faute à tout ce que je leur fais vivre depuis si longtemps, mais étonnamment, l'homme gaillard qu'il était auparavant n'est plus.

Il se lève pour nous accueillir chaleureusement. Gentleman comme il l'est, il tire une chaise, invite Emma à s'asseoir puis se tourne dans ma direction. Je sens qu'il a envie de faire un geste vers moi, mais il se ravise.

Je prends place près de ma Boucle d'or, ma mère arrive à son tour avec une dinde énorme. L'odeur me met l'eau à la bouche. De la même façon qu'avec mon père, je la dévisage, elle aussi, pour la première fois depuis longtemps. Elle a toujours son beau visage doux et tendre, mais il est plus triste. Tellement plus triste. Et comme lui, elle a maigri. Comme lui, elle est cernée et son teint est blafard. Bordel, mais depuis quand ne sont-ils plus que les ombres d'eux-mêmes ? Et pourquoi n'ai-je rien remarqué avant ? Emma a raison. Ça fait quatre ans que je ne pense qu'à ma gueule, que je réagis de façon très égoïste, et que je me conduis comme un enfoiré de sale gosse pourri gâté. Jamais je n'ai pensé à me mettre à leur place, ou à imaginer ce qu'eux pouvaient endurer. J'ai perdu mon frère, mon meilleur ami, mais eux, ils ont perdu un fils et je m'en rends compte pour la première fois ce soir. Avec tout ce que je leur ai fait subir, je suppose que j'ai mérité d'avoir été envoyé loin d'eux. Réfléchir à cette réalité me donne envie de vomir. Je détourne les yeux de cette dinde qui me soulève le cœur. Comme si ce dîner n'avait rien d'exceptionnel, ma mère discute avec Emma des meilleures boutiques de New York. S'il n'y avait pas autant de non-dits entre nous, je jurerais que je me trouve dans une famille normale, mais cette discussion n'est qu'un artifice pour masquer la gêne qui nous pèse tous.

Comme je l'avais imaginé, la dinde est bien farcie aux morilles, des marrons chauds l'encerclent dans l'immense plat et un *bordeaux Saint-Émilion* trône fièrement au centre de la table. Les yeux d'Emma pétillent. Je sais qu'elle idéalisait ce moment et son air de petite fille innocente me fait rire. Même dans les pires moments, elle réussit à me distraire.

J'avoue qu'avec elle aussi je me suis mal conduit. Malgré l'aide qu'elle a voulu m'apporter, je l'ai négligée depuis notre arrivée, mais je compte bien lui faire vivre son rêve américain dès demain. Quoi que ce dîner puisse révéler, et peu importe comment il va finir, j'ai décidé que cette ville ne serait plus uniquement la tombe de mon frère. Elle sera dorénavant le témoin de notre amour, la réplique idéale des rêves d'Emma.

Elle me regarde, curieuse, son sourcil se relève. Elle fait toujours ça quand elle est étonnée ou quand elle ne comprend pas quelque chose. Je trouve ça tellement mignon.

Nous goûtons la dinde dans un silence pesant. La première bouchée est divine. La deuxième est encore meilleure. Je me régale du plat autant que des joues d'Emma qui m'informent que le vin commence à faire effet sur elle. Elle qui a un petit appétit d'habitude, ne se laisse pas abattre. Elle semble apprécier la dinde de ma mère, car pour le coup, je ne l'ai jamais vu manger aussi vite.

Enfin, peut-être aussi que ce repas est trop pesant pour elle et que plus vite on aura fini de manger, plus vite on retournera dans ma chambre…

Après la dinde, ma mère annonce son pudding de Noël. Mon père sort un champagne de sa cave et nous sert une coupe. Ça doit bien faire une heure que toute cette comédie a commencé et je n'ai ouvert la bouche que pour manger. Je n'arrive pas à me décider à parler. Dois-je le faire d'ailleurs et pourquoi serais-je le premier ?

— Et si on portait un toast ? nous demande ma mère.

Mon étonnement doit se lire sur ma tronche, car tout de suite après elle s'excuse d'avoir proposé une idée aussi débile.

— Je trouve que c'est une bonne idée, la soutient Emma pour en rajouter une couche.

— Et on trinque à quoi ? Parce que là je t'avoue que ça me semble être la pire idée du monde, Em.

Ma remarque cinglante la fait rougir. Je ne voulais pas être dur avec elle, mais elle s'attendait à quoi ? Que je lève mon verre à la mort de Lewis ? Les fêtes de Noël sont celles que je déteste le plus depuis ce putain d'accident. Je fais déjà un effort surhumain pour rester le cul sur cette chaise, il ne faudrait pas trop pousser le bouchon.

— Thomas, me dit mon père en posant sa main sur la mienne.

J'avale ma salive presque de travers. Nous n'avions plus eu de contact physique depuis si longtemps.

— Tom, reprend-il, je crois qu'il faut qu'on parle...

Il ravale un sanglot, mais je vois bien qu'il est au bord des larmes.

— On te doit des excuses.

Je fronce les sourcils, car je ne comprends pas son entrée en matière. Je m'attendais plutôt à « Tom, t'as merdé grave, mais on va essayer de passer au-delà ».

— Des excuses pour quoi au juste ?

Je me rends compte que mon ton est agressif, il me jette un coup d'œil presque désabusé. Pour ne pas déclencher une nouvelle guerre, je continue plus calmement...

— Je ne comprends pas pourquoi vous me devez des excuses… papa.

— Nous sommes désolés, chéri, parce que nous n'avons pas réussi à être d'assez bons parents pour toi. Nous avons tout fait de travers depuis la mort de ton frère, et nous aurions dû plus te protéger, plus t'aider à surmonter cette épreuve. Nous nous en voulons tellement... Pour tout... Tous les jours.

Ma mère serre la main de mon père tout en continuant à me fixer malgré les larmes qui envahissent ses yeux.

— On a bien conscience d'avoir été pitoyable avec toi. Tu avais besoin de nous et on n'a pas su t'apporter le soutien dont tu avais besoin, ajoute mon père, tout aussi ému.

Je ne les ai vu pleurer qu'une fois dans ma vie, c'était quand on m'a annoncé la mort de Lewis après mon coma. Encore une fois, c'est Emma qui avait raison sur notre situation. Je m'en veux d'avoir été un connard avec eux, de les avoir poussés à bout encore et toujours. Je leur en veux de m'avoir laissé tomber, mais visiblement, eux s'en veulent aussi.

Au final, ils se sont plongés dans le travail pour oublier le drame et toutes mes conneries, pendant que moi je me vautrais dans l'alcool, la dope et les femmes. Qu'est-ce que c'est le résultat à l'arrivée ? Une famille éclatée, des gens en vrac qui ne savent même plus se parler et une culpabilité qui nous ronge jusqu'au sang… Une larme coule sur ma joue, et pour la première fois devant eux, je ne cherche pas à la retenir.

Emma me scrute. Je suppose qu'elle s'attend à ce que je pète un plomb... Mais je me contente de regarder avec attention ma montre qui affiche minuit pile. J'ai l'impression de la détailler pendant des heures alors que ça ne fait que quelques secondes. On m'a toujours dit de faire un vœu quand on tombait sur des chiffres identiques en regardant l'heure. 00 h 00... Je ne crois pas une seconde à ce genre de bêtises, pourtant, dans ma tête, les phrases s'enchaînent et commencent toutes par la même chose : faites que Lewis soit heureux, peu importe où il se trouve. Faites qu'Emma puisse m'aimer jusqu'à la fin de notre vie. Faites que mes parents me pardonnent et que je réussisse à en faire autant...

Je me dépêche de formuler tous mes vœux avant que le cadran numérique n'affiche 00 h 01, comme si dès que le dernier chiffre aurait changé, tout allait s'arrêter. Et plus mon cerveau tourbillonne au milieu de ces vœux débiles, plus mes barrières s'écroulent une à une. Je ne sens même plus les larmes couler, j'ai l'impression que la source ne s'épuisera jamais. Je n'ose même pas relever la tête pour voir la stupeur dans leurs yeux. Ma forteresse est rompue, je suis vulnérable, et tous mes souvenirs de ces quatre dernières années me reviennent en pleine face.

— Je l'ai tué, putain...

Je hurle presque tellement la vérité me fait mal. Ma poitrine se serre, j'ai du mal à respirer. Je prends ma tête dans mes mains et tire involontairement sur mes cheveux.

— Vous ne comprenez pas que tout est de ma faute, grondé-je entre mes dents. Il est mort parce que je n'ai pas su le sauver ! Et vous me détestez de ne pas avoir été à sa place. J'ai gâché vos vies... Je suis tellement... tellement désolé.

Un corps vient se coller au mien par-derrière et essaie de canaliser mes tremblements. Je reconnaîtrais le parfum fleuri de ma mère parmi des milliers d'autres. Elle me sert fort. Très fort tout en me répétant en boucle à l'oreille : « on t'aime plus que tout, Thomas. Tu n'y es pour rien. Jamais on ne l'a pensé ».

Un deuxième corps vient nous entourer alors que je pose ma main sur celle de ma mère. La force rassurante de mon père m'apaise instantanément.

— Mon fiston. Mon bébé, souffle-t-il dans un sanglot.

La scène doit sûrement être pitoyable à voir… « Mon bébé »… Mais putain, ça me fait tellement de bien que je ne mettrais pas un terme à ce câlin rassurant.

Emma a changé de place. À présent face à nous, je la regarde qui nous observe. Elle pleure, pourtant, le sourire qu'elle arbore est fantastique. Elle est divine. Et j'ai bien conscience que tout ça, c'est grâce à elle.

Mes parents me lâchent au bout de... Je ne sais même plus tellement j'en ai perdu la notion. Ma mère essuie ses larmes et me regarde en souriant. J'ai bien conscience que le chemin du pardon n'est pas totalement parcouru, pourtant, rien qu'en la voyant sourire, je réalise que nous avons tous les trois fait un pas de géant.

— On a un cadeau pour toi, ta mère et moi, m'annonce mon père en ébouriffant mes cheveux avant d'aller chercher quelque chose dans le salon.

Quand il revient, pas de grand paquet, rien de volumineux. Celui qu'il me tend à une forme rectangulaire, presque de carte postale en plus épais. Je déchire le papier avec précaution. Dedans, il y a deux cadres photo. Le premier affiche une photo de Lewis et moi, à l'âge de cinq ou six ans, je dirais. Nous sommes tous les deux assis sur l'une des branches du saule et je tiens mon petit frère par les épaules. Nos sourires enfantins sont rayonnants. La lumière du coucher de soleil nous éclaire et un « For Ever » est inscrit dans le coin en bas à droite.

Je contemple la photo et caresse la forme de mon frère du bout du doigt. Toutefois, avant de me remettre à pleurer, je passe à la seconde photo. Elle nous représente tous les quatre à notre dernier repas de Noël. Je me rappelle si bien la scène. C'est ma grand-mère, qui est décédée peu de temps après mon réveil du coma qui l'avait prise. Nous étions tous sur notre trente-et-un, et le bonheur familial était encore omniprésent sur nos visages. Notre dernier moment de joie avant que tout n'explose en vol. Sur celle-ci est inscrit « À jamais dans nos cœurs. On vous aime ».

Pour la première fois depuis longtemps, pas de bling-bling, pas de richesse. Juste un cadeau simple, qui à mes yeux, vaut tout l'or du monde. Sans réfléchir à ce que je vais pouvoir leur dire, je me lève et pars prendre ma mère dans mes bras. Je le faisais avec tellement de facilité avant, pourquoi cela me paraît-il si intime maintenant ? Quand elle blottit son visage contre mon cou, je la sens si fragile. Je me recule, prend son visage en coupe entre mes mains pour plonger mes yeux dans les siens, et comme un regard en dit parfois plus qu'une parole, je la laisse me transpercer au plus profond de mon âme. Elle me caresse doucement les joues d'un geste qui déborde d'amour. Je lui souris.

Maman pourquoi tu n'as pas fait ça plus tôt ? Maman, si tu savais comme tu m'as manqué...

Derrière nous, j'entends que mon père se racle la gorge. Je me retourne tandis qu'il me tend les bras. Comme si nous étions revenus dix ans en arrière, je viens m'y réfugier. Mon père, cet homme fort avec qui je partageais une complicité extraordinaire… J'ai perdu trop de temps, trop de lui. Il m'ébouriffe les cheveux avant de me glisser à l'oreille : « tu m'as manqué si fort, fiston ».

Pour un dîner qui promettait un peu d'émotion, cette soirée a plutôt été un véritable calvaire ! C'était douloureusement émouvant, c'était éprouvant et ça m'a brisé le cœur mille fois, mais c'était nécessaire pour que chacun ouvre les yeux sur ses erreurs et aille de l'avant. Je sais que maintenant on va pouvoir réapprendre à se connaître sans ressasser encore et encore.

Et même si ça ne va pas être facile, j'ai quand même le cœur plus léger.

— Toutes ces émotions m'ont épuisé, plaisanté-je, gêné. Je crois qu'il est temps d'aller se coucher.

Ce qui est vrai, je suis lessivé. J'ai envie de retrouver la douceur des caresses d'Emma, de me délecter de son odeur sucrée, de m'endormir dans ses bras et de pouvoir affronter ma nouvelle vie. Celle qui débute quand on commence à tourner la page.

Tandis que je la prends par la main pour l'attirer contre moi, ma mère la retient au passage.

— Emma, je crois que je dois vous dire merci. Merci du fond du cœur.

— Je n'ai rien fait, Mary. C'est grâce à vous et à votre force à tous les trois. C'est pour Lewis.

Ma mère lui serre les mains plus fort.

— Non, Emma. C'est vous qui m'avez ouvert les yeux. Vous avez été d'une aide inestimable. C'est vous notre connecteur, notre ange gardien. Vous faites partie de notre famille.

Tandis qu'elle l'embrasse sur la joue, mon père s'avance pour l'imiter. Bien qu'intimidée, Emma les embrasse à son tour en souriant. Même si c'est assez étrange, parce que nouveau pour moi, voir ma famille réunie de cette manière me fait un bien fou. Il ne manque plus que Lewis, mais il aura toujours sa place dans mon cœur où que j'aille…

25 DÉCEMBRE – VALENTIN

Foutu repas de fête qui s'éternise et me prend la tête. Ça braille dans tous les sens, ça bouge de partout, et moi, au milieu de cette cacophonie, je ne parviens pas à penser à autre chose qu'à Emma. À chaque seconde qui passe, je me demande où elle est, ce qu'elle fait, avec qui elle parle… De toute évidence, elle a dû rentrer en Bretagne pour retrouver sa famille, tout du moins, c'est ce que je suppose.

Pour m'en assurer, j'ai appelé sur le téléphone fixe de ses parents ce matin, en me faisant passer pour un acheteur potentiel pour leur maison. Bien que je ne pense pas que celle-ci soit à vendre, j'ai prétexté un coup de cœur pour leur vieille bicoque bretonne en leur proposant une grosse somme d'argent en contrepartie.

D'abord, j'ai eu la mère, qui, aussi douce que sa fille, a essayé de me faire comprendre que la maison n'était pas à vendre. Plus concentré sur les bruits derrière elle que par les paroles de madame Rolland, j'ai tenté de percevoir le doux son de sa fille, sans succès. Quand c'est le maître de maison qui a pris le relais pour m'envoyer bouler, j'ai eu le droit à un peu plus de précision. Savoir qu'il était en train d'ouvrir les cadeaux avec ses enfants m'a rassuré. J'ai bien compris qu'Emma était près d'eux, et j'ai presque été jaloux de la savoir là-bas au lieu d'être auprès de moi.

Aussi, voilà déjà une heure que je lui ai envoyé un premier message pour lui souhaiter un joyeux Noël. Un simple :

[J'espère que tes fêtes se passent bien auprès des tiens. Je te souhaite un Noël merveilleux, ainsi qu'à tes parents. Je t'embrasse, Val]

Message auquel je n'ai eu encore aucune réponse au demeurant...

J'aurais aimé lui faire parvenir un présent à ouvrir sous le sapin, mais comme je n'ai pas encore eu l'honneur de faire la connaissance de mes futurs beaux-parents, j'ai préféré ne pas mettre la charrue avant les bœufs. Surtout que je vois d'ici la remarque qu'aurait pu me faire Miranda si j'avais procédé ainsi contre son avis. Il y a deux jours, quand je suis passé me faire sucer, je lui ai demandé ce qui plaisait le plus aux femmes. Un diamant, un parfum, ou un bijou ? Au départ, elle a cru que c'était pour elle, mais quand je lui ai expliqué mon intention de l'envoyer à Emma sur son lieu de villégiature, elle s'est indignée. Pour elle, ça ressemblait à du harcèlement, et ce n'était certainement pas de cette manière qu'on courtisait une femme.

J'avoue qu'elle n'avait peut-être pas tort. Après l'incident de l'ascenseur, Emma est devenue plus que distante avec moi. Quand elle me croise dans les couloirs de la boîte, c'est limite si elle ne cherche pas tous les moyens pour m'éviter. Elle a toujours une bonne excuse pour abréger nos rencontres, elle s'éclipse très vite des réunions et elle refuse toutes mes invitations au restaurant ou à la cafèt' de l'entreprise.

Je sais bien que j'ai été trop pressant avec elle, ma tendre biche fragile, aussi, j'ai compris que je devais récupérer du terrain progressivement pour ne pas l'effrayer. Step by step, avec calme et douceur, je n'ai plus d'autre choix que de m'approcher prudemment pour ne pas réduire mes chances à néant.

C'est d'ailleurs dans ce sens qu'une idée un peu osée m'a traversé l'esprit. Une idée folle, qui, si elle se goupille bien, pourrait me permettre de racheter les gallons que j'ai perdus. J'ai vu qu'un appartement était à vendre dans l'immeuble en face du sien. Je ne suis pas encore décidé à l'acheter, ça représente tout de même un sacré investissement, toutefois, c'est peut-être une solution qui me permettrait d'effacer les tensions entre nous. Après tout, s'il y a bien des gens avec qui il vaut mieux s'entendre, ce sont les voisins. Une bonne relation de voisinage est la clé d'une vie tranquille.

En me sachant près d'elle, je suis certain qu'elle comprendrait enfin ce que je suis prêt à faire pour elle… Pour le moment, ce n'est qu'à l'état d'ébauche de projet, pour autant, la question est vraiment à creuser.

— Papa, crie mon fils en tirant la manche de ma chemise neuve alors que je scrute mon écran dans l'espoir de voir le nom d'Emma apparaître. Après le dessert, on pourra ouvrir les cadeaux ?

— Les cadeaux ? Quels cadeaux ? Il n'y a que les enfants sages qui ont droit à des cadeaux. Pas sûr que ce soit ton cas, Adam !

L'expression de tristesse qui s'affiche sur son visage ne m'émeut pas. C'est vrai quoi, même si c'est un gosse adorable, il me saoule depuis ce matin pour que je lui file des paquets. Seulement, je n'ai rien à lui donner. Si je veux pouvoir m'offrir un appart près de ma belle, je vais devoir économiser le moindre centime. Alors, les dinosaures pourris en plastique qui finissent décapités quand ils attaquent l'un de leurs congénères, les voitures de course made in China qui se cassent à la première collision contre un mur, il n'en a pas besoin.

J'imagine qu'il risque d'être déçu, mais c'est un enfant aussi intelligent que son père, il comprendra. Et puis, pour être honnête, un peu de frustration n'a jamais tué personne. Il n'y a qu'à me regarder. Même si je secoue mes genoux sous la table de manière frénétique, même si mes dents grincent parce que ma mâchoire est serrée, même si je bous de l'intérieur parce qu'Emma ne me répond toujours pas, je vais bien.

Oui, je vais très bien et l'amour de ma vie n'est pas du tout en train de se faire sauter derrière un rocher tandis que la marée monte. Elle n'est pas non plus en train de déguster une crêpe enroulée autour du sexe d'un breton de son âge… Non, ma promise à moi n'est pas capable de ça. Il s'agit probablement d'un problème de batterie, je ne vois que ça. Peut-être qu'un deuxième message lui rappellera qu'elle a oublié de répondre au premier… Parce que je le sais, je le sens, elle va répondre, j'en ai la certitude.

29 DÉCEMBRE - EMMA

Je suis bouche bée par la vue qui s'étale devant moi. Je pensais ne pas pouvoir monter aussi haut, pourtant me voilà à faire le tour de l'étage pour prendre des photos comme un paparazzi. J'étais persuadée que voir New York depuis l'Empire State Building devait être une expérience incroyable, mais le vivre en vrai me paraît presque irréel.

Carl et Mary nous ont invités au cent deuxième étage pour prendre le petit-déjeuner face au lever du soleil, mais je n'ai pas encore réussi à les rejoindre à table tant je m'extasie sur chaque panorama.

Il est tout juste sept heures du matin, les rayons balaient la ville pour offrir une teinte de feu magnifique aux bâtiments. La salle du restaurant est encore vide, mais rien d'étonnant à ça puisqu'il n'ouvre qu'à 8 heures. Les richissimes parents de Tom ont fait jouer quelques relations pour que nous puissions monter plus tôt et profiter d'un petit-déj' en toute tranquillité. Privatiser le resto de l'Empire... C'est quand même dingue quand on y pense !

Ces deux derniers jours, Carl et Mary se sont pliés en quatre pour me faire découvrir New York sous toutes ses coutures. La statue de la liberté, le Brooklyn Bridge ou encore Grand Central n'ont plus de secrets pour moi. J'ai aussi adoré voir jouer *Cats* à Broadway et faire du patin à glace près du Rockefeller Center.

Ça a été une véritable épreuve pour Tom de se rendre là-bas le jour de la mort de son petit frère. Je lui ai fait comprendre que c'était comme un hommage à Lewis, alors il s'est laissé porter par le vent froid, un peu perdu dans ses pensées quand il patinait. Je crois que ça lui a fait du bien, car il m'a même fait promettre de revenir ici l'année prochaine.

Le sourire qui s'est étendu sur ses lèvres quand il me l'a proposé m'a fait un bien fou. J'ai eu l'impression de retrouver mon Tom, celui avec qui je suis complice, celui qui me fait rire et qui m'intrigue. D'ailleurs, le voir patiner a été une jolie surprise. Je suis, comme qui dirait, aussi gracieuse qu'un éléphant dans un magasin de porcelaine. Je ne saurais dire combien de chutes j'ai essuyées, mais je suppose que les bleus qui sont apparus sur mes fesses sont de bonnes preuves de ma maladresse. Lui par contre, il était superbe ! Gracieux, agile et élégant, il m'a soufflé par sa technique et cette facilité à caresser la glace.

Enfin, je crois que c'est un truc dans les gênes des New-Yorkais. Ils sont tous super doués sur des patins. Moi qui pensais que ce n'était que dans les films, j'ai bien compris que c'était une réalité. Il faut dire que depuis leur plus jeune âge, Tom, Lewis, et un bon nombre de petits Américains se défoulent sur la glace à leurs heures perdues. Tom a même voulu jouer au prof avec moi. Il a bien essayé de m'enseigner quelques techniques, mais mon côté gauche a été plus fort que son précieux coup de main.

Et puis, ce que j'ai le plus apprécié, c'est l'autre face de New York. Pas la face carte postale de Manhattan, mais celle qui est plus vraie, celle qui correspond au plus grand nombre. Tom m'a fait découvrir Chinatown, Brooklyn, ou encore le Bronx et j'ai adoré. J'aime beaucoup ce que Carl et Mary m'ont fait découvrir, mais ce n'est pas mon monde. Je ne sais pas si je pourrais m'habituer à tant de luxe. Je ne crois pas.

Mes parents sont issus de la classe moyenne en France. Fille de profs, petite maison à Perros-Guirec sur la côte bretonne, voiture correcte mais d'occasion... J'ai toujours été habituée à me contenter de ce que j'ai sans rêver à avoir plus. Je ne suis pas une carriériste dans l'âme, et je sais que mon boulot me permettra de vivre décemment tout en m'offrant quelques petits extra de temps en temps.

La famille Vidal vit dans le luxe depuis toujours, malgré cette opulence, Tom n'est pas du tout dans cet état d'esprit. Il sait que, par la force des choses, il sera seul héritier de la fortune familiale, mais pour lui, cela ressemble plus à un fardeau qu'à un cadeau.

Dans l'esprit collectif, plus on a d'argent, plus on est heureux. Or, il ne voit plus la vie de cette façon depuis la perte de Lewis. Il préfère vivre au présent et profiter des gens qu'il aime.

Ses parents ne faisaient plus vraiment partie de cette vision des choses. Mais depuis le repas de Noël, j'ai l'impression que chacun y met du sien pour recréer des liens familiaux. Ils se sont perdus de vue, mais maintenant qu'ils se sont retrouvés, il est clair qu'ils ne veulent plus rompre ce lien encore trop fragile. Il leur faudra du temps pour se remettre de cette épreuve, mais au lieu de le faire chacun dans son coin, ils le feront ensemble.

Le regard au loin sur les toits de la ville, mes doigts frôlent mon téléphone. Mon esprit n'est pas uniquement préoccupé par les relations des Vidal aujourd'hui. Je n'ai rien osé dire à Tom et je ne suis pas certaine que ce soit une bonne idée que de lui parler des SMS que je reçois depuis quatre jours. Tout d'abord, il a commencé par me souhaiter de belles fêtes auprès de ma famille. J'aurais pu lui dire joyeux Noël à lui aussi pour avoir ensuite la paix, mais j'ai préféré ne pas répondre pour ne pas poursuivre la conversation. Quelque part, je ne voulais pas le faire souffrir en lui donnant de mauvais signaux alors que ça fait plus d'un mois que je l'évite. Le coup de l'ascenseur a été décisif pour moi. Même si c'est un homme gentil qui s'est laissé embourber par ses sentiments, je ne souhaite plus vraiment avoir de contact avec lui. Je crois que c'est mieux ainsi.

Après quelques heures de silence, j'ai reçu un second message. Cette fois, c'était plus dérangeant, car j'ai vraiment eu la sensation qu'il me cherchait. D'abord, il a fait référence à mes parents pour, j'imagine, savoir si j'étais chez eux, mais ensuite, son message était clair :

[Je voulais t'apporter un petit cadeau, mais il n'y a personne chez toi. J'aimerais qu'on ait une discussion quand tu reviendras. Tu me manques Emma, appelle-moi]

Savoir qu'il s'est déplacé chez moi, qu'il y a peut-être fait le pied de grue pour m'y trouver me perturbe. Je ne suis pas à l'aise avec les gens qui se pointent à l'improviste. C'est vrai quoi, si j'avais été là, Tom l'aurait été aussi et il aurait pu nous surprendre…

Cela dit, je suis consciente qu'il va falloir avoir une conversation avec lui. Je vais devoir mettre un terme radical à toutes les attentes qu'il fonde en moi et surtout lui dire de me laisser tranquille.

Ce matin, j'ai encore reçu un SMS. Rien de bien folichon si on prend en compte les autres que j'ai reçus ces derniers jours. Il s'inquiète pour moi, il espère qu'il ne m'est rien arrivé. En soi, c'est sympa de se faire du souci pour moi, mais quand c'est la septième fois qu'il me pose la question, ça commence à être franchement dérangeant.

Des bras familiers viennent entourer ma taille, je sursaute. Le menton de Tom se pose sur mon épaule pendant qu'il contemple le spectacle contre moi.

— Le petit-déjeuner est servi, ma belle Boucle d'or qui rêvasse dans les nuages, chuchote-t-il dans mon oreille. À quoi tu penses ?

— À cette vue magnifique, à cette ville qui m'éblouit tous les jours un peu plus et à cet homme qui m'enlace tendrement…

— Tout ça ? ironise-t-il en embrassant ma joue. Moi qui étais persuadé que tu pensais à tous les pancakes que tu allais pouvoir engloutir…

— Des pancakes, t'es sérieux ? Pourquoi tu ne l'as pas dit plus tôt ? lui demandé-je en tournant la tête vers lui pour le confronter. J'ai une faim de loup !

Amusé, il me mordille le cou et murmure :

— Moi, ce ne sont pas des pancakes que je voudrais manger.

Quand il plaque son bassin contre mes fesses en me faisant rougir, j'en oublie le petit-déjeuner ou même l'insistance de Valentin. En revanche, malgré l'envie qui naît en moi, je tente de garder mon calme en pensant à ses parents qui se trouvent à quelques mètres à peine de nous et qu'il a l'air d'avoir complètement oubliés.

— J'aurais aimé te prendre ici, contre les vitres, face à cette vue aussi époustouflante que celle que j'ai quand je te mate le cul…

Son souffle contre mon lobe m'électrise. Il a un pouvoir sexuel terrible sur moi. Quand il est aussi près, mon cerveau n'arrive plus à réfléchir, aucune pensée rationnelle n'accède à la partie censée de mon esprit. J'ai envie de lui dire « oui, prends-moi tout entière devant New York », malheureuse, je suis incapable de m'y résoudre avec Carl et Mary si près de nous.

— Comme c'est notre dernière nuit ici, j'aimerais qu'elle soit inoubliable. Je veux qu'elle soit exceptionnelle à tes yeux, Emma.

À peine m'a-t-il chuchoté cette mise en bouche énigmatique à l'oreille, il regagne la table pour entamer son petit-déj' en me laissant seule sur place. Le corps en ébullition, je me ventile les joues d'un geste rapide de la main pour apaiser le feu qui a pris possession de moi. Je ne sais pas ce qu'il me réserve, toutefois, il semblerait que mon homme m'ait réservé quelques surprises pour notre dernière soirée. Excitée à cette idée, je jette un coup d'œil à mon téléphone toujours greffé à mes doigts. C'est décidé, je ne répondrai pas à Valentin et vais même couper mon portable pour que personne ne puisse gâcher mes dernières heures ici !

29 DÉCEMBRE - EMMA

— T'es prête, Em ? On va être en retard.

Tom m'appelle depuis les escaliers. J'éteins mon portable, le pose sur le lit, puis me regarde une dernière fois dans le miroir. Pas facile de cacher que quelque chose me tracasse. Je tapote mes joues pour me redonner un peu de couleur et remets mes cheveux en place en lançant un dernier coup d'œil à ce traître de téléphone et aux conneries qu'il contient, puis je sors de la chambre.

Valentin n'a pas dû apprécier que je ne réponde toujours pas à ses messages, du coup, il m'en a envoyé une dizaine d'autres au cours de la journée. Je sais que ce matin j'avais dit que je l'éteindrais, mais pas facile de prendre des photos de toutes les splendeurs que j'ai vues sans cet accessoire indispensable. Je l'ai donc rallumé, cependant, faire abstraction des mots que je recevais était plutôt difficile. J'ai essayé de faire semblant à chaque fois qu'il vibrait dans ma poche, mais cette fois, je suis seule et j'en ai marre. D'autant plus quand ses SMS sont de plus en plus limite. Recevoir des mots comme « *je rêve de ta langue dans ma bouche... ou partout ailleurs* » me dégoûte. De quel droit se permet-il ce genre de message ?

Je devrais sans doute lui répondre pour l'envoyer se faire voir une bonne fois pour toutes, seulement voilà, mon forfait ne me permet pas de pouvoir lui dire d'arrêter, et je ne sais même pas comment lui dire ça sans le braquer ou me le mettre à dos. Je vais devoir attendre de rentrer en France pour l'obliger à me foutre la paix. J'espère qu'il arrêtera même si quelque part, tout est de ma faute. J'ai été trop entreprenante avec lui parce que j'étais frustrée par ma relation avec Tom. Je n'aurais jamais dû engager ce petit jeu de séduction en lui donnant de faux espoirs alors qu'il avait déjà assez souffert avec la perte de sa femme. Je suis consciente que ce n'est pas une excuse pour envoyer ce genre de message, mais je culpabilise de l'avoir induit en erreur à ce point.

Quand Tom apparaît dans l'encadrement de la porte, il se met à siffler et me tire de mes pensées. Il s'appuie contre le bois massif et me regarde d'un drôle d'œil.

— Si je n'avais pas prévu un truc ce soir, je t'aurais volontiers enlevé ta robe tout de suite.

J'aime quand il me fait son sourire coquin. C'est toujours le présage d'un moment magique ou torride. Un sourire qui tombe à pic d'ailleurs, car il me permet vraiment de penser à autre chose. Bien que toujours contrariée, je me rapproche de lui et glisse mes bras sous son pull. Son corps chaud contre mes mains éveille mon excitation. Mes caresses le réveillent aussi, j'en frémis de satisfaction. Quel plaisir de voir l'effet que je lui fais à chaque fois que je le touche. Il suffit que je le frôle pour qu'il soit excité et prêt à me satisfaire.

Depuis que l'on s'est retrouvé, il n'y a pas un jour sans que l'on n'ait pas fait l'amour. Peu importe le moment de la journée, il est toujours un amant divin. Notre alchimie sexuelle est tellement explosive. Cela dit, il est vrai que je n'ai pas beaucoup de points de comparaison, mais je sais qu'il y a un truc spécial entre nous. J'ai cette sensation de connaître son corps par cœur, de pouvoir anticiper la moindre de ses attentes... Et je sais aussi que j'aurais beau être féline ou câline, tout de suite, je n'aurais droit à rien !

— On est obligé d'y aller ? demandé-je en essayant de prendre ma voix la plus sexy.

— Non, mais crois-moi, si tu loupes ça, tu vas le regretter...

— À ce point ?

Son hochement de tête me le confirme. Son sourire toujours vissé aux lèvres, il me prend les mains et me guide dans le couloir.

En passant dans le salon, ses parents nous font signe et nous souhaitent une bonne soirée. Le sourire complice de la mère à son fils fait chaud au cœur. Surtout quand il lui répond par un clin d'œil. Je suis ravie de les voir retrouver un semblant de complicité. Ça me laisse aussi présager que Tom sera un peu plus serein maintenant.

Dans le parking souterrain de l'immeuble, quand nous arrivons près d'une *Corvette* rouge, je pique un fard au moins aussi foncé que la couleur de la voiture. Tom secoue la tête et me montre un SUV *Jeep Wagoneer* noir flambant neuf magnifique.

— La *Corvette*, c'est la voiture de mon père. Il me tuerait si je la prenais. Par contre, il y a quelques semaines, ils m'ont offert ça pour me donner envie de revenir ici. Je ne l'avais pas encore vu, mais faut avouer qu'elle a de la gueule !

— Elle a de la gueule ? Tom, elle est carrément canon !

— On la fait rapatrier à Paris si tu veux.

Je lui prends la main, touchée qu'il puisse me faire une telle proposition.

— C'est gentil, mais je ne crois pas qu'on en aurait l'utilité. Tu as ta moto et j'ai ma petite voiture. Ça me convient.

Il me prend dans ses bras et m'embrasse dans le cou.

— Moi aussi, je l'aime, ta petite voiture... Surtout quand on sait tout ce qu'on peut faire dedans.

Je ris alors qu'il sort un long tissu noir de sa poche. Il l'approche de mes yeux, les couvre, puis noue le foulard soyeux autour de ma tête. Ne sachant plus où aller, je le laisse me conduire jusqu'à la portière du côté passager avant qu'il ne m'aide à m'y installer.

Quand le moteur du SUV se met à ronronner, je pose ma main sur la cuisse de Tom. J'éprouve ce besoin d'être toujours en contact avec lui, c'est plus fort que moi.

— Ton père ne doit pas passer inaperçu avec une voiture comme ça, lui dis-je en pensant à la *Corvette* flamboyante.

— Il ne la prend presque jamais. Il est comme moi, il n'aime pas trop attirer l'attention. Il préfère se faire conduire par Clive pour ne pas éveiller la curiosité des gens.

— On a passé pas mal de temps avec tes parents et je m'aperçois seulement maintenant qu'ils se baladent assez librement ici.

— Tu t'attendais à quoi ? Que des hordes de paparazzi les suivent partout ?

— Je ne sais pas trop, mais oui... probablement.

— Mes parents aiment l'anonymat, et c'est d'autant plus facile à New York. C'est pour ça qu'ils vivent davantage ici plutôt qu'à Paris. Ce que je sais, c'est qu'à ma naissance, ils ont signé des contrats hors de prix pour ne jamais apparaître dans ce genre de torchons. Ils voulaient nous préserver, mon frère et moi, de vivre une vie dans l'angoisse d'être surpris à chaque coin de rue. Je n'aurais pas aimé être suivi de partout, tout le temps.

J'éclate de rire.

— Toi qui adores les photos ! Je ne comprends vraiment pas pourquoi !

— Des fuck sur chaque cliché, des photographes en sang par terre... Je suis tellement déçu que ma vie n'ait pas pris un tel tournant.

Il caresse ma main alors que je ris en imaginant la scène. Il reprend :

— Et pire que ça... Le scandale en gros titre : la jolie maître de stage nympho qui se tape l'héritier Vidal... On pourrait se faire du fric, remarque !

Je le tape dans les côtes, prise d'un fou rire nerveux. Mon esprit divague rapidement vers Valentin. Nymphomane, c'est peut-être ce qu'il pense de moi... Un frisson me parcourt la colonne vertébrale. Je dois vraiment régler ce problème au plus vite.

Tom coupe le moteur et m'ôte mon bandeau. Il fait nuit et nous sommes arrêtés le long d'une espèce de route qui ressemble à une piste d'avion. Mon cœur bat fort tandis que les souvenirs de mon premier vol me reviennent en tête. Je serre la main de Tom qui me regarde avec compassion. Il sort de la voiture et vient me récupérer de l'autre côté.

La route est en fait un ponton en béton, et tout au bout, un carré délimité par des LED au sol illumine un cercle blanc. Ce n'est pas une piste d'avion, mais d'hélicoptère. Je serre sa main encore plus fort. Mon cœur tambourine dans ma poitrine.

Il a vu comme ça a été compliqué pour moi dans un *Airbus*, alors comment peut-il croire que ça va être mieux dans un hélico ?

Quand un engin se fait entendre au loin, je sais que mon heure est proche. J'aime New York, mais pas au point de me crasher dessus. L'hélico se rapproche, mes cheveux volent dans tous les sens.

— Ça va aller, Em ! C'est génial, j'te promets !

29 DÉCEMBRE - THOMAS

Elle serre ma main. Fort. Mais ce n'est qu'un détail tant la regarder me fait oublier le reste. L'hélico nous balade haut au-dessus des tours de la ville depuis vingt bonnes minutes et l'observer est encore plus fascinant que le panorama.

Ses yeux sont émerveillés, ils brillent autant que les étoiles qui sont encore plus proches de nous. C'est clair que si je lui sortais cette phrase de lover maintenant, je serais certain de conclure ce soir. Seulement, comme je sais que, quoi qu'il arrive, je vais conclure, je la garde pour moi et continue de l'épier dans la nuit illuminée.

Emma n'a pas voulu se mettre devant, à côté du pilote. Elle avait trop la trouille en montant à bord. Elle n'a d'ailleurs pas voulu que je me mette devant non plus, j'ai eu pour ordre strict de rester à l'arrière avec elle. Très... Très collés.

Elle avait vraiment peur d'être malade comme dans l'avion, sauf qu'étonnamment, elle gère plutôt bien. Je pense surtout qu'elle est tellement absorbée par la découverte de la ville avec cette vue extraordinaire qu'elle en a oublié sa peur.

Même si j'ai fait un paquet de vol depuis que je suis né, il faut avouer que je suis, moi aussi, toujours aussi impressionné. New York est belle, New York est féerique... New York me manque parfois...

Comme si elle lisait dans mes pensées, Emma se tourne vers moi et me demande :

— Et si on venait vivre ici, Tom ?

— T'es sérieuse ? Quitter Paris, ton job... ta famille ?

Je suis étonné par sa question. Je sais qu'elle a toujours rêvé de venir ici, mais de là à y vivre… Dans les faits, on pourrait le faire. On pourrait ne pas rentrer en France et laisser ma mère nous trouver un appart. Avec les connaissances qu'elle a dans le milieu immobilier, en quelques heures, elle nous dégoterait sûrement un loft magnifique dans l'Upper avec une vue imprenable sur la ville. De son côté, mon père s'arrangerait pour trouver un poste équivalent à Emma dans la maison mère. Une simple mutation, il n'y aurait même pas besoin de chercher du boulot ailleurs ou de donner de lettre de démission.

Si tout était aussi simple à organiser qu'un claquement de doigts, en revanche, quitter ses amies ou ses parents serait une vraie torture pour elle. Emma est extrêmement proche de sa mère, et même si elle ne la voit pas beaucoup, elle l'a au moins une ou deux fois par jour au téléphone. Alors comment gérerait-elle l'éloignement de l'autre côté de l'Atlantique ?

D'un autre côté, revenir ici ne me déplairait pas. Cette ville offre tellement de possibilités, notamment celle de pouvoir vivre ensemble au grand jour, car les règles sont assez différentes ici. Avoir une aventure au boulot n'est pas aussi mal vu qu'en France, se taper un stagiaire non plus. Nous n'aurions plus à nous cacher de toutes ces commères qui traînent dans les couloirs de la boîte…

— Pourquoi pas..., me répond-elle, mystérieuse. On pourrait se donner un objectif, la fin de ton stage par exemple... Ça me laisserait le temps de faire encore plus mes preuves et de montrer que je suis un bon élément tandis que ça te permettrait de montrer à tes parents que tu as tenu bon et que tu mérites amplement ta place dans la boîte…

Elle me fait un clin d'œil coquin et je l'embrasse sur la joue avant de la serrer contre moi. Comprendre qu'elle pense à notre avenir ensemble me donne la chair de poule. Non pas que je puisse flipper à l'idée d'imaginer ma vie à ses côtés, au contraire ! Je flipperais davantage si je devais envisager ma vie sans elle.

Depuis que nous avons été en âge de « tomber amoureux », ma grand-mère nous disait toujours, à Lewis et moi : « Love, imagine que tu as soixante-dix ans et que tu es à l'ombre sur une jolie terrasse en bois, qui est sur la chaise à côté de toi ? Est-ce que c'est cette fille ? »

À chaque fois elle rajoutait que du jour où elle avait rencontré mon grand-père, à l'aube de ses vingt-ans, elle n'a cessé de le voir près d'elle sur la terrasse... Et à chaque fois qu'on pensait être amoureux, mon frère ou moi, on se rendait compte que ce n'était pas LA fille.

Ce soir, j'imagine cette fameuse terrasse, et Emma est là, près de moi. Ses cheveux sont plus longs, ils sont blancs, mais ça lui va divinement bien. Son visage est ridé, mais malgré le poids des années, elle reste belle.

Je suis là moi aussi, plus vieux, plus marqué, pourtant, la joie se lit sur mon visage, car je la regarde et elle me regarde aussi. Nos mains sont enlacées, nous rions de bon cœur.

Oui, c'est comme ça que je me vois avec elle... Pour toujours.

Pour l'heure, la lueur que je distingue dans ses yeux n'est pas celle d'une vieille dame comblée par sa vie. C'est plutôt celle d'une jeune femme amoureuse qui vit l'un de ses rêves. Elle se penche vers moi et me susurre à l'oreille :

— J'ai toujours rêvé de m'envoyer en l'air... en l'air.

Je fais un bref signe de tête dans la direction du pilote qui ne nous calcule pas le moins du monde. Impossible de lui faire l'amour ici même si maintenant qu'elle m'a sorti ça, j'en meurs d'envie.

Ne pouvant pas ne pas satisfaire l'un des fantasmes de ma Boucle d'or, je pose mes doigts sur son genou et remonte doucement sous sa robe. Mes doigts caressent le fin tissu de ses bas qui s'arrêtent en haut de ses cuisses. Elle regarde ma main alors que moi, je ne la quitte pas des yeux.

Malgré la nuit sombre, je la vois rougir, tiraillée entre la pudeur et l'envie. Mon index frôle la dentelle de sa culotte avant de se frayer un passage jusqu'à son intimité. J'aime sentir la douceur de sa peau alors qu'elle essaie de garder une contenance face aux sensations qui la submergent.

Comme s'ils la connaissaient par cœur, mes doigts parcourent le chemin jusqu'à l'entrée humide et chaude, puis la pénètrent d'abord doucement. Mon majeur s'active en elle dans un lent va-et-vient pendant que mon pouce appuie sur son clitoris en décrivant de petits cercles dessus. Chez Emma, il n'y aura jamais d'orgasme si je ne titille pas ces deux points stratégiques. Elle a besoin des deux pour grimper au septième ciel, et à voir la manière dont elle se mord la lèvre pour ne pas faire de bruit, je comprends que mon doigté la mène doucement mais sûrement vers la bonne destination.

Sa poitrine, qui monte et descend au rythme de sa respiration rapide, m'exalte au plus haut point. Plus je la regarde et moins je suis sûr de réussir à garder ma queue où elle se trouve. Je serre les dents pour faire face à mes envies, même si mon jean me semble de plus en plus étriqué et que les pulsations de mon cœur résonnent à une cadence folle dans mon sexe.

Plus mon pouce s'active, plus ses cuisses se resserrent sur ma main. Mon mouvement se fait plus rapide alors qu'elle m'encercle l'avant-bras et plante ses ongles dans ma peau. La douleur que je ressens m'excite davantage, si bien que je lui mords la lèvre pour ne pas jurer.

Elle est au bord de l'orgasme, mais je ne désire pas qu'elle y parvienne tout de suite. Je voudrais tout faire pour faire durer son supplice. J'adore la voir me supplier d'arrêter et m'en demander encore en même temps.

L'explosion est toute proche et elle me repousse autant qu'elle m'attire en elle. Alors qu'elle enfouit son visage dans mon cou pour ne pas crier, le pilote de l'hélico nous parle dans les casques pour nous annoncer la fin imminente de notre périple, ce qui la fait sursauter.

Impossible de ne pas finir ce que j'ai entrepris. Tant pis pour la douce torture, je continue les allers-retours avec plus de force, plus vite, allant au plus profond d'elle.

En une fraction de seconde, je sais qu'elle atteint le point de non-retour tant je la sens se contracter autour de mes doigts. L'expression d'extase qu'elle affiche me donnerait presque envie de venir aussi.

Prenant sur moi de toutes mes forces pour ne pas tout balancer dans mon boxer, cette harpie ne fait rien pour me faciliter la tâche. Sa bouche est collée à la mienne, sa langue me cherche tandis qu'elle murmure un merci presque inaudible entre mes lèvres alors qu'elle essaie de retrouver une respiration normale.

Dans un timing parfait, nous atteignons le sol au moment où elle reprend une contenance, alors que moi, je suis toujours au bord de l'explosion. Ses joues ont rosi, elle affiche ce joli teint d'après baise que j'aime tant voir sur son visage.

Quand nous descendons de l'hélico, les projecteurs éclairent la piste d'une lumière aveuglante. La robe d'Emma est froissée et beaucoup trop remontée sur ses cuisses. Elle rougit à la seconde où elle s'en aperçoit alors que je me moque gentiment d'elle. Après avoir repassé ses vêtements du plat de la main, elle m'offre son majeur accompagné de son sourire le plus éclatant. Je l'attire contre moi et me penche vers son oreille :

— C'est de t'être envoyée en l'air... en l'air qui te rend si heureuse ?

— Entre autres, beau gosse... Tu sais que tu aurais pu être un sacré pianiste, toi...

Elle se met à rire à sa blague en me mordant la lèvre. Geste qui a le mérite de me rappeler l'étroitesse de mon jean.

— Tu sais bien que je suis un crack pour manipuler les touches, bébé, réponds-je avec un clin d'œil exagéré.

— Je confirme ! rétorque-t-elle en me mettant une claque au cul avant de remercier le pilote et de me tirer vers la voiture... Et maintenant, qu'est-ce qu'on fait pour profiter de nos derniers moments ici ?

— La nuit n'est pas finie, Em... Elle te réserve encore quelques surprises !

30 DÉCEMBRE – THOMAS

— Vous êtes sûrs de ne rien avoir oublié ?

— Non, c'est bon. Et puis de toute façon, tu seras sur Paris dans quinze jours alors si jamais, tu nous y rapporteras à ce moment-là.

— Ah ! s'exclame Emma comme si elle venait d'avoir une illumination. J'ai oublié mon chargeur. Je reviens.

Elle remonte à l'étage en courant, mon père l'observe en souriant.

— C'est une femme bien, fiston. Je suis heureux pour toi ! me dit-il.

— Moi aussi, je le suis, rétorqué-je en la regardant gravir les marches à mon tour. Tu me connais, je suis plutôt du genre solitaire et grognon, mais avec Emma, j'ai l'impression que la vie est plus douce. Je ne sais pas trop comment l'expliquer, mais…

— Mon fils est amoureux ! déclare mon père avant même que je puisse finir ma phrase. Si tu savais quel bien ça me fait de savoir qu'elle veille sur toi, ou qu'elle a réussi là où ta mère et moi avons échoué.

— C'est du passé maintenant. Il ne sert à rien de le ressasser, papa, le préviens-je doucement en lui lançant un sourire timide.

Bien que nous ayons remis les compteurs à zéro entre nous, je n'arrive pas encore à être aussi naturel avec lui qu'avec ma mère. À cet instant précis, je ressens le chemin qu'il nous reste à parcourir pour retrouver cette complicité que l'on partageait jadis. Pourtant, j'ai envie de le prendre dans mes bras pour le remercier, ou pour le rassurer peut-être, qu'importe l'excuse, j'en ai envie. Seulement, c'est encore trop frais pour que j'y parvienne. Et de toute évidence, il en est de même pour lui. Il n'y a qu'à voir la façon dont il se balance d'un pied sur l'autre, ou bien cette façon qu'il a de bouger ses doigts dans ses poches de pantalon.

Après quelques secondes d'un silence pas pesant, il ajoute :

— Tu as bien fait de transgresser la règle des relations entre collègues…

Cet aveu ne m'étonne pas le moins du monde. Depuis le début, Carl Vidal sait que son fils fricote avec sa supérieure hiérarchique, toutefois j'apprécie qu'il n'en ait pas parlé pour ne pas mettre Emma mal à l'aise.

— Comment tu l'as su ? lui demandé-je avec un rictus complice. Pascal ou quelqu'un du boulot ?

— Pascal. Comme ta mère était très inquiète pour toi parce que tu découchais tous les soirs depuis plus d'une semaine, il t'a suivi en partant du bureau. Tu sais comme il est… Il n'a pas lâché ses investigations tant qu'il n'avait pas tous les détails sur la fille avec qui tu vivais.

— Ça n'a pas dû être difficile à trouver du coup. Il n'avait qu'à ouvrir les dossiers du personnel.

Mon père sourit, presque confus d'avoir fouiné dans la vie d'Emma. Cela dit je n'en attendais pas moins de lui, il a toujours agi ainsi avec tous nos amis ou toutes nos fréquentations. Même si ça m'a toujours un peu agacé, je peux comprendre la démarche étant donné le nom de mes parents.

— Je suis sûr qu'elle fera une belle carrière chez nous. En dehors de votre liaison, on m'avait déjà parlé de la jeune Emma Rolland…

— Qui ? Valentin Dumas ?

— Dumas ? Pas du tout ! Depuis qu'il est en poste à Paris, je n'ai jamais réussi à le croiser. Non, c'est son prédécesseur, Baldoneau. Un homme bien, un collègue fidèle sur qui je pouvais compter aveuglément, affirme-t-il, perdu dans ses pensées avant de se tourner vers moi pour m'attraper par les épaules avec délicatesse. En parlant d'aveugle… J'imagine que vous ne vous affichez pas au travail, Thomas. Comme le dit l'adage, « Pour vivre heureux, vivons cachés. »

— En effet, personne n'est au courant à part vous à présent. Et ses parents, mais ils vivent en Bretagne, alors ça ne compte pas.

— Je crois que c'est ce que vous avez de mieux à faire pour le moment, déclare mon père en me serrant les épaules un peu plus fort. Ce n'est pas tant parce que je n'apprécie pas les relations entre collègues, Tom, je serais d'ailleurs un piètre exemple étant donné que j'ai rencontré ta mère sur mon premier lieu de travail. Mais c'est surtout pour que votre histoire ne puisse pas nuire à vos carrières…

— T'inquiète, on a bien compris. Si c'était officiel, il y a ceux qui penseraient qu'elle est avec moi à cause de mon nom, et ceux qui diraient que je suis avec elle pour être certain de valider mon année de stage, expliqué-je en voyant mon père approuvé d'un signe de tête désolé.

— Bien vu ! lance-t-il en tapant amicalement son poing contre mon menton. Surtout que j'ai amplement confiance en toi en ce qui concerne tes capacités au travail, Tom. J'ai lu tous les éloges qui ont été faits à ton sujet, et je suis vraiment fier de toi. Qui sait, peut-être deviendras-tu un jour le futur directeur des ressources humaines…

— À la place de Dumas ? Franchement, tu pourrais me nommer aujourd'hui alors, car j'ai un sérieux doute sur ses compétences à celui-là !

— Pourquoi ? Qu'est-ce qui cloche avec lui ? Il m'a été dûment recommandé par Baldoneau avant son départ. Mon vieil ami était intarissable en compliments à son sujet.

Surpris par cette information étonnante, je hausse les sourcils en zieutant l'escalier pour voir si Emma revient. Comme c'est encore désert, je me confie à mon père pour la première fois depuis bien longtemps :

— Ce gars ne m'inspire pas confiance, papa. Je ne sais pas, il y a un truc qui me gêne chez lui. Et pour être honnête, ce n'est pas juste parce qu'il a des vues sur ma copine !

— Ah, s'étonne-t-il en me scrutant d'un œil inquiet. Pourquoi il te fait mauvaise impression ?

— Déjà, il est super mielleux avec moi, tu imagines bien pourquoi ! Ensuite, ce type n'est jamais au bureau. Il vogue à droite à gauche, il joue souvent à l'homme invisible. Et puis, il délègue tout à son secrétaire. S'il y en a bien un qui pourrait le remplacer au pied levé, c'est bien Loris Castillo. Ce mec est une perle, il fait tout à la place du chef et je peux te dire qu'il en connaît bien plus que celui qui est grassement payé à sa place.

Il desserre ses doigts figés sur mes épaules, son visage se ferme. Comprendre que l'un des hommes les plus hauts placés de sa boîte ne mérite pas sa place lui met un doute. Pour sonner le coup de grâce, je profite de mon statut de privilégié pour finir cet homme que je ne peux pas blairer :

— Papa, je me suis fait embarquer dans de nombreuses galères quand je zonais à New York. Tu sais aussi bien que moi que j'ai rencontré des mecs louches ou peu fréquentables, et bien, je peux t'affirmer en te regardant droit dans les yeux, que ce Dumas, c'est pas un mec de confiance. Je n'ai aucune preuve de ce que j'avance, mais je t'assure qu'il pue les problèmes à plein nez.

De plus en plus soucieux, mon père fronce les sourcils d'un air grave.

— Qu'est-ce que tu me conseilles alors ? Est-ce que je dois le virer ?

— Franchement, je te dirais bien oui, mais on sait que ce n'est qu'un ressenti. Je pense que tu devrais peut-être lui coller Pascal au cul, histoire de voir s'il a quelques cadavres dans son placard…

Le parquet craque dans le couloir qui mène à l'escalier, mon paternel me lance un clin d'œil complice. En haut des marches, Emma nous montre son chargeur qu'elle a mis un temps infini à trouver. Elle descend pour nous rejoindre accompagnée par ma mère, quand Carl me glisse tout bas :

— Je vais m'occuper du dossier. Je te tiendrai au courant.

Presque content d'imaginer que ce branleur puisse se faire éjecter bientôt, je prends mon père dans mes bras spontanément pour lui dire au revoir. Bien que cette accolade me donne la chair de poule, je prolonge le moment en l'étreignant plus fort contre moi comme si je voulais rattraper tout ce temps que l'on a perdu tous les deux.

Après des au revoir pleins de promesses, je les quitte avec la certitude que notre avenir sera plus radieux que les quatre années qui viennent de s'écouler.

30 DÉCEMBRE - EMMA

« Ladies and gentlemen, this is your captain on board... »

Assise près du hublot, je regarde par la fenêtre, une main crispée sur l'accoudoir et l'autre qui broie les doigts de Tom. Il ne dit rien pour que je puisse tenir le coup pendant le décollage, mais je vois bien que je lui fais mal tellement je serre fort.

— Pense à quelque chose qui t'a fait plaisir, Em, ça va te détendre.

Tandis que je prends son conseil au pied de la lettre, mes yeux vagabondent directement sur sa main sous la mienne, sur ses doigts qui m'ont fait exploser de plaisir hier… Je dois rougir sans m'en rendre compte, car il me regarde avec un immense sourire aux lèvres.

— Je ne pensais pas à ça, cochonne ! me gronde-t-il presque. Je pensais plutôt à un truc agréable qui t'a rassurée.

— C'était un truc très, très agréable ! rétorqué-je avant d'exploser de rire alors que la vieille dame de l'autre côté du couloir m'observe d'un air indigné.

Ce n'est que la seconde fois que je me retrouve en première classe, et il faut avouer que c'est vraiment génial. De l'espace pour s'étendre, des hôtesses aux petits soins, du calme. C'est presque trop luxueux pour moi. Enfin, comparé au jet que Carl et Mary voulaient qu'on prenne pour rentrer, c'est quand même plus raisonnable. Heureusement, Tom a refusé catégoriquement. Même s'il s'est réconcilié avec ses parents, il ne veut toujours pas profiter de ces « trucs de riches » comme il dit. Du coup, ils ont exigé de payer nos billets en contrepartie. J'aurais préféré qu'ils s'abstiennent, car j'ai vraiment été mal à l'aise de les laisser le faire pour moi. Surtout vu le prix exorbitant du billet en première. Et surtout pour ne pas pouvoir en profiter à sa juste valeur. Que je sois en éco, en première ou en jet, je crains que le résultat sur mon estomac soit le même. Je suis déjà brassée et l'envie de rendre mon repas est de plus en plus présente.

Je pose ma tête sur l'épaule de Tom et suis son conseil pour me concentrer sur autre chose que sur mon estomac. Partagée par les images qui m'arrivent à l'esprit, je n'arrive pas à savoir si le souvenir le plus agréable après l'hélicoptère hier soir a été le dîner sur l'Hudson dans ce sublime bateau ou si c'est la promenade en calèche dans Central Park.

Tom m'avait dit que notre dernière nuit à New York allait être pleine de surprise et il ne m'a pas menti. J'ai eu l'impression d'être une princesse dans un conte de fées. Tout était parfait, la ville, l'atmosphère, lui... Il a été tendre et romantique, très loin du jeune homme qu'il était encore il y a à peine quatre ans.

Je sais qu'il a eu une vie dorée jusqu'au décès de son frère. Comme il le dit lui-même, avant Lewis, ils grandissaient dans l'insouciance, sans avoir à s'en faire ni pour l'argent ni pour leur futur. Après Lewis, il a dû grandir d'un coup, affronter des situations que peu d'adolescents vivent sans s'en sortir indemnes. Toutes les épreuves qu'il a traversées l'ont endurci et lui ont enlevé une grande part de son innocence. Il est plus mature que les hommes de son âge, plus réfléchi aussi, toutefois, il a ce petit brin de romantisme que je n'ai jamais trouvé chez quelqu'un d'autre. Peut-être parce qu'il sait à quel point la vie est précieuse quand on a la chance de la partager avec la bonne personne.

Il a besoin de me faire plaisir, de me rendre heureuse, si bien que j'ai parfois l'impression qu'il fait tout ça pour me remercier d'être toujours avec lui. Si c'est ce qu'il pense, il se trompe tellement. Je suis avec lui parce qu'il est gentil, drôle et tendre. Je suis avec lui parce que quand il est près de moi, mon cœur bat plus fort. Parce que quand il me fait l'amour, il se donne corps et âme. Parce que quand il passe son bras sur mes épaules le soir devant la télé, je me sens en sécurité et j'ai l'impression que c'est l'endroit le plus merveilleux de la Terre. Je suis avec lui parce que quand je le regarde dans les yeux, j'ai une confiance absolue en lui et je suis moi. Entièrement moi. Et je ne voudrais pas que ce paradis puisse cesser un jour. Pourtant, je repense à mon téléphone, toujours éteint dans mon sac à main, tandis qu'un sentiment de culpabilité s'empare de moi. Je devrais l'informer des messages de Valentin. Je devrais lui dire qu'il est insistant et qu'il commence à me foutre la trouille. Mais si je le fais, il va s'énerver et va avoir envie d'aller le voir pour lui dire de me foutre la paix. Or, cela nous causerait du tort à tous les deux.

Nous sommes presque en janvier, il nous reste à peine plus de six mois à garder notre secret. Après ça, quand il ne sera plus mon stagiaire, nous pourrons nous montrer au grand jour et vivre comme un couple normal, car l'enjeu ne sera plus le même.

Pour être honnête, j'étais sérieuse quand je lui ai dit que l'on pouvait venir s'installer à New York. Je crois que je me plairais dans cette ville. Et j'espère qu'on rediscutera de cette possibilité un jour. Je pense aussi que je lui ai proposé ça, car je voulais m'éloigner de Paris, enfin surtout de Valentin.

À force de réfléchir à ces fichus messages, je commence à penser que j'ai peut-être un peu exagéré leur interprétation. C'est tellement facile de se tromper sur le sens des mots. Je sais à quel point la ponctuation peut être déterminante aussi.

J'essaie de me remémorer tous les SMS et j'en viens à cette conclusion que je ne devrais pas m'inquiéter plus que ça. Valentin a vécu une effroyable perte et je suis la première à qui il s'est ouvert à nouveau, sauf que j'ai été une vraie garce avec lui. Finalement, je trouve qu'il a plutôt bien pris mon refus même s'il s'accroche encore un peu. Je crois que je devrais juste éviter de répondre à ses messages et l'éviter lui au maximum quand nous aurons repris le travail. Il finira par décrocher lui-même en voyant que je ne suis pas intéressée.

Je déteste faire souffrir les gens et je n'aime pas avoir à contourner le problème, mais il me semble que c'est la meilleure solution. Pour Valentin, pour moi et pour le beau brun qui s'est endormi contre moi.

Je caresse sa joue, puis ferme les yeux à mon tour. Finalement, Tom avait raison, j'ai concentré mon esprit sur autre chose que sur cet avion qui plane dans le ciel et je me sens bien. Je sais que Tom est l'homme de ma vie et que l'avenir qui s'offre à nous sera plein de surprises, mais aussi plein d'amour. Oui, je suis confiante et je me sens bien.

4 JANVIER - EMMA

La chaleur des bras de Tom me réconforte. Il ne doit pas être loin de trois heures du matin et je n'arrive pas à trouver le sommeil. Dans quelques heures, nous serons au bureau où nous devrons à nouveau nous cacher aux yeux du monde.

Je ne pensais pas que ça m'atteindrait autant de devoir retrouver cette vie de faux-semblants, de devoir bâillonner mon amour pour lui, mais il me faut être raisonnable et en passer par là. J'ai beau me dire que ce n'est que l'histoire de quelques mois, ça me reste tout de même en travers de la gorge. D'autant plus que notre histoire a tellement évolué ces derniers jours. Nous avions déjà nos petites habitudes ensemble, mais tout s'est renforcé, tout est plus intense depuis que Tom s'est déchargé du poids qu'il portait sur ses épaules. Il est plus léger, encore plus drôle, plus gentil et il redouble d'attentions toutes plus romantiques les unes que les autres à tel point que j'en viens à me dire que ce mec ne peut pas être réel, qu'il est trop parfait pour être MON mec...

Depuis notre retour de New York, j'ai eu le droit à un petit-déjeuner au lit tous les matins, un bain chaud à la lueur de la bougie et surtout à un réveillon des plus romantiques.

Nous avions décidé de ne le passer que tous les deux. En temps normal, je le fais avec mes amies, qui étaient d'ailleurs plus que ravies de faire la connaissance de Tom cette année. Lui était partant, mais moi j'ai refusé. Le temps passant si rapidement, j'ai réalisé que la reprise était trop proche et qu'il allait falloir se cacher à nouveau. Très égoïstement, j'ai donc voulu le garder pour moi toute seule un soir de plus.

Un grognement sourd s'échappe de sa bouche. Il me serre un peu plus fort contre lui, tandis que je colle mon front contre sa clavicule. J'éprouve ce besoin étrange de me sentir protégée. Cette sensation me colle à la peau depuis que nous avons franchi le seuil de l'immeuble.

Quand nous sommes rentrés, un colis m'attendait dans la boîte aux lettres. Tom n'y a pas trop fait attention, mais quand je l'ai vu, j'ai eu la sensation d'étouffer. Je savais que Valentin avait laissé un cadeau pour moi. Ça aurait été difficile de le louper vu tous les SMS qu'il m'a envoyé ces derniers jours pour savoir si j'avais aimé son bijou.

En réalité, je n'ai pas ouvert le paquet. J'ai dit à Tom que c'était une erreur et que j'irais voir la concierge dès son retour de vacances. Il n'y a vu que du feu et moi j'ai culpabilisé de lui cacher la vérité... encore.

— Tu ne dors pas ? me demande-t-il de sa voix endormie.

— Non, je n'y arrive pas. J'ai toujours été stressée les veilles de reprise. Alors, rendors-toi, bébé, ça va aller ! le rassuré-je en lui caressant le torse doucement.

— Qu'est-ce que tu as, Em ? Tu as l'air bizarre depuis deux ou trois jours. Quelque chose te tracasse ?

Moi qui pensais qu'il n'avait rien vu, j'avais tout faux. Comme quoi il me connaît plutôt bien. J'hésite un instant et rétorque :

— C'est juste qu'on était si bien à New York, tout était si parfait... C'est difficile de reprendre une vie normale.

— Je trouve que notre vie est plutôt pas mal, moi.

— Ce n'est pas ce que je voulais dire, Tom, tu m'as comprise. Notre vie est géniale, mais je sens que je vais avoir du mal à me cacher à nouveau. J'ai envie que tout le monde sache qui tu es pour moi. Au lieu de ça, je suis obligée de me taire.

Il me caresse les cheveux dans un mouvement lent et apaisant.

— Imagine un peu la torture que ça va être pour moi de voir le regard de ce con de Dumas sur toi. Rien que d'y penser, ça m'agace, mais je sais aussi que nous n'avons pas d'autre choix pour le moment.

— Tu n'as pas à être agacé. Tu sais que je ne ressens absolument rien pour lui.

— Je le sais bien, Em, mais tu n'es pas le problème. Je n'aime pas la façon dont il te déshabille des yeux. Il y a un truc louche chez ce type, un truc qui me gêne.

Oui, moi aussi il y a un ou deux trucs qui me gênent : tous ses messages, toutes ses allusions...

J'ai l'impression de m'être assoupie une dizaine de minutes quand le réveil retentit. Un coup d'œil à mon portable suffit à ce que la mauvaise humeur me gagne en un instant. Je file sous la douche en espérant que l'eau chaude me rende un peu moins grognon.

Sur le pas de la porte de la chambre, je regarde Tom étendu dans le lit. La couverture le recouvre jusqu'aux fesses, dévoilant son dos parfait à la lumière du couloir. J'aimerais tellement me recoucher près de lui et zapper mon boulot du jour. Mais je ne suis pas comme ça, je suis plutôt du genre de ceux qui sont à la limite de la mort pour se foutre en arrêt. J'en regretterais presque d'avoir autant de conscience professionnelle.

Dans la salle de bains, l'eau est tellement brûlante qu'on pourrait se croire dans un sauna. Après vingt bonnes minutes à ne penser à rien, je me résigne enfin à sortir et à m'habiller, la mort dans l'âme.

Quand je rejoins la cuisine, Tom s'est levé, il me prépare même mon petit-déj'. Torse nu, avec un vieux short de boxe, celui dans lequel il se sent bien pour traîner à la maison, il s'approche et m'enlace, pour parsemer mon cou de baisers. Lorsqu'il fixe sòn regard sur mon visage, son air devient soucieux. Il pose sa main sur mon front.

— Tu es sûre que ça va ? T'es toute pâle ce matin. Tu as de la fièvre ?

Je souris devant son côté maternel. J'imagine très bien comment devait être Mary quand ses fils étaient malades.

— Non, ça va. Je suis juste un peu fatiguée. Je n'ai pas beaucoup dormi, mais je sais que mon adorable chéri va me faire un méga massage ce soir, alors ne t'inquiètes pas, ça va aller.

— Un méga massage ? C'est bien parce que c'est toi !

Il caresse mes lèvres des siennes dans un baiser si doux qu'il me tarde déjà d'être au soir pour sentir ses mains sur moi.

J'avale mon petit-déj' sur le pouce avant de lui faire un dernier câlin.

— On se retrouve tout à l'heure, soufflé-je contre son cou pour m'y cacher.

— J'y compte bien, Boucle d'or. J'arrive dans moins d'une heure, c'est promis !

Juste avant de sortir, je prends la petite boîte rangée dans le placard du hall et la glisse dans mon sac.

En moins de dix minutes, me voilà déjà en train de me garer dans le parking souterrain avec la boule au ventre. Le stress monte en voyant la voiture de Valentin à quelques mètres de la mienne. Il est déjà là.

Je presse le volant avec l'envie de remettre le contact pour rentrer à la maison, mais au lieu de ça, je prends mon courage à deux mains et inspire profondément. Si je veux me sentir mieux, je dois régler ça tout de suite et aller le trouver pour lui dire de me laisser tranquille.

Nerveusement, je touche la boîte dans ma poche, ne comprenant pas pourquoi je me mets dans un tel état. Il ne va rien me faire après tout. Par contre, moi, je vais lui faire du mal et rien que d'y penser, ça me retourne l'estomac.

Je frappe à la porte entrouverte de son bureau, attendant qu'il relève la tête pour entrer.

— Emma ! Je me suis fait du souci pendant les vacances, lance-t-il d'un ton grave.

Du souci ? Les mots comme « ma langue dans ta bouche » ou « je voudrais pouvoir te faire l'amour » ne m'inspirent pas vraiment le souci à vrai dire.

— Désolée, j'ai été très occupée.

J'ai à peine le temps de parler qu'en un instant il se lève pour faire le tour de son bureau et se rapprocher de moi.

Quand il pose ses deux mains sur chacune de mes épaules, je ne peux retenir un frisson d'effroi. Quelque chose à changer chez lui. Il n'a plus rien du Valentin que j'ai rencontré la toute première fois en juillet, dans l'ascenseur, ni même de celui qui a pris soin de moi après ma gueule de bois. Il n'y a plus la tendresse qu'il y avait avant dans son regard. Il me scrute comme s'il essayait de pénétrer mon esprit. Je suis de plus en plus mal à l'aise.

Ses yeux sont brûlants de désir, mais d'un désir malsain. Je n'arrive pas à m'expliquer ce que je décèle chez lui, en tout cas, j'ai envie de partir d'ici le plus vite possible.

— Bonne année, ma chère Emma, murmure-t-il en approchant ses lèvres des miennes.

Offusquée, je recule d'un pas, mais il me tient fermement par les bras. Tournant la tête pour qu'il ne puisse pas m'embrasser, sa bouche frôle ma joue tandis que son regard se durcit soudainement. Je profite de cet instant d'inattention pour reculer d'un bon mètre comme s'il m'était nécessaire d'avoir cette distance de sécurité entre nous.

— Pourquoi ne m'as-tu pas répondu, Emma ?

Sa voix n'a rien d'enjoué, j'ai même l'impression qu'il attend que je lui rende des comptes, ce qui m'énerve prodigieusement.

La main dans ma poche pour en sortir la boîte, il suit mon geste des yeux et reste stoïque quand je la lui tends. Tout en prenant une grande inspiration, je bombe le torse pour avoir la sensation, bien qu'illusoire, de gagner en assurance. D'une voix ferme, mais pas agressive, je déclare :

— Écoute, Valentin, je suis très touchée que tu aies pensé à moi pour Noël, mais je ne peux accepter ton cadeau. Il n'y a pas de raison pour que tu dépenses de l'argent pour moi, et même si c'est une gentille attention, je préférerais que tu le reprennes.

Voyant qu'il ne le récupère pas, je saisis une de ses mains de force pour y déposer le petit paquet. Je m'apprête à tourner les talons quand il m'attrape par le poignet et me le remet dans la main dans un geste brusque et douloureux.

— Je me trompe ou tu ne l'as même pas ouvert ?

Préférant ne pas lui répondre pour ne pas le mettre en colère, je tente de me délivrer de son emprise quand il avance d'un pas pour s'approcher de moi. Le stress grandit en moi alors qu'il accentue la pression sur mes doigts. La douleur est vive quand les coins s'enfoncent dans mes phalanges, je retiens un petit cri. Surpris, il me lâche enfin tandis que la boîte s'écrase au sol. Profitant de cet instant pour reculer, je me retrouve dans le secrétariat encore vide avec l'envie de prendre mes jambes à mon cou. Cependant, s'il voit que j'ai peur de lui, si je m'enfuis, il comprendra qu'il a l'ascendant sur moi et il en profitera à chaque fois. Je ne peux me permettre de lui laisser cet avantage.

Il appuie son épaule contre l'encadrement de la porte de son bureau et rentre ses mains dans ses poches, les jambes croisées, l'attitude décontractée, presque nonchalante, qu'il adopte, contraste nettement avec mon anxiété. Il se met à rire doucement en secouant lentement la tête, tandis que je reste interdite devant son comportement étrange.

— Tu t'es remise avec ce Dimitri, c'est ça ?

Son ton n'a rien d'amical, il est agressif, plein d'ironie. Voyant là l'occasion de lui faire comprendre que je ne suis plus seule, je relève les yeux pour mieux lui tenir tête.

— Effectivement, Valentin, je me suis remise avec Dimitri. Et il n'apprécie pas du tout qu'un autre homme puisse me faire un cadeau ou me harcèle de messages. Alors voilà, je préfère qu'on prenne nos distances et que tu ne me contactes plus du tout en dehors du travail.

J'essaie d'être la plus ferme possible, mais je vois bien qu'il se fiche de ce que je suis en train de lui dire.

— Te harceler ? Comme tu y vas…, ironise-t-il alors que mon corps se tend davantage sous l'effet de l'énervement.

— Est-ce que tu m'as comprise, Valentin ? Je ne veux plus que tu m'écrives, que tu m'appelles ou même que tu me parles hors du cadre du boulot, répété-je, les dents serrées. Ai-je été assez claire ?

Cette fois, je n'ai pas juste parlé, j'ai grogné, agacée tant par son comportement hautain, que par l'émotion qu'il fait naître en moi.

Je ne comprends pas pourquoi je prends tout ça tellement à cœur. Mes appréhensions vont bien au-delà de mon inquiétude de le faire souffrir. On est passé au stade où son attitude me fait peur, d'autant plus que je n'arrive pas à comprendre à quel jeu il joue avec moi. Quoi qu'il en soit, je préfère éviter de savoir et je veux partir d'ici.

Les portes de l'ascenseur s'ouvrent sur madame Thillot, une gestionnaire de paie presque aussi ancienne que les murs, qui nous salue.

— Bonjour Marie-Rose et bonne année à vous ! Mademoiselle Rolland, je vous remercie d'être passé me voir, mais je crains de ne pouvoir donner suite à votre requête, malheureusement. Bonne journée quand même.

Il se retourne, puis ferme la porte de son bureau si vite que j'en reste bouche bée devant la vieille dame. Clairement, il vient de me dire qu'il ne me laisserait pas tranquille.

Mon portable vibre dans ma poche. Machinalement, je le sors pour regarder le message qui vient d'arriver. Je prie pour que ce soit Tom, j'ai besoin de sentir sa présence, ne serait-ce qu'à travers un écran de portable.

Quand je m'aperçois que le destinataire n'est autre que Valentin, j'imagine son sourire narquois en train de m'envoyer son putain de SMS. Plutôt que de le lire, je l'efface directement. Je ne veux plus rien avoir à faire avec ce mec, car c'est évident maintenant, un truc ne tourne pas rond chez lui.

Je salue à nouveau la secrétaire qui me dévisage et me dirige vers mon bureau. La seule chose dont j'ai besoin maintenant, c'est de Tom qui ne va pas tarder à arriver, et peut-être d'un café bien corsé pour apaiser l'incendie qui brûle en moi et qui est prêt à tout ravager.

À 9 heures, alors qu'il est le premier à entrer dans la salle de réunion, je prends une grande inspiration comme si, inconsciemment, j'avais arrêté de respirer depuis mon entrevue avec Valentin. En prenant place, il me regarde, interrogateur, pendant que je lui souris pour donner le change.

Pendant toute l'heure que dure cette fichue réunion où j'évite de croiser le regard de Valentin qui nous expose les projets de ce début d'année, je tente d'esquiver les coups d'œil de Tom qui analysent chacun de mes mouvements. Je suis sûre qu'il va me demander des explications dès que l'on sera seuls et je n'ai aucune idée de ce que je vais pouvoir lui sortir. Ce qui est sûr, c'est qu'il est hors de question de lui avouer que Dumas m'a fait flipper et qu'il n'est pas prêt à se faire à l'idée que rien ne se passera entre lui et moi.

Tout sourire, Valentin annonce la fin de la réunion. Sans attendre une quelconque autorisation, j'embarque mes affaires pour sortir de cette pièce qui m'étouffe. En chemin, j'alpague Hélène pour un débrief rapide dans mon bureau.

Tout en la questionnant sur ses vacances, j'essaie de faire durer la conversation afin de retarder une probable confrontation avec mon copain. Si je réussis à l'esquiver maintenant, peut-être aurais-je au moins jusqu'à ce soir pour trouver un bobard à lui dire.

Peine perdue, Hélène s'empresse de quitter la pièce quand Tom frappe à ma porte. Sans un mot, il se rapproche de mon bureau après avoir fermé derrière lui. En me fixant avec insistance, il s'assied en face de moi, une jambe posée sur l'autre, prêt à m'écouter. Bien que j'essaie de faire comme si tout allait bien, je sens au fond de moi que je ne suis pas prête à avoir cette conversation sans flancher. Alors, pour éviter une telle catastrophe, je baisse la tête, puis me gratte le front nerveusement.

Au bout de longues secondes de silence pesant à observer mon cinéma, il finit par me dire :

— Em, tu vas me parler de ce qui ne va pas ou tu préfères qu'on joue aux devinettes ?

Quand je relève le regard vers lui et que je l'affronte enfin, mon cœur se serre et les larmes me montent aux yeux. Je ne dois pas pleurer ! Non il ne faut pas que je pleure. Putain, mais pour quelle fichue raison ai-je envie de pleurer ?

4 JANVIER - THOMAS

Murée dans le silence, le regard fuyant, elle me cache quelque chose j'en mettrais ma main à couper. Pendant toute la réunion, j'ai bien remarqué qu'elle était en mode pilotage automatique. Même Ali l'a trouvée bizarre et voulait la questionner à la fin, mais elle est partie trop vite.

Ali, c'est un mec sympa dans le genre beau gosse qui a la cote au boulot. Il sait qu'il plaît beaucoup à ces dames et je suis même quasi sûr qu'il est venu en RH pour draguer des petites secrétaires. Je ne lui parle pas beaucoup, nous n'avons pas grand-chose en commun, mais c'est un gars sympa. Par contre, ce qui me rend dingue, c'est qu'il s'est mis en tête de séduire Emma et que tous les prétextes sont bons pour aller lui parler. Je le laisse faire pour ne pas nous griller, mais dès que je pourrais avoir la possibilité de lui mettre un stop, je ne m'en priverais pas.

Emma se mordille la lèvre, sa mâchoire tremble imperceptiblement. Si je ne la connaissais pas, je n'y aurais vu que du feu. Sauf que j'ai appris à reconnaître la moindre de ses expressions. J'ai compris son fonctionnement, son langage corporel, et je sais que là, si elle tarde à répondre à ma question, c'est parce qu'elle se retient de pleurer.

— Tout va bien, Tom. Je suis juste un peu fatiguée, je t'ai dit que je n'avais pas bien dormi cette nuit.

Elle ment. Je vois très bien qu'un truc cloche, mais je ne veux pas la faire craquer. Pas ici.

— Ouais, OK ! soufflé-je, très peu convaincu. On en reparlera ce soir.

Je me lève et dépose un bref baiser sur son front pour la rassurer. Quoi qu'il puisse lui arriver, elle doit savoir que je suis là pour elle.

— OK, rétorque-t-elle d'un ton las.

Après un sourire timide, elle me regarde quitter la pièce. Je n'ai pas dit mon dernier mot.

J'ai pensé à elle jusqu'à maintenant, essayant de chercher ce qui avait pu la mettre dans cet état. Je n'ai pas réussi à trouver beaucoup de raisons à tout ça. En réalité, j'en reviens toujours à la même, car je n'en vois qu'une seule de plausible : Dumas.

Au self de midi, j'ai bien vu comme il l'a regardée et comme elle l'a esquivé. Je ne sais pas ce qu'il lui a dit ou fait, mais qu'il la touche et je lui explose la gueule à ce connard. Son air suffisant me débecte tellement que lorsque j'arrive devant mon adversaire sur le ring de boxe, je m'imagine que c'est lui. Lui qui drague ma meuf, qui la gêne et la perturbe. Alors je frappe... Crochet du gauche, droite dans les côtes... Je n'arrive pas à m'arrêter. Je veux l'envoyer au tapis avec tellement de hargne que le dernier uppercut que je lui assène le met K.-O.

Quand le gars tombe au sol, je reprends enfin mes esprits et réalise que ce n'était pas Dumas, mais un pauvre mec qui ne pensait pas se prendre une telle raclée ce soir. Tandis que je l'aide à se relever, honteux de mon comportement, il essuie sa lèvre ensanglantée d'un geste de l'avant-bras.

— Désolé, je me suis laissé emporter ! m'excusé-je en tapant mon gant contre le sien en guise de salutations.

— Mauvaise journée ?

— On peut dire ça.

Je le laisse se remettre du combat, puis sors du ring pour aller me défouler tout seul. Dans un coin de la salle, entre deux miroirs, j'empoigne la corde à sauter accrochée au mur. Je ne connais rien de mieux que cet accessoire pour me vider la tête. Enfin si, le sexe, c'est pas mal non plus, mais pour le moment, je n'ai que cette corde pour passer mes nerfs.

Elle tourne au-dessus de moi, encore et encore, jusqu'à ce que je sois hors d'haleine. Je la laisse tomber au sol d'épuisement et m'adosse contre le mur tout près pour reprendre ma respiration.

La boxe a été tellement libératrice depuis la mort de Lewis. J'ai pris l'habitude de venir mettre des coups dans un punching-ball dès que le surplus d'émotion commençait à m'étouffer. Aujourd'hui, plus qu'un simple exutoire, ce sport est devenu une addiction pour moi. Il m'aide à me libérer de mes angoisses, à canaliser mon énervement. Ça m'a surtout servi de nombreuses fois à éviter que je ne fracasse un mec qui me prenait la tête. J'ai besoin de la salle, de sentir l'odeur du cuir de mes gants, de frapper fort dans le sac jusqu'à l'épuisement. J'en ai besoin, car quand je sors d'ici, je sens mon corps plus léger, ainsi que mon esprit moins embrumé.

Et après une bonne douche, je me sens fin prêt à rentrer à la maison pour affronter ma Boucle d'or. Qu'elle le veuille ou non, elle devra cracher le morceau puisque je ne lâcherai pas l'affaire !

Après avoir tourné autour du pot toute la soirée, Emma s'apprête à aller se coucher. Elle a été distante avec moi, elle sait que j'attends qu'elle parle, mais elle reste dans ses retranchements.

J'ai envie de la coller dans un coin jusqu'à ce qu'elle me dise enfin ce qui ne va pas, mais en même temps, je ne désire pas l'affoler ou risquer qu'elle se renferme encore plus.

— Em, tu vas me prendre pour un con longtemps ? lancé-je alors qu'elle enfile son shorty de pyjama.

Ses jambes dénudées me rendent fou, cependant, je ne dois pas me laisser dissiper. Je la retiens par le bras et l'oblige à s'asseoir à côté de moi sur le lit.

— Arrête un peu, tu commences à me gonfler avec tes questions. Je t'ai dit mille fois aujourd'hui que tout allait bien et que j'étais simplement fatiguée. Crois-moi, bordel !

— Je sais qu'un truc te tracasse et je ne comprends pas pourquoi tu ne me parles pas. C'est moi ? J'ai fait quelque chose de travers ?

Je sais pertinemment que ce n'est pas moi. Tout est tellement parfait depuis notre séjour à New York, toutefois, plein de vices, je prêche le faux pour connaître le vrai. Elle passe sa main sur ma joue pour me rassurer.

— Mais non, bébé, bien sûr que non ! Je suis juste un peu préoccupée. La reprise, le boulot... Tout est tellement différent de ce qu'on a vécu pendant les vacances que j'ai l'impression d'avoir à me réhabituer à vivre dans le secret. Je trouve ça difficile si tu veux savoir.

— Oui, ça l'est pour moi aussi, mais on va surpasser ça, Em. On est plus fort que ça.

Malgré ses réponses qui tiennent la route, je la serre dans mes bras avec cette intuition persistante qu'il n'y a pas que ça.

— Dumas t'a parlé aujourd'hui ? ajouté-je pour creuser un peu.

— Je l'ai croisé rapidement au self, mais je ne lui ai pas parlé. Je n'ai pas envie qu'il se fasse de fausses idées sur mes intentions.

— Tu me le dirais s'il avait dit ou fait quelque chose de déplacé ?

— Oui, Tom, je te le dirais ! souffle-t-elle, accompagnée du premier sourire de la soirée. Ne t'inquiète pas pour lui, c'est de l'histoire ancienne.

Elle vient se mettre à califourchon sur mes genoux. Je sais qu'elle cherche à faire diversion, cependant je la laisse faire. Si elle est stressée et qu'elle a besoin de sentir que je suis là pour elle, alors je dois lui montrer que c'est le cas. De toute manière, avec un tel comportement, je comprends qu'elle ne parlera pas plus ce soir. En revanche, ce qui est sûr, c'est que moi, je vais être aux aguets de tout ce qui se passe au bureau à partir de maintenant. Si ce connard est la cause de ses tourments, il ferait mieux de ne pas croiser mon chemin.

14 FÉVRIER – THOMAS

— Vous cherchez quoi exactement ? Plutôt un collier ou un bracelet ?

C'est ma dernière chance. Si je ne trouve pas ici, alors je ne trouverais rien. J'ai dû faire tous les bijoutiers des *Galeries Haussmann*, toutefois, je n'ai pas encore eu le coup de cœur. Symboliquement, je veux que ce bijou me coupe le souffle tout comme Emma me l'a coupé ce soir de juin où je l'ai vue entrer dans le bar. Et pour le moment... Rien n'est à la hauteur de ma Boucle d'or.

Je sais que la Saint-Valentin est une fête commerciale, mais cette année, et pour la première fois de ma vie, j'ai envie de la fêter. Je n'ai rien prévu de spécial, surtout que ça tombe en plein milieu de semaine, en revanche, j'ai quand même envie de marquer le coup : petit dîner romantique, cadeau dans une jolie boîte et nuit torride... Je ne suis pas un spécialiste en la matière, mais il me semble que ça correspond assez bien à une Saint-Valentin réussie.

— Je ne sais pas trop ce que je recherche. Je marche surtout au coup de cœur.

La vendeuse de chez *Cartier* me regarde comme si elle venait de croiser son prochain quatre heures. J'ai la nette impression qu'elle me trouve à son goût. Grande et svelte, un corps digne d'un top model, n'importe quel homme aimerait la mettre dans son lit, pourtant, elle ne me fait aucun effet. Avant Emma, j'en aurais profité à mort, seulement là, je la regarde à peine, préférant continuer de chercher ma perle rare dans les vitrines luxueuses.

Mes yeux scrutent chaque bijou jusqu'à ce que j'aperçoive cette petite bague en forme de cœur. Je la montre du doigt à la vendeuse qui la sort de la vitrine.

— Très joli modèle, vous avez beaucoup de goût. C'est une bague en or rose, sertie d'un diamant taillé. La forme de cœur est idéale pour célébrer la fête des amoureux, c'est une petite chanceuse.

Son sourire est sans équivoque, elle me fait du rentre-dedans. Ma belle, je suis navré, mais mon cœur est pris.

Une main s'abat sur mon épaule et me fait sursauter. Quand je me retourne sur un Dumas, tout sourire, je ne peux m'empêcher de frissonner comme si je voyais un revenant. J'avais presque oublié son existence depuis la rentrée. Il faut dire qu'il a été pas mal absent du bureau, l'enfoiré. Heureusement que Loris était là pour gérer à sa place.

De plus, le peu de fois où il nous a honorés de sa présence, Emma avait pris ses distances avec lui, et de ce que j'ai pu constater, il n'a ni cherché à la croiser ni tenté quoi que ce soit. En tout cas, rien qui ait pu chagriner Emma, car je ne l'ai jamais revue dans le même état que celui dans lequel elle était le jour de la reprise en janvier.

— Monsieur Vidal ! On vient faire un cadeau à sa petite copine ? me demande-t-il, agrémenté d'un sourire faux-cul.

La vendeuse nous interrompt pour me demander si je désire acheter la bague. À peine ai-je confirmé mon choix qu'elle s'empresse d'aller me faire un paquet.

— Non, pas vraiment. C'est l'anniversaire de ma mère dans quelques jours.

Mon mensonge est délibéré, inutile de lui laisser entendre que quelqu'un partage ma vie, et encore moins Emma.

Dans son coin, la vendeuse ne perd pas une miette de la conversation, elle me jette un coup d'œil aguicheur qui me laisse de marbre.

— Petit veinard ! annonce-t-il gaiement en regardant la nana comme si nous étions potes. Moi, je suis venu avec mon épouse. Je préfère quand c'est elle qui choisit son cadeau, au moins je suis sûr de ne pas me tromper et de ne pas me faire engueuler à la maison.

Il se met à rire de façon très théâtrale avant de faire signe à une femme de nous rejoindre pour combler mon silence.

L'épouse en question est plutôt jolie, toutefois, je n'aurais pas parié qu'elle puisse être son genre. Elle est plus petite que lui de deux bonnes têtes et plutôt ronde. Blonde comme les blés, elle arbore des cheveux bien trop longs pour une femme si petite, surtout qu'ils lui cachent une partie du visage. Son regard est aussi terne que son teint, comme si toute joie de vivre l'avait désertée, pourtant, elle se force à sourire pour faire bonne figure.

Elle est accompagnée d'un petit garçon qui ressemble comme deux gouttes d'eau à son père, le regard angélique en plus.

— Thomas, je vous présente Sophie, ma femme. Et mon fils, Adam.

Il pose sa main sur mon épaule comme pour me montrer qu'il me fait l'honneur de partager un morceau de sa vie avec moi, et que de ce fait, nous sommes proches dorénavant. Par politesse, sa femme me fait la bise, mais je sens bien que le cœur n'y est pas. Je me présente à mon tour en ébouriffant les cheveux du petit garçon, et les observe tous les deux.

Mon premier constat est que madame Dumas a l'air d'être une femme timide et craintive. Rien à voir avec le genre de femme qui pourrait péter un plomb parce que le cadeau que son mari a choisi ne lui plaît pas. Étrangement, elle garde même une distance avec Dumas qui la tire contre lui, malgré elle. Elle n'a pas l'air à l'aise et n'ose pas me regarder. Lui parle, parle encore pour expliquer à son épouse que je suis l'héritier Vidal et que mes parents sont les meilleurs employeurs dont on peut rêver.

La vendeuse, toujours aux aguets, me bouffe du regard. J'en profite pour lui faire un signe de tête afin qu'elle se manifeste et me sorte du long monologue du directeur.

— Monsieur, votre paquet est prêt ! lâche-t-elle après de longues secondes à lui faire comprendre mon besoin.

Je hoche la tête pour lui signaler que j'arrive, me notifiant mentalement de lui laisser un bon pourboire pour le service qu'elle vient de me rendre sans même le savoir.

— Je suis désolé de devoir vous laisser. Enchanté d'avoir fait votre connaissance, madame Dumas.

— Tout le plaisir est pour moi, déclare-t-elle avec un sourire franc et chaleureux alors que son mari se racle bruyamment la gorge pour qu'elle se taise.

Obéissante, elle se renfrogne immédiatement, puis baisse de nouveau les yeux au sol. Cette femme ne respire pas le bonheur, bien au contraire. La première impression qu'elle dégage ressemble plus à de la crainte et ne fait que confirmer l'intuition que j'ai sur ce mec. Il n'y a pas qu'à Emma qu'il fait peur. Raison de plus pour qu'elle ne lui adresse plus jamais la parole.

Il me salue à son tour avant de prendre congé et de me laisser avec la vendeuse qui m'attend à la caisse.

— Merci, lui dis-je calmement. Je ne savais pas comment m'esquiver.

Elle glousse et rougit.

— C'est donc pour votre maman, monsieur Vidal ? Elle va être ravie, c'est un beau présent.

— Non, elle n'est pas pour ma mère. Je n'avais juste pas envie de m'étaler sur ma vie privée avec cet homme. C'est bien pour ma copine. Je voudrais la demander en mariage.

Si Emma était là et voyait que je raconte des bobards à tout va, je me prendrais une brasse mémorable, mais je le fais pour la bonne cause ! D'une part, j'évite toute tentative de drague sans être désobligeant avec cette vendeuse, et d'autre part, je protège notre relation. Et puis, c'est un demi-mensonge. Je compte bien l'épouser. Pas tout de suite, c'est sûr. Mais… un jour !

La vendeuse me tend le sac siglé avec un sourire forcé, probablement déçue de ne pas avoir pu mettre la main sur un petit héritier beau-gosse. Sans prétention. Je la remercie et sors des *Galeries*, heureux d'avoir pu trouver le cadeau parfait pour Emma. Dehors, j'aperçois Dumas et sa femme qui s'apprêtent à traverser la rue. Il a l'air de l'engueuler. Son visage est dur, presque furieux, alors qu'elle regarde le sol en maintenant son fils tout contre elle. Mon cœur se serre. Je ne sais pas pourquoi, mais cette femme me fait de la peine.

J'avance derrière eux vers le passage piéton. Il y a du monde et j'en profite pour me faufiler en toute discrétion, caché par la foule.

Ma curiosité malsaine me pousse à tendre l'oreille alors que je ne regarde qu'elle.

— Fais un effort Sophie quand je te sors, grogne-t-il, les dents serrées. Tu ne te rends pas compte de qui est ce gosse. Tu n'as aucun charisme, tu me fais honte. Et puis redresse-toi, déjà que tu es grosse, tu ne vas pas en plus ressembler à une vieille.

Tandis qu'il la pousse en avant au moment même où une voiture les frôle, je manque de crier pour la prévenir. Passé inaperçu à cause du bruit environnant, je me concentre à nouveau quand il reprend :

— Putain, pourquoi je reste avec toi ? Je pourrais avoir tellement mieux...

Le feu passe au vert. Bousculé par la foule, je ne réussis pas à les suivre tant ils s'éloignent de moi en vitesse. Malgré tout, même à bonne distance, je comprends à leurs expressions du visage à tous les deux, qu'il est encore en train de lui faire des reproches.

Ma gorge est nouée de constater à quel point ce mec est un salaud. Je réalise à présent à quel point il peut vraiment être dangereux tant tout chez lui semble être malsain.

Je sors mon téléphone de ma poche et compose un numéro :

— Salut, papa, c'est moi. J'ai un truc à te demander. Tu as pu te procurer les renseignements que je t'avais demandés sur Dumas ?

— C'est en cours, fiston. Pourquoi, il y a un problème ?

— Je ne sais pas encore, mais fais-le s'il te plaît. J'aimerais vraiment en savoir plus sur lui. Je le sens mal, ce mec.

14 FÉVRIER – EMMA

L'odeur qui emplit mes narines quand je rentre me met l'eau à la bouche. La journée a été éreintante et poser mes chaussures est presque orgasmique. Je n'ose même pas imaginer ce que ce sera quand je vais pouvoir enlever mon soutien-gorge.

— Je suis dans la cuisine, Em ! me crie Tom d'un ton enjoué.

M'empressant d'aller à sa rencontre pour rejoindre le réconfort de ses bras, il m'enlace fort et m'embrasse sur la tempe.

— Salut, beau gosse !

Je me love contre lui et profite du moment pour décompresser. Surprise qu'il ait eu le temps de faire à manger alors qu'il n'est pas parti si tôt que ça, je m'apprête à lui faire la remarque, mais me retiens. Finalement, je n'ai pas la force de lui demander pourquoi il est parti plus tôt, et encore moins ce soir avec cette odeur qui flotte dans l'air.

— Qu'est-ce qui sent si bon ? demandé-je, curieuse, en essayant d'ouvrir l'une des casseroles.

Il me tape doucement sur la main pour me dissuader de le faire.

— Surprise, ma petite bouclette..., rétorque-t-il en passant ses doigts dans mes cheveux. Tu vas devoir patienter jusqu'au dîner pour savoir. En attendant, un bain bouillant comme tu adores est prêt à t'accueillir.

Sans me consulter, il me tire par la main pour m'entraîner jusqu'à la salle de bains tandis que je reste bouche bée par tant d'attention. Je sais que c'est la Saint-Valentin, mais pour en avoir parlé une ou deux fois, j'avais cru comprendre que ce n'était pas du tout le genre de fête qu'il avait envie de célébrer. Alors pour ne pas avoir à la fêter le jour J, hier soir c'était moi qui étais aux fourneaux et qui lui ai offert mon corps avec un joli ruban rouge. La surprise a dû être à la hauteur pour qu'il change d'avis sur « ce truc commercial » comme il dit.

Quand il pousse la porte de la salle de bains, l'odeur de l'amande envahit la pièce. Il sait que c'est ma préférée, d'ailleurs, il adore sentir mon corps quand je sors du bain complètement imprégnée.

Aux petits soins, il entreprend de me déshabiller. Ses gestes sont d'une douceur exquise. Il fait glisser ma chemise le long de mes bras, puis dégrafe mon soutien-gorge avec seulement deux doigts. Je ne sais pas comment il arrive à faire ça, en tout cas l'effet est immédiat, je me sens enfin libérée de cet objet de torture. Il baisse mon jean, je commence à me dire que ce bain ne devrait pas être si innocent, mais, contre toute attente, il ne tente rien et continue à me déshabiller méticuleusement. Profitant de l'instant, je me laisse faire dans le relâchement le plus total.

— Maintenant, belle inconnue, vous allez entrer dans cette eau pour vous délasser. Quand vous vous serez assez relaxée, vous pourrez m'appeler et je viendrai vous sécher.

Je hausse les yeux de surprise, toutefois, sans broncher, j'entre dans l'eau doucement avec l'aide de la main qu'il me tend. Une fois plongée dans le bain, je sens les sels qui me chatouillent la peau. Il me regarde et me fait un clin d'œil en baissant l'intensité des spots avant de s'éclipser pour me laisser seule dans ce havre de paix.

Du fond de l'appart, j'entends résonner un album de musique lounge, le genre de musique que j'adore écouter quand je sors. Le genre de musique qu'il y avait quand on s'est rencontré.

Je pose ma tête sur le rebord de la baignoire pour me laisser submerger par la douce odeur d'amande. L'eau est à température idéale. Je ferme les yeux pour profiter.

Ce moment de plénitude était pile ce qu'il me fallait pour relâcher la pression de la journée. Je ne sais pas comment fait Tom pour toujours savoir ce qui me fera un bien fou. Je me rends compte que j'ai trouvé ma perle rare, celui qui est fait pour moi à deux cents pour cent. Je bénis mentalement le jour où j'ai réalisé que je devais lui donner une chance. Ce même jour où j'ai mis un stop à Dumas.

Quelle intuition j'ai eue ce jour-là ! J'ai trouvé l'homme de ma vie et j'ai aussi évité le pire. D'ailleurs, aujourd'hui, Valentin m'a adressé la parole pour la première fois depuis plus d'un mois. J'avais bien remarqué ses regards appuyés ou ses tentatives d'approche, mais à chaque fois, j'ai changé de trajectoire pour l'éviter. Enfin, j'ai réussi à le faire jusqu'à ce matin quand je suis tombée sur lui à la machine à café. J'ai bien fait comme s'il n'était pas là, hormis un simple bonjour, j'ai pris soin de me mettre à l'écart le temps que mon café soit prêt, en revanche, lui a dû croire que c'était l'occasion idéale pour m'aborder à nouveau. Je n'oublierais pas la façon dont il m'a demandé quel cadeau je comptais lui offrir pour sa fête. Il a fait mine de rire quand des collègues sont passés à côté de nous, mais je sais qu'il était sérieux et qu'il attendait vraiment quelque chose de moi. Je peux encore ressentir le frisson qui m'a parcouru à ce moment-là.

Il faut dire que même s'il garde des distances correctes avec moi depuis janvier, il a tout de même tenté de me contacter quelques fois par SMS. Je les ai effacés dès réception, sans prendre la peine de les lire, car je n'étais pas vraiment sûre qu'ils soient très amicaux, et j'ai surtout essayé de ne pas péter un plomb. Même si ça bouillonne dans mon sang, je culpabilise toujours d'avoir été trop entreprenante avec lui et de lui avoir fait penser qu'une histoire était possible entre nous.

En plus, je n'ai toujours rien dit à Tom. Je me sens un peu ridicule de me confier maintenant alors que ça a commencé à New York. Il ne comprendrait pas pourquoi je ne lui en ai pas parlé plus tôt. Le mieux que j'ai à faire est de chasser ce type de mon esprit, de faire comme s'il n'existait pas. Pourquoi gâcher ma vie ou un moment si délicieux pour un mec comme lui quand mon prince charmant est là pour moi ?

Soudain en manque de lui, je me lève et appelle Tom comme il me l'a demandé. J'ai hâte de le laisser me sécher. En un quart de seconde à peine, il arrive avec un sourire radieux aux lèvres.

Prenant ma main pour m'aider à sortir de la baignoire, il me guide sur le tapis et m'enroule dans une serviette moelleuse. Nos regards se croisent dans le miroir alors qu'il me frotte doucement le dos. Quand je penche la tête sur le côté, je n'ai qu'une envie, c'est qu'il y dépose ses lèvres, et comme s'il lisait dans mes pensées, il le fait instantanément.

Tandis que je laisse tomber la serviette au sol, ses mains prennent ma poitrine en étau. Il me caresse doucement sans me lâcher des yeux. Ses pouces pincent la pointe déjà dure de mes tétons et je ne peux retenir un petit cri de plaisir. L'excitation que je ressens sous ses caresses se diffuse vite dans tout mon corps. Il m'en faut plus.

L'ambiance est érotique avec cette lumière tamisée, cette vapeur qui s'échappe de la baignoire, et toutes ces senteurs qui emplissent la pièce, seulement, rien n'est plus aphrodisiaque que son bassin collé contre ma peau... Un frisson parcourt mon corps alors que je me retourne pour me retrouver face à lui.

Remontant doucement son tee-shirt le long de ses abdominaux dessinés, j'observe sa mâchoire qui se crispe à mon contact. Tom est un très bel homme, il est même terriblement sexy, toutefois, ce qui m'excite le plus quand je l'observe, ce n'est pas son physique attrayant. Non, ce qui me met dans tous mes états, c'est cet air si mystérieux, si sérieux, que je saisis dans ses yeux quand il me regarde juste avant de ne plus arriver à se contrôler.

Et comme le signe annonciateur de ce qui m'attend, d'un geste rapide, il laisse tomber son short au sol pour me porter brusquement jusqu'au rebord du lavabo. La porcelaine froide sous mes fesses me donne la chair de poule et contraste avec le feu qui s'empare de lui. Ses caresses me brûlent la peau, l'atmosphère est beaucoup trop chaude pour se laisser aller à des préliminaires de longue durée.

J'ai faim de lui. Une faim insatiable. Sans un mot, juste par un échange de regard, il me comprend et me pénètre d'un coup, me laissant le souffle court.

Absorbé par le reflet de mon dos dans le miroir, j'attire son attention en cherchant sa bouche. Trop concentré sur ce qu'il voit, il empoigne mes cheveux pour renverser ma tête en arrière. J'attends ses baisers sur ma gorge, mais il ne fait rien. Il continue de nous observer dans le miroir, ce qui m'excite davantage.

Ma respiration est saccadée face à ses coups de bassin puissants. Son rythme de métronome est si soutenu que je n'arrive plus à suivre la cadence. Mon corps se contracte de plus en plus fort, trop vite pour pouvoir me délecter encore de ses assauts. J'ai l'impression qu'il entre au plus profond de moi, m'emplissant complètement, m'embarquant dans des sensations qui me font perdre la tête. Sans même m'en rendre compte, je plante mes ongles dans ses fesses, pour l'attirer toujours plus profondément. Il ne me faut que quelques minutes pour atteindre le point de non-retour. Impossible de contenir les gémissements qui emplissent la pièce et lui donnent le feu vert pour enfin se laisser aller en moi.

Tandis qu'il s'écroule sur ma poitrine, le visage enfoui dans mon cou, mes mains le maintiennent serré contre moi. Haletant, il relève la tête, tout sourire… Cette fois, c'est sûr, la Saint-Valentin est sa nouvelle fête préférée, et ce, malgré le nom qu'elle porte.

Quand je le rejoins dans le salon, la musique de fond résonne toujours dans la pièce. Tom a déjà dressé la table. Repas romantique à la bougie avec… une seule assiette ! Pourquoi juste une ? Au moment où je m'apprête à le lui demander, il pose sa main sur ma bouche pour me faire taire avant de me conduire à ma place.

Il tire ma chaise, puis la replace une fois que je me suis assise. Un verre de champagne est déjà servi, il me le tend pour trinquer avec lui.

— À notre première Saint-Valentin, Em. Et à toutes celles qui suivront.

Je répète ses mots et claque mon verre contre le sien. Ses yeux pétillent autant que les fines bulles qui virevoltent dans nos coupes. Après avoir bu une goutte de nectar doré, il récupère l'unique assiette qui trône sur la table en me lançant un clin d'œil avant de disparaître en cuisine.

Quand il revient, je ne peux me retenir de rire.

— Ce soir, j'ai décidé de réaliser un de tes rêves de petite fille fleur bleue.

Armé de son sourire resplendissant, il sait, de par l'air niais qui émane de mon visage, qu'il m'a touchée et que je suis bouche bée par tous les efforts qu'il a fournis.

Il me prend la main et l'embrasse en posant l'assiette entre nous deux. Le plat de spaghettis sent tellement bon que j'en salive presque.

— Comme dans *La belle et le clochard* ? demandé-je, étonnée.

— Tu m'as dit une fois que c'était ton dessin animé préféré et que tu rêvais de vivre un repas aussi romantique... Surprise !

— Oh, c'est trop génial, Tom ! C'est vraiment parfait, mon cœur ! En fait, c'est toi qui es parfait, j'ai tellement de chance de t'avoir près de moi, déclaré-je en sentant l'émotion érailler ma voix.

— T'as eu du bol, lance-t-il avec un clin d'œil. Mais pour être honnête, je dirais plutôt que c'est moi qui suis chanceux d'être tombé sur toi !

Il pique une boulette de viande pour me la proposer, je croque dedans avec plaisir. Nous mangeons nos spaghettis avec appétit, jusqu'à ce qu'arrive la scène tant attendue, le grand final.

Dans un mouvement bruyant et plus que salissant, le dernier spaghetti nous rapproche jusqu'à ce que nos lèvres se collent. Le fou rire qui nous prend n'a plus rien de romantique. Tom a la bouche couverte de sauce tomate et je ne dois guère être mieux que lui. La scène doit être ridicule à souhait, pourtant, je me sens comblée par toutes ces niaiseries. Comment le moment pourrait-il être plus merveilleux ?

C'est à ce moment-là qu'il me sort une petite boîte de dessous une serviette que je n'avais pas remarquée jusqu'alors.

— Je sais que je t'ai dit que je n'aimais pas la Saint-Valentin, mais en réalité, depuis toi, j'ai envie de croire qu'il existe réellement une fête pour les gens qui s'aiment.

D'une main tremblante, il me tend l'écrin sans oser ciller. Ma gorge est si sèche que je finis ma coupe cul sec, et tout aussi émue que lui quand j'ouvre mon cadeau, je retiens mon souffle en découvrant son contenu. Au centre du velours rouge grenat, une bague en forme de cœur scintille de mille feux sous mes yeux ébahis.

— Elle est splendide, Tom ! Je l'adore ! Merci... Merci, m'exclamé-je en me jetant à son cou pour l'embrasser.

Impossible de détourner mes iris de cette merveille tant elle est sublime. Ce n'est qu'un bijou, pourtant, cette bague me touche tant par sa simplicité que par sa pureté. Elle pourrait être juste belle, mais il y a un je ne sais quoi qui la rend singulière, un éclat particulier dans la pierre qui orne le centre du cœur et qui la rend unique.

Avec précaution, Tom la retire de sa boîte et l'enfile à mon doigt. L'emplacement qu'il a choisi n'est pas anodin. Il me regarde et je sais qu'il l'a fait exprès. Dans le sourire qu'il me lance, je sens immédiatement qu'il avait pensé à mettre plus d'intentions dans ce bijou. Je suis heureuse qu'il ne l'ait pas fait cela dit, je ne me sens pas prête pour ce genre de demande, même si je suis certaine d'avoir envie de faire ma vie avec lui.

Après tant d'émotions, la soirée se poursuit dans les rires et les câlins. Une soirée tendre et parfaite… Enfin jusqu'à ce qu'il aborde le sujet qui me mine depuis des semaines :

— Au fait, j'ai croisé Dumas en faisant les bijoutiers tout à l'heure.

Rien que d'entendre ce nom, j'en ai la chair de poule. Pourquoi veut-il gâcher notre moment si idyllique en parlant de cet homme qu'il déteste autant que moi ?

— Ah…, rétorqué-je en feignant l'indifférence. Qu'est-ce qu'il faisait ?

— Il cherchait un cadeau pour sa femme.

Je fronce les sourcils. Tom a dû se tromper. Impossible que Valentin puisse choisir un cadeau pour sa femme, elle est morte. À moins que... Non, il n'aurait quand même pas osé inventer un tel bobard !

— Il t'a raconté des conneries, sa femme est décédée et il élève seul son fils.

— C'est lui qui te l'a dit ?

— Oui, c'est lui. Personne ne pourrait oser mentir sur ce genre de chose.

— A priori, ça ne lui pose pas de problème, à lui. Sa femme était là, il me l'a présentée, elle et leur fils.

Je suis choquée par ce que j'entends. C'est impossible ! Quel enfoiré sans cœur pourrait inventer que sa femme est morte juste pour se taper une autre gonzesse ? J'avale difficilement ma salive tant la colère me monte au cerveau, et sans le vouloir, les mots m'échappent :

— Putain, mais quel connard ! C'est un sacré enfoiré, il me dégoûte ! Il était prêt à inventer la mort de sa femme juste pour essayer de me sauter. Mais c'est dégueulasse, putain !

Je crie presque tellement je suis énervée. Tom me regarde d'un drôle d'air.

— Pourquoi tu te mets dans cet état ? Il ne s'est rien passé alors tu n'as rien à te reprocher, Em.

— Non, je n'ai rien à me reprocher, mais lui oui !

Prise dans mon élan de rage, je récupère mon portable sur la table basse et le lui tends pour lui montrer les anciens messages que j'ai gardés.

Tom fait défiler les SMS, son visage devient dur. Ses joues s'empourprent et la colère qui monte en lui est presque aussi palpable que la mienne.

— C'est quoi tout ça, Emma ? Il y a au moins une cinquantaine de messages. C'est quoi ce bordel ?

— Quarante-deux, et encore, j'en ai effacé !

— Quoi ? Quarante-deux !

— Oui, quarante-deux. Ça a commencé quand on était à New York, lui avoué-je, honteuse de me retrouver face à lui, face à mes mensonges.

— Pourquoi tu ne m'as rien dit ?

— Je... Je ne sais pas trop. Tu avais déjà pas mal de choses à gérer avec tes parents et je ne voulais pas t'ennuyer avec ça. Je lui ai ordonné de me foutre la paix au retour de vacances, ce qu'il a plus ou moins fait puisqu'il a continué à m'envoyer des SMS.

Tom passe sa main dans ses cheveux d'un geste nerveux. L'air grave que je déchiffre sur son visage n'augure rien de bon, toutefois, je ne saurais dire s'il semble en colère contre moi ou contre notre supérieur.

— Putain, mais Emma…, gronde-t-il d'une voix féroce avant de plonger son regard anxieux dans le mien. Tu aurais dû me le dire, ce n'est pas rien tous ces messages. Demain, je vais le voir et je lui explose la gueule à ce fils de pute !

— Tu ne vas pas faire ça, Thomas. Ce n'est pas ton problème et je gère la situation !

— C'est pas mon problème ? s'offusque-t-il en tapant sur la table basse. Bien sûr que si c'est mon problème puisque ça te concerne ! Emma, je ne plaisante pas. Ce mec est dangereux, je le sens. Si tu l'avais vu parler à sa femme..., déclare-t-il avant de s'arrêter pour réfléchir encore un instant... Je t'interdis de retourner le voir ou de le laisser t'approcher, Em, c'est bien clair !

— Mais tu t'entends, Tom ? Tu te prends pour qui ? Pour mon père ! Tu n'iras pas lui casser la gueule, tu ne peux pas te permettre une telle absurdité et tu le sais aussi bien que moi. Carl…

— Carl ? me coupe-t-il en me jetant un regard noir. Rien à foutre de ternir l'image des Vidal si je dois péter la tête d'un connard qui te harcèle, Emma. En plus, mon père comprendrait très bien, car je lui ai déjà parlé de Dumas. Je lui ai dit que je ne le sentais pas !

— Ne me dis pas que tu lui as demandé de se renseigner sur lui ! Tom ! Si Valentin apprend pour nous, on risquera tous les deux notre carrière !

— Il n'en saura rien. Mon père fait appel à une équipe de professionnels, pas à des rigolos, Emma.

— Et alors ! Je suis assez grande pour régler cette histoire toute seule. Je ne veux pas que vous vous en mêliez, c'est clair ! Dès demain, j'irais lui parler et je lui dirais qu'il doit arrêter ou sinon je balancerais tout à sa femme.

— Je t'interdis de t'y rendre seule, je n'ai pas du tout confiance en ce type. Je viendrai avec toi.

— Hors de question, j'irai le voir à la première heure et je le mettrai devant le fait accompli. Mais si ça te rassure, je t'appellerai tout de suite après d'accord ?

— J'aime pas ça, Emma. J'aime pas ça du tout.

— Je comprends, confirmé-je en caressant sa joue pour le calmer. Mais laisse-moi juste une dernière chance de lui mettre les points sur les i, et si ça ne fonctionne pas, tu pourras lui casser la gueule !

— Promis ?

— Promis !

Après un temps qui me paraît être une éternité, Tom approuve enfin. Éreintée par cette discussion houleuse et dégoûtée que cet enfoiré ait réussi à gâcher notre soirée, j'embarque mon homme avec moi dans la chambre pour me coucher près de lui.

Là, bien à l'abri entre ses bras, je me prépare pour la confrontation du lendemain. La Saint-Valentin n'aura jamais aussi bien porté son nom... Qu'il se tienne prêt, car ce qui est sûr, c'est que demain, ça va vraiment être sa fête.

15 FÉVRIER - EMMA

Ma nuit est agitée. Les informations que j'ai prises en pleine face tout à l'heure tournent en boucle dans ma tête. Comment peut-on être à ce point sans cœur pour inventer la mort d'un être cher juste pour fourrer sa queue quelque part ? Je suis écœurée par tout ça. Par lui. Je fais cauchemar sur cauchemar.

À chaque fois, je vois la femme de Valentin me dire de m'enfuir, mais je n'y arrive pas, car je suis effrayée par cette dame sans visage, et j'ai les mains ligotées dans le dos.

Quand je me réveille en sursaut pour la dixième fois, je me rends compte que mon alarme est sur le point de sonner. Épuisée, je me lève et me prépare, tant bien que mal, déterminée à régler son compte à ce mytho.

À partir d'aujourd'hui, je vais enfin me libérer de son regard oppressant ou de ses messages tordus, et s'il ne lâche pas l'affaire, sa femme sera vite mise au courant des agissements de son cher et tendre.

Partie de l'appartement sans un bruit, j'arrive en trombe dans le parking, plus énervée que jamais. Sa voiture n'est pas garée à sa place habituelle. Merde ! Il n'est pas là. Je me suis dépêchée pour rien. Voilà de quoi me mettre encore plus en rogne ce matin, même si ça me laisse un peu plus de temps pour me préparer à la confrontation. Surtout que malgré le milliard de scénarios où je le mettais K.-

O., technique que je me suis fait dans ma tête, je ne suis pas certaine de réussir à affronter son regard menaçant. J'espère que j'aurais quand même assez de punchlines et d'aplomb quand je me présenterais devant lui, car j'ai vraiment envie qu'il se sente minable, qu'il se dise qu'il n'est qu'une merde d'avoir fait ça à sa femme.

Après avoir franchi les portes de l'ascenseur, je jette un bref coup d'œil à la salle de pause pour m'assurer qu'il ne s'y trouve pas. Néant. En revanche, Loris est là, accoudé à la machine à café, la gueule enfarinée. Comme il ne m'a pas vue, je ne m'attarde pas, je ne suis pas d'humeur pour les politesses du matin. Je préfère largement rejoindre mon bureau et m'isoler pour me calmer un peu avant que ce soit l'effervescence.

En arrivant devant ma porte, je la trouve déjà entrouverte. D'habitude, je la ferme toujours en partant, mais une des dames de service a dû zapper de la refermer. Quand j'entre dans la pièce, Valentin est là, assis sur mon bureau, une rose rouge dans les mains. Il me sourit alors que moi je dois probablement virer au rouge.

— Tu es bien plus matinale d'habitude, Em... Ça fait un moment que je t'attends.

Avec prestance, il se lève et s'avance vers moi, balançant sa rose sous mes yeux. Je serre les mâchoires. Même si j'ai une furieuse envie de l'insulter, je me retiens de péter un plomb, respirant calmement pour ne pas lui montrer que rien que sa présence me fait peur à présent.

Le sourire qu'il me fait en me tendant la rose quand il arrive devant moi, me donne froid dans le dos. Il a l'air si sûr de lui, si suffisant.

— C'est pour toi, Emma. Bonne Saint-Valentin...

D'un coup d'œil rapide, je regarde derrière moi en envisageant de prendre la fuite quand il me tend sa fleur. Mais prise d'une pulsion malsaine, je la prends d'un geste brusque. Au lieu de lui dire merci comme il s'y attend, je la jette au sol et la piétine sous ses yeux offusqués.

Pleine de confiance, je m'approche près de lui, très près. Si près que j'arrive à sentir son parfum entêtant qui me donne un haut-le-cœur. Une nouvelle poussée d'adrénaline s'empare de moi. Je me sens soudain redoutable, presque invincible, j'ai envie de l'écrabouiller, de le rendre plus minable qu'il ne l'est déjà. Pointant mon index accusateur sur son torse, je tape, une, deux et même trois fois afin qu'il ressente ma colère. Froide et déterminée, je lui balance :

— Écoute-moi bien, espèce de gros salopard ! Je ne veux plus que tu m'approches. Je ne veux plus que tu m'envoies de SMS. Garde tes mensonges pour ta femme et fous-moi la paix. Tu n'es qu'un pauvre mec, un sale menteur, tu devrais avoir honte de toi. Tu n'es qu'une merde, Valentin !

Il se décompose sous mes accusations. Je le vois blêmir sur place alors que moi je bombe le torse, victorieuse. Toute puissante, je lui assène le dernier coup. Le coup fatal.

— Si tu m'envoies un SMS de plus ou si tu essaies encore de me faire ce genre de plan merdique, je te préviens que je me débrouillerais pour que ta femme soit au courant de tout ton petit manège, c'est bien clair ? Et si ce n'est pas suffisant, si tu n'as toujours pas compris la leçon, on réglera ça chez les flics. Me suis-je bien fait comprendre ?

Il approuve d'un signe de tête furtif, puis se dirige vers la porte sans un mot, j'ai l'impression d'avoir gagné la guerre. Cet enfoiré va sortir de là comme un chien, avec la queue entre les jambes… Mais ce n'est pas le cas. Il reste planté dans l'encadrement de la porte, la tête baissée. Immobile.

La culpabilité s'empare de moi. Merde, je ne voulais pas le faire pleurer. J'hésite à lui parler jusqu'au moment où je comprends que ce ne sont pas des sanglots qui secouent ses épaules, mais bien des rires.

Quand il se retourne, son visage est tordu par la colère. Son sourire machiavélique déforme son visage et la lueur qui traverse ses yeux n'est plus celle d'un homme normal. J'ai l'impression qu'il s'est transformé, qu'il est devenu complètement fou, comme possédé.

Je recule contre mon bureau pour m'éloigner de lui, mais il me rejoint en trois courtes enjambées. Avec force, il me plaque contre le mur le plus proche du bureau en me coupant le souffle. Sa main presse mon menton et me maintient la tête alors que sa jambe s'est glissée entre les miennes pour m'empêcher de m'enfuir.

— Qui te l'a dit, espèce de petite garce ? me murmure-t-il dans l'oreille.

Je ne lui réponds pas, complètement tétanisée par ses doigts qui serrent désormais ma gorge.

— Qui te l'a dit ? crie-t-il en me faisant sursauter.

J'hésite un instant à lui répondre, mais je ne me démonte pas. Je ne veux pas qu'il s'aperçoive de la peur qui s'est emparée de moi. Alors, malgré mes dents serrées par la pression qu'il m'impose, je grogne :

— Je t'ai vu avec elle, sale connard mythomane.

Avec toute la force dont je dispose, je tente de dégager ses mains de mon cou, mais il me maintient si fermement que ça m'est impossible de les enlever. Pour le repousser, je n'entrevois qu'un moyen qui risque de le mettre encore plus en colère, mais qu'importe, je tente en lui crachant au visage. Il ne bouge pas d'un millimètre. Au contraire, son étreinte se resserre plus fort au point que je n'arrive presque plus à respirer. Et quand il écrase ses lèvres sur les miennes pour me voler un baiser, j'en viens à suffoquer.

Une voix dans le couloir le surprend et il me relâche enfin. Sous le choc de la violence de ses gestes, je tombe au sol, les yeux remplis de larmes. Je me frotte la gorge et serre les dents pour ne pas m'effondrer.

Juste avant de passer la porte pour ne pas se faire surprendre, il se retourne et déclare :

— Crois-moi, on n'en a pas encore fini, toi et moi, me lance-t-il d'un ton mauvais avant de quitter la pièce.

Sa voix menaçante me glace le sang. Il quitte la pièce, un sourire satisfait au visage alors que je reste au sol, tétanisée, l'esprit complètement retourné. Au loin, je l'entends discuter avec Loris. Et merde, Loris ! Si jamais il lui demande à quelle heure je suis partie hier, Loris pourra tout à fait remettre ma version des faits en cause. Valentin n'est pas con, il fera alors vite le rapprochement avec sa rencontre avec Tom.

Et Tom ? Putain, comment vais-je pouvoir lui expliquer ce qui vient de se passer ? Il m'avait prévenue de ne pas agir sans lui. Si je lui raconte, il va péter un plomb et aller le trouver. Je ne peux pas le laisser faire ça.

J'ai envie de rentrer chez moi, de me mettre sous ma couette et de ne plus jamais revenir ici, mais je ne peux pas me comporter ainsi. Je ne veux pas lui laisser croire qu'il a gagné, qu'il peut jouer avec moi comme avec une marionnette. Je dois me taire et tenir jusqu'à la fin du stage de Thomas, jusqu'à ce qu'il valide son année et que personne ne remette en doute son professionnalisme. Ma décision est prise. Personne ne saura rien de ce qu'il vient de se passer dans cette pièce.

Les mains tremblantes, je sors mon portable de ma poche, tout en essuyant la larme qui coule sur ma joue. Comme j'avais promis à Tom de le rassurer après avoir vu Dumas, je lui tape un SMS :

[Tout s'est bien passé, je crois qu'il a compris le message. Il va me laisser tranquille j'en suis sûre ! Je t'aime, à ce soir.]

Voilà qui devrait me laisser un peu de temps pour étayer une version plus belle que la réalité, une version comme dans les scénarios que j'ai imaginés cette nuit. Avec plus de calme, je range mon téléphone, me relève pour ramasser les pétales de la rose, puis les jette à la poubelle.

Faire comme si rien ne s'était passé… Je peux y arriver.

15 FÉVRIER – VALENTIN

— Autre chose, Loris ! poursuis-je tant que j'ai ce collabo sous la main. Je me fais du souci pour mademoiselle Rolland. Je la trouve très fatiguée, pas toi ?

— Je n'ai rien remarqué de spécial, monsieur. C'est vrai qu'elle ne compte pas ses heures au bureau, mais elle ne s'en est pas plainte jusqu'à maintenant.

— À quelle heure est-elle partie hier par exemple ? Tu l'as vu s'en aller ?

Tandis qu'il creuse dans ses méninges pour se souvenir du départ d'Emma, je jette un coup d'œil en direction de son bureau. Elle n'est pas sortie de la pièce depuis notre petite confrontation et j'espère n'avoir pas été trop loin avec elle. Je pense que j'ai suffisamment mesuré mes gestes et mes paroles pour ne pas qu'elle appelle les flics, mais que j'ai été juste assez menaçant pour lui faire peur. Après tout, elle a eu ce qu'elle méritait, cette ingrate. Bousiller ma rose impunément, me cracher au visage sans aucun respect… Qu'elle s'estime chanceuse, elle aurait dû subir un châtiment bien plus conséquent !

— Il devait être dix-neuf heures à peu près. Elle bossait sur un dossier et n'a pas vu le temps passer. Elle était même en retard pour…, s'arrête-t-il soudain en détournant le regard. Enfin… Elle est partie tard, c'est vrai.

Elle était en retard pour quoi ? Bordel, pourquoi n'a-t-il pas fini sa phrase, cet abruti ? Pour voir son connard de Dimitri ? C'est ça, hein ?

— En effet, elle est partie tard, répété-je après lui en posant mes mots pour canaliser la colère qui se diffuse en moi. Voilà ce qui confirme ma théorie selon laquelle elle a vraiment besoin de repos. Pourrais-tu lui en glisser un mot à l'occasion ?

— Bien sûr, j'essaierai de lui en parler au déjeuner.

— Très bien, Loris. Je te suis vraiment reconnaissant pour cette aide que tu m'apportes au quotidien. Tu es vraiment un bras droit exceptionnel et je crois qu'il est grand temps de revoir ton salaire à la hausse !

Surpris par mes propos, cet abruti sautille sur place. Et hop, voilà comment se mettre un idiot dans la poche en moins de deux. Lui qui est ami avec elle, va désormais m'être plus fidèle qu'un clébard.

D'une tape sur l'épaule, je le félicite encore pour son efficacité avant de tracer ma route jusqu'à mon bureau. Les mains dans les poches, je marche d'un pas guilleret, mais ce que mes collaborateurs ne voient pas, ce sont mes poings si serrés que le sang ne circule probablement plus jusqu'aux extrémités de mes doigts.

— Quelle salope ! soufflé-je en claquant la porte du bureau avant de m'y adosser.

Elle a prétendu m'avoir vu avec ma femme alors qu'elle était encore en train de bosser. Comment, à part en se clonant, aurait-elle pu m'apercevoir dans les rues de Paris si elle avait le cul vissé à sa chaise ! Quelle belle petite menteuse ! Cela dit, si ce n'est pas elle qui m'a vu, qui c'est ? Le seul que j'ai croisé, c'est ce trou du cul de fils à papa… Bordel… Non… Est-ce que… ?

Je me refais le film de notre conversation, et tente de me remémorer tous les détails qui m'auraient semblé insignifiants jusqu'à maintenant. Je revois très nettement le galbe de ses seins à travers son chemisier blanc en soie, la courbure de ses fesses dans son pantalon de tailleur moulant, je revois sa main fine et élégante se saisir de ma rose ainsi que l'éclat de sa bague en forme de… En forme de cœur !

Le souffle court, je fais presque un arrêt sur image dans ma tête pour tenter de revoir plus précisément cette foutue bague. J'arrive à la visualiser, sa forme, son éclat, ses diamants scintillants… Cette bague, je suis prêt à parier que je l'ai déjà vue quelque part, pas plus tard qu'hier justement. Cette bague, c'est celle que ce connard de Vidal achetait soi-disant pour sa mère aux *Galeries*. Ce fils de chien… Il m'a raconté des cracs, et ce qui est le pire à mes yeux, c'est qu'il courtise la femme de ma vie en lui offrant des bijoux hors de prix ! S'il pense que ce sera suffisant pour me la prendre, il se trompe, cet arriviste. Emma, même si elle n'en a pas encore pleinement conscience, c'est moi qu'elle aime. Moi, juste moi. Il ne réussira pas à acheter ma biche sauvage avec un caillou brillant à trois mille balles. Emma, elle est vraie, elle est nature, porter ce genre de babioles, ce n'est pas elle, ça ne la représente pas…

Cela dit… et s'il avait réussi à lui retourner le cerveau pour la mettre dans son lit. Après tout, ma belle ingénue n'est pas qu'une beauté naïve, elle aspire tout de même à prendre du grade au sein de CVML, et quel meilleur moyen que de taper directement là où on lui servira les clés du paradis sur un plateau ?

Se taper le fils Vidal, ce serait s'assurer un chemin tout tracé vers le sommet, peut-être même un chemin pavé de diamants jusqu'à mon fauteuil en cuir ici même, dans mon bureau.

Naïve, ingénue, effarouchée… Ma biche n'en est peut-être pas une finalement, elle serait peut-être plutôt le chasseur qui tient le fusil, celui qui tend des pièges, qui échafaude des plans, celui qui se cache pour mieux tirer une balle dans le dos à la bête. Ma biche est peut-être du même monde que moi alors. Sous ses airs angéliques se cache probablement la pire des diablesses. Cruelle, sans cœur, prête à tout, même à donner son corps contre un diamant et une clé de bureau… Cette pensée m'excite plus qu'elle ne m'effraie en réalité. Comprendre qu'elle a les dents longues me donne des frissons tant j'imagine déjà comment elle pourrait s'en servir sur moi… Toutefois, avant de pouvoir valider cette théorie, j'ai besoin d'en avoir le cœur net. Si elle est une chasseuse, moi je dois devenir un prédateur. Même si mon coup d'essai n'était pas vraiment concluant, j'ai appris de mes erreurs et je suis prêt à travailler d'arrache-pied pour perfectionner ma technique.

Malgré la colère qui m'envahit en pensant que Vidal a une longueur d'avance sur moi, je reprends confiance. Je vais rentrer à nouveau dans le Game[4], et je sais très exactement comment je vais y arriver. À partir d'aujourd'hui, je vais devoir m'armer de patience.

[4] Le jeu

10 MARS - EMMA

— Vous allez me manquer aussi, tous les deux ! avoué-je à mes parents en les étreignant très fort.

Ce tout petit week-end que nous venons de passer en Bretagne m'a été bénéfique. Enfin, je crois.

Sur le quai de la gare où nous nous apprêtons à prendre le train qui va nous reconduire à Paris, Tom embrasse chaleureusement mes parents. Il faut dire que le courant est super bien passé entre eux. Comme le dernier mec que je leur avais ramené avait brisé le cœur de leur fille, j'appréhendais un peu de leur présenter Thomas. Mais finalement, ça a été presque naturel entre eux. Il a été prévenant, aimable et drôle, et surtout il a été attentionné comme il l'est toujours avec moi ce qui n'a pas échappé à ma mère.

La première chose qu'elle m'a dit, c'est : « ouh, mais qu'il est joli garçon ma chérie ! ». Elle m'a fait rire, car elle le regardait comme moi la première fois où je l'ai vu, ou comme une bonne partie des collègues féminines au boulot le regardent au quotidien. Il est beau gosse, c'est comme ça.

Mon père l'a trouvé très poli, agréable, mais il a surtout commencé à l'apprécier au moment où ils se sont posés devant l'incontournable match du dimanche, tout en buvant une bonne bière. Je ne savais pas que Tom s'y connaissait en rugby, toutefois, il a su se mettre un inconditionnel de ce sport dans la poche en une seule mi-temps.

En revanche, il adore le football américain, et quand il a proposé à mon père de l'emmener en voir un, un de ces jours, il était évidemment fou de joie. Mes frères en étaient même jaloux ! Cela dit, le courant est quand même super bien passé avec eux aussi. Surtout avec Julien, car ils partagent la même passion pour la boxe. Ils se sont fait un petit entraînement tous les deux qui a eu l'air de beaucoup les rapprocher.

Alors que nous nous installons à nos places, je me colle à la vitre pour faire signe à mes parents qui nous saluent encore sur le quai. Tom encercle ma taille, puis pose son menton sur mon épaule avant de leur dire au revoir à son tour. Même si je ne dis rien, même si je me retiens de pleurer, je sais qu'il sait que ce moment est plus douloureux que je ne le laisse paraître.

Il faut dire qu'étant donné mon attitude en plein milieu du repas de la veille, ce serait difficile de passer à côté. J'ai craqué sans raison apparente hier soir. Je me suis effondrée sans prévenir en prétextant que ce week-end était bien trop court pour profiter des miens. En réalité, j'ai menti, car la vérité est quasi inavouable. La réalité, c'est que le simple fait de penser à notre retour sur Paris m'a complètement anéantie.

Depuis février, Tom redouble d'efforts pour me faire sourire, mais je dois avouer que c'est de plus en plus difficile de faire semblant d'aller bien. Même s'il ne m'a pas menacée de nouveau, j'ai l'impression qu'il se trouve partout où je vais. Devant mon bureau à chaque heure, sur le parking à mon arrivée ou à mon départ, près de la machine à café à chaque fois que je m'y trouve... J'ai parfois même l'impression de sentir sa présence en bas de chez moi, ça me rend complètement parano.

Alors il ne me parle pas, c'est vrai, mais il me sourit d'un rictus condescendant, et surtout je sens son regard vicieux sur moi qui me déshabille et me rend vulnérable tout le temps.

Il m'a encore envoyé quelques messages que j'ai archivés, mais voyant mon absence de réaction à ceux-ci, il a diminué leur fréquence. Il est moins trash dans ses mots, il est amical, à fond dans un rôle de boss idéal. Peut-être a-t-il eu peur que j'aille les balancer aux flics finalement.

En tout cas, j'étais tellement mal ces dernières semaines que sur un coup de tête j'ai réservé des billets pour Perros-Guirec. J'ai dit à Tom que je lui avais préparé une surprise et ça l'était en quelque sorte. Il était fou de joie, et je suis contente que tout se soit merveilleusement bien passé.

J'avais juste un profond besoin d'être près de ma famille, près de l'océan, de mes racines et de mes repères. J'avais besoin de me retrouver un peu, mais surtout de fuir Paris et le cinglé qui y vit. Et c'est vrai que ça m'a fait du bien. Courir pieds nus dans les vagues, sentir le sable glisser entre mes doigts, serrer mes nièces dans mes bras… Ça m'a aidée à me vider la tête, ça m'a permis de redevenir moi l'espace de quelques heures. Enfin, j'étais moi jusqu'à hier soir. Car même si j'essaie de donner le change, je suis sûre que Tom a senti quelque chose. C'est contradictoire, mais j'ai l'impression d'être à la fois plus distante et plus dépendante de lui. Cette envie de tout envoyer balader, mais en même temps d'avoir un besoin presque vital de sa présence.

— T'es prête à rentrer ? me demande-t-il calmement.

Sa question, pleine de sous-entendus, me renvoie à mon craquage de la veille. Jusqu'à maintenant, il n'en avait pas reparlé, mais j'imagine qu'il va vouloir des explications à présent que nous sommes seuls. Cependant, je ne me sens pas de lui en parler maintenant, ni jamais d'ailleurs.

— Oui, bien sûr.

Mon ton est las, presque triste. J'entremêle mes doigts aux siens, puis penche ma tête vers lui pour lui sourire. Au loin, mes parents sont de plus en plus petits au fur et à mesure que le train s'éloigne de la gare.

— Em, tu te rappelles ta proposition quand on était à New York ?

— Ça dépend, tu parles de laquelle ? Je t'ai fait tout un tas de propositions, si je me souviens bien...

J'essaie de mettre un peu d'humour dans cette lourde atmosphère. J'ai dû dire tellement de choses absurdes quand on était là-bas que je ne suis pas sûre de savoir de quoi il me parle exactement.

— Tu m'as dit que tu voudrais que l'on vive là-bas, tous les deux, explique-t-il en replaçant une mèche de cheveux échappée de ma queue de cheval derrière mon oreille. J'ai eu mon père au téléphone, il aimerait que je revienne, il voudrait que je fasse une école de commerce pour être formé sur la branche internationale de la boîte à la fin de mon stage. Alors c'est vrai que le concours d'entrée est réputé pour être complètement inaccessible, mais je me suis dit que si tu en avais encore envie, et si je redoublais d'efforts pour me préparer, on pourrait peut-être envisager de... Enfin, si ça te dit toujours ?

Mon cœur s'arrête de battre. Un ange vient de me parler. Vivre à New York, un rêve, une possible réalité... Je ne parviens plus à contenir le sourire qui s'étale déjà sur mon visage. Vivre à NY, ça voudrait dire partir loin de Paris, recommencer une vie toute neuve avec l'homme de ma vie... Ça voudrait dire ne plus me sentir mal, ne plus avoir peur...

— Oui ! m'exclamé-je trop fort alors que nos voisins de devant se retournent pour voir ce qui se passe. Oui, Tom, ce serait tellement génial !

— Et ton boulot ? Ça ne te poserait pas de problème de le quitter ?

Même s'il s'agit d'une vraie proposition, cette question ressemble à un test. J'ai l'impression qu'il essaie encore de prendre la température sur mon envie de continuer à bosser chez CVML à Paris.

Jusqu'à maintenant je me battais bec et ongle pour garder la place que j'ai toujours voulue. Une entreprise prestigieuse, un poste à responsabilités, un salaire plus que correct pour une débutante, et une vie à Paris avec un appart que j'adore... Mais aujourd'hui, plus rien de tout ça ne compte. Je n'en peux plus, je veux m'enfuir.

— On s'en fiche de ma place, Tom. Je pourrais trouver quelque chose là-bas, n'importe quoi tant qu'on est tous les deux ! Et puis c'est une superbe opportunité pour toi !

Je dépose un bref baiser sur sa bouche, mais il me garde près de lui pour le faire durer comme pour me dire « je suis là Emma, je vais te sauver, ne t'en fais pas ». Sa façon de me maintenir entre ses bras est si parlante que mes larmes se mettent à couler.

10 MARS – THOMAS

Je prends son visage entre mes mains et tente d'effacer les larmes qui roulent sur ses joues.

— Em, pourquoi tu pleures ? Qu'est-ce qui se passe ?

Ça fait deux mois que je la vois se refermer, et plus elle se renfrogne, plus ma rage contre ce fils de pute monte.

Quand j'ai expliqué la situation à mon père, il n'a pas saisi tout de suite le problème. Pour lui, un homme éconduit ne peut pas se révéler être un serial killer en puissance du jour au lendemain. Mon père est beaucoup trop naïf en ce qui concerne la nature humaine. Quand j'ai touché le fond, après le décès de Lewis, j'ai assisté à des scènes que je n'aurais jamais dû voir : des camés en manque qui remuaient ciel et terre pour trouver leur fix du jour ; des filles tourner en soirées, se laissant toucher par des gars complètement défoncés ; des mecs prêts à tuer père et mère pour se faire du blé... en bref, une humanité à gerber. Je ne dis pas que j'ai expérimenté ce genre d'extrême, en revanche, je les ai clairement frôlés.

Mon père, lui, ne connaît que la face « *bisounours* » du monde. Association pour enfants défavorisés, repas en faveur d'ONG en tout genre, dons mirobolants pour les pays en voie de développement... Hormis le décès de mon frère, il n'a jamais été confronté à la folie ou au désespoir, seulement à quelques arnaqueurs de bas étage. Alors comment un sympathique directeur des ressources humaines pourrait-il flirter avec les bas-fonds ?

Malgré son incompréhension, mon père, qui a voulu m'aider dans le cadre de notre « réconciliation », a quand même fait les quelques recherches que je lui ai demandées sur Dumas. Ce que son sbire a découvert après des recherches approfondies m'a fait froid dans le dos. Ce connard a un casier et il n'est pas vierge. Coups et blessures avec diverses plaintes de sa femme, pas étonnant au vu de la scène à laquelle j'ai assisté. Et surtout harcèlement sexuel sur une de ses anciennes collègues dans la succursale marseillaise. Étrangement, la déposition de plainte a été déclarée sans suite étant donné que la victime l'a retirée quelques jours avant que ce dernier ne débarque chez CVML à Paris.

Quand mon père a compris que je ne disais peut-être pas que des conneries sur ce type, il a demandé à notre chauffeur de jouer les détectives privés et de garder un œil sur Emma. De mon côté, je n'ai pas trop fait gaffe à sa présence, mais je sais qu'il nous a surveillés de loin.

Emma ne m'a pas dit ce qui s'était passé le lendemain de la Saint-Valentin. Quand elle m'a envoyé son message, j'ai tout de suite su que quelque chose ne tournait pas rond. J'ai essayé de la questionner à plusieurs reprises, cependant, elle est restée fermée comme une huître.

Par contre son comportement a validé mes doutes. Dans les deux semaines qui ont suivi leur entrevue, elle a commencé à moins manger, à moins rire aussi. Elle m'a repoussé quelques fois alors qu'à d'autres moments j'avais cette sensation qu'elle me faisait l'amour comme si elle allait me perdre.

C'était assez déroutant et je me suis senti impuissant. Alors, j'ai redoublé d'efforts pour être gentil, pour la rassurer. Je l'ai emmenée avec moi à la boxe avec cette idée que, peut-être, elle se sentirait mieux si elle savait se défendre et donner quelques coups bien placés. Et puis, j'ai essayé d'être plus vigilant au bureau.

Le comportement de Dumas a changé avec moi aussi. Il ne m'a plus adressé la parole depuis ce jour où je l'ai rencontré aux *Galeries*. Il s'est mis à me regarder d'un air étrange et mon envie de lui exploser la tronche n'a fait que s'accroître au fil des jours.

Finalement, je n'ai retrouvé mon Emma, drôle et joueuse, tendre et sexy que lorsque nous sommes arrivés en Bretagne. Pendant cette petite escapade bien trop furtive, je l'ai sentie plus légère, plus cool, plus détendue. J'ai aimé rencontrer sa famille. Ses parents sont super, ses frères l'ont été tout autant avec moi. Je me suis senti à l'aise dès les premières secondes. La maison aussi était super. Une vraie maison familiale, où il y a du monde, de la vie, de la convivialité. Une ambiance saine et rassurante. J'ai vraiment apprécié passer du temps là-bas. Et puis cette petite ville, Perros-Guirec... Je ne connaissais pas et ne savais pas non plus qu'il était possible de tomber amoureux d'un lieu. Maintenant je sais.

J'ai adoré longer la plage au lever du soleil, quand il n'y avait personne à l'horizon et que la marée était encore basse. Marcher avec elle, main dans la main, sans un bruit si ce n'est celui des vagues qui nous caressaient les pieds. J'ai trouvé cet endroit si magique que j'y ai tout de suite imaginé notre futur, celui où nous passerons nos vieux jours. Il ne pourra être ailleurs qu'ici. Toutefois, avant cela, je crois qu'il va nous falloir faire cette escale de vie à New York. Je ne sais pas si je suis vraiment prêt à y retourner pour le moment, mais je sens que c'est ce qu'il faut faire pour qu'Emma aille mieux.

Elle sait que pour vivre ce nouveau rêve, elle devra attendre la fin de mon stage. Mais c'est un objectif qui lui permettra peut-être de penser à autre chose qu'à cet enfoiré qui noircit son esprit.

Prenant son corps devenu chétif dans mes bras, je la serre contre moi en déposant de multiples baisers sur ses cheveux. Je viens de lui faire cette proposition parce que j'ai vu sa mine défaite en montant dans le train, mais je n'ai encore jamais parlé de cette éventualité avec mon père. Enfin si, en coup de vent. Il m'a dit qu'il aimerait que je rentre à New York pour qu'on rattrape le temps perdu et je suis resté sur la réserve en rétorquant que c'était impossible, qu'il fallait avancer en estompant nos blessures respectives, mais qu'on ne pourrait pas revenir en arrière. Il l'a très bien compris et m'a assuré avec beaucoup de patience qu'il attendrait que je change d'avis et qu'il garderait bon espoir pour que ça arrive un jour. Je crois qu'il a bien fait...

Quand nous arrivons à l'appart, Emma ferme la porte à double tour comme elle le fait depuis quelques semaines. Je serre les poings en essayant de ne pas imaginer pour la millième fois ce qu'il a pu lui dire ou lui faire pour la rendre aussi méfiante. Un soir où elle a reçu un appel anonyme, elle a regardé par la fenêtre et c'est ce jour-là qu'elle a fermé les deux verrous. J'étais tellement en colère à l'intérieur qu'on a fini par s'engueuler. J'ai même été jusqu'à lui demander s'il l'avait violée. Elle a nié bien entendu, mais j'ai eu cette sensation oppressante qu'il avait dû avoir un geste déplacé.

Putain qu'il l'ait touchée ou pas, je rêve de pouvoir lui exploser la gueule. C'est de sa faute si elle a changé, je le déteste pour ça.

La soirée se passe dans un silence pesant. Emma est fuyante. Je sens qu'elle appréhende la fin du week-end.

La nuit n'est pas meilleure. Je dors mal au point de refaire ce cauchemar que j'avais fait à NY, celui où Lewis me disait de me méfier de Dumas.

Je me réveille en même temps qu'Emma. Aujourd'hui, je serais son ombre, qu'elle le veuille ou non.

11 MARS - EMMA

Le réveil sonne pour la troisième fois, mais je ne parviens pas à me lever. Tom, qui m'a embrassé sur l'épaule à la seconde sonnerie, a déjà filé sous la douche. Je devrais le rejoindre pour ne pas être en retard, mais ma nuit a été difficile, mon sommeil a été si agité que je ne peux me résoudre à sortir de sous la couette.

C'est tellement chaotique dans mon esprit en ce moment, c'est comme si j'étais constamment dans des montagnes russes émotionnelles. Tantôt j'ai l'impression d'exagérer la situation dans ma tête. Peut-être que j'ai imaginé tout ça ? Peut-être que le caractère violent que j'associe à Valentin n'est qu'une vue de mon esprit ? Tantôt je ressens encore la pression de ses mains sur ma gorge et le goût amer de ses lèvres sur les miennes comme si c'était arrivé hier. Et puis, je revois tous ses regards salaces, ses sourires malsains, ses clins d'œil vulgaires... Et je sais que je n'ai pas tout inventé.

Ça me ronge de l'intérieur quand, tous les matins, je pars au boulot la boule au ventre, avec la peur qu'il puisse me coincer dans un couloir.

Le seul moment de la journée où j'ai l'impression de respirer un peu, ce sont les soixante minutes que je passe avec Tom dans mon bureau ou n'importe où ailleurs. Ces minutes précieuses où je me sens à l'abri, où j'ai un peu de répit avant de pouvoir le retrouver le soir.

J'ai bien pensé à me mettre en arrêt de travail pour ne plus avoir à subir, mais ça reviendrait à montrer à Valentin que je suis assez faible pour qu'il puisse prendre l'ascendant sur moi. Je sais qu'il n'attend que ça, ça lui prouverait à quel point il est puissant et qu'il peut me contrôler.

Rester au bureau, lui tenir tête autant que possible, c'est montrer que je m'oppose à sa dictature et c'est tout ce qu'il me reste. Même si c'est difficile, je ne veux pas qu'il gagne. Je ne veux pas qu'il me brise totalement. Pour Tom, pour le temps qu'il lui reste à faire ici, je dois tenir. Je dois être forte. Et puis après, il y aura New York. Et puis après, je pourrai revivre.

La mort dans l'âme, je rejoins Tom dans la salle de bains. Son visage est soucieux, mais dès qu'il m'aperçoit, il s'efforce de sourire.

Je suis consciente qu'il fait tout ce qu'il peut pour me faire plaisir, pour que je sois heureuse, et ça me fend le cœur de devoir lui cacher tout ce bordel. Je voudrais qu'il puisse rendre à Valentin la monnaie de sa pièce, mais il est hors de question qu'il puisse avoir des ennuis à cause de moi.

Sans grand enthousiasme, j'ôte mon pyjama et le rejoins sous la douche. Avant, on aurait fait l'amour pour se réveiller, aujourd'hui, enfin depuis quelques semaines, je n'en ai plus envie. Je veux juste me sentir en sécurité près de lui, me sentir aimée.

Il me tend les bras comme s'il lisait dans mes pensées et m'attire contre lui. L'eau chaude coule sur mes épaules tandis que ses bras me pressent. S'il existe un seul endroit au monde où je voudrais rester toute ma vie, c'est ici.

Thomas est l'homme le plus doux, le plus tendre, le plus attentionné que j'ai pu rencontrer. Est-ce pour apprécier cet être si parfait que le destin a mis Valentin sur ma route au même moment ? L'un auquel j'ai envie de dire EVER alors que l'autre je voudrais lui cracher NEVER au visage.

Avec le plus grand mal, je sors de mon petit paradis pour revenir à la réalité. Nous sommes restés tellement longtemps sous cette douche à nous câliner que je vais devoir mettre le turbo pour arriver à l'heure. L'avantage, c'est qu'il y aura déjà du monde à l'étage et que je suis sûre de ne pas croiser mon pire cauchemar.

À ma grande surprise, Tom est parti en même temps que moi. Prétextant un travail à finir dont il ne m'avait pas parlé auparavant, il a pris sa moto pour me suivre. Je suis persuadée qu'il n'avait aucun travail, qu'il a fait ça pour s'assurer que tout se passe bien à mon arrivée, aussi, lorsqu'on est entré dans le parking souterrain, j'ai souri en l'observant dans mon rétroviseur. Rien que de le revoir je ne peux m'empêcher de réaliser à quel point il est sexy sur sa moto.

Il est aussi venu me rendre visite toutes les demi-heures en balançant des excuses bidon à Hélène à chaque fois, mais contre toute attente, la matinée ne s'est pas si mal passée. Je n'ai pas croisé Valentin et c'est largement suffisant pour passer une bonne journée.

Je suppose que ça le rassure de venir me voir, et il faut avouer que ça me rassure aussi, mais ce n'est pas raisonnable comme solution à long terme.

Après le repas, j'attends qu'il me rejoigne dans mon bureau comme tous les midis. Je sais qu'on pourrait éveiller de nombreux soupçons en se retrouvant ici tous les jours, mais c'est au-dessus de mes forces de ne pas passer ce temps précieux près de lui.

Quand il frappe à la porte, je suis apaisée de le voir arriver. Comme d'habitude, il s'installe en face de moi et sort du travail. C'est notre petite routine. Il fait semblant de prendre des notes, tandis que moi je lui énonce les différents points du rapport de notre étude en cours. Enfin ça, c'est le scénario au cas où on se ferait surprendre. En réalité, on passe surtout une heure à discuter de tout et de rien. On apprend à se connaître tous les jours un peu davantage, en se livrant petit à petit sur tout ce qui nous définit, en se racontant des anecdotes du passé, en partageant nos rêves communs ou même en parlant de ce qu'on va faire à manger le soir.

Les minutes passent toujours à vitesse grand V, mais j'ai la sensation que c'est encore pire aujourd'hui. Alors qu'il devrait retourner à son poste, il fait le tour de mon bureau pour venir s'accroupir devant moi. Calé entre mes jambes, il relève la tête pour m'interroger :

— Ça va aller cet après-midi ?

L'inquiétude se lit sur son visage. Je déteste qu'il puisse être aussi soucieux pour moi, car je suis sûre que ça doit l'empêcher de se concentrer sur ce qu'il a à faire.

— Oui, ça va aller. Je rentre tout de suite après le boulot et on va à la salle de boxe. Attends-toi à morfler ce soir, j'ai besoin de me défouler !

Il pose sa main sur ma joue, puis la caresse du bout du pouce. À son contact, je ferme les yeux pour apprécier les dernières secondes qu'il me reste avec lui.

— On verra ça, bouclette ! lance-t-il alors que j'embrasse la paume de sa main.

Se redressant pour m'embrasser furtivement, il a à peine le temps de frôler mes lèvres que la porte s'ouvre sans prévenir.

— Emma, j'ai besoin…, annonce Ali avant de s'arrêter en nous voyant.

Dans un sursaut de lucidité, Tom recule, mais il est trop tard. Ali fait déjà demi-tour.

Je ne sais pas exactement ce qu'il a vu ou entendu, mais ce qui est sûr c'est que ça ne devait pas ressembler à une relation normale entre un stagiaire et sa tutrice.

— Putain, fais chier ! déclare Tom en gagnant la porte pour regarder dans le couloir. Je vais le rattraper, ne t'en fais pas ! Je t'aime.

Je n'ai pas le temps d'ajouter un mot qu'il est déjà parti. Au fond de moi, je n'ai pas peur. Que peut-il arriver ? Au pire, je serais virée. Ça ne serait peut-être pas si mal après tout.

11 MARS - THOMAS

— Ali ! Ali attend, putain !

Je lui cours après dans le long couloir et le rattrape juste avant qu'il débarque dans l'open space.

— Attends, mec ! redis-je en l'attrapant par le bras pour le stopper. Pourquoi tu t'es barré comme ça ?

— Tu te fous de ma gueule ou quoi ? Tu te la tapes depuis combien de temps, Madame Rolland ?

— Qu'est-ce que tu vas imaginer ? Je ne me la tape pas, t'es cinglé !

— C'est vrai que c'est super normal de se retrouver accroupi entre les jambes d'une collègue pendant la pause. Arrête de me prendre pour un con, Tom, c'est évident que tu te la tapes. Je me demande ce que Dumas pensera de tout ça !

— Pourquoi tu veux aller voir Dumas ? Qu'est-ce que ça peut te foutre après tout ? Et puis, mon pote, déclaré-je en pointant mon index sur lui, ce serait ta parole contre la nôtre. Tout le monde sait que tu la kiffes dans la boîte ? Ce sera facile de démontrer que tu as inventé ça parce que tu es jaloux que je doive bosser avec elle sur l'étude. N'oublie pas qui je suis ici, Ali.

— Qu'est-ce que tu insinues, Thomas ? gronde-t-il soudain. Que si je parle, tu me feras virer ? T'es un mec sympa, tu sais que je t'apprécie, ajoute-t-il en changeant de visage. Je n'ai pas de raison de te balancer, mais tu sais...

Tandis qu'il se frotte le crâne, gêné, je sens les problèmes arriver. Peut-être qu'il n'allait rien dire en effet, mais je reconnais cette expression. La tête qu'il tire n'a rien de bienveillante. Il se mord la lèvre pour sûrement se donner un dernier instant de réflexion, puis reprend la parole :

— Tu sais que les temps sont durs, Thomas. La vie à Paris, les loyers exorbitants, énumère-t-il alors que je vois déjà où il veut en venir. Je ne t'apprends rien. Étant donné que je n'oublie pas qui tu es ici, je pense que dix mille euros pourraient me faire garder le silence... Enfin, si tu me les ramènes avant demain midi, sinon, on verra ce que Dumas pense de votre petite histoire.

Quel connard ! Il n'est peut-être pas aussi fortuné que moi, pourtant je peine à croire qu'un fils de diplomate soit autant dans le besoin. D'un œil hautain, il m'observe en esquissant un sourire triomphant. Je voudrais lui répondre, mais comme je sens mon self-control se faire la malle à mesure que les secondes défilent, je me retiens.

— Tic-Tac..., fait-il en me montrant sa montre de luxe. Je crois que tu n'as pas vraiment le choix si tu veux que ta petite salope de tutrice garde son boulot.

Le mot de trop… Je vois rouge, mon sang ne fait qu'un tour. Le poing armé, je lui colle une droite en pleine face. Il recule et se tape contre le mur. Alors que son nez pisse le sang, il l'essuie d'un revers de manche, avant d'observer sa main ensanglantée.

— Espèce de fils de pute ! Je vais t'éclater la tronche ! me crie-t-il en se ruant sur moi.

Je le retourne et lui fais une clé de bras pour l'immobiliser. Plaquant son visage contre le mur, je m'approche pour lui glisser à l'oreille :

— Tu n'auras pas un centime, espèce de crétin. Tu as juste intérêt à fermer ta grande gueule si tu ne veux pas que je te refasse le portrait. C'est bien clair ?

Comme il secoue la tête pour approuver, je le relâche en expirant lentement pour retrouver mon calme. De son regard noir, il me toise en s'éloignant en direction de l'open space. Il le traverse pour se rendre vers son poste, je me détourne de lui pour aller rassurer Emma. Il a bien vu que j'étais le plus fort des deux, je suis certain qu'il nous foutra la paix.

— Vidal ! s'écrit-il depuis le centre de la pièce.

Ne pouvant plus le voir de là où je me trouve, je reviens sur mes pas et le vois quitter sa place pour partir en direction du bureau du DRH. Alors qu'il passe à côté de Loris qui m'observe d'un drôle d'air, cet enfoiré ne me quitte pas des yeux. Une nouvelle fois, il essuie le sang qui coule de son nez, et sans même répondre à Loris qui lui demande ce qui lui est arrivé, il me fait un doigt d'honneur avant de frapper à la porte de Dumas.

Et merde !

Rapidement, je pars retrouver Emma pour lui raconter ce qu'il vient de se passer. Aussi bien pour elle que pour moi, les problèmes continuent, et si Dumas s'en mêle, on est foutu.

Quand j'arrive devant elle, je m'attends presque à la trouver effondrée, mais ce n'est pas le cas. Et quand elle aperçoit ma main ensanglantée, elle s'approche de moi en vitesse, soucieuse de ce qui a pu m'arriver.

Brièvement, je lui rapporte la scène et la rassure en lui disant que ce n'est pas mon sang, mais celui d'Ali. Honteux, je lui avoue à quel point j'ai merdé. Contre toute attente, elle me prend dans ses bras pour m'embrasser avec passion. Un baiser long et passionné. Le genre de baiser qui a le mérite de te laisser hors d'haleine quand il prend fin.

— On s'en sortira, Tom. Tout va bien se passer, déclare-t-elle en souriant. Cela dit, tu devrais peut-être prévenir ton père, car tu vas avoir des problèmes, enfin, *on* va avoir des problèmes.

Bien qu'elle fasse mine de serrer les dents, je sens qu'elle n'est pas si stressée que ça. Au contraire, on dirait presque que la situation la ravit. C'est comme si elle avait l'air soudain libérée.

Suivant son conseil, je sors mon portable et compose le numéro de mon père. Je m'attends à me prendre une sérieuse brasse sur l'image que je véhicule au travail, sur mon manque de discrétion ou sur mes réactions impulsives, au lieu de ça, le grand patron me rassure. Emma n'a rien à craindre de Dumas, et moi non plus. Il va régler ça.

À 14 h 30, Ali sort enfin du bureau. Je scrute Dumas qui parle à Loris en m'attendant à ce qu'il me fasse convoquer, mais rien ne se passe.

À 15 heures, je tape nerveusement du pied en voyant que Dumas n'a toujours pas bougé de son bureau.

À 16 heures, il sort enfin et glisse un mot à l'oreille de Loris qui me jette un regard étrange. Ce dernier se lève, puis avance dans ma direction avec hésitation avant de se poster devant moi. De son air embêté qu'il prend quand il doit virer quelqu'un à la place de Dumas il me prévient :

— Je ne sais pas trop ce qu'il s'est passé avec Ali, mais Emma et toi êtes convoqués chez Dumas demain matin. Toi à 8 h 30, et Emma à 9. Il a aussi demandé à ton père d'assister aux entrevues.

Bon, ça aurait pu être pire. On aurait pu être confronté immédiatement, au lieu de ça, on va avoir toute la soirée pour se mettre d'accord sur la bonne version. Et puis, devoir affronter mon père pour cette broutille ne posera aucun problème. Après tout, il sait déjà pour Emma et moi, que pourrait-il nous arriver ?

— OK, rétorqué-je sans montrer la moindre émotion à mon interlocuteur. Tu vas le dire à Emma ou je m'en charge ?

— Non, ne t'embête pas, je vais y aller, affirme-t-il en reprenant son chemin avant de revenir sur ses pas. Thomas, c'est grave ? Il s'est passé quoi avec Ali ?

Je n'ai pas dit un mot sur ce qu'il s'est passé plus tôt dans la journée à Loris. Je suis resté muet sur l'événement, un peu comme Emma depuis qu'elle a fini le boulot. Nous avons été à la boxe, nous avons mangé et rien. Elle me parle de tout et de rien avec entrain et j'ai presque peur de comprendre ce que ça cache.

J'ai eu mon père rapidement au téléphone. Il m'a donné quelques explications sur notre rendez-vous du lendemain. En réalité, c'est Dumas qui a lourdement insisté pour que la direction participe. Carl voulait s'en passer étant donné qu'il est à New York avec ma mère, mais il a finalement accepté pour enfin rencontrer ce type louche dont je lui ai dit tellement de bien. Ma mère, qui a sorti les griffes en entendant qu'on voulait s'en prendre à son bébé, a pris le jet aussi, si bien que mes parents devraient arriver dans la nuit et qu'ils nous rejoindront directement au bureau demain matin.

J'ai du mal à comprendre pourquoi ils ont fait le déplacement, après tout, ce n'est qu'une goutte d'eau dans un océan. Mais mine de rien, j'apprécie vraiment qu'ils puissent venir tous les deux pour me soutenir. Enfin, pour nous soutenir, car ils se sentent tellement redevables auprès d'Emma qu'ils doivent tenir là l'occasion de pouvoir lui démontrer leur gratitude.

— Tom, murmure-t-elle avant de se coucher.

— Hum...

— Merci d'avoir voulu arranger la situation. Ce n'est pas de ta faute si Ali est un gros con.

— J'aurais dû lui filer la thune. Il aurait fermé sa gueule et tu ne risquerais pas ton poste.

— Tu n'aurais pas dû lui éclater le nez, ça c'est sûr. Par contre, c'était hors de question que tu lui donnes de l'argent contre son silence, je ne t'aurais pas laissé faire, annonce-t-elle en se glissant sous la couette pour me rejoindre. J'ai compris que je ne tenais plus tant que ça à mon boulot. En tout cas, bien moins que je ne tiens à toi... Ça va aller, j'en suis sûre.

Elle me caresse la joue avant de m'embrasser doucement. Mes lèvres scellées aux siennes, elle n'ajoute pas un mot de plus, la discussion est close. Lovée au creux de mes bras, en une fraction de seconde, elle s'endort, le sourire aux lèvres.

12 MARS - EMMA

— Veuillez vous asseoir, madame Rolland, m'annonce Valentin en tirant ma chaise comme s'il était un homme des plus courtois.

Quand sa main frôle mon épaule avant de la presser avec fermeté pour que je m'assieds, je pose mes yeux sur ses doigts qui ne se décrispent pas. Relevant lentement les yeux vers celui qui me surplombe, je croise son regard de prédateur qui me fixe. Son air est grave, il semble même tellement en colère qu'il me donne la sensation d'avoir envie de m'arracher la tête d'un coup de canines. Un frisson me parcourt, je tressaille. Reprenant ses esprits, il ôte enfin sa main avant de faire le tour de son bureau pour prendre place en face de nous.

Alors que j'évite son regard pénétrant pour ne pas faiblir face à lui, je reste debout, figée, et jette un coup d'œil à mon comité d'accueil. D'abord Ali, qui me détaille comme s'il me voyait pour la première fois d'un air dépité. Son nez est gonflé et le dessous de ses yeux a bien viré au bleu. Tom ne l'a pas loupé. J'aurais bien ajouté « le pauvre », mais comme il a essayé de profiter de la situation, j'imagine qu'il l'a bien mérité. Puis Carl et Mary qui sont venus, eux aussi.

Malgré le décalage horaire et la fatigue, ils ont l'air très en forme. Je les ai vus ce matin même au petit-déjeuner quand ils ont débarqué par surprise à l'appartement avec des croissants tout juste sortis du four. Bien que ça n'était pas prévu, j'ai apprécié qu'ils prennent la peine de passer nous voir de si bonne heure, dans de telles conditions, pour s'assurer que leur fils et moi allions bien.

Carl, avec beaucoup de délicatesse, m'a assuré que je n'avais rien à craindre pour mon poste quand nous avons discuté ensemble de la meilleure défense à tenir. Je ne sais pas ce que Tom a pu leur raconter à mon sujet, mais de toute évidence, ils avaient vraiment l'air de se faire du souci pour moi. Cela dit, si ça ne tenait qu'à moi, j'aurais déposé ma démission en arrivant ce matin. Ainsi, je n'aurais plus eu à me soucier de croiser ce faux-cul de Valentin. Mais il ne reste que deux mois à Tom pour valider son stage et faire ses armes avant de passer le concours d'entrée dans cette école qui lui tient visiblement à cœur. Alors je prends sur moi, pour lui.

Mary me fait un petit clin d'œil à peine perceptible. Je sais qu'elle veut me rassurer sur l'entretien que Tom a eu auparavant. On avait convenu de ce geste pour se dire si tout allait bien. Toutefois, ce qui m'affecte le plus dans toute cette histoire, ce n'est pas tant qu'on nous ait surpris ou que je puisse perdre mon boulot, mais c'est plutôt de me retrouver dans la même pièce que ce taré. Rien qu'à voir cette lueur briller dans ses yeux, je sens que je suffoque. J'ai cette terrifiante sensation qu'il est en train de refermer un piège autour de moi sans que je sois capable de protester.

Tandis qu'il tape nerveusement sur son bureau avec ses doigts, je les imagine sur ma gorge pour la millième fois. Soudain fébrile, presque au bord de la crise d'angoisse, j'ai dû mal à réguler ma respiration. Mon rythme cardiaque s'accélère. Plus vite, plus fort, mon cœur tambourine dans ma poitrine avec une telle force que j'ai peur qu'il puisse exploser.

Mes jambes ne me soutiennent plus, je m'écroule sur ma chaise. Surpris, mon bourreau se relève le premier pour venir à mes côtés. Accroupi devant moi, les mains sur mes cuisses, il s'inquiète :

— Est-ce que ça va ? Tu… Vous voulez de l'eau ? Un sucre ?

Après un hochement de tête quasi convulsif, je repousse ses paumes chaudes qui m'effleurent depuis une seconde bien trop longue.

Vexé, il se redresse avant de venir se placer derrière moi. Sans aucune gêne, il me presse à nouveau les épaules alors que je me mords l'intérieur de la joue pour retenir mes larmes. D'un ton narquois, il déclare :

— Détendez-vous, Emma ! Vous avez l'air tellement crispée.

J'ai envie de lui crier d'enlever ses putains de mains, mais je suis muette. Tétanisée. Je n'avais pas conscience de l'effet qu'il avait sur moi jusqu'à aujourd'hui. J'ai tout fait pour l'éviter depuis la dernière fois, mais la peur qu'il m'inspire ressort par tous les pores de ma peau, à tel point qu'elle en est presque palpable.

Mary, qui s'aperçoit de mon état, donne un coup de genou à son mari pour qu'il prenne la parole. Carl se racle la gorge.

— Nous pourrions peut-être poursuivre, monsieur Dumas. Je vous rappelle que nous n'avons pas toute la matinée et que notre temps est précieux. Surtout pour de telles fadaises.

Sa voix est dure, autoritaire, si bien que Valentin enlève ses mains immédiatement et regagne sa place en face de moi, la queue entre les jambes. Je ne sais pas si je ne préférerais pas qu'il soit derrière finalement. Son visage est austère et fermé. Il me dévisage.

— Madame Rolland, nous voulions éclaircir un fait qui nous a été rapporté par Ali El Krief, ici présent. Je hoche la tête, sans la relever... Il s'avère que monsieur El Krief affirme vous avoir surpris, vous et monsieur Vidal, dans une situation beaucoup trop rapprochée pour un tuteur et son élève. Confirmez-vous, Ali ?

— Oui, Monsieur.

— Madame Rolland, quelle est votre position par rapport à cette accusation ? Avant de commencer, me coupe-t-il, dois-je vous rappeler la politique de la société en ce qui concerne les relations entre collègues ? Monsieur Vidal pourra en reparler si vous le désirez.

Je prends une grande inspiration pour ne pas lui hurler au visage qu'il n'est qu'un faux jeton ! La politique sur les relations entre collègues… Et le harcèlement sexuel au travail, on pourrait en parler aussi, tiens ! Il aurait peut-être deux ou trois notes à prendre sur ce qui est interdit de faire !

Carl, visiblement irrité par l'intervention de son DRH, me fait signe de poursuivre sans même lui jeter un coup d'œil.

— Effectivement, Ali est venu dans mon bureau hier vers treize heures. Nous étions, Thomas et moi, en plein travail sur l'étude que vous nous avez demandé d'effectuer ensemble. Thomas avait fait tomber son stylo près de mon fauteuil et nous nous sommes baissés en même temps pour le récupérer. La porte était ouverte, il n'y avait rien à cacher. Mais je suppose que la position dans laquelle nous nous sommes retrouvés était probablement sujette à controverse et j'en suis navrée.

Alors qu'Ali ouvre la bouche pour objecter, Valentin lui coupe la parole et demande :

— Savez-vous ce qu'il s'est passé après l'interruption de monsieur El Krief, madame Rolland ? me demande Valentin, en fixant la bague que Tom m'a offerte à la Saint-Valentin.

Amusé, il observe mes doigts qui jouent avec le bijou. Je n'avais pas conscience de le faire jusqu'à ce que je capte son regard. Troublée, je la dissimule en me remémorant la raison pour laquelle il l'observait ainsi. Il a dû la voir quand Tom la choisissait lorsqu'ils se sont rencontrés.

Ses yeux remontent jusqu'à moi et ce rictus malfaisant qu'il arborait la dernière fois refait son apparition. S'il n'en était pas sûr à cent pour cent, il est clair qu'il a tout compris de notre mensonge.

— Si je me fie à ce que je vois, je dirais que Thomas et Ali se sont battus. Je n'ai rien vu de cette bagarre si c'est ce que vous voulez savoir.

— Effectivement, ils se sont battus. Comme vous ne saviez pas qu'il y avait eu altercation, je passerai le motif sous silence à la demande de monsieur et madame Vidal.

D'un bref signe de tête en direction de Carl et Mary, je leur signale que je comprends la situation.

— Très bien, madame Rolland. J'imagine que vous et monsieur Vidal ne vous étiez pas concertés avant vos entrevues respectives.

Je fais signe que non de la tête, incapable de parler plus que nécessaire. Il reprend :

— Je vais donc vous laisser sortir et patienter près de mon secrétaire pendant que nous nous entretenons une dernière fois avec monsieur El Krief.

Il appuie sur son téléphone et demande à Loris de faire revenir Thomas. Pressée d'en finir, je sors du bureau et m'affale dans l'un des fauteuils placés face à son secrétaire.

Même si je suis contente de m'être éloignée de Valentin, j'aimerais être une petite mouche pour savoir ce qui se dit dans la pièce. Il est impossible que Valentin lui donne raison, il aurait bien trop à perdre à se mettre le grand boss à dos. Et puis, si moi je ne suis plus là, il devra se trouver un autre jouet.

Quand Thomas arrive et qu'il prend place à côté de moi sous l'œil inquisiteur de Loris, nous n'échangeons pas un mot, pas un regard alors que je crève d'envie de me blottir dans ses bras.

Au bout d'un bon quart d'heure, la porte s'ouvre à nouveau et Valentin s'avance vers nous. Il nous dévisage chacun notre tour, en silence, nous analyse comme s'il passait au crible notre gestuelle non verbale avec précision.

Tom le fixe avec intensité, les poings fermés, alors que moi je regarde le sol pour ne pas croiser ses yeux mauvais.

— Nous avons pris une décision, je vous laisse nous rejoindre... annonce-t-il en désignant le bureau.

D'un geste de la main, Tom me montre le siège pour que j'y prenne place tandis qu'il reste planté sur le côté, droit comme un i, les sourcils froncés en dévisageant Dumas.

— Comme il ne nous est pas possible de prouver que monsieur El Krief dit la vérité ou extrapole sur ce qu'il a vu, reprend Valentin, nous avons décidé de ne pas aller plus loin dans cette histoire. Toutefois, pour éviter toute autre déconvenue, monsieur Vidal ne travaillera plus sur l'étude avec vous, madame Rolland.

Les poings de Tom se serrent plus fort devant cet homme qui m'effraie, sa jambe se secoue sous l'effet du stress. Il fait bonne figure, mais je sais qu'il a envie de sortir tout ce qu'il a en tête. J'aimerais pouvoir le calmer en le prenant dans mes bras, et par la même occasion balancer mon amour pour lui à la tronche de Valentin, mais il n'y a que dans ma tête que je peux me résoudre à le faire pour le moment.

— Par ailleurs, reprend le directeur, pour l'altercation qui a eu lieu entre vous, messieurs, il n'y aura pas de suites au niveau de la société. Toutefois, au pénal, vous êtes en droit de porter plainte pour agression, monsieur El Krief, et vous, Vidal, vous le pouvez pour extorsion de fonds. En attendant, je pense qu'un blâme officiel serait une première sanction pour démontrer que ce genre de comportement est inadmissible au sein d'une société comme la nôtre. Si ça ne tenait qu'à moi, annonce-t-il en zieutant Carl, je vous aurais licenciés tous les deux sur-le-champ…

— Mesurez vos propos, Dumas, gronde Carl en se levant pour lui faire face. Je ne suis peut-être pas présent dans cette pièce en ma qualité de PGD, cela ne veut pas dire que je n'en ai pas le statut. N'oubliez pas qui est le patron, et qui vous paie en fin de mois. Tout comme mon fils ou monsieur El Krief, n'importe qui est susceptible d'être sur un siège éjectable !

La tension est soudain palpable dans l'assemblée. Les deux hommes se toisent sans faillir. C'est à celui qui détournera le regard le premier. Au bout de quelques secondes, Dumas détourne enfin les yeux avant de les poser sur Mary pour lui dire :

— Monsieur et madame Vidal, je suis vraiment navré que vous ayez dû faire autant de trajet pour un simple quiproquo. Comptez sur moi pour que ce genre de méprise ne se reproduise plus.

Il se lève pour tendre la main à son supérieur, Carl décline et ajoute :

— J'aimerais autant, monsieur Dumas. Sachez tout de même que Thomas est notre priorité et que nous le soutiendrons quoi qu'il en coûte. De même, madame Rolland est un excellent élément qui m'a été conseillé par un ami de très longue date, non pas dans son propre intérêt, mais parce que cet homme était intègre et fiable. Aussi, j'espère que vous couperez court aux rumeurs qui pourraient circuler sur toute cette histoire pour ne pas entacher la réputation de ces deux personnes. Ce n'est pas juste un conseil, monsieur Dumas, j'espère que vous me comprenez bien.

Carl, courtois, me salue, mais ne serre pas la main de Valentin qui se liquéfie sur place. Mary me dit au revoir à son tour avant de passer une main dans le dos de Tom pour le pousser vers la sortie. Quand je me lève pour disposer, Valentin me rappelle à l'ordre :

— Madame Rolland, vous pourriez rester une minute de plus s'il vous plaît ?

Aussi surpris que moi par la demande de Dumas, Tom se fige sur le pas de la porte au moment où je lui jette un coup d'œil rapide qui ressemblerait presque à un appel à l'aide. N'importe quelle personne avec un minimum de jugeote pourrait comprendre, à travers ce bref échange de regard, que notre relation n'a rien de conventionnelle. Les yeux ne trompent pas.

La crainte dans ses iris est presque palpable, il a envie de protester, mais son père, d'un hochement de tête, lui indique de ne pas le faire. Moi, je n'ose même pas imaginer ce que les miens peuvent retranscrire tellement j'ai peur de ce qui pourra se passer quand nous ne serons plus que tous les deux.

Valentin fait le tour du bureau et s'empresse de fermer la porte pour nous couper du reste du monde. Il s'y adosse et croise les mains derrière son dos. Mon rythme cardiaque s'emballe. J'ai envie de m'enfuir en courant, mais je suis clouée sur cette chaise.

J'ai l'impression de devenir claustrophobe à mesure que le bureau me semble de plus en plus petit.

— Emma, je voulais te parler depuis un moment, mais j'ai bien senti que tu m'évitais. Je sais que j'ai mal agi avec toi, que je me suis emporté alors que je n'aurais jamais dû le faire, et ça me ronge. Mes messages sans réponse, mes appels, mes tentatives pour t'approcher… j'ai l'horrible sensation que notre histoire m'échappe et tu ne peux pas t'imaginer à quel point ça me fout en l'air.

Il se frotte la tête, puis vient s'asseoir sur la chaise à côté de moi. La panique commence à me gagner. Ses propos sont tellement incohérents. Il ne sait pas ce qu'il m'a fait ? Notre histoire ? Mais il n'y a pas d'histoire, il n'y en a jamais eu ! J'ai envie de l'envoyer se faire foutre, mais j'en suis incapable. Je suis tétanisée.

— Écoute, ça fait un moment que je tourne en rond, cette situation me rend fou. Tu me rends fou, Em...

Il approche sa main de mon bras sans finir sa phrase, et je recule au fond de mon siège, prise au piège.

— Ne me touche pas où je crie, Valentin. Ne me touche pas !

— OK, OK ! chuchote-t-il doucement en me montrant ses mains comme pour me prouver qu'il n'est pas armé.

Quel homme est assis en face de moi ? Y aurait-il deux Dumas ? L'un angélique, l'autre maléfique ? Je ne sais plus quoi penser, et surtout, je ne sais pas quoi faire. Si je me lève pour partir, est-ce qu'il me retiendra ? Je ne suis pas sûre d'avoir envie de prendre le risque, la sensation de ses mains sur mon cou est encore trop présente dans mon esprit pour que je doive la revivre encore une fois sans faire une syncope.

— Em, je ne veux pas te faire de mal, jamais je ne le pourrais. Mais c'est plus fort que moi, je t'aime, je suis fou de toi. Tu me hantes jour et nuit. Je n'arrive plus à penser à autre chose qu'à tes baisers, à ta peau douce, à ta poitrine dans mes mains.

Il se frotte le visage et son regard s'emplit de tristesse, comme s'il pouvait être sincère dans ses paroles, comme si le fait de me faire peur pouvait lui faire mal. Son comportement me perturbe. Comment pourrait-il avoir changé en si peu de temps ? C'est impossible.

Et puis en une fraction de seconde, la détresse que je lisais dans ses yeux une minute auparavant disparaît pour laisser place à son regard perçant et pervers. Ce regard qui me terrorise et qui peuple mes cauchemars.

— Emma, Emma, Emma... J'ai besoin de savoir... Et j'espère que tu seras franche et sincère comme la Emma parfaite et candide que j'affectionne tant. Tu as intérêt à me dire la vérité, ma chérie. Je ne te poserai la question qu'une seule fois...

Il a un regard de fou qui me fait frissonner d'effroi. Sentant la panique m'envahir, je détourne les yeux vers la porte close, l'implorant mentalement de s'ouvrir pour que je puisse m'enfuir d'ici. Il maintient fermement les accoudoirs de ses mains crispées. Il sert si fort que ses veines gonflent sous la pression. Je n'arrive plus à respirer. J'ai envie de crier, mais tout mon corps est paralysé.

— Est-ce que tu couches avec ce petit bourgeois pédant de Vidal, Emma ? Rappelle-toi, mon amour, tu as promis de me dire la vérité.

Le son de sa voix est saccadé, il peine à sortir d'entre ses dents serrées.

— N… non, bégayé-je péniblement alors qu'une larme coule sur ma joue. Tu me fais peur Valentin. Laisse-moi sortir.

Il relâche sa chaise dans un mouvement brusque et son visage se radoucit en un instant.

— Pfff, fait-il bruyamment. J'ai eu tellement peur que tu puisses être assez conne pour faire un truc pareil. Tu ne sais pas à quel point j'aurais été déçu si c'était le cas, chérie. J'aurais été obligé de sévir. Et tu sais que je n'aime pas sévir. Dis-moi que tu le sais.

— Oui… Oui, je le sais, réponds-je entre deux sanglots.

— Je te crois, Emma. J'espère que j'ai raison de te croire...

Malgré la détresse qui me submerge, je ne peux m'empêcher de relever qu'il semble perdu dans une autre réalité. Il me parle comme s'il était convaincu qu'il existait bel et bien une histoire entre nous deux. Il me parle comme si j'étais à lui, comme si j'étais sa chose.

— Je crois que tu devrais rentrer chez toi aujourd'hui, mon amour, tu as une tête à faire peur. Je préviendrai Hélène que tu ne te sentais pas bien.

Le prenant au mot pour ne pas perdre mon ticket de sortie, je m'empare de mon sac et fuis à toute vitesse. Les larmes coulent sur mes joues quand je me retrouve face à Loris qui me regarde sans comprendre ce qu'il se passe. Tendant le bras pour me retenir, je l'esquive et cours sans me retourner jusqu'à l'ascenseur. Ce n'est qu'une fois dans ma voiture verrouillée que je m'effondre sur le volant. Je ne peux pas continuer comme ça. Il est fou, complètement cinglé. Il me fait tellement peur. Non, je ne peux pas, c'est au-dessus de mes forces.

Quand j'arrive dans ma rue, les larmes coulent toujours sans que je ne puisse rien y faire. Savoir que je vais pouvoir aller me morfondre sous ma couette en attendant que Tom me réconforte me rassure. J'ai besoin d'être un peu seule.

Je m'y reprends à quatre reprises pour faire un créneau convenable tellement mes mains tremblent. Les questions se bousculent dans ma tête. Comment vais-je réussir à me sortir de cette situation sans avoir à mettre le nom de Tom en péril ? Qu'est-ce qui ne tourne pas rond chez ce mec ? Mais surtout, pourquoi moi ?

Je repense à ses mots, à ce « mon amour » qu'il a prononcé comme si j'étais à lui. Tout tourne en boucle dans mon esprit, me donnant une envie foudroyante de vomir. Jamais je ne serai son amour. Plutôt mourir que d'être son amour.

Je sors de la voiture, les jambes encore flageolantes. Les escaliers me paraissent interminables tant je me sens faible. M'endormir et ne plus jamais me réveiller, c'est peut-être ça, la meilleure solution...

J'enfonce la clé dans la serrure, puis ouvre avec tant de force que la porte claque contre le mur sous le coup de ma colère. Tom apparaît au bout du couloir et je reste figée sur place. Aussi étonné que moi de me voir ici, il s'avance d'un pas pour venir à ma rencontre quand il réalise dans quel état je suis. Les mains tremblantes, le visage baigné de larmes, je suffoque de plus en plus à mesure qu'il s'approche de moi.

Quand il arrive près de moi, le teint livide, je sais qu'il s'imagine déjà tout un tas de scénarios tous plus horribles les uns que les autres. Mary, arrivée derrière lui, me regarde, interdite, avant de se précipiter à mes côtés.

— Emma, ma chérie…, murmure-t-elle en me serrant contre elle alors que mon corps se raidit malgré moi. Viens par ici, explique-nous ce qu'il s'est passé.

Nous passons à côté de Tom, je ne parviens plus à soutenir ce regard qu'il pose sur moi. Avant d'entrer dans le salon en silence, je me retourne et entrevois furtivement une larme qui coule sur sa joue avant qu'il ne la fasse disparaître d'un revers de main. Le voir aussi touché me percute encore plus fort que de devoir affronter Valentin.

Tandis qu'il nous rejoint dans la pièce où nous attend Carl, je m'assieds sur le canapé et prends un coussin pour me couvrir. Ces trois paires d'yeux qui me scrutent me rendent horriblement mal à l'aise. Ils attendent que je parle, mais je ne suis pas certaine d'en être capable. Je n'ai pas envie de m'effondrer devant ses parents. J'aimerais que l'on puisse être juste tous les deux, au moins je pourrais détourner son attention d'une manière ou d'une autre.

Les secondes s'écoulent dans un silence si pesant qu'elles en deviennent palpables. Tom commence à remuer sa jambe, je comprends qu'il perd patience.

— Emma, tu vas nous dire ce qu'il s'est passé, bordel ! s'écrie-t-il soudain.

Son ton est tellement autoritaire que je me remets à pleurer de plus belle. Cachée derrière mes mains, je l'entends s'excuser dans un souffle avant de s'accroupir devant moi. De force, il récupère mes mains pour les embrasser.

— Excuse-moi, bébé, répète-t-il en embrassant mes paumes. Je ne voulais pas te brusquer. C'est juste que ça me rend fou de te voir dans cet état. Em, dis-moi s'il t'a fait quelque chose. Putain, s'il t'a touchée, je te jure que...

Alors que je comprends qu'il est temps que je lui avoue la vérité, je pose ma main sur ses lèvres pour qu'il se taise. Il ne va rien faire. Rien du tout, à part m'écouter.

La peur au ventre, je commence mon récit par le début : notre rencontre, le jeu de séduction des débuts, le jour où je lui ai dit qu'il ne se passerait rien entre nous, ses textos depuis New York, notre confrontation de janvier, ses regards pervers... Tout jusqu'à ce moment flippant dans le bureau, il y a moins d'une heure.

Tom s'est levé quand j'ai évoqué le soir où il m'avait raccompagnée chez moi alors que j'étais quasi inconsciente à cause de l'alcool et qu'il m'avait baratinée sur sa femme. Il a commencé à faire les cent pas quand je leur ai raconté la fois où il m'a coincée dans l'ascenseur, et n'a plus arrêté de tourner en rond jusqu'à ce que je me taise enfin. Cette fois, il connaît toute l'histoire, je n'ai plus de secret ni pour lui ni pour ses parents. Concentré, il regarde par la fenêtre en frottant sa barbe de trois jours. Je l'observe et me fais cette réflexion idiote que ce n'est pas vraiment le bon moment pour mater son cul.

Carl et Mary ne parlent plus, eux non plus. Ils me regardent, pleins de compassion, puis restent bloqués sur Tom, en attendant, tout comme moi, sa réaction qui tarde à venir.

Quand il se retourne enfin, il a l'air furieux. Je sais qu'il est à deux doigts de péter un plomb, pourtant il se contient. A-t-il compris, lui aussi, que tout ce qui se passe avec Valentin est entièrement de ma faute ? Jamais je n'aurais dû souffler le chaud et le froid, jamais je n'aurais dû me taire et attendre qu'un événement comme aujourd'hui se produise pour enfin demander de l'aide à l'homme que j'aime. Oui, tout est de ma faute et il le sait autant que moi.

Je me lève et m'approche de la fenêtre à mon tour. Postée devant lui, je baisse les yeux au sol, honteuse. Quand il relève mon menton pour que je le regarde, ses yeux sont remplis de larmes. Mon cœur se brise, je me remets à pleurer.

— Pourquoi tu ne m'as rien dit, Em ? souffle-t-il en posant son front contre le mien.

La seule réponse que je suis capable de lui offrir, c'est un simple hochement de tête et une mine pitoyable. Il me prend les mains et mordille sa lèvre avant de parler.

— Em, j'aurais été là pour toi, j'aurais tout fait pour t'aider. Ça fait des semaines que je me demande ce qui se passe, pourquoi tu es différente, ou bien qu'est-ce qui te rend si triste. Je n'arrive pas à comprendre que tu ne m'aies rien dit. Ce n'est pas censé servir à ça un couple ? Deux personnes qui se disent tout et qui peuvent compter l'une sur l'autre ? Putain, Em, tu aurais dû me le dire !

— Et si tu avais su avant, qu'est-ce que tu aurais fait ? Tu lui aurais réglé son compte et tu te serais attiré des problèmes ! Réfléchis deux secondes, Tom ! Ça n'en valait pas la peine, d'autant plus qu'il ne m'a pas vraiment fait de mal, il m'a juste fait peur. Enfin vraiment peur, mais ça s'arrête là, OK ! C'est moi qui dois avoir tendance à exagérer la situation, on ne va pas tout gâcher pour ça, OK ?

— Tu entends ce que tu dis ? s'exclame-t-il en redressant la tête pour me fixer d'un regard sombre. Non, mais tu t'entends ?

— Tu n'y es pour rien, Emma ! nous interrompt mon beau-père, visiblement choqué par ma façon de minimiser les événements. Tu essaies de te convaincre que c'est toi la fautive dans l'histoire, mais tu es loin de la vérité. Tu n'exagères rien, Emma, j'en ai bien peur. Ce qu'il t'a fait s'appelle du harcèlement sexuel et c'est un crime puni par la loi ! Encore plus lorsqu'il s'agit d'un récidiviste !

Ne comprenant pas le sens de ses mots, je me retourne vers Carl pour mieux les interpréter. Cependant, c'est Tom qui reprend la parole :

— Emma, il y a un truc que je ne t'ai pas dit. Tu te rappelles ce que je t'ai raconté sur le jour de la Saint-Valentin, quand je l'ai croisé aux Galeries ? Je l'ai entendu parler à sa femme et il a été très dur avec elle. Je n'étais pas avec eux, pourtant j'ai été gêné pour elle, tu t'en souviens ? demande-t-il alors que j'acquiesce d'un signe de tête. Je n'étais déjà pas très fan du bonhomme mais, ce jour-là, son comportement m'a vraiment interpellé. J'ai donc demandé à mon père de se renseigner sur lui.

— Et vous avez trouvé quoi ? m'inquiété-je en me tournant directement vers Carl qui enfourne ses mains dans ses poches, mal à l'aise.

— Il s'avère que son passé n'a pas été facile à creuser, il m'a même fallu de l'aide. Toutefois, ce qui ressort de ces recherches est que ce monsieur est loin d'être une personne équilibrée. D'une part, sa femme a déposé plainte plusieurs fois contre lui, mais elle les a toutes retirées. D'autre part, son arrivée à Paris correspond en tout point avec un autre retrait de plainte d'une collaboratrice dans la succursale de Marseille. Comme il a décampé du sud, l'histoire s'est arrêtée là, mais à voir son comportement à ton égard, tout porte à croire que cette femme a probablement subi le même sort que toi. Je n'ai pas encore de preuve de ce que je vais avancer, mais je ne serais pas étonné que le départ en retraite précipité de Baldonneau soit, de près ou de loin relié à toute cette histoire.

Je regarde Tom, interloqué.

— Pourquoi tu ne me l'as pas dit ? Ce mec est cinglé et il se balade tranquillement dans la nature. Il ne va pas me laisser tranquille, j'en suis sûre.

Prise d'une panique incontrôlable, mes mains se mettent à trembler, je suffoque à nouveau. Tom me serre dans ses bras pour me rassurer.

— Emma, calme-toi ! Je suis là. Il ne va rien t'arriver, car je ne vais pas te lâcher, je te le jure ! On va trouver une solution, tu peux compter sur moi.

Impossible de parler, je suis sous le choc. Je sais que Tom m'a caché ses découvertes pour que je ne m'affole pas davantage. Mais c'est l'effet inverse qui ressort. Ce mec est un psychopathe, et il est maintenant très clair que je suis sa nouvelle proie.

4 AVRIL - THOMAS

Déjà trois semaines se sont écoulées depuis qu'elle m'a tout raconté. Trois semaines que je suis de plus en plus impuissant quand je la regarde sombrer dans le néant.

Elle n'a pas voulu se rendre chez le médecin pour qu'il la mette en arrêt de travail, elle a préféré continuer à aller au boulot pour ne pas accumuler de retard sur ses dossiers en cours. Elle ne parle plus beaucoup, ne mange plus beaucoup, et ne dort plus beaucoup. Elle n'est plus que l'ombre d'elle-même. Et moi, je contemple le spectacle, impuissant.

Même si j'ai l'impression de ne pas réussir à l'aider, j'arrive avec elle le matin, je repars avec elle le soir et je reste avec elle pendant la pause méridienne, le tout en gardant mes distances pour ne pas attirer l'attention sur nous. Surtout que depuis l'histoire avec Ali, les rumeurs vont bon train et notre comportement bizarre ne doit pas améliorer la situation. Quand on voit Emma, je ne suis jamais bien loin.

Mes parents aussi, soucieux de la tournure des événements, ont décidé de rester à Paris jusqu'à la date du concours en juillet. Juste au cas où, comme ils disent. J'apprécie qu'ils soient là pour nous soutenir, je ne me souvenais plus ce que c'était d'avoir une famille présente. Retrouver la tendresse de ma mère et la complicité de mon père, tout ça m'avait manqué bien plus que je ne pourrais me l'avouer. C'est certain qu'on ne pourra pas effacer les quatre années de souffrance que l'on s'est infligées, cependant on réapprend à se connaître et c'est bien plus que ce que je pouvais imaginer.

J'ai eu une conversation très sérieuse avec mon père au sujet de mon avenir... Ou plutôt de notre avenir avec Emma. Je suis réellement prêt à retourner vivre à

New York. En partie pour elle, car je sais que c'est son rêve et qu'elle ne supporte plus d'être ici à cause de lui, mais aussi pour moi. Recommencer notre vie là-bas nous permettra de tourner la page, de tout reprendre à zéro, d'être un couple normal qui n'a pas besoin de faire profil bas.

Afin de retrouver ma Boucle d'or, je me dois de faire mon possible pour la sortir de cette impasse, de lui redonner l'envie de se battre, comme elle l'a fait pour moi. Elle m'a sauvé de la noyade, de cette vie décadente que je menais, elle m'a aidé à retrouver le goût de la vie et c'est à mon tour de lui sortir la tête de l'eau.

Mes parents, aussi, ont à cœur de nous aider. Ma mère s'est mise en tête de nous trouver l'appart parfait. Elle a contacté toutes les agences immobilières qu'elle connaît et passe son temps à faire des visites virtuelles par téléphones interposés.

Mon père, lui, m'a dégoté un stage de commerce international dans l'une de ses succursales new-yorkaises afin de faire mes preuves pendant l'été. Même si je me suis toujours promis de ne pas céder à la facilité en me faisant pistonner, ce stage est une opportunité à ne pas manquer. Alors puisqu'il me tend la main, je ne veux pas rompre ce lien que l'on tisse à nouveau tous les deux.

Tandis qu'Emma dort toujours à poings fermés, le réveil sonne pour la seconde fois. Son sommeil a encore été agité cette nuit. Elle m'a avoué faire ce rêve récurrent où elle se retrouve ligotée dans une pièce sombre et que Dumas se pointe pour lui demander de lui lire une histoire. J'ai essayé de la rassurer en lui disant que ça n'allait pas arriver, que cet enfoiré n'était pas aussi cinglé, que ça n'avait rien de prémonitoire, mais on voit tellement de fous maintenant aux informations que, même moi, je ne suis pas rassuré par tout ça.

Depuis la dernière fois qu'il lui a parlé, il n'y a pas eu d'autres messages ou d'autres appels. Ma raison me dit qu'il a peut-être lâché l'affaire face aux refus d'Emma. Mon cœur, quant à lui, est beaucoup moins optimiste. Ce mec n'a pas encore obtenu l'objet de son désir et je ne suis pas certain qu'il ait envie de baisser les bras aussi facilement.

Je caresse la joue de ma belle endormie. Avec toute cette histoire, j'ai la désagréable sensation qu'elle m'échappe. Même si elle ne s'en rend pas compte, elle met des barrières de plus en plus imposantes entre nous et je sais que notre couple commence à en pâtir.

Nous n'avons pas fait l'amour depuis trois semaines. Ce n'est pas vraiment un drame, non pas que j'en sois à compter les jours, c'est juste que cette distance me fait mal. Et même si elle est blottie dans mes bras à cet instant, elle me manque terriblement.

Elle enfouit sa tête comme pour se cacher encore un peu de la réalité du réveil qui la rattrape. Je sais qu'elle fait des efforts surhumains pour se lever le matin, qu'elle les fait pour moi et que pour elle, je ne dois pas craquer.

4 AVRIL - EMMA

Encore une journée. Une de moins qui nous sépare de notre nouvelle vie, mais une de plus à affronter les regards inquisiteurs des collègues qui m'entourent. Une journée de plus à essayer d'éviter Valentin. Une journée de plus à essayer de faire comme si j'allais presque bien.

Mes habitudes ont changé. Moi qui étais toujours en avance, j'arrive tous les jours sur le fil. Je ne mange plus au self et pars à l'heure indiquée sur mon contrat. Je ne passe plus en salle de pause, ne discute plus avec mes collègues. Je ne suis qu'une ombre dans ce building de torpeur. Mon travail aussi en pâtit. Il n'y a plus d'entrain dans ce que je fais, plus d'envie. Tout me paraît ridiculement inutile.

J'ai l'impression de vivre avec une épée de Damoclès au-dessus de la tête, comme si j'attendais passivement la prochaine confrontation. Car je sais qu'il y en aura une autre, je le sens. Non pas que je sois impatiente, bien au contraire, mais son attitude lors de la confrontation n'avait rien de l'attitude d'un homme qui abdique. Pourquoi aurait-il déjà fait tout ça pour arrêter si subitement ? Ça n'aurait pas de sens.

Je ne prétendrais pas être une personne intuitive, mais à chaque fois que j'ai eu un pressentiment aussi fort, je ne me suis jamais trompée. J'avais raison pour Josh et ses multiples conquêtes, j'ai eu raison de donner une chance à Tom, et je suis sûre d'avoir raison de penser qu'il prépare quelque chose.

La question qui m'obsède maintenant, c'est : quand va-t-il frapper à nouveau ?

4 AVRIL - VALENTIN

J'aime quand elle a ce regard vague lorsqu'elle regarde par la fenêtre. Je suis certain qu'elle pense à moi. Elle a beau prétendre qu'elle ne veut rien de sérieux entre nous, je sais que c'est parce qu'elle attend le contraire. Elle attend que je fasse encore un pas vers elle.

Et ce n'est pas ce petit emmerdeur de gosse de riche qui se mettra entre elle et moi.

Je déteste quand il vient l'enlacer à la fenêtre. Ça devrait être moi, pas lui. Depuis que je suis sûr qu'il se la tape, j'ai du mal à décolérer. Au début, ça m'a vraiment fait péter un plomb. Après avoir retourné notre maison et avoir failli m'en prendre à Sophie, je suis sorti pour aller me bourrer la gueule. Bien que je prenne ça avec plus de détachement aujourd'hui, car j'ai compris le petit jeu d'Emma, il m'a fallu quelques jours pour encaisser que la femme de ma vie me trompe avec ce genre de branleur. Qu'est-ce qu'elle lui trouve d'abord ? C'est son argent ? Non, mon Emma n'est pas une fille vénale. Il l'a influencée, il lui a retourné le cerveau contre moi, mais je sais que je peux la faire revenir. Il n'y a qu'à voir les regards qu'elle me lance quand elle me croise : sa façon si timide de baisser les yeux, ses joues qui s'empourprent quand je m'approche d'elle…

De toute façon, depuis la fois où je suis venue chez elle et qu'elle m'a presque supplié de lui faire l'amour, j'ai compris que c'était elle. Elle et personne d'autre. Nous sommes deux âmes sœurs qui ne demandent qu'à se trouver enfin. Et je sais qu'en achetant cet appart juste en face du sien, je vais réussir à donner un coup de pouce au destin.

Il va d'ailleurs falloir que je mette un peu de déco ici. C'est beaucoup trop impersonnel. Les agrandissements des photos d'Emma ne devraient plus tarder à être livrés. Ce n'est plus qu'une question de jour pour que je les reçoive et que mes murs respirent enfin le bonheur.

Les Vidal m'ont pris pour un débile en pensant que je ne remarquerais pas le détective qu'ils m'ont collé au cul ? Ils ont eu tort. Comme si j'en étais à mon coup d'essai... L'avantage est que mon échec à Marseille m'a énormément servi de leçon. Je sais quelles sont les erreurs à ne pas commettre à nouveau si je veux parvenir à mes fins. Avec Louise, j'ai été trop pressé. Je voulais tout, tout de suite, et c'est pour cela qu'elle m'a rejeté. Avec Emma, je prends mon temps et j'avance avec prudence. Même si c'est long, j'ai une certitude, elle sera à moi. D'une manière ou d'une autre, elle sera à moi.

Je sais que j'avais promis à ma femme que l'histoire avec Louise ne se reproduirait pas. Bon, je n'ai pas tenu ma promesse, mais l'avantage, c'est que cette fois elle ne le saura pas puisqu'en prenant cet appart, j'ai fait un coup de génie. La vieille qui est décédée était une aubaine. Il faut dire que je l'ai peut-être un peu aidé, mais ce n'est qu'un détail inutile.

Putain, enlève tes sales pattes de ma muse, espèce de sombre merde !

Je ne peux pas le blairer, ce petit prétentieux. Sa façon de s'assurer que le champ est libre quand il sort de l'appartement d'Emma m'insupporte. Pour qui se prend-il ? Superman ? Tu en es loin, mon gars ! Et un jour je te le ferais comprendre si tu t'obstines à l'embrasser comme ça. Emma est ma kryptonite, elle n'est qu'à moi. Elle est ma précieuse.

Le voir fourrer sa langue dans la bouche de ma bien-aimée me retourne l'estomac. J'ai envie de gerber. Leur bonheur n'est que factice, c'est un leurre qu'Emma met en scène pour me forcer à me surpasser. Elle est forte, alors que lui est crédule. Ne se rend-il donc pas compte qu'elle se fiche éperdument de lui ? Pourtant, c'est évident ! N'importe qui le verrait immédiatement.

Emma, tu vas être en retard, ma beauté. Il serait temps de te rendre au boulot ou je serai obligé de sévir sur tes retards. Et je ne veux pas sévir... Du moins, pas maintenant.

Le détective va rester encore cinq minutes, après ça je pourrai me rendre au travail sans problème. Il faut dire que cet appart est vraiment idéalement situé. Je n'aurais pas pu espérer mieux que ce quatrième étage avec vue plongeante directe sur ses fenêtres. De mon salon, je peux contempler le sien à loisir, ainsi que sa cuisine et sa chambre.

J'aurais largement préféré mettre des caméras chez elle, mais je n'ai pas eu le temps la semaine dernière quand j'y suis passé. Je devrais peut-être retenter demain, au moment où ils ont prévu de faire la présentation sur l'étude de la boîte. La réunion commence à 14 heures, et vu la taille du rapport, ça me laisserait une certaine marge de manœuvre pour entrer, trouver les emplacements parfaits, m'assurer des réglages et ressortir sans que personne ne s'en aperçoive. Ni eux, ni le détective, ni ma femme.

En plus, les caméras que j'ai achetées sont à la pointe de la technologie. Si minuscules qu'elles sont indétectables pour des novices. Ce qui m'a le plus convaincu, c'est que je pourrai suivre ce qui se passe à l'écran aussi bien sur un ordinateur que sur un portable tant l'image est parfaite. Comme il m'est impossible de venir ici le week-end à cause d'Adam et Sophie, je pourrai trouver un peu de temps pour la regarder depuis mon téléphone.

Leur seul point négatif, malheureusement, c'est qu'elles ne pourront pas m'aider à la sentir ou à la toucher. Quoique pour ça, je préfère largement aller chez elle pour sentir le doux tissu de ses culottes. Même si l'odeur de ce gamin est omniprésente elle aussi.

Quand je vais là-bas, je me sens bien. J'ai un peu l'impression d'être chez moi. J'aime effleurer ses affaires, me les approprier. J'aime aussi fouiller dans ses papiers ou même m'envelopper dans ce plaid qu'elle garde sur elle le soir quand elle lit.

C'est un peu tordu, mais la dernière fois, je me suis couché à sa place dans son lit et je n'ai pas réussi à résister à l'envie de me toucher en pensant à elle. C'était tellement bon. J'avais presque l'impression qu'elle était là, avec moi, qu'elle m'encourageait à finir pour elle.

C'est sûr qu'après coup, je me suis senti un peu pervers. Comme la fois où je l'avais fait chez Louise, mais cette culpabilité me rassure outre mesure, car elle me prouve que je ne suis pas ce genre de psychopathe qu'on voit à la télé. Non, moi j'ai un cœur. Je le fais par amour, comme une offrande à la femme que j'aime.

Ah, ma belle Emma, tu vas me faire devenir fou...

20 AVRIL - THOMAS

— Putain, mais c'est qui ? Si je te chope, mon pote, je te jure que je te pète la gueule !

J'ouvre la porte de l'appartement pour descendre les escaliers en trombe. Quand je me retrouve en boxer sur le trottoir, il n'y a plus personne. Je fulmine.

Si je trouve le connard qui s'amuse à faire ça, je jure que je le défonce. Je ne sais pas si ce sont des gamins qui viennent sonner depuis trois soirs, mais il suffit qu'on se mette au lit pour que quelqu'un sonne à l'interphone.

L'idée que ça puisse être Dumas m'a traversé l'esprit une seconde, toutefois, je ne le pense pas assez vicieux pour faire un truc aussi puéril. Il faudrait vraiment qu'il soit tombé bien bas pour s'abaisser à ce genre de connerie. Il n'a plus dix ans bordel.

Agacé, je remonte en vitesse. Même si la soirée est douce, je ne suis pas habillé pour rester dehors. Si une bagnole de flics passe maintenant, c'est clair qu'on m'embarque pour attentat à la pudeur.

Emma a rallumé toutes les lumières. Elle soulève tous les coussins, regarde derrière les livres dans la bibliothèque, bouscule chaque bibelot sur les étagères de manière frénétique. Ses gestes sont rapides, brusques, maladroits. On dirait une folle en pleine crise de démence.

Je m'approche doucement d'elle et l'encercle par-derrière pour la calmer.

— Emma, bébé, calme-toi. Qu'est-ce que tu cherches comme ça ?

Pour tenter de l'apaiser, je m'efforce de chuchoter, mais visiblement, ce n'est pas suffisant. Alors qu'elle se défait de mes bras pour tomber au sol, elle se met à pleurer. Je m'accroupis près d'elle pour la serrer de nouveau dans mes bras.

— Em, qu'est-ce qu'il y a ? Ce n'est rien, probablement juste des gamins qui s'amusent à réveiller les gens. Calme-toi, tout va bien.

Son corps tremble. Elle peine à s'exprimer.

— Il... nous... espionne... J'en... suis sûre, bégaye-t-elle entre deux inspirations.

Fronçant les sourcils en soupirant, je pose mon front contre le sien pour canaliser sa détresse. Comme je ne peux pas exprimer le fond de mes pensées, je me contente de respirer sur le même tempo qu'elle afin qu'elle finisse par se caler sur le mien pour se calmer. Si je lui disais que moi aussi j'y ai pensé, elle deviendrait probablement folle. Même moi je ne pourrais y croire, après tout, qui serait assez tordu pour foutre des caméras chez quelqu'un ? Et comment aurait-il pu rentrer ? Non c'est impossible. Je balaie une nouvelle fois cette idée de mon esprit.

— Non, Emma, il ne nous espionne pas, ça ne se peut pas. C'est juste une coïncidence. On est un peu à cran à cause de toute cette histoire. Mais Em, il ne t'a pas approchée depuis si longtemps, je crois réellement qu'il a lâché l'affaire. Il a compris que ça ne servait à rien de s'obstiner. J'en suis sûr !

Ma voix sonne si faux que les derniers mots que je prononce sont presque étouffés dans ma gorge. Je ne sais pas si je dis ça pour la rassurer elle ou moi.

C'est clair que ce mec n'est pas net, je le vois dans ses yeux à chaque fois que je le croise au détour d'un couloir. Toutefois, je ne pense pas qu'il le soit au point d'agir ainsi. Ce genre de plan n'existe que dans les films. Enfin, je crois.

— Putain, Thomas ouvre les yeux ! Quelqu'un sonne à la porte à peine dix minutes après qu'on se mette au lit et qu'on est sur le point de faire...

Elle ne finit pas sa phrase, mais n'a pas besoin de le faire pour que je comprenne immédiatement où elle veut en venir. Comment pourrait-il savoir ?

Méfiant, je me lève et me poste devant la fenêtre. La rue est déserte. Le bâtiment d'en face à l'air paisible. Tous les volets sont fermés. Nous, nous ne fermons jamais les volets du salon, mais à partir de maintenant je vais le faire. Juste par précaution.

Pour la sécuriser, je reprends les recherches d'Emma là où elle les a laissées. Minutieusement, j'inspecte les pièces de l'appartement sans détecter quoi que ce soit. Pas de caméras à l'horizon.

Emma m'a suivi pas à pas dans mes fouilles, collée contre moi, à l'affût de la moindre lumière clignotante ou du plus petit boîtier noir. Il faut croire que les films d'espionnage nous rendent un peu paranos. À part James Bond, qui pourrait se procurer des caméras aussi petites que des têtes d'épingle ?

Une fois l'appart passé au peigne fin. Je me retourne vers elle et lui caresse la joue avant de lui demander :

— Tu es rassurée ?

— Je crois, répond-elle sans grande conviction. T'as raison, je suis à cran, il faut que je me calme avec tout ce cirque sinon je vais devenir cinglée.

— Ça va aller, Em. Bientôt toute cette histoire sera derrière nous et on pourra tout recommencer à zéro.

Elle se blottit dans mes bras tandis que je lui caresse les cheveux machinalement. Je ne lui dis rien pour ne pas l'affoler plus, mais je suis moi-même épuisé de tout ça. Épuisé d'avoir peur pour elle chaque seconde où elle se retrouve au bureau. Épuisé de me dire qu'un psychopathe a fait d'Emma sa cible. Tout aurait été tellement plus simple si elle s'était mise en arrêt de travail. On aurait pu mettre une distance entre elle et ce connard, mais non, madame est têtue, madame a une conscience professionnelle hors norme et veut me tutorer jusqu'à la fin de mon stage pour être certaine de remplir mon rapport.

Je sais qu'elle tient le coup pour moi et pour que je puisse avoir les meilleures armes pour passer ce concours. Mais le jeu en vaut-il réellement la chandelle ? Un boulot contre sa santé mentale ? Je n'en suis pas sûr.

Ma mère, qui a compris qu'Emma faisait durer le supplice à cause de moi, a bien tenté de lui demander si elle voulait partir en avance pour pouvoir aménager notre nouvel appart, mais elle a décliné la proposition avec fermeté. C'est d'autant plus déroutant que ma mère nous a dégoté une petite perle selon elle. On l'a vu en visio, et effectivement, il a l'air terrible. Le court temps de la vidéo, j'ai pu retrouver mon Emma souriante, enthousiaste, et ça m'a fait du bien. Mais même excitée par cette nouvelle vie, elle a refusé catégoriquement. Elle a préféré rester pour m'attendre.

Même si j'apprécie son geste, ce n'est pas du tout ce que je lui demande. C'est tout le contraire que je veux. Ce que je voudrais, moi, c'est qu'elle se sente en sécurité, qu'elle retrouve sa joie de vivre, et surtout qu'elle soit loin de ce type, même si ça implique de devoir traverser un océan. Elle m'aurait manqué pendant deux mois, c'est clair, mais j'aurais préféré la savoir loin de toute cette merde.

J'aurais beau lui avancer tous les arguments possibles, je sais que c'est peine perdue. Elle ne changera pas d'avis, elle campera sur ses positions jusqu'à ce qu'on parte tous les deux.

Un soir, face à tant d'obstination, mon père lui a proposé de le faire taire... Genre définitivement. D'abord surpris par la proposition, j'ai vraiment pensé qu'Emma allait péter un câble en le traitant de fou. Mais à défaut de déclencher les foudres de ma jolie Boucle d'or, nous nous sommes tous tapé un fou rire monumental. En arriver à un tel extrême prouve qu'on est tous très stressés.

Mes parents s'inquiètent pour nous, et surtout, ils remarquent autant que moi à quel point Emma est de plus en plus affectée par la situation. Seulement comme moi, ils se sentiront impuissants tant qu'elle ne voudra pas monter dans cet avion.

Pour l'heure, je n'ai pas de solution à notre problème hormis la patience. Alors pour lui faire oublier ces gamins qui nous dérangent, je la prends par les épaules et la ramène dans la chambre. Après l'avoir bordée de son côté du lit, je me recouche près d'elle et me blottit contre son corps bien trop frêle à présent, avant de remonter la couette par-dessus nos têtes. Ainsi cachés, je suis certain qu'elle se sentira plus en sécurité.

Entièrement recouverts, je passe ma main à l'extérieur puis dresse mon majeur en direction du plafond. Après tout, s'il y a une caméra que je n'ai pas trouvée ici, autant que l'enfoiré qui nous voit puisse savoir à quel point je l'emmerde.

Amusé par ce que je viens de faire, je souris niaisement en imaginant la tête de ce trou du cul qui doit dormir paisiblement dans son lit. A priori, il n'y a pas qu'elle qui pète un plomb, moi aussi je deviens complètement cinglé.

21 AVRIL – EMMA

— Non, Tom, tu restes couché ! Je te préviens que si tu viens traîner au bureau aujourd'hui, je vais me mettre en colère. Tu dois te préparer pour ton entretien oral, alors reste ici. De toute façon, je finis à midi. Tout devrait bien se passer.

Je le repousse sur le lit alors qu'il essaie de se lever. Hors de question qu'il m'accompagne ce matin, c'est un jour trop important pour lui. Même si je ne suis pas rassurée à l'idée d'aller bosser sans lui sur mes talons, il a raison, Valentin ne m'a plus parlé depuis un bon moment. Je devrais arrêter de psychoter pour rien. Il ne va rien se passer.

— On ne sait jamais. Tu serais certainement plus rassurée si j'étais dans le coin. Je me trompe ?

— C'est vrai, mais je m'en voudrais aussi de te faire venir uniquement pour jouer les bodyguards avant ton rendez-vous en visio. Si tu as pris ta journée, c'est pour être dans les meilleures dispositions, tu vas devoir assurer si tu veux vraiment ce stage, alors arrête de t'en faire et recouche-toi, tu as encore le temps.

Je l'embrasse sur le front en le maintenant sur le lit. Il sourit et me retourne pour se mettre au-dessus de moi. Je suis coincée entre ses bras, il m'embrasse comme si c'était la dernière fois qu'il me voyait.

Je sais qu'il est nerveux à cause de moi et que toute cette histoire le met à cran. Pourtant, il fait preuve d'une grande maturité face à tout ça. Il me rassure autant que possible, est présent dès qu'il le peut. Il est très protecteur avec moi et je ne me sens en sécurité que quand il est là. Cette facette de sa personnalité me plaît tellement. Il me prouve tous les jours qu'il a les épaules assez solides pour être fort pour nous deux.

Quand j'y repense, notre histoire n'a pas été simple depuis le début. Toutefois, avec toutes les épreuves que l'on a traversées jusque-là, je suis persuadée que notre couple est solide. Évidemment, c'est un peu difficile depuis quelques semaines, car je me suis un peu repliée sur moi-même, mais il est temps d'aller de l'avant, de reprendre le dessus et d'agir normalement. Bientôt nous aurons une nouvelle vie, un nouveau départ, et nous serons plus unis que jamais.

— Je te propose... Non, je t'oblige à garder ton portable sur toi et à m'appeler chaque demi-heure. C'est bien clair ?

Il m'embrasse sur le bout du nez. Même si son sourire affiche une bonne humeur de façade, son regard semble soucieux. Les petites ridules qui se forment sur son front me le prouvent aussi. Je les caresse du bout des doigts et plonge mes yeux dans les siens en soufflant contre ses lèvres :

— Je te le promets.

Il m'embrasse, fort, passionnément, puis se redresse. Son sourire a disparu alors qu'il m'aide à me relever.

— OK..., abdique-t-il en me laissant gagner la porte d'entrée. Reviens vite, je t'aime.

Je lui envoie un baiser accompagné de mon plus beau clin d'œil, il se met à rire d'un rire qui sonne faux. Pour ne pas lui donner l'envie de me rattraper, je ferme la porte d'un geste vif, mais au lieu de partir, je reste sur le palier une minute, le cœur au bord de l'explosion.

Sortir de la maison sans Tom me paraît insurmontable. La petite boule au fond de ma gorge reprend sa place pour m'empêcher de respirer correctement. Bon sang, comment vais-je réussir à avancer si rien que de me retrouver seule sur le palier me fait aussi peur ?

Prenant mon courage à deux mains malgré les tremblements qui parcourent mes doigts, je descends les marches au ralenti en me forçant à poursuivre mon chemin.

Tu es forte, tu es vaillante, tu vas réussir, Em !

Sur le trottoir, je regarde la distance que j'ai à parcourir pour arriver jusqu'à la voiture. Ce qui semble si anodin pour tout un chacun me paraît être un acte difficile à accomplir ces derniers temps. À chaque fois que je marche dans cette rue, je me sens observée, comme s'il était là pour guetter mes moindres faits et gestes.

Tout ça, c'est dans ta tête, Em !

Après un bref coup d'œil en direction de nos fenêtres, je vois que mon impression n'était pas si mauvaise. Tom me regarde et me fait signe dès que je me retourne. Son attitude me fait sourire. C'est fou comme il m'a redonné foi en l'amour. Je n'aurais pourtant pas cru ça possible un jour.

Je monte dans ma voiture et mets le contact. Les portes fermées à clé, je me sens déjà mieux. Juste avant que je m'engage dans la voie à sens unique, un gros camion me double et me surprend. Mon esprit s'emballe. Et si Valentin sortait de ce truc pour me kidnapper et m'emmener je ne sais où ! On ne me retrouverait jamais et je finirais morte dans un bois sans que personne ne puisse savoir où je suis. Je secoue la tête pour me reprendre. Ça devient carrément flippant les scénarios qui se jouent dans ma tête. Peut-être que je devrais envisager de suivre une petite thérapie pour retrouver un esprit sain...

Ce n'est qu'un camion de travaux qui bouche un peu le passage. Rien de plus, Em !

Voilà déjà plusieurs jours que quelqu'un rénove son appartement dans l'immeuble d'en face. Alors je ne devrais pas m'inquiéter pour rien. Les gens ont quand même le droit de faire des travaux sans que je vire dans la paranoïa !

Je reprends ma route vers le building de CVML avec une certaine appréhension. Quand je me gare sur le parking, remarquer que la voiture de Valentin n'est pas encore là m'apaise. Avec un peu de chance, il ne travaille pas aujourd'hui et je vais pouvoir passer une matinée zen.

Machinalement, je croise les doigts en longeant le mur qui mène aux ascenseurs. Quand j'arrive devant le dernier passage piéton qui fait face aux portes, une voiture s'arrête pour me laisser passer. Au volant, Valentin me regarde en désignant le passage que je tarde à prendre tant je suis prostrée sur place. Le sourire sardonique qu'il me lance me fait froid dans le dos autant que de le voir dans cette voiture. Puisque ce n'est pas celle dans laquelle il roule habituellement, comment vais-je pouvoir repérer s'il est là quand j'arrive s'il se pointe avec une caisse différente ! Je déglutis avec difficulté en détournant le regard, puis traverse d'un pas hâtif pour rejoindre l'ascenseur qui vient de s'ouvrir. Les portes se referment en même temps qu'il se gare. Bientôt, il sera en haut, et moi, je ne pourrais plus respirer.

Enfermée à double tour dans mon bureau, je me laisse glisser le long de ma porte avant d'enfouir mon visage dans mes mains. À l'extérieur, j'entends les rires des collègues qui plaisantent, qui se racontent des anecdotes sans se rendre compte une seconde qu'un cinglé rôde parmi nous. J'ai envie de sortir, de leur hurler que je suis à bout de souffle, que je n'en peux plus de me sentir oppressée à cause de cet homme qui hante mes jours et mes nuits.

Malgré mes craintes, je me suis plongée dans le travail, si bien qu'il est déjà un peu plus de midi quand je réalise que la matinée a filé à toute allure. Me remémorant la promesse que j'avais faite à Tom en partant ce matin, je récupère mon portable pour l'appeler et m'excuser.

Quand je l'allume, les trente appels en absences et les trois messages sur le répondeur qui s'affichent sur l'écran commencent à me faire paniquer. Je compose le numéro de ma messagerie et insulte mentalement la femme qui met un temps fou à annoncer les nouveaux appels.

Message reçu le 21 avril à 11 heures 48 : « Em, c'est moi. Le détective de mes parents a pris des photos de Dumas devant chez nous hier soir. C'était bien lui la sonnette. Le gars a essayé de joindre mon père toute la nuit pour lui dire, mais son portable était éteint. Je viens au boulot, je serai là dans moins de trente minutes. Reste dans ton bureau et fais-en sorte de ne pas être seule. Je t'aime ! »

Sa voix est saccadée, comme s'il cherchait les bons mots pour ne pas trop m'affoler, mais le stress est palpable dans son intonation. La main tremblante, j'appuie sur le chiffre qui me conduit vers le second appel.

Message reçu le 21 avril à 11 heures 53 : « Emma, c'est Carl. Je voulais m'assurer que tout allait bien. Thomas a dû te prévenir pour les clichés que le détective a pris hier. Je suis navré de n'avoir pu vous le dire avant, mon téléphone était déchargé et je n'ai pas fait attention. Nous savons, Mary et moi, que tu ne veux pas le faire, mais je crois qu'il serait temps d'aller déposer une plainte à la gendarmerie. Nous passons te chercher dans le hall de CVML. Nous t'y conduirons directement comme ça tu n'auras pas le choix. À tout à l'heure. »

J'essaie de canaliser mon stress, mais je n'y parviens pas. Le troisième message s'enchaîne alors que je suffoque. La voix affolée de Tom qui résonne dans mon oreille me coupe définitivement le souffle.

Message reçu le 21 avril à 12 heures 01 : « Putain Em, mais réponds bordel ! Il a bloqué la porte d'entrée, ce fils de pute. Je n'arrive pas à sortir. Je vais devoir sauter par la fenêtre. Il prépare un truc, Em, sors de l'immeuble ou va quelque part où il y a du monde ! Fais vite ! Je te rejoins au plus vite. Je me dépêche, je te le jure. On va direct chez les flics, Emma ! Je t'a… »

Toc, toc, toc... Je n'ai pas le temps de finir d'écouter le message quand le bruit de la porte me fait sursauter dans un mouvement de panique.

Il est là, un sourire salace aux lèvres. Sans m'en rendre compte, je laisse échapper mon portable qui tombe au sol dans un bruit sourd. Alors qu'il remue une petite clé, puis ferme la porte d'un coup de pied bruyant, je recule d'un pas en ouvrant la bouche pour crier, mais aucun son ne sort.

— Détends-toi, Emma chérie. Il faut juste qu'on parle tous les deux.... déclare-t-il en souriant, laissant sous-entendre que je dramatise la situation. Juste parler, rien de plus.

Après avoir fait craquer ses cervicales comme s'il se préparait pour la suite, il enfonce la clé dans la serrure, puis la tourne pour nous enfermer. Je suis bloquée. Mon regard se pose sur la fenêtre encore ouverte. Si je l'atteins avant lui, j'aurais peut-être une chance de…

— Tu vas faire quoi, Emma ? Sauter par la fenêtre ? ironise-t-il en s'approchant du bord avant moi. Regarde à quel étage on est, ma douce. Tu sautes, tu meurs !

Il me tourne le dos une brève seconde pour regarder le sol qui se trouve quatorze étages en dessous de nous, je m'empresse d'atteindre la porte pour l'ouvrir. Mon geste n'est pas assez rapide, et en un mouvement, il me rejoint pour m'en empêcher. Il m'attrape par les épaules et les presse si fort que je les abaisse de douleur pour tenter de minimiser son emprise sur mes os. Me forçant à reculer jusqu'à mon bureau pour mieux me bloquer, son visage est si près du mien que je sens son souffle sur moi. Ses yeux essaient de rencontrer les miens, mais je détourne immédiatement le regard.

— Maintenant, tu vas te taire et me laisser parler. Si tu cries, Emma, je te ferai mal, très mal. Tu as compris ?

Malgré la souffrance que ses doigts créent en s'enfonçant dans mes omoplates, je garde la tête haute pour lui montrer qu'il ne me fait pas peur, même si à l'intérieur je suis complètement morte de trouille.

La vision d'un ciseau qui traîne près de mon clavier me parvient comme un flash. À tâtons, j'essaie de chercher l'objet qui pourrait peut-être éloigner ce cinglé de moi, mais ce foutu objet est trop loin. Je ne parviens pas à l'atteindre.

— Alors comme ça, Emma, tu m'as menti. Je t'ai pourtant prévenu que si tu me racontais des bobards, tu en paierais le prix. Tu es une vilaine... vilaine petite menteuse, Emma. Je suis tellement déçu par ton comportement. Te taper le stagiaire le plus friqué de la boîte, tu es une sacrée petite salope quand même. Je n'aurais jamais pensé ça de toi !

— Tu ne lui arriveras jamais à la cheville, espèce de connard ! lui craché-je au visage dans un élan de courage.

Ce à quoi il me répond par une violente gifle. Les larmes se mettent à couler sur mes joues. Il me serre si fort qu'il m'est impossible d'apaiser la douleur lancinante qui fouette ma joue.

— Fermes-là, sale garce. Tu te laisses baiser par ce petit merdeux alors que j'aurais pu t'offrir tellement plus. Tu as tout gâché, Emma. J'étais amoureux de toi. Et toi, t'as préféré te taper le premier branleur que t'as trouvé. Je vais te faire virer pour ça !

— Et toi tu vas moisir en taule pour harcèlement, fils de pute !

Les mots sont sortis tout seuls. Impossible de les retenir. La réaction de Valentin est immédiate, je reçois un coup de poing dans l'estomac qui m'oblige à me plier en deux de douleur.

— Relève-toi, salope. Tu n'as que ce que tu mérites !

Il me redresse de force, puis déchire ma chemise d'un geste sec. Sans avoir le temps de réaliser ce qu'il est en train de faire, je me retrouve en soutien-gorge devant lui. Complètement à sa merci. Il me couche sur le bureau en me maintenant fermement par les épaules. Son poids pèse sur moi quand il se presse contre mon entrejambe. Son excitation contre moi me provoque une nausée soudaine.

J'essaie tant bien que mal de me libérer de son emprise en lui mettant des coups de genoux. Mais ça n'a aucun effet, mes coups n'ont aucune portée. Son regard est brûlant, ses traits sont durs et figés, il est déterminé, en feu, rien ne pourra plus l'arrêter.

Ça y est, le moment que je redoutais tant est arrivé. Je savais qu'il n'avait pas fini son œuvre. Je suis à la fois paniquée par ce qui risque de m'arriver, et en même temps, je suis prise d'une étrange sensation qui me pousse à penser que le calvaire est bientôt fini. Cette fois, le dénouement est proche, et c'est lui qui va commencer à vivre un cauchemar.

Il me lâche d'une main pour la porter à sa braguette. Ses gestes sont imprécis et ses doigts tremblent. Je profite du bref instant de liberté de mon bras gauche pour le passer au-dessus de ma tête et rechercher le ciseau. Je suis peut-être fataliste c'est vrai, mais je ne me laisserai pas terrasser sans avoir combattu de toutes mes forces.

Dans un mouvement rapide, je m'empare de l'objet posé où je l'avais laissé et l'ouvre pour le plonger dans sa cuisse.

Il est plus pointu que ce que j'avais imaginé, aussi, le cri de douleur qui s'échappe de Valentin me glace le sang. Il se laisse tomber au sol en vociférant, j'en profite pour rejoindre la porte de la salle. Quand j'essaie de l'ouvrir, je m'aperçois qu'il a enlevé la clé. Mes larmes redoublent tandis que je tire de toutes mes forces sur la poignée.

— Aidez-moi ! m'écrié-je plusieurs fois avant de sentir sa présence derrière moi.

En une fraction de seconde, mon visage s'écrase sur le bois de la porte. Une fois... Deux fois... Trois fois. Le sang coule de mon nez. Ma tête tourne, j'ai l'impression que mon corps se vide de toutes ses forces.

— Tu crois que tu peux m'échapper avec un pauvre petit ciseau ? Idiote. Tu ne te débarrasseras jamais de moi. Toute ta vie je serai à tes côtés. Tu m'entends, Emma !

Il me hurle dessus alors que je sens que je vais perdre connaissance. Ma vision est presque trouble, mes oreilles émettent un bruit sourd qui me paralyse.

Dans un geste brusque, il me balance au sol, puis se jette sur moi. J'ai du mal à suivre ses mouvements beaucoup trop rapides. Il plaque ses mains sur ma poitrine, je tente de le repousser avec le peu de forces qu'il me reste.

Quand il enfonce sa langue dans ma bouche, je réussis à le mordre si violemment qu'il se redresse et me gifle à nouveau, encore plus fort, projetant ma tête sur le côté. Il crache du sang par terre, juste à côté de mon visage, en balançant une ribambelle d'insultes inaudibles.

Assis sur moi, il défait les boutons de mon jean avec précipitation alors que je n'arrive plus à bouger. Ma tête tambourine à tel point que j'ai l'impression qu'elle est sur le point d'exploser.

Il entreprend de baisser mon pantalon sur mes cuisses, et moi, même si je me débats, je comprends que cette bataille est perdue d'avance. Il est trop fort pour moi, il est trop rapide, je n'y arriverais pas.

Mon cerveau s'évade. Je ne pense qu'à Tom, à la déception qu'il va avoir quand il comprendra que ce mec m'a touchée, que je me suis laissé faire, que j'ai baissé les bras.

D'une main qui maintient les miennes au-dessus de ma tête, Valentin plonge la seconde dans ma culotte pour enfouir ses doigts en moi. Alors que je me mets à crier à pleins poumons, il me fait taire par un baiser qui me coupe la respiration. Sa langue s'empare de la mienne en même temps que la bile remonte dans ma gorge.

Il me serre fort, me fait mal à en mourir, mais ce n'est pas comparable à ce qu'il est en train de me faire subir. Je suis souillée. Je me sens sale, répugnante. Il m'arrache les chairs en violant mon intimité.

Mes larmes coulent toujours, en revanche, je ne les sens plus à présent. Il n'y a plus que ce bruit incessant dans ma tête, ce boum-boum qui résonne chaque seconde. Ma vision est trop floue. Je ne vois plus rien. Je ne sens plus rien non plus. Il n'y a plus que les bruits qui me parviennent et ce râle immonde qu'il émet quand il respire.

J'ai envie de lui dire « j'espère que tu vas crever », mais je n'arrive plus à articuler. J'ai mal aux bras. J'ai mal au nez. J'ai mal partout. Ma tête tourne. Elle tourne trop. Tout me paraît si lointain, comme si je n'étais plus dans mon corps. J'entends crier mon prénom dans l'air, mais je n'arrive plus à reconnaître les voix autour de moi. Des bruits sourds résonnent contre la porte. Puis plus rien. C'est la fin.

21 AVRIL - THOMAS

Je fonce dans la porte aussi fort que je peux. Des collègues se sont amassés dans le couloir et me regardent faire, horrifiés. Ils ont entendu les cris d'Emma, mais aucun n'a bougé. J'ai envie de les insulter, mais je dois me concentrer sur cette putain de porte.

— Restez pas plantés ! Loris, Hélène, n'importe qui, appelez les flics, putain !

Ma voix est nasillarde, je ne la reconnais pas. J'ai du mal à respirer. J'ai peur. Les cris ont cessé à travers la porte et j'imagine déjà le pire. Qu'est-ce que je vais trouver de l'autre côté ? Et s'il l'avait… Si elle était… Les larmes roulent sur mon visage et décuplent ma force. Je prends un peu plus d'élan, et d'un coup de pied puissant dans le bois, la porte cède enfin.

Dumas est allongé sur Emma. Elle ne bouge plus. Il y a du sang sur le sol, et encore plus sur son visage. Son chemisier est complètement ouvert sur son soutien-gorge, son pantalon est descendu jusqu'aux genoux. En voyant celui de Dumas défait aussi, je suis pris d'un haut-le-cœur jusqu'à ce que je comprenne qu'il a ses doigts en elle. Mon sang ne fait qu'un tour. J'ai envie de le détruire. Je veux qu'il crève.

Comme un lion lancé sur sa proie, je bondis sur lui pour l'attraper par les épaules et l'envoyer valser sur le côté du bureau dans un bruit fracassant.

Je devrais me précipiter au chevet d'Emma, mais la rage qui s'est emparée de mon esprit et de mon corps me consume déjà de l'intérieur. Tant que cet homme ne sera pas inerte sur le sol, je serais incapable de le lâcher. Alors pour en finir au plus vite, je l'empoigne par les cheveux avant d'armer mon poing pour lui exploser le nez d'une droite puissante. Sa tête part en arrière, mais il ne s'effondre pas. Alors je frappe, encore et encore, jusqu'à ce qu'il s'écroule.

Je ne me reconnais pas. Toute cette violence qui a besoin de sortir. J'en avais envie depuis si longtemps... Et il aura fallu qu'elle se retrouve inconsciente pour que je me bouge le cul.

Alors que le corps de Dumas ressemble à une poupée de chiffon entre mes mains, je le relâche et le laisse enfin tomber par terre pour retrouver Emma, toujours inanimée. Mes mains tremblent tellement que je n'arrive pas à caresser sa joue. Elle est morte. Putain non, elle ne peut pas être morte.

Dans un cri de désespoir, je l'appelle, je hurle son prénom pour qu'elle me revienne en la serrant contre moi avant de poser mon oreille sur son torse. Elle respire. Le soulagement m'envahit. Non, elle n'est pas morte.

— Attention Thomas ! crie Loris derrière moi pour me prévenir d'un danger.

Mon geste est trop lent pour éviter le coup qui s'abat sur mon visage. Il a de la force, ce connard. Et il est coriace.

— Elle n'est pas à toi, sale merdeux ! Elle est à moi, elle sera toujours à moi !

Il prépare son poing pour me frapper à nouveau, mais j'esquive le coup, en le laissant taper dans le vide. Aussi rapide qu'un éclair, je l'attrape par les genoux pour le faire tomber. Il s'écrase sur les jambes d'Emma qui ne réagit pas. Je me jette sur lui, mais il me retient, bras tendus et mains verrouillées sur mon cou qu'il presse de toutes ses forces.

Je suffoque sous l'emprise de ses doigts sur ma gorge. Et alors que l'oxygène me manque au point de presque tourner de l'œil, je lui donne un coup violent dans l'entrejambe pour qu'il relâche enfin la pression.

Bien sonné, je tombe au sol en toussant, pendant qu'il se plie en deux, les mains sur les parties.

— La police arrive, retenez-le où il va s'enfuir ! crie une voix lointaine que je pourrais attribuer à Hélène alors que je ne l'ai même pas vu se relever.

Il est debout à un mètre à peine de moi. J'essaie de lui attraper la cheville, mais il prend son élan pour me donner un coup de pied en pleine tête juste avant de s'écrouler au sol.

Un collègue à qui je n'ai jamais vraiment adressé la parole repose la chaise qu'il avait prise pour l'écraser sur la tête du directeur. Sans ce mec, je ne sais pas ce qu'il se serait passé.

Il s'accroupit vers moi et m'informe que les secours arrivent. Au même moment, la police débarque dans le couloir et pénètre dans la pièce pour s'emparer de l'homme immobile qui marmonne à côté de moi.

— Ne bougez pas, monsieur, on va vous aider, m'annonce-t-on alors que le monde s'active autour de nous.

— Dites-moi comment elle va, s'il vous plaît, articulé-je avec difficultés.

Bien que j'aie du sang plein la bouche, que mon cou me fasse un mal de chien et que j'aie l'impression de ne plus sentir mon dos, ma seule préoccupation, c'est elle. J'ai besoin de savoir si elle respire, si son cœur bat, j'ai besoin de savoir que je vais revoir son sourire.

— Ne vous inquiétez pas, déclare un pompier à côté de moi. On va vous prendre en charge.

— Emma..., réussis-je à souffler entre mes dents sans obtenir de réponse de sa part.

Je ne comprends plus rien à ce qui se passe. Trop de bruit, trop de monde, trop d'affolement. Les secours m'allongent sur une civière, ils me posent une espèce de minerve qui m'empêche de me mouvoir, puis m'emmènent sans m'expliquer quoi que ce soit. D'un bref coup d'œil, sans pouvoir bouger le corps, je la vois, gisant toujours au sol. Ils la laissent là, sans moi...

23 JUIN - EMMA

— Avale ton jus d'orange, Tom ! Tu vas être à la bourre !

— Oui M'dame ! lance-t-il en me pinçant la hanche quand il passe derrière moi.

Il se colle à moi, m'embrasse dans le cou, puis me mordille le lobe de l'oreille en souriant contre ma peau. Même si je me le répète tous les jours depuis un mois, qu'est-ce que ça fait du bien de retrouver une vie normale. Une vie où on rigole, on s'embrasse, on fait l'amour sans se poser de question... On s'est retrouvé, aussi complice qu'au début. Et malgré tout, on se connaît tellement mieux aussi. J'ai l'impression de pouvoir le comprendre par un simple regard. Il est mon âme-sœur, je n'ai plus aucun doute là-dessus.

Tom avale son jus de fruits et attrape le croissant posé sur la table avant de croquer dedans.

— Je file, bébé ! déclare-t-il la bouche pleine. Souhaite-moi bonne chance !

Je me retiens de rire en essuyant sa joue couverte de miettes et l'embrasse sur le bout du nez.

— Bonne chance, tu vas tout déchirer ! Pour te motiver, dis-toi que dans deux jours on s'envolera pour notre nouvel appart et qu'après ça, on passera en mode déballage de cartons de déménagement !

Sa mine défaite me fait rire de plus belle. Il est tellement beau sans toutes ces ecchymoses qui lui défiguraient le visage.

— Génial, j'ai trop hâte de jouer les déménageurs baraqués dégoulinants de sueur ! rétorque-t-il, plein d'ironie, en fronçant le nez d'un mouvement sexy. Tu seras le premier colis que je déballerai, ma beauté…

— Hum, j'en rêve déjà… En attendant, file ou tu vas vraiment être à la bourre ! À tout à l'heure…

Il me jette un baiser dans l'air en s'éloignant vers la porte d'entrée. Maintenant qu'il est parti pour passer la première de ses quatre épreuves de concours, je peux enfin souffler. Je crois que de nous deux, c'était moi la plus stressée. Mais j'ai toute confiance en lui, il va passer ses tests haut la main.

Après avoir bu mon jus d'une traite, je me rends dans la chambre à coucher pour boucler les cartons de vêtements. Avant d'attaquer le salon et ma bibliothèque bien pleine, il faudra que je sorte faire le plein de papier bulle et d'adhésifs, mais la perspective de mettre le pied dehors ne m'effraie plus à présent.

Depuis que Dumas a été incarcéré, je me sens tellement plus légère. Finie cette sensation de se sentir épiée constamment. Finis les coups de sonnette intempestifs en plein milieu de la nuit. Fini de franchir le seuil de la porte avec la peur au ventre. Les seuls yeux qui m'observent sont ceux de Tom et ceux-là ne me veulent que du bien.

Valentin a été placé en hôpital psychiatrique pour le moment. Ils ne pouvaient pas le garder en cellule jusqu'au procès « faute de preuves » à ce qu'on nous a sorti. De mon côté, je ne suis pas retournée au bureau, je suis enfin en arrêt de travail comme l'espérait Tom. Après avoir passé quelques jours à l'hôpital pour traumatisme crânien sévère, et subi de nombreux examens, il ne m'a pas vraiment laissé le choix. Même si je n'ai aucune réelle séquelle physique de ce qu'il s'est passé hormis cette légère fracture à la côte qui semble s'être consolidée, c'est à l'intérieur que je dois me reconstruire. À cause de ce gros choc émotionnel, je vois une psy depuis ma sortie de l'hôpital et elle m'a beaucoup aidée à aller de l'avant. Il faut dire que j'étais vraiment devenue l'ombre de moi-même toutes ces dernières semaines.

Malgré les mots de soutien de mes collègues, je crois que je ne pourrais plus mettre un pied là-bas. Loris m'a rapporté les rumeurs qui traînaient à mon sujet et je ne suis pas certaine de pouvoir assumer les regards, certes compatissants, mais très hypocrites de ceux qui pensent que j'avais les dents suffisamment longues pour me taper deux piliers de CVML. Selon ce que m'a rapporté le secrétaire friand de potins, j'aurais joué sur les deux tableaux pour être certaine de gravir les échelons d'une manière ou d'une autre. Avec le DRH marié, j'étais la maîtresse qui voulait monter dans la hiérarchie à coup de promotion canapé, et avec le fils Vidal, j'obtenais carrément un empire… Vu sous cet angle, c'est clair que j'aurais gagné d'une manière ou d'une autre, pourtant, la réalité est si différente. Pas un mot sur le harcèlement qu'il m'a fait subir, pas un mot sur l'enfer que j'ai vécu ces derniers mois.

L'avocat qu'il s'est dégoté est un vrai pourri, il creuse pour trouver la moindre faille et veut faire croire à l'opinion publique que Dumas est un homme respecté, respectable, et que s'il a agi de la sorte, c'est parce que moi, petite débutante bretonne arriviste, avais de trop grandes ambitions et avait à cœur de se taper un homme « de pouvoir » même s'il était marié.

Officiellement, le véreux qui le représente constitue encore son dossier contre moi pour le jour du procès. Procès qui n'a pas encore de date au demeurant puisque Dumas prétend qu'il a besoin de soins psychologiques à cause du préjudice que je lui ai fait subir.

Bien que je n'aie rien à me reprocher, j'avoue que je suis heureuse de bénéficier de la protection des Vidal. Avec la horde d'avocats qui les entoure, Carl m'a assuré que je n'avais aucun souci à me faire. Son équipe possède un dossier en béton contre Valentin et fait tout pour le maintenir à distance jusqu'à notre départ. Ils ont bon espoir de le faire incarcérer pour les quinze années à venir. En plus, la première plainte qui avait été déposée contre lui, et enlevée tout aussi vite, est ressortie il y a quelques jours pour jouer encore plus en notre faveur.

La première victime de ce pervers, Louise, a eu vent de notre affaire et m'a contactée. À l'époque, la pression qui pesait sur les épaules de la jeune femme avait été telle qu'elle avait dû renoncer. Elle avait même quitté la boîte pour tourner la page et ne plus être confrontée aux commérages malsains qui circulaient sur elle.

À force de discussions et de partage, j'ai réussi à lui redonner confiance. Après tout, même s'il est allé moins loin dans sa folie avec elle, elle a aussi été victime de ce cinglé et il doit payer pour tout ce qu'il nous a fait et ne plus jamais le refaire subir à une autre.

En tout cas, je suis vraiment heureuse de penser que ce mec sera derrière les barreaux pour une bonne partie de sa vie, même si j'ai un pincement au cœur quand je pense à son fils. Tom ne cesse de me dire que ma gentillesse me perdra, d'autant plus que lui est persuadé que sa femme ne pourra être que mieux sans lui. Il a probablement raison, mais ça reste quand même triste de savoir que son fils construira sa vie avec une telle image de son père.

D'ailleurs, la femme de Dumas a entamé une procédure de divorce sur les conseils des avocats de ma belle-famille. Elle voulait que l'on se fixe un rendez-vous pour discuter avec moi, mais Mary s'y est opposée. Elle l'a donc vue à ma place et par je ne sais quel miracle, cette femme que je ne connais pas souhaite aussi témoigner en notre faveur au procès.

Selon ce que m'a rapporté ma belle-mère, c'est une femme brisée qu'elle a rencontrée. Une femme qui vivait dans une peur constante de son mari, victime de ses abus et de ses coups, et surtout victime de son obsession d'abord pour Louise puis pour moi.

La phrase qui m'a le plus choquée est quand elle a rapporté à Mary qu'un jour Dumas lui avait dit qu'il éprouvait plus de plaisir quand il me bloquait contre un mur que quand il devait baiser sa femme... Vu comme ça, je suis sûre que ce ne devait pas être une partie de plaisir pour elle aussi.

Les médecins du centre psychiatrique font un rapport journalier à Carl. Il reste assez évasif sur ce qu'il se passe là-bas quand il m'en parle. Je sais qu'il essaie de nous préserver un peu après tout ce qui s'est passé. Je sais aussi que Tom est plus au courant que moi, mais qu'il préfère ne pas s'étendre sur le sujet, car il me pense encore trop fragile. Il a sûrement raison. Toujours est-il que je suis heureuse de constater que toute cette horrible histoire n'a pas entaché sa volonté d'obtenir cette place dans l'école new-yorkaise. Au contraire, il est plus motivé que jamais à décrocher la meilleure note pour se venger de ce passé qui l'a longtemps meurtri. Pour Lewis autant que pour moi, lui aussi veut repartir à zéro et laisser tout ça derrière nous !

Il est tellement prévenant, tellement protecteur avec moi. Je crois que toutes les épreuves qu'il a traversées depuis la mort de son frère l'ont fait mûrir bien plus vite que les autres hommes de son âge. Il a vécu trop de drames, maintenant, il a enfin le droit d'être heureux et je compte bien l'aider sur cette voie.

Car mine de rien, il y a un peu plus d'un an maintenant, il a changé ma vie dans ce bar. Quand nos yeux se sont croisés pour la première fois, j'ai senti quelque chose en lui, et je ne me suis pas trompée !

25 JUIN - THOMAS

C'est enfin l'heure de ma dernière épreuve ce matin. Ce n'est certes pas la plus facile, mais j'ai bossé comme un malade et je suis confiant. Et puis le soleil brille, les oiseaux chantent et Emma est redevenue ma petite Boucle d'or, celle dont je suis tombé sous le charme à la première seconde. Je crois même qu'elle est encore mieux. Plus sûre d'elle, plus affirmée, plus amoureuse que jamais... J'avais besoin de la retrouver, nous commencions à nous perdre dans toute cette histoire. Et même si le dénouement a été plutôt brutal, je crois que l'on devait en passer par là pour stopper cette descente aux enfers.

Tandis que je me prépare, Emma dort encore à poings fermés. Pour ne pas la réveiller, je traverse la chambre dans le noir pour venir l'embrasser sur le front. En passant près du lit, mon pied bute dans un carton et je retiens le juron qui ne demande qu'à s'échapper de ma bouche sous le coup de la douleur. En relevant les yeux, je souris en voyant à quel point cet appartement ressemble à un squat.

Elle a fait du bon boulot ces deux derniers jours. Même si je lui avais demandé de m'attendre pour emballer nos affaires, elle a déjà effectué le plus gros du boulot. Seuls quelques objets traînent encore çà et là, que l'on finira de stocker cet après-midi.

Notre départ est prévu pour le premier juillet. C'est excitant de savoir qu'un nouveau chez nous nous attend, qu'une nouvelle vie s'offre à nous et que nous avons tout l'été pour prendre nos marques ensemble et se reconstruire pour être de plus en plus forts.

Emma a d'autant plus envie de partir depuis qu'une école française où elle avait postulé pour un stage l'a contactée hier. Enseigner auprès d'un jeune public était un rêve d'ado qu'elle n'a pas suivi. Après une longue conversation avec ma mère, Emma a décidé de réaliser ce rêve en s'engageant dans un virage à cent quatre-vingts degrés. Obtenir ce stage serait un premier pas vers une autre vie pour elle et je suis vraiment fier qu'elle ait obtenu un entretien pour le 5 juillet.

Voilà pourquoi je suis heureux et que ce sourire niais ne quitte pas mon visage depuis hier. L'avenir qui se présente à nous est radieux, et la beauté étendue sur ce lit est à moi.

Tandis que je dépose un baiser à peine perceptible sur son crâne, elle s'étire et ouvre les yeux. Moi qui ne voulais pas la réveiller, c'est raté. Ravi de pouvoir l'embrasser avant de partir, je m'assieds près d'elle et effleure ses lèvres avant de chuchoter :

— Salut, belle inconnue ! J'y vais, souhaite-moi bonne chance...

— Je crois en toi, Tom, tu vas y arriver « the fingers in the nose[5] » ! déclare-t-elle avec un clin d'œil.

— Je te dirais ça à midi, Em. Je t'appelle dès que j'ai fini, OK ?

Pour toute réponse, elle m'embrasse fiévreusement, tandis que je me force à m'extirper de ses bras à contrecœur pour ne pas céder à l'envie de rester au lit avec elle.

On a tout l'été pour ça, et toute la vie devant nous...

---

[5] Les doigts dans le nez. Traduction mot à mot et humoriste de l'expression française, inconnue des Anglais bien évidemment.

25 JUIN - EMMA

Déjà deux heures que je me prélasse dans le lit. À force d'avoir porté des cartons hier, la douleur résiduelle de ma fracture aux côtes s'est réveillée et je n'ai pas le courage de me lever. Pour être certaine d'être prête avant que Thomas rentre, je consulte mon portable pour voir s'il m'a écrit. Rien. Il prend son temps pour cette dernière épreuve et il a raison.

Cette nouvelle école va être un vrai terrain de jeu pour lui, car même s'il a pris du retard dans ses études à cause des mauvais choix qu'il a faits dans le passé, Tom est vraiment un homme brillant. Il fera de grandes choses, j'en suis sûre et je crois en lui.

Même s'il me reste encore un peu de temps pour paresser, je viens d'avoir une idée. Après avoir bossé comme un dingue, mon petit génie mérite une récompense. Je suppose qu'un bon repas lui fera plaisir quand il rentrera. Un plat, mexicain, il adore ça.

Au pas de course, je file sous la douche en dressant mentalement la liste des ingrédients dont je vais avoir besoin. L'eau chaude apaise mes muscles endoloris, je me sens tellement bien.

Sortir ne me fait plus peur. Avant je craignais de tomber sur Valentin, ensuite, à cause de tout le battage médiatique qu'il y a eu autour de nous avec cette affaire, c'étaient les médias que je voulais éviter, mais à présent que toute cette histoire est retombée, je ne crains plus de me faire interpeller dans la rue quand je vais faire mes courses. De toute façon, j'imagine qu'il va falloir que je m'habitue à attiser l'attention des médias. Après tout, je suis la petite copine officielle du fils Vidal.

Par ma faute, mes beaux-parents, qui n'aiment pas trop se trouver sous les feux des projecteurs, ont été touchés de plein fouet par la crise. Ils ont accusé le coup et ont été très stratégiques pour faire cesser tout ça assez rapidement. Je ne sais pas comment je pourrais les remercier pour tout ce qu'ils ont fait pour moi en un mois. Ils sont devenus ma deuxième famille et je crois qu'ils m'aiment beaucoup aussi.

Mary a retrouvé sa place de mère aimante et protectrice auprès de Tom... Et de moi. Carl est à nouveau un pilier solide sur qui Tom peut s'appuyer. Leur complicité est tellement évidente, ces deux-là s'étaient beaucoup trop manqués. Quand j'imagine notre vie à New York, je nous vois très bien en train de faire un pique-nique à Central Park tous les quatre, ou faire les boutiques avec Mary… Je suis certaine que les parents de Tom apprécieront de partager les plaisirs simples de la vie avec nous.

Je rêvasse sous la douche pendant de longues minutes, en faisant le point sur ma vie pour la millième fois, quand mon téléphone tombe au sol après avoir vibré. Sans me précipiter, je sors et prends le temps de me sécher avant de le récupérer. Sur l'écran, un numéro inconnu a essayé de me joindre sans laisser de message. Même si je sais qu'il n'y a plus rien à craindre, je déteste toujours autant ce genre d'appel anonyme.

Je m'habille, me coiffe et me maquille, tout en essayant de ne pas laisser mon cœur s'emballer, quand, en direction de la sortie, mon portable sonne à nouveau. Cette fois, c'est le numéro de Carl qui apparaît.

— Bonjour Carl, vous allez bien ? demandé-je en décrochant, avec un sourire radieux qu'il ne peut pas distinguer.

— Emma, commence-t-il d'un ton soucieux. Emma, tu vas bien ?

— Oui, pourquoi ? m'inquiété-je en stoppant devant la porte d'entrée que je m'apprêtais à ouvrir pour sortir. Vous allez bien, Carl ?

— Emma, reprend-il sans répondre à ma question. Dumas s'est échappé de sa chambre très tôt ce matin. Le personnel vient de me prévenir après avoir effectué des recherches dans tout le périmètre autour de l'hôpital.

Son ton est paniqué, et moi, j'ai l'impression que le bourdonnement dans mes oreilles est irréel. Je ne suis pas sûre d'avoir compris les mots qui viennent d'être prononcés à l'autre bout du fil.

— Emma, tu m'entends ?

Un grognement s'échappe de ma gorge, cependant, je ne peux articuler aucun son.

— Emma, prépare un sac en vitesse ! Une voiture vient te chercher dans moins de cinq minutes. Je fais préparer le jet, vous partez dès que j'ai récupéré Tom. Il vaut mieux être prudents tant qu'on ne sait pas où est passé ce cinglé.

— OK, je rassemble quelques affaires et je descends. Mais s'il vous plaît, ne dites rien à Tom tant qu'il n'a pas fini son épreuve. Il a travaillé dur, il doit la finir.

— Le plus important est que tu sois en sécurité avec notre majordome, Emma. Ne t'en fais pas, je récupère Tom moi-même à sa sortie et on se rejoint à l'aéroport. Tiens-toi prête et enferme-toi au moindre bruit suspect. La police est prévenue, ils arrivent aussi au cas où !

La main tremblante, je raccroche et cours dans ma chambre pour nous préparer une valise à la hâte.

Étrangement, même si cette annonce me semble surréaliste, je suis sonnée, mais je n'ai pas vraiment peur. La police est prévenue, une voiture arrive, et même s'il s'est enfui il y a deux ou trois heures, il n'aura pas le temps d'arriver jusqu'à chez moi.

Je ferme la porte à clé en pensant à cet appart que je vois pour la dernière fois et qui va me manquer malgré tout. Dans quelques heures nous nous envolerons pour New York, et tout ça appartiendra définitivement au passé.

En sortant de l'immeuble les bras chargés par la grosse valise, je n'entrevois pas la voiture des Vidal. Avec la circulation dans les rues parisiennes, j'aurais dû me dire que j'avais un tout petit peu de temps pour descendre. Si j'avais eu plus de jugeote, j'aurais même guetté par la fenêtre, mais lorsque j'agis sous l'impulsion, je fais toujours tout de travers.

Je m'apprête à rebrousser chemin pour attendre derrière la lourde porte de l'immeuble, juste par sécurité, quand un bras m'encercle par la taille tandis qu'une main camouflée sous un mouchoir se colle sur le bas de mon visage.

En quelques secondes, la forte odeur qui se dégage sous mon nez me fait déjà tourner de l'œil. Mais avant que je ne tombe dans les pommes, dans ces bras qui me serrent bien trop fort, on me susurre à l'oreille :

— Je ne mentais pas quand je t'ai dit que tu serais à moi pour toujours...

From VAL with love

LIVRE 2

25 JUIN - EMMA

Mes muscles sont raides et endoloris malgré l'oreiller moelleux qui apaise les tensions dans ma nuque. Mon esprit sort de sa léthargie en douceur, mais mes paupières ne semblent pas vouloir le suivre. Mes yeux, comme scellés, me donnent l'impression de devoir fournir un effort surhumain pour réussir à les rouvrir. En vain.

À l'inverse de mon corps, mes sens sont à l'affût. Je ne reconnais pas l'odeur qui émane de la pièce. Pas de fragrance vanille pour parfumer l'air, mais une espèce d'effluve qui ressemblerait à du clou de girofle. Je déteste le clou de girofle. Je sens que je ne suis pas chez moi, pourtant, je ne peux le confirmer.

Les bruits ne me sont pas familiers, non plus. Je perçois de la musique, mais elle me semble éloignée, comme si les murs étaient insonorisés ou bien comme si mes tympans étaient remplis de coton. N'ayant pas la force de porter ma main à mon oreille pour vérifier, je me laisse envahir par cette mélodie mélancolique et entêtante. Les paroles, douces comme une caresse, sont vite ensevelies par le bruit agressif des notes trop aiguës. Ce sifflement redondant m'oppresse de plus en plus et je sens la panique commencer à m'envahir.

Je veux me redresser, mais quelque chose m'en empêche. Mes mains sont attachées. Mes pieds sont attachés. Pourquoi suis-je attachée ?

Après un effort titanesque qui me coupe le souffle, je parviens enfin à entrouvrir les paupières, mais un tissu noir me plonge dans l'obscurité. Je veux hurler, appeler à l'aide, mais hormis un gémissement râpeux, aucun son ne sort de ma gorge.

Mon cœur s'emballe. Mon corps se contorsionne pour essayer de se redresser, et mon esprit crie « au secours »… Mais je suis coincée. Où ? Pourquoi ? Qu'est-ce qu'il m'arrive ?

Des bruits de pas se rapprochent de moi, un corps s'allonge tout près du mien. Une main effleure doucement mon visage, tandis que d'une voix basse, la personne me dit :

— Calme-toi, mon amour. Tu es en sécurité ici. Tout va bien se passer, ne t'en fais pas ! Je vais prendre soin de toi.

Cette voix… Cette intonation… C'est bien lui. Il est là.

En une fraction de seconde, tous les souvenirs de ces derniers mois remontent dans ma tête pour me marteler le crâne. Les images qui affluent de ma mémoire sont en désordre comme si j'avais un puzzle à reconstituer. Et parmi le chaos qui règne désormais dans ma tête, j'aperçois Tom. Il est loin, trop loin pour la main que je lui tends, trop loin pour m'extirper de ces bras qui m'entourent avec force. Trop loin pour me sauver.

Cette fois, c'est un fait, j'étouffe. Si je suis ici, s'il me retient prisonnière, alors je n'ai aucune chance. Plutôt mourir que d'être captive entre ses bras, j'ai déjà trop morflé à cause de lui.

Bloquant ma respiration pour que l'air n'emplisse plus mes poumons, je veux étouffer. À mesure que l'oxygène se raréfie, l'impression de me rapprocher de Tom est de plus en plus réelle, si bien que je sens presque son nez se frotter contre le mien. « Ça va aller, Em. N'oublie jamais que je t'aime plus que tout. » Les mots de Tom résonnent dans ma tête, tandis que ses lèvres effleurent les miennes avec douceur. Du moins au début, car il devient brutal et me secoue avec force. Pourquoi tu fais ça, Tom ?

L'air qu'il réinjecte dans ma cage thoracique m'asphyxie, j'ai envie de le repousser pour qu'il arrête de souffler dans mes bronches. Alors qu'il appuie avec force sur mon plexus, je l'entends compter avec un rythme de métronome.

1… 2… 3… 4… 5

Et toujours cette voix… Ce n'est pas mon Tom. Je le sais. Je ne peux pas rester là, je ne veux pas être ici avec ce cinglé. Mais malgré l'effort que j'ai produit pour arrêter de respirer, il me fait revenir à la vie.

— Ne me refais plus jamais un coup comme ça ! J'ai failli faire une crise cardiaque en te voyant t'étouffer !

Si seulement…

— Ce n'est pas à toi de décider si on en a déjà fini, Emma, murmure-t-il au creux de mon oreille. À partir d'aujourd'hui, c'est moi qui choisis si tu peux vivre ou mourir. Sois la femme que je désire, respecte les règles et tout ira bien, je te le promets. En attendant, tu ne me laisses pas le choix, je suis obligé de te remettre ça.

Il enfourne un morceau de tissu dans ma bouche pour me bâillonner, je tente de m'extirper des sangles qui me maintiennent prisonnière. Je voudrais lui cracher au visage, je voudrais le frapper, mais je n'ai plus aucune force.

Sa main caresse ma joue avant de descendre le long de mon cou. La pression qu'il exerce sur ma gorge résonne comme un écho à ses mots. C'est un avertissement. Tant que je serais pieds et poings liés, tant que je serais privée de ma vue, je serais à sa merci et il le sait.

Résignée, je détourne la tête sur le côté opposé du lit et serre les dents en espérant qu'il s'en aille au plus vite.

Prier. C'est tout ce qu'il me reste pour l'instant.

— Je sais que tout ça est encore difficile à comprendre et que tu es frustrée de ne pouvoir avoir de réponses aux questions que tu te poses, mais ça viendra, ne t'en fais pas. En attendant, repose-toi, mon amour, déclare-t-il en se relevant du lit, tu en as besoin.

La porte de la pièce se referme en me plongeant dans une solitude au goût amer. C'est difficile de l'avouer, mais il n'a pas tort. Je n'ai pas la force de me battre pour le moment, je suis lasse sans même en comprendre la raison. Et malgré moi, le sommeil s'empare de mon corps, embrumant mon esprit pour mieux me replonger dans les ténèbres.

25 JUIN - VALENTIN

Elle est si belle quand elle dort. J'aime sentir ce doux parfum d'amande dans ses cheveux ou effleurer sa poitrine douce et ferme quand elle s'offre à moi de cette manière. Si je laissais libre cours à mon envie, je m'empresserais de lui ôter sa culotte pour glisser ma langue entre ses cuisses et ainsi la réveiller avec un plaisir intense. Mais elle semble si paisible que je préfère la laisser dormir encore un peu pour reprendre des forces.

Quand je vois son visage aussi serein, je suis heureux d'avoir mis mon plan à exécution. Il fallait que je saute le pas pour que nous soyons enfin réunis… Et voilà, c'est fait ! Comme j'ai appris à la connaître, je sais qu'elle aime quand l'homme prend les devants. De toute évidence, c'est ce qu'elle attendait de moi. Avec du recul, je me rends compte qu'elle n'a jamais eu besoin de l'évoquer, ni même de me le demander, je l'ai toujours senti dans son regard. Emma a beau être une femme de caractère, on peut lire en elle comme dans un livre ouvert. Elle est tellement facile à comprendre que rien qu'en l'observant, j'ai compris ce qu'elle voulait de moi.

Quoi qu'il en soit, ce projet ambitieux a été difficile à exécuter. Entre refaire l'appart à neuf pour que nous nous sentions chez nous, établir une stratégie pour ne pas pourrir en taule et élaborer un plan pour me barrer de cet hôpital, il faut bien l'avouer, je me suis donné un mal de chien pour elle.

Même si elle ne m'a pas facilité les choses, j'espère qu'elle a conscience de ce que je fais pour nous, pour notre futur. J'espère qu'elle comprend qu'elle est tout pour moi et que je suis prêt à donner ma vie pour la sienne.

Surtout que nous aurions pu éviter de passer par la case problème judiciaire si elle ne m'avait pas trompé avec ce crétin de gosse de riche. Non, mais quelle idée de se taper un petit connard prétentieux alors qu'elle m'a moi ? Je pense valoir mieux que ça. Moi, je peux lui apporter tout ce qu'elle recherche : l'amour, la stabilité, la tendresse et la passion. Je peux tout lui offrir, car je suis un homme qui se donne à cent pour cent quand il aime.

J'ai quand même quitté Sophie pour elle ! Comment va-t-elle réagir à ça ? Je sais d'avance qu'elle risque de m'engueuler. C'est tout mon Emy ça, prête à défendre la veuve et l'orphelin. Mais soyons clair, Sophie a beau être la mère de mon fils, cette femme n'était plus à la hauteur. Pas assez jolie, pas assez spirituelle et pas assez classe, Sophie n'avait plus rien à m'apporter que sa « flétritude ». Avec Emma, c'est très différent, tout est différent. Elle est belle, intelligente, drôle… Même si elle fait parfois de mauvais choix.

C'est sûrement dû à son jeune âge. À vingt-quatre ans, on peut encore se tromper, mon rôle à moi, c'est de lui prouver que j'avais raison et que je suis sa meilleure option. Je dois lui apprendre à devenir une vraie femme, à prendre les bonnes décisions pour faire durer notre amour le plus longtemps possible.

Bon, après, si je veux être totalement franc avec moi-même, je dois admettre que les torts sont quelque peu partagés. Pour le moment, j'avoue que je ne lui ai pas vraiment démontré la force de mon amour pour elle. Je n'ai fait preuve que de jalousie et d'amertume. La violenter de la sorte a probablement été la pire action que j'ai faite dans ma vie. Je ne suis pas un homme agressif en temps normal, je serais plutôt du genre à prôner l'amour et la paix. Mais la voir avec lui, jour après jour, m'a rendu dingue, et la folie a pris l'ascendant sur la raison.

Le jour où je l'ai vue étendue, inerte sur le sol, ce fut la pire vision de ma vie. J'ai bien cru que je l'avais tuée ce jour-là, que je l'avais perdue à tout jamais. Quand ils m'ont enfermé dans cette minuscule piaule, avec cette camisole dégradante, j'ai pété un plomb. Mon seul souhait était de savoir comment elle allait, mais personne ne voulait répondre à mes questions. Alors, finalement, grâce à quelques billets bien dépensés, j'ai réussi à obtenir des nouvelles qui m'ont bouleversé. J'ai bien essayé de m'excuser en lui écrivant des mails, en lui envoyant des courriers et même en l'appelant, mais elle m'a ignoré.

Enfin… Ignoré… c'est ce qu'on a voulu me faire croire. Je connais la vérité, moi ! Je sais que ce jour-là, elle avait envie de moi autant que j'avais envie d'elle. Ce n'était pas de l'agressivité, c'était de la passion à l'état pur. Je sais que toutes ces longues heures où nous avons été séparés, elle n'a cessé de penser à moi. Elle m'aime autant que je l'aime, c'est une certitude.

Toute cette histoire, c'est la faute de Thomas Vidal, ce connard, ce prétentieux. Oui, ce sont les Vidal qui me l'ont enlevée. Ils avaient besoin d'une belle femme pour assurer la lignée de la famille, alors ils lui ont monté la tête pour qu'elle parte avec eux sur un autre continent. Ils lui ont fait croire qu'elle pourrait m'oublier loin de Paris. Alors, je n'avais plus le choix, il y avait urgence. Je devais agir avant qu'ils ne lui retournent complètement le cerveau.

Tout était planifié depuis longtemps, notre petit nid d'amour était prêt depuis avril, puisque j'avais prévu de la reprendre à ce moment-là, mais le petit contretemps de l'hôpital psychiatrique a faussé la donne et ils ont réussi à l'éloigner encore plus de moi.

Maintenant, je sais que je vais devoir redoubler d'efforts pour regagner le cœur de ma belle. Je suis prêt à faire tout ce qu'il faudra pour qu'elle m'aime et qu'elle reste près de moi le plus longtemps possible, pour que nous puissions être heureux ensemble, comme nous le méritons.

Elle est à moi. Personne ne pourra me l'enlever vivante, ou alors il faudra qu'on me passe sur le corps. Et pour le coup, je leur souhaite bien du courage pour me retrouver…

25 JUIN - THOMAS

— Mais où est-elle, bordel ? Putain, Emma répond ! m'exclamé-je, au bord des larmes.

L'angoisse m'assaille quand je tombe sur son répondeur pour la centième fois d'affilée. Mon père est venu me chercher à la fin de mon épreuve, nous aurions donc dû arriver après elle, pourtant, ça fait près d'une demi-heure qu'on l'attend et qu'on essaie de la joindre, sans succès.

Même si mon père affirme qu'il n'y a encore aucune raison de s'inquiéter, je n'arrive pas à m'ôter de la tête qu'il lui est arrivé quelque chose.

— Calme-toi, fils ! Je suis sûr qu'il y a une explication à son retard. Elle ne va pas tarder à arriver et on pourra tous enfin souffler un grand coup.

— Est-ce que tu as réussi à joindre le chauffeur ? demandé-je d'un ton sec que je regrette immédiatement.

Je sais qu'il n'y est pour rien, au contraire, il a réagi dans l'urgence pour nous apporter à tous les deux la meilleure des solutions. Pour autant, je n'arrive pas à me calmer ou à avoir une pensée rationnelle. C'est viscéral, je le sens au plus profond de moi. Emma est en danger.

Le téléphone de mon père se met à vibrer dans sa main, il fixe le numéro sur l'écran d'un air songeur. Portant le mobile à son oreille, il se retourne pour esquiver mon regard inquisiteur et commence à parler avec son interlocuteur. Je ne sais pas qui est à l'autre bout du fil, je ne vois pas l'expression de son visage et n'entends pas ce qu'il raconte, mais à la façon dont ses épaules s'affaissent, je sais que j'ai raison. Il se passe quelque chose de grave.

Quand il se retourne vers moi, il ne peut plus se cacher.

Putain Emma… Non… Elle ne peut pas… Je refuse qu'elle soit…

Sans avoir le temps de prononcer un mot, il me prend dans ses bras et me serre fort. Je n'arrive plus à penser. Mon monde s'écroule. Ma vie est finie.

La mort de Lewis ne devait pas être suffisante dans cette vie pourrie qui est la mienne… Non, maintenant, il faut qu'on me prenne ce que j'ai de plus précieux au monde. Em… Ça ne devrait pas être elle, ça devrait être moi à sa place.

— Nous devons aller chez toi, Thomas. Il est arrivé quelque chose à Emma.

— Qu'est-ce qui lui est arrivé ? m'écrié-je alors qu'il resserre son étreinte autour de moi. Dis-le-moi ! Elle est morte ? Elle est morte, c'est ça ? C'est ce pourri qui l'a tuée ?

Ma voix n'est plus qu'un murmure, une plainte. Je peine à respirer, mes jambes se dérobent sous mon poids, si bien qu'il me retient de toutes ses forces pour que je ne m'écroule pas.

— Le chauffeur que j'ai envoyé pour la ramener ici est mort, Tom, m'annonce-t-il avec hésitation. Il a été retrouvé dans sa voiture, avec deux balles dans le sternum. Emma n'était pas avec lui. Il n'y a aucune trace d'elle ou de ses affaires. Le commissaire Cordosi vient de m'avertir qu'il était sur les lieux et qu'il a fait boucler le périmètre. Il a besoin de toi pour savoir ce qu'il s'est passé dans votre appartement, Tom.

L'air me manque, ma tête tourne, ce qu'il me raconte n'est qu'un ramassis de conneries. Ça ne peut pas être vrai, il ment. Abasourdi, je le repousse d'un geste brusque qui l'étonne. Je voudrais passer ma colère sur lui, le frapper pour déverser toute cette rage qui s'éveille en moi, mais il n'est pas celui que je voudrais en face de moi. Reprenant pied avec la réalité, je baisse la tête pour cacher mon visage dans mes mains. Malgré moi, les larmes se mettent à couler en imaginant ce que Dumas a pu lui faire.

Probablement touché par mon état de torpeur, mon père s'avance vers moi pour m'attraper par la taille.

— Il faut qu'on y aille, Tom, murmure-t-il avec douceur. Plus vite on leur fournira les renseignements dont ils ont besoin, plus vite ils la retrouveront.

Après m'avoir conduit jusqu'à la voiture, il s'assure que je suis bien attaché avant d'en faire le tour pour se mettre au volant. Le moteur vrombit, je fixe un point devant moi pour ne pas laisser la panique prendre l'entière possession de mon esprit, mais trop tard, il divague déjà dans tous les sens. Les questions se bousculent dans ma tête. Les remords se mêlent aux doutes et la peur prend le dessus. Et s'il lui faisait du mal ? Et si le dernier baiser que je lui ai donné était le dernier que je ne lui donnerais jamais ? Et si c'était déjà trop tard ?

Les larmes roulent à nouveau sur mes joues, mais je ne fais rien pour les stopper. Mes pensées sont déjà trop loin pour que je songe ne serait-ce qu'à sécher mes joues.

Mon père accélère face à ma détresse. À plusieurs reprises, il se tourne vers moi pour me parler, sans jamais prononcer un mot finalement. En même temps, comment pourrait-il me consoler alors qu'il n'en sait pas plus que moi ? Pour combler le silence pesant, il appelle ma mère en *Bluetooth.* Sa voix résonne dans l'habitacle, elle semble affolée. À plusieurs reprises, elle nous demande de retrouver Emma au plus vite avant d'énoncer à haute voix tous les pires scénarios qui ont déjà percuté ma tête. J'ai envie de lui hurler d'arrêter, mais au lieu de ça, je me surprends moi-même à la rassurer avec une voix bien trop mal maîtrisée.

Mes parents ont énormément d'affection pour Emma. Il faut dire que c'est grâce à elle que notre famille a réussi à se retrouver. C'est aussi grâce à elle que j'ai retrouvé une vie normale et équilibrée… Enfin jusqu'à lui. Il l'a harcelée, il lui a fait peur, il l'a brisée et alors que l'on pensait en être enfin débarrassé, il revient pour frapper encore plus fort.

Je le déteste, je le hais, et s'il a touché à ne serait-ce qu'un de ses cheveux, j'aurais sa peau quoi qu'il m'en coûte. Le voir crever d'une balle en pleine tête ne sera pas suffisant pour effacer tout le mal qu'il a commis.

Lorsque nous nous engageons enfin dans notre rue, c'est l'effervescence. De nombreuses voitures de police avec leurs gyrophares en route barrent le passage et deux policiers nous arrêtent avant d'aller plus loin.

— Vous ne pouvez pas circuler ici, messieurs, nous annonce le flic qui se prend pour un cow-boy en nous dévoilant son arme d'un coup de hanche. Le secteur est fermé, faites demi-tour à cinquante mètres, vous n'irez pas plus loin.

— Je suis monsieur Vidal, c'est moi qui vous ai demandé de vous déplacer pour venir récupérer ma belle-fille. Alors, laissez-nous passer afin que l'on puisse rejoindre le commissaire Cordosi ou j'appelle mon avocat qui vous collera un procès au cul pour obstruction à la justice.

— Monsieur Vidal…, reprend le flic, gêné. Veuillez m'excuser, je ne vous avais pas reconnu. Le commissaire vous attend en effet.

Il fait un signe de la main aux conducteurs des véhicules pour qu'ils se déplacent, l'officier nous laisse continuer notre route, confus.

Agacé, mon père peste contre cet agent qui ne faisait que son boulot tandis que je me concentre sur la scène chaotique qui nous fait face. Plus nous avançons, plus ce qui se déroule sous nos yeux me paraît surréaliste. Tous ces gens, toutes ces bagnoles de flic… Ils ne peuvent pas être là pour elle. Ce n'est pas la réalité, c'est un cauchemar duquel je dois me réveiller.

Malheureusement, rien de tout ça n'est un songe. Le secteur bouclé par des rubans jaunes, les hommes en blanc, entièrement recouvert d'une combinaison, qui analysent des traces au sol… c'est bel et bien réel. Ça l'est encore plus quand, en voyant des policiers en uniforme aller et venir à l'intérieur de notre immeuble, je m'aperçois qu'ils ressortent avec des affaires à elle. À nous.

Sont-ils réellement en train de fouiller notre appartement de fond en comble ? Emma est-elle toujours là-haut ? Vivante ? Est-ce que cet enfoiré est là, lui aussi ? Tout ça me paraît tellement impossible, comme si on m'avait projeté dans une espèce de mauvaise série B macabre.

Mon père se gare et je descends de la voiture à la hâte malgré mes jambes flageolantes. J'ai peur de ce qu'on va nous dire. J'ai peur de ce qu'on va découvrir, pourtant, je dois savoir ce qu'il se passe. Je dois savoir où est Emma.

Je ne marche pas, je cours presque en direction de la scène de crime. Quand je passe sous les rubans qui délimitent le périmètre, trois balèzes me rattrapent et m'empoignent par les épaules pour me maintenir sur place. Me débattant comme un diable sans réussir à m'échapper de cet enfer, mon père nous rejoint en moins d'une seconde pour expliquer la situation aux trois gorilles qui me lâchent en se confondant en excuses.

Ras-le-bol des gens qui s'excusent. Je veux des réponses. Je veux savoir ce qu'il se passe ici ! À bout de nerfs, je commence à leur brailler dessus pour obtenir des réponses quand un homme d'une cinquantaine d'années, plus petit que moi, mais aussi bien plus frêle, nous rejoint en quelques enjambées. Son visage, creusé par le temps, est grave, cependant, lorsqu'il nous reconnaît, il donne le change en esquissant un sourire pour nous rassurer.

— Monsieur Vidal, commence-t-il en présentant sa main à mon père pour le saluer, je suis le commissaire Cordosi. C'est moi qui vous ai contacté tout à l'heure.

— Commissaire, le salue-t-il en retour avant de se tourner vers moi. Voici mon fils Thomas, le petit ami d'Emma. Pouvez-vous nous dire ce que vous avez trouvé, avez-vous déjà des réponses, une piste ?

Je m'apprête à prendre la parole, mais mon père me retient par la main pour me faire taire. D'un regard entendu, je comprends qu'il me demande d'être patient. Ce que je fais en attendant que le commissaire reprenne la parole :

— Comme je vous l'ai dit, nous avons retrouvé le corps de votre chauffeur là-bas, annonce-t-il en désignant une voiture garée à une vingtaine de mètres en amont. Deux balles de silencieux dans le sternum. Net, sans bavures. Par contre, nous n'avons encore trouvé aucune trace de madame Rolland. Hormis le fait que nous soyons sous les fenêtres de votre appartement, rien ne nous permet d'émettre une quelconque hypothèse pour le moment. Elle n'est pas là, c'est un fait, mais rien ne prouve qu'elle ait été enlevée. Elle pourrait très bien l'avoir suivi de son plein gré. Peut-être même que Dumas n'a rien à voir avec sa disparition et que c'est elle qui a…

— Vous sous-entendez quoi ? le coupé-je d'une voix grave. Que c'est elle qui a buté le chauffeur ? Qu'elle voulait se sauver avec cet enfoiré ?

— Commissaire, votre théorie ne tient pas la route, reprend mon père d'une voix calme en m'intimant de me taire. Vous ignorez probablement la situation, mais sachez que cet homme harcelait ma belle-fille depuis de nombreux mois. Il a été arrêté par vos services en avril, vous devriez peut-être vous informer et lire le dossier afin d'éviter de faire de telles suppositions !

— Dites-nous où est Emma ! m'interposé-je à nouveau en sentant l'angoisse reprendre le dessus. J'ai besoin de réponses et je les veux maintenant.

— Calmez-vous, m'ordonne le flic en posant sa main sur mon épaule comme si nous étions de vieilles connaissances. Pour votre information, je connais ce dossier pour avoir participé à l'enquête. Je n'étais peut-être pas le commissaire en charge, mais j'étais présent le jour de l'arrestation de cet homme. Sachez aussi que je comprends tout à fait votre détresse, mais pour répondre à vos questions, même si nous ignorons où est Emma pour le moment, nous mettons tout en œuvre pour la retrouver. Une enquête judiciaire a été ouverte et le portrait de madame Rolland a déjà été diffusé dans tous les commissariats, toutes les gares et tous les aéroports du pays.

— OK, rétorqué-je sur les nerfs. Dans ce cas, en quoi puis-je vous être utile ? Mon père m'a dit qu'il fallait que je vienne, comment je peux vous aider ?

— En effet, je pense que vous pourriez nous apporter vos lumières sur l'état de l'appartement. Il n'y a rien là-haut qui nous indique que Dumas aurait pu monter, pas de trace de lutte, pas d'indice. Il faudrait que vous puissiez venir jeter un coup d'œil pour voir si quelque chose vous semble anormal.

Le commissaire parle lentement pour être sûr que je saisisse chacun de ses mots cette fois. Ni compassion, ni peur, son ton est complètement neutre et dénué d'émotions. J'ai envie de le secouer pour qu'il comprenne à quel point moi je suis en panique. Je voudrais lui hurler dessus pour qu'il se bouge le cul et qu'il retrouve ma copine dans la seconde, mais je me retiens, puis me contente de hocher simplement la tête en signe d'approbation.

Mon esprit est en feu, pourtant je me surprends à être bien trop calme. Si je pète un plomb, je sais que je n'arriverais à rien, ou pire encore, qu'on m'éloignera d'ici, alors je prends sur moi pour conserver un semblant de self-control. J'ai besoin de voir l'appartement par moi-même. Peut-être que je pourrais trouver quelque chose que personne n'aura vu. Je dois le faire pour être sûr et certain que chaque recoin a été inspecté au peigne fin.

— Avez-vous pu trouver des témoins ? Quelqu'un qui aurait pu voir quoi que ce soit ? demande mon père en regardant autour de lui.

— Personne. La rue était complètement vide quand nous sommes arrivés. Dumas est un homme intelligent. Si c'est lui qui a fait le coup, j'ai bien peur qu'il ait attendu le meilleur moment pour frapper, lui répond le commissaire en regardant au loin.

— Et Madame Bontie ? Vous devriez aller la questionner. Cette femme passe sa vie derrière sa fenêtre à regarder ce qu'il se passe dans la rue. S'il y en a une qui a pu voir quoi que ce soit, c'est bien elle.

— Madame Bontie, vous dites ? répète-t-il en notant le nom de la vieille voisine sur un calepin. Vous pouvez nous dire où elle habite ?

Machinalement, je me retourne vers son rideau pour le désigner du doigt. De jour, on ne la voit pas, cachée derrière, mais je sais qu'elle y passe ses journées. C'est elle qui avait appelé les flics un soir où je squattais sous les fenêtres d'Emma dans l'espoir de l'apercevoir. Je me souviens m'être pris la tête avec elle, et elle avait déclaré qu'elle passait son temps à surveiller la rue dans le cas où des malfrats comme moi puissent venir troubler la quiétude qui y règne. Emma avait eu l'occasion, elle aussi, de discuter avec la vielle femme une fois. Elle lui avait confié qu'elle ne pouvait plus beaucoup sortir de chez elle et qu'observer ce qu'il se passait dehors était sa seule source d'activité de la journée.

Dans le bâtiment d'en face, au rez-de-chaussée, tout a l'air calme. Même si elle ne semble pas être en train d'épier la cacophonie extérieure, j'ai bon espoir que la vieille femme ait pu voir quelque chose qui nous donnerait un indice, même infime.

Aussitôt après avoir repéré la bonne fenêtre, Cordosi missionne deux officiers pour se rendre chez elle. Il les sollicite également pour interroger les voisins de l'immeuble avant de me presser l'épaule une nouvelle fois pour que je le suive dans notre bâtiment.

À l'intérieur, il y a autant de monde qui s'active qu'au-dehors. Ça me rend fou de voir des gens que je ne connais pas toucher à nos affaires, fouiller dans les fringues d'Emma, souiller notre chez-nous.

Malgré la colère qui transpire par tous les pores de ma peau, je m'efforce de jeter un coup d'œil autour de moi, sans parvenir à distinguer quoi que ce soit. Les cartons sont toujours à leur place, les meubles n'ont pas bougé, il n'y a que la grosse valise rouge qui a disparu, celle qu'elle a dû préparer avant de descendre pour rejoindre le chauffeur qu'elle n'a jamais vu.

Je fais le tour de chaque pièce avec minutie, mais à mesure que j'avance, mes rétines deviennent floues et mes yeux se remplissent de larmes. Quand j'entre dans la salle de bains, l'odeur qui envahit mes narines me bouleverse. C'est celle de ma Boucle d'or, c'est son parfum, la senteur de cette crème qu'elle passe sur son corps… Les émotions me submergent comme un tsunami. Je m'effondre sur le pas de la porte alors que personne ne me regarde.

26 JUIN - VALENTIN

Comme j'ai bien fait de faire des provisions pour ne plus avoir à sortir d'ici !

J'avoue que je n'avais pas pensé une seconde que laisser un cadavre dans une bagnole allait attirer les flics sur le trottoir d'en face, et surtout allait les faire s'installer à deux pas de moi. Comme quoi, même en ayant pensé mon plan en long, en large et en travers, il y a encore des éléments qui ne m'ont pas effleuré l'esprit. On a beau se perfectionner, il y a toujours des progrès à faire.

Je me risque à jeter un coup d'œil rapide par la fenêtre pour admirer la cohue qui se joue en bas. Des bagnoles de poulets partout, une vraie basse-cour.

Si j'avais le malheur de m'aventurer dans la rue maintenant, ce serait retour à la case départ illico. Même si j'ai complètement rasé ma barbe et coloré mes cheveux, je reste encore facilement reconnaissable. Cela dit, dans le portrait-robot qu'ils ont fait de moi à la télé, je fais carrément plus jeune, ce qui est plutôt flatteur.

Hier soir, deux flics sont même venus enquêter auprès des habitants de l'immeuble. Je n'ai pas pris le risque d'ouvrir, mais au cas où ils auraient forcé la porte, je m'étais grimé pour être méconnaissable : un teint plus foncé ; des sourcils plus épais ; un faux piercing sur l'arcade et des vêtements amples qui n'ont rien à voir avoir ce que je porte habituellement. Je pense que j'aurais pu aisément passer pour quelqu'un d'autre, mais l'enjeu était beaucoup trop grand pour que je fasse ce genre de gaffe. Par chance, Emma dormait profondément et je n'ai pas fait un bruit tant que les flics étaient sur le palier.

Ce matin, les mêmes policiers sont repassés. Il était tôt et ces foutus chiens renifleurs m'ont tiré du lit. Heureusement que j'avais refilé un petit cacheton à Emma pour apaiser ses craintes, elle était tellement soucieuse quand elle s'est réveillée dans la nuit. J'ai même dû me coucher près d'elle pour la calmer. C'est dingue comme mon corps a agi comme un anxiolytique contre elle. Aussitôt que je me suis collé à elle, elle a retrouvé son calme et m'a supplié de lui détacher les mains pour qu'elle puisse, elle aussi, profiter du moment. Je lui ai caressé le ventre un long moment, sans donner suite à sa demande. Je suis peut-être dingue d'elle, en revanche je ne suis pas dupe pour autant. Il est beaucoup trop tôt pour que je lui fasse confiance à ce sujet, elle est encore sous l'emprise de son ex et il est hors de question qu'elle le laisse de nouveau s'immiscer entre nous. Et puis, tant qu'elle se voilera la face sur ce lien magique qui nous unit, quand elle comprendra enfin que notre amour est plus fort que tout, je suis sûre qu'elle retrouvera la sérénité.

Quoi qu'il en soit, je ne pense pas qu'on puisse suspecter que je me trouve ici avec Emma. La seule personne qui nous a vus, c'est la vieille du bas. Celle qui m'avait déjà surpris sous ses fenêtres un soir et qui avait menacé d'appeler la police. Finalement, elle n'a que ce qu'elle mérite maintenant. La cave est le meilleur endroit où elle pouvait finir sa vie. Au moins, elle ne pourra plus épier personne de là où elle est.

Et puis j'ai mis l'appart à un nom que personne ne pourra suspecter. Qui se dirait spontanément que Martin Dulland c'est moi ? Bon c'est certain qu'avec un peu de jugeote, on peut arriver à trouver que Dumas et Rolland, ça donne Dulland et que Martin est le deuxième prénom de mon fils. Mais dans tous les films policiers ou thrillers que j'ai pu voir, on ne comprend que trop tard les indices évidents. Alors j'ai le temps de peaufiner la suite de mon plan avant que l'on se rende compte de quoi que ce soit. Et si je pouvais n'omettre aucun détail cette fois-ci, ça ne serait pas plus mal.

Les cartes d'identité que j'ai fait faire pour Emma et moi sont parfaites d'ailleurs. Nous passerons les douanes de l'aéroport aisément tant elles ressemblent à des vraies. Je suis sûr que même un œil averti ne pourra faire la différence avec une carte authentique. En même temps, j'ai envie de dire « heureusement » vu le prix qu'elles m'ont coûté ! Je n'ai pas creusé les profondeurs du dark web pendant des jours pour me retrouver avec deux vieilles daubes mal contrefaites.

Ma seule incertitude est qu'il va falloir que je fasse entendre raison à Emma pour qu'elle veuille bien que je l'appelle Angy. La pilule va être difficile à faire passer, car il n'est pas aisé de changer de prénom du jour au lendemain.

Je voulais lui trouver un prénom court comme le sien, afin qu'elle puisse se reconnaître un peu dedans. Aussi Angelina Jolie me paraissait être un modèle parfait pour mon Emma. Une femme forte et indépendante, une femme de caractère qui change de peau comme elle change de rôle. Car tout ceci n'est qu'un rôle provisoire pour elle et moi, juste le temps de se retourner et de changer de continent.

Et puis même si elle n'a pas vraiment le choix, je suis persuadé qu'une fois qu'elle saura où je l'emmène et les surprises que je lui réserve, elle sera si folle de joie qu'elle acceptera sans réserve de partager sa nouvelle identité avec moi.

Après tout, Martin et Angy Dulland seront bientôt mariés pour le meilleur et pour le pire. Dans moins de dix jours, nous serons sur une petite plage paradisiaque à nous dorer le corps sous le soleil mexicain pour célébrer notre lune de miel, et nous pourrons commencer notre nouvelle vie. Il faut juste que je réfléchisse encore au moyen de récupérer Adam, car il est hors de question que je parte sans mon fils.

Il serait d'ailleurs bien que notre future Angy se réveille. Elle n'a rien bu ni mangé depuis hier et il n'est pas prévu au programme qu'elle tombe malade. Notre voyage approche à grands pas, je ne voudrais pas qu'on rate notre départ parce qu'elle a décidé de faire une grève de la faim.

J'ai hâte de voir sa tête quand elle va découvrir la table que j'ai dressée pour le déjeuner. J'espère que tout ce qu'il y a dessus lui donnera envie. Ce serait bien qu'elle découvre son nouveau chez elle aussi. Tout a été aménagé en fonction d'elle, pour elle. La décoration est fraîche, féminine et lumineuse. Elle ne peut que l'adorer, car je l'ai pensé uniquement pour elle.

26 JUIN - EMMA

Un mal de tête lancinant me martèle le crâne. J'ai l'impression d'avoir dormi des jours entiers comme si on m'avait assommée. Mon ventre crie famine, j'ai la gorge sèche.

J'ai fait un mauvais rêve qui me donne cette étrange sensation d'être coincée entre deux univers, comme si je flottais entre deux eaux. Je n'ose pas ouvrir les yeux tant la sensation étrange qu'il me procure me retourne les tripes. Il était trop réel pour n'être que dans mon imagination, aussi je préfère prolonger ce moment d'incertitude en gardant mes paupières closes.

C'est complètement débile de me mettre dans un tel état pour un cauchemar, il faut que j'arrête d'être idiote. Je vais ouvrir les yeux sur mon Tom encore endormi, et comme d'habitude, je vais devoir le secouer pour qu'il se réveille.

Je compte jusqu'à trois et tente une première fois. 1… 2… 3… Deuxième essai, mais c'est plus fort que moi, je n'y arrive pas. Comme si tout mon corps me mettait en garde, je les garde scellés de toutes mes forces. Finalement, prenant mon courage à deux mains pour affronter cette réalité qui me fait peur, j'ouvre un œil sur une chambre que je ne connais pas tandis que tout me revient en mémoire comme une grande gifle en pleine face.

En sursaut, je me relève, les deux yeux écarquillés, alors que la panique envahit mon corps. J'essaie de calmer les tremblements qui me parcourent en respirant profondément, mais ce n'est pas suffisant.

J'ai l'impression que l'histoire se répète à chacun de mes réveils. Encore une fois, j'étais sûre qu'il ne s'agissait que d'un fichu cauchemar trop réaliste, mais je me retrouve dans cette pièce effrayante que je ne connais pas. Dans quelques minutes, il débarquera, me filera des comprimés contre mon gré afin de mettre ma tête dans du coton, et je replongerais dans ce délire sans parvenir à m'en extirper. C'est un cercle vicieux qui m'aspire, un scénario glauque qui tourne en boucle sans que je puisse avoir une quelconque emprise sur lui : l'appel de Carl, les valises que j'ai préparées en vitesse, mon dernier regard pour l'appart et ma sortie dans la rue. Puis ces mots qui résonnent encore comme s'il venait de les prononcer « je t'avais dit que tu serais à moi pour toujours », l'odeur du chloroforme, mon premier réveil, le second dans la nuit, son corps contre le mien et la nausée qui ne m'a plus quittée jusqu'à… maintenant. Maintenant où je regarde cette chambre aux murs couleur bois de rose qui n'est pas la mienne. Maintenant où la senteur chimique des fruits d'été inonde la pièce de son odeur écœurante. Maintenant où seuls quelques minces filets de lumière réussissent tout de même à s'insérer à travers les persiennes pour illuminer cette pénombre menaçante.

En m'asseyant sur le bord du lit, ma tête tourne à tel point que je suis obligée de me tenir au bord du matelas. Les mains cramponnées à la mousse épaisse, une douleur lancinante me vrille les poignets. Quand m'a-t-il ôté les menottes qui me tenaient clouée au lit ? Je n'ai rien senti, rien entendu. Quelle merde de drogue me refile-t-il pour me plonger dans un semi-coma ? A-t-il fait plus que d'enlever ces foutus bracelets ?

Tandis que je frotte mes poignets douloureux, je remarque les marques qui les entourent en même temps que les questions me percutent la tête. Pour la centième fois, je me remémore les étapes qui m'ont conduite ici. Elles sont comme une rengaine insupportable qui me raccroche à cette seule certitude : je suis prise au piège.

En imaginant le pire, je touche instinctivement mes jambes toujours recouvertes par mon jean. Peut-être n'a-t-il pas encore été jusque-là… En tout cas, pas depuis hier. La vision de l'agression, quelques semaines plus tôt, se rappelle à ma mémoire et je peux encore sentir ses doigts s'insinuer avec force entre mes cuisses. L'horrible douleur que j'ai ressentie ce jour-là me cingle le bas du ventre, je commence à suffoquer tant elle semble encore si réelle.

Emma respire. Respire ou s'il t'entend paniquer, il te droguera à nouveau.

Essayant de retrouver le calme face à la tempête qui commence à tourmenter mon cœur, je me concentre sur la pièce qui m'entoure. Au mur, les peintures fleuries apportent une douceur presque dérangeante à l'environnement. Quelques bibelots sur des étagères sont là pour rendre cette pièce moins austère. Et sur une petite coiffeuse en bois blanc, à quelques pas de moi, une bouteille de jus de fruits et des biscuits me font de l'œil. Je n'ai pas voulu manger hier, mais si je dois me battre contre ce fou pour qu'il ne me drogue pas une fois de plus, autant que je prenne quelques forces avant. Si Valentin est encore là, alors je ne veux pas qu'il puisse savoir que je suis réveillée, je veux pouvoir envisager les options qui s'offrent à moi avant de devoir l'affronter.

Fébrile, je me lève et marche le plus silencieusement possible en direction de la petite table. Mon pas est mal assuré, sûrement à cause des heures de repos forcé ou de ces foutus cachets qu'il m'a fait avaler malgré moi. Après avoir atteint la coiffeuse, je m'assieds sur la chaise, puis fixe la bouteille qui me fait face. Il aurait très bien pu l'empoisonner elle aussi, mais elle est encore scellée, preuve qu'elle n'a jamais été ouverte.

Dans un geste maladroit, je manque de renverser le jus de fruits, mais le rattrape avant qu'il ne touche le sol. À la hâte, j'ôte le bouchon pour faire glisser le liquide dans ma gorge. J'ai la sensation de n'avoir pas bu depuis une éternité, et malgré la situation dans laquelle je me trouve, boire quelque chose de sucré me fait un bien fou.

Quand je croque dans l'un des cookies, mes yeux croisent le miroir posé en face de moi pour la première fois depuis la veille. Je ne peux m'empêcher de recracher le biscuit pour porter ma main sur ma bouche. J'ai envie de hurler en voyant mon reflet dans le miroir, mais je me retiens. J'étouffe mon cri de toutes mes forces alors que des larmes coulent toutes seules sur mes joues. Comment a-t-il pu teindre mes cheveux sans que je ne me rende compte de rien ?

D'une main tremblante, je touche mes pointes noircies par la coloration. Mes cheveux sont d'un noir corbeau hideux et macabre. Ils sont plus courts aussi. Beaucoup trop courts.

Où sont passées mes boucles blondes qui retombaient en cascade sur mes épaules ? Je n'arrive pas à supporter ce que je vois. Il m'a complètement modifiée, il a changé mon image. Ce jean n'est pas le mien, tous les vêtements que je porte ne sont pas les miens. Il m'a déshabillée, il m'a vue nue…

En panique, je me lève d'un bond et me précipite vers la fenêtre condamnée au verre recouvert d'un film opaque. De rage, je tambourine en criant à l'aide. Il faut que je sorte d'ici. Il faut que quelqu'un m'entende.

Tom… Je veux Tom.

26 JUIN - VALENTIN

— Au secours ! À l'aide !

Les paroles qui proviennent de la chambre me ravissent. Ça y est, elle est réveillée. J'aurais préféré qu'elle m'appelle en scandant des « Valentin, mon amour », mais je me contenterais de ses cris de détresse. Je trouve d'ailleurs qu'elle a une voix presque mélodieuse quand elle s'égosille de la sorte.

Comprenant bien qu'elle doit être en colère et apeurée, j'envisage les mots que je vais utiliser pour la rassurer avant de me précipiter à son chevet. À l'instant même où la clé tourne dans la serrure, les cris cessent, me privant de sa douce voix geignarde. De toute façon, elle peut bien s'époumoner, avec tous les travaux que j'ai faits ici, cet appartement est un vrai bunker. Personne ne peut l'entendre, personne ne peut la voir, et à part moi, personne ne pourra la faire sortir.

J'ouvre doucement la porte et la trouve recroquevillée dans le coin de la chambre opposé. Elle me fixe de ses yeux pleins de larmes, et cette image me glace le cœur. Elle a peur de moi. Comment pourrais-je la blâmer ? Notre passif est tellement douloureux, je suis conscient qu'il faudra que je sois patient pour retrouver sa confiance.

Tandis que je tends une main vers elle, ses mâchoires se serrent.

— Emma…, soufflé-je prudemment. Je ne te veux aucun mal. Les choses n'auraient pas dû se passer comme ça, mais je suis sûr qu'on peut encore rattraper le coup. Est-ce que tu me fais confiance, mon amour ?

— Jamais de la vie, espèce de cinglé. Plutôt mourir ! braille-t-elle en me défiant d'un regard menaçant qui me donne encore plus envie de l'apprivoiser. Et ne t'avise pas de m'approcher ou je ferais tout ce qui est en mon pouvoir pour que tu crèves sous mes yeux.

Je savais que la tâche n'allait pas être simple, pour autant, je ne m'attendais pas à autant d'animosité de sa part. La proie ne devrait-elle pas se mettre en quatre pour caresser son bourreau dans le sens du poil ? Sa colère me fait sourire, elle est tellement passionnée, tellement déterminée que j'en suis presque admiratif.

— Oh, mon amour ! Ne sois pas tant sur la défensive. Je n'ai plus l'intention de te faire du mal. Je suis tellement désolé pour ce que je t'ai fait subir, et tu le sais. Maintenant que tu es tout à moi, je veux pouvoir passer le reste de ma vie à te faire du bien. Je sais que c'est encore difficile à croire et que tu as beaucoup d'appréhension, mais crois-moi, je suis sincère. Je veux que tu sois heureuse. Heureuse avec moi.

Je sais que son esprit doit cogiter à toute allure, mais j'ai la sensation d'avoir touché son cœur, car elle desserre enfin les dents. Ses doutes vont vite s'estomper, il est évident qu'elle a envie de me faire confiance. Je peux le lire dans ses yeux.

— Si tu m'aimes tant que ça, chuchote-t-elle en me lançant une œillade de petite bestiole prise au piège, alors libère-moi. Je ne dirai à personne où tu te caches. Je te jure, j'inventerai un truc, n'importe quoi. Je dirai à tout le monde que j'ai eu peur et que j'ai eu besoin de prendre un peu de recul avant de partir pour New York. Je ferai mon possible pour qu'il ne t'arrive rien, et tu n'entendras plus jamais parler de moi une fois que je serai sur l'autre continent.

Elle me scrute avec son regard profond, attentive à la moindre de mes réactions.

— Valentin, s'il te plaît ! ajoute-t-elle, implorante. Laisse-moi partir, je t'en prie. Les parents de Tom ont beaucoup d'argent, ils te donneront tout ce que tu désires. Je te le promets !

— Emma, ne me parles pas de lui ! m'emporté-je dans une colère non dissimulée avant de reprendre avec calme. Mon amour, tu sais bien que ce n'est pas possible. Je ne pourrais jamais te laisser partir, qu'importe l'argent, TU es tout ce que je désire. Je te promets que tu auras une vie merveilleuse. Quand je t'expliquerai tout ce que je nous ai prévu, mon amour, je suis certain que tu vas être folle de joie. Et puis, soyons réalistes, ton ex et les flics se chargeraient de me faire la peau à l'instant même où tu franchirais la porte.

Une larme roule sur sa joue, puis termine sa course sur son débardeur en me glaçant le sang. J'ai envie de m'approcher d'elle pour la consoler, mais je sais que c'est encore trop tôt. Ce doit déjà être un sacré choc de se réveiller dans un endroit inconnu avec une nouvelle coupe de cheveux, alors je ne voudrais pas l'affoler tout de suite en lui exposant mes projets pour la suite. Je dois la laisser digérer le peu d'informations qu'elle vient de recevoir.

La lueur dans ses iris change en une fraction de seconde. De la tristesse, ses yeux passent à la colère, et je la vois empoigner la lampe de chevet située près d'elle pour me la balancer dessus. Je réussis à claquer la porte in extremis alors que le son de la porcelaine qui se brise au sol résonne dans l'appartement. Les cris d'Emma redoublent de vigueur une seconde plus tard, tandis qu'elle se met à frapper le mur comme une hystérique en m'ordonnant de la laisser sortir.

Tant bien que mal, j'essaie de l'apaiser à travers le morceau de bois par des mots doux et des caresses qu'elle ne peut ressentir, mais rien ne réussit à la calmer. Impossible de pénétrer dans la chambre où elle essaiera de me tordre le cou à mains nues.

Douce et sauvage, c'est comme ça que je l'aime. C'est comme ça que j'ai envie de la posséder. Elle m'attire tellement que je me raisonne pour ne pas ouvrir la porte et la prendre sur le lit dans la seconde.

Je sais qu'elle ne me laisserait pas faire. Moi, ce que je veux, c'est qu'elle s'offre à moi de son plein gré, parce qu'elle aura enfin compris que je suis celui qu'il lui faut.

— Emma, ne t'égosille pas pour rien, ma douce ! Les portes sont blindées et les murs sont insonorisés. Personne ne peut venir te sauver. Il n'y a que nous deux. Pour toujours.

À mes mots, elle se calme enfin. J'entends qu'elle se laisse glisser le long de la porte en imaginant son corps frêle caresser le bois. Bientôt, c'est contre moi qu'elle glissera. Tout est une question de patience.

— Je vais nous préparer à manger, Emma. Quand tu seras suffisamment calme, tu pourras venir te mettre à table avec moi. Je t'expliquerais ce que je nous ai prévu pour la suite. Tu vas voir, tu vas être folle de joie.

26 JUIN - EMMA

Mes mains sont crispées sur mes genoux. Mon corps tremble sans que je puisse l'arrêter. Les émotions se bousculent dans ma tête. Angoisse, colère, tristesse, toutes se mélangent aux multiples questions qui m'assaillent. Comment vais-je sortir d'ici ? Que compte-t-il me faire ? Quels sont ses projets ? Comment vais-je le tuer ? Celle-ci revient en boucle. Encore et encore. Le tuer, c'est ma seule solution pour m'échapper d'ici. Ma nouvelle obsession.

Précipitamment, je me lève pour me mettre à la recherche d'un objet qui pourrait me permettre d'arriver à mes fins. Je retourne le tiroir de la coiffeuse. Rien. Peigne, brosse, maquillage, mais rien de coupant, rien de tranchant. Pareil dans la table de chevet, sous le lit et dans le dressing rempli de vêtements qui ne sont pas les miens.

Il ne me reste qu'une option. J'ouvre une porte avec précaution et me retrouve dans une petite salle d'eau avec une douche et un w.c. Crème, gel douche, serviette de bain. Rien qui me permettra de le transpercer. Il a tout prévu. Il a réfléchi à mon espace en prenant soin de ne rien mettre qui pourrait lui nuire. Combien de temps tout cela a-t-il pu lui prendre ? Il dit qu'il ne veut plus me faire de mal, mais comment croire une personne aussi cinglée ?

J'observe la petite salle de bains et me laisse glisser le long du mur une nouvelle fois, épuisée par toute cette rage qui m'habite. La seule pensée qui me rassure, et sur laquelle il ne pourra avoir aucun effet, est qu'à défaut de pouvoir le tuer lui, je pourrais toujours me tuer, moi. Je sais que je vais devoir me battre pour sortir d'ici, mais s'il le faut, s'il n'y a plus d'espoir, alors je trouverais un moyen pour me suicider. Je le ferai en cas de dernier recours, mais pour le moment, je dois vraiment trouver comment m'enfuir pour retrouver ma liberté, pour retrouver Tom.

Des images de lui affluent dans mon cerveau, son visage, ses gestes tendres, ses mots d'amour… Pour lui, je dois me battre. Pour lui, je dois faire mon maximum pour survivre. Pour lui, je dois trouver la solution.

Je n'ai aucune idée du lieu où je me trouve. Sommes-nous toujours à Paris ou a-t-il réussi à m'embarquer loin de chez moi sans que je m'en sois aperçue ? Je n'ai pas la sensation d'être sous terre puisque quelques rayons de soleil arrivent à percer mes volets. Cette idée me rassure un peu. Je ne sais pas comment j'aurais géré le fait d'être enterrée vivante dans un endroit invisible aux yeux du monde.

Plus je repense à toute cette histoire, plus j'ai l'impression d'être en train de jouer le rôle de la victime désorientée dans un thriller à deux balles. Je dois me reprendre pour réfléchir plus calmement à la situation. Agir sur un coup de tête ne me mènera nulle part si ce n'est à attiser sa colère. Mon premier objectif rationnel est de sortir de cette chambre pour voir ce qu'il y a au-delà de la porte. Un téléphone, un ordinateur, n'importe quoi qui me permettra de communiquer avec l'extérieur.

Réfléchis, Em, réfléchis, pensé-je en me massant les tempes. Ce fichu mal de tête m'empêche d'être complètement alerte, pourtant, il faut absolument que je me concentre. Téléphone, ordinateur, tablette… Les mots tournent en boucle comme si la réponse allait me sauter aux yeux comme un éclair de génie. Une chose est sûre, quand je suis sortie de chez moi, j'avais mon portable avec moi. Il doit forcément être quelque part. L'idée qu'il puisse l'avoir détruit ou emmené loin d'ici m'affole. Avec mon smartphone, on pourrait me retrouver, mais soyons logique, s'il était en état de marche, ça serait déjà fait…

Je me lève et avance vers la fenêtre. Malgré les épais volets, je pourrais peut-être apercevoir quelque chose. Le vitrage est flouté par un filtre opaque, mais à force de contorsion, je réussis à deviner les contours de mon environnement. On dirait que nous sommes en hauteur, les toits semblent être en contre-bas, et il est évident que personne ne peut me voir d'ici. Toutefois, la forme de la grande tour grisâtre que je perçois me semble familière. Peut-être s'agit-il de la Tour Eiffel, ce qui me rassurerait un peu, car ça signifierait que nous n'avons pas quitté Paris.

La clé tourne dans la porte et me tire de mes pensées. Je pourrais très bien retourner me coucher pour qu'il ne s'énerve pas, mais je n'en fais rien. Je veux qu'il sache que je lui ferai face quoi qu'il arrive.

Mon ravisseur a la courtoisie de frapper avant d'entrer. Force est de constater qu'il n'a plus, enfin, qu'il a moins, cette lueur de folie dans les yeux. Il a changé d'apparence, de couleur de cheveux, mais il me fait davantage penser au Valentin « d'avant ». Celui que j'avais rencontré quand j'ai commencé à travailler pour lui. Était-il sérieux quand il disait qu'il ne voulait plus me faire de mal ?

— Je ne sais pas si tu as faim, en tout cas le repas est prêt.

Ne voulant pas lui donner satisfaction en lui répondant, je continue de le toiser de toute ma hauteur. Être dévisagé de la sorte le met mal à l'aise si bien qu'il baisse les yeux une seconde en rougissant avant de se ressaisir.

Bizarrement, cette brève crainte me soulage, il ne me fait plus aussi peur qu'avant. Cependant, je reste tout de même sur place, toujours sur mes gardes.

À tâtons, mes doigts frôlent la table de chevet à la recherche du gros livre posé dessus. S'il m'approche trop près, je ferais en sorte de le viser en pleine face.

Je secoue la tête pour refuser son offre, me sentant comme Belle prisonnière de la Bête. Inutile d'envisager la fin comme dans le livre, il n'y aura jamais une once d'amour entre cet être et moi. Non, notre fin ne sera pas celle d'un conte de fées, car si ce n'est pas le sien, du sang finira tout de même par couler.

— Emma, il faut que tu manges. Tu n'as rien avalé depuis hier. Je m'inquiète pour toi.

— J'ai… dit… non, grondé-je en séparant bien chaque mot pour donner plus de poids à mon refus.

— Alors tu ne me laisses pas le choix…

Sans que je puisse me rendre compte de ce qu'il se passe, il saute sur le lit pour se retrouver devant moi. Dans un cri d'effroi, je brandis le livre pour lui en mettre un coup, mais il l'esquive, me retourne et me colle face au mur, les mains plaquées dans mon dos. Il se colle à moi de tout son poids, fouille dans sa poche une seconde pour en ressortir un objet en métal. Le froid encercle mes poignets et une fois de plus, je me retrouve enfermée, prise au piège entre le mur et lui.

— Valentin, qu'est-ce que tu fais ? lui demandé-je, paniquée.

— Je t'ai dit que tu devais manger et tu mangeras. Même si pour ça je dois te nourrir moi-même. Puisque tu ne souhaites pas collaborer, je ne vois que ces objets de torture pour te soumettre, me précise-t-il avec aplomb en laissant son nez effleurer ma nuque aux cheveux raccourcis. N'aie pas peur, mon amour, je ne suis pas un sadomasochiste, mais tu comprendras qu'au vu de la haine qui t'anime, je dois prendre quelques précautions. Je n'ai pas vraiment envie de me retrouver avec une fourchette plantée entre les deux yeux aujourd'hui.

Après avoir ricané à sa blague, il me retourne d'un geste brutal pour que je me retrouve nez à nez avec lui. Le sentir si près me renvoie en pleine tête ces fois où il m'avait empoignée dans mon bureau ou dans l'ascenseur. Il était si proche, si agressif. Aujourd'hui, même s'il n'a pas le même visage hargneux, je ne réagirais pas comme je l'ai fait ce jour-là. Je me souviens lui avoir craché au visage, et surtout je me rappelle la furie qui avait suivi. Les erreurs du passé servent de leçon, aussi, je ne broncherai pas. Certes, j'ai bien compris qu'il souhaitait m'impressionner en me montrant qu'il tient ma vie entre ses doigts. En revanche, s'il a l'air d'avoir tout prévu, je dois être plus maligne que lui et éviter au maximum les rapprochements.

— C'est bon, enlève-les-moi. Je vais me tenir correctement. Je ne ferais rien qui puisse te contrarier, déclaré-je dans une supplique qui sonne faux.

— Non, non, non, mon amour ! chantonne-t-il pour me narguer. La confiance, ça se gagne. Quand je serais sûr que tu es calmée, alors peut-être que j'envisagerais de te les enlever. Il ne tient qu'à toi de faire des efforts, Emma.

Il embrasse ma joue d'un baiser appuyé tandis qu'un haut-le-cœur me retourne l'estomac. Me faisant passer devant lui, il me pousse vers la porte qui mène au reste de ma prison en tenant fermement les menottes qui me lacèrent les chairs.

J'observe le chemin qu'il me fait parcourir avec attention, mémorisant chaque centimètre que je parcours. Un couloir sombre avec des portes closes, puis une grande pièce à vivre avec des portraits de moi partout.

J'écarquille les yeux devant cette collection d'images qui semble me fixer. Ces yeux qui sont les miens et qui m'observent.

Mais où a-t-il pu se procurer autant de photos de moi ?

À les regarder de plus près, je comprends vite que ce sont des clichés volés. Moi dans la rue, moi assise derrière mon bureau, moi au supermarché, moi devant mon miroir dans notre salle de bains… Moi, moi, moi… Moi dans notre salle de bains !

Je ne peux retenir un cri de stupeur. Tom ne voulait pas me croire, mais je savais qu'il y avait des caméras chez nous. Je l'avais ressenti. Comment a-t-il pu rentrer à la maison ? Combien de temps nous a-t-il espionnés ? Trop de questions. Trop de pression dans ma tête.

Tournant de l'œil, mes épaules s'affaissent et mes jambes se dérobent sous mon poids. Valentin me rattrape et me serre plus fort contre lui, comme un geste héroïque pour protéger sa petite créature sans défense.

— Doucement, ma beauté, murmure-t-il contre mon oreille. Je vais t'aider à t'asseoir. Il va vraiment falloir que tu manges pour reprendre des forces.

Me soulevant pour me prendre dans ses bras alors que ma vision se trouble, il marche encore quelques pas et m'emmène dans une pièce qui semble être le salon. Quand il me pose sur une chaise, près d'une table dans un coin, je ne peux m'empêcher de pester contre mon foutu sens du timing. Ce n'était pas le moment de tomber dans les pommes, je devais enregistrer les moindres détails. Encore une fois, j'ai échoué là où j'aurais dû être forte.

Ne s'apercevant pas le moins du monde de la colère qui m'anime, il me détache l'une des menottes qu'il s'empresse d'attacher à un pied de la table. Je regarde ma main libre, soulagée de ne plus être totalement entravée.

Envisageant le poids du meuble, je réalise que si la table n'est pas trop lourde, je pourrais la soulever pour me libérer.

Lorsqu'il me tourne le dos pour rejoindre la cuisine ouverte sur le salon, j'essaie d'exécuter mon plan le plus discrètement possible. Je soulève une fois et rien… Elle ne bouge pas d'un millimètre. Je me penche pour regarder les pieds.

— Économise tes forces, mon amour, me lance Valentin en m'observant avec un grand sourire. Ils sont fixés au sol. C'est impossible de déplacer cette table, ou la presque totalité des meubles de cette pièce d'ailleurs.

Un coup d'œil au mobilier qui m'entoure me permet de vérifier ses dires alors que le petit rire cynique qu'il émet me glace le sang. Ce fou a tout prévu dans les moindres détails. Il joue avec moi comme un chat le ferait avec une souris. Si je ne l'avais pas encore réellement compris jusque-là, je réalise que je ne suis qu'une marionnette entre ses mains. Il sait mieux que quiconque que je suis coincée, mais il prend plaisir à me voir essayer. À me voir espérer. Et moi, je m'engouffre, tête baissée dans chaque piège qu'il a posé sur mon chemin.

Malgré tout le dégoût qu'il m'inspire, l'odeur qui provient du coin cuisine me met l'eau à la bouche. J'ai faim et mon estomac ne manque pas de me le rappeler à chaque instant. Pour autant, je me contenterais juste de l'odeur. Il est hors de question que j'avale une bouchée de ce qu'il prépare. Si tomber malade contrecarre ses plans, alors ça vaut le coup de faire une grève de la faim pour lui mettre des bâtons dans les roues. En tout cas, ça vaut la peine d'essayer.

Il se rapproche avec deux assiettes copieuses remplies d'un bon morceau de viande rouge saignante comme je l'aime et de pommes de terre rissolées. La cuisson semble parfaite en tout point, elle me fait saliver plus que de raison.

Je détourne le regard pour être moins tentée, mais une pensée vient me retourner l'estomac. S'il nous a espionnés, il doit connaître toutes nos habitudes : ce que je cuisine le plus, ce que j'aime ou ce à quoi je ne peux résister. Il fera en sorte de me faire craquer avec tous les aliments que j'aime, j'en suis sûre.

De fil en aiguille, mon esprit se met à divaguer sur ce qu'il a pu voir et j'en ai la nausée. Il a sûrement dû épier tous nos moments intimes, nos rares disputes et nos réconciliations. Il doit connaître ma vie sur le bout des doigts. Il n'y a plus qu'une question qui m'obsède alors, et même si je n'ai pas envie de lui parler, je ne peux m'empêcher de la tourner encore et encore dans ma tête.

Il approche sa fourchette de sa bouche, mon esprit imagine déjà qu'elle ferait un excellent accessoire si elle était plantée dans son cou, mais je me contiens de lui faire une telle remarque et lui pose ma question qui me brûle les lèvres avec mépris :

— Depuis combien de temps tu nous espionnais ?

— Pas très longtemps, répond-il en ingurgitant un morceau de viande dégoulinant sans ciller.

— Précise !

— Une dizaine de jours avant qu'on m'embarque, tout au plus, lance-t-il dans un calme olympien. Et puis quand je me suis échappé, j'ai eu le temps de visionner les meilleurs moments. Ceux que vous avez passés en mon absence. Tu sais que je pourrais être meilleur amant que lui au passage ?

Je ne daigne pas répondre à sa question, écœurée par ce qu'il laisse sous-entendre. Après une autre bouchée de son morceau de viande, il relève la tête pour me dévisager.

— Comment l'as-tu deviné ?

— Une intuition.

— Ah… Belle et perspicace ! Allez, mange, ça va refroidir, ordonne-t-il avec douceur en me désignant mon assiette alors que je refuse d'un signe de tête. Emma, ne sois pas butée, chérie. Manger est primordial. Tu dois prendre des forces pour ce qui nous attend ensuite. Tu en auras besoin.

— Et qu'est-ce qui nous attend ensuite ? Tu vas me garder prisonnière ici longtemps ?

— Je pense que c'est trop tôt pour aborder le sujet. Tu es encore trop fragile psychologiquement… Et encore trop attachée à ta vie d'avant !

— Ma vie d'avant…, lui lancé-je avec ironie. Celle que tu m'as volée et que tu détruis seconde après seconde ?

— Ne le prends pas comme ça. Je t'ai promis de m'occuper de toi et de te rendre heureuse. Sache que je compte vraiment honorer cette promesse. Il faut juste que tu sois un peu plus coopérative ou je n'aurais pas d'autre choix que de te garder enfermée dans ta chambre.

— Donnant-donnant quoi… Je deviens une petite poupée lobotomisée et tu m'offres le paradis ?

— Donnant-donnant, c'est à peu près ça. Mets-y du tien, prends les choses comme elles viennent et ne vois que le positif dans tout ce qui nous arrive. Par contre, je t'en prie, ne deviens pas une femme vide et éteinte, je ne le supporterais pas. Reste celle que tu es, vive et pétillante, courageuse et forte, drôle et têtue. C'est comme ça que je t'aime.

— Je ne veux pas que tu m'aimes, Valentin ! m'emporté-je en essayant de me lever avant de retomber sur ma chaise à cause de cette foutue entrave au poignet.

C'est bien ça le problème entre nous. Tu ne comprends donc pas que cet amour ne sera jamais… Je dis bien JAMAIS, tu m'entends… Jamais réciproque !

— C'est ce que tu dis aujourd'hui, mon amour. Je suis sûr que tout sera différent dans quelques mois. Et je saurais être patient, ne t'en fais pas.

Étrangement, il semble calme et posé, comme s'il était sincère ou au moins convaincu par ses propres mots. Il est très différent du Valentin complètement fou et enragé qui m'a agressée. Il fait moins… psychopathe, même si ce qu'il est en train de faire prouve qu'il en est un. Et pas qu'un peu.

— Quelles que soient tes appréhensions, Emma, sache que j'essaierais de te prouver chaque jour à quel point tu comptes pour moi. Dès que nous aurons récupéré Adam, nous pourrons enfin devenir une famille. Une famille parfaite. Et qui sait… Peut-être voudras-tu bien offrir à notre fils, des frères et sœurs. Ça serait tellement génial !

— Tu es en plein délire, Valentin. Le seul homme qui posera la main sur moi, c'est Thomas. Thomas que j'aime à en crever. Thomas qui m'excite à tel point que simplement prononcer son nom me fait mouiller ma culotte. Jamais tu n'arriveras à la cheville de Tom. Jamais tu ne pourras le remplacer.

Consciente d'avoir été trop loin, je risque d'en payer le prix. Le rouge qui empourpre ses joues ne m'annonce rien de bon, et d'un geste du bras, il envoie valser son assiette en même temps que la mienne, avant de frapper ses deux mains sur la table dans un bruit sourd.

Il bout de l'intérieur, pourtant, on dirait qu'il se contient pour ne pas exploser. Secouant soudain sa tête comme s'il était en plein combat intérieur, il me répond calmement :

— Comprends bien, mon amour, que Thomas n'est plus qu'une histoire ancienne et qu'il faut faire une croix dessus. Oublie-le, passe à autre chose, car tu es à moi pour l'éternité à présent. Mets-toi bien dans le crâne, une bonne fois pour toutes, que nos destins sont désormais étroitement liés. Si je vis, tu vis. Et si je meurs, ça tombe sous le sens, tu meurs aussi. Maintenant, excuse-moi, mais je vais te ramener dans ta chambre de gré ou de force, car tu m'as énervé. Très énervé. Je ne voudrais pas regretter cette montée de colère qui est sur le point d'exploser.

Joignant le geste à la parole, il détache la menotte accrochée à la table et me maintient fermement les poignets pour m'emprisonner à nouveau. Une fois sur le seuil de la porte de « ma » chambre, il me les retire et me scrute avec férocité.

— Vraiment Emma, il serait temps que tu prennes conscience que la situation ne joue pas en ta faveur et qu'il ne tient qu'à toi de l'arranger. Je serais vraiment peiné de redevenir le Valentin violent que tu as connu et qui t'a tant effrayée. Vraiment.

Sur ces mots, il referme la porte en me laissant seule face à mes peurs.

27 JUIN - THOMAS

Je me réveille en sursaut. Le réveil posé sur la table de chevet affiche minuit dix et il fait nuit noire dans l'ancienne chambre que j'occupais chez mes parents. J'aurais voulu dormir chez moi, enfin chez nous, mais je n'en ai pas eu le droit. Notre appart est devenu une scène de crime, un endroit de terreur et il ne nous appartient plus pour le moment.

J'ai dû m'assoupir sans m'en rendre compte, car seulement vingt minutes se sont écoulées depuis la dernière fois où j'ai observé les chiffres qui éclairent le plafond. Je n'arrive pas à trouver le sommeil sans que ça ne vire au cauchemar. Et surtout, je pète un plomb de devoir attendre sans ne rien pouvoir faire. Ça me rend malade d'être ainsi impuissant, alors qu'elle souffre.

Trop d'interrogations se mélangent dans ma tête, j'ai l'impression qu'elle est sur le point d'exploser. Comment va-t-elle ? Est-ce qu'il la traite bien maintenant que je ne suis plus dans l'équation ? Ou est-ce qu'il est toujours le pervers détraqué qu'il était il y a quelques semaines ? Où peut-il l'avoir emmenée ? Pourquoi les flics n'ont-ils réussi à trouver aucun indice tangible ?

D'après le rapport provisoire que mon père a pu récupérer moyennant quelques billets, aucun des voisins des immeubles alentour n'a rien vu, rien entendu. Rien, personne. Pas même la vieille Bontie, qui a été déclarée aux abonnés absents.

La seule piste exploitable reste celle des caméras. Là où moi je n'avais rien trouvé, les flics ont réussi à démasquer tout un réseau de micro émetteurs disséminés un peu partout dans l'appart. Vingt-quatre au total, positionnés à des endroits stratégiques comme le dessus de notre lit, la salle de bains ou encore les toilettes. Quand j'imagine que ce pourri nous regardait quand nous faisions l'amour ou quand Emma était aux chiottes, j'ai réellement des envies de meurtre. Des instants privés qui l'ont souillée pour toujours. En réalité, je m'en tape qu'il ait bien pu me voir à poil, je ne crains pas la nudité, je n'ai rien à cacher. Mais Emma… Son corps, sa pudeur, sa dignité… Vingt-quatre petits espions qui nous ont volé notre vie.

La police n'a pas réussi à trouver le PC qui les reliait toutes. Je ne suis pas un génie de l'informatique, mais à ce que j'ai pu comprendre, il doit sûrement posséder plusieurs ordinateurs qui passent par des routeurs dans le dark web. Enfin un truc dans le genre. Ce salopard a fait en sorte de n'être qu'un fantôme sur la toile et il a bien réussi son coup, il est intraçable. J'ai du mal à croire qu'avec les technologies que l'on possède aujourd'hui, la police scientifique n'arrive pas à retrouver un pervers tel que Dumas. Bien que cultivé et intelligent, ce type n'était qu'un DRH tire-au-flanc ! Je ne peux pas envisager qu'il était aussi hacker à ses heures perdues.

Dans tous les cas, selon le détective que mon père a engagé, Valentin Dumas avait dû préparer son plan depuis un bail, car tout a été orchestré à la perfection. Il s'est volatilisé de la surface du globe et a emmené mon Emma avec lui. Notre dernière chance reste son fils. Le commissaire Cordosi a fait poster des hommes autour de la maison où vivent l'ex-madame Dumas et leur progéniture. S'il se pointe, les flics le grilleront sur-le-champ.

Il avait beau être un mari merdique, il avait tout de même l'air d'être un père aimant. Alors s'il a prévu quelque chose dans son plan de fou furieux, il y a de fortes chances pour qu'il y ait inclus son gosse.

J'étais sceptique quand le commissaire nous a exposé son plan, car comment être sûr qu'un cinglé comme lui puisse éprouver le moindre sentiment pour quelqu'un ? Mais les quelques rapports qui ont été rédigés à l'hôpital psychiatrique nous permettent tout de même d'avoir une lueur d'espoir sur ce point.

Dumas souffrirait effectivement d'une maladie mentale, il serait atteint d'obsession amoureuse à tendance perverse et compulsive, et d'érotomanie. Les rapports le décrivent comme un homme calculateur et narcissique, sauf lorsqu'il évoque son fils. Il parle de lui comme le ferait un père normal, fier et protecteur. Alors quoi qu'il ait bien pu prévoir, et si ces rapports sont justes, il y a peu de chance qu'il puisse faire quoi que ce soit sans Adam.

J'aimerais pouvoir le traquer dans toute la ville, mais peut-être qu'il est déjà loin à cette heure-ci. Peut-être qu'il a abusé d'Emma et l'a tuée… Peut-être que… Simplement en pensant à toutes ces hypothèses macabres, les larmes coulent sur mes joues.

Si ce salopard lui a ôté la vie alors je jure sur tout ce que j'ai de plus cher qu'avant de me foutre en l'air pour la rejoindre, je le retrouverai et le ferai souffrir lentement jusqu'à ce qu'il crève. Je veux qu'il crève, qu'il nous laisse enfin tranquilles !

J'ai tellement l'impression d'être dans des montagnes russes émotionnelles. Après les doutes et la tristesse, c'est la colère qui reprend le dessus. Cette rage que je ressens quand je l'imagine poser ses mains sur Emma. Hors de question que je reste ici sans rien faire, je dois bouger, je dois chercher. Fouiller les moindres recoins pour trouver n'importe quoi, même un tout petit rien…

Enfilant mes baskets à la hâte, j'empoigne une veste posée sur le bord de mon lit avant de sortir à pas feutrés. Mon père doit dormir et je ne souhaite pas le réveiller. Il m'obligerait à rester ici pour ma sécurité. Quand j'atteins l'entrée, un rail de lumière attire mon attention sous la porte du bureau de Carl. J'étais quasiment sûr de l'avoir entendu regagner sa chambre un peu plus tôt, mais il a dû en ressortir quand je me suis assoupi. Collant mon oreille contre le bois travaillé qui me sépare du bureau, je saisis des bribes de mots qui n'ont pas vraiment de sens. M'appliquant à plus de concentration, je comprends qu'il est au téléphone et que la conversation a l'air animée.

— Non, vous ne m'avez pas compris ! J'exige que vous retrouviez ma belle-fille et ce pourri avec. J'ai déjà perdu un fils dans ma vie, il est hors de question que je perde le deuxième. Emma a sauvé notre famille, alors c'est à notre tour maintenant ! Faites ce qu'il faudra pour coincer Dumas et abattez-le ! Une balle dans la tête ! Net et précis. Quoi, les flics ? Cordosi est un abruti qui ne se bouge pas le cul alors à nous de faire le nécessaire. C'est bien clair ? rétorque-t-il d'un ton cinglant.

C'est quoi ce plan ? Pourquoi mon père agit-il dans mon dos sans me tenir au courant ? D'un geste brusque, j'ouvre la porte pour entrer dans la pièce. Debout derrière son bureau, mon père, surpris, soutient mon regard avant de finir avec son interlocuteur. D'un signe de main pour me faire patienter, il lui ordonne :

— Retrouvez-le et agissez rapidement ou notre accord sera caduc. Vous avez vingt-quatre heures pour renifler sa trace si vous voulez toucher la première part de votre argent. La deuxième, vous l'aurez quand il sera mort. On s'est bien compris, Hunter ?

Déposant avec calme son téléphone sur le solide bureau en chêne qui trône au milieu de la pièce, mon père continue à me fixer. Attend-il que je sois le premier à poser la question ?

Ravalant ma salive avec difficulté, je desserre les dents pour m'apprêter à le faire quand il se laisse tomber sur son fauteuil avec lassitude. D'un ton résigné, il me dit :

— Je crois que si nous voulons la retrouver, il va falloir nous débrouiller par nos propres moyens, Tom.

— Qu'est-ce qui te fait dire que le commissaire Cordosi ne sera pas à la hauteur de l'affaire ?

— J'ai contacté Ed, notre avocat, qui m'a informé que c'était le commissaire avec le plus faible taux de résolutions d'enquêtes de la brigade de recherche. Si Emma est vivante, elle risque de finir comme une ombre sur le glorieux tableau de cet incapable. Et s'il est aussi médiocre qu'Ed le prétend, elle risque surtout de…, explique-t-il sans finir sa phrase pour ne pas plus m'affoler. Notre priorité est de la retrouver saine et sauve, dans le plus bref délai, et pour cela, je crois que la police ne sera pas à la hauteur.

— Dis m'en plus sur ce Hunter dans ce cas, puisque c'est à lui que tu viens de confier cette mission ! ordonné-je, plus agressif que je ne l'aurais souhaité.

— C'est un genre de mercenaire qui ne possède aucune réelle identité. Hunter est un pseudonyme, un tueur à gages que l'on m'a recommandé. C'est un fantôme aux yeux du monde, au même titre que l'homme que nous devons affronter désormais. Tom…

— OK, le coupé-je. Tu as ma confiance, tu sais ce que tu fais. S'il faut passer par la voie officieuse, alors faisons-le. Le principal est de retrouver Emma au plus vite.

Sans que je m'en sois rendu compte, Carl s'est rapproché de moi et passe un bras par-dessus mon épaule, avant de me serrer contre lui.

— Je te promets qu'on va y arriver, mon fils. Je ferai tout ce qui est en mon pouvoir pour y parvenir.

— Je veux que ce salopard crève, papa. Je veux qu'il crève !

Ce geste si peu familier venant de mon père apaise quelque peu ma colère. Je sais qu'il me comprend et qu'il mettra tous les moyens en œuvre pour que ce connard soit puni.

— Pourquoi tu t'es habillé ? me demande-t-il en réalisant que je m'apprêtais à sortir.

— Je ne peux pas rester ici sans rien faire, j'ai besoin de bouger, de réfléchir…

— Je sais que je ne vais pas pouvoir te garder ici ad vitam aeternam, Tom, mais je crois qu'il serait plus prudent que tu restes avec nous pour le moment.

— C'est impossible, il faut vraiment que je sorte, que je retourne là-bas. Je dois encore essayer. Il reste peut-être des indices, quoi que ce soit. Laisse-moi y aller.

Après un temps de réflexion qui me semble durer une éternité, mon père me serre une dernière fois avant de contourner son bureau pour atteindre les tiroirs. Sortant une clé de sa poche, il ouvre celui du bas pour en sortir un revolver à la crosse de bois.

— Je comprends, Tom, alors je veux que tu prennes ceci. Juste au cas où, lance-t-il en revenant vers moi. C'est un colt Python que je me suis procuré à New York. Fais attention, il est chargé, annonce-t-il en me remettant l'objet dans la main.

— Pourquoi tu as ça ici ? T'as un garde du corps !

— Je te rappelle que mon garde du corps est l'homme que j'ai envoyé pour récupérer Emma et qu'il est mort, paix à son âme, quand ce pourri de Dumas lui a collé deux balles dans le torse. Garde cette arme sur toi, car si tu venais à croiser ce cinglé, je ne voudrais pas que tu sois sans défense. Ce type est beaucoup trop dangereux.

— Merci ! soufflé-je, reconnaissant, en enfouissant le pistolet dans la poche de ma veste. Mais si par miracle je le croise, je serais probablement le premier à tirer, papa. Quoi qu'il m'en coûte !

— Fais ce que tu as à faire, Thomas. Je te sortirais de n'importe quelle situation, mais pas de la mort. Alors, fais en sorte de rester vivant.

Après un bref signe de tête, je regagne l'entrée pour sortir de cette cage dorée avant de dévaler l'escalier qui me ramène vers la rue. Ma moto, garée dans le parking privé de l'immeuble de mes parents, ne me sera d'aucune utilité. Je veux passer incognito et pouvoir me fondre dans la nuit.

D'un pas rapide, je traverse les pâtés de maisons étonnement déserts pour un soir d'été. On dirait qu'il n'y a pas âme qui vive dans les rues parisiennes.

Arrivé à quelques mètres de ma destination, j'aperçois un type avec une capuche sortir de la résidence d'en face et partir dans la direction opposée. Planqué sous un porche pour ne pas me faire repérer, je le regarde s'éloigner tandis qu'il marche à vive allure. Il semble pressé, ce qui m'arrange, car je le suis aussi.

Après avoir patiemment attendu qu'il soit complètement hors de vision, j'avance à pas feutrés pour franchir le périmètre de sécurité laissé par la police. Me retrouver face à l'entrée de notre immeuble me hérisse les poils. Je revois Emma m'attendre à la fenêtre du quatrième après mon entraînement de boxe, pas plus tard que la semaine dernière. Je me rappelle cette dispute pour des broutilles sur le pas de la porte alors que la vieille Bontie nous épiait derrière son rideau.

Inconsciemment, je me retourne vers sa fenêtre pour vérifier s'il y a de la lumière, mais il fait noir. Même une vieille pie comme elle doit dormir un peu. Où est-elle donc passée celle-là aussi ? Pour une fois qu'on avait besoin de ses commérages. Poussant la porte d'entrée pour rentrer dans notre immeuble avec précaution, je sens une boule se former dans ma gorge. Chaque marche qui mène au premier est un supplice, et à mi-chemin, je sens les larmes me monter aux yeux. De désespoir, je me retiens de crier son prénom, car les mots restent muets dans ma bouche.

Devant la porte scellée par un bandeau jaune, je prends une profonde inspiration avant d'essayer d'abaisser la poignée. La porte est close, à quoi je m'attendais ? Que les flics la laissent ouverte au cas où j'aurais envie de venir faire un tour ? En sortant la clé de la poche arrière de mon jean, un bruit de frottement me surprend. La main sur la crosse du revolver, je fais volte-face pour me retrouver nez à nez avec un homme qui m'envoie un coup en pleine mâchoire.

27 JUIN - VALENTIN

Mais qu'est-ce que cet abruti de Tom Vidal fout ici ! J'attends patiemment la nuit pour sortir et voilà que je ne peux même plus être tranquille. Par chance, il ne semble pas m'avoir vu, je ne pense pas avoir attiré son attention. J'avoue que pendant une seconde, je me serais bien avancé vers lui pour lui fracasser les jambes ou pour défigurer sa belle gueule de gosse de riche. Mort dans la cave auprès du cadavre de la vieille, il n'aurait plus été un obstacle entre Emma et moi.

Quoi qu'il en soit, si Emma ne me montre pas plus de gratitude dans les jours qui viennent, je pourrais bien lui ramener un bout de son précieux Thomas pour qu'elle puisse enfin tourner la page. Qu'il ne farfouille pas trop de ce côté de la rue, ce rabat-joie. Même si je ne souhaite pas tuer juste pour le plaisir, je dois reconnaître que voir la vieille agoniser m'a presque fait bander. Alors si je dois tuer pour conserver ma couverture, je le ferais sans aucun problème.

Mais pour l'heure, ce n'est pas le moment de penser au futur cadavre de ce jeune arrogant, j'ai mieux à faire cette nuit. Car en parlant de bander, je reste un homme et j'ai des besoins. Puisqu'Emma n'est pas prête à se donner à moi, je dois aller me divertir autrement. Il faut dire que cette fille me donne du fil à retordre et que ça m'excite comme un diable. J'ai beau me caresser en la regardant dormir, c'est loin d'être suffisant.

Un mec sur le réseau m'a dit que je n'avais qu'à la violer, puis balancer la vidéo pour qu'il se fasse un peu plaisir lui aussi. Après une longue explication pour m'exposer son point de vue, j'en suis venu à penser que son raisonnement se tenait, à cet idiot. Vu qu'Emma est mon invitée, je suis en droit de faire ce que je veux d'elle, car après tout, c'est moi qui paie la bouffe et le toit sous lequel elle dort. Mais là où ce taré se plante, ce qu'il n'a pas compris, c'est qu'Emma n'est pas une femme comme une autre. Elle n'est pas une vulgaire pute qu'on baise et qu'on balance sur le net pour de vieux porcs qui s'astiquent en visionnant des tournantes. Non, Emma, c'est une poupée de porcelaine fragile dont il faut prendre soin. C'est un diamant sur un collier précieux qu'il faut cacher dans un coffre. Emma, c'est de l'or à l'état pur qu'il faut préserver des « m'as-tu-vu » comme la famille Vidal. Elle n'est pas un trophée, elle est une véritable œuvre d'art.

Arrivé près du parc de Monceau, je longe le boulevard sur quelques mètres encore pour retrouver cette façade que je connais. Miranda m'attend, comme à son habitude, toujours prête à me faire du bien. Quand je frappe à la porte de son luxueux appartement, j'entends ses talons claquer sur le parquet en chêne massif, qui se rapprochent.

— Mon très cher monsieur Dulland, je n'imaginais plus recevoir de vos nouvelles après l'annonce de votre mariage imminent. Madame Dulland ne vous satisfait déjà plus ? ironise-t-elle.

— Toujours le mot pour rire, Miranda ! rétorqué-je en attrapant une longue mèche de ses cheveux rouges pour l'attirer contre moi. Tu m'as manquée !

Plongeant ma langue dans sa bouche pour satisfaire ma soif vitale de contact physique, je la plaque contre le mur avant de refermer la porte d'un coup de pied bruyant.

— Où étais-tu passé tout ce temps, Martin ? J'ai l'impression de ne pas t'avoir vu depuis une éternité, demande-t-elle en reprenant son souffle entre deux baisers.

— Georges n'est pas là ?

— Si mon chou, il nous attend derrière la vitre. Il était si fou de joie en apprenant ton passage qu'il m'en a presque fait une crise cardiaque. Tu sais qu'à quatre-vingt-sept ans, ce n'est plus si facile de gérer ses émotions.

— Qu'en disent les médecins ?

— Encore quelques semaines tout au plus, lance-t-elle en déboutonnant ma chemise. Tu aurais pu attendre que je reçoive l'héritage avant de convoler avec une autre. Je suis sûre que j'aurais pu te rendre heureux, Martin.

— Miranda, on en a déjà parlé. J'aime ton cul quand il remue sur moi, j'aime te baiser comme la chienne que tu es devant ton mari, mais ça ne pourrait pas marcher entre nous. Tu n'es pas assez…

— Blonde ! me coupe-t-elle en levant les yeux au ciel avant de se retourner d'un coup. S'il n'y a que ça, tu sais très bien que je peux me teindre les cheveux.

Les bras croisés sur sa poitrine recouverte d'une fine dentelle, elle reste de dos pour faire la moue. J'admire son cul magistralement recouvert de cette culotte brodée et c'est toujours la même question qui me titille quand j'observe son corps de déesse : pourquoi une si belle trentenaire a choisi cette vie-là ? Je veux dire, hormis le pognon, qu'elle satisfaction personnelle peut-elle bien tirer d'un mari grabataire qui la regarde se faire fourrer derrière une vitre sans tain ?

Oh et puis rien à foutre de sa vie ! Elle veut du cul, elle va en avoir ! Puisque c'est la dernière fois que je la vois, je jure qu'elle ne va plus réussir à marcher avant un moment… La saisissant par les cheveux pour qu'elle se mette à quatre pattes, je la traîne à travers l'étage que possède son mari en l'écoutant geindre de plaisir. La pièce de baise n'a pas changé depuis la dernière fois, elle est toujours aussi glauque : juste un lit rond au centre, cerclée de grandes vitres qui ne laissent rien transparaître de ce qu'il se passe derrière. D'ailleurs, où se trouve son mari pendant que je la balance sur le plumard ?

— T'aimes ça, sale pervers ! m'exclamé-je en m'adressant aux miroirs qui me font face. Tu ne peux plus bander alors tu l'offres contre un porno grandeur nature… Eh bien, prends ton pied, espèce d'obsédé, car ce soir, tu ne l'auras jamais entendue tant crier…

— Viens, Martin, laissons-le, prévient-elle en m'attirant sur le lit pour me déshabiller. Tu veux toujours que je mette cette foutue perruque blonde ?

— Plus que jamais, ma belle…

— Angy… Je m'appelle Angy, s'offusque-t-elle en positionnant les cheveux couleur d'or sur sa tête.

— Putain, Angy…, grogné-je en prenant sa main pour la coller contre mon sexe dur. J'ai tellement envie de toi…

Elle descend mon pantalon sur mes hanches à la hâte, s'assied au bord du lit pour caresser ma verge du bout de son nez chaud. Relevant la tête pour plonger ses yeux bleus dans les miens, elle me lèche le bout avant de prononcer les mots qui annoncent le début des festivités :

— Je suis là pour te satisfaire, mon amour. Tu es le seul qui compte à mes yeux !

27 JUIN - THOMAS

Sortant le flingue que j'ai dans la poche pour le pointer sur mon assaillant, j'essaie de deviner les traits de son visage dans ce brouillard qu'il a mis dans ma tête. Le mec a une droite d'enfer et je n'ai même pas eu le temps de répliquer tant il m'a eu par surprise.

— Mets les mains en l'air ou je te bute ! déclaré-je d'une voix grondante.

Exécutant mon ordre, il recule d'un pas alors que j'appuie sur l'interrupteur qui éclaire le palier.

Je m'attendais à voir Dumas, mais c'est face à une espèce d'armoire à glace au crâne luisant et à la barbe pointue que je me retrouve.

— T'es qui toi ? me demande-t-il en pointant son menton dans ma direction.

— Qu'est-ce que tu fous devant ma porte ?

— Ta porte ? Tu vis ici ? C'est toi Thomas Vidal ?

— Oui, c'est moi ! Et toi, t'es qui ? m'inquiété-je en tentant de remettre ma mâchoire en place.

— Ton nouveau garde du corps !

— Mon garde du corps ? m'offusqué-je en relevant les sourcils. T'as merdé mec, tu m'as foutu une droite. T'es viré !

Au lieu de s'énerver, le hipster chauve ricane en montrant le colt du doigt.

— Baisse ça, petit, tu pourrais te faire mal !

— Va te faire foutre ! Qui me dit que tu n'as pas été missionné par Dumas pour me faire la peau ?

— Parce que si c'était le cas, tu serais déjà mort. Le coup n'était qu'une mise en bouche de mes talents. Et ce n'est pas ce flingue de midinette qui pourrait m'empêcher de faire le taf.

— T'es Hunter ?

— En chair et en os, lance-t-il en baissant les mains pour les poser sur ses hanches.

— Je croyais que mon père t'avait engagé pour retrouver Emma, pas pour me coller au cul.

— Il faut croire que ton paternel tient à toi. Un gosse de riche qui veut devancer les flics en venant fouiller lui-même une scène de crime, ça risque d'attirer l'attention. Alors maintenant, j'ai double casquette : tueur à gages et nounou ! ironise-t-il.

— Rien à foutre ! Casse-toi ! lui ordonné-je en essayant de crocheter ma propre serrure.

— Tu croyais qu'ils allaient laisser l'ancienne ? Pff, laisse-moi faire, morveux !

D'un coup d'épaule, le mec me repousse dans la cage d'escalier, tandis que j'hésite un instant à lui foutre une balle dans le pied pour lui faire fermer sa gueule. Sortant un mini couteau de sa poche, il déverrouille le loquet avec dextérité.

— Alors, tu penses avoir besoin de moi ou je me casse ? me demande le grand barbu.

— Vu que Carl te paie, autant que tu serves à quelque chose, ironisé-je en le poussant pour passer le premier.

— Rectification, le fils à papa ! Pour le moment, il ne m'a pas donné un kopeck. Je pourrais tout aussi bien retourner me pieuter et te laisser galérer ici !

— Fais comme tu veux, je m'en tape !

Je m'apprête à appuyer sur l'interrupteur pour nous éclairer, quand il repousse ma main pour m'en empêcher. De la tête, il me fait comprendre que c'est une mauvaise idée avant de repasser devant moi.

Après plus d'une heure à chercher une aiguille dans une botte de foin, mes nerfs lâchent, je m'écroule au pied du lit. Prenant ma tête entre mes mains pour m'y réfugier, je réalise que je ne sais même pas ce que je cherche. Ce mec réussit à être invisible sur la toile, comment pourrait-il être assez idiot pour laisser un indice derrière lui.

Sur le pas de la porte, Hunter m'aveugle avec la lumière de son portable. Ma paume comme obstacle pour me protéger de cette agression, je lui demande de braquer son portable dans une autre direction. Obtempérant malgré quelques grognements, il me tend sa main pour m'aider à me relever.

— On ne devrait pas trop traîner ici, le môme. Ça fait déjà plus d'une heure et on va finir par se faire repérer.

Tout en acceptant son aide, je fais un tour sur moi-même pour envisager une dernière fois les lieux. Le salon est en désordre, un vrai parcours du combattant, toutefois, j'enjambe les obstacles afin de m'approcher de la fenêtre et observer cette rue qui m'est si familière. Tout est plongé dans le noir en face, hormis une unique fenêtre dans les étages du haut. Comment se fait-il que personne n'ait rien vu dans un si grand immeuble ?

Dire qu'à cette heure-ci, nous devrions être à New York, en train de défaire nos cartons, riant de bon cœur en savourant notre nouvelle vie. Au lieu de ça, je suis là, avec un molosse comme garde du corps, dans cet appartement qu'il a profané, à me demander où il a bien pu emmener la femme que j'aime. Je serre mon poing dans ma poche en me promettant de faire la peau à ce salopard. *Où es-tu, Dumas ? Où te caches-tu, espèce d'enfoiré ? Je vais te trouver et tu vas crever, je te le jure !*

— Je croyais que c'était ce type, le fou ! ironise Hunter en posant une main sur mon épaule. Ça t'arrive souvent de proférer des menaces à voix haute ?

— Avant non, avoué-je en souriant presque, mais depuis deux jours, je crois que je pourrais bien devenir un parfait meurtrier. On m'a assuré que c'est un job qui rapporte. Tu confirmes ?

— Possible..., lance-t-il, évasif. Je ne dévoile jamais mes cachets, mais bosser pour ton père peut s'avérer lucratif.

— Si tu réussis.

— Si je réussis.

— Dans ce cas, j'espère de tout cœur que tu auras ton argent ! soufflé-je, le regard toujours fixé sur cette fenêtre éclairée.

— Et moi, j'espère que tu retrouveras ton amie saine et sauve, répond-il avec une faiblesse dans la voix. Et pour ce qui est de mon pognon, fais-moi penser à acheter une boîte aux lettres, j'aimerais qu'il m'envoie une petite carte de remerciement avec...

Souriant à sa blague, je suis étonné par le feeling qui passe déjà entre nous. Une boîte aux lettres avec une carte, quel con ! Une boîte aux lettres... Une putain de boîte aux lettres !

Sans lui expliquer le fond de ma pensée, je fonce dans le hall d'entrée, avec l'espoir d'y trouver ce que je cherche désespérément. Juste un indice, même un tout petit.

Devant les multiples carrés qui s'étalent devant moi, je dirige ma main spontanément vers celle qui porte le nom d'Emma. Je me rappelle si bien le jour où elle avait apposé le mien à côté. On avait plaisanté sur le fait qu'un jour elle porterait sûrement mon nom. Elle m'avait expliqué qu'elle ne comptait pas abandonner le sien, mais qu'elle ferait un compromis : la moitié du sien et la moitié du mien. Emma Rodal… elle avait trouvé ça moche, préférant nettement l'autre option, Emma Villand. Je souris en me remémorant ce moment, caressant son nom sur l'étiquette qui orne le dessus de la fente.

Tout en tournant la clé dans la serrure, je regarde Hunter qui m'a rejoint en courant. Si les flics n'ont pas pensé à changer cette serrure, il y a peu de chances qu'ils aient aussi relevé le courrier.

Mon cœur bat à cent à l'heure lorsque quelques prospectus s'échappent de la boîte pour tomber au sol au moment où j'ouvre la petite porte. Je récupère les lettres et les parcours rapidement, mais rien ne me semble sortir de l'ordinaire.

Déçu de n'avoir rien trouvé, je referme la boîte alors qu'Hunter se baisse pour ramasser un papier blanc, envolé un peu plus loin. Quand il déchiffre ce qui est noté dessus, son visage blêmit.

Pris de panique, je lui arrache le morceau des mains pour le lire à mon tour :

Cher Thomas,

Je t'avais prévenu, mais tu ne m'as pas écouté. Emma est à moi et le restera pour toujours.

Je prendrai soin d'elle plus que tu ne peux le faire. Elle sera heureuse, je te le promets.

V.Dumas

28 JUIN - VALENTIN

Bon sang que cette femme est entêtée ! Déjà deux jours qu'elle refuse de sortir de sa chambre, et trois qu'elle ne se nourrit que des miettes rassies de gâteaux restées sur sa coiffeuse.

Au-delà de me rendre dingue face à tant d'obstination, je dois avouer qu'elle force le respect. Elle a décidé de me mettre des bâtons dans les roues et elle y arrive très bien jusque-là.

Elle est bien plus imprévisible que ce que j'aurais pu imaginer. Moi qui la croyais tendre et docile, je me suis complètement trompé. J'ai plutôt l'impression d'avoir affaire à une jument sauvage que je dois dompter et j'adore cet aspect de sa personnalité. Nul doute que ça me change de mon ex-femme. Il n'y avait pas plus obéissante que Sophie. Quelques fois, c'était pratique, mais la plupart du temps, c'était d'un ennui mortel. Je ne comprends toujours pas comment Adam peut aimer sa mère à ce point. Il serait tellement plus heureux, plus épanoui avec une femme de caractère telle qu'Emma.

Quoi qu'il en soit, je n'ai pas encore réussi à lui avouer mes plans pour la suite. Cloîtrée dans cette chambre, complètement repliée sur elle-même, elle refuse tous contacts ou toutes discussions. J'essaie de lui faire comprendre que cette nouvelle vie que j'ai imaginée pour elle, pour nous, sera merveilleuse, mais elle ne veut rien entendre.

— Le repas est prêt, mon amour. Je dîne encore tout seul ce soir ou tu comptes m'honorer de ta présence ?

J'essaie d'être le plus doux possible avec elle, mais rien n'y fait. Je n'ai que pour seule réponse son majeur dressé sous mes yeux.

— Tu sais que tu vas devoir t'alimenter à un moment ou à un autre quand même. Tu ne pourras pas continuer comme ça ! Et moi non plus ! Je ne tiens pas à te voir dépérir sans rien faire.

— Ah oui ? Et tu vas faire quoi alors ? Tu comptes me libérer pour que je recommence à m'alimenter de mon plein gré ou tu vas commencer à me gaver de force ?

— Tu sais très bien que je ne peux pas te rendre ta liberté. Et si je dois en arriver à te gaver, alors je le ferais, crois-moi !

Je m'approche avec précaution et m'assieds à l'opposé d'elle, au bord du lit. Elle me paraît si petite, si fragile cachée ainsi sous les draps. Je crève d'envie de la serrer dans mes bras pour lui dire de me faire confiance, que je la garde recluse ici, car je l'aime à en mourir, mais je n'en fais rien. Elle me dirait que je ne suis qu'un fou comme elle le fait toujours et je ne veux pas me disputer avec elle ce soir.

Elle se recroqueville un peu plus sous la couverture, je tapote doucement le couvre-lit coloré, cherchant mes mots avec le plus de soin. Ne me laissant pas le temps de prendre la parole, elle me prévient :

— J'aimerais autant que tu ne t'asseyes pas si près de moi, Valentin. Tu as dit que cette pièce était MA chambre, et dans MA chambre, tu n'es pas le bienvenu.

Son ton est ferme, mais sa voix vacille. Sentir la peur qui émane de tout son être me brise le cœur. Vu notre passif, je ne peux que comprendre les raisons qui font qu'elle me craint à ce point, mais si elle savait… Alors elle ne verrait plus l'homme abominable que j'ai été à ce moment-là, celui qui a pété un plomb et qui l'a agressée violemment. Non, elle verrait le vrai, le gentil Valentin. Celui qui est amoureux fou, celui qui la vénère comme une reine, celui qui la désire plus que tout.

Pour ne pas l'effrayer davantage, je me relève et retourne sur le pas de la porte, à une distance plus raisonnable. Elle se détend immédiatement, enfonçant un peu plus le couteau dans la plaie. Je déteste constater l'effet que j'ai sur elle. Ça me brise le cœur.

— Je dois encore m'absenter ce soir, Emma, annoncé-je pour attirer son attention. J'ai quelque chose à faire. Pour que tu comprennes que je ne suis pas le monstre que tu imagines, je vais laisser la porte de la chambre ouverte et de quoi manger sur la table. J'espère que tu grignoteras un peu.

Ses jolis yeux écarquillés me montrent qu'elle ne s'attendait pas à une telle annonce. Elle ne dit pas un mot, pourtant, je sais que son esprit aiguisé doit aller à vive allure.

Oui, Emma, je te laisse avoir accès à tout l'appartement pour la première fois sans surveillance.

Je sais qu'elle s'imagine déjà pouvoir se sauver, mais j'ai, bien entendu, pris mes précautions. Toutes les fenêtres et les portes sont fermées à clé, il n'y a aucune issue de secours.

J'ai aussi soigneusement caché tous les objets dangereux, tranchants ou mortels ainsi que les moyens de communication. Même si je suis d'avis de lui laisser un peu plus d'espace, il est hors de question de courir des risques inutiles. J'ai réfléchi à toutes les possibilités avant même de la conduire ici. Ce qu'elle n'a pas encore envisagé, je l'ai fait pour elle et j'ai déjà paré à toutes éventualités. Il n'y a strictement rien d'imprudent ou d'absurde qu'elle puisse faire en mon absence.

Sur la table, à côté de son assiette, j'ai déposé sa nouvelle carte d'identité ainsi qu'une petite lettre où je lui explique ce qu'il va se passer d'ici quelques jours. À défaut de ne pas vouloir m'écouter, elle pourra au moins me lire. Je suis sûr qu'elle sera contente de constater que je me suis démené pour lui faire plaisir. Nous allons vraiment avoir une vie de rêve tous les trois.

— Sois sage en mon absence, amore. Ne fais rien qui pourrait me contrarier à mon retour, s'il te plaît. Tu sais que je n'ai pas envie de me mettre en colère contre toi, alors je compte sur toi !

Sur ces belles paroles, je la laisse dans la chambre et m'approche de la porte d'entrée après un dernier coup d'œil dans le miroir.

28 JUIN - THOMAS

— Calme-toi, Tom ! Remuer tes jambes de la sorte ne changera pas la donne, m'ordonne mon père.

— Comment veux-tu que je me calme ? Ce commissaire est un looser ! Tu te rends compte, une journée entière pour reprendre contact ! Je lui ai laissé quoi ? Vingt messages ? Et il n'a daigné répondre que ce matin. C'est inadmissible ! m'énervé-je d'une traite sans m'arrêter pour respirer.

— Je comprends ta réaction, balance mon père en demandant au nouveau chauffeur de se garer devant le commissariat. Mais inutile de l'agresser en arrivant, ça n'arrangera pas nos affaires.

— Je ne vais pas l'agresser, ce connard, mais il va savoir ce que je pense de lui, déclaré-je en claquant la portière pour descendre.

Devant les quelques marches qui mènent à l'intérieur, je jette un rapide coup d'œil sur la façade décrépite du bâtiment. Entre Cordosi qui s'avère être le pire flic de l'histoire de la police et cette devanture d'un autre temps, je ne peux m'empêcher de penser au pire.

Depuis que mon ancien directeur a été arrêté, et jusqu'à cette seconde précise, j'ai la sensation d'être pris pour un con. Entre l'avocat de la défense qui veut gagner du temps, les médias qui sont tenus à bonne distance et la lenteur de l'enquête, j'ai un mauvais pressentiment qui me colle à la peau.

Frottant le papier qui se trouve dans ma poche du bout des doigts, j'avance vers l'entrée avec mon père derrière moi. Une main sur la poignée, je m'apprête à entrer quand Carl me prend par l'épaule pour m'arrêter.

— Pas de gaffes, fiston ! me lance-t-il accompagné d'un clin d'œil complice.

— Pas de gaffes papa, répété-je pour le rassurer sur l'arrangement qu'il a conclu avec Hunter.

Où est-il passé, ce grand costaud, d'ailleurs ! Plus de son, plus d'images depuis notre escapade commune chez moi. Il devait donner des nouvelles à mon père dans la journée, mais il est déjà 18 heures et toujours rien. J'espère qu'il est sur une piste, car sinon il peut dire adieu à la thune que Carl lui a promis.

Entrés dans le hall du commissariat central, je m'attends à être soufflé par l'activité intense, mais c'est tout le contraire. Il n'y a pas âme qui vive à l'accueil et aucun bruit dans les couloirs. À l'époque où je squattais les bancs des *police station* de New York, parce que trop camé ou trop ivre, j'avais cette sensation que le monde ne s'y reposait jamais. Toujours des histoires, toujours des emmerdes. Mais là… rien. Pas un chat.

Aussi étonné que moi, mon père s'avance vers le guichet désert, puis appuie sur la petite sonnette qui retentit.

— On aura tout vu, marmonne-t-il dans sa barbe.

Par manque de mots pour décrire cette situation hallucinante, je lève les yeux au ciel en guise d'approbation. Une femme d'une cinquantaine d'années arrive en traînant la patte, et de sa voix rocailleuse, elle crie au bureau du fond :

— Ouais Marcus, ne quitte pas la partie, on va la finir dès que j'aurai demandé à ces messieurs ce qu'ils veulent. C'est pourquoi ? grogne-t-elle comme si on était encore au Far West et qu'elle allait nous cracher une boule de tabac dessus.

Les dents serrées, mon père bouillonne de l'intérieur. « Calme-toi » qu'il me disait cinq minutes plus tôt. Comme on dit, tel père, tel fils. Afin d'éviter toute effusion de sang dans un commissariat, je le devance en prenant la parole :

— Nous avons rendez-vous avec le commissaire Cordosi. Je suis Thomas Vidal et voici mon père, annoncé-je en le montrant de la main.

— Ah ouais, l'affaire de l'infraction ! lâche-t-elle en mâchant son chewing-gum bruyamment.

— L'infraction ? Quelle infraction ? demande mon père avec agacement. On est là pour la disparition de ma belle-fille, pas pour une infraction.

— Ouais, c'est ça ! Vous allez voir ça avec le commissaire. Marcus ! crie-t-elle à celui qu'elle a laissé dans une salle au fond du couloir. C'est pour toi. Le petit Vidal !

D'un pas lourd qui se rapproche, Marcus Cordosi, flic à ses heures perdues, apparaît enfin devant nous. J'ai envie de l'insulter en voyant ce sourire narquois qu'il arbore, mais me prendre la tête avec lui n'est pas ma priorité, je dois lui parler de ce mot que j'ai trouvé.

— On est venu pour…

Avant même que je puisse finir ma phrase, le commissaire m'interrompt avec brutalité :

— Alors, on va recadrer les choses d'emblée ! Vous n'êtes pas venus, JE vous ai convoqué !

— Comment ça ? rétorque mon père d'une voix grave. Mon fils a essayé de vous contacter toute la journée d'hier. Pourquoi vous n'avez pas répondu ?

— J'ai du travail, moi, monsieur ! s'exclame-t-il en visant directement mon père. L'affaire Rolland n'est pas ma priorité. Une jeune femme qui disparaît et qui ne laisse rien derrière elle si ce n'est un amoureux en peine, vous comprendrez que j'ai d'autres chats à fouetter.

— On va se calmer là ! Et veuillez employer un autre ton avec nous, commissaire ! ordonné-je au flic qui se tient devant moi de toute sa hauteur comme s'il était un boxeur sur un ring. D'autres chats à fouetter ? Vous vous foutez de nous, là ?

— Surveillez votre langage, jeune homme ! répond-il avec confiance. Je serais vous, je ne la ramènerais pas.

— De quoi vous parlez ? Soyez plus clair, je ne comprends pas où vous voulez en venir ! s'énerve mon père.

— On va passer dans mon bureau tous les trois, et je vous garantis que vous allez vite saisir où je veux en venir !

Sans comprendre ce qui se joue ici, nous le suivons le long du couloir vers l'unique porte ouverte. La policière de l'accueil est avachie derrière un bureau, à jouer au solitaire sur son écran. Quand elle nous aperçoit, elle a la décence de s'asseoir plus convenablement.

— Brigadier Montclair, pouvez-vous assister à l'entretien ?

— Oui, mon commissaire. Je prends des notes ? demande la femme nonchalante.

— Non, ça ira pour le moment.

— Attendez une minute, l'interpelle mon père, vous comptez nous interroger sur la disparition d'Emma ? On vous a déjà tout dit ! C'est même nous qui l'avons signalé. Sommes-nous suspects, commissaire ?

— Vous, non. Lui, oui ! sort-il d'un ton cinglant en me désignant du menton.

— Moi, suspect ? Mais putain, c'est quoi ce bordel ! On est où, là ? Vous me faites une blague ou quoi ? dis-je en me relevant d'un bond. C'est une caméra cachée ?

— Vous allez vite nous expliquer ce qu'il se passe ici, commissaire, ou je vous assure que je ne vais pas garder mon calme encore très longtemps ! lance mon père en se redressant aussi.

Cordosi nous fixe chacun à tour de rôle, et le sourire qu'il arbore me donne envie de me jeter par-dessus le bureau pour l'attraper à la gorge. Froissant le morceau de papier entre mes doigts, mes jointures blanchissent sous la pression. Cordosi m'intime de me rasseoir dans la seconde ou il se verra obligé de m'arrêter pour outrage à agent. Bien malgré moi, je m'exécute et repose mon cul sur cette foutue chaise avant de souffler un coup pour retrouver un peu de calme.

Par un regard rapide à mon père, je comprends vite que le mot de Dumas ne sera pas remis à la police aujourd'hui. Tout du moins, pas à cet incompétent. Soyons lucides, ce mec n'est pas là pour nous aider, au contraire, je sens bien que la disparition d'Emma n'a pas d'importance à ses yeux et qu'il va plutôt nous mettre des bâtons dans les roues. Si on était dans un film policier, je dirais, sans aucun doute, que c'est un ripou, un flic corrompu jusqu'à la moelle. C'est un connard qui ne voit pas plus loin que le bout de son nez.

Prenant sur moi pour ne pas lui balancer le fond de ma pensée, je reprends la parole en choisissant bien mes mots :

— Si vous pouviez, commissaire, nous expliquer pourquoi vous nous avez fait venir ce soir, nous arrêterions de tourner en rond. Venez-en aux faits, s'il vous plaît !

La main sur son portable, le nom de notre avocat s'affiche sur l'écran de mon père. En toute discrétion, il s'est chargé de l'appeler afin de couvrir notre présence ici. Cordosi a beau bomber le torse devant nous, inutile de préciser qui va mener la danse et quelles vont être les représailles pour la tête de cet abruti.

— Nous avons reçu un appel anonyme hier, tôt ou tard dans la nuit, tout dépend de quel point de vue on se place, plaisante-t-il avec fierté alors que la mi-femme mi-homme assise non loin de moi ricane bêtement.

Je la regarde d'un œil mauvais, et plutôt que de baisser les yeux pour se remettre à bosser, elle me fixe. Je détourne la tête et me reconcentre sur cette fameuse escapade nocturne.

— Bien entendu, quand nous sommes arrivés sur les lieux, il n'y avait plus personne, mais la porte de l'appartement était bel et bien ouverte, précise le commissaire. Ma question va être simple ! Que foutiez-vous sur les lieux d'une putain de scène de crime ? balance-t-il en tapant des mains sur la table comme s'il voulait me gronder.

Si je n'étais pas dans une mauvaise position, je me moquerais sûrement de lui. Tout est surjoué chez ce mec : son attitude, sa façon de parler, ses gestes. Le parfait cliché ambulant du flic qui se prend pour un bad boy terrifiant. À qui croit-il faire peur, ce looser ?

— Votre boulot, lui dis-je sans ménagement alors que mon père m'attrape discrètement par le poignet pour me faire taire.

— Mon boulot ? Vous voulez jouer au con avec moi, Vidal ? lance-t-il en grinçant des dents.

— Moi ? Je n'oserais pas, commissaire, ironisé-je alors que mon ton commence à être cinglant. Mais force est de constater que ma petite-amie a disparu depuis trois jours et que vous n'avez aucune piste. Que dois-je en conclure ? Que vous êtes incompétent ?

— Ne me cherchez pas jeune impertinent ou…

— Ou quoi ? rétorque mon père. Cette mascarade a assez duré ! Vous avez des éléments pour attester de la présence de mon fils sur les lieux ? Ses empreintes, super, il vivait là-bas. Des cheveux, des poils, de la salive, des fluides corporels ? Même réponse. Si vous avez des preuves, pas de problème, sinon on s'en va.

Me touchant l'épaule pour que je me lève, j'imite mon père en prenant la direction de la porte quand Cordosi nous interpelle :

— L'homme qui nous a contactés a donné une description précise de Thomas, monsieur Vidal. Il a affirmé pouvoir nous fournir des enregistrements d'hier, ainsi que de l'enlèvement. Il pense avoir vu Thomas le jour de la disparition de mademoiselle Rolland.

— Ah oui ? Et vous avez son nom à cet informateur anonyme ? Son numéro ? demande mon père avec aplomb.

— Non, il a précisé qu'il nous recontacterait en temps et en heure, mais que selon lui, votre fils est mêlé à la disparition. Et mon intuition me dit qu'il faut creuser cette piste !

— Vous savez quoi, Cordosi ! lui demande mon père de sa voix d'homme d'affaires aux dents acérées. Vous êtes en train de vous faire duper ! J'espère que vous le réaliserez assez rapidement, car votre réputation de flic merdique risque encore d'en prendre un sacré coup ! Et croyez-moi sur parole, je ferais tout dans ce sens ! Préparez-vous, car bientôt, vous serez relégué à la circulation !

— Des menaces ? Je ne vous permets pas…, crie-t-il alors que nous sommes déjà au bout du couloir et qu'il continue à pester.

Sorti de cet endroit, l'air chaud de juin me prend à la gorge. Impossible de savoir si c'est la chaleur ou si c'est cette altercation, mais je me précipite en bas des marches pour vomir le peu d'aliments qui sont entrés dans mon ventre aujourd'hui. Après avoir fini, Carl me tend un mouchoir pour que je puisse m'essuyer et me pousse vers la voiture qui nous attend toujours. Le nouveau chauffeur, bien que d'un certain âge, sursaute en entendant le bruit de la portière.

— Ah, c'est vous, Messieurs ? demande-t-il d'un ton enjoué. J'ai cru que c'était encore ce type bizarre. D'ailleurs, il a déposé ça pour vous ! Il a dit qu'il fallait appuyer sur play quand elle serait allumée.

Tandis qu'il se retourne pour nous tendre une tablette tactile, je m'empare de l'objet pour l'activer. Mes mains tremblent tellement que mon père me la prend pour la poser sur ses genoux. Son regard se veut rassurant, mais je sais que rien de bon ne peut apparaître à l'écran.

28 JUIN - EMMA

Le tour de clé dans la porte a résonné comme un premier pas vers la délivrance, mais par prudence, je n'ai pas bougé immédiatement.

Déjà quinze bonnes minutes qu'il est parti maintenant, et malgré mon appréhension à le voir revenir en trombe, je me lève doucement de mon lit. Valentin est intelligent, je suis sûre qu'il n'attend qu'un faux pas pour me montrer son vrai visage, quitte à me tendre des perches pour que je tombe dans ses pièges.

Même s'il a dû parer à toutes éventualités, chaque plan comporte une faille et je compte bien la trouver. Alors bien qu'affaiblie par mes jours de famine, par ma tête qui tourne, et par cette nausée qui me serre le ventre, je prends sur moi pour rassembler mes dernières forces afin de rejoindre le salon, sans menottes cette fois. C'est ma chance, je dois la saisir.

L'assiette posée sur la table est alléchante, l'odeur qui s'en dégage est à tomber. À portée de main, un appétissant fumet de saumon accompagné de pâtes fraîches me fait de l'œil, mais il semble si bien cuisiné qu'il ressemble presque à une pomme empoisonnée. Hors de question de toucher à cette assiette et de lui procurer cette joie. Pour rien au monde je lui donnerais la satisfaction de se dire qu'il m'a fait céder en dévorant ce qu'il m'a préparé.

Le frigo est à deux pas, mais cette distance me paraît insurmontable. Même en m'appuyant au mur, j'ai l'impression qu'il est bien trop loin pour que je puisse l'atteindre. Le souffle court, je me cramponne aux meubles de la cuisine pour m'en approcher et parvenir enfin à l'atteindre m'apparaît comme la première victoire du long combat qui se déroule entre lui et moi. Quand je l'ouvre, je m'attends à le voir vide, mais c'est tout le contraire, il déborde. Fruits et légumes, fromages, yaourts pour enfants… Il y a de quoi tenir encore au moins quinze jours. Avec frénésie, je me mets à ouvrir tous les placards pour faire le même constat : ils sont pleins à ras bord. Cet homme avait vraiment tout prévu du début à la fin.

Un placard attire d'autant plus mon attention, il est rempli de gâteaux, de chocolats et de bonbons. Ça me rappelle le placard à gâteau de mon enfance, celui que je dévalisais en rentrant après l'école. Je ne peux m'empêcher d'ouvrir un paquet de biscuits au chocolat et d'en remplir ma bouche. Un peu de sucres rapides me feront le plus grand bien pour continuer mes investigations.

Mâchant difficilement l'espèce de pâtée compacte qui s'est créée dans ma bouche, l'image de son fils me revient en pleine face. Ce placard est rempli pour Adam, c'est une évidence ! Sa folie ne s'arrête pas à moi, il a prévu de l'avoir près de lui. J'aurais dû y penser plus tôt !

Cet enfoiré veut recréer sa famille et c'est pour cette raison qu'il m'a parlé d'enfants. Jusque-là, il m'abrutissait de calmants en tout genre, mais maintenant que mon corps s'est débarrassé de ces merdes, je comprends mieux ce qu'il a en tête. Je ne suis pas seulement sa prisonnière, je suis aussi l'un des personnages principaux de son jeu tordu.

Prise de panique, je m'acharne à essayer d'ouvrir tous les tiroirs de cette foutue cuisine, mais ils sont fermés à clé. Avec le manche de la petite cuillère qu'il a posé près de mon assiette, parce que bien entendu la fourchette m'est proscrite, j'essaie de faire levier entre le tiroir et le bord du meuble pour faire sauter la serrure, mais rien n'y fait. Je suis à la fois trop faible et trop peu armée.

La déception et le découragement ont vite raison de ma bonne volonté, si bien que je me laisse tomber sur la chaise quand mon œil est attiré par une enveloppe blanche.

M'en emparant pour l'ouvrir à la hâte, je reste scotchée par ce qui en sort. Mon cœur bat à tout rompre en découvrant ma photo accompagnée d'un nouveau nom sur une carte d'identité. Je suffoque en imaginant tout ce qui peut découler de cette carte. Il m'a déjà pris mon apparence, mais ce n'était apparemment pas suffisant, il veut me voler mon nom.

Angy Dulland… C'est absurde, bordel ! Mais qu'est-ce qu'il compte me faire, putain ?

Je ne parviens plus à retenir les larmes qui roulent sur mes joues. Je m'imagine déjà en cavale suite à un braquage ou, pire, vendue dans un réseau clandestin de prostitution.

Reprenant l'enveloppe pour découvrir ce qu'elle cache encore, je sors deux autres cartes et un papier replié. La deuxième carte d'identité est au nom de Martin Dulland avec la photo de Valentin, tandis que la troisième est celle d'Adam Dulland. Je n'arrive pas à croire ce que j'ai devant les yeux. Tout me paraît trop gros pour être vrai. Les yeux écarquillés en scrutant ces copies de cartes plus vraies que les originales, je me demande pour la énième fois comment peut-on être à ce point dérangé ?

Malgré toute mon appréhension, je déplie la lettre avec précaution pour commencer ma lecture :

Mon amour,

Avant de t'expliquer quoi que ce soit, je préfère te prévenir : ne perds pas ton temps à retourner l'appartement. Tout objet tranchant, toute arme et tout accès à la civilisation ne se trouvent pas dans cette pièce. Si tu cherches tout ça, c'est dans ma chambre, au fond du couloir, juste en face de la tienne. Ma porte est blindée, scellée par trois serrures dont les clés sont actuellement autour de mon cou. Pour y avoir accès, il faudrait que je me retrouve nu sur mon lit ou le tien, mais a priori, tu n'es pas encore prête pour passer à la vitesse supérieure.

Cela étant dit, je vais pouvoir t'expliquer ce que tu fais là. Jusqu'à maintenant, tu n'as pas été très coopérative et je ne peux que te comprendre. Je suis tout de même l'homme qui t'a d'abord agressée par le passé pour mieux t'enfermer contre ton gré dans un appartement qui t'est inconnu... Pas si inconnu que ça en réalité. Sache, ma douce Angy, que nous ne sommes pas partis bien loin. En effet, une simple traversée de route et nous avons élu domicile dans l'immeuble en face de chez toi.

Nous ne vivrons pas ici toute notre vie, mon amour, j'ai d'autres projets pour notre famille. Quand j'aurai récupéré Adam, d'ici quelques jours, quand les esprits nous auront un peu oubliés, nous nous envolerons pour une autre destination. Je préfère garder encore un peu la surprise, mais plage de sable blanc, soleil et farniente seront nos nouvelles préoccupations.

Toutefois, comme je te connais, j'ai pensé que tu souhaiterais continuer de travailler. Alors comme je me suis souvenu d'une conversation où tu m'as confié que tu aurais aimé être maîtresse étant petite, j'ai eu envie de t'aider à accomplir ce rêve. Saches que Mme Dulland pourra exercer son rôle d'institutrice sans aucun problème, puisque, miracle, tu as obtenu tous tes diplômes contre une poignée de dollars sur le net. Ainsi, tu pourras faire l'école à notre fils. Adam est encore jeune, il a besoin d'apprendre et je suis certain que tu seras l'enseignante idéale pour lui.

Angy, car à partir de maintenant Emma n'existe plus tu l'avais compris, j'espère que tu me fais confiance ! Je te promets une vie de rêve, car je ne veux que ton bien. Tu le sais déjà, mais je t'aime comme un fou. (Eh oui, l'amour fait faire quelques folies, il est vrai...)

Notre vie sera merveilleuse si tu y mets du tien et je te promets de ne plus jamais sombrer si tu restes à mes côtés. Mieux vaut être prévenue tout de même : je te donne tout, mais si tu essaies de me la faire à l'envers, je n'aurais pas d'autres choix que de sévir (en tuant ce petit Vidal que tu affectionnes tant, par exemple). Enfin, oublie ça, je sais que tu es une femme intelligente et que tu as très bien compris les enjeux de notre histoire.

Profite de ton repas avant mon retour, je passerai te voir dès que je rentre.

Je t'aime,

Ton Martin

NB : nous sommes mariés sur le papier, mais je te promets une belle cérémonie dès que nous foulerons les plages de... ssshhhuuutttt... c'est un secret !

Déposant la lettre sur la table en regardant autour de moi, j'ai envie de croire que je me trouve dans une caméra cachée. Bientôt tous les acteurs de ce jeu stupide sortiront de leurs cachettes pour crier « on t'a bien eue ! »

Dans un élan de démence, je me lève et commence à crier :

— Sortez, le jeu est fini ! J'ai compris que vous vous foutez de moi ! Allez, sortez !

Ma voix est presque joyeuse. Je souris aux murs qui m'entourent en attendant le fameux « tadam »... Mais rien ne se produit. L'horrible réalité me rattrape. Je ne suis pas dans un jeu, je ne suis pas en train de rêver non plus, je suis dans la vraie vie, aussi terrifiante soit-elle.

Dans un éclair de colère, je m'empare de la lettre et m'apprête à la déchirer quand je me ravise. La replier pour la remettre dans l'enveloppe avec les cartes d'identité, ranger tout ce que j'ai déplacé comme c'était avant que je n'y touche et retourner me mettre dans mon lit avec cette petite cuillère comme unique rempart contre lui.

Je n'ai rien lu, je n'ai connaissance de rien. Je suis toujours Emma, je suis toujours Emma, je suis toujours Emma... Et il ne sera jamais mon mari. Pas tant que je serai en vie.

Avant de regagner ma chambre, je m'avance tout de même vers la fenêtre du salon pour vérifier ce qu'il a écrit. Si nous sommes bien dans l'immeuble d'en face, je devrais avoir une vue imprenable sur mon étage. Plantée devant la fenêtre, je ne peux retenir le cri d'effroi qui s'échappe de ma bouche. Il disait vrai. De là où je suis, je peux aussi bien voir le soleil se coucher au loin que les hommes en uniforme qui s'activent en bas.

De toutes mes forces, je tape sur la vitre épaisse en hurlant, mais rien ne se passe. Personne ne m'entend appeler à l'aide, personne ne me voit m'activer comme une folle. Choquée, je griffe le vitrage dans un geste de rage. La sensation étrange qui crisse sous mes doigts m'interpelle. En grattant davantage, je remarque une fine pellicule qui recouvre la fenêtre. Voilà pourquoi on ne peut pas me voir ! Il a posé un filtre dessus. Voir sans être vu… Mais le filtre ne résiste pas à mes ongles, alors je me mets à gratter, gratter encore… Gratter jusqu'à ce qu'il s'érafle et que l'espoir renaisse…

Pendant une dizaine de minutes, j'essaie d'agrandir la minuscule zone que j'ai enlevée, mais c'est un effort de dingue et je n'ai pas assez de force. Tant bien que mal, je continue jusqu'à ôter un bon centimètre carré de filtre… Jusqu'à ce que je l'aperçoive au bout de la rue.

Merde, merde, merde… Il revient, il va rentrer. Je le regarde passer le barrage de police sans problème, les deux hommes en bleu étant plus absorbés par la contemplation de leurs portables que de l'arrivée du principal suspect sur les lieux. J'ai envie de crier encore pour les insulter… Mais à quoi bon ? Ils ne m'entendraient pas.

En une seconde, le cœur tambourinant dans ma poitrine, je repousse les miettes de filtres qui jonchent le sol sous le canapé, puis me précipite dans mon lit avant d'entendre le bruit de la poignée de porte qui s'abat.

Mon cœur est sur le point d'exploser tant il bat fort. Il va s'en rendre compte quand il viendra dans la chambre… De mon mieux, j'essaie de réguler ma respiration pour lui donner l'impression que je dors encore.

La cuillère serrée entre les mains contre ma poitrine, je ferme les yeux pour donner le change.

— Angy, je suis rentré ! s'exclame-t-il avec joie. Tu es où, mon amour ?

À l'affût du moindre bruit, j'essaie de visualiser ce qu'il est en train de faire. Le bruit d'un couvert, un soupir, des pas. Des pas encore, dans ma direction. Son poids qui affaisse mon lit. Sa main sur mon épaule. Son souffle dans mon cou et sa voix qui résonne tout près de mon oreille.

— Mon amour, on avait dit que tu devais te lever pour aller manger, soupire-t-il. Tu ne fais pas d'effort, je ne suis pas content.

Il me secoue doucement pour me réveiller alors que je plisse des paupières pour garder mes yeux scellés. Me recroquevillant davantage, je ne trouve pas mieux à lui dire que :

— Laisse-moi, je suis fatiguée.

— Pas étonnant Angy, tu n'avales rien !

— Je ne suis pas Angy !

— Si tu avais lu la lettre, tu saurais que tu l'es, mon amour. Angy Dulland, c'est toi, ne t'en déplaise.

— Je ne comprends rien à ce que tu racontes, je préfère que tu t'en ailles. Va-t'en, laisse-moi, soufflé-je pour ne pas lui hurler dessus.

Contre toute attente, Valentin se lève et regagne le salon, mais ma satisfaction de l'avoir repoussé est de courte durée. De nouveau le lit qui s'affaisse, sa main sur mon épaule et un papier qui me chatouille la joue. Il m'a ramené l'enveloppe pour que je lise la lettre devant lui ! Hors de question de lui faire ce privilège.

Dans un geste vif, je me retourne vers lui pour me saisir du courrier. Il tente de m'esquiver, mais je suis plus rapide. Surprise de ne pas sentir la rigidité des cartes sous la pression de mes doigts, je tente d'éloigner la lettre quand le bruit de la petite cuillère qui tombe au sol me fait sursauter. Comme il ne l'a pas remarqué, je ne m'arrête pas dans mon élan et déchire l'enveloppe à la hâte. En le fixant droit dans les yeux, je fais des confettis avec sa lettre merdique quand il m'arrache ce qu'il reste des mains avant de se jeter sur moi pour se mettre à califourchon de tout son poids. Il s'écrit :

— Oh, mais qu'est-ce qui te prend !

Son ton est froid et son regard a changé en une minute. Tantôt gentil, tantôt fou, je retrouve le cinglé qui m'a enlevée.

Plaquant mes poignets contre le lit au-dessus de ma tête pour m'empêcher de me mouvoir, il mord mon cou avec ses dents avant de stopper net. Sa bouche collée à ma peau, il reste immobile alors que je frissonne de peur. Il m'avait prévenue, toute infraction entraînerait une punition et je ne veux pas être punie.

Dans un murmure, je lui demande pardon plusieurs fois d'affilée alors que les larmes coulent sur mes joues. Je le supplie de partir, mais il ne bouge toujours pas. Sa respiration est rapide, son souffle bruyant.

— Tu me rends dingue, Angy, lance-t-il en tapant avec force contre le matelas. Putain, tu me rends dingue ! crie-t-il avant de se lever et de sortir de la pièce.

À nouveau seule dans cette chambre rose et délicate, je me mets en boule pour pleurer. Ce ne sont pas de simples pleurs, ce sont presque des convulsions.

Sur le pas de la porte, je l'entends à nouveau respirer. Il hésite, un pas en avant, un en arrière. Et puis finalement, le lit qui s'affaisse encore et ses bras qui m'encerclent avec force.

— Pardon, mon amour, pardon, murmure-t-il en pleurant aussi. Pardon, mais tu me fais sortir de mes gonds à tel point qu'il m'est difficile de me contrôler ! Pourquoi ne comprends-tu pas que ton comportement me touche, qu'il me fait du mal ? Angy, tous ces refus de ta part, toutes ces fois où tu me repousses… Crois-tu que je puisse supporter ça longtemps avant de péter un plomb ?

— Ne m'appelle pas Angy ! Je ne suis pas cette femme que tu attends et je ne le serai jamais, reniflé-je. Je ne le serai jamais !

— Et voilà, tu me jettes encore, s'offusque-t-il en se redressant avant de faire le tour du lit pour se mettre à genoux devant moi. N'as-tu pas compris qu'en réalité, c'est moi le prisonnier dans cette histoire ?

Je ne peux m'empêcher de rire nerveusement alors qu'il pose sa tête près de ma main. Pendant une seconde, je réalise que je suis la plus proche de la porte et que le temps qu'il fasse le tour du lit, j'aurais sûrement atteint l'entrée. Oui, mais comment ouvrir cette putain de porte blindée qui me sépare de ma liberté ?

Mon cerveau carbure à toute vitesse tandis que les mots de la lettre me reviennent à l'esprit : « les clés sont autour de mon cou ». Si j'ai une infime chance de pouvoir les récupérer, alors je dois le faire, même si pour cela, je dois aller au-delà de mes limites.

Un coup d'œil sur sa nuque posée près de ma main me permet d'apercevoir le fameux cordon bleu qu'il garde précieusement contre lui. Quelle stratégie choisir alors ? L'étrangler par surprise avec ce cordon ou tenter de l'apaiser et approcher ma main en douce ?

En temps normal, j'aurais probablement choisi la première option. L'étrangler jusqu'à ce que mort s'ensuive. Après tout, il ne mérite que ça. Mais je ne me sens pas la force physique pour le faire. Il est plus fort que moi, et je suis trop faible pour le moment. Alors sans réfléchir davantage à la manière de procéder, je pose ma main sur son crâne et son corps paraît se décontracter instantanément. Ses épaules délassées s'écrasent contre le lit alors qu'un souffle de satisfaction s'échappe de sa bouche.

Comme le ferait un robot branché en mode automatique, je commence à caresser ses cheveux avec douceur. Le simple fait de voir ma main plonger dans ses mèches d'un blond pisseux fait remonter la bile dans ma gorge. Lui qui était plutôt bel homme avant, s'est à présent complètement défiguré. Le dégoût qu'il m'évoque est au-delà de tout ce que l'on peut imaginer. Comment a-t-il pu m'attirer une seule seconde dans le passé ? Dévastée par mon histoire avec Tom, je ne devais plus avoir toute ma lucidité. En tout cas, s'il cherche à voir mon visage maintenant, je ne serais pas du tout crédible dans ce rôle de consolatrice et je pourrais dire adieu à mon plan.

Après plusieurs minutes à prendre sur moi pour ne pas le repousser, Valentin semble plus serein. Il se laisse caresser avec délectation, alors que mon envie de lui fracasser la tête est de plus en plus forte. Je prends même plaisir à imaginer le sang dégouliner de son crâne. Une vision d'horreur qui me fait sourire pendant un court laps de temps avant que la culpabilité ne prenne le pas sur la colère.

Serais-je capable de causer la mort de quelqu'un même si la situation s'y prête ? Légitime défense, c'est certain, mais il y a dans cette envie de le voir mourir un sentiment de satisfaction, une vengeance personnelle presque jouissive.

La vendetta s'active dans ma tête, ma main s'accélère sans que je m'en rende compte et mon doigt frôle le cordon tant désiré. Valentin n'a rien senti, il n'a même pas frémi à ce contact. Je ne sais pas ce que cache ce calme de surface, mais regonflée de courage, je m'en empare d'une main en tirant très fort sur sa tête pour le faire céder, tandis que mon autre main se referme pour s'écraser sur sa pommette. Le « aïe » qu'il émet ne m'arrête pas, je tire si fort que le lien s'arrache enfin. Avec l'agilité d'une gazelle, je saute du lit pour gagner la porte d'entrée.

Bien que la distance soit assez courte, j'ai l'impression de courir un semi-marathon. Je ne pense plus à rien, il n'y a que cette clé et la serrure qui s'y associe qui comptent. D'un geste empressé, j'essaie d'insérer le morceau de métal dans la petite fente, mais mes mains tremblent tellement que je la laisse tomber sur le sol. En la ramassant à la hâte, j'entends les pas de Valentin se rapprocher.

Pourquoi ne me hurle-t-il pas dessus ? Pourquoi ne m'a-t-il pas couru après ? Je regarde cette clé dans la paume de ma main et la réponse me saute aux yeux. Ce n'était qu'un test.

— C'est ça que tu cherches ? lance Valentin en me désignant une clé qui se balance sur un cordon rouge avec un sourire sadique tout en se frottant la joue. Non, non, non, Angy ! Encore une preuve que je ne peux pas te faire confiance.

La bile, présente depuis le début, est à présent au bord de mes lèvres et je ne peux la retenir plus longtemps. Il est si près de moi que je ne peux l'éviter. Je lui vomis sur le torse.

Je m'attends à des représailles, mais Valentin lève les yeux au ciel avant de me porter sur son épaule. Me débattant avec violence, j'essaie de le frapper de toutes mes forces dans le dos, mais il me maintient si fermement que je ne réussis même pas à lui faire mal.

Après avoir déverrouillé la porte à côté de ma chambre, nous nous retrouvons dans une grande salle de bain où trône une baignoire sur pied. Quand il me laisse tomber dedans sans sommation, je me cogne légèrement la tête sur le bord, puis me mets à l'insulter.

Je viens de tenter de m'échapper, je lui ai vomi dessus, maintenant je le couvre de jurons et aucune réaction… Je ne comprends plus rien.

À quoi bon continuer à m'égosiller si ça ne l'atteint pas ?

— Je ne pensais pas devoir te faire prendre un bain à cette heure-là, mais tant pis, déshabille-toi, s'il te plaît !

— Hors de question !

— Déshabille-toi ou je le fais à ta place !

— Tu ne me toucheras pas ! rétorqué-je avec véhémence.

— Détrompe-toi, Angy ! Tu pues le vomi à plein nez et il n'est pas envisageable que je te laisse dans cet état.

S'avançant vers moi pour m'ôter mes vêtements, j'abdique en une fraction de seconde.

— OK, OK ! Je vais me déshabiller. Mais je ne le ferais que si tu sors !

— Niet, je ne sors pas.

— Alors, retourne-toi !

— Impossible ! Je ne prendrais pas le risque de te laisser te noyer sous mes yeux. Je me tourne pendant que l'eau coule et que tu te déshabilles, ensuite, tu n'auras qu'à te cacher avec de la mousse. C'est non négociable. Ou bien…, laisse-t-il sous-entendre.

— Ou bien quoi ? m'inquiété-je en remarquant l'étincelle dans son regard.

— Ou bien je viens dans le bain avec toi.

— Non, c'est bon ! m'empressé-je de conclure. Je resterai calme et je me cacherai avec la mousse.

— Je m'en doutais un peu, ricane-t-il. Allez, Angy, ne perds pas de temps, enlève ton pantalon et fais couler l'eau.

Son intonation ne ressemble pas à une invitation, c'est un ordre. Plutôt que de lui donner une raison de se mettre au bain avec moi, j'obéis en réglant l'eau. Comme il l'a dit, il se retourne pour ne pas me regarder alors que je commence à déboutonner mon jean.

28 JUIN - VALENTIN

J'aimerais lui faire remarquer qu'elle n'a pas vu le miroir qui siège dans l'angle de la pièce et que je peux donc l'observer se déshabiller avec délectation. Mais parce qu'elle a tenté de s'enfuir en me collant son poing en pleine tête, j'aime autant m'abstenir et profiter du strip-tease involontaire qu'elle est en train de me faire. De toute façon, avec toutes les caméras que j'ai planquées dans l'appart, je pourrai me refaire le film ce soir, et à volonté en plus.

Après lui avoir sauté dessus tout à l'heure, j'ai bien cru qu'une nouvelle séance chez Miranda me serait salutaire. Mais les événements semblent tourner en ma faveur. On m'a toujours dit que la patience paie, et cela se vérifie aujourd'hui.

Les yeux rivés sur le miroir, je la contemple alors qu'elle pose ses mains sur le bouton de son jean avant de le défaire. Elle se retourne pour me surveiller d'un œil sévère, et après hésitation, descend enfin l'épais tissu le long de ses cuisses fines. Elle qui n'était déjà pas vraiment épaisse, je la trouve encore plus mince depuis quelques semaines.

Quelque part, je m'en veux, car cette perte de poids est la conséquence directe de mon comportement. J'aurais dû m'y prendre autrement avec elle. J'aurais dû persévérer quand j'ai senti que je touchais au but. S'il n'y avait pas eu ce jeune prétentieux de Vidal, elle aurait été à moi depuis longtemps. Quelle idée elle a eu de s'enticher de lui ?

En repensant à leur romance, je ne peux m'empêcher de laisser s'échapper un soupir. Elle relève la tête dans ma direction et sa réaction m'interpelle.

— C'est bon, je me dépêche, me lance-t-elle avec hargne.

Ce soupir n'était pas pour toi, ma douce, mais puisque tu le prends ainsi, soit... Laisse-moi voir le reste encore plus vite.

Elle soulève son tee-shirt pour exposer son ventre à mon œil gourmand sans en avoir conscience, je sens l'excitation monter en moi. Un début d'érection se fait sentir, et je ne peux plus la cacher quand elle ôte son soutien-gorge.

Mon pantalon est tendu comme un arc. J'aimerais pouvoir me soulager dans cette pile de vêtements qu'elle a jetée au sol.

Je me rappelle l'époque où je m'insérais chez elle en douce pour venir caresser ses fringues, ou mieux encore, pour sentir ses culottes. Quel plaisir c'était de me lover dans sa couverture alors qu'elle venait tout juste de sortir de chez elle et que le lit était encore chaud.

Je me souviens cette odeur de sexe alors qu'ils venaient de faire l'amour quelques heures plus tôt. Je les regardais faire sur mon écran d'ordinateur, après ça, c'était à mon tour de lui donner un peu de moi dans ses draps.

Quand ma psy en hôpital psychiatrique m'a demandé de lui parler de ma sexualité, elle a écouté mon récit avec attention, mais ne m'a pas cru immédiatement. Elle me répétait sans cesse que j'avais imaginé tout ça dans ma tête et que ce n'était pas la réalité.

Je pense, pour dire vrai, que la situation l'excitait beaucoup trop et que c'était son seul moyen de ne pas succomber à mes charmes. Me faire croire que j'étais fou, que j'inventais des trucs était un rempart pour ne pas flancher face à ses envies.

Dommage, elle était trop vieille pour moi, mais je l'aurai bien baisée avant de lui prouver à quel point elle avait tort. Tous les enregistrements sont bien au chaud dans mon bureau et j'étais vraiment heureux de les retrouver il y a trois jours.

Quand elle aura fait du chemin et qu'elle aura accepté notre situation, je pense les montrer à Angy. Elle se rendra compte à quel point ce merdeux était un piètre amant et à quel point, moi, je la fais frissonner.

À présent entièrement nue, Emma pénètre dans la baignoire. Debout, elle jette un nouveau regard vers moi qui fait monter ma pression artérielle. Ce regard-là, je le connais, il veut dire « désir ». À l'aide de son bras, elle recouvre ses seins fermes alors que je n'ai qu'une envie, celle de pouvoir les sucer jusqu'à la faire jouir. Malgré son autre main qui lui sert de bouclier, j'arrive à entrevoir son pubis, rasé et net, encore gonflé par la jeunesse. Savoir ce qu'il cache de si précieux me fait battre le cœur encore plus vite. Fort heureusement, le bruit de l'eau qui s'écoule m'apaise, et alors qu'elle s'assied en attendant que le niveau monte, mon esprit divague au gré de mes fantasmes. J'aurais tant voulu qu'elle accepte de prendre ce bain avec moi. Je lui aurais massé les épaules, je l'aurais embrassée dans la nuque avant de la pénétrer en douceur… *Patience, mon ami, patience.*

Recouverte d'une épaisse mousse blanche, Angy m'informe que je peux enfin me retourner. Heureux de constater qu'elle a respecté sa part du marché, je me cale près de la porte pour lui laisser un peu d'intimité.

Après s'être savonnée en mode contorsionniste pudique, un moment bien trop court à mon goût, Angy m'annonce qu'elle est prête à se rincer. Timide, elle me demande de me tourner à nouveau pour qu'elle puisse se lever et j'obtempère en sachant que j'ai toujours mon plan B dans un coin de la pièce. Les yeux rivés sur le miroir, j'observe ses doigts s'immiscer entre ses cuisses pour enlever la mousse. Que j'aimerais être cette mousse… Je la regarde passer le pommeau sur sa peau dans un mouvement lent et sensuel qui me donne la chair de poule. Elle est tellement belle.

— Est-ce que je peux avoir une serviette pour me sécher ? demande-t-elle d'une voix à peine audible tandis que je me détourne de son reflet pour aller en récupérer une dans le meuble sous le lavabo.

Je la dépose près de la baignoire. Angy me remercie, puis sort, les jambes recouvertes d'une jolie mousse blanche. Quelques minutes plus tard, séchée et entourée de sa serviette pour ne rien dévoiler de son anatomie, elle se tient droite derrière moi et m'indique sa présence par un raclement de gorge. Le spectacle est terminé. Je n'en reviens pas qu'elle n'ait toujours pas remarqué ce traître de miroir qui me l'a offerte à son insu ! À moins que… À moins qu'elle ne l'ait remarqué finalement. Peut-être m'a-t-elle laissée la contempler en toute connaissance de cause. Peut-être a-t-elle agi de façon à me prouver son amour sans toutefois trop me donner d'un coup… Je ne peux qu'apprécier cette délicate attention de sa part, ça me touche vraiment et elle doit le savoir.

— Très bien, mon amour ! Tu vois, quand tu y mets du tien, tout se passe avec plus de calme. Si tu le veux bien, tu vas aller enfiler un pyjama ou n'importe quel vêtement de ta garde-robe, et après ça, nous nous rendrons dans la cuisine pour remplir cet estomac que tu fais tourner à vide depuis trois jours.

Après la vidéo que j'ai fait passer aux Vidal en sortant tout à l'heure et ce bain, si je réussis à la faire manger, je pourrais dire que j'ai gagné de belles batailles aujourd'hui !

28 JUIN - EMMA

« Reste calme, reste calme », ce mantra tourne dans ma tête à l'infini. Je n'ai que cette option si je veux pouvoir le tenir à bonne distance de moi. En trois jours, j'ai bien compris que plus je m'énervais, plus il se rapprochait, alors si je veux éviter tout contact, je dois afficher un calme apparent. Peu importe si ça bouillonne à l'intérieur, il doit penser que je commence à me résigner à mon nouveau style de vie.

Il a dit que d'ici quelques jours, nous quitterons cet appartement pour partir ailleurs. Pour partir loin. OK. J'ai digéré l'information, mais je ne compte pas le moins du monde partir avec lui où que ce soit. Ce qui veut dire que mon temps est compté pour trouver un moyen de m'échapper d'ici. Quelques jours, voire quelques heures infiniment précieuses pour concocter un plan avec une évasion en béton.

Ma technique de tout à l'heure n'était pas du tout au point. J'ai agi sur un coup de tête, et au final, j'ai dû me soumettre à un rapprochement qui m'a rendue littéralement malade. C'est un fait, ce type me fait vomir, il m'est extrêmement difficile de cacher le dégoût qu'il m'inspire. Je l'exècre par tous les pores de la peau, je le hais.

— Je t'autorise à te mettre devant la télé le temps que je te concocte un nouveau repas, Angy.

Sans un mot, j'obtempère en m'asseyant sur le canapé, télécommande à la main pour donner le change.

— Il n'y a aucune restriction de chaîne, mon amour. Tu as accès à tout le panel puisque rien ne te permet de rentrer en contact avec l'extérieur. Je te déconseille toutefois le journal télévisé. Il y a une recrudescence de cinglés en ce moment !

Continuant son laïus sur la folie, jusqu'à évoquer la vie trépidante des tueurs en série, je le laisse parler en zappant sur les diverses chaînes d'informations.

Mon geste devient de plus en plus frénétique au fur et à mesure que je m'aperçois que personne ne parle de ma disparition à la télé. Rien, pas un mot. Cet enfoiré le savait et c'est pour cela qu'il a aiguillé mon esprit sur ces chaînes-là. Il savait qu'en en parlant, il attiserait ma curiosité.

D'un coup d'œil rapide, je regarde son visage qui m'observe. Le sourcil relevé et le sourire acéré, j'ai l'impression d'être face à la réincarnation du diable.

Je zappe sur une comédie, je l'entends farfouiller dans les placards pour sortir une poêle. Je dois reconnaître qu'il se donne du mal pour me faire manger. Le repas froid de tout à l'heure est passé à la poubelle, et pour me satisfaire, il me cuisine autre chose. Tant qu'il fait à manger, j'ai au moins l'avantage de gagner un peu de temps dans les pièces à vivre. J'observe discrètement chaque recoin alors qu'il me parle des îles que l'on visitera bientôt. Il parle, parle encore, mais je ne l'écoute pas. Je me fiche de ce qu'il a à me dire puisque je ne verrais jamais ces îles avec lui. Bien entendu, je me garde bien de lui confier cette partie de l'histoire, j'aurais trop peur qu'il me renferme dans ma chambre.

Dans un mouvement lent, je prends tout de même le risque de me lever pour me diriger vers la fenêtre qui donne sur mon appartement. La lumière est encore bien présente à cette heure-ci, pourtant la rue est déjà quasi déserte. Les policiers sont partis, il ne reste que le ballet incessant des voitures.

Toujours au ralenti, je me retourne vers la cuisine pour vérifier qu'il se trouve à bonne distance de moi. Valentin me scrute du coin de l'œil, en coupant des tomates en rondelle. J'aurais pensé qu'il me refuserait cet accès à la fenêtre, mais il n'en fait rien.

Excitée à l'idée d'avoir aperçu un couteau dans cet appartement, je tâche de me concentrer à nouveau sur la fenêtre pour ne rien laisser paraître de ma joie quand le bruit de son pas qui se rapproche de moi me glace le sang. Il arrive. Pressant son corps contre le mien et ses mains sur mes épaules pour me masser, je sens son nez frôler mes cheveux avant qu'il n'en prenne une grande inspiration.

Si ses mains sont vides, c'est que le couteau a dû rester sur le plan de travail. L'opportunité de pouvoir lui ouvrir le ventre en deux s'offre à moi et dans un calme infini, j'envisage le reflet de la pièce à travers la vitre. La distance à parcourir n'est pas immense, mais il me tient si fermement qu'au moindre mouvement, il pourrait me briser un os.

Contrainte de rester sur place pour le moment, je regarde l'étage de mon appartement avec nostalgie et amertume. La mort dans l'âme, je me remémore ces soirées où Tom s'installait derrière moi sur le canapé pour me masser le dos, alors que je savourais mon thé face à une bonne série. Quand je repense à notre histoire si particulière : notre rencontre qui reposait sur un mensonge, nos retrouvailles dans ce bar… je n'aurais pas parié un centime sur Tom et moi. Pourtant, même ici coincée par les bras de Valentin, soumise à sa volonté, je ne peux imaginer ma vie sans mon Thomas.

Les yeux rivés sur la fenêtre de notre chambre, je laisse échapper une larme en envisageant le pire qui pourrait nous arriver à tous les deux. Détournant légèrement la tête pour que Valentin ne se rende pas compte que je pleure, je dépose mes doigts sur la vitre froide, comme un geste simple qui suffirait à me reconnecter avec lui.

— Double-vitrage en polycarbonate. Antibruit, antieffraction et incassable, lance Valentin en tapant sur la vitre d'un coup brutal qui me fait sursauter. Tu peux faire ce que tu veux avec ça, impossible de la péter.

Comme il est venu, Valentin repart sans un bruit pour finir ce qu'il a commencé en cuisine alors que je me fais un mal de chien à rester devant mon passé. Ce n'était qu'un avertissement, mais j'ai bien compris le message.

— J'ai oublié de te parler du filtre aussi. Un petit bijou technologique ! explique-t-il en embrassant ses doigts avant de les rouvrir. Voir sans être vu. C'est idéal. De dehors, on a l'impression de voir une fenêtre lambda, sauf qu'un petit filtre dans le double vitrage empêche de distinguer ce qu'il y a à l'intérieur. Tu imagines Angy comme c'est parfait pour nous ! dit-il avec excitation. Un grognement en guise de réponse, je ne rétorque rien à cet entrain soudain. J'observe la petite parcelle de pellicule que j'ai grattée, des images me reviennent en pleine figure. Peut-être était-ce en mars ou en avril, je ne sais plus bien, mais il y a eu de nombreux travaux dans cet immeuble à l'époque. Mme Bontie m'avait informée qu'un nouveau propriétaire avait acheté l'appartement et qu'il voulait tout refaire à neuf. Je ne l'ai jamais vu rôder dans le coin, pourtant, ce nouveau propriétaire, c'était bien lui ! Je savais qu'il avait préparé son plan, mais de là à envisager que ça fait des mois qu'il le tourne dans sa tête. C'est surréaliste.

— Pourquoi être venu te planquer aussi près de mon ancienne vie si tu veux m'en faire changer à tout prix ?

Je me retourne pour voir sa réaction, il s'arrête en conservant son couteau pointé sur moi.

— Tu es une femme intelligente, amore, tu vas me le dire toi-même ! déclare-t-il avec un sourire narquois.

— Pour m'observer, soufflé-je devant tant d'évidence tout en fixant le couteau toujours braqué dans ma direction.

— C'est l'une des raisons, en effet, mais il n'y a pas que ça. Être en face m'a donné l'impression de me sentir plus proche de toi. En t'observant, j'avais cette sensation de te connaître mieux, de te comprendre mieux aussi. Ça m'a permis d'aménager cet appartement en fonction de tes goûts, de te trouver des vêtements dans ton style et même d'acheter la nourriture que tu apprécies. Tu doutais que je puisse être un petit-ami attentionné, Angy ?

— Je doute toujours, murmuré-je sans vraiment articuler.

— Qu'est-ce que tu dis, mon amour ? Je ne t'ai pas entendue.

— Rien.

— Angy, dit-il en grinçant des dents, je t'ai demandé de répéter. Ne me force pas à revenir vers toi pour mieux entendre, s'il te plaît.

— Effectivement Valentin, j'avais des doutes.

— Martin, mon amour, prends l'habitude de m'appeler Martin ! me reprend-il d'une voix plus douce. Je sais que je te laisse un souvenir amer, mais admets que, depuis trois jours, je suis un futur mari exemplaire !

Sans attendre de réponse, il reprend :

— Si j'ai pris cet appartement si près, c'est aussi pour qu'on ne nous cherche pas. On est trop proche de l'endroit où tu as disparu pour éveiller le moindre doute. Quel idiot pourrait prendre ses quartiers dans la rue même où il a commis son crime ? C'est beaucoup trop flagrant. Trop gros ! Les flics ne nous chercheront jamais ici. C'est tellement évident quand on y pense. Par contre, ton Thomas, je ne l'avais pas inclus dans l'équation.

Sans prévenir, Valentin abat le couteau sur la planche à découper avec force alors que son rire vicieux résonne dans l'appartement en me glaçant le sang. Je n'ai pas compris la fin de sa phrase tant il l'a fait grincer entre ses dents, mais en toute logique, c'est une partie du plan qu'il n'avait pas calculée.

« Reste calme, reste calme. »

Il jette deux grosses pièces de viande rouge dans la poêle, le crépitement du beurre en contact avec la viande me fait sursauter. L'odeur se répand dans la pièce et malgré la faim qui reste omniprésente au creux de mon estomac, je ne peux m'empêcher d'avoir un haut-le-cœur.

Par habitude, j'essaie d'ouvrir la fenêtre en tournant la poignée, mais bien entendu, rien n'y fait. Les vitres, comme il me l'avait déjà dit, sont fermées à clé.

La fumée envahit l'appartement pour nous plonger dans un brouillard oppressant. Pour ne pas vaciller, je cherche un peu de réconfort de l'autre côté de la rue quand une voiture noire et longue s'arrête en bas de mon immeuble. Une voiture que je reconnais en une fraction de seconde.

Je retiens mon souffle quand la portière s'ouvre alors que Valentin plaisante sur la viande qui commence à griller. Je n'entends plus rien, je ne sens plus rien. Tous mes sens sont comme anesthésiés en attendant que quelqu'un sorte de cette berline.

Ces cheveux, ces épaules, je les connais par cœur, du bout des doigts. C'est lui. Même s'il ne me fait pas face, je reconnais chaque parcelle de son corps.

— Tom…

Le son qui sort de ma gorge ressemble plus à un grondement qu'à un véritable son. Je caresse la vitre du bout des doigts en espérant qu'il se retourne, priant intérieurement pour qu'il lève les yeux dans ma direction.

Tom, je suis là ! crié-je dans ma tête alors que les mots ne parviennent pas jusqu'à ma bouche.

Et quand il se retourne enfin, mon cœur se serre. Plus beau que jamais, plus soucieux aussi. Son visage est marqué, ses yeux sont cernés. Il a l'air si fatigué. Je voudrais tellement courir à sa rencontre pour le rassurer, pour lui dire que je vais bien malgré les circonstances. Je voudrais effacer les marques sur son visage, mais je suis impuissante.

La voiture redémarre et le laisse seul au milieu de la rue. Ses yeux font des allers-retours entre notre appartement et l'entrée de l'immeuble où je me trouve. Aurait-il senti ma présence ? Pour attirer son attention, je toque doucement sur la vitre en me persuadant qu'il pourra voir si je le souhaite très fort.

Un dilemme fait rage en moi. Dois-je à tout prix chercher un moyen d'attirer son attention en balançant sur la vitre tout ce qui me passe sous la main, et en même temps attirer Valentin jusqu'à moi en risquant qu'il découvre la présence de Tom, ou bien dois-je garder mon calme pour éviter que ce fou furieux s'en prenne à l'homme que j'aime ? C'est quitte ou double, mais rien que d'imaginer ce qu'il pourrait lui faire me rend malade.

Mon corps est tendu en le regardant, toutefois, je saurais comment réagir si je vois ses yeux. Je reste suspendue à ses gestes, j'ai l'impression de manquer d'air. Sa tête se relève dans ma direction, ses yeux scrutent le moindre mouvement.

Allez, Tom, regarde-moi. Je suis là ! S'il te plaît…

Quand je m'apprête à m'emparer d'une chaise posée non loin de moi pour la balancer contre la vitre, Tom disparaît sous le porche de l'immeuble au moment même où Valentin me surprend en m'enlaçant la taille. Je ne peux étouffer le cri de stupeur qui s'échappe de ma gorge. À une seconde près, Valentin aurait vu Tom et toutes chances d'être retrouvée auraient été vaines. Peut-être même pire encore.

— À table, mon amour, chantonne-t-il en tentant de me faire tournoyer sur moi-même pour me faire danser.

Face à ma résistance, Valentin est soudain plus froid. Directif, il s'empare de ma main avec poigne pour me conduire vers la table d'où la fumée s'est dissipée. Au-dessus de l'assiette, l'odeur qui se dégage du plat me semble moins écœurante. Comme un écho à mes pensées, mon estomac se révolte dans un bruit tonitruant que je suis incapable de stopper. Peu importe ce que va croire Valentin, Tom est venu me libérer et j'ai besoin de prendre des forces pour pouvoir faire face aux événements qui risquent de se produire sous peu. Je dois pouvoir l'aider si cela tournait mal. Alors, sans ménagement, j'attrape le morceau de viande encore saignant des deux mains pour croquer dedans avec voracité.

— Ah, voilà, tu as enfin compris ! C'est une bonne nouvelle ! lance-t-il comme s'il parlait à un chien qui vient de faire ses besoins au bon endroit pour la première fois. Certes, tu as oublié les bonnes manières, mais soit, ce soir on dîne avec les doigts !

D'un œil attentif et bienveillant, il détaille ma façon de manger avant de se saisir de son steak de la même manière que moi. Croquant de bon cœur dans sa viande sans me lâcher du regard, un filet de sang dégouline le long de sa mâchoire. Il le balaie d'un revers de main sans cesser de me faire les yeux doux, souriant de joie.

Profite, profite de ce moment, espèce de cinglé ! Tom est dans l'immeuble et il est venu pour me libérer. Oui, Tom est là et je serai bientôt sauvée, me dis-je à moi-même comme une source de réconfort face à sa joie non dissimulée.

— Que me vaut ce sourire splendide sur ton visage ? me demande Valentin en me servant de l'eau. Si tu savais comme ça me fait plaisir de te voir comme ça.

Si tu savais comme ça me fait plaisir à moi aussi, connard ! Apprécie ce moment tant que tu le peux encore, car Tom est là, et toi, tu vas crever !

28 JUIN - THOMAS

— Mais où est-elle, bordel ? grondé-je à haute voix en fouillant les moindres recoins du hall d'entrée. Si je me fie à l'angle de vue qu'il y avait sur cette putain de vidéo, elle ne peut-être que là !

Après quelques minutes de recherches intensives, je viens à bout du dernier angle possible, touchant de la pulpe des doigts toutes les failles, les trous de vis et autres excroissances suspectes, mais rien. Pas un endroit où il aurait pu y glisser une caméra.

Pourtant, je ne suis pas fou. Sur les images, on me voyait très bien entrer dans mon immeuble, de façon nette, comme si la caméra était braquée à hauteur d'homme. Ce n'était pas au-dessus comme s'il l'avait positionnée dans les étages, non, c'était une vue frontale venant du rez-de-chaussée.

Soudain, je me souviens du mec que j'avais vaguement vu sortir d'ici, avec sa capuche sur la tête, sa marche rapide et son attitude étrange comme s'il voulait se planquer. Je me souviens aussi avoir pensé à un camé parti à la recherche de sa dose, mais j'avais tort. C'était lui, et soit il venait vérifier ses caméras, soit il venait tout juste de les planquer.

Qu'importe la raison, il a pris une sacrée assurance pour revenir sur les lieux du kidnapping sans être certain de tomber sur les flics. Mais pourquoi faire ça ? Il a déjà Emma alors quel bénéfice compte-t-il tirer de la surveillance de notre rue ? Ce qui est certain, c'est que s'il est connecté en ce moment même, il sait que je suis là, à le traquer. Dans ce cas, combien de temps lui faudra-t-il pour venir me trouver ? Quel que soit son plan, je ne peux être qu'un obstacle à abattre.

Le regard fixé du côté où ce foutu espion doit se trouver, je lui fais un doigt d'honneur, puis, dans un soupir las, j'essaie de reprendre pied avec cette réalité qui m'échappe.

Avant de longer le couloir qui mène aux portes des appartements, je m'arrête une seconde pour regarder les noms sur les nombreuses boîtes aux lettres. Bontie, Jabet, Fabioli, Dulland, Guevard et j'en passe… Rien qui ne me donne d'indices, rien qui puisse me servir. Aussi, je me détourne et laisse mes pas me guider comme s'ils étaient plus à même de raisonner que mon cerveau tourmenté. Si cette caméra ne vient pas du hall, c'est qu'elle doit se trouver près de la fenêtre la plus proche de l'entrée. Pas besoin de chercher bien loin, j'ai déjà ma petite idée sur celle que ce doit être.

Devant le domicile de la vieille Bontie, je ne peux repenser aux renseignements que j'avais donnés à Cordosi. Cette femme surveille la rue jour et nuit depuis quand ? Une bonne décennie peut-être. Pourquoi la police ne l'a-t-elle pas retrouvée ? Se peut-il que Dumas s'en soit pris à elle et qu'il guette le moment où les flics s'en rendront compte ? Après tout, il n'a pas hésité à foutre deux balles dans le sternum du chauffeur qui était censé récupérer Emma.

L'oreille collée au bois épais de la porte de son appartement, je frappe deux coups en attendant une réponse. Malgré ma concentration, je ne perçois aucun son en provenance de l'intérieur. Je tente une nouvelle fois, plus fort encore. Toujours rien. Il n'y a pas âme qui vive chez la vieille Bontie.

Rien ne pourra m'ôter l'idée qu'il s'agirait d'un sacré hasard pour que cette femme soit partie de chez elle pile le jour où Emma a disparu. Pour moi, ça n'a rien de fortuit, ce ne peut être que l'œuvre de Dumas et j'ai besoin d'en avoir le cœur net !

Mon père m'a prévenu de faire profil bas pour que Cordosi m'oublie un peu, mais cet incompétent n'a fait qu'accroître mon envie de le ridiculiser. Je retrouverai Emma avant lui, je m'en suis fait la promesse. Alors quitte à devoir poser à nouveau le cul sur le banc des accusés dans le bureau du commissaire « Gros Con », j'aime autant que ce soit pour des raisons valables.

— Dumas, si tu m'entends, je vais te trouver et te faire la peau ! déclaré-je suffisamment fort pour être entendu, avant de percuter la porte d'un premier coup d'épaule.

Bien que plus de première jeunesse, elle résiste à l'assaut. Il me faut foncer trois fois de plus pour la faire céder, mais j'y parviens enfin.

Pour ce dernier essai, j'ai pris un tel élan que je me retrouve au sol, la tête contre l'angle d'un meuble en bois qui doit dater du moyen-âge. Touchant l'endroit de mon crâne qui a tapé, je découvre une tache de sang sur mes doigts, rien qui m'empêchera de mener à bien mes investigations. S'il y a une caméra vers cette fenêtre, je la trouverais !

La déco intérieure de la vieille Bontie est à son image, ancienne et renfermée. Les émanations qui règnent ici me donnent un haut-le-cœur, un horrible mélange d'urine, de rance et de moisi, qui m'oblige à retenir ma respiration. Depuis combien de temps cette maison n'a-t-elle pas été aérée ?

Je fais rapidement le tour du propriétaire pour vérifier si la voisine d'en face est là. Mais rien. En même temps, si je n'ai jamais senti de mort en décomposition de ma vie, je suppose que si son cadavre était exposé dans une pièce, l'odeur serait bien pire. C'est un fait, elle n'est pas là.

Hormis de vieux journaux, de vieux meubles et un vieux poste de radio, cette femme était coupée du monde. Par précaution, je ne touche rien pour éviter de déposer mes empreintes où que ce soit, mais un cadre attire mon attention. Soufflant sur la poussière pour voir le visage sur la photo, je remarque cette femme jeune et belle sous la Tour Eiffel, rayonnante au bras d'un militaire. L'homme a l'air heureux, il la regarde avec amour. Pendant une seconde, j'imagine le visage d'Emma et le mien sur leurs corps. Un amour profond et vrai. Un amour intemporel.

Elle m'agaçait auparavant, mais je l'envisage d'un œil nouveau. La vieille Bontie n'était qu'une âme esseulée par la perte d'un amour, tout comme moi. Ses seules distractions au quotidien se résumaient à cette photo d'un autre temps et à la fameuse fenêtre que je veux inspecter.

Au plus près de mon objectif, il ne me faut pas longtemps pour trouver ce que je cherche. Un micro émetteur est calé sur l'angle intérieur de la fenêtre, dirigé vers l'entrée de l'immeuble d'en face. Cet abruti n'a même pas pris la peine de planquer son jouet.

J'arrache la petite caméra et la braque sur mon visage comme si je m'apprêtais à prendre un selfie. Si Dumas me regarde, il ne pourra pas louper ni mon geste ni la rage qui anime mon regard. Face caméra, je mime l'action de me trancher la gorge. Le message est clair : je vais te trouver et te tuer.

Appuyant sur le bouton off miniature de l'émetteur, je me laisse tomber sur le sol en sortant mon téléphone de ma poche. Instinctivement, je compose le numéro d'Emma pour la première fois depuis sa disparition. J'ai un besoin vital d'entendre sa voix, de me rassurer sur le fait qu'elle est toujours en vie.

Sans surprise, je tombe directement sur le répondeur qui diffuse son message d'accueil. Les mots que je connais par cœur résonnent à mon oreille comme une mélodie. Des mots que je pourrais ne jamais plus entendre. Tout en réalisant ce qu'il est capable de lui faire à cause de moi, je ne peux retenir le déluge de larmes qui afflue.

« Laissez votre message après le bip, bisous ! ..... BIP… »

— Tu crois que tu peux jouer avec moi ? C'est mal me connaître ! Je vais te traquer, je vais te trouver, je vais te torturer et je vais te laisser crever à petit feu, car c'est tout ce que tu mérites ! Tu m'entends, espèce de salaud ! annoncé-je dans un cri mêlé de sanglots. Je vais te saigner ! Je vais te saigner, sale pourriture !

À bout de souffle et pris d'une fatigue subite, je me relève en titubant avec un mal de crâne intense. Il n'y a qu'un seul moyen de tenir le coup, je ne vois que ça, j'en ai besoin.

29 JUIN - THOMAS

Si j'étais à New York, je saurais immédiatement où me procurer ce qui me ferait du bien, mais ici, à Paris ? Sortant de l'immeuble de la vieille Bontie en trombe, je trébuche sur le trottoir à cause d'une foutue marche. À quelques mètres de là, une femme me voit m'écrouler au sol et s'empresse de courir vers moi pour m'aider à me relever.

— Vous ne vous êtes pas fait mal ? Vous allez bien, mon garçon ? me demande-t-elle comme le ferait une mère pour son fils.

La femme d'une quarantaine d'années passe son bras sous le mien et me tire vers le haut pour me remettre sur pied.

— Vous saignez, vous avez dû vous cogner la tête dans la chute. Je vais vous conduire à la pharmacie la plus proche pour nettoyer ça !

Sans me laisser le choix, elle me traîne avec elle alors que ma tête tourne de plus en plus. La rue est floue, la femme est floue, mais hors de question que je la suive où que ce soit.

— Merci, madame, ça va aller. Je vais appeler mes parents pour qu'ils viennent me chercher.

— Vous en êtes sûr ? Appelez-les devant moi, je ne voudrais pas qu'on vous retrouve inanimé quelque part et que je sois inculpée pour non-assistance à personne en danger.

Sa voix est dure et directive, elle me parle comme à un gosse qu'elle gronde et je déteste ça. Je ne pourrais pas me dépêtrer de cette bonne femme tant qu'elle ne sera pas certaine que quelqu'un me prend en charge.

— Hun… Hunter ! dis-je à mon interlocuteur qui décroche, sous l'œil inquisiteur de la dame. Tu peux venir me chercher, j'ai un problème.

À peine ai-je raccroché que la femme me pose des questions sur ce Hunter. Elle est inquiète pour moi, mais ça ne lui donne pas pour autant le droit de me faire passer un interrogatoire. Avec le plus de sympathie et pour la rassurer, je lui explique, par un mensonge, qu'Hunter est mon frère et qu'il arrive pour me récupérer.

Satisfaite de cette demi-vérité, la femme vérifie autour d'elle pour être sûre que personne ne la voit avant de me souhaiter un bon rétablissement et de partir à la hâte.

Quand elle est hors de vue, je me relève avec peine, puis trace mon chemin d'un pas tout aussi rapide. Pas besoin d'avoir Hunter sur le dos pour ce que j'ai à faire. Si c'est un bon chasseur de prime, il devrait être capable de me retrouver par lui-même. Tout ce que je sais pour le moment, c'est qu'il n'a aucune trace d'Emma et que j'ai un temps d'avance sur lui.

Après avoir récupéré ma moto dans le sous-sol de mon père, je traverse la ville pour me rendre à la seule adresse qui me permettra de trouver ce que je cherche. Du moins, je l'espère. En tournant au ralenti dans le quartier, je repère deux groupes isolés. Des jeunes boivent, dansent sur le trottoir alors que plus loin quatre mecs font semblant de regarder leurs portables.

D'un signe de la main, quand l'un d'eux relève la tête, je lui demande de s'écarter. Tandis que je le rejoins, je réalise que, que ce soit à Paris ou à New York, le procédé reste le même : un échange rapide mano à mano et le deal est conclu. Deux secondes plus tard, le mec retourne contre son muret alors que je reprends ma route sans point de chute en tête.

Tournant dans Paris comme une âme en peine, je ne sais pas où aller me poser. La photo de la vieille Bontie me revient en mémoire à l'instant où mes yeux croisent la tour Eiffel illuminée. Voilà où je vais aller, les jardins du Trocadéro avec sa vue imprenable sur le monument emblématique de la ville. Ça devrait faire l'affaire.

Sur un banc, presque caché par la verdure du coin, je regarde la structure en métal sans même la voir. J'ai vécu une bonne partie de ma vie ici et je ne suis jamais monté dedans. Emma a voulu m'y emmener une fois, mais je lui avais répondu que ce n'était qu'un attrape touriste. Quel con ! J'aurais pu prendre une photo de nous, j'aurais pu lui acheter l'un des petits porte-clés qui sont vendus tous les mètres par les vendeurs à la sauvette. Oui, j'aurais pu, mais je ne l'ai pas fait. Et aujourd'hui, je m'en mords les doigts.

Les yeux rivés sur les lumières qui clignotent, je dépose la came à même le banc. Une double dose. Inutile de s'embêter à trouver un endroit potable, la poudre fera le même effet sur le bord d'un lavabo que sur un banc crasseux. Le geste me revient en une fraction de seconde, c'est comme le vélo, on n'oublie jamais.

Aussitôt le produit en contact avec mon nez, je sens déjà l'effet relaxant sur mon corps. Je prends les poussières qu'il reste pour les frotter contre mes gencives, pas de gaspillage.

Si Emma me voyait faire, elle m'engueulerait, elle me ferait la tête, elle me mettrait peut-être même une paire de claques. Mais Emma n'est pas là, et sans elle je n'ai plus que ça.

Redescendant l'allée qui mène à la Grande Dame de fer, je m'arrête sur le pont d'Iéna. La ville tourne au ralenti à cette heure et j'apprécie le calme de la nuit chaude qui m'enveloppe. Lorgnant la Seine d'un drôle d'œil, j'imagine le nombre de mecs qui se sont jetés du pont par amour.

— Non, pas ce soir ! dis-je à haute voix. Mais si jamais elle… Si jamais il la…

Préférant ne pas finir mes phrases, je reprends ma route à pied avec un point de chute bien précis cette fois, un lieu tout près. J'ai besoin de sentir sa présence, j'ai besoin de retrouver ce que l'on a vécu et il n'y a pas meilleur endroit que celui-là.

Arrivé dans ce bar près du champ de Mars, je regarde la devanture qui n'a pas changé. Nous ne sommes pas revenus ici depuis la fois où je lui ai donné rendez-vous pour que l'on s'explique. Ce jour qui a marqué le début de notre couple. Pour de vrai.

À travers la vitrine, je remarque un groupe de quatre filles assises à la table qu'Emma occupait avec ses copines plus d'un an auparavant.

Du bout des doigts, je caresse la vitre froide et mes yeux se plissent pour m'en assurer. Non, je ne rêve pas ! Elle est là ! Cette jolie blonde aux cheveux bouclés, c'est elle qui me tourne le dos !

Pris d'un fou rire incontrôlable, je comprends alors que toute cette histoire n'était qu'une vue de mon esprit, une invention insensée et incohérente. Avec entrain, j'entre dans le bar, le sourire aux lèvres. Je vais retrouver ma Boucle d'or, la femme de ma vie.

Le bar est bondé, aussi, me frayer un chemin parmi la masse de gens n'est pas facile. Tant bien que mal, j'arrive enfin vers elle, puis passe ma main dans ses cheveux avant de me pencher pour l'embrasser sur le front.

— Je t'ai cherché partout, Em ! T'étais où ? Si tu savais comme j'ai eu peur !

— Je suis désolée, mais vous devez vous tromper, m'informe la femme qui se retourne progressivement vers moi.

Quand je vois son visage, je comprends que cette fille n'est pas celle que je cherche et que la coke a commencé son œuvre. Elle est jolie, les mêmes yeux bleus, la même blondeur, mais elle n'est pas mon Emma.

Je balbutie quelques excuses et m'apprête à tourner les talons quand la fille se redresse pour m'attraper par le bras. Dans un mouvement de tête d'une lenteur absolue, elle fait voler sa chevelure devant mes yeux. Ma vision se brouille. Tantôt celle que je cherche, tantôt plus, la fille revêt le masque d'Emma pour l'enlever dans la seconde qui suit. J'ai envie de lui crier d'arrêter, mais les rares instants où je revois le visage de celle que j'aime me font un bien fou. Alors je la laisse tenir mon bras. Je la laisse me sourire et me demander de lui offrir un verre. Je la laisse me conduire vers le comptoir en regardant derrière pour voir ses amies lui faire de grands gestes pour la pousser à rester avec moi.

— Je ne sais pas à quoi tu carbures, beau gosse, mais je veux bien tester ! me lance-t-elle amusée.

— Cocaïne, réponds-je sans détour.

Laissant passer un blanc avant de reprendre, la fille au double visage pose ses mains sur mon torse tandis que mon corps se contracte de douleur. J'ai l'impression de me consumer de l'intérieur, comme si elle était en train de me marquer au fer rouge. Ma tête tourne vite, trop vite. Je ne veux pas qu'elle me touche, mais je la laisse faire, hypnotisé par ses yeux qui reviennent comme un manège sans fin.

Deux verres sont posés sur le bar alors que je n'ai rien commandé. La fille l'a fait pour moi. Emma m'aurait pris une bière, mais celle-là veut passer aux choses sérieuses dans les plus brefs délais.

Je m'empare de la vodka pure qui déborde du verre à shooter et la porte à mes lèvres. Le liquide me brûle la gorge, je secoue la tête pour le faire glisser. N'étant plus un habitué de ce genre d'alcool, j'en reprends tout de même une gorgée, et encore une, puis une autre. J'en ai besoin.

Les petits verres s'accumulent devant moi, alors que la fille parle. Parle encore. Parle trop. Je m'excuse un instant pour me rendre aux toilettes, celles où je l'avais croisée et où j'ai entendu sa voix pour la première fois. Devant la porte close, je reste planté à me refaire la scène dans ma tête.

Sa copine était malade, et Emma était venue lui porter secours. Ce soir-là, je m'étais inventé une nouvelle identité, comme je le faisais tout le temps pour baiser. J'étais Dimitri, jeune trader ou je ne sais plus quelle connerie, et elle avait marché. Cette nuit fut la plus belle de toute ma vie. Son innocence, sa douceur, cette façon de me regarder, tout avait été parfait, pourtant, j'avais merdé, comme d'habitude. Toutefois, le destin me l'avait rendue et aujourd'hui, je l'ai perdue. Encore.

M'engouffrant dans les chiottes avec l'envie subite de vomir, je me retrouve au-dessus du lavabo sans que rien ne sorte. Les mains crispées sur le bord, les épaules affaissées, je relève le visage vers le miroir pour apercevoir un reflet qui me file la chair de poule. J'ai l'impression de regarder une tête de mort, un squelette sans muscle, sans peau, juste de l'os.

Touchant du bout des doigts les contours de ma mâchoire, je sens la barbe de trois jours qui parsème mes joues. Où est-elle dans le miroir ?

Soudain, la porte s'ouvre avec fracas, tandis qu'un mec entre sans prévenir. Il braille dans tous les sens, mais je ne comprends strictement rien à ce qu'il dit. Les mots « copine, draguer, baiser » parviennent à mon cerveau par jet, si bien que je n'arrive pas à les remettre dans le bon ordre. Redressant ma tête de mort pour une confrontation inévitable, j'ai la sensation d'être tout puissant. Le grand baraqué qui me fait face fulmine tel un taureau dans l'arène. Il doit bien faire vingt centimètres de plus que moi et une bonne dizaine de kilos supplémentaires, mais je m'en moque, je suis un surhomme. Je vais l'écraser.

Après avoir gratté le sol du pied, cet enfoiré sonne la charge en soufflant par les naseaux. J'ai envie de rire, mais le premier impact me fait un mal de chien. Le mec me tient par les côtes alors que la vraie/fausse Emma pleurniche derrière lui, en lui priant d'arrêter, en lui expliquant qu'il ne s'est rien passé. Il donne des coups à n'en plus finir avant de me laisser tomber au sol.

Se reculant d'un pas, satisfait de m'avoir mis quelques coups, le mec me regarde en souriant. Un truc du genre « t'as eu ton compte » sort de sa bouche et je ne peux m'empêcher d'exploser de rire. Gonflé par l'envie de lui rendre la monnaie de sa pièce, je me relève pour lui faire face à nouveau, les dents serrées.

— À mon tour maintenant !

Après avoir fait craquer ma nuque d'un côté, puis de l'autre, je m'approche du gars d'un pas lent. Il me regarde sans me prendre au sérieux et encaisse le coup avec difficulté quand je lui mets une première droite. À la deuxième, il a la tête qui commence à vaciller, ses yeux sont brouillés. À la troisième, il tombe au sol devant les clients qui m'ordonnent d'arrêter. Du sang sur son visage. Du sang partout sur le sol.

Pendant une seconde, il ne s'agissait plus de cet inconnu qui voulait me faire payer d'avoir offert un verre à sa copine. Non, c'était Dumas. Et de toutes mes forces, de tout mon cœur, je voulais le voir mourir.

Du fond de la salle, j'entends une grosse voix se frayer un chemin dans la foule agglutinée. Poussant les deux derniers types qui veulent en découdre avec moi pour prêter main-forte à leur pote évanoui, Hunter fait reculer tout le monde d'un pas. Avec sa carrure imposante et sa dégaine de Hell's Angel sorti de taule, mon « garde du corps/nounou/tueur à gages » fait l'unanimité, plus personne ne bronche.

— Putain, mais t'étais où, merdeux ! Je t'ai cherché partout ! s'exclame-t-il en virant au rouge.

— J'étais là, rétorqué-je en souriant. J'avais besoin d'un verre.

— Un verre ? C'est tout ? lance-t-il avec hargne alors qu'il m'inspecte de son œil avisé. Putain, ton père va me buter, abruti ! On se barre avant que les poulets débarquent.

M'empoignant par le bras pour me traîner hors du bar, je ne peux m'empêcher de rire. Un rire incontrôlable. Un rire lugubre. Un rire qui n'est pas le mien.

Après avoir presque couru sur une bonne centaine de mètres, Hunter m'éjecte contre un porche dont il pousse la porte en fer forgé. Dans une cour intérieure silencieuse, il m'ordonne d'arrêter de glousser, mais je n'arrive pas à me stopper. De son œil sévère, Hunter arme le poing et attrape le col de mon tee-shirt.

— Non, mec…, ironisé-je pour me foutre de lui. Tu n'oseras jamais faire ça !

— Ah ouais ? C'est ce qu'on va voir !

29 JUIN - EMMA

Il n'est pas venu me secourir. Non, Tom n'est pas venu pour moi. Je ressasse ces mots en regardant la fenêtre depuis mon lit.

J'ai bien vu qu'il scrutait l'immeuble, qu'il était aux aguets. Mais si je suis encore dans ce lit, c'est qu'il n'était pas là pour moi.

Après le repas, Valentin m'a demandé de me retirer dans ma chambre. Ce n'était pas une simple suggestion à vrai dire, c'était un ordre. Selon lui, j'avais fait beaucoup de progrès en une seule journée, alors il ne voulait pas me perturber en m'offrant trop de liberté d'un coup.

Au-delà de s'inquiéter pour mon bien-être mental — douce utopie — je suis bien consciente qu'il m'a envoyée me coucher pour asseoir un peu plus son emprise totale sur moi. Je l'ai fait pour ne pas attirer l'attention, persuadée que Tom allait débarquer dans les secondes qui allaient suivre. Mais rien. Personne.

Au bout d'une heure, j'ai compris que mon évasion n'avait été qu'une vue de mon esprit, alors je me suis allongée sur mon lit avec pour objectif d'élaborer un nouveau plan. Mais à cette heure tardive de la nuit, je n'ai rien. Pas l'ombre d'une ébauche de projet.

Le regard fixé sur la fenêtre, j'essaie de faire abstraction des jurons que lance Valentin depuis sa chambre. Je ne sais pas vraiment ce qui lui arrive, et en réalité, je n'en ai rien à faire.

Fredonnant une chanson que Tom adore écouter, je cherche un moyen de penser qu'il reste encore de l'espoir quelque part. Alors je me refais le film de notre histoire depuis le bar de notre rencontre, en passant par cette nuit merveilleuse, puis son mensonge au petit matin et enfin nos retrouvailles au siège de CVML… De multiples péripéties, une drôle d'histoire quand on y pense. Une histoire à laquelle je n'aurais jamais dû donner suite.

Si tel avait été le cas, je ne serais pas prisonnière d'un sociopathe en manque d'attention. Mais… je n'aurais jamais connu l'amour. Celui qui te donne envie d'enfreindre les règles. Celui qui te fait battre le cœur à mille à l'heure. Celui pour qui tu donnerais ta vie pour la sienne.

Peut-être est-ce réellement ce que ressent Valentin quand il me regarde ? L'amour majestueux, avec un grand A. Mais garder une personne captive avec l'espoir d'être aimé en retour, ce n'est pas de l'amour ça. L'amour, c'est laisser l'autre partir si le sentiment n'est pas réciproque. De toute évidence, il ne l'a pas compris.

Dans un soupir, je cherche ce foutu sommeil qui ne vient pas. J'ai tellement mangé ce soir que j'en ai des crampes d'estomac. L'appartement est redevenu calme et je m'imagine déjà m'introduire dans sa chambre pour l'étouffer avec son oreiller. Commençant à cerner le personnage, je suppose que l'homme a dû mettre une reproduction grandeur nature de lui en train de dormir, attendant sagement dans le placard que je m'approche pour me balancer, triomphant, que ce n'était qu'un piège et que j'ai encore échoué.

Cette pensée me fait sourire, mais je culpabilise aussitôt de pouvoir encore m'octroyer ce droit. La situation ne s'y prête guère. Sourire, quelle drôle de réaction.

Me retournant dans mon lit pour faire face à la porte, je réalise qu'il n'est pas venu la fermer. Perdue dans mes pensées au point de ne même pas me rendre compte de cette semi-liberté, je remarque maintenant qu'une lumière bleue provient du couloir.

Mon esprit se raisonne en m'intimant de rester dans mon lit, mais mon corps est déjà en action. Prêt à partir en croisade.

Si Valentin s'est endormi en oubliant de m'enfermer à clé, il a tout aussi bien pu omettre d'autres détails. Je ne demande pas grand-chose, juste un couteau qui traîne… Ce qui est certain, c'est que je dois en avoir le cœur net. Même si c'est encore un piège.

Avec la plus grande discrétion, je sors de mon lit, pose les pieds sur le sol recouvert d'un moelleux tapis de laine. Le sommier grince quand je me lève, je reste bloquée sur place en guettant la moindre réaction provenant de derrière ma porte. Rien. Je continue mon chemin jusqu'à atteindre ma poignée. Avec précaution je tire la porte vers moi pour l'ouvrir. Une goutte de sueur perle le long de ma colonne. Qui aurait cru qu'ouvrir une porte pourrait s'avérer être aussi stressant ?

Fière d'avoir franchi cette première étape, je pose un pied dans le couloir, jette un coup d'œil pour être certaine qu'il n'est pas là. Personne. Un souffle de soulagement s'extirpe de ma bouche malgré mon cœur qui menace d'exploser.

La lumière bleue qui s'échappe de l'ouverture de la chambre de Valentin capte mon attention. Comment se fait-il qu'il ait omis de refermer sa chambre et la mienne ? Si cette mascarade ne ressemble pas à un nouveau piège malsain, alors c'est que mon kidnappeur a baissé sa garde et que son plan n'est pas si infaillible qu'il en a l'air… Même si cette pensée fait naître une lueur d'espoir dans mon esprit, je préfère ne pas me leurrer. Cet homme est beaucoup trop tordu pour avoir juste oublié ce genre de détail crucial.

Malgré la sensation de me jeter dans la gueule du loup, je trace mon chemin droit devant sans m'arrêter vers cette lumière qui ressemble à celle d'un écran d'ordinateur allumé. Je ne sais pas s'il s'est endormi devant ou s'il est toujours éveillé, et ce n'est pas le but de cette expédition nocturne.

En parvenant enfin à la cuisine plongée dans le noir complet, ma seule source lumineuse provient de l'heure qui s'affiche sur le four. Il me faut quelques secondes pour m'acclimater à l'obscurité, mais quand j'y parviens enfin, je remarque l'état de la cuisine avec dégoût. Celle-ci a été nettoyée au millimètre près. Rien ne traîne, tout est nickel et les tiroirs sont à nouveau fermés à clé.

Dépitée, mais pleine d'optimisme après avoir fait un tel périple sans qu'il me remarque, je fais le tour du salon en espérant trouver un outil qui pourrait me servir. Sauf qu'il n'y a pas le moindre objet tranchant ou pointu à l'horizon.

Toujours dans un silence total, je rejoins la porte d'entrée pour vérifier. On ne sait jamais, s'il a omis de fermer les nôtres, peut-être aurait-il pu aussi oublier celle-ci. Mais ce n'est pas le cas. La poignée bloque et la porte est bien verrouillée.

La mort dans l'âme, je réalise que je n'ai plus qu'une seule option : le coussin pour l'étouffer. Cette technique pourrait fonctionner, mais je dois être lucide, j'ai beau avoir repris des forces, je ne suis pas sûre, pour autant, de pouvoir rivaliser avec lui.

Peu importe quelle sera la finalité de cette croisade vengeresse, je dois quand même tester. Si je loupe cette occasion, en aurais-je un jour une autre ?

Retrouvant le couloir baigné de bleu, j'arrive avec prudence dans l'encadrement de la porte de chambre de Valentin. Ce que je vois me glace le sang et je tente de toutes mes forces de retenir le cri d'indignation qui ne demande qu'à sortir de ma gorge.

Valentin, assis à son bureau, actionne sa main le long de son sexe, les yeux rivés sur ma nudité pendant le bain qu'il m'a fait prendre tout à l'heure. Il fixe son écran avec une perversité non feinte, un sourire d'excitation scotché au visage.

Je n'arrive pas à croire ce que j'ai sous les yeux. C'est dégradant, humiliant, je n'ai même pas de mot assez fort pour décrire cette scène surréaliste. Ce que je sais, c'est que j'ai la haine. Une haine sauvage, une haine mortelle.

Cet abruti ne sait pas que je suis là, et pour une fois, j'ai l'effet de surprise de mon côté. C'est maintenant que je dois passer à l'action, pendant que son esprit est absorbé. Pendant qu'il est vulnérable.

Je m'apprête à me jeter sur lui pour le frapper, quand j'entends sa voix vicieuse résonner dans toute la pièce, les yeux toujours rivés sur l'écran :

— Alors, mon amour, ça t'excite de m'espionner ? me lance-t-il avec ironie. Tu veux me la tenir ? J'aimerais tellement que tu le fasses !

Tandis qu'il se lève en repoussant sa chaise, il se retourne vers moi pour me faire face. Son érection toujours en main, il me regarde en inclinant la tête vers le bas, de sorte à donner encore plus de lubricité à son regard.

Il ne m'en faut pas plus pour me mettre à courir jusqu'à ma chambre avant de lui claquer la porte au nez. À deux doigts de m'attraper, il peste en frappant sa tête contre le bois épais, répétant inlassablement mon prénom entre ses dents. Sa voix se fait de plus en plus grave, de plus en plus agressive. Je suis redevenue la vilaine Emma qui lui désobéit.

Un coup de poing contre le bois me fait sursauter, mais je ne bouge pas d'un iota. Je sais que mon corps, bien que trop léger, sera tout de même un bref rempart contre sa folie.

Il essaie de pousser la poignée pour ouvrir, et grogne contre la résistance que je lui oppose. Je tiens bien. Je résiste. Coûte que coûte.

— Emma, c'est ton devoir de femme de satisfaire ton mari. Je veux me finir sur toi et j'y arriverai, sois-en sûre. Inutile de perdre du temps en essayant de maintenir cette porte, tu ne fais pas le poids. Tout ce que tu gagnes, c'est mon envie croissante de te posséder, ainsi que ma colère.

Bien qu'au bord des larmes, je retiens mon souffle pour ne pas plier. Secouée par des tremblements incontrôlables, je sens que je perds du terrain, que je suis de moins en moins résistante face aux assauts de mon adversaire.

— Emma ! hurle-t-il en redonnant un coup bruyant qui me fait tressaillir. Ouvre cette putain de porte et je ne te ferai pas de mal ! Si tu n'as pas ouvert de ton plein gré à trois, je te jure que je la défonce et toi avec !

Alors que le compte à rebours se met en marche, je gagne, à la hâte, le mur opposé. Quand il enfonce la porte d'un brusque coup d'épaule, surpris, il se retrouve par terre en s'énervant. Je m'élance pour sauter au-dessus de lui et gagner le couloir, mais il m'attrape la cheville en vol. Dans un bruit sourd, je m'étale sur le sol de tout mon long. Me débattant de toutes mes forces, j'essaie d'atteindre son visage avec mes pieds pour l'assommer, mais il se redresse trop rapidement et m'empoigne les mains pour me maîtriser.

— J'aime quand tu me résistes comme ça ! lance-t-il en me retournant sur le ventre pour s'allonger sur moi de tout son poids. Maintenant, repousse-moi encore, mais le résultat sera le même que tu le veuilles ou non. Je vais jouir en toi.

Son souffle dans mon cou est écœurant, sa main qui se balade sur mes fesses me file la gerbe et je ne peux le laisser aller au bout de son plaisir sans me battre. Je sens son nez contre mes cheveux, alors je bascule la tête en arrière pour tenter de prendre un peu d'élan. Dans un geste rapide, mon crâne s'écrase contre sa face. Il hurle de douleur. Sous le choc, il libère mes mains pour les porter à son visage quand je profite de l'occasion pour m'extirper de l'emprise de son corps musclé.

À peine ai-je atteint le seuil de sa chambre que je sens sa main se resserrer sur ma nuque avec une force phénoménale. La douleur est telle qu'elle me fait plier les genoux, je me retrouve à quatre pattes en moins d'une seconde.

— Tu veux jouer, mon amour ? On va jouer ! lance-t-il avec hargne. Puisque tu ne veux pas coopérer, saches que je vais détruire ce que tu aimes le plus au monde.

Empoignant mes cheveux avec férocité, il les tire en hauteur pour m'obliger à me redresser. Tant bien que mal, j'essaie d'atténuer le mal en repoussant sa poigne ferme et inflexible. Il commence à me traîner jusqu'au bureau, je hurle ma souffrance sans pouvoir me retenir. Mes cris redoublent d'intensité quand il me soulève par la crinière pour que je prenne place sur sa chaise, alors qu'il m'ordonne de la fermer.

D'un coup sec, il m'arrache une poignée de cheveux avant de m'écraser brutalement la tête contre le clavier.

— Je ne veux plus t'entendre, Emma. Tu m'as mis en rogne ce soir alors que je t'avais laissé une marge de manœuvre. Tout aurait été plus simple si tu avais fait ce que je te demandais ! gronde-t-il en me maintenant contre les touches qui pénètrent ma joue. Mais comme d'habitude, tu déballes ta résistance avec arrogance, tu te fous de ma gueule juste sous mon nez. Je n'accepterais pas ce comportement sans une punition, Emma. Et je te garantis qu'elle va être exemplaire. À cause de toi, la vie de ton précieux Thomas est compromise.

Pour joindre le geste à la parole, Valentin me tire une nouvelle fois cette touffe noire immonde qui me fait office de chevelure en arrière pour que je regarde son écran. Avec habileté, il pianote sur les lettres jusqu'à ce qu'une vidéo apparaisse.

Les premières images me sautent au visage, il me murmure à l'oreille :

— Crois-tu que je n'avais pas compris pourquoi tu lorgnais par la fenêtre tout à l'heure ? Je ne suis pas dupe, tu ne pourras jamais me la faire à l'envers, Emma. Ne t'en déplaise, je suis omniscient, mon amour.

La silhouette de Tom se dessine sur l'écran au moment où il sort de la berline noire avec laquelle il est arrivé quelques heures plus tôt. Un changement d'angle et je le vois dans le hall de l'immeuble, touchant chaque pan de mur à la recherche de je ne sais quoi. Je l'observe dans le couloir, suivre le chemin qui mène chez madame Bontie. Je visionne aussi chacun de ses gestes quand il défonce la porte et qu'il s'écrase la tête contre le meuble.

Avant que la vidéo ne prenne fin, je suis aux premières loges, hypnotisée par l'écran, quand il s'empare de la caméra de la fenêtre. Mes doutes se dissipent lorsque je comprends qu'il m'a cherchée. Cette fois j'en suis sûre, j'en ai la preuve sur cette vidéo, il m'a cherchée ! Mais que se passe-t-il ensuite ?

Encerclant ma gorge avec force, Valentin pose sa bouche contre ma joue et dépose un baiser d'une longueur infinie.

— Il te reste du temps pour dormir, Angy, me sort-il en fouillant dans sa poche de sa main libre. Je crois, amore, que tu devrais te reposer un peu, cette nuit a été bien trop agitée pour nous deux. Je n'avais pas prévu ça pour ce soir, mais soit, tu ne me laisses pas le choix ! Je dois sortir pour accomplir mon devoir.

Je l'écoute en crispant mon corps pour ne plus ressentir la douleur de cette phrase qui tambourine dans ma tête. Pourquoi doit-il sortir ? Pour faire quoi ? Je devrais demander pardon pour qu'il ne s'en prenne pas à Tom. Je devrais faire ce qu'il attend de moi pour laisser une chance à l'homme de ma vie de s'en sortir indemne. C'est la seule solution. Je me résigne à lui offrir ce qu'il demande, je déglutis avec peine en imaginant les mots qui s'apprêtent à sortir de ma bouche :

— Martin, fais-moi l'amour. Maintenant. S'il te plaît.

Chaque syllabe sonne faux, pourtant, il me caresse la tête avec douceur. M'enlaçant d'un bras pour me serrer contre lui.

— Bien joué, mais tu ne m'auras pas, Emma. Je sais que ce n'est pas Angy qui parle !

La sensation de l'aiguille qui me transperce la peau m'affole. Mon cerveau s'embrume au point de voir la pièce se flouter sous mes yeux. Il a recommencé, il m'a encore droguée.

29 JUIN - VALENTIN

Quand je dépose Angy dans son lit, je vois à son visage plissé qu'elle est toujours énervée. Qui de nous deux devrait être en colère ? Elle ou moi ? Tout porte à croire que c'est moi et nul doute que je suis sur les nerfs puissance mille.

Entre l'incursion de Vidal chez la vieille, Angy qui ne me dit rien de la venue de son superhéros et, pour finir, ma masculinité qui prend un coup en pleine tête, s'en est trop pour moi. J'ai besoin de me changer les idées. J'ai besoin de me défouler. Et surtout, j'ai besoin de faire payer à ce fils de pute le prix fort. Tant qu'il traînera dans mes pattes, Angy ne sera jamais vraiment à moi, alors il faut que ça cesse. Maintenant.

Il est temps d'enclencher le plan Bontie. Mon vieux Thomas, tu n'aurais jamais dû passer ici…

Quand je serai venu à bout de tout ça, il ne me restera plus qu'à profiter du spectacle avec Angy. J'espère juste que nous serons dans l'avion, loin de toute cette merde, le jour où les pièces du puzzle seront assemblées. Ce sera un vrai feu d'artifice !

D'un coup d'œil rapide dans le hall, je m'assure qu'il est vide avant de m'engager dans le couloir qui mène chez la vieille. En sortant la clé de son appartement pour l'insérer dans la serrure, je remarque que ce gosse de riche a commis une erreur de débutant. Il a laissé la porte entrouverte.

Secouant la tête face à ce pitoyable constat, je la pousse du pied pour entrer pendant que j'enfile des gants. Là où lui est encore un novice, moi j'ai dépassé ce stade depuis un bail. J'ai d'ailleurs plaisir à constater que ce jeune idiot a déplacé le meuble d'entrée dans sa chute. En me penchant au sol, je remarque même un peu de sang sur le bord du vieux mobilier. Du sang encore frais. *Bien joué, Vidal ! Tu me facilites la tâche !*

Hormis ce faux pas évident, le gamin n'a rien touché d'autre. Je ne repère ni traces de doigts dans la poussière ni bibelots qui ont changé de place. Mon tour du propriétaire est donc rapide. Une fois ma besogne effectuée, je m'empresse de sortir de l'appartement pour me rendre dans la cave. Il est grand temps de déterrer les cadavres.

Après vérification, je repasse le hall à la hâte pour arpenter le couloir qui mène à la vieille. Avec la caméra que j'ai placée au-dessus de la porte de la cave, je suis certain que personne n'est passé par là depuis quatre jours. Le corps gît probablement à l'endroit même où je l'ai laissé, et il faut dire que c'est un sacré coup de chance. La vieille Bontie était une variable instable de mon plan, elle était une victime collatérale, bien que nécessaire après réflexion, mais tout se goupille à la perfection. Pour mon plus grand bonheur.

Quand je pénètre dans la cave, l'odeur qui effleure mes narines me donne un haut-le-cœur. La faible aération du lieu n'a pas été efficace pour masquer cette puanteur et je ne peux m'empêcher de me demander comment un corps peut sentir aussi mauvais en si peu de temps.

Après avoir longé les quatre portes qui mènent à mon box, je pousse celle qui me sépare du corps. Une nuée de mouches s'envole au-dessus de ma tête, m'obligeant à secouer les bras dans tous les sens pour les éloigner de mon visage. J'avais pourtant mis le corps frêle dans un sac avec des plaques réfrigérées pour éviter ce genre de problème, mais il est clair que ce n'était pas suffisant.

M'emparant du poids sans vie de la vieille, je le pose sur mon épaule sans ménagement. Après tout, elle a déjà passé l'arme à gauche, plus besoin de prendre de pincettes. L'odeur empeste et la proximité des chairs en putréfaction me file la gerbe. Plus vite j'aurais bazardé Bontie, plus vite je pourrais passer à la suite.

En faisant le chemin dans le sens inverse, je réalise que certains pensent que je n'ai pas de cœur. Que diraient-ils en me voyant ramener une vieille femme dans l'appartement qu'elle a occupé toute sa vie ? C'est vrai quoi ! J'aurais très bien pu la couper en morceaux pour la jeter dans les poubelles de Paris. Personne ne l'aurait su !

Procédant à nouveau aux vérifications d'usage en regagnant l'entrée, je poursuis mon chemin en toute tranquillité. Le calme apaisant de l'immeuble me fait du bien. Personne dans le hall, personne dans le couloir, je me faufile à travers la nuit comme une ombre. Force est de constater que j'excelle à présent dans l'art de me fondre dans le paysage. Un anonymat qui m'enchante au plus haut point.

De retour dans le logement de ma voyeuse de victime, je prends une seconde pour envisager comment mettre sa mort en scène. L'enjeu est important, il est nécessaire que les flics soient convaincus de la culpabilité de Vidal à l'instant même où ils mettront un pied ici. Jetant son corps au sol sans ménagement, je pouffe de rire en l'imaginant ressusciter et se lever pour rejoindre sa précieuse fenêtre.

L'image du moment où je suis venu ici après avoir récupéré Angy, quatre jours plus tôt, s'impose alors dans ma tête. Je revois nettement la vieille près de cette place qu'elle ne quittait jamais, en train de me regarder. En effet, après avoir monté ma belle dans ses nouveaux quartiers, je suis retourné chez ma très charmante voisine qui était, comme à son habitude, scotchée à sa vitre. Je sais qu'elle m'avait vu embarquer Angy, pour autant, elle n'avait pas contacté les secours. Non, elle restait rivée à sa fenêtre, observant avec attention la horde de flics qui s'activait en face d'elle. Sacré spectacle !

Quoi qu'il en soit, elle ne m'a pas entendu arriver tout de suite, trop absorbée qu'elle était à regarder son journal TV en direct. Non, il lui a fallu quelques minutes pour sentir que quelqu'un se tenait derrière elle. Guidé par une empathie débordante, j'ai d'abord envisagé de lui briser le cou d'un geste net et rapide. Après tout, à part être un témoin oculaire de premier choix, elle ne m'avait rien fait, alors pourquoi la faire souffrir ? Et puis, je me suis ravisé assez vite. Cette femme ne m'avait rien fait directement, mais indirectement elle m'avait tout de même espionné des dizaines de fois, alors il fallait, avant de mourir, qu'elle comprenne que c'était mal de surveiller ses voisins. C'était aussi malsain que de kidnapper une femme.

Alors, tel un justicier, je lui ai expliqué que son attitude avait été déplacée. Ne comprenant pas où je voulais en venir, elle avait nié, elle avait supplié aussi, mais dans son regard, elle savait que je savais. J'ai d'abord commencé par lui prendre ses yeux en enfonçant mes doigts au plus profond de ses orbites. Elle a crié, mais pas longtemps, à peine quelques secondes avant de tomber dans les vapes. Ce n'est qu'après ça que je lui ai brisé la nuque.

Faire souffrir, pourquoi pas, si ça a un sens. Mais sans ses yeux curieux, elle n'était plus qu'une simple vieille femme isolée et triste.

Quoi qu'il en soit, me remémorer ce moment intense de ma vie ne m'aidera pas à avancer. Je dois me concentrer sur cette nouvelle scène de crime qui sera décisive pour la suite. Alors pour être certain que le commissaire ne passe pas à côté de cet indice béni, j'installe la vieille près du meuble où Vidal s'est cogné la tête. Pour que cela paraisse davantage crédible, je frappe son crâne avec le vieux combiné de téléphone qui traîne sur la commode de l'entrée, avant que des gouttelettes de sang viennent se répandre près de la trace de mon concurrent.

Quand Cordosi demandera à ses larbins de relever les indices, ils ne pourront passer à côté de cette preuve accablante.

Eh oui, mon cher Vidal, voilà le signe évident de ta culpabilité ! Tu as bien fait de t'attarder ici, tu me facilites le travail sans t'en rendre compte !

Je dépose un dernier baiser sur le front de cette chère Bontie, et prends soin de ne pas refermer la porte avant de remonter chez moi en me félicitant pour ce travail mené d'une main de maître. Angy dort à poings fermés. En même temps, je n'ai pas eu vraiment le choix que de lui administrer une dose de cheval pour qu'elle se calme. Elle était tellement tendue. Après avoir récupéré le téléphone prépayé que je laissais dans mon bureau pour les cas d'urgence, je retrouve le portable d'Emma. La vingtaine d'appels en absence qui défile sous mes yeux m'indiffère. Son père, sa mère, la famille de son mec, des anciens collègues, rien de bien alléchant, sauf… Sauf le dernier appel.

Je me demandais quand il péterait les plombs au point de laisser des messages désespérés sur sa messagerie et ne peux résister à l'envie d'écouter les conneries de cette âme en peine. Aussi surprenant que cela puisse être, ce message n'est pas pour Emma. Mon nom n'est pas cité mais, de toute évidence, il m'est adressé :

« Tu crois que tu peux jouer avec moi ? C'est mal me connaître ! Je vais te traquer, je vais te trouver, je vais te torturer et te laisser crever à petit feu, car c'est tout ce que tu mérites ! Tu m'entends, espèce de salaud ?! annonce-t-il dans un cri mêlé de sanglots. Je vais te saigner ! Je vais te saigner, sale pourriture ! »

Alors comme ça, il compte me traquer ? Qu'à cela ne tienne, on va jouer au chat et à la souris à partir de maintenant, ainsi, on verra bien qui crèvera l'autre. Pris par l'excitation de cette provocation en duel, je sélectionne le nom de mon adversaire avant d'appuyer sur la touche « appeler ». Et merde ! Pour une fois que je mettais un peu de piment dans mon jeu, ce petit con trouve encore le moyen de tout gâcher.

« Vous êtes sur le répondeur de Tom. J'ai pas envie de vous répondre. Laissez un message. Ou pas ! En fait, j'm'en fou. BBIIPP »

— Tu sais quoi, même sur ton répondeur t'es qu'un sale petit con arrogant. J'ai cru comprendre que tu voulais me retrouver pour me faire la peau ? J'ai exactement le même projet. Moi qui me disais qu'on n'avait que le cul d'Emma en commun, je me suis planté ! D'ailleurs, il va très bien au cas où tu te poserais la question. Je te l'aurais bien passée, mais elle dort. Elle est épuisée par notre dernière séance de baise. Il faut dire qu'un mec comme moi n'a rien de comparable avec un branleur dans ton genre. Un dernier conseil, Vidal, ne perds pas ton temps à me chercher, c'est moi qui mène la danse. Tu comprendras vite que j'ai deux ou trois coups d'avance.

Satisfait par mon message, je cache à nouveau le portable dans mon tiroir secret après l'avoir mis en silencieux. J'ai hâte d'avoir sa réponse, ça promet d'être drôle. Depuis le portable prépayé, je compose le numéro du commissariat du XVIe. La voix masculine qui résonne paraît endormie et je jubile de savoir que le mec ne saura plus où donner de la tête d'ici quelques minutes.

En panique, j'explique au flic que je viens de voir un jeune homme s'enfuir de l'immeuble alors que je me promenais dans la rue. La description précise de Vidal est notée avec concentration alors que l'homme essaie de me calmer. Je lui raconte que j'ai senti qu'un truc ne tournait pas rond, et que depuis le kidnapping de cette fille, le gars en question rôdait dans la rue plusieurs fois par jour. J'ajoute que, par acquit de conscience, je suis entré dans l'immeuble pour m'assurer que tout allait bien, et que mon investigation m'a conduit jusqu'au corps de cette vieille femme morte du rez-de-chaussée. Dans un sanglot théâtral, je pose le point final à notre conversation au moment même où l'agent me demande mon nom avant que je ne lui raccroche au nez.

Avec un tel jeu d'acteur, nul doute que la police bouclera le quartier en moins de dix minutes.

Pour être aux premières loges du spectacle, j'active toutes les caméras que j'ai installées, avant de me poser face à mes écrans. De la façade du commissariat jusqu'à l'intérieur de l'appartement de mon ancienne voisine du bas, je ne peux rien louper, il ne me reste plus qu'à apprécier le film.

D'un geste machinal qui me fait grimacer, j'effleure mon nez. Il me fait un mal de chien. Je m'empresse d'aller dans la salle de bains pour vérifier d'où provient la douleur. Surpris par mon reflet, je constate, presque avec joie qu'Angy a dû me le péter. Le coup de tête qu'elle m'a donné tout à l'heure était très fort, mais guidé par l'adrénaline du moment, je n'ai rien senti. Gonflée et bleue, je caresse avec délicatesse la bosse en souriant. Une vraie tigresse ma femme. J'ai mal presque autant que ça me fait du bien.

Beaucoup auraient dit qu'elle est complètement tarée d'avoir fait une chose pareille, mais moi je ne le pense pas. Au contraire, j'aime ça. Si elle souhaite me faire du mal, c'est qu'elle éprouve des sentiments pour moi. Peu importe que ce soit de la répulsion pour le moment, car comme on dit « entre l'amour et la haine, il n'y a qu'un pas ». Un pas qu'elle franchira bientôt quand elle aura enfin compris que je suis sa seule et unique option.

Après un tour dans la cuisine pour prendre quelques glaçons à poser sur mon pif de boxeur, je réalise que j'ai dû abîmer son si doux visage. Pour m'assurer de ne pas l'avoir défigurée, je gagne sa chambre en croisant les doigts.

Posé sur le bord de son lit, je constate avec soulagement que son front est intact. Pas de blessure, pas de bleu. Soulagé, je caresse sa joue alors qu'elle me sourit dans son sommeil. Si elle ne dormait pas si bien, je jurerais qu'il s'agit là d'une invitation à la rejoindre sous la couette.

Absorbé par la contemplation de sa poitrine recouverte d'un tee-shirt échancré, je passe ma main sur son sein avec délicatesse. Le gémissement qu'elle émet me met dans tous mes états. Nul doute que, cette fois-ci, elle s'offre enfin à moi. Saisissant cette mamelle alléchante en coupe dans ma main, je me penche vers sa bouche pour y faire pénétrer ma langue. Aucune résistance. Elle me laisse l'embrasser avec douceur.

Mon jean commence à devenir bien trop étroit pour cette érection colossale, alors de ma main libre, je dézippe ma braguette pour me libérer. Ému par cet instant de complicité, je souris contre ses lèvres une minute avant qu'une sirène venant de mon bureau me tire de ce moment de plénitude. D'un coup d'œil rapide, je regarde l'heure sur ma montre. Dix minutes ni plus ni moins. Dur retour à la réalité.

Embrassant Angy en lui promettant de revenir vite, je rejoins le salon pour m'assurer qu'ils sont bien là avant de réintégrer mes quartiers afin de commencer à visionner mon film.

Le joyeux bordel qui se déroule sous mes yeux, depuis près de trois heures, m'amuse autant qu'il me tient éveillé. Je n'ai pas fermé l'œil de la nuit, si bien que les premiers signes de fatigue commencent à se faire sentir. Pourtant, malgré les premières lueurs du jour qui percent à travers les rideaux, je ne peux me résoudre à aller me coucher, le spectacle est bien trop divertissant.

Une ambulance est arrivée dix minutes plus tôt, le corps de la vieille ne devrait bientôt plus tarder à partir pour d'autres horizons. Déjà cent quatre-vingts minutes que la flicaille est sur le pied de guerre, et, à part une cohue générale, il n'y a pas encore eu de réaction.

Quand Cordosi est arrivé en dernier, près de trente minutes après tout le monde, il avait la mine défaite, les traits tirés. Après de grands gestes brusques et un air accablé en découvrant la scène de crime, il a retrouvé le sourire quand il s'est adressé au type des portraits robots. Un troisième agent, probablement celui que j'ai eu au téléphone pour signaler le crime, lui détaillait, dans une conversation mimée, la description que le témoin avait faite par téléphone : soit une description de Thomas Vidal faite par moi.

Jubilant de plaisir devant mon écran, je m'étais attelé à regarder toutes les caméras en même temps afin de ne rien rater. Des échantillons prélevés sur les taches de sang, des photos prises du corps, des dépositions récoltées au hasard sur des passants qui ne demandaient rien, du départ du chef de la police scientifique pour aller analyser les preuves, j'ai tout regardé avec délectation jusqu'à maintenant avec la sortie du corps recouvert d'un drap blanc.

Un bruit dans la chambre d'Angy me ramène sur Terre. Après avoir regardé les écrans aussi longtemps, mes yeux me brûlent, mon corps est crispé. Me redresser est un supplice que j'affronte avec le plus grand mal. Peut-être devrais-je aller m'allonger près d'elle, juste le temps de récupérer un peu. Quittant mon bureau après l'avoir soigneusement fermé à double tour, je rejoins ma femme dans sa chambre aux couleurs apaisantes. Angy est toujours dans les bras de Morphée, la joue couverte de bave. Je recouvre son sein encore dénudé avant de m'installer près d'elle pour m'étendre un peu. La fatigue, devenue trop pesante, m'empêche de lui faire l'amour maintenant.

Les yeux à peine fermés, je m'apprête à sombrer dans le monde de mes rêves en enlaçant ma douce pour sentir encore cette connexion qu'il y avait cette nuit entre nous. Comment la journée pourrait-elle être plus parfaite ? Angy est près de moi alors que son ex ne va pas tarder à être interpellé pour meurtre. Il ne manque plus qu'Adam pour me combler de bonheur.

Même si ce n'est pas encore le moment, cette fois c'est décidé, j'irais le récupérer demain. Je ne peux plus vivre un jour de plus sans mon fils.

Revoyant sa petite tête brune pleine de cheveux à la naissance, je repense à ce jour béni où il est venu au monde. Sophie avait appris, quelques jours plus tôt, que j'étais muté à Marseille pour mon nouveau poste au sein de la filiale CVML-Marseille, elle attendait avec impatience de pouvoir accoucher dans la cité phocéenne tant elle exécrait vivre à Gap. Notre relation avait pris un sérieux coup dans l'aile depuis quelque temps, elle ne supportait plus son corps de baleine enceinte et pensait, à raison, que je la trompais. Il faut dire qu'il y a cinq ans, j'étais un jeune cadre dynamique et attirant à qui tout réussissait. Elle avait de quoi être jalouse.

Cette nuit-là, mes collègues m'avaient organisé une fête de départ au bureau. Bien que je ne devais pas être au courant de la petite sauterie, Sophie avait vendu la mèche pour me gâcher la surprise et avait décidé de me faire une scène juste avant de partir, comme à son habitude. Elle me reprochait de sortir sans elle encore une fois. Elle me reprochait les messages des femmes qui aimaient ma compagnie dans mon téléphone. Elle me reprochait de n'être qu'un con infidèle et priait pour que son fils ne me ressemble pas. Excédé par son comportement, je l'avais giflée fort, peut-être un peu trop, et l'avais laissée seule avec sa colère pendant que moi j'allais profiter de ma nuit.

La soirée avait été arrosée et cette Clémence était d'humeur aguicheuse. Si timide en temps normal, cette petite blondinette aux formes pulpeuses m'avait fait du gringue toute la soirée, sous les regards choqués de nos collègues. Quand elle m'a demandé de la ramener chez elle en minaudant, je n'ai pas pu résister. Malgré les nombreux appels de Sophie, j'ai raccompagné Clémence qui m'a invité à entrer pour un classique dernier verre. À ce moment-là, je savais que l'affaire était conclue. J'ai donc glissé ma main dans son corsage, mais la demoiselle m'a rejeté. Comment avait-elle pu me repousser ? Moi, un brillant futur responsable des RH de CVML au physique attrayant ? Toutes les autres étaient à mes pieds et elle, elle ne voulait pas de moi ? Impossible.

Ce soir-là, j'ai été consumé par le désir. Un désir que je me devais d'assouvir à tout prix. Elle ne voulait pas de moi, mais moi, je ne voulais plus qu'elle. Alors je l'ai fait céder à mes charmes redoutables. Nos ébats ont été brutaux. Elle ne souhaitait pas se soumettre, pourtant, elle en demandait plus en même temps. Ses « non » sonnaient comme des « encore », ses pleurs n'étaient que l'expression de sa passion ardente. Une nuit mémorable.

Quand je l'ai laissée au sol, elle se cachait de moi, elle qui m'avait voulu de tout son être. Mon portable n'avait cessé de vibrer dans la poche arrière de mon jean, et j'avais la ferme intention d'ignorer les caprices de Sophie pour remettre le couvert avec Clémence, mais quand j'ai entrevu le nombre d'appels en absence, je n'ai pas eu d'autre choix que de la rappeler. Elle avait décroché à la première sonnerie et ses mots avaient résonné comme une douce bénédiction. Des mots qui resteront à jamais gravés dans ma tête : « ton fils arrive, magne-toi le cul, espèce de fils de pute ».

Ma mère m'avait prévenue sur les insultes que pouvait dire une femme sur le point d'accoucher. Soumise à l'atroce douleur de sortir une tête de bébé de son vagin, une femme pouvait devenir complètement enragée à ce moment-là, alors je n'en avais pas tenu rigueur à mon épouse.

Sous le coup de l'émotion, j'avais regardé Clémence avec les larmes aux yeux avant de l'embrasser sur le front et de lui dire que je devais m'en aller, car j'allais être père. Elle m'avait laissé partir avec tristesse alors que moi j'étais le plus heureux des hommes.

Quand j'ai découvert ce petit corps fragile en arrivant à l'hôpital, je me souviens avoir pensé que c'était la sensation la plus pure au monde. Un amour profond et inconditionnel mélangé à de la fierté. Une sensation de plénitude, d'accomplissement.

Sophie, endormie dans sa blouse encore maculée de sang, n'avait jamais été aussi moche, pourtant, je ressentais à nouveau de l'amour pour elle. J'avais une folle envie de lui faire l'amour pour créer un autre petit être parfait. Et même si elle ne voulait pas, car elle se sentait trop faible pour y arriver, c'est ce que j'ai tout de même fait, dans ce lit d'hôpital, en priant pour que la petite graine se transforme en miracle. Mais la petite graine ne s'est jamais retransformée.

En observant le doux visage d'Angy, j'ai l'espoir d'atteindre ce rêve encore une fois. Quoi de plus merveilleux qu'une petite tête blonde aux yeux bleus qui ressemblerait à sa mère ? Grâce à cette image de la famille parfaite gravée dans la tête, je m'endors enfin, le sourire aux lèvres.

29 JUIN - THOMAS

— Réveille-toi, morveux ! me braille la voix grave d'Hunter accompagnée d'un coup de pied dans les mollets. Ton père a déjà essayé de t'appeler trois fois, j'ai peur qu'il s'impatiente.

Pour toute réponse, j'émets un grognement qui me paraît suffisant dans de telles circonstances, mais Hunter ne s'en satisfait pas. Après un second coup, plus violent cette fois, il m'envoie valdinguer au sol, dans un bruit sourd.

— Putain ! Mais c'est quoi ton problème, mec ! m'écrié-je en frottant ma tête qui a heurté le parquet alors qu'il me soulève par le col avec brutalité.

— Mon problème ? C'est que tu as bu comme un trou toute la soirée et que tu t'es défoncé ! Tu crois que ta meuf serait contente de te voir dans cet état alors qu'on ne sait même pas ce qu'elle vit, coincée dans les pattes de ce cinglé ?

— Qu'est-ce que tu en as à foutre toi, de ce qu'elle vit ? Quand tu penses à elle, le seul truc que tu vois à la place de sa tête, c'est une grosse liasse de billets. Alors, qu'est-ce que t'en as foutre ? répété-je en m'effondrant à nouveau sur l'espèce de lit de camp rouillé qui m'a servi de point de chute pour la nuit.

Son regard change au moment où il remarque les larmes qui coulent sur mes joues. S'asseyant à côté de moi, il passe un bras autour de mes épaules pour me serrer contre lui. Ce geste n'a rien à voir avec de la pitié, il est presque paternel.

Sans essayer de comprendre pourquoi j'ai tant confiance en lui, je me laisse aller à ma peine alors qu'il respecte l'instant sans prononcer un mot. Sa présence me réconforte, et au-delà de l'argent qu'il compte gagner, je sens que ce mec que je connais depuis quelques jours seulement, se fait plus de soucis pour moi que mes propres parents en toute une vie.

— Ton père a appelé, tu devrais le recontacter. Il y a peut-être du nouveau dans l'affaire. Mais avant, il faut que je te montre un truc...

Plutôt que de s'expliquer, il me tend mon téléphone pour que je regarde l'écran. Mes yeux, écarquillés de stupéfaction, tentent de rester focus sur le nom qui apparaît.

En passant mes mains dans mes cheveux pour réfléchir à ce qui se trame, l'espoir fou que le message soit réellement d'Emma me prend aux tripes.

— Tu l'as écouté, Hunt ? lui demandé-je d'une voix quasi inaudible.

— Non, je t'attendais. Par contre, j'ai tenté de le géolocaliser, mais ça n'a pas marché. La fonctionnalité a dû être désactivée, répond-il, désolé, avant de me jeter un regard soucieux. Thomas, tu as conscience que les chances pour que ce soit Emma sont minces. On sait tous les deux qu'il s'agit sûrement d'un message de ce taré. Tu es prêt à l'entendre ? T'es pas obligé de l'écouter !

— Si, il le faut. Qu'importe les merdes qu'il sortira, je dois savoir ce qu'il a à dire.

Prenant une grande inspiration avant de composer le numéro de ma messagerie, j'actionne le haut-parleur de mes doigts tremblants. Comme Hunter l'avait prédit, ce n'est pas la douce voix d'Emma qui me parvient aux oreilles, mais celle de cet enfoiré qui résonne dans l'espèce de bouge où vit Hunter, une chambre de bonne sous les toits de Paris, minuscule et spartiate.

Valentin a bien eu mon message, et au lieu de lui faire peur, j'ai encore plus attisé sa colère. Je prends chaque mot en pleine tête, comme s'il était face à moi et qu'il me rouait de coups. Des coups forts, des coups assommants qui me font regretter ce message que je lui ai laissé en premier. C'était un acte irréfléchi que de m'adresser à lui pour le menacer. Il détient Emma, et moi, je n'ai rien trouvé de mieux à faire que de jouer avec sa vie.

À la seconde où Dumas termine son message, Hunter pose sa main sur mon épaule avant de me faire un clin d'œil.

— Tu sais quoi, gamin, je t'aime bien en réalité. Me demande pas pourquoi, je ne le comprends pas moi-même, lance-t-il pour détendre l'atmosphère. En tout cas, parce que je t'aime bien, avec ou sans thunes à la clé, je t'aiderai à la retrouver. Cet hijo de puta ne mérite pas de vivre et je te promets qu'on va lui régler son compte.

Pas besoin de grandes promesses, je sais qu'il est sincère, et que, quoi qu'il arrive, je pourrais compter sur lui. Il me rappelle à nouveau de joindre mon père, alors je vide la bouteille d'eau qu'il avait posée près de moi d'une traite.

— Ça fait longtemps ? me demande-t-il sans finir sa phrase.

Inutile de lui demander où il veut en venir, je comprends tout de suite de quel sujet il parle.

— Je n'avais rien pris depuis un bail, avoué-je honteux. Mes parents m'ont rapatrié sur Paris pour que j'arrête mes conneries. Et je les ai arrêtées quand j'ai rencontré Emma. Elle est tout pour moi, Hunt. Elle m'a réconcilié avec eux, avec la mort de mon frère, avec l'amour. Elle m'a réconcilié avec la vie. Si je la perds, alors je perds tout. T'as beau avoir des milliards sur un compte en banque, quand tu rencontres une personne comme Emma, alors plus rien n'a autant de valeur.

— Si elle t'a sauvé, Thomas, c'est à ton tour de le faire !

Tandis qu'il me fixe d'un œil vitreux, je lis une souffrance pénible dans son regard. Cette grosse armoire à glace a un cœur caché sous ce tas de muscle, et à en juger par la tristesse de ses yeux, ce cœur a morflé.

L'apparence d'un homme est parfois trompeuse. Comme on ne connaît jamais vraiment les gens ou leur passé, les idées qu'on se fait d'eux sont bien souvent trompeuses. Hunter a l'air d'être rigide, cruel, pourtant, sous cette carapace se cache un mec blessé. Quel malheur pourrait avoir conduit un homme lambda à devenir un fantôme ? Qu'a-t-il pu lui arriver pour qu'il décide de devenir un tueur à gages froid et impassible ?

Sans lui répondre, je secoue la tête pour confirmer. Il a raison, c'est à mon tour de la sauver. J'y arriverai, je m'en suis fait la promesse. Avec ou sans lui. Alors, suivant les conseils de mon garde du corps, je compose le numéro de mon père pour avoir des infos sur les avancés de l'enquête :

— Bordel, Tom ! lâche-t-il comme une bombe prête à exploser. Ça fait mille fois que je t'appelle ! Qu'est-ce que tu foutais ?

Il ne me laisse même pas le temps de répondre, et embraye d'une voix stressée.

— Tu dois revenir à la maison tout de suite. Notre avocat est là, il t'attend. Et Cordosi aussi.

— Cordosi ? Fous-le dehors, papa !

— Je ne peux pas, Thomas. Tu dois venir immédiatement ! ordonne-t-il d'une voix grave qui ne présage rien de bon.

— Dis-moi au moins pourquoi tout le monde veut me voir ! Qu'est-ce qui se passe ? m'inquiété-je en envisageant le pire.

— Thomas, la police scientifique a des preuves. Ils disent que tu as tué une vieille femme qui vivait dans l'immeuble en face de chez toi. Ils veulent t'inculper pour meurtre.

La voix de mon père s'efface dans un murmure, je le sens au bord du gouffre alors que moi, je comprends tout. Les caméras, la mort de la voisine, le message de Dumas. Il disait vrai, il a trois coups d'avance sur moi, il me fera plonger de n'importe quelle manière.

— Thomas, on va te sortir de toute cette merde, me prévient mon père avec douceur. Tu es mon fils et tu comptes plus que tout.

Je raccroche sans lui répondre, et me lève d'un bond pour gagner la porte d'entrée. Hunter me rattrape à la volée par le bras.

— Tu vas y aller ? Tu vas te rendre ? me demande-t-il, anxieux.

— Je n'ai pas tué cette femme. C'est Dumas. Et ils doivent le savoir.

— C'est quoi, la suite du plan ? T'as un truc en tête ?

— J'ai bien une idée et je vais avoir besoin de toi. Ramène-moi jusqu'à ma moto, je t'expliquerai tout en chemin !

Tout se bouscule dans ma tête alors que je siège sur le côté passager d'une voiture qui me conduit vers un sombre destin. Hunter a raison, je ne sais pas si aller chez mon père est la meilleure chose à faire, seulement ai-je vraiment le choix si je ne veux pas envenimer ma situation ? En revanche, ce dont je suis sûr, c'est que je suis innocent de ce qu'ils m'accusent et que d'une manière ou d'une autre, je le leur prouverais.

Arrivés devant ma moto près du Trocadéro, Hunter empoigne le frein à main pour nous stopper pile au bon endroit. Les voitures autour de nous klaxonnent à tour de bras alors que je m'accroche à la portière. Bien que le trajet nous ait été nécessaire pour mettre en place notre stratégie, je lui précise quand même que je ne remonterai jamais avec lui en voiture. Ce type est un véritable fou du volant et j'ai bien cru qu'on allait y passer une bonne dizaine de fois.

— T'es toujours sûr de vouloir y aller ? me demande-t-il pour la énième fois tandis que j'ouvre la portière pour sortir.

— On fait comme on a dit, Hunt ! déclaré-je avec autorité. Notre unique coup d'avance à nous, c'est toi. Il ne sait pas que tu existes, il n'y a que comme ça qu'on pourra le piéger.

— OK, c'est toi le boss. Dès que tu refermeras cette portière, j'irais me mettre en planque. Thomas, m'arrête-t-il alors que je descends de voiture, je suis joignable H24. Au moindre problème, tu m'appelles et je fais tout péter, mon pote.

En plus d'un sourire contrit, je lui adresse un bref signe de tête pour le remercier. Nul besoin d'ajouter de mots sur ce qui va se jouer à partir de maintenant, un « bonne chance » n'y changera rien.

Enfilant mon casque avant de grimper sur mon bolide, je prends une profonde inspiration pour me donner du courage. Je ne sais pas ce qui m'attend chez mon père, cela dit, je ne suis pas vraiment pressé de le découvrir.

Au son du moteur, je m'apprête à longer les paysages touristiques qui jouxtent le champ de Mars avant de m'engouffrer dans les coins chics et guindés du VIIe. Le calme qui règne d'habitude dans la ruelle privative de mon père a été remplacé par une effervescence à laquelle je ne m'attendais pas. Tout ça pour moi ? Cordosi a sorti la grande artillerie !

Devant l'entrée de l'immeuble de ma famille, cet idiot fait le pied de grue, les mains solidement ancrées sur les hanches. La vision de ce pseudo-flic en mode cow-boy me fait doucement rire, alors pour le faire enrager encore un peu plus, j'arrête mon moteur juste sous son nez.

Ôtant mon casque sans le quitter des yeux, je le foudroie du regard. Cordosi trépigne d'impatience. Son sourire aiguisé est de plus en plus large, tandis que ses yeux brillent d'enthousiasme. Dans son regard, je ressens l'attitude du mec sûr de lui qui vient de boucler son affaire. On pourrait presque croire que ce n'est plus un homme, mais plutôt un gosse qui bave devant un sachet de bonbons.

Debout, planté devant lui, je sens mon cœur s'accélérer alors que je le toise de haut. Plus petit que moi, je le dépasse d'une bonne tête et demie, mais pour asseoir sa supériorité, il crache par terre avant de me dire :

— Votre père vous a prévenu ? On va aller le rejoindre, monsieur Vidal.

Le son nasillard qu'il émet m'horripile, sa voix n'est pas juste agaçante, elle est crispante. Son visage suffisant m'énerve, je suis à deux doigts d'enfourcher à nouveau ma moto pour me barrer loin d'ici. Mais Emma… Je ne peux pas la laisser tomber. Je dois rester. Pour elle.

Remonté comme une pendule, prêt à en découdre, je le bouscule d'un coup d'épaule pour gagner l'intérieur de l'immeuble luxueux. Il proteste une seconde avant de comprendre que je ne me retournerais pas. Résigné, il me suit jusqu'à l'étage qui mène aux appartements officiels, ceux que l'on utilise quand des gens s'incrustent chez nous.

Comme je l'avais prévu, mon père est là, à faire les cent pas dans le vaste salon au style « néo-bourgeois » incontestable. J'ai toujours eu horreur de cette expression pédante que ma mère adorait utiliser quand elle redécorait cet étage de notre résidence. Ce n'était pas tant parce qu'elle aimait ce genre de déco, non c'était plutôt pour impressionner ses invités.

En voyant la tête que fait Cordosi, je comprends subitement tout l'intérêt de cette tactique. Ses yeux glissent sur les murs ornés de tableaux, ne sachant même plus où regarder tant il y a d'éléments précieux et rares. J'ai l'impression de le voir rapetisser au fur et à mesure qu'il découvre les trésors cachés dans la pièce. Ma mère est donc plus rusée que je l'imaginais. Ce n'était pas de la prétention, mais de l'intimidation.

Rassuré de me voir enfin là, mon père s'approche de moi à grands pas pour me serrer dans ses bras. Toujours aussi peu habitué à ce genre de démonstrations d'affection, je passe mes bras autour de sa taille pour l'étreindre à mon tour. Rien dans cette accolade ne me semble naturel, pourtant, notre complicité donne le change aux yeux des intrus. Une famille unie et soudée contre l'adversité qui nous frappe de plein fouet.

— Bon, commence Cordosi qui semble vouloir en finir. On ne va pas tourner autour du pot. L'officier Calbert va vous lire vos droits en présence de votre avocat, ainsi, nous pourrons ensuite vous emmener au poste pour un interrogatoire.

— Puis-je au moins savoir de quoi on m'accuse ?

— Meurtre sur la personne de Gisèle Bontie.

— Et qu'est-ce qui vous fait dire que c'est moi ?

Mon avocat s'avance et me prend par le bras pour me faire taire.

— Inutile de rentrer dans les détails maintenant, Thomas, chuchote-t-il en toisant le commissaire avec hargne. Toute cette affaire est une énorme erreur judiciaire, vous serez libéré avant même d'avoir pu toucher le banc de la cellule.

— Sûrement, mais je veux quand même savoir ce qui vous a mené à moi, commissaire ! annoncé-je avec véhémence alors que mon regard dur fait reculer l'avocat d'un pas.

— Du sang, quelques empreintes, répond-il sans grande conviction. On en parlera pendant l'interrogatoire.

Sa confiance de départ a laissé place à l'incertitude. Mon avocat dit vrai, ils n'ont pas vraiment de quoi m'accuser, mais puisque ce type ne peut pas me blairer, il joue la carte du bluff.

L'officier me lit mes droits, et je repense à cette vaste plaisanterie. Quand il me passe les menottes, j'imagine la satisfaction de Dumas à pouvoir manipuler la police comme bon lui semble, et lorsqu'il me conduit à l'extérieur pour rejoindre la voiture et qu'il appuie avec force sur mon crâne pour me pousser sur la banquette arrière, je ne vois plus que le visage apeuré d'Emma.

— Pendant que vous vous acharnez sur moi, commissaire, le vrai malade, celui qui détient la femme de ma vie, court toujours. Vous en êtes conscient ? le questionné-je avec un calme inapproprié.

— Je crois surtout que vous cachez très bien votre jeu, Thomas. Je crois que vous en savez beaucoup plus sur la disparition de votre fiancée que vous ne voulez l'avouer. Et surtout, vous voulez savoir ce que je crois par-dessus tout ?

Regardant le paysage parisien qui défile sous mes yeux, j'écoute les divagations du flic sans broncher. Ce mec est tellement à côté de la plaque, nul doute qu'il s'excusera en me baisant les pieds quand je lui ferai entendre le message de Dumas.

— Allez-y qu'on rigole un peu.

— Je crois que vous êtes le seul et unique responsable de cette disparition !

29 JUIN - VALENTIN

— Angy, Angy ! Réveille-toi, mon amour ! Si mes calculs sont bons, la voiture du commissaire ne devrait pas tarder à se garer, annoncé-je en la secouant un peu pour qu'elle ouvre les yeux. Angy, il va y avoir du spectacle, tu devrais venir regarder avec moi !

— Laisse-moi tranquille. Je ne veux pas bouger de mon lit, me répond-elle d'une voix traînante.

— Tu sais que tu peux être une vraie rabat-joie parfois ! Je te demande de venir, j'aimerais autant que tu m'obéisses. S'il te plaît.

Plutôt que de me répondre une nouvelle fois, Angy se retourne de l'autre côté. Ce qu'elle peut m'agacer quand elle se la joue princesse comme ça. Qu'est-ce qu'elle croit après tout ? Qu'elle peut faire comme bon lui semble ? Je ne crois pas, non !

Après avoir fait voler la couverture, elle se retrouve sans cachette. Plus de barrière entre elle et moi, elle est à découvert. Par réflexe, elle se recroqueville sur elle-même pour mieux se dissimuler à mes yeux, et son attitude de fillette gâtée m'exaspère. Si elle veut jouer à l'enfant, je vais prendre un malin plaisir à devenir son vilain papa.

— Je te préviens une dernière fois, Angy ! l'avertis-je avec autant de calme que possible. Soit tu te lèves et tu me suis de ton plein gré, soit je te lève et je ne te ménagerais pas. Quelle méthode préfères-tu ?

Pas de réaction.

— Arrête tes enfantillages, viens voir ma petite surprise ! Ou sinon…

Pour toute réponse, elle récupère la couverture avant de se rallonger dos à moi, à l'opposé du lit. La colère m'envahit, je sens le rouge me monter aux joues. Ce n'est pas mon Angy qui a pris possession du corps, c'est cette bougresse d'Emma. Indomptable, fière, sauvage. Quand elle est comme ça, force est de constater qu'elle est très excitante. Trop peut-être. Je ne rêve que d'une chose, empoigner sa chevelure entre mes doigts et tirer sa tête en arrière jusqu'à ce que ses yeux se fondent dans les miens. Juste pour l'entendre me supplier ! Oh oui, comme j'ai envie de l'entendre me supplier. Qu'importe les mots, je veux juste qu'elle supplie, qu'elle courbe l'échine devant son mâle, qu'elle devienne toute chétive entre mes mains puissantes.

Les yeux perdus sur son corps, je ne réalise pas immédiatement qu'elle est en train de geindre alors que mes doigts s'agrippent à ses cheveux plus noirs encore que le charbon. Je tire si fort dessus qu'elle est obligée de repousser mes mains avec les siennes pour apaiser sa souffrance.

La bouche entrouverte, j'observe les larmes qui coulent sur ses joues avec fascination. Les plaintes qui sortent de sa gorge m'émoustillent. De si petits sons pour un si grand effet. C'est elle qui me fait devenir un autre homme. Un prédateur.

D'un hochement de tête, j'essaie de reprendre pied dans notre réalité. Bien que ça me fasse du bien, je n'ai pas vraiment envie de lui faire mal. Ma si douce Angy. Ma si belle Angy.

Face à son manque de coopération, je lâche sa tignasse pour m'emparer de son corps léger avant de le poser sur mon épaule. Avec ses fesses juste sous mon nez, je n'arrive plus à me concentrer. Elle a beau gesticuler dans tous les sens, protester en criant, je ne peux être qu'animal quand je hume ce cul magnifique.

Pour la forcer à calmer ses ardeurs, je frappe ses fesses avec vigueur. Après deux ou trois claques puissantes, Angy s'arrête enfin, secouée par les sanglots qu'elle retient.

Une fois sortis de sa chambre, nous entrons dans la mienne, là où mon écran d'ordinateur affiche une voiture de police déjà garée, et surtout, totalement vide.

— Putain Emma ! Tu fais vraiment chier, m'exclamé-je en la relâchant par terre sans ménagement. On a loupé l'arrivée de Vidal.

L'impact de son poignet sur le sol lui arrache un cri de douleur. Une douleur si forte qu'elle n'a même pas réagi lorsque j'ai prononcé le nom de son ex.

Je n'y suis pas allé de main morte en la laissant tomber de cette manière. Malgré la culpabilité qui me prend de pleine face, je ne tente pas de la relever. Je sens qu'elle ne me prend pas au sérieux quand je lui donne des ordres. Alors pour qu'elle comprenne que je ne plaisante pas, je dois lui montrer ma supériorité.

Après tout, JE suis le chef, le roi de ce royaume. Et un homme ne peut devenir un vrai roi s'il n'est pas un minimum craint de ses sujets.

Garder le cap. Lui montrer qu'elle ne peut avoir aucun contrôle sur moi. Lui faire mal. Pour de vrai. Mal au corps. Mal au cœur.

Saisissant ses bras pour les lui plaquer dans le dos, je la remets sur pied alors qu'elle me prie de la lâcher. Dans le premier tiroir du bureau, je ressors la paire de menottes qu'elle connaît bien maintenant, puis relie ses poignets pour qu'elle ne puisse plus se servir de ses mains. D'un geste brusque, je la fais asseoir sur la chaise de mon bureau, face à l'écran.

— Si tu avais été plus docile, tu n'aurais pas eu à subir toute la vidéo ! soufflé-je en caressant sa joue avant de lui enfourner un bâillon dans sa bouche par surprise. Mais puisque tu continues à vouloir faire la rebelle, tu vas tout voir. Ce sera ta punition !

La mâchoire grande ouverte sur le tissu jaune crépu, Angy baragouine des mots que je n'arrive pas à comprendre. Son souffle s'accélère, ses paupières papillonnent à une vitesse étonnante. Elle panique et j'adore ça.

Prenant sa tête entre mes deux mains pour lui faire face, je m'accroupis à sa hauteur avant de caresser son doux visage baigné de larmes.

— Mon amour, fais un effort, bon sang ! Tu vois bien que je ne comprends pas un traître mot de ce que tu dis !

Pris d'un fou rire qui me fait renverser la tête en arrière, je repasse mes paroles dans ma tête. Ma blague est drôle. Très drôle. Pourtant mon rire, si communicatif en temps normal, ne déride pas son visage fermé à double tour. Au contraire, les larmes ont cessé de couler pour laisser place à une Emma pleine de mépris et d'arrogance.

Vexé par ce manque d'humour évident, je renforce la pression de mes mains sur ses joues pour lui coller un semblant de sourire sur la face. Cette femme a le don de me rendre fou et mon comportement change en fonction du personnage qu'elle m'impose. Quand elle est douce et docile, elle est mon Angy. Dans ces moments-là, j'ai l'envie profonde d'être un homme tendre et prévenant, amoureux, heureux. Mais quand elle me tient tête, qu'elle laisse sortir la fourbe Emma de sa cachette, alors j'ai envie de lui faire mal. J'ai envie de la baiser avec force, de laisser des marques sur sa peau. J'ai envie d'être une bête féroce qui ne ferait qu'une bouchée de son corps frêle et sans défense. Avec elle, je peux passer de la joie à la colère en un quart de seconde, de la tendresse à la brutalité, ça en devient presque épuisant.

— Puisque tu n'es pas très coopérative, amore, on va jouer à un petit jeu tous les deux ! la préviens-je d'un ton diabolique que je ne me connais pas. Hoche la tête pour me dire que tu as tout saisi !

D'un lent mouvement de haut en bas, elle me fait comprendre qu'elle accepte de jouer. L'œil pétillant de malice.

— Très bien, Angy ! Je suis content que tu acceptes. Voici les règles du jeu !

29 JUIN - EMMA

Jouer… Jouer à quoi ? Je ne veux pas jouer. Non, je ne veux pas.

Il me scrute avec cette étincelle dans les yeux, celle qui n'augure rien de bon. J'essaie de détourner le regard, je ne veux plus voir cette lueur qui l'anime. Je ne veux pas jouer. Pas avec lui.

— Dès que j'aurai lancé la vidéo, nous pourrons commencer par la première règle. Ne t'en fais pas, mon amour, il n'y en a que deux, mais non des moindres ! lance-t-il en laissant sa phrase en suspens.

Il glisse sa main dans mon cou, je tressaille de peur. Cette promiscuité m'oppresse. Le sentir collé à moi me donne la nausée et je ne peux me retenir de détourner la tête quand son visage se rapproche dangereusement du mien. Ses doigts effleurent mon cou, mais la caresse se fait de plus en plus pressante. Il presse ma nuque si fort, que sous l'effet de la douleur, mes muscles se tendent au maximum pour ne plus sentir cette pression insoutenable.

— La première règle consiste à regarder les scènes qui ont été filmées avec la plus grande attention. Sauf que, tu t'en doutes, dit-il d'une voix qui me fait frémir, ce serait bien trop facile si ce n'était que ça ! En regardant les images, tu ne devras montrer aucune, je dis bien AUCUNE réaction à ce que tu vas voir.

Il remonte sa main à la naissance de mes cheveux, et me les tire vers l'arrière d'un coup sec, m'obligeant à déglutir avec difficulté. Le chiffon qui m'obstrue la bouche se glisse un peu plus entre les commissures de mes lèvres, m'empêchant de respirer. Mon cœur, comme pris au piège, semble manquer d'air, je panique.

Tandis que les larmes me montent aux yeux au rythme de mon souffle saccadé, il se rapproche de mon oreille et susurre :

— Voici le genre de réaction typique dont je ne veux pas, Angy. La deuxième règle découlera directement de ces fameuses réactions, glisse-t-il dans le creux de mon oreille en passant sa langue sur mon lobe. Si tu clignes des paupières, si tu tressailles, si tu bouges le petit doigt… Enfin, tu l'auras compris quoi, n'importe quel mouvement te vaudra un châtiment.

Son visage change pour devenir de plus en plus satanique. Ses sourcils, dressés en accent circonflexe, lui donnent des faux-airs de diable, la couleur rouge de la peau en moins. Son regard crépite tel un feu de joie dans la nuit noire. Je ne sais pas quels seront les châtiments dont il parle, mais je comprends qu'il en frétille d'avance.

Tant bien que mal, j'essaie de garder mes émotions pour moi, sinon je suis bonne pour finir entre ses sales mains qui me révulsent.

— Deux toutes petites règles à suivre. Regarder et rester de marbre, lance-t-il ironique. Tu vois, je t'avais dit que ce serait facile !

Il passe sa main par-dessus mon épaule pour atteindre le clavier de son ordinateur, et son buste se colle contre mon dos. Il est trop près, beaucoup trop près, je n'arrive plus à raisonner comme il faut.

Ne pas bouger. Ne pas respirer. Ne pas mourir.

Quand les images apparaissent à l'écran, je reconnais mon bourreau dans un lieu qui ne me rappelle rien. Il fait sombre, il y a de nombreuses portes dans un long couloir.

Concentrée sur la vidéo, j'en oublie presque que Valentin respire bruyamment dans mon cou. Essayant de rester focus sans cligner des yeux, je le regarde ouvrir la dernière porte avant de sourire à la caméra. Tout est théâtral. Il sait qu'il est sous l'œil de l'objectif. Une caméra qu'il a sans doute fixée lui-même pour surveiller ce qui ressemble à une cave.

Quand il pénètre dans la pièce, c'est au tour d'un autre appareil de prendre le relais. Le temps de faire le point sur la scène, l'image d'une personne recroquevillée dans un coin apparaît soudainement à l'écran. J'essaie de garder mon calme en tentant de prendre une grande respiration malgré le bâillon. Je suis à peu près sûre que cette personne n'est pas Tom. On dirait plutôt une femme. S'emparant de la caméra pour l'approcher de la personne, le Valentin de l'ordinateur s'amuse à faire quelques grimaces avant de faire un gros zoom sur le visage de la femme.

Dans un sursaut qui me repousse contre le dos de ma chaise, je reconnais la vieille madame Bontie. Il n'y a plus une once de vie dans ce corps inerte.

Je halète en essayant de retrouver mon calme au plus vite. Les mains crispées sur le siège, je me répète en boucle : « meurtrier, cinglé, tueur, fou furieux… » et tant d'autres qualificatifs qui me freinent dans cette course contre la panique.

Le claquement de langue qui retentit contre mon oreille me glace le sang.

— Une minute et vingt-sept secondes, c'est très décevant, mon amour. Tu te rappelles ce qu'on avait dit ? Les règles, tu t'en souviens ? murmure-t-il en empoignant ma tête pour la secouer et me faire dire oui. Une réaction, un châtiment !

Il se relève, tourne le fauteuil vers lui pour me faire face, et s'agenouille en se frottant les mains de joie. Son sourire s'étire de façon exagérée, ses yeux sont devenus sombres. Dans un geste timide, presque hésitant, il approche doucement ses mains de mon tee-shirt. Sans m'en rendre compte, je coupe ma respiration en le voyant faire. J'essaie de me persuader qu'il va s'arrêter, qu'il ne me touchera pas. Qu'il m'aime trop pour m'infliger ça.

Pour la première fois, je fais tout pour capter son regard, pour qu'il voie la détresse dans mes yeux, mais il est hypnotisé par ce tee-shirt qui me sépare de lui. D'un coup brusque, il empoigne le col du vêtement et le déchire sans ménagement. Le souffle court, il dévore mon corps des yeux. Ma poitrine, à peine cachée par un soutien-gorge en dentelle, est passée au crible. Du bout des doigts, il effleure mon ventre avec retenue.

Effrayée, complètement à sa merci, je ne parviens plus à détourner les yeux de son visage. Il est à la fois excité comme un puceau qui découvre le corps d'une femme pour la première fois et stressé de faire le pas fatidique qui le conduira vers le monde des hommes. Céder à ses envies comme le psychopathe qu'il est, ou rester un homme digne de ce nom ? J'ai l'impression qu'il livre un combat intérieur, un combat qui le laisse sur la réserve. Un dilemme qu'il n'arrive pas à résoudre.

Le voilà le fameux châtiment ? Le viol ? Mon cœur bat à cent à l'heure sous l'effet de l'adrénaline qui monte en moi. En réalité, j'ai réussi à y échapper jusque-là, mais je crois que, cette fois, rien ne pourra l'en empêcher. Il est décidé à assouvir ce désir qui le consume de l'intérieur depuis le premier jour où il m'a enfermée ici. Je dois me préparer à la suite, je dois être forte quoiqu'il m'en coûte. Quand il aura pris son pied, il sera vulnérable. Et je n'aurais que peu de temps pour frapper.

29 JUIN - THOMAS

— D'une manière ou d'une autre, vous allez devoir me dire comment vous l'avez tuée, Thomas ! hurle Cordosi en tapant sur la table des deux mains.

Plutôt que de répondre pour la énième fois, je préfère ignorer cet excès de zèle. Le commissaire veut un coupable, moi ou un autre, peu lui importe tant qu'il a un nom à inscrire sur son affaire.

J'observe la vitre sans tain en me demandant qui peut bien être en train de m'observer en ce moment. Mon avocat ? Mon père ? En fait, je n'en ai rien à faire. Tout ce qui compte, c'est de sauver Emma, et pour le moment, je suis à mille lieues de mon objectif en restant ici.

Passant les mains dans mes cheveux avec lassitude, je regarde mon reflet dans le faux miroir avant d'entrevoir mon visage miné par la tristesse pour la première fois depuis la disparition d'Emma. J'ai l'impression de n'être plus que l'ombre de moi-même sans elle. Elle est mon équilibre, ma bouée de sauvetage. Elle est mon unique repère dans ce monde de merde.

— Commissaire…, soufflé-je d'une voix à peine audible qui le force à stopper son monologue pour m'entendre. Sachez que si Emma meurt à cause de ce pourri, ce n'est pas un, mais deux morts que vous aurez sur la conscience.

— Ce que vous faites de votre vie, je m'en tape pour être franc. Par contre, votre motif pour le meurtre de madame Bontie, ça, ça m'intéresse. Alors, crachez le morceau, Vidal, et vous vous foutrez en l'air quand vous serez dans votre cellule.

Je m'apprête à me lever pour répliquer par les poings, quand la porte s'ouvre avec fracas sur un officier qui nous interrompt.

— Commissaire, il faut que vous veniez tout de suite. On a une femme qui dit avoir été témoin de la scène, lance-t-il sans prendre le temps de respirer.

Cordosi me jette un regard triomphant. Sans même savoir de qui il s'agit, il est déjà persuadé que ce témoignage le confortera dans ses conclusions. Il veut faire de moi le parfait suspect. Il veut me coller le meurtre et la disparition d'Emma sur les bras, il fera tout pour m'inculper.

Ce qui ne me rassure pas, c'est que si cette femme est celle qui m'a aidé quand je suis sorti de l'immeuble d'en face, alors je suis foutu. Elle pourra confirmer qu'elle m'a vu avec le visage en sang, et rien de ce qui sortira de sa bouche ne pourra jouer en ma faveur.

— Vous ne bougez pas d'ici ! déclare-t-il en me pointant du doigt, les dents serrées pour dissimuler son sourire déjà victorieux.

Plus les minutes passent, moins j'arrive à garder les idées claires. La haine a pris le pas sur tout autre sentiment. Je hais Dumas, je hais Cordosi, je hais tout ce temps perdu où j'imagine la souffrance d'Emma. Et surtout, je me hais moi ! Je n'ai pas su voir le danger arriver. Je n'ai pas su la protéger de cet homme. Et aujourd'hui, je n'arrive pas à la sauver.

Dans une colère noire, je me lève, empoigne le dossier de ma chaise de mes deux mains liées, puis avec de l'élan, je la balance contre le miroir sans tain en hurlant. Des cris, presque des rugissements s'échappent de ma gorge. Je ne suis plus un homme, je suis un animal en captivité. Je dois sortir. Je dois la sauver.

— Je n'ai rien fait, Cordosi ! m'écrié-je pour qui veut bien m'entendre. Je n'y suis pour rien. Je n'ai pas tué cette femme. Ce n'est pas moi, c'est lui !

Je me répète encore et encore, et frappe contre le mur avec ma chaise jusqu'à ce que je m'écroule au sol. Recroquevillé comme un fœtus dans le ventre de sa mère, le prénom d'Emma se mêle aux sanglots. Peut-être qu'elle vit mille fois pire que moi. Peut-être qu'elle ne vit plus tout court. Et moi, je fais quoi ? Rien. Cordosi a raison, je suis coupable. Au moins autant que Dumas.

La porte s'ouvre à nouveau, mais au lieu du commissaire, c'est mon avocat qui en franchit le seuil.

— Relevez-vous, Thomas ! Tout va bien, lance-t-il avec compassion avant de venir à mon chevet. Plus que quelques heures et vous sortirez d'ici.

— Il faut que je sorte maintenant, je dois la retrouver. Je dois contacter Hunter pour savoir s'il a suivi notre plan !

— Taisez-vous, Thomas, pas un mot sur ce Hunter ici ! murmure-t-il à mon oreille en m'aidant à me redresser en regardant partout pour s'assurer que personne ne m'ait entendu.

Je hoche la tête en guise d'approbation, puis ramasse la chaise pour la remettre à sa place, avant de m'avachir dessus.

— On fait quoi maintenant ? demandé-je, dépité.

— Répondez aux questions que vous pose le commissaire. Expliquez-lui ce qu'il s'est passé. Pour une raison que j'ignore, ce type vous a dans le collimateur, et il ne faut pas perdre de vue que c'est lui qui détient les clés de votre liberté. S'il veut vous garder ici, il trouvera un moyen pour le faire, alors plus vite vous coopérerez, plus vite nous pourrons poursuivre notre enquête parallèle. Vous avez compris, Thomas ?

— J'ai compris ! lâché-je dans un soupir. Lui répéter, encore. J'espère juste qu'il m'écoutera cette fois.

— Plus que quelques heures, insiste-t-il en pressant mon épaule. Votre père et moi-même œuvrons pour vous faire sortir d'ici au plus vite. Tenez le coup ! C'est un ordre !

Il sort de la pièce pour me laisser à nouveau dans cette solitude angoissante, Cordosi revient se poster devant moi.

— J'ai suivi votre pétage de plomb en direct, Vidal. Un tel comportement n'est pas un bon point en votre faveur. Impulsivité. Violence. Le profil parfait d'un tueur, vous ne trouvez pas ?

Je sais qu'il essaie de me pousser à bout. Il veut me voir craquer, encore. Il veut que je porte le premier coup pour avoir un vrai chef d'inculpation. Je ne lui donnerai pas ce plaisir.

— Alors, ce témoin ? Vous avez eu les réponses que vous cherchiez ? demandé-je en scrutant la moindre de ses mimiques.

— Pas tout à fait, lance-t-il avec assurance. Mais on s'en approche.

— Pourquoi vous faites ça ? Vous cherchez à me rendre coupable de faits que je n'ai pas commis dans quel but ?

— Tout simplement parce que j'ai vu trop d'affaires où le petit ami idéal était le réel coupable. Je ne me ferai pas avoir cette fois ! La fuite de Dumas était un prétexte parfait, pile au bon moment pour camoufler vos délits. Vous voulez lui faire porter le chapeau, mais vous ne me tromperez pas !

— Expliquez-moi pourquoi je ferais une chose pareille ? dis-je en serrant les poings alors que je tente de conserver mon calme pour ne pas lui foncer dessus. J'aime Emma plus que tout au monde. Je serais incapable de lui faire ça. Je n'aurais pas de raison de le faire.

— Justement, c'est là que vous trompez votre monde. J'ai fouillé dans votre dossier aux États-Unis. Drogues, alcools, bagarres et j'en passe… J'ai lu les rapports concernant l'agression de madame Rolland en avril, j'en ai tiré mes propres conclusions. Cette femme n'a pas été clean avec vous, alors vous avez vu rouge. Comme vous avez du mal à digérer qu'elle vous ait trompé avec ce Dumas, un rail de coke et hop, on se débarrasse de la femme adultère, lance-t-il avec un sourire narquois. Je ne suis pas dupe, Vidal. Sous votre gueule d'ange se cache un meurtrier et je ne vais pas avoir de mal à le prouver.

30 JUIN - VALENTIN

Voilà près de trois heures que je fais les cent pas dans l'appart. J'ai été trop loin avec Angy, je le regrette tellement. J'ai bien vu qu'elle me suppliait du regard. J'ai bien compris qu'elle ne voulait pas faire ça de cette manière, mais je n'en ai fait qu'à ma tête, j'ai été nul avec elle.

Je ne sais pas vraiment ce qui m'a pris. Comme d'habitude, elle m'a poussé à bout, elle m'a titillé jusqu'au point de non-retour, si bien que mon esprit s'est échauffé. J'ai vu rouge, j'ai eu ce besoin primitif de lui démontrer ma supériorité.

J'avais mis en place ces règles stupides pour la modeler un peu plus, mais puisqu'elle les a enfreintes, je l'ai punie. C'était le deal. Je devrais être heureux de l'avoir possédée pour la première fois, pourtant, je n'ai éprouvé aucun plaisir à la voir se soumettre ainsi. Quelle gloire pourrais-je tirer d'un tel moment ? Elle, immobile sur la moquette de la chambre, pleurant toutes les larmes de son corps en me laissant faire sans broncher, sans une émotion si ce n'est la peur. J'ai bâclé ce moment. J'ai tout gâché entre nous.

Pourtant, si elle pouvait comprendre à quel point je l'aime, si elle pouvait se rendre compte de toutes les émotions qu'elle me fait ressentir. Si elle savait tout ce que je fais pour lui offrir une vie de rêve. Pour nous offrir une vie de rêve.

Sur le pas de sa porte, je la regarde, recroquevillée comme un bébé, les jambes pliées contre sa poitrine, son corps qui se soulève au rythme de ses pleurs. Cette vision m'est insoutenable. Je me hais pour ce que je viens de lui faire. Je me dégoûte d'être ce que je suis, ce monstre qui la rend si triste. Si seulement je pouvais remonter le temps pour effacer cette minute merdique d'égarement où j'ai complètement perdu le contrôle. J'effacerais tout depuis notre rencontre pour refaire le parcours sans erreur.

Sans même m'en rendre compte, j'essuie les larmes qui tapissent mes joues. Même si mes mots n'auront pas de valeur à ses yeux, je dois m'excuser. Il faut qu'elle me pardonne.

Je m'approche doucement d'elle et m'assieds sur le bord du lit, je sens son corps se raidir à mon contact. Elle me détestait déjà, mais cette fois, j'ai ruiné toutes chances de faire naître une lueur d'amour dans son cœur.

Je recouvre son épaule avec douceur de ma main tremblante, ne voulant pas l'effrayer davantage. Je ne sais pas si elle le comprend à travers mes gestes gauches, mais je suis encore plus angoissé qu'elle. J'ai peur de mal faire, encore. J'ai si peur qu'elle me méprise, qu'elle me rejette une fois de plus. Je ne suis pas sûr de pouvoir faire face à son visage inondé de larmes sans craquer à ses pieds.

— Angy, je… je suis tellement désolé, soufflé-je d'une voix à peine audible. Je ne voulais pas te faire souffrir comme ça, mais tu m'as rendu fou. J'aurais dû me maîtriser, ne pas me laisser guider par mes émotions. Je n'aurais jamais dû te faire ça. Je sais que tu me détestes, mais je veux que tu saches que je m'excuse. Pardonne-moi, Angy !

Mis à nu devant elle, j'attends un geste, un mot de sa part, mais rien ne se produit. Elle ne bouge pas. Ne parle pas.

— Angy, ajouté-je en la secouant doucement, dis quelque chose. Parle-moi ! Même si c'est pour m'insulter. Hurle, crie, je mérite ta colère. J'ai fait n'importe quoi. Frappe-moi si tu veux, si ça te fait du bien. Défoule-toi sur moi, mais ne m'ignore pas. S'il te plaît.

Mes mots sonnent comme une complainte. Je ne parle pas, je geins de douleur. Les minutes s'écoulent sans que rien ne se produise dans cette chambre seulement éclairée par la lueur de la lune. Dans une dernière tentative, je caresse ses cheveux du bout des doigts alors qu'elle se retourne enfin, les yeux rougis par ses pleurs.

— J'irais cracher sur ta tombe ! annonce-t-elle en me fixant avec haine. Un jour, je te regarderai mourir. Et ce jour-là sera le plus beau de ma vie, je te le jure.

Ses paroles me blessent comme un coup de poignard en plein cœur. Les mots résonnent dans ma tête, ils me font mal à l'âme. Pourtant, une part de moi garde espoir. Ce n'est pas Angy qui parle, c'est Emma. Emma veut me voir mort, je ne peux l'en blâmer. Mais Angy, ma Angy, elle me pardonnera. Ça prendra du temps, mais elle me pardonnera, je le sais.

— Mon amour, je comprends ta réaction, dis-je avec douceur, mais tu vas voir, je vais me rattraper ! Aux premiers rayons de soleil, j'irai te chercher un cadeau qui te rendra ton adorable sourire. Tu verras que je peux être un fiancé parfait quand tu ne te rebelles pas. Tu vas adorer ma surprise, Angy.

Je m'allonge près d'elle pour la serrer dans mes bras, et sens son corps qui se détend enfin. Elle comprend que j'ai raison. Mon comportement découle du sien. Si elle fait n'importe quoi, alors je fais de même. Je suis persuadé qu'à partir de maintenant, elle sera bien plus coopérative. Nous sommes faits pour être ensemble, elle le sait tout autant que moi.

30 JUIN - EMMA

Il ronfle près de moi, son corps monstrueux collé au mien. Ce corps qui m'a profané, qui n'a fait qu'un avec le mien. Les images tournent en boucle dans ma tête à une vitesse telle que mes membres en sont presque tétanisés. Je voudrais pouvoir me laver, enlever son odeur de ma peau. Je voudrais brûler les vêtements qu'il a souillés, je voudrais changer de corps.

Fébrilement, j'essaie de le repousser, mais il me serre si fort dans ses bras que je n'arrive pas à me dégager de son emprise. Je n'en ai plus le courage.

En l'espace de cinq jours, il aura réussi à me briser, à me faire perdre toute dignité et toute identité. Dorénavant, il y aura toujours un avant et un après, une Emma et une Angy. Je ne sais plus très bien qui je suis. Toutes les forces qui m'habitaient avant cet instant ont disparu. Je n'ai plus rien. Je ne suis plus rien, si ce n'est un bout de chair humaine que l'on peut prendre à sa guise. À quoi bon se battre ? À quoi bon espérer s'en sortir quand plus rien ne pourra effacer ce moment de ma mémoire. Prendre la fuite ne changera pas ce qu'il a fait. Mon corps sera libre, mais mon esprit restera prisonnier à tout jamais. Il n'y a que la mort qui pourra me faire oublier.

30 JUIN - VALENTIN

Quand je me réveille, je tâtonne sur la place vide à côté de moi. En sursaut, je me redresse et réalise qu'Angy n'est plus là. L'angoisse me serre la gorge. Pris de panique, je me lève en sautant du lit pour aller la chercher dans l'appartement, mais il ne me faut pas regarder loin pour la trouver. Comme la petite chose fragile qu'elle est devenue à cause de moi, elle s'est blottie dans l'angle opposé au lit, la tête posée sur ses genoux.

Le soleil brille à l'extérieur, les rayons qui filtrent à travers le filtre opaque se reflètent sur ses frêles épaules. Elle paraît si chétive dans ce coin de la chambre, son corps me semble si petit, si délicat. Ce même corps que j'ai maltraité par ma connerie et par mes gestes déplacés.

Susurrant son prénom pour la faire réagir, je réalise qu'elle s'est endormie dans cette position. Une posture de défense, une protection contre moi.

Après avoir fait le tour du lit pour la rejoindre, je glisse mes bras sous ses jambes pour la porter jusqu'au lit. Je l'allonge en prenant soin de remonter la fine couverture sur elle. Ne m'autorisant plus aucun coup d'œil sur son corps, je me contente de caresser sa joue du revers de la main. Je lui ai promis de me faire pardonner, c'est ce que je compte faire dès à présent.

Un passage sous la douche me permet de remettre mes pensées en place. J'ai merdé à un point tel que j'ai honte de moi. J'ai même, pendant une seconde, envisagé de la libérer et de me livrer à la police, pour revenir sur cette idée absurde une seconde plus tard. Je ne m'imagine pas vivre sans elle. Elle fait partie de mon projet de vie, elle en est même la pièce maîtresse. Sans elle, il n'y a plus d'objectif, plus d'espoir. Je n'ai pas fait tout ça pour abandonner maintenant.

Alors oui, le pari est risqué, mais même si Angy me déteste aujourd'hui, je sais qu'elle m'aimera un jour. C'est écrit, c'est comme ça, c'est plus fort que nous.

Une fois habillé, prêt à sortir, je prends le temps de vérifier une dernière fois qu'elle dort encore. Rien de dangereux n'est sorti dans la cuisine ou ailleurs, la porte de mon bureau est bien fermée à double tour, si elle se réveille, elle ne pourra pas se faire de mal ou tenter de m'en faire à mon retour.

Avec mille précautions, l'esprit plus serein, je sors de l'immeuble pour rejoindre l'artère principale à grands pas. Avec soulagement, je me fonds dans la masse des gens qui marchent à un rythme effréné. J'ai hâte de quitter Paris et cette vie de reclus. J'ai hâte de partir loin afin de commencer notre nouvelle vie. Je me languis de fouler le sable des plages de Thaïlande avec Adam au milieu de nous, qui nous tiendrait chacun une main, en riant aux éclats pendant qu'il vole dans les airs.

Les visions de bonheur qui envahissent ma tête rendent ma vue floue. Je marche à vive allure, frôlant des gens qui ne me voient pas et dont je me fiche éperdument. Il n'y a que ma future femme et mon fils qui comptent, c'est pour eux que je fais tout ça.

La cloche de la bijouterie de luxe retentit quand j'en franchis la porte. Le vigile me regarde d'un drôle d'œil. Il faut dire que, malgré mon costume cintré, ma couleur de cheveux est immonde et fait tache dans ma dégaine de trader. Sauf qu'aujourd'hui est un jour spécial, je ne pouvais pas faire ma demande habillé en skateur de douze ans. C'est impensable.

Le vigile me demande une pièce d'identité avant de faire un pas supplémentaire. Je la lui tends, un sourire vissé au visage en attendant qu'il effectue son contrôle visuel de routine.

— Je viens acheter une bague de fiançailles. Vous devez être confronté à ça tous les jours, mais vous ne pouvez pas imaginer à quel point je suis stressé, annoncé-je en riant alors qu'il me rend ma carte.

— Vous pouvez entrer, monsieur Dulland. J'espère que vous trouverez ce que vous cherchez.

— Merci, monsieur, bonne journée, conclus-je en ouvrant un pan de ma veste pour ranger la carte dans la poche intérieure.

J'avance vers les présentoirs de bagues, une vendeuse s'approche de moi, tout sourire. Après une brève présentation, j'apprends qu'elle se prénomme Lydia et qu'elle est à mon service en cas de besoin. Mon esprit n'a pas le temps de s'attarder sur une quelconque distraction, pourtant, je n'arrive plus à poser mon regard sur ce que je suis venu chercher. Lydia minaude en me matant sans retenue. Ses sourires me rassurent. Je ne suis peut-être pas si repoussant que ça au final. Je sais que je suis même très attirant, mais Emma a réussi ce qu'aucune autre n'avait réussi avant elle, elle m'a fait perdre confiance en moi.

— Je crois que je vais démissionner, m'annonce-t-elle en laissant sa langue glisser sur le stylo qu'elle tient entre ses doigts.

— Si vous le faites maintenant, qui m'aidera à choisir une bague pour ma fiancée ? ironisé-je en observant ses gestes aguicheurs.

— Voilà pourquoi je veux arrêter. Les plus beaux hommes de Paris sont déjà tous en couple, il ne me reste plus rien, à moi.

Sa mimique enfantine me fait sourire, sa moue met ses lèvres pulpeuses en valeur. Ses avances à peine voilées regonflent mon orgueil. Je lui plais et ça fait un bien fou.

Je détourne mon attention pour la reporter sur ma quête du jour, Lydia revient à l'attaque en faisant le tour de sa caisse pour s'approcher de moi.

— Puis-je me permettre une question indiscrète…, lance-t-elle sans finir sa phrase pour que je le fasse à sa place.

— Martin, précisé-je alors qu'elle me tend les doigts pour que je les serre.

— Martin, répète-t-elle d'une voix sensuelle.

Quand sa main frôle la mienne, je la porte à mes lèvres pour la baiser.

— Bel homme et gentleman, Martin ! Vous êtes un spécimen en voie d'extinction !

Ses flatteries me hérissent le poil. Je ne pourrais faire qu'une bouchée de cette fille, mais pas maintenant, j'ai d'autres chats à fouetter. Enfin… j'ai quand même cinq minutes à lui accorder…

— Vous vouliez me poser une question, me semble-t-il. Je suis tout ouïe, Lydia !

— Je comprends que vous allez vous marier, Martin. Ce qui veut dire que vous ne l'êtes pas encore, lance-t-elle en faisant mine de réfléchir à haute voix. Alors je me disais que…

— Il faut que je devine la suite, Lydia, demandé-je en posant mes coudes sur le présentoir pour me rapprocher d'elle, ou vous allez me confier le fond de votre pensée ?

Son regard est brûlant, je sens le désir qui émane de tout son être. Elle me fixe comme si j'étais un cadeau à déballer et je me laisse aller à cette petite séance de drague innocente.

— Je me disais que, peut-être, avant de lui mettre la bague au doigt, on aurait pu prendre un café en tête à tête.

Rougissant comme une fillette, Lydia tortille ses doigts en attendant ma réponse.

— Je n'y vois pas d'inconvénients, toutefois, c'est à une seule condition, annoncé-je en laissant planer le suspense.

— Laquelle ?

— Vous m'aidez d'abord à choisir la bague, rétorqué-je accompagné d'un clin d'œil.

— Condition acceptée, Martin. Je finis à 16 heures, je vous attendrai devant le magasin !

De retour à la maison avec mon paquet entre les mains, je me sens plus léger, plus joyeux. Plus désirable aussi. Je ne sais pas encore si je me rendrais au rendez-vous, ce qui est sûr, c'est qu'une partie de moi en a envie. Angy me fait du mal, elle me rend dingue, et si je peux me sentir bien dans les bras d'une autre l'espace de quelques heures, alors je dois tenter le coup. Peut-être qu'en évacuant toutes mes envies avec une nouvelle femme, je réussirais à être moins frustré face à la mienne.

J'aurais pu appeler Miranda pour une bonne séance de baise, mais je n'ai pas envie de me taper une pâle copie d'Angy. Je lui ai fait assez de mal cette nuit pour savoir que je me défoulerai comme un sauvage sur sa réplique blonde. Je crois qu'il est préférable que je change de style pour ne pas faire d'amalgame. Une belle brune pulpeuse, à l'opposé d'Angy, ne peut être que bénéfique pour me changer les idées.

Guilleret, je passe le pas de la porte avec un sourire radieux. Ce que je m'apprête à faire n'est pas un événement anodin dans la vie d'un homme, alors je veux le faire comme il faut. Avant de poser le bouquet de roses rouges avec précaution sur la table, je prends soin de les sentir encore une fois. Leur parfum est divin, il s'accorde à la perfection avec celui d'Angy.

L'image des pétales rouges se mélange avec le visage transi de peur de ma belle lors de mon « débordement », je culpabilise une nouvelle fois. Comment pourrait-elle avoir envie de se marier avec un homme tel que moi ? Un homme qui l'a brutalisée, un monstre qui a pris possession de son corps alors qu'elle me suppliait du contraire. Toute ma confiance s'envole en une fraction de seconde. J'ai été horrible et je mérite ce « non » si douloureux, mais ô combien légitime.

D'un pas mal assuré, je reprends le bouquet, puis inspire profondément avant de partir à l'assaut du mont Angy. Allongée sur son lit, elle regarde le plafond, pensive. Son corps frémit en m'entendant approcher, pour autant, elle ne tourne pas les yeux dans ma direction.

Prenant mon courage à deux mains pour me lancer dans l'arène, je lui murmure :

— Coucou, mon amour, c'est moi !

Putain, quel con ! Bien sûr qu'elle sait que c'est moi ! Je suis la seule personne à pouvoir pénétrer dans cet appartement.

— J'ai une surprise pour toi ! ajouté-je d'une voix doucereuse.

Je m'attendais à l'entendre protester, mais Angy se redresse et s'assied sur le bord du lit. La tête baissée, les yeux rivés au sol, une larme tombe sur le tapis épais d'un rose bonbon apaisant. La voir ainsi me fend le cœur, alors sans plus hésiter, je viens me mettre à genoux à ses pieds, essuyant ces larmes qui me font mal.

— Je suis tellement désolé, Angy. Je me suis laissé emporter et tu ne peux pas imaginer à quel point je regrette ce que je t'ai fait.

Elle déglutit avec difficulté avant de relever la tête pour me fixer droit dans les yeux. Emma me regarde, digne et dure. Froide comme la glace, elle me défie d'un simple coup d'œil. Je lutte de toutes mes forces pour que cette Emma ne fasse pas ressortir ce qu'il y a de pire en moi. Je ne veux pas lui faire de mal, encore.

Accompagné d'un sourire timide, je sors l'écrin noir de ma poche, elle me regarde faire avec mépris. Comme le veut la tradition, je relève un genou pour prendre appui dessus avant d'ouvrir la boîte satinée. Les doigts tremblants, j'extirpe la bague argentée, sertie de diamants. Une bague fine, simple, une bague qui lui ressemble à la perfection. Une merveille de pureté.

Je ne réussis à déchiffrer aucune expression dans ses iris. Vides. Ses yeux sont vides. Comme si on avait enlevé l'âme qui les habitait. Comme si j'avais détruit ce qui l'animait encore.

— Mon amour, commencé-je rapidement avant de me dégonfler, ce n'est plus un secret aujourd'hui, tu sais que je t'aime à la folie. Tu es la seule, l'unique personne qui me maintient en vie, qui me donne envie de vivre. Depuis le jour où j'ai croisé ton regard azur, tu m'es apparue comme une évidence. Toi et moi contre ce monde de fous. Toi et moi à la vie, à la mort. Personne ne me fait vibrer comme toi, personne ne réussit à me mettre dans un tel état. Tu me transportes dans ton sillage, et je serai ton serviteur jusqu'à la nuit des temps.

Marquant une pause pour reprendre mon souffle, je guette la moindre réaction sur son visage, même minime. Mais il ne se passe rien. Cette attitude, qui m'attristait quelques secondes auparavant, commence à m'excéder. Je me mets à nu devant elle, mais elle me snobe comme si j'étais une sous-merde.

Malgré la colère qui monte en moi, je reprends, d'une voix plus ferme cette fois :

— Je t'avais dit que tu serais mienne un jour, aussi, cet anneau en est la preuve. Alors voilà, Angy, même si tu n'as pas vraiment le choix, je vais te poser la question pour la forme. Pour que tout se passe bien, je n'ai pas besoin de te dicter ta réponse. Tu la connais et tu as tout intérêt à me la donner.

Marquant une nouvelle pause pour la laisser digérer l'information, je me saisis de sa main, approche la bague de ses doigts, puis lui demande le cœur battant :

— Madame Angy Dulland, voulez-vous me faire l'honneur de devenir ma femme, pour le meilleur et pour le pire ?

Malgré son visage apathique, je tente de sourire. C'est un beau jour que je souhaite graver dans ma mémoire. Un jour que je veux apprécier à sa juste valeur. J'en ai besoin si je ne veux pas exploser, encore.

Pas de réponse à l'horizon. Angy est muette comme une tombe. Elle regarde l'anneau avec attention, passe son doigt dessus avant de le tenir entre son pouce et son index.

Voilà sa réponse. Un geste encore plus symbolique qu'un simple « oui », elle va enfiler elle-même ce bijou, une véritable promesse d'amour pour me montrer à quel point elle m'aime aussi.

Mes yeux se brouillent de larmes de joie, je pose mes mains sur ses genoux pour la caresser. Les secondes me paraissent durer une éternité alors que j'attends de la voir enfiler la bague. J'ai tellement hâte de la serrer dans mes bras pour la remercier de m'accorder son pardon.

Et malgré la lenteur de son geste, c'est impuissant que je la regarde porter l'anneau à sa bouche pour l'avaler. Le bruit de gorge qu'elle émet quand elle fait passer l'objet dans sa trachée me glace le sang. Un bruit pénible, douloureux. Un bruit qui me fait réagir instantanément.

Dans un mouvement rapide, je me relève et la soulève pour venir me plaquer derrière elle. Les bras autour de sa taille, je place mes mains sur son ventre avant de les enfoncer dans ses entrailles à plusieurs reprises. Je veux qu'elle recrache la bague, alors j'appuie encore et encore de toutes mes forces pour que l'objet fasse le trajet en sens inverse.

Comme une poupée désarticulée entre mes bras, Emma n'oppose aucune réaction. Elle se laisse faire, sans un mot, sans un bruit.

Je m'acharne pendant près de cinq minutes. De longues secondes où je lui martèle le ventre de plus en plus fort. De longues secondes où la colère s'empare de moi. Me maîtriser. Ne plus la brutaliser. Je me le suis promis. Je ne dois plus lui faire mal. Relâchant son corps mou sur le lit, elle se retourne, mais ses yeux n'expriment toujours rien. Ni victoire ni peine. Encore du vide. Pourquoi prend-elle autant de plaisir à me tenir tête ? Elle sait pourtant l'effet que ça me fait.

Je suis en transe. J'ai envie de la posséder encore pour la punir. Lui montrer que je commande. Moi et personne d'autre. Mes mains agrippent la ceinture de mon costume pour l'ouvrir, comme si elles agissaient seules. Comme si c'était devenu un automatisme. Comme si c'était l'unique réponse à son indiscipline et à sa résistance.

J'ai promis de ne plus la prendre de force. Je lui ai promis.

Dans un dernier effort avant de rompre ma promesse, j'oblige ma main à se défaire de mon ceinturon, puis viens la coller sur sa joue. La gifle est cinglante. Si forte que sa tête part s'effondrer sur le côté du lit.

Le cri qui s'échappe de sa gorge me fait sursauter et me rassure en même temps. Angy est encore là, elle réagit. Je ne lui ai pas volé son âme.

J'évite de la regarder pour ne pas craquer, je récupère le bouquet de roses posé sur le couvre-lit, puis ferme la porte à clé avant de sortir de la chambre. Après tout, elle l'a bien cherché, elle n'a que ce qu'elle mérite. Qu'elle s'estime heureuse de n'avoir reçu qu'une claque, j'aurais aussi pu aller chercher la bague avec mes doigts, et ce par n'importe lequel de ses orifices.

Je dois à tout prix partir pour évacuer cette rage qui fulmine en moi, pourtant, je reste contre la porte à l'écouter pleurer pendant un moment. Partagé entre fureur et peine, je n'ai pas d'autre choix que de la laisser ou je ne serai bientôt plus maître de mon propre corps.

Mes méninges carburent à cent à l'heure, les idées noires s'enchaînent alors que je dévale l'escalier d'un pas déterminé. Se rend-elle seulement compte que j'aurais pu la tuer pour moins que ça ? Oui, je l'aime, mais ça n'excuse pas tout. Je trace ma route en imaginant mes mains autour de son cou, serrant de plus en plus fort pour lui faire recracher cette bague hors de prix. Serrant jusqu'à ce que l'air vienne à manquer, jusqu'à ce que son cœur s'arrête de battre. Secouant la tête pour revenir à la réalité, je réalise que je suis déjà loin de la maison et que des gens m'observent avec stupeur. Alors que je tente de reprendre mon souffle, une femme s'approche de moi pour me demander si je vais bien. Je l'envoie balader avant de me mettre à courir pour m'éloigner de ses yeux inquisiteurs.

— Angy, tu vois ce que tu me fais faire ? déclaré-je à haute voix en frappant l'air du poing. Tu me fais perdre les pédales. Tu me rends dingue, putain !

Comme la bijouterie n'est plus qu'à quelques mètres de moi sur la place Vendôme, je m'arrête une seconde pour réajuster mon costume. Les tiges des roses ont plié entre mes mains, j'essaie de les remettre en état.

Mon prénom, du moins, celui que je me suis octroyé, est scandé de l'autre côté de la rue. Redressant la tête avec lenteur pour reprendre mon souffle, j'aperçois Lydia qui me fait de grands signes. Sa jupe, remontée de dix bons centimètres à cause de ses mains qui s'agitent dans les airs, laisse entrevoir ma planche de salut.

Voilà ce qu'il me faut pour effacer toute cette colère qui me consume. Une bonne séance de baise !

Au pas de course, je rejoins la jeune vendeuse aux formes alléchantes. Elle est encore plus jolie à la lumière du jour. Ses cheveux bruns tombent en cascade sur ses épaules, sa poitrine opulente et bronzée est divinement mise en valeur dans ce corsage blanc qui en montre beaucoup plus qu'il n'en faut pour me faire bander. Ses hanches larges, serrées dans cette jupe crayon grise, donnent envie d'être agrippées avec poigne.

— Oui, ma chère Lydia, annoncé-je en la rejoignant, tu es exactement ce qu'il me faut !

— Tu disais ? demande-t-elle en venant me coller un baiser sur la joue. Je n'ai rien entendu avec ces tarés qui klaxonnent à tout va !

Son sourire dévoile des dents d'une blancheur lunaire. Ses lèvres pulpeuses habillées de rouge seraient un excellent écrin pour mon sexe. Je lui souris en retour alors que j'imagine très nettement la trace qu'elle pourrait laisser en m'engloutissant.

— Je disais que tu étais encore plus belle que tout à l'heure !

Lydia, ingénue, penche la tête sur le côté pour dissimuler son sourire béat avant de commencer à marcher. Je lui emboîte le pas en observant ses joues s'empourprer. Sentant que je la dévisage, elle ralentit pour venir glisser sa main dans la mienne dans un contact qui m'électrise. Quand elle commence à caresser mon pouce avec le sien, je ne peux plus retenir mon érection.

— Au fait, c'est pour moi ? demande-t-elle en me montrant le bouquet avant de m'arrêter sur le trottoir pour se frotter à moi.

Sa bouche n'est plus qu'à quelques centimètres en contrebas. Je me retiens de la prendre devant tout ce monde qui circule autour de nous.

— J'ai trouvé qu'elles étaient assorties à tes lèvres ! Je n'ai pas pu résister !

Je lui tends le bouquet pour qu'elle le prenne, le sourire qui éclaire son visage me réjouit. Mon mensonge a l'air de lui plaire, je suis certain qu'elle saura me rendre la pareille.

— Elles sont divines ! Merci, Martin, s'exclame-t-elle en sentant les fleurs avant de déposer un baiser sur le bord de ma lèvre.

C'est trop peu. Je ne peux me contenter d'un effleurement. Pourtant, je la laisse mener le jeu. Plus vite elle se sentira en confiance, plus vite je pourrais décharger ma rage en elle. La lueur coquine qui brille dans ses yeux me prouve que je touche au but.

— Et si on zappait le café ? me propose-t-elle sans détour d'une voix suave.

Lydia n'avait déjà pas froid aux yeux tout à l'heure, pourquoi changerait-elle ? Elle sait que je vais me marier et qu'elle ne pourra rien attendre de plus qu'un orgasme. Elle n'a rien à perdre.

— Qu'est-ce que tu proposes ? demandé-je en passant ma main sur sa fesse rebondie pour l'attirer contre moi.

La voyant retenir son souffle quand elle se rend compte de la bosse qui déforme mon pantalon, je m'approche de son visage pour lécher sa lèvre supérieure.

— Il y a un hôtel pas très loin, lance-t-elle, timide, en pointant son doigt derrière elle. Peut-être qu'on…

Elle se dégage de mes bras sans finir sa phrase, et se retourne pour éviter de me regarder.

— Martin, dit-elle honteuse, je ne suis pas une fille facile d'habitude. Je ne couche pas avec le premier venu. Encore moins quand je le connais depuis moins de quatre heures.

Pour la rassurer, je m'approche d'elle pour la prendre dans mes bras. En réalité, je n'en ai rien à foutre que ce soit une salope ou une prostituée, je veux juste la baiser. Rien de plus.

— Je ne sais pas ce qu'il s'est passé quand tu es entré dans le magasin tout à l'heure, reprend-elle, mais j'ai su que tu serais spécial.

— Rendons cet instant encore plus exceptionnel alors ! affirmé-je en humant le parfum sucré de ses cheveux.

Quand elle se retourne pour me faire face, je l'accueille avec mon plus beau sourire. Un clin d'œil suffit à la faire flancher pour qu'elle s'empare de ma bouche avec envie.

30 JUIN – THOMAS

Je parcours les six pauvres mètres carrés de ma cellule pour la millième fois au moins. La fenêtre rectangulaire minuscule qui me sépare du reste du monde ne me permet pas de voir ce qui se passe dans le couloir. J'ai l'impression d'être enfermé ici depuis des jours alors qu'en réalité ça ne fait qu'une poignée d'heures.

Depuis que Cordosi m'a sorti de la salle d'interrogatoire pour me coincer dans cette pièce, je n'ai eu aucune visite, aucun échange. Il y a de quoi devenir cinglé quand on est confiné dans un espace aussi ridicule et rudimentaire. Je peux comprendre que certains détenus se foutent en l'air pendant leur incarcération.

Je fais face au mur, le front posé sur le papier blanc cassé sale et rêche, et repense au message de Dumas sur mon téléphone. Même si je le faisais écouter au commissaire, celui-ci trouverait encore le moyen de me sortir qu'il s'agit d'un faux ou que cela ne prouve rien. Cet enregistrement ne sortira donc pas de mon portable, il n'en est même plus question. Tout comme pour Hunter, je suivrai le conseil éclairé de mon avocat en taisant volontairement l'existence de ces parties de l'affaire.

Puisque Cordosi est décidé à me faire porter le chapeau, et tant qu'il n'aura pas d'autre piste, je serais le suspect parfait à ses yeux. Il ne fera rien pour m'aider à retrouver Emma, je ne peux me fier qu'à l'enquête non officielle.

Pris d'un fou rire incontrôlable, je vois d'ici les gros titres dans les journaux à scandales : *Crime passionnel d'un gosse de riche : la famille Vidal effondrée*, avec Cordosi comme porte-parole le jour de mon arrestation, en train de se féliciter d'avoir arrêté un tueur sanguinaire de plus.

— Qu'est-ce qui te fait glousser, Vidal ? me sort un flic en tapant sur la porte avant de pointer un œil dans l'encadrement de ma fenêtre.

— Je me demandais comment des mecs pouvaient donner du crédit à un commissaire aussi con que Cordosi. Vous avez une réponse à m'offrir, monsieur l'agent, je suis preneur !

Mon ton est arrogant, je sais d'avance que je joue avec le feu. Si le policier décide de me balancer, je risque de prendre des heures de plus pour outrage à agent. Au point où j'en suis…

— Si je peux te donner un conseil, chuchote-t-il comme une confidence avant d'ouvrir et de s'approcher, fais profil bas, arrête de faire le solide et tu t'en iras plus vite.

— On va où ? lui demandé-je alors qu'il me fait sortir de la cellule.

— C'est l'heure de la parade. Ne pose pas trop de questions et fais ce qu'on te dit.

La parade ? C'est quoi encore cette connerie ? Je m'apprête à lui demander de quoi il s'agit quand il coupe court à toute remarque en me jetant un regard sévère. Nous longeons le couloir vétuste du commissariat avant de nous arrêter devant une porte noire. Le policier me pousse à l'intérieur tandis qu'un deuxième agent me tend un carton avec le numéro deux inscrit dessus.

— Avance dans la pièce d'à côté et mets-toi face à la vitre sans tain.

C'est donc ça la parade. La femme de tout à l'heure est revenue pour attester de ma présence sur les lieux du crime. Cette fois, c'est fini, je suis dans la merde.

Je regarde le premier homme qui se trouve déjà là, il a l'air de ne pas savoir dans quoi il s'est embarqué. Son visage est crispé, ses mains s'entortillent à une vitesse hallucinante.

Une fois posté à côté de mon voisin de galère, un troisième homme fait son entrée pour venir se mettre à côté de moi. Ce mec ressemblerait à s'y méprendre à Dumas. Bien qu'un peu plus grand et plus costaud, son visage est une copie presque conforme de mon ancien DRH.

Le mec me regarde avant de me faire un clin d'œil. La bouche en coin pour parler sans se faire voir, il me demande :

— Quand on sortira d'ici, ça te brancherait de prendre un verre avec moi ?

Sa question me désarçonne. Quelle idée de draguer dans un tel endroit ? Le lieu et le moment ne sont pas propices à ce genre de conversation, pourtant le mec ne me lâche pas des yeux.

Pour rien au monde je ne voudrais me battre contre lui. D'une part, parce que j'ajouterais un chef d'inculpation à ma liste, mais aussi parce que je ne voudrais pas contrarier cette grande armoire tatouée qui me mettrait au tapis en moins de deux. L'autre homme, celui qui est entré le premier, tremble en le regardant. J'imagine déjà les images qui doivent circuler dans sa tête : prison, savonnette, douche, infirmerie. Les mêmes images qui se diffusent dans la mienne.

— Merci, monsieur, mais vous n'êtes pas mon genre, plaisanté-je avec un sourire factice pour décontracter l'atmosphère.

— Aucun problème, j'aurais tenté ma chance ! Par contre, j'ai quand même un message pour toi. Notre ami commun te salue bien, murmure-t-il sans quitter la vitre des yeux. Il s'occupe de tout.

— De quoi vous parlez ?

J'essaie de maîtriser ma voix, mais je peine à cacher mon inquiétude. Je m'apprête à lui poser d'autres questions, quand un son de robot résonne dans les haut-parleurs situés au-dessus de nous :

— Tenez-vous droit, face à la vitre.

Nous nous exécutons alors que les questions qui me martèlent le crâne restent sans réponse. Notre ami commun ?

Hunter ? Ça se pourrait, ils ont un peu la même dégaine.

Dumas ? Est-ce que ce cinglé pourrait avoir embauché un homme de main ? Sans nul doute.

— Un quart de tour à gauche.

Comme un seul homme, nous nous tournons, exposant notre profil gauche à la vue du témoin.

— Demi-tour à droite.

Une nouvelle fois, nous sommes étudiés sous toutes les coutures.

— Remettez-vous de face. Numéro un, avancez d'un pas.

L'homme, paniqué, s'avance en marmonnant ce qui pourrait ressembler à une espèce de prière que je n'arrive pas à entendre. Je ne sais pas comment fonctionnent ces parades et comment sont sélectionnés les suspects, mais j'ai presque de la peine pour ce type. Il paraît si frêle, si chétif. Le genre de type qui ne ferait jamais de mal à une mouche.

— Numéro un reculez. Numéro deux, avancez d'un pas.

À mon tour, je me rapproche de la vitre sans tain et tente de discerner ce qui se passe derrière. Cette garce porte bien son appellation. Je ne vois rien, hormis mon pâle reflet.

— Numéro deux reculez. Numéro trois, avancez d'un pas.

Le géant reste plus longtemps que nous face au miroir avant d'avoir la consigne de reculer. Son large sourire béat me fait frissonner. Ce type ne peut être qu'un pote de Dumas. Quel genre de cinglé prendrait son pied dans un tel moment ?

— Vous allez pouvoir sortir. Un par un. Dans le calme.

Un grésillement aigu me perce les oreilles. Profitant de ce court instant pour se tourner vers moi, le grand baraqué me fait un clin d'œil et lance :

— Je t'attends à la sortie.

Je n'ai pas le temps de rétorquer que la porte du sas s'ouvre sur deux policiers qui nous tirent à l'extérieur chacun à notre tour.

— On a encore un ou deux trucs à régler, Vidal ! m'apprend l'agent qui m'avait conduit ici quelques minutes plus tôt.

30 JUIN - VALENTIN

Maintenant sa tête pour l'empêcher de bouger davantage, j'attends que Lydia agrippe mon pantalon de costume pour la libérer. Quand le manque d'air la fait tousser, je lui relève le menton pour entrevoir son visage rond. Ses joues, rougies par l'effort, dévoilent des fossettes sexy que je n'avais pas remarquées jusque-là.

Avant de l'aider à se relever, j'observe la marque de son rouge à lèvres sur mon sexe. Cette vision me fait pulser si vite que je l'attrape par les cuisses pour la soulever. Sa jupe remontée au maximum, j'écarte sa culotte en dentelle noire avant de m'introduire en elle avec aisance.

La sensation est parfaite, mais la position n'a pas l'air idéale pour mon hôte. Lydia grimace alors que le crépi du mur griffe son dos. Avec précaution, je place une main derrière elle pour faire barrière, alors qu'elle resserre ses jambes autour de ma taille pour que je me glisse plus loin en elle comme une épée dans son fourreau.

Hormis ce revêtement barbare, la sauter dans cette petite cour intérieure sombre et à l'abri des regards est une brillante idée. Je ne pensais pas qu'elle accepterait ma proposition, mais en tout cas, c'est ce dont j'avais besoin pour oublier ma colère de tout à l'heure.

Ma main sur sa bouche pour réduire le bruit qu'elle fait quand elle couine, elle se laisse aller à poser sa tête sur mon épaule pour atténuer ses gémissements. À chaque coup de bassin, ses ongles s'enfoncent un peu plus dans ma chair, me griffant de plus en plus fort.

Il me faut du temps pour parvenir à mes fins tant le visage d'Angy qui se superpose sur celui de Lydia me perturbe et m'empêche d'atteindre la jouissance. Pourtant, je m'acharne sur cette fille qui croit vivre le début d'une histoire torride. Coup après coup, je m'enfonce en elle de toute ma longueur jusqu'à atteindre l'orgasme.

Haletante, elle m'accueille jusqu'à la dernière goutte sans défaire l'emprise de ses jambes autour de ma taille. Captant mon attention en prenant ma bouche pour me faire un lavage méticuleux des gencives, je réalise qu'elle me dégoûte à présent et que son contact est devenu intolérable.

J'essaie de la reposer au sol, elle se cramponne pour me garder en elle, attrapant mon crâne pour que je ne recule pas ma bouche.

— Reste, susurre-t-elle contre mes lèvres alors que ma vision se trouble à nouveau.

Elle n'a plus la même voix. C'est celle d'Emma. Ses yeux ont changé aussi, ils sont durs comme ceux d'Emma. Sa chevelure brune s'est teintée d'un blond couleur d'or, comme l'était celle d'Emma.

Confus, je recule ma tête en empoignant ses poignets pour la repousser. Le choc est terrible quand je réalise que c'est Emma qui est là, coincée entre ce mur et moi.

— Tu vas bientôt mourir, tu le sais, n'est-ce pas ? me demande-t-elle en me maintenant en elle de toutes ses forces.

— Quoi ? demandé-je en voyant le visage de Lydia réapparaître face à moi.

— J'ai encore envie. Baise-moi encore, quémande la brune que je connais à peine en ondulant à nouveau du bassin.

— Non ! Lâche-moi ! objecté-je sans comprendre ce qui se trame dans ma tête.

Le visage d'Emma s'empare à nouveau de celui de Lydia alors qu'elle m'encercle de ses bras démesurément grands. Je voudrais pouvoir récupérer mon corps, mais elle m'en empêche en répétant inlassablement que mon heure est venue. Pris de panique face à son visage tordu de haine, je pose instinctivement mes mains sur son cou pour survivre à l'attaque.

Regardant mes doigts s'enrouler autour de sa gorge comme si je ne contrôlais plus mon propre corps, je commence à presser sa trachée de toutes mes forces. Ses yeux roulent face aux miens et sa peau rouge devient de plus en plus livide à mesure que la pression augmente dans son cerveau. Je sens son pouls contre mes doigts comme un métronome qui bat de moins en moins vite la mesure.

La bouche béante, elle cherche désespérément de l'air à injecter dans ses poumons. Respirer pour ne pas mourir alors que je ne peux plus la laisser vivre. Impossible de faire machine arrière, je presse plus fort encore et les coups qu'elle porte sur ma poitrine me font l'impression de devenir de simples caresses.

Ses forces commencent à la quitter, ses bras se détachent enfin de moi pour retomber le long de son corps. Contemplant mes doigts toujours crispés autour de son cou, je sens mes yeux se remplir de larmes.

— Je ne voulais pas, mon amour, je t'aime. Je t'aime tant. Mais tu ne m'as pas laissé le choix, dis-je dans un gémissement plaintif.

Les yeux inanimés d'Angy restent fixés sur moi alors que la vie a quitté son corps pour de bon. Elle vient de rendre son dernier souffle, et, accablé par la tristesse, je dépose un dernier baiser sur ses lèvres douces.

Quand je rouvre les yeux, il n'y a plus ni d'Emma ni d'Angy. Il n'y a qu'une Lydia, sans vie. Pris de panique, je me détache du corps inerte en le laissant tomber au sol comme une vulgaire poupée de chiffon.

Qu'est-ce que j'ai fait, putain ? Qu'est-ce qui m'a pris ? J'essaie de me convaincre que cette fille n'était qu'un dommage collatéral de plus, puis tente de retrouver mon calme en respirant profondément.

Je me tire les cheveux pour essayer de rassembler mes esprits, quand un bruit me tire de ma torpeur. Levant la tête pour voir d'où il provient, je remarque qu'une fenêtre vient d'être fermée au deuxième étage de l'immeuble qui se trouve derrière moi.

La panique s'empare de moi. Je comprends vite que je ne dois pas m'éterniser ici. Remontant ma braguette avant de réajuster mon costume, je transporte le corps à la va-vite derrière une poubelle, puis sors de la cour sans me retourner.

Quelqu'un m'a vu la tuer, quelqu'un qui vient de remettre tout mon timing en question. Élaborant un nouveau plan à vitesse grand V, je me faufile à travers la foule dense pour rejoindre mon garage. Il est à quelques pâtés de maisons de l'appartement, mais c'était nécessaire pour qu'on ne retrouve pas ma voiture.

J'ai revendu ma berline quand je retapais l'appart. Me payer une citadine passe-partout et insignifiante, en changeant tous les éléments qui pourraient conduire à Valentin Dumas jusqu'à la couleur, était une variable que je ne pouvais négliger pour me fondre dans la masse.

Lorsque j'atteins enfin le souterrain où je loue un emplacement, je me sens à la fois excité et anxieux. Cette fois, c'est décidé, je vais récupérer Adam ce soir, quand la nuit sera tombée. J'espère juste que celui ou celle qui m'a vu n'aura pas déjà prévenu les flics et donné ma description, auquel cas, il se pourrait bien que la sécurité soit renforcée chez mon ex-femme.

En montant dans la voiture, je retrouve enfin mon calme. Malgré le petit habitacle, je me sens protégé de ce monde extérieur qui m'étouffe. Un coup d'œil dans le rétroviseur, j'entrevois le siège auto d'Adam qui me met du baume au cœur. Dès qu'il sera près de moi, je me sentirais entier. Nous pourrons enfin commencer notre vie de famille tous les trois.

Pendant un instant, je réalise que j'ai failli faire foirer tout mon plan. Croire qu'Emma était en train de mourir entre mes doigts me fait tressaillir. Comment aurais-je pu tuer cette femme que j'aime tant ? L'imaginer morte me glace le sang. Je serais incapable de lui faire ça. Je ne peux plus vivre sans elle. Sans eux.

Après être sorti du parking, je prends la direction de mon ancien chez-moi. Sur le chemin, je bifurque dans ma rue pour m'assurer que tout y est calme. Angy n'a, apparemment, pas mis le feu à l'immeuble, et aucune vitre ne semble brisée.

Elle doit avoir faim à l'heure qu'il est. Elle n'a pas mangé depuis hier soir. Quand j'aurai récupéré mon fils, nous nous arrêterons dans un drive pour acheter quelques burgers. Adam sera fou de joie. Il n'y a qu'avec moi qu'il a le droit d'en manger puisque sa psychorigide de mère, pro végan-bio et autres conneries, lui interdit tout ce qui s'apparente de près ou de loin à de la malbouffe.

Par acquit de conscience, je fais aussi un détour par le commissariat du XVIe.

Je roule au ralenti quand je vois d'abord le commissaire en charge de mon affaire en train de fumer sa clope. Il scrute toutes les voitures qui passent à sa hauteur et la mienne n'échappe pas à son radar.

Ralentissant pour lui faire un signe de main, cet abruti répond par le même geste en baissant ses lunettes pour mieux m'entrevoir. Je comprends à son attitude qu'il a réagi par habitude, mais qu'il se pose des questions sur mon identité, ma tête ne lui étant pas tout à fait inconnue. Tu m'étonnes. Je repère Vince, mon vieux frère de galère, assis sur un banc, attendant patiemment la sortie de Vidal pour mettre la suite du plan à exécution. Il me fait un signe de main à son tour alors que je continue mon chemin. Suivant des yeux cette voiture qu'il connaît par cœur puisque c'est lui qui la repeinte, je repère le rictus vicieux figé sur son visage. Je connais ce sourire, ce grand con est excité par la situation. Un vrai shoot d'adrénaline comme il dit.

Vince m'a bien aidé sur ce coup-là, il n'a pas que retouché ma caisse, c'est aussi lui qui a retapé mon appartement et qui m'a fait sortir de l'hôpital psychiatrique. Cela dit, c'est le minimum qu'il pouvait faire pour me rendre la pareille, avec tous les risques que j'ai pris pour lui.

Je me gare non loin de la maison de Sophie, de mon ancienne maison, je repense à Vince, ou Vincent Dumas à l'origine, mon frère jumeau. Faux jumeau pour être exact, car nos visages se ressemblent un peu, mais c'est notre seul point physique commun. Plus grand et plus costaud que moi, il a hérité du physique alors que j'ai eu l'intelligence. J'ai toujours été la tête pensante de notre binôme, l'instigateur des conneries, le calculateur brillant, alors que mon grand frère, d'une minute à peine, était les bras, l'exécutant, le suiveur aveugle et fidèle.

Notre duo a pourtant explosé quand on a été placé en famille d'accueil, à l'âge de quatorze ans. Vince et moi avons été séparés, et, pour une raison que j'ignore, j'ai eu la chance de tomber dans une famille cultivée, aimante, une famille modèle sous tous les angles. Mon frère n'a pas été aussi verni que moi. Il a atterri dans un foyer douteux, où le père frappait ses gosses, et où la mère était trop défoncée pour se rendre compte de ce qu'il se passait sous son toit.

Un soir, à l'aube de ses dix-sept ans, alors que le père avait bu plus que d'ordinaire, il a voulu s'en prendre à Vince. Déjà à l'époque, mon frère était un grand gaillard costaud, bien plus grand que la normale. Il n'a pas voulu se laisser brutaliser par le vieux soûlard, si bien qu'un geste en entraînant un autre dans la bagarre, il lui a fracassé le crâne avec un objet massif.

En constatant qu'il avait tué le père, mon frère a paniqué et m'a appelé, il savait qu'il pouvait compter sur mon esprit aiguisé pour le sortir de cette sale affaire. En peu de temps, j'ai débarqué chez lui, dans une ville du bord de mer voisine à la mienne, et je l'ai aidé à se débarrasser du corps.

Par malchance, sa femme nous a pris en flagrant délit. Elle a fini, faute de meilleure solution à l'instant T, avec son mari dans le trou que l'on avait creusé au fond du jardin. Après avoir recouvert les cadavres, j'ai aidé mon frère à disparaître de la circulation en falsifiant moi-même ses papiers. À l'époque, les cartes d'identité n'étaient pas aussi difficiles à contrefaire qu'elles le sont aujourd'hui. Avec l'aide de deux bons potes doués en informatique, mon frère est devenu Vincent Pujas, majeur et nouvellement diplômé d'une école de commerce. J'ai volé un peu d'argent à mes « parents » pour que mon frère puisse voir venir, puis j'ai repris ma vie dans mon cocon familial parfait.

On ne s'est jamais vraiment perdu de vue, mais nos chemins se sont éloignés malgré nous. Il enchaînait les petits délits pour survivre, moi, je passais des diplômes pour m'assurer un futur. Quand il a fini en taule pour une succession de cambriolages, j'obtenais ma promotion à Marseille. Et dès qu'il a su que j'étais interné alors que lui venait tout juste de finir de purger sa peine, il m'a aidé à sortir en se faisant passer pour un infirmier.

Aujourd'hui, il sait qu'Emma est recluse chez moi, je lui ai tout expliqué. Il pense que je suis devenu, je cite, « un grand malade », mais il a vu nettement pire et comprend même que l'amour fait faire des folies.

Malgré ses réticences à replonger pour séquestration et autres méfaits condamnables, il a décidé de m'aider. Du moins, il le fera jusqu'à ce qu'il effectue sa mission. Après ça, il disparaîtra du sol français pour aller préparer notre arrivée en Thaïlande. C'est tout du moins le deal que l'on a conclu. Mais il est mon frère et j'ai une confiance aveugle en lui.

Mes pensées s'égarent, je me reconcentre sur les fenêtres de mon ex. Elle est dans la cuisine, en train de préparer le repas, pendant qu'Adam joue dans le salon.

À l'époque où je vivais ici, je détestais cette maison. Trop de baies vitrées, pas assez d'intimité. Aujourd'hui, je bénis toutes ces ouvertures qui me permettent d'apprécier la vue.

Hormis une voiture garée à une distance raisonnable de moi, la rue est d'un calme apaisant. Comme il fait encore trop jour pour que j'agisse maintenant, je profite du moment pour me reposer un peu. Confortablement installé dans mon siège, j'appuie sur le bouton de la radio pour trouver une chanson qui me plaît. Un vieux son des années soixante qui résonne dans l'habitacle me fait sourire. Je m'imagine avec Angy, sur le sable chaud, en train de danser un slow enivrant, les yeux dans les yeux. Amoureux comme jamais.

J'aurais pu le faire avec Sophie si elle avait été une femme comme Angy. Mais Sophie a toujours été trop lisse, trop plate. Pas de caractère, pas de réaction. Il me fallait une meneuse, pas un mouton sans charisme.

Et puis ce visage… Ce corps. Elle n'a jamais été vraiment belle, elle a toujours été juste passable. Il n'y a rien qui m'ait vraiment attiré chez elle à part son manque de caractère.

Je pensais que c'était ce qu'il me fallait au début : quelqu'un qui me suive aveuglément, qui m'obéisse au doigt et à l'œil, une femme soumise, dévouée à son homme. Et c'était sympa pour être franc. Je disposais de son corps à loisir, elle exécutait mes ordres comme un bon petit soldat, ça m'allait. Mais au fil du temps, je me suis lassé. J'étais même sur le point de la quitter quand elle m'a appris qu'elle était enceinte. Impossible de faire machine arrière, j'allais être père.

Et là, je le vois, ce petit bonhomme brun qui joue avec ses voitures en s'inventant un monde. Il m'a tellement manqué pendant tout ce temps. J'ai hâte de le serrer dans mes bras et de le sortir des griffes de sa mère, fade et insipide. Il sera heureux avec Angy et moi. Il l'adorera. Tout comme je l'adore.

Les chansons se succèdent tandis que la nuit commence enfin à recouvrir la rue déserte. Sophie est en train de laver la vaisselle alors qu'Adam vient de redescendre vêtu de son pyjama rouge préféré.

M'apprêtant à sortir de la voiture pour me faufiler par la baie vitrée restée ouverte, je me ravise en voyant une voiture que je ne connais pas se garer devant le portail de la maison. Il fait à présent trop nuit pour que je puisse distinguer qui est la personne qui va foutre en l'air mon plan, mais qui sait, ce n'est peut-être qu'un contretemps face auquel je vais devoir faire preuve de patience.

À nouveau coincé derrière mon volant pour épier le visiteur, j'enrage quand le mec s'avance sur le perron pour venir enfoncer la sonnette. Sophie, qui sursaute en entendant le bruit, relève la tête vers la pendule de la cuisine avant de lâcher son torchon pour se précipiter vers la porte d'entrée. Quand elle ouvre à l'inconnu avec un sourire radieux, elle se jette dans ses bras pour l'embrasser.

— C'est quoi ce bordel ? me questionné-je à voix haute en voyant ma femme rouler un patin à un mec que je ne connais ni d'Adam ni d'Ève.

Agacé par la situation, je sors de la voiture pour me rapprocher de la maison avec précaution, puis traverse le jardin sans bruit. Comme un chat habile dans la nuit, je gagne la fenêtre entrouverte de la cuisine sans encombre, et sur la pointe des pieds, me dresse pour tenter de découvrir l'identité de l'enfoiré qui enlace ma femme. Ce que je vois me glace le sang. Cet homme, c'est ce fumier de Cordosi !

Mais qu'est-ce qu'il fout ici et pourquoi il tient Sophie dans ses bras de cette manière ? Mon sang ne fait qu'un tour, je vois rouge en épiant la scène qui se déroule sous mes yeux. Avant de fracasser la porte d'entrée, j'ai besoin de savoir ce qu'il se passe dans cette baraque et pourquoi mon fils côtoie ce connard.

Toujours vissé sur mes orteils, je tends l'oreille pour entendre ce qui se trame à l'intérieur. Au début, je ne perçois que des bribes de conversation, juste des banalités d'usage : « tu veux boire quelque chose ? », « un whisky… », etc. Jusqu'à ce que le commissaire lui dise :

— Je crains que Dumas soit resté dans les parages. J'ai cru l'apercevoir en train de traîner près du commissariat dans une *Twingo* bleu métallisé aujourd'hui.

Le verre qu'elle vient de prendre dans le placard lui échappe. Il se fracasse au sol en mille morceaux. Elle se rattrape au bord de la table pour ne pas s'effondrer. Cordosi pose sa main sur son épaule pour la rassurer.

— Tu as cru, ça veut dire que tu n'en es pas sûr ? questionne-t-elle avec angoisse. Tu as pu te tromper, Marcus. Valentin a une *Mercedes* noire. C'était peut-être juste un homme qui lui ressemblait ?

— Ça se peut, mais c'était quand même étrange. Pourquoi un mec me ferait signe pendant que je fume ma clope devant le poste, si ce n'est pour se faire remarquer ?

Elle porte ses mains à sa bouche pour masquer la stupeur qui la saisit. S'il y en a bien une qui sait à quel point j'aime qu'on me remarque, c'est bien elle. Elle s'égosille, tremblante :

— Oh mon Dieu ! Je t'avais dit qu'il reviendrait le chercher. S'il est ici, c'est pour son fils, Marcus. Pourquoi tu ne l'as pas arrêté ? Tu aurais dû le faire !

Elle a beau ne pas être très intelligente, elle me connaît suffisamment bien pour savoir que mon fils représente tout pour moi. Elle se met à renifler bruyamment comme une truie, le policier l'attire dans ses bras, puis l'embrasse sur la joue avant de prendre son visage entre ses mains.

— C'est allé trop vite. Et puis, qu'est-ce que tu crois ? Qu'on arrête les gens comme ça, sur une impression ? se dédouane le flic véreux qui a mis cette technique en pratique avec Vidal. Je te l'ai promis, il ne vous arrivera rien, ni à toi ni à ton fils. Sois sans crainte.

— On a un accord, Marcus. Tu as mes faveurs contre ta protection. J'espère que tu tiendras ta parole, parce que s'il arrive quoi que ce soit à mon fils, je te jure que je te dénonce !

— Du calme, ma beauté. Dès demain, je ferai poster un agent devant ta porte, et cette nuit, je vais dormir avec toi pour que vous ne risquiez rien.

Sophie, le visage pâle, se détache des bras de cette pourriture pour venir se poster vers la fenêtre où je me trouve. Baissé au maximum pour me cacher dans l'ombre, j'observe son visage soucieux qui regarde au loin. Ses yeux glissent sur ma voiture, garée près d'un grand saule pleureur, sans la voir. Je réalise seulement maintenant que Cordosi est passé à côté de moi sans remarquer que j'étais déjà garé non loin de lui.

Le commissaire la rejoint et colle son bassin au sien. Avec une main plaquée dans son dos, il lui dit :

— Maintenant, à toi d'honorer ta part du contrat, ma beauté. Baisse-toi un peu, et penche-toi en avant pour que je te fasse oublier ce connard.

Remuant son cul contre elle, il se sert de la peur d'une victime en détresse pour assouvir ses penchants sexuels malsains. Quel enfoiré ! Même si je ne suis pas surpris par l'homme, j'avais déjà eu des échos sur ce pourri, je reste circonspect devant l'attitude de Sophie. Après autant d'années à vivre avec moi, comment a-t-elle pu tomber si bas ? Je sais qu'elle a peur pour Adam, mais de là à vendre son corps à cet être répugnant et bedonnant, à cette réplique bas de gamme et grossière d'un pseudo *Bruce Willis* chauve et rempli de nicotine pour s'assurer une protection ! Elle me dégoûte. Elle est la mère de mon fils quand même. Je ne lui aurais pas fait de mal !

— Pas maintenant, Marcus, murmure-t-elle en zieutant l'escalier. Adam est à l'étage, il pourrait arriver à tout moment.

— Eh bien, va le foutre au lit ! De toute façon, il n'a rien à faire debout à cette heure-là !

La voix du commissaire est directive. Il n'est pas venu pour s'occuper de mon fils ce soir. Il est venu pour se vider les bourses. Je ne suis qu'une excuse qu'il a trouvée pour rappliquer ici, et l'entendre parler comme ça d'Adam me met les nerfs à vif. Personne ne touche à mon sang, sans en payer le prix.

Sophie disparaît dans l'escalier qui mène à l'étage, Cordosi se serre un verre de whisky avant de disparaître dans le salon. Avec cette double dose, je mettrais ma main à couper qu'il ne sera plus apte à protéger qui que ce soit ce soir.

En silence, je fais le tour de la maison pour venir me poster près de la baie vitrée principale de la pièce à vivre. Après un bon quart d'heure, quand Sophie redescend et le rejoint, le flic l'attrape par la taille pour la faire tournoyer.

— Ça y est, il dort, ton lardon ? braille-t-il avec dédain. Danse avec moi, ma beauté. J'ai envie de te faire danser.

— Tu as bu, Marcus. Comment pourras-tu nous venir en aide si tu es saoul ?

Depuis quand Sophie est-elle devenue perspicace à ce point ? Devant cet homme, elle ne baisse pas la garde, elle soutient même son regard. Avec lucidité, elle le toise jusqu'à ce qu'il repose son verre. Jamais elle n'aurait osé faire ça avec moi, elle savait quelles étaient les limites à ne pas franchir.

Cordosi, tu es naze sur toute la ligne ! Il ne manquerait plus que tu bandes mou pour finir ton portrait de parfait looser, me dis-je en constatant l'absurdité de la situation.

Il guide Sophie à travers la pièce, en passant devant la baie vitrée encore entrouverte, puis baisse son pantalon avant de s'avachir sur le canapé. La crosse de son revolver toujours apparente sur sa hanche, il décroche l'arme qui le gêne pour la jeter sur le fauteuil d'en face.

Mon ex-femme, comme un automate, s'agenouille entre les jambes de son pseudo protecteur, puis se met à l'œuvre. La voir faire me retourne l'estomac. Je retiens la bile qui remonte le long de ma gorge. Cette garce s'affaire sur le sexe molasse du commissaire alors que mon fils dort à l'étage. Elle ne mérite pas plus que lui ma clémence. Ces deux-là sont des minables qui ne méritent pas de vivre. La colère monte en moi aussi vite que la gerbe qu'ils m'inspirent, et sans même penser à la suite des événements, je m'approche de la baie vitrée pour rentrer dans le salon.

La tête coincée entre les jambes poilues de son invité, Sophie ne m'entend pas entrer. Pas plus que cet abruti avec la tête renversée en arrière, appréciant le mouvement de la bouche de cette cruche sans saveur sur ses parties.

Sans un bruit, je récupère le pistolet sur le fauteuil tout près de moi, dans l'indifférence générale, et allume la petite lampe posée sur le buffet. Le gros plisse les yeux en entendant le clic de l'interrupteur avant de hoqueter en réalisant que je me tiens face à lui. D'un regard, il cherche son flingue, déjà prisonnier de mes mains, avant de tapoter sur la tête de la travailleuse concentrée qui s'affaire à la tâche, et qui ne m'a surtout pas encore remarqué.

Je ne peux retenir le petit rire ironique, empli de dédain, qui s'échappe de ma gorge alors que Sophie se retourne lentement en essuyant sa bouche baveuse. En me voyant à son tour, elle sursaute de peur, et la seule pensée qui me vient, face à ses joues rougies par l'effort, est que même ses fellations m'ont laissé un souvenir fade.

Repensant à la promesse de protection que ce type lui a faite quelques minutes plus tôt, je ne peux m'empêcher de lui faire un clin d'œil complice avant de coller une balle dans la tête du porc qui lui sert de garde du corps. Le sang gicle sur le tissu beige du coussin calé derrière la tête de Cordosi tandis que ses bras retombent le long de son corps, aussi mous que l'amas de peau qui lui sert de sexe. Le cri d'effroi qu'elle pousse, bien qu'atténué par ses mains aussitôt plaquées sur sa bouche, m'amuse. A-t-elle peur de moi ou du cadavre qui vient de s'effondrer sur le canapé ?

D'un geste rapide, elle répond à ma question en se relevant pour s'éloigner autant de moi que du macchabée.

— Va… Va… Valentin, bégaye-t-elle en se cognant contre le mur.

— C'est tout ce que tu t'es dégotée pour me remplacer ? lui demandé-je en montrant le tas de gras inerte en train de se vider de son sang. T'es pas super, mais tu aurais quand même pu trouver mieux que ça, Sophie ! Tu me déçois.

— Je… Je… Comment es-tu sorti, Valentin ? Qu'est-ce que tu as fait de cette fille ?

— C'est quoi, toutes ces questions, So ? Toi, tu as cru aux conneries que l'on dit sur moi ! Je t'ai toujours dit de te méfier de ce qu'on raconte. Ne te l'ai-je pas maintes fois répété ?

Elle oscille de la tête tout en cherchant une issue de secours du regard. Quoi qu'elle puisse tenter, je serai plus rapide qu'elle. Elle n'a nulle part où aller.

— Angy et moi ne sommes pas en cavale. Nous habitons ensemble et nous sommes très heureux de cette nouvelle vie qui s'offre à nous. Elle m'aime, tu sais ! Elle ne me décevra jamais, elle ! Alors que toi Sophie…, poursuis-je en secouant la tête pour lui signifier mon mécontentement. Ce n'est pas que tu te tapes cette raclure qui me chagrine le plus. C'est plutôt que tu fasses ça alors que notre fils dort juste au-dessus ! Tu devrais être près de lui, à le consoler du manque de son père au lieu de tailler une pipe à un ripou gras du bide ! C'est quoi ce chantage qu'il s'autorise à te faire. Du cul contre quoi ? Il m'a empêché d'arriver jusqu'à vous ? A priori, non ! Tu t'es fait baiser, Sophie, mais rien d'étonnant à ça, puisque tu ne sais faire que de mauvais choix. C'est l'un de tes plus grands défauts.

— Tu as raison, Val. J'ai même réussi à pousser la tare jusqu'à t'épouser ! lance-t-elle pour me provoquer. C'est bien une preuve accablante de ma stupidité !

Pris d'un accès de colère face à cette montée de zèle malvenue, je renverse la télé au sol dans un bruit sourd qui la fait sursauter. Comment ose-t-elle m'accabler de tous ces maux alors qu'elle vendait son corps pour de la merde ?

Mes mains tremblent de rage en la regardant. Depuis le temps qu'elle ferme sa gueule, elle a bien choisi son moment pour l'ouvrir et pour me foutre les nerfs encore plus à vifs qu'ils ne le sont déjà.

M'avançant au plus près d'elle pour la sentir frémir, j'approche le flingue de son front au point de la faire loucher sur l'arme menaçante. Elle me supplie d'une voix tremblante de ne leur faire aucun mal, à elle ou à Adam.

— Je te rassure, je ne toucherai jamais à un seul des cheveux de mon fils. Je vais l'emmener avec moi ce soir. Avec Angy, nous allons le chérir et l'élever loin de toute cette folie parisienne. Si ça peut te permettre de mieux faire face à ce qu'il va se passer, je vais partir comme je suis venu et l'emmener vivre une vie de rêve loin d'ici, loin de toi. Tu pourras toujours appeler la police dès que je serai sorti avec Adam, mais pour le moment, tu passes devant et on va monter chercher MON fils.

Dans un geste de courage vain, cette idiote se jette à mes pieds pour m'empêcher d'avancer. Avec ses bras maigres, elle tente de me retenir en pensant qu'elle sera capable de me couper le passage, mais d'un coup de pied dans le ventre, sans même avoir besoin de prendre d'élan, je l'écarte de mon chemin alors qu'elle s'étale de tout son long.

Avant que je ne puisse atteindre l'escalier qui mène à l'étage, Sophie se redresse pour me sauter à nouveau dessus. Telle une tigresse voulant protéger sa progéniture, elle s'agrippe à mon dos, griffant mon visage de ses longs ongles manucurés. Pour la première fois depuis que je la connais, je lui découvre une qualité jusque-là inexistante chez elle : la témérité. J'admire sa riposte, sa volonté, mais malheureusement, ce ne sera pas suffisant pour me barrer la route.

En l'attrapant par les cheveux avec poigne, je la force à retomber sur le sol. Malgré mon pied aplati sur sa face contre le carrelage froid, elle continue à se débattre avec force et vigueur, si bien qu'il ne me reste plus qu'à utiliser mon corps pour réussir à la maîtriser.

Rapidement, je m'assieds sur elle pour la contenir de mon mieux. Les mains coincées entre son corps et mes jambes recroquevillées, je fais pression en prenant place sur sa cage thoracique. Avec une main sur sa bouche pour l'empêcher de crier, je sens sa langue contre la paume de ma main. Son souffle est chaud, et pendant une minute j'hésite à poser ma bouche sur la sienne avant de me raviser pour me contenter de déposer un baiser sur son front.

Je connais les signaux de Sophie, je comprends le message qu'elle veut me faire passer au travers de ce regard de braise qu'elle me lance. Je sais ce qu'elle veut et ce qui lui manque. Comme on dit, pour clôturer une relation, rien de tel qu'un dernier coup. Si c'est ce qu'elle désire, alors en mémoire de notre passé, je ne peux lui refuser cette demande.

— Je ne peux plus t'embrasser, Sophie. Ça me dégoûte trop. Ta bouche a frôlé des trucs bien trop dégueulasses et je ne voudrais pas prendre le risque de choper une maladie. Mais je sais que tu veux qu'on le fasse une dernière fois et je n'y vois pas d'inconvénient. Après tout, nous avons fait l'amour avant que je le fasse avec Angy, alors ce n'est pas comme si je la trompais.

Tandis que je réfléchis à haute voix, cette salope en profite pour me mordre la main avant de s'exclamer :

— Plutôt crever que de baiser avec toi une fois de plus, espèce de cinglé !

Abasourdi, je la gifle avec force au point de la faire saigner du nez.

— Tu veux jouer à ça, salope ? Pas de problème ! annoncé-je avec rage. J'aurais pu t'épargner sous prétexte que tu étais la mère de mon fils, mais après tout ça, tu n'es plus rien hormis une sous-merde dont je dois me débarrasser. Alors oui, tu vas crever puisque tel est ton désir, mais avant ça, tu vas avoir l'honneur de me recevoir une dernière fois.

Je défais le bouton de son jean d'une main et de l'autre maintiens ses poignets fermement au-dessus de sa tête, mais Sophie tente de s'extirper de mon emprise. Ses yeux remplis de larmes me fixent avec dégoût. Rien à foutre, elle ne sera bientôt plus que de l'histoire ancienne.

— Sois sans crainte, je prendrai soin de lui. Adam ne se rappellera même plus de toi ! ironisé-je avec un sourire guilleret. Je ferai en sorte d'effacer chaque souvenir qu'il a de sa mère, et c'est avec cette idée en tête que tu vas mourir. Pire encore, je vais faire l'effort de t'embrasser pour que le dernier baiser que tu auras eu ce soir soit le mien et pas celui de ton fils !

30 JUIN - EMMA

Le bruit de la porte qui se referme avec fracas me tire du sommeil. J'ai tenté toute la soirée de vomir cette merde en diamant que j'ai ingurgitée, mais sans succès. Les crampes d'estomac qui m'ont ensuite tiraillé le ventre ont eu raison de moi et j'ai fini par m'endormir en pleurant pour faire abstraction de la douleur.

— Angy ! crie-t-il depuis l'entrée alors que je bouche mes oreilles avec mes mains. Ramène-toi, j'ai besoin d'aide avec le petit.

Le petit ? Quel petit ?

D'un bond, je me redresse et saute hors du lit alors que mon esprit fuse dans tous les sens. Il n'a quand même pas fait ça ! Me retenir prisonnière ici n'était donc pas suffisant ? Il voulait vraiment retrouver son fils pour fonder sa famille parfaite ?

Surprise qu'il me demande mon aide alors qu'il m'avait enfermée, j'abats tout de même la poignée en m'apercevant que la porte est ouverte. Quand a-t-il pu l'ouvrir sans que je le remarque ?

Longeant le couloir avec prudence, je réalise que je commence à vraiment perdre les pédales dans cet endroit, mais surtout, je prie en espérant m'être trompée quant à la scène qui m'attend dans le salon.

Quand j'y arrive, je n'ai plus aucun doute sur la gravité de la situation. Un petit garçon brun au teint bronzé est paisiblement lové dans une couverture. Valentin est à ses côtés, près du canapé, les bras chargés de sacs en papier, en train de le regarder dormir en souriant.

— Alors, tu es prête ? me demande-t-il d'une voix douce.

— Prête pour quoi ? m'inquiété-je dans un sursaut de panique alors qu'il se retourne dans ma direction, sa chemise maculée de sang. Mais qu'est-ce que tu as fait ?

La main sur la bouche pour retenir mon cri, je le regarde en frissonnant. Son visage est plein de griffures, ses vêtements sont en partie déchirés, et surtout, il y a du sang. Du sang partout.

— Parle doucement, voyons, Angy ! Tu vois bien qu'il dort ! me gronde-t-il. J'ai fait ce que j'avais à faire, ce que j'avais prévu de faire depuis le début comme je te l'ai déjà expliqué. Je construis notre famille en t'offrant le plus grand rôle de ta vie, je fais de toi une mère. Je sais que la situation doit t'affoler, mais tu vas être parfaite dans ce rôle, mon amour. Tu es faite pour être mère, c'est évident !

Il passe à côté de moi pour gagner la cuisine et déposer ses sacs de course, je fais le terrible constat de voir la joie sur son visage. Quoi qu'il se soit passé avec la véritable mère de son fils, Valentin est aux anges. Mais à voir l'état dans lequel il se trouve, j'ai peur de découvrir ce qu'il a fait à cette femme.

— Tu crois qu'on va être heureux tous les trois ? lance-t-il en me prenant par surprise par la taille, son torse collé contre mon dos. Regarde comme il est beau quand il dort ! J'espère que tu es prête à affronter cette petite tornade, car dès qu'il sera réveillé, ça ne sera plus aussi calme à la maison maintenant !

— Qu'est-ce qu'il s'est passé, Valentin ? Pourquoi es-tu plein de sang ?

— Il va falloir, Angy, que tu utilises mon nouveau prénom, m'interrompt-il d'une voix grave et directive. Tu sais bien que je ne suis plus Valentin. Je suis Martin ! C'est dingue, tu es comme les enfants, tu comprends vite, mais on doit t'expliquer longtemps !

Il rit de sa blague alors que j'essaie de m'éloigner de lui, en vain. De ses bras, il me retient si fermement que mon mal de ventre se réveille à nouveau.

— Que s'est-il passé, Martin ? réitéré-je en appuyant sur chaque mot avec angoisse pour le forcer à parler.

— Il y a eu quelques accrocs au plan, explique-t-il en me conduisant vers le fauteuil qui fait face au canapé. Rien de bien important.

Il s'installe sur la table basse en face de moi, et se saisit de mes doigts pour les serrer dans les siens. Triturant mon auriculaire là où devrait se trouver sa bague, je le regarde plisser des paupières en grimaçant.

— Jusqu'à ce que la bague refasse son apparition, je viendrai vérifier tes selles, Angy. Hors de question de laisser cette petite merveille se perdre dans les égouts parisiens.

D'un geste leste, je retire mes mains pour les rapatrier vers mon corps. Ce n'est pas une blague cette fois, il est bel et bien sérieux. Épouvantée par les scènes qui risquent de se produire dans les heures à venir, je me recroqueville sur le fauteuil, jambes repliées contre moi pour m'éloigner le plus possible de lui et garder un reste d'humanité et d'intimité pendant qu'il en est encore temps.

Adam se retourne d'un geste brusque en me faisant sursauter, mais le sourire qu'il affiche dans son sommeil me prouve que cet enfant n'a aucune idée de ce qui a pu se jouer ce soir. À présent, lui aussi n'est plus qu'un prisonnier dans une cage de soixante-dix mètres carrés, à la différence près qu'il n'est qu'un pauvre petit être sans défense.

Face à mon insistance sur ce qu'il s'est passé avant son retour ici, Valentin commence son récit sur son arrivée devant chez son ex-femme. Les phrases s'enchaînent, le récit devient de plus en plus terrifiant. Malgré l'horreur de la situation, et bien que concentrée sur la suite de mots terribles qui sort de la bouche de ce tueur en puissance, une pensée me rassure dans tout ce chaos. Après tous les terribles actes qu'il a commis, son âme ne peut être que maudite, plus rien ne pourra le sauver. Qu'importe comment l'histoire se conclura, cet enfoiré crèvera en enfer.

Il y a cependant un point où Valentin n'a pas tout à fait tort, c'est quand il dit que je suis la « nouvelle mère » d'Adam. Comment pourrais-je, en pleine conscience de la situation ou des risques qu'il encourt, laisser cet enfant dans les griffes d'un fou furieux comme son père ? Peu importe le rôle que je dois tenir auprès d'Adam, ce qui est sûr, c'est que lui et moi sommes dans le même cauchemar et que je ferai en sorte de le préserver de mon mieux. À présent, nos destins sont liés.

— Alors, tu ne réagis pas plus que ça ? s'offusque Valentin en prenant mon menton entre ses doigts avant de le serrer pour me sortir de mes pensées. Je t'explique que quelqu'un m'a vu tuer Sophie, emporter Adam, et que j'ai dû semer ce connard dans Paris, mais toi tu ne dis rien ! Est-ce que tu m'as écouté au moins ? As-tu seulement conscience qu'on pourrait nous retrouver, Angy ? Fini le bel avenir sur les plages, le farniente et la tranquillité ! Si quelqu'un m'a vu et nous retrouve, on va devoir changer d'endroit au plus vite et se terrer comme des chiens avant de pouvoir prendre l'avion en toute discrétion. Tu t'en rends compte ou pas ?

Sa voix est dure, son air chiffonné, pourtant, à l'intérieur de ma tête naît une lueur d'espoir. Je suis captive entre ses mains alors pourquoi devrais-je être stressée à l'idée qu'il ait pu être suivi ? Au contraire ! Je veux qu'on nous retrouve. Je veux qu'on lui colle une balle dans la tête. Je veux mettre un terme définitif à cette horreur et tourner la page vers une vie que j'aurais choisie et non pas en vivre une qu'on m'impose. Je veux retrouver Tom, l'amour, ma liberté. Je ne me fais aucun souci pour Dumas, pourquoi le devrais-je ? Ce cinglé m'a violée, m'a battue, il a tué le chauffeur des Vidal, la vieille Bontie, le commissaire et son ex-femme. Il n'est plus un simple malade mental transit d'amour, non, en cinq petits jours, il a perdu le statut bas de gamme de psychopathe pour obtenir celui de serial killer. Et qui sait jusqu'où sa folie pourrait dorénavant le conduire ! Alors pourquoi devrais-je m'en faire pour lui ?

Incapable de lui livrer le fond de ma pensée sans envisager les conséquences d'un tel affront, je me contente de hocher la tête avant de désigner sa chemise du menton.

— Tu devrais aller te changer, tu vas faire peur à ton fils avec tout ce sang, déclaré-je de la voix la plus neutre possible pour ne pas l'énerver plus encore.

Après un bref coup d'œil sur son vêtement, Valentin relâche mon menton pour caresser ma joue. Affublé d'un sourire qui me file la chair de poule, il se penche vers moi pour déposer un baiser sur mon front.

— Tu as raison, mon amour. Quel impair aurais-je commis sans toi ! me félicite-t-il en frottant mes cheveux comme si j'étais son fidèle toutou. Nous devons préserver l'innocence de notre fils le plus longtemps possible. Jette un œil sur lui pendant que je prends une douche rapide, lance-t-il en se levant pour gagner le couloir qui mène à la salle de bains. Je me dépêche et après on pourra attaquer la tonne de cheeseburgers que j'ai acheté pour vous faire plaisir.

Avant de sortir de mon champ de vision, Valentin s'arrête un instant avec une mine ravie, comme s'il n'était plus connecté à la réalité. Le fantasme qu'il s'est créé dans sa tête prend vie sous ses yeux qui pétillent de bonheur. Après de brefs allers-retours visuels entre le canapé et le fauteuil pour mieux apprécier la scène, il s'exclame, heureux et comblé :

— J'étais sûr que tu serais une maman parfaite. Regarde comme tu te soucies déjà de lui !

30 JUIN - VALENTIN

L'eau coule sur mon corps et la chaleur détend mes muscles encore contractés. Cette soirée a été si riche en émotion que je ne sais plus très bien ce qui me met le plus en émoi. Mes sentiments pleins d'ambivalence alternent entre l'euphorie et le doute.

J'ai tué Sophie et le commissaire ce soir, mais je ne parviens pas à éprouver le moindre remords. Au contraire, j'ai bien peur d'avoir pris du plaisir en les observant rendre leur dernier souffle. Plus de plaisir encore qu'en ôtant la vie de Lydia cette après-midi, elle qui n'était qu'une simple inconnue pour moi.

Je repense au visage épouvanté de mon ex-femme juste avant que je lui colle une balle dans le cœur, l'excitation me prend aux tripes. Plus qu'une simple sensation, c'est même une réaction physique qui se déclenche alors que mon esprit repense à ces macabres instants. Ma main sur mon sexe tendu s'active alors que je me refais la soirée dans ma tête. Le sang sur le canapé, les corps inertes, les pleurs, les plaintes… Je suis au bord de l'orgasme.

Le visage en arrière, le filet d'eau atténue mon râle de plaisir et je me laisse aller avec délectation à ce moment de plénitude. Il n'appartient qu'à moi. Pas à Angy. Pas à Adam. Juste à moi.

Quand je sors de la douche, je me sens apaisé. Une impression de trop courte durée à mon goût. Les images de l'homme qui m'a surpris chez Sophie se fixent à nouveau dans ma tête et je revois très nettement l'ombre de ce grand balèze essayer de me courir après jusqu'à ma voiture. Si je n'avais pas eu Adam dans les bras, j'aurais fait volte-face pour essayer de l'éventrer, mais en présence de mon fils, ma seule option était de m'enfuir afin de retrouver l'anonymat au plus vite.

Je ne sais pas exactement ce qu'il a vu, ni qui il était, mais les questions affluent au rythme des images de la course poursuite qui s'est jouée dans les dédales parisiens. A-t-il reconnu mon visage ? M'a-t-il observé en train de tuer Sophie ? À quel moment ai-je réellement réussi à lui fausser compagnie ? Que des points d'interrogation qui restent sans réponses. Une chose est sûre, si ce mec était de la police, il aurait déjà fracassé ma porte d'entrée avec ses acolytes. Mais ce n'est pas le cas, ma porte est intacte et il n'y avait pas âme qui vive dans la rue quand nous sommes rentrés.

D'un revers de la main, je balaie de mon esprit mes pensées négatives, puis enlève la buée sur le miroir pour me regarder. Dans la lutte, Sophie m'a mis plusieurs coups au visage auxquels je n'avais pas porté attention jusqu'à maintenant. Elle m'a bien abîmé, cette garce. Notamment au niveau de ma lèvre supérieure qui est fendue sur la largeur. Je ne peux plus sourire sans ressentir des picotements douloureux. La cicatrisation n'a pas encore entamé son processus de guérison et le simple fait d'étirer un peu les commissures fait péter la fine croûte en cours de création.

Du bout du doigt, j'enlève la perle de sang avant de la déposer sur ma langue, les yeux toujours rivés au miroir. Le goût du liquide rougeâtre n'a rien de comparable à son odeur ou à sa couleur. Je n'avais jamais pris le temps d'étudier cette teinte rubis splendide et lumineuse, mais j'ai été comme hypnotisé quand le crâne de Cordosi se vidait. Je n'avais jamais éprouvé une telle sensation, un bien-être, tant physique que psychique, enivrant. Pour la toute première fois de ma vie, j'ai eu l'impression d'être au bon endroit au bon moment, la sensation d'accomplir ce pour quoi j'étais né. Comme une destinée inexplicable. Inéluctable. J'ai œuvré pour le bien en faisant disparaître ces deux êtres néfastes de mon monde, et si c'était à refaire, je le referais sans aucune hésitation.

Quand je sors de la salle de bains pour rejoindre ma famille enfin réunie, je chasse ces images de mon esprit en même temps que celle de l'homme de l'ombre pour apprécier le moment présent. Un pas à peine me sépare du salon, toutefois, je stoppe, puis me cache dans l'angle du mur pour observer les deux amours de ma vie.

Adam s'étire doucement pour sortir du sommeil, Angy s'assied à ses côtés. Du bout des doigts, elle s'apprête à caresser le front de mon fils avant de se raviser. Quand il ouvre un œil, je reste volontairement à l'écart pour épier leur rencontre. Angy est la première personne qu'il va voir en se réveillant, et comme il ne la connaît pas, leurs premières secondes ensemble vont être cruciales pour la suite.

Mon fils observe cette personne inconnue sans parler. Angy lui sourit tendrement, avant de prendre la parole.

— Tu as bien dormi ? lui demande-t-elle en dégageant la mèche de cheveux qui tombe devant les yeux de mon fils.

Plutôt que de répondre, Adam se contente de secouer la tête pour confirmer.

— Est-ce que tu vas bien ? s'inquiète-t-elle sans s'arrêter de sourire pour le rassurer.

— Oui. Il est où mon papa ? Il est venu me chercher chez maman et après, on a dû courir très vite pour rentrer. Je retourne quand chez maman ? demande-t-il avec entrain.

— Je ne sais pas quand tu retourneras chez ta maman, Adam, pour le moment, tu vas rester un peu ici avec moi.

— Et avec papa ?

Angy se mord la lèvre avant de détourner le regard. Ses épaules sont plus tendues et tout dans sa posture évoque la nervosité.

— Oui, avec ton papa aussi, finit-elle par lâcher en serrant les dents.

— C'est toi la nouvelle amoureuse de mon papa ? Il m'a dit que tu étais très belle et que j'allais t'adorer.

— Il a dit quoi d'autre aussi ? Tu t'en souviens ?

— Il a dit que tu allais être ma nouvelle maman et qu'on allait partir habiter dans un autre pays tous les trois parce que les gens d'ici sont trop méchants avec lui. Comme ce monsieur qui nous suivait en voiture. Papa a conduit plus vite que lui, et après on le voyait plus. Tu sais, il est passé quand les feux étaient rouges, avoue-t-il en plaquant sa main sur sa bouche pour montrer que c'était une bêtise. Maman m'a dit que c'était interdit de passer quand le feu est rouge et que la police peut t'arrêter si tu le fais quand même.

Angy imite son geste et je les regarde rire tous les deux. J'aime voir cette connivence qui s'installe entre eux. Curieux de savoir ce qu'ils vont se raconter encore, je reste caché dans le couloir, le souffle presque coupé pour ne pas leur signaler ma présence.

— Ta maman a raison. C'est interdit de rouler quand le feu est rouge, car c'est très dangereux. Il faudra dire à ton papa qu'il ne doit plus le faire à l'avenir.

— Oui, je vais lui dire. Mais bon, il avait quand même une bonne raison. C'était pour que les hamburgers restent bien chauds. Est-ce qu'il en reste, des hamburgers ? Papa en a acheté beaucoup tu sais, il a dit qu'il avait très faim et que toi aussi tu avais très faim. Moi, j'aimerais bien en manger un peu s'il y en a encore, mais je ne sais pas si j'ai le droit, car je me suis déjà brossé les dents.

— Nous n'avons pas encore mangé, Adam, on attendait que tu te réveilles. Maintenant que c'est fait, j'ai hâte de pouvoir les goûter avec toi, ces hamburgers ! Et pour tes dents, tu n'auras qu'à les relaver après, ce sera notre petit secret.

Elle lui tend la main pour qu'il tape dedans, Adam se jette dans ses bras. Étonnée, Angy resserre son étreinte autour de l'enfant avant de lui caresser la tête.

— Hey, tout va bien se passer, Adam ! lance-t-elle pour le rassurer tandis qu'il se met à sangloter.

— Je les ai entendus crier très fort, ça m'a réveillé. Ma maman, elle pleurait, elle disait « arrête, arrête », mais je ne suis pas descendu, car elle m'avait dit un jour, que si papa venait et qu'il était en colère, il fallait que je reste dans ma chambre, que c'était un ordre. Alors je suis resté dans ma chambre jusqu'à ce que maman arrête de pleurer, jusqu'à ce que papa vienne me chercher dans mon lit et qu'on parte très vite de ma maison. Papa m'a dit que maman ne voulait plus de moi. Tu crois que c'est parce que je fais des bêtises ? Parce que si c'est ça, je n'en ferais plus, c'est promis !

En entendant les mots de mon fils, ma gorge se serre et je prends conscience de la situation d'un point de vue différent du mien pour la première fois. Je lui ai enlevé sa mère, son monde, pour satisfaire mes envies personnelles. Pas une seconde je n'ai pensé que cette femme pouvait avoir de l'importance pour quelqu'un puisqu'elle n'en avait pas pour moi. Un sentiment naissant de culpabilité s'empare de moi, mais que puis-je y faire à présent ? C'est trop tard, elle est morte.

— Je ne crois pas que tes bêtises ont fait du mal à ta maman au point qu'elle ne veuille plus de toi, Adam. Je crois juste qu'elle était un peu fâchée, car tu allais peut-être partir en vacances sans elle.

— Alors quand on rentrera, je retournerais vivre avec elle ?

— Hum, lance-t-elle en lui faisant un sourire radieux, est-ce qu'elle fait des hamburgers ta maman ?

Adam secoue la tête par la négative tandis qu'Angy se relève en lui tendant la main.

— Pas de hamburgers ? Comment est-ce possible ? Et si on allait remplir nos ventres dans ce cas ? Tu me suis ?

— Oui, Angy ! Je te suis !

Surprise, elle reste figée sur place en l'observant. Un air préoccupé enlaidit son doux visage. Elle hésite un instant tout en regardant autour d'elle pour s'assurer que le champ est libre, puis s'agenouille devant lui avant de reprendre :

— C'est ton papa qui t'a dit mon prénom ?

Adam confirme d'un signe de tête.

— J'ai un secret à te confier, Adam, tu veux que je te le dise ? Je préfère quand on m'appelle…

— Hum hum ! fais-je en me raclant la gorge pour intervenir avant la divulgation irritante de ce secret inutile. Angy, peux-tu réchauffer les burgers, mon amour, j'ai une faim de loup !

1[ER] JUILLET - EMMA

Des rires me tirent de mon sommeil. Des rires francs, innocents, des rires d'enfant. Même si j'ai l'impression d'être une horrible personne en pensant ainsi, la présence d'Adam dans cet appartement de malheur apaise un peu mon propre calvaire. Avec son fils à ses côtés, Valentin semble moins à cran, moins alerte aussi, ce qui, par ricochet, me rend moins sur les dents. Même si ce psychopathe a tué son ex-femme à deux pas de sa progéniture, j'ai la sensation que grâce à ce petit être rempli d'insouciance, Valentin ne s'en prendra plus à moi. Tout du moins, il ne pourra le faire en présence de son fils sous peine de ruiner l'harmonie qu'il espère créer entre nous trois.

Quoi qu'il en soit, quand il m'a envoyée me coucher cette nuit, j'ai longuement réfléchi à un nouvel angle d'attaque. Si la compagnie d'Adam lui fait perdre le sens du détail, c'est à moi de prendre le relais. Puisqu'il semble moins méfiant, je dois redoubler d'attention et guetter la moindre faille. Pour m'assurer une tranquillité toute relative, je ne vais plus lâcher Adam. D'une part, j'assurerais mes arrières en agissant comme la mère qu'il veut que je sois, et d'autre part, ça me permettra de réagir dans l'urgence si Valentin s'en prend à son fils. Adam n'est qu'un petit bonhomme de cinq ans né chez les mauvais parents. Il n'y est pour rien si son père est complètement fêlé. Alors si je peux le protéger avec les pauvres moyens que j'ai à ma disposition, je le ferais sans aucune hésitation.

Prenant le temps de m'étirer pour la première fois depuis que je suis prisonnière de cet appartement, je réalise que c'est aussi la première nuit que je passe sans être sur le qui-vive ou sans cauchemarder. Je n'irais pas jusqu'à dire que j'ai bien dormi, mais quand Valentin a fermé la porte à double tour, je me suis sentie en sécurité dans ma chambre, car j'avais le sentiment qu'il allait enfin me laisser tranquille. Et c'est ce qu'il s'est passé.

Comme Adam a dormi avec lui cette nuit, il m'a foutu une paix royale. Et même encore maintenant, grâce aux rires de cet enfant, je ne suis pas encore anxieuse, à appréhender la longue journée qui s'annonce devant moi. De toute façon, je n'ai pas entendu Valentin déverrouiller le loquet de la porte, ce qui veut dire que je suis encore parquée comme une bête dans son enclos. Et ça me convient très bien.

Près d'une heure plus tard, alors que je viens tout juste de passer par l'espace salle d'eau où se trouve un lavabo sommaire et de quoi me faire une toilette succincte, j'enfile un jean et un tee-shirt à fleurs qui se trouvent dans « ma penderie ». Je ne sais pas comment Valentin a fait ses choix en termes de vêtements, ce qui est sûr c'est qu'il n'a pas tenu compte une seconde de mes goûts. Je ne sais pas qui est cette Angy que je dois représenter, mais je constate très nettement que nous n'avons pas la même garde-robe. Dans ce tas de fringues disposé face à moi, il y a des looks de tous les horizons, mais rien qui ne me représente moi, Emma Rolland, fille simple, sobre, mais néanmoins féminine. Là, il y a du très osé, à la limite du vulgaire, ou bien au contraire, du baba cool, à la fois roots et hippy des années soixante. Ce tee-shirt et ce jean étaient ce que je pouvais trouver de moins extrême entre les deux. Même si ce n'est pas une franche réussite, ça me donne au moins l'avantage d'être à l'aise si je dois sauter sur une quelconque occasion.

En passant près de la porte de la chambre, j'appuie sur la poignée de porte par acquit de conscience. Je m'attends à souffler de dépit en constatant que je suis toujours enfermée, mais reste stupéfaite en m'apercevant que la porte est ouverte. Quand est-ce qu'il m'a ouvert ? Je n'ai rien entendu.

Avec prudence, je la tire vers moi en tendant l'oreille. Dans la cuisine, des bruits de plats en métal qui s'entrechoquent résonnent tandis que Valentin enseigne à son fils comment casser un œuf. C'est surréaliste. Comment un homme qui a tué deux personnes la veille, un psychopathe tel que lui, peut-il se montrer si gentil avec un enfant ? Un frisson me parcourt l'échine en envisageant son degré de folie.

On se fait une idée des serial killer au travers des séries à suspense que l'on regarde à la télé, mais comment imaginer un jour tomber entre les mains de l'un deux ? Pourquoi moi, une simple provinciale, une jeune femme plutôt réservée qui n'a rien connu de la vie et qui n'a rien de vraiment intéressant à livrer aux autres… Est-ce parce que je me suis trouvée au mauvais endroit au mauvais moment le jour où je suis montée en même temps que lui dans cet ascenseur ? Ou est-ce parce qu'il a toujours compris que je m'étais servie de lui pour rendre Thomas jaloux ? Je ne peux croire qu'il voit réellement en moi une personne digne de tout cet intérêt, pourtant, dans cet esprit si tortueux, tout porte à croire que je le suis. Malheureusement.

En passant devant la porte fermée de sa chambre, je tente d'abaisser la poignée en silence. Avec prudence, je colle mon épaule au bois pour pousser et être certaine qu'elle soit bien close, mais sans surprise cette fois, c'est bien le cas. Puisqu'il avait ouvert la mienne, j'ai eu cet espoir fou qu'il aurait pu laisser la sienne ouverte… Mais en effet, l'espoir était bel et bien trop fou pour que ce rêve devienne une réalité.

La mort dans l'âme, je continue mon chemin pour les rejoindre dans la cuisine. Non pas que j'ai vraiment envie de voir le père, mais au moins de m'assurer que l'enfant va bien. En passant la cloison qui sert de séparation entre le couloir et le salon, je m'arrête devant un spectacle qui me coupe le souffle tant il semble improbable. Adam est entre les bras de Valentin, les cheveux recouverts de farine, en train de malaxer une espèce de pâte beige qui ressemble à celle du pain.

Attiré comme un aimant, Dumas redresse la tête pour m'apercevoir avant de vraiment me fixer de son regard aguicheur. Sans me lâcher des yeux, il glisse suffisamment fort à l'oreille de son fils pour que je l'entende :

— Regarde, mon chéri, notre *Belle aux Bois Dormant* s'est enfin réveillée…

Quand il me remarque, le petit bonhomme à peine plus haut que le plan de travail affiche un sourire éblouissant, puis s'exclame :

— Angy ! Enfin, tu t'es levée ! Papa voulait t'attendre pour préparer une brioche, mais j'avais trop envie de te faire la surprise !

— C'est gentil, Adam, rétorqué-je en lui souriant franchement à mon tour, tout en prenant bien soin d'éviter le regard de l'homme qui se tient derrière lui. En plus, j'adore la brioche !

— On a presque fini, reprend Valentin en s'approchant de moi d'un pas trop rapide pour que j'esquive son étreinte. Bonjour, mon amour. As-tu bien dormi ?

Le baiser qu'il me claque sur les lèvres me donne un haut-le-cœur. Je tente de le repousser discrètement, mais il me tient si fermement contre lui que je ne peux lutter contre sa force.

Pour ne pas inquiéter l'enfant, je donne le change en répondant un « oui » timide qui semble leur convenir à tous les deux. Plein de gaieté face à cette coopération inattendue, Valentin se permet même de me mettre une claque sur la fesse en riant.

— Voilà, s'exclame-t-il en me retournant d'un geste vif et brutal. Angy aussi est pleine de farine !

Adam s'esclaffe devant la blague ridicule de son père. Mais comment lui en vouloir ? Ce n'est qu'un gosse innocent, alors que celui qui m'a mis la main au cul sous prétexte de faire rire son fils est une grosse pourriture capable du pire.

Je passe l'éponge pour ne pas rentrer dans son jeu, puis m'installe près de l'îlot, face au cuisinier en culotte courte. Depuis ma place, j'observe le plan de travail tandis que Valentin a repris son poste. D'un geste vigoureux, il pétrit la pâte avant de la positionner dans un moule, sous l'œil admiratif du petit.

Faisant mine de sourire pour le féliciter, je m'applique à zieuter chaque ustensile présent autour d'eux qui pourrait me servir. Mais comme toujours, je ne repère rien de tranchant ou de contondant.

— Papa, je peux regarder les dessins animés ? demande Adam en tapant dans ses mains pour faire un énorme nuage de farine.

En le voyant faire, les yeux de Valentin se révulsent presque, tandis qu'Adam comprend tout de suite qu'il vient d'énerver son père. Les épaules basses et les lèvres pincées, ses petits yeux se mettent soudain à briller. Il est à deux doigts de pleurer. Les joues déjà rouges, le poing serré sur le plan de travail, Valentin s'apprête à disputer son rejeton, mais avant de le faire, il me lance un regard interrogateur. En voyant mon air sévère, il se ravise aussi sec puis, dans un calme qui sonne terriblement faux, déclare :

— Aide-moi à nettoyer, après ça, tu pourras regarder la télé. C'est d'accord ?

Malgré un long souffle que je ne saurais apparenter à du mécontentement ou du soulagement, Adam approuve d'un signe de tête en implorant son père du regard.

— Tiens, apporte-moi l'éponge pour commencer, ordonne Valentin avec une douceur factice.

Adam baragouine quelques mots pour lui-même, visiblement déjà remis de ses émotions, et gagne tout de même l'évier. Quand il revient avec l'éponge dégoulinante d'eau, mon cœur s'emballe. Si on a frôlé la catastrophe après un simple nuage de farine, quelle réaction va-t-il avoir à cause de ça ? Pour éviter de quelconques représailles, je m'immisce entre eux pour attraper l'éponge la première avant de la plaquer sur l'îlot plein de farine. Le « floc » qui résonne quand la mousse imbibée rencontre le meuble me donne un frisson. Des gouttes d'eau nous éclaboussent, cependant je ne réagis pas. Adam, interloqué, redresse la terre vers moi avec des yeux ronds comme des billes. Par un clin d'œil complice, je le rassure avant d'entamer le nettoyage.

Par chance, l'atmosphère qui était tendue une seconde plus tôt semble à présent moins électrique. Et alors que je débarrasse la cuisine de toute cette farine éparpillée, je sens le regard de Valentin qui effleure mon corps à chacun de mes mouvements. Si c'est le prix à payer pour qu'il ne s'en prenne pas à cet enfant, alors soit, il peut me reluquer de son œil pervers à loisir du moment où il reste loin d'Adam ou de moi.

Une fois ma besogne achevée, je rejoins le petit brun impatient qui trône sur le canapé, droit comme un i, en attendant que quelqu'un lui mette les dessins animés qui lui ont été promis.

— Je peux ? demandé-je avec précaution en désignant l'écran de télé d'un signe du menton, comme si chaque seconde était une allumette toujours prête à s'embraser.

Attablé à l'îlot, un café dans la main, Valentin me lance un « oui » guilleret. Son attitude me désarçonne, toutefois, je ne cherche pas à comprendre ce qui peut l'amuser ainsi et entreprend de trouver la télécommande pour allumer la télé.

— Adam, tu as vu la télécommande ? le questionné-je en retournant un à un tous les coussins du canapé. Tu as joué avec ?

— Non, Angy. Je n'ai pas joué avec.

Valentin pouffe de rire dans mon dos. Agacée, je refouille parmi les coussins, puis passe ma main entre les assises du canapé. Quand mes doigts s'enfoncent dans celle du milieu pour venir se piquer sur un ressort pointu, je sursaute de douleur.

Priant pour que Valentin n'ait rien remarqué, je continue à faire semblant de chercher alors que mon esprit s'égare. Avec l'imagination d'une *MacGyver* prête à tout, j'envisage les possibilités qui s'offrent à moi. Des ressorts pointus pour crocheter une serrure, ou bien pour lui crever un œil… Les possibilités ne sont pas infinies, pourtant, elles font naître en moi une nouvelle lueur d'espoir.

— C'est ça que tu cherches ? braille Valentin, en me tirant de mes pensées d'évasion.

Surprise, je me tourne vers lui alors qu'il exhibe l'objet de mes investigations dans sa main.

Quel con ! J'aurais dû comprendre que c'était lui qui l'avait, il avait l'air trop amusé pour que ce soit anodin.

— Un baiser contre une télécommande, mon amour…

Pensant me prendre au piège avec cet ultimatum, je me penche vers l'oreille d'Adam pour lui murmurer :

— Tu devrais courir embrasser ton papa. Il sera encore plus heureux si c'est toi qui lui donnes ce baiser !

Enthousiaste, l'enfant se lève d'un bond pour parcourir à la hâte les quatre ou cinq mètres qui le séparent de son père. Il se jette dans ses bras, Valentin le réceptionne et se laisse embrasser la joue sans me lâcher des yeux.

Même si j'ai gagné le duel avec cette petite stratégie de bataille, je comprends que je viens de réveiller le chasseur qui sommeille en lui. Son baiser, il l'obtiendra, de gré ou de force, je peux le lire dans ses yeux.

— Tiens, Angy ! s'exclame Adam en revenant vers moi, surexcité. Mets-moi les dessins animés !

Tandis que je récupère la télécommande pour appuyer sur *On*, Valentin gronde :

— On dit : s'il te plaît, maman, Adam !

— Mais c'est pas ma…

Il n'a pas le temps de finir sa phrase que la télécommande m'échappe pour s'écraser au sol. La main sur la bouche pour retenir le cri de stupeur qui ne demande qu'à s'extirper de ma bouche, je détaille l'image qui me cloue sur place. Face à moi, un portrait-robot de mon kidnappeur s'affiche sur toute la surface de l'écran. Même si on dirait le Valentin d'avant, même s'il n'a plus la même coupe de cheveux, c'est bien lui.

Admiratif devant cette esquisse très réaliste de son père, Adam se tourne vers Valentin qui semble aussi choqué que moi. Avec toute son innocence, il lui demande :

— Papa, t'es une star, tu passes à la télé !

1ER JUILLET - VALENTIN

— Éteins ça ! m'écrié-je en contournant l'îlot de la cuisine pour récupérer la télécommande avant qu'elle ne le fasse. Éteins ça, je te dis !

Plus rapide que moi, Emma se baisse en vitesse et chope l'objet au sol avant que j'y parvienne. Se décalant de quelques pas pour ne pas que je l'attrape, elle garde un œil sur moi, mais ne perd pas une miette de ce qui se dit à l'écran.

... Le commissaire Cordosi ainsi que l'ex-femme du tueur présumé ont été retrouvés morts dans la nuit après un appel anonyme. Tout porte à croire qu'il s'agisse d'un crime passionnel...

— Emma, donne-moi cette putain de télécommande ou..., m'emporté-je en renversant Adam sur mon passage avant de sauter par-dessus le canapé.

... Emma Rolland a disparu depuis cinq jours. La police la recherche activement...

— Arrrggghhhh !!!

Le cri qui s'échappe de ma bouche ne reflète pas juste une simple requête. C'est un son bestial, guttural, un ordre animal qui, si elle n'y obéit pas, risque de se transformer en acte de représailles sévère.

Les mains tremblantes, je fais un nouveau pas dans sa direction malgré les cris d'effroi d'Adam qui me demande de laisser Angy tranquille. Le bras tendu, j'hésite entre lui arracher cette foutue télécommande des mains ou bien lui serrer le cou entre mes doigts pour l'obliger à lâcher l'objet d'elle-même.

— Papa, non ! chouine mon trouillard de fils dans mon dos pour m'agacer.

— Ta gueule, toi ! grondé-je en me retournant vers lui d'un geste brusque qui force Emma à se plier à mes volontés.

— Laisse-le tranquille, Valentin. Laisse Adam, il n'a rien fait, s'exclame-t-elle, visiblement paniquée à l'idée que je puisse m'en prendre à lui. Laisse-le ou…

Surpris par l'ultimatum qu'elle s'apprête à me lancer, je fais volte-face pour me retrouver nez à nez avec elle. Il n'y a plus qu'un pas qui nous sépare et, avec mon front contre le sien, le regard tueur, je reprends ce pouvoir que j'aime tant avoir sur elle. Angy est belle et douce, Emma est une brebis galeuse que je dois à tout prix discipliner. Et si pour cela je dois employer la force, alors je n'hésiterais plus une seule seconde.

— Ou quoi, Emma ? Hein, tu vas faire quoi ?

Bien que je la défie, tant par mon intonation que par mes yeux, la rebelle ne daigne même pas cligner des paupières. Elle me résiste, me provoque, pourtant, je sais pertinemment que je lui fais peur. Il n'y a qu'à contempler l'ourlet parfait de sa lèvre supérieure qui tremble imperceptiblement.

... Une alerte enlèvement a été déclenchée par les autorités. Le petit Adam, cinq ans,...

— Donne-moi cette putain de télécommande, EMMA ! hurlé-je en perdant patience.

Sans réfléchir, je l'empoigne par la nuque afin de la faire plier. De plus en plus courbée par la douleur, Emma laisse tomber l'objet au sol avant de le piétiner. Des morceaux de plastique noir cassent sous la pression de son pied. Plus elle tape, plus je resserre mon emprise sur son cou jusqu'à ce qu'elle finisse à genoux. De rage, je lui colle le visage sur les débris en criant :

— T'as vu ce que tu as fait ! Tu seras punie pour ça, Emma ! Tu seras punie, je te le garantis !

Je m'attends à ce qu'elle me supplie de ne pas lui faire de mal, mais un rire nerveux s'échappe de sa gorge. D'abord discret, il devient incontrôlable. Malgré la pression de mes ongles dans sa chair, Emma se gausse sans parvenir à s'arrêter.

— T'es complètement tarée, ma pauvre ! Pourquoi tu rigoles ? grogné-je, circonspect, avant de lui hurler dessus à nouveau. Pourquoi tu rigoles ?

Derrière moi, Adam, seul et unique spectateur de cette scène ridicule, pleure toutes les larmes de son corps. Sa réaction m'agace plus qu'elle ne le devrait. Ce gamin n'est pas près de devenir un homme. S'il chiale comme une gonzesse à chaque fois que je dois remettre Emma dans le droit chemin, il va en verser des larmes. Pourtant, ce n'est pas faute d'avoir essayé de l'endurcir en ayant eu la même attitude avec sa mère. Il devrait y être habitué depuis le temps...

Je relâche la nuque d'Emma pour la forcer à se relever en la tirant par les cheveux, et décèle une lueur nouvelle dans ses iris. Elle semble se moquer de moi. Le simple fait de l'envisager me met dans une colère noire.

— Tu crois que tu peux te foutre de ma gueule, Emma ? grincé-je entre mes dents en collant mon visage au sien. Tu crois que tu peux rire de moi ? Te rends-tu compte de ce que je suis capable de te faire, là, dans la seconde ?

— C'est fini pour toi, Valentin, me menace-t-elle malgré sa tête que je maintiens fermement contre la mienne. Ce n'est plus qu'une question d'heures avant qu'ils te retrouvent. T'es foutu !

Une envie soudaine de tirer très fort sur ses cheveux pour lui rompre le cou me chatouille les doigts. Pendant une seconde, j'imagine faire taire Emma pour de bon, mais perdre Angy me paraît inenvisageable. Je sais que cette pétasse d'Emma finira par s'éclipser lorsque l'on entamera notre nouvelle vie. Il ne peut pas en être autrement, je m'en fais la promesse.

— Tu racontes n'importe quoi. S'ils pensent m'attraper, ils se gourent. J'ai deux, peut-être même trois coups d'avance sur eux. Le jour où ils trouveront cette planque, mon amour, dis-toi bien que nous serons tous les trois déjà loin !

— Je n'irai nulle part avec toi, espèce de malade !

... *Actuellement, la police détient un témoin crucial dans l'enquête. Selon certaines sources, les recherches avancent à pas de géant et ce n'est plus qu'une question d'heures pour que le coupable soit arrêté...*

— Ah ! Tu vois, s'exclame-t-elle alors que je tourne la tête vers l'écran une brève seconde pour y voir la maison de mon ex-femme qui grouille de flics. Une question d'heures, Valentin... Tic-tac, tic-tac...

D'un geste violent, j'envoie Emma valdinguer contre le sol. Dans sa chute, sa tête cogne contre le pied du canapé. Elle crie de douleur, mais je n'en tiens pas compte. La pression qui vient d'exploser en moi est trop forte pour que je m'attarde sur cette rebelle qui geint au sol. Si jamais je la touche maintenant, je ne suis pas certain de pouvoir me contrôler. Et puis, ma priorité est de faire taire la voix de la journaliste qui me fait passer pour un cinglé. Emma ne perd rien pour attendre.

D'un demi-tour rapide, je gagne le meuble qui fait face au canapé. Après avoir empoigné le fil de la prise pour couper l'alimentation, je le déconnecte de la télévision pour l'embarquer avec moi. Adam m'observe en sanglotant. Recroquevillé dans un coin de la pièce, ses yeux font des allers-retours entre Emma, restée au sol, et moi. S'il n'avait pas été là, j'aurais probablement explosé cette maudite télé, mais pour ne pas que lui aussi me prenne pour un fou, je décampe du salon avant de péter un plomb.

Arrivé dans ma chambre, je referme les verrous pour que personne ne puisse me déranger pendant que je regarde les news. Avec force, je balance le câble sur le lit avant de me jeter sur mon fauteuil. D'un geste de la main sur la souris, les trois écrans d'ordinateur s'allument. Sur celui du centre, je me connecte à la première chaîne d'informations que je trouve. Même si celle-ci ressemble plus à un journal à scandales qu'à une véritable chaîne d'investigations, j'écoute les dernières nouvelles qui circulent sur mon compte.

Quelques mots s'incrustent dans mon esprit pendant que je connecte les deux autres écrans aux caméras que j'ai cachées un peu partout. Cordosi, meurtre, enquête criminelle… Il n'y a en a que pour ce ripou qui baisait ma femme au lieu de faire son boulot. Pourquoi ne parlent-ils pas de l'amour inconditionnel que je voue à Angy ? Pourquoi n'évoquent-ils pas le fait que j'ai sorti mon fils des griffes de sa chienne de mère ? Non, les médias détournent la vérité, ils la manipulent, la déforment et s'amusent à créer des monstres là où il n'y a que des hommes prêts à mourir d'amour.

En zappant sur la caméra qui donne sur le commissariat de police, un homme attire mon regard. Assis sur un banc juste en face de l'entrée principale, mon frère guette les portes automatiques en agitant ses genoux de façon frénétique.

Qu'est-ce qu'il fout encore là, ce con ?

Chopant le portable prépayé dans le tiroir que je tiens fermé à clé, j'appuie longuement sur le premier raccourci pour entendre les dix chiffres du numéro de Vincent se composer.

La première sonnerie retentit dans mon oreille, alors qu'à l'écran, je vois mon frère qui récupère son portable dans sa poche. À la deuxième, il secoue la tête en voyant mon nom s'afficher. La grimace qu'il arbore me met les nerfs à vif. Qu'est-ce qu'il attend pour me répondre ?

Tandis qu'il appuie sur son clavier, je comprends qu'il vient de refuser l'appel et qu'il m'a balancé sur son répondeur. Mes doigts se serrent contre ma paume, mon souffle s'accélère. *Putain, qu'est-ce qu'il branle !*

Une seconde fois, je l'appelle, puis entends la première sonnerie. Vincent secoue à nouveau la tête et laisse passer une deuxième, puis une troisième tonalité avant de porter son téléphone à son oreille pour me répondre enfin. Après avoir décroché, il se gratte physiquement la gorge tout en la raclant à l'autre bout du fil. D'une voix visiblement gênée, il me dit :

— Salut frangin, avec ce qu'il s'est passé hier, j'ai pensé que tu serais déjà dans l'avion à cette heure-ci ?

— Pourquoi tu m'as balancé sur ton répondeur ? Pourquoi t'as pas décroché tout de suite ?

— Je… J'étais occupé, bégaye-t-il.

— Tu te fous de ma gueule ? m'exclamé-je en tapant du poing sur le bureau. T'es assis comme un couillon devant le commissariat !

— Et merde ! lâche-t-il en regardant autour de lui. T'es où ? D'où tu me regardes ? D'une bagnole ou d'une caméra ?

— Caméra, grogné-je. Pourquoi t'es encore là-bas ? Tu ne devrais pas être en train de récupérer la voiture pour l'aéroport ?

Même si j'essaie de garder mon calme, je sens que je suis à deux doigts de vriller. Ma tête carbure à toute allure, à un point tel que j'ai la sensation de sentir de la fumée me sortir par tous les orifices.

J'attends sa réponse, et me connecte sur le site de l'aéroport pour échanger notre vol. Emma est peut-être chiante, il n'en reste pas moins qu'elle a raison. Si je veux vivre ce doux rêve que j'imagine pour la famille Dulland, je vais devoir accélérer le mouvement. Je n'ai plus le choix. Mes doigts tapent sur mon clavier à vive allure tandis que la réponse de mon frère se fait attendre. Prétextant une quinte de toux subite et terriblement bien interprétée, il s'apprête enfin à parler quand j'accède au service des réservations.

— Écoute, Val, commence-t-il en se grattant la tête. Je sais que ça ne faisait pas partie du plan, mais en butant Cordosi, t'as aussi flingué toutes tes chances de te barrer du pays. Ta tronche est dans tous les médias, et ici, c'est une vraie fourmilière. Ils vont te traquer, frérot. Tu vas peut-être réussir à les esquiver, mais il y a peu de chances pour que tu parviennes à prendre ton avion. Même en changeant de date.

— Et quoi, Vincent ? Qu'est-ce que le grand bandit de la famille me conseille dans ce cas ?

— Franchement, j'en sais rien, mais si j'étais toi, je laisserais tomber les plages de sable blanc et je me dépêcherais de passer une frontière, n'importe laquelle, pour gagner du temps.

— Tu veux que je parte en Belgique ?

— J'en sais rien, Val, peut-être. Ça te permettrait de brouiller les pistes. Contacte le petit Vidal pour lui dire que tu vas prendre un vol, n'importe lequel, donne-lui des renseignements précis, de quoi se creuser un peu les méninges. Il va prévenir les flics et toi tu pourras prendre la tangente vers le nord. Je ne vois pas ce que tu peux faire d'autre…

L'ébauche de ce nouveau plan se fraye un chemin dans mon esprit. Après tout, il a peut-être raison. Seulement, il y a quand même un problème.

— OK, ça peut le faire, t'as raison. Mais je ne peux pas partir avec la bagnole d'hier. Il m'en faut une nouvelle pour passer inaperçu. Ramène-moi celle que tu dois récupérer au service de location, et dès que tu arrives, on se casse.

Le blanc qui s'installe à l'autre bout du fil me glace le sang. Vincent hésite, je le sens, je le vois sur mon écran. Il observe dans toutes les directions jusqu'à poser son regard sur un point qui se trouve être la caméra que j'ai cachée dans l'arbre. Comment l'a-t-il repérée celle-là ? Je ne lui avais rien dit au sujet de celle de l'arbre.

— Je ne vais pas récupérer la bagnole, frérot. Si je pose mon nom sur le registre, je peux dire adieu à ma liberté conditionnelle. Il est hors de question que je retourne en prison.

— Quoi ? hurlé-je contre le haut-parleur. Tu vas pas me planter, espèce de fils de pute ! Rappelle-toi de ce que j'ai fait pour toi, Vincent. Rappelle-toi que c'est à ton tour de me sortir de la merde.

— T'as raison, Val. Je te serai éternellement redevable, mais là, cette fille, cette famille, ce flic que t'as buté… tout ça c'est trop gros. Je risque mon cul sur cette affaire, et je crois que ça me dépasse un peu trop à présent. Notre plan est foutu à cause de tes conneries !

— OK, Vince, tu veux quoi pour m'aider ? Du fric ? Je peux demander une rançon aux Vidal. La somme que tu veux.

— Je me fous du fric, Valentin. T'as compris, putain ? T'as buté un poulet, mec ! Maintenant, t'as tous les poussins de France au cul, tu ne pourras pas t'en sortir. C'est mort !

— Ferme ta gueule, Vincent ! J'ai personne au cul, ils ne savent pas où je me trouve, ils ne le sauront jamais !

— Je ne te balancerai pas, mon frère, mais c'est fini pour moi. Je me retire du game !

— Hors de question ! Tu te retires de rien du tout et tu vas récupérer cette putain de bagnole de merde pour que je puisse me barrer de là ! T'as intérêt de te bouger le cul, sinon, c'est pas en prison que tu vas retourner pour complicité d'enlèvement, c'est dans un putain de cimetière, car je vais te faire la peau !

— Je comprends que tu m'en veuilles, mais je suis désolé, Val. Va falloir que tu te débrouilles sans moi sur ce coup-là…

Sans me laisser le temps de répondre, cet enfoiré de traître me raccroche au nez.

1er JUILLET - EMMA

— Espèce d'enculé !

Je sursaute en ouvrant les yeux. Les mots proviennent de la chambre de Valentin. Ils ne sont pas juste criés, ils sont hurlés avec une colère qui n'augure rien de bon. Ces mots planent au-dessus de nous comme les prémices d'une menace imminente, comme un avertissement que l'on devrait prendre au pied de la lettre pour fuir. Mais comment ?

De toute manière, je ne sais pas ce qui se passe encore, et je m'en fous. Bientôt, ce cauchemar prendra fin, j'en suis persuadée. Peu importe l'issue, peu importe que ça se finisse bien ou mal, le dénouement est proche, je le sens.

Les yeux plissés pour me donner l'impression que ça apaise la douleur lancinante qui me martèle la tête, je reprends mes esprits peu à peu en réalisant que je suis passée à quelques centimètres du drame. Quand j'ai heurté l'angle en bois du pied du canapé, j'ai bien cru que je finirais avec le crâne ouvert. La chute a été rapide, le choc violent et la douleur si forte que j'ai probablement perdu connaissance.

— Est-ce que ça va ? me demande une petite voix en venant se coller à moi.

D'une main, Adam dégage mon front en repoussant mes cheveux, tandis que de l'autre main, il me caresse l'épaule.

— Il n'y a pas de sang, ajoute-t-il en farfouillant dans ma chevelure. C'est pas comme une fois avec maman. Elle en avait partout.

Surprise par cette confidence à laquelle je ne m'attendais pas, je redresse la tête pour plonger mon regard dans celui de cet enfant qui a dû en voir de toutes les couleurs malgré son si jeune âge. Ses iris aux reflets verts sont embués de larmes. Même si elles ne coulent pas, elles stagnent au ras de ses cils, brouillant certainement ainsi sa vision.

Le cœur en miettes de le voir dans cet état, j'hésite à effacer les traces de la souffrance qui le hante. Trop de souvenirs dans sa tête, trop d'images qui ont dû marquer son enfance.

Dans un geste presque maternel, je me redresse et attrape le petit corps du garçon pour le serrer contre moi. Ma seule envie à présent est de le rassurer, d'apaiser ses craintes, de calmer les battements de son cœur qui résonnent si fort que je peux presque les entendre avant même de le toucher.

Cet enfant n'a rien fait, il n'a rien demandé à personne, pourtant, malgré toute cette innocence qui le caractérise encore, il sera marqué par les événements qui se sont succédé ces derniers jours. Comme moi, il sera meurtri à vie par les actes de son père, mais comme moi, il se reconstruira, parce que le temps efface les blessures, tout du moins, il les floute un peu jusqu'à les atténuer suffisamment pour avoir encore envie de vivre…

— Elle est où ma maman, Angy ? C'est vrai ce qu'ils ont dit à la télé ? Ma maman, elle est morte ? Mais ça veut dire quoi, morte ?

Sa question me coupe le souffle. Moi qui imaginais déjà un meilleur futur pour lui, pour moi, me voilà mise face à une réalité beaucoup trop brutale. Mais comment réagir ? Lui expliquer que la mort est un synonyme de fin, de non-retour ? Lui avouer que sa maman, il ne pourra plus jamais la voir, la toucher, lui parler ? C'est au-dessus de mes forces.

Je caresse ses cheveux, sa respiration s'apaise, son rythme cardiaque ralentit enfin. Blotti dans mes bras, la tête relevée pour me regarder, je comprends qu'il attend une réponse, mais je suis incapable de lui en fournir une.

Au bout de quelques secondes pesantes, il reprend :

— Mamie m'a dit une fois que la mort, c'était quand on partait pour un long, très long voyage, et qu'on ne revenait pas parce qu'il y avait trop d'aventures à vivre.

— Elle t'a dit quoi encore, ta mamie ?

— Comme elle habite à l'océan, elle a dit que quand on part en voyage à la mort, on peut marcher sur l'eau pour aller jusqu'à l'horizon. C'est vrai ce qu'elle m'a dit, ma mamie ?

Les doigts agrippés au tissu de mon haut, il ne détourne plus les yeux en attendant que je confirme les dires de sa grand-mère.

— Je crois que ta mamie a raison sur un point. La mort, c'est faire un très long voyage dont on ne peut revenir tellement il est loin. Par contre, je ne suis pas certaine qu'on puisse marcher sur l'eau…, hésité-je en souriant presque.

Enfin, comme jamais personne n'est revenu de la mort, il est impossible de savoir ce qui se passe pendant ce voyage.

— Peut-être que maman reviendra pour nous raconter alors. Tu sais, elle m'a promis de ne jamais m'abandonner, et qu'elle ferait tout son possible pour me garder avec elle, alors je suis sûr qu'elle reviendra me chercher.

Les paroles d'Adam me frappent en plein cœur. Une boule dans ma gorge fait obstacle à l'air qui ne demande qu'à s'infiltrer dans mes poumons. Retenant mes larmes pour ne pas affoler l'enfant, je me contente de lui sourire d'un rictus forcé, pleine de culpabilité. L'impression d'être minable s'insinue en moi jusqu'à me tordre le ventre. Je le regarde, lui souris, alors que je sais pertinemment que sa mère ne reviendra pas, qu'elle n'honorera jamais cette promesse qu'elle lui a faite. Pendant une seconde, je me déteste d'être la personne qui lui cache la vérité et qui le laisse espérer là où il n'y a plus aucun espoir. Mais à la seconde suivante, je réalise que je ne suis pas le monstre que j'ai la sensation d'être. Si on en est là, c'est parce qu'un malade nous retient captifs, c'est parce qu'un fou a tué sa mère. Seulement ça, je suis incapable de le lui dire.

— Tu sais, reprend-il en me serrant plus fort avant de poser sa joue sur mon omoplate, à moi aussi, il me fait peur, papa. Je déteste quand il crie fort ou quand il tape maman. Je sais que je ne devrais pas le penser, mais quand il fait du mal à ma maman, moi, je suis tellement en colère dans mon ventre que je voudrais qu'il ne soit plus mon papa.

— Je comprends ta colère, Adam. Personne ne devrait être violent avec les autres, car la violence ne résout rien, jamais.

— Maman m'a dit que, des fois, il y a des gens qui souffrent tellement qu'ils sont obligés de taper les autres pour passer leur colère. Maman dit que c'est une maladie qu'on ne peut pas guérir et que papa est comme ça. Tu crois vraiment qu'il est malade ?

— Oui, Adam. Je crois que ton papa est très malade et qu'il devrait aller à l'hôpital pour se faire soigner. Mais ne lui dis pas, c'est un secret.

— Moi, je garde super bien les secrets. Maman me disait beaucoup de secrets. Comme elle est partie en voyage vers la mort, je peux te dire le dernier qu'elle m'a dit ?

Surprise, je sursaute imperceptiblement avant de pousser un peu le garçonnet pour mieux le voir. Au fond de moi, l'idée que ce secret puisse m'être d'une quelconque utilité pour nous sortir de là m'apporte une minuscule lueur d'espoir.

— Bien sûr, je t'écoute.

— Avant de partir, maman m'a dit qu'on allait s'en aller et qu'il ne fallait pas en parler à papa. Elle avait appelé mamie pour qu'on aille vivre chez elle à l'océan, et moi, j'étais trop content de partir habiter là-bas. Tu crois que je vais plus y aller maintenant que maman est en voyage ?

— Je ne sais pas, bonhomme. Toi, tu voudrais aller vivre avec ta mamie à l'océan ?

Il se redresse d'un bond, le visage soudain ravi, je l'attrape avant qu'il crie trop fort sa réponse dans un élan de joie. Avec mon index sur ma bouche, je lui fais signe de se taire pour ne pas attirer l'attention de son père. Il ne manquerait plus que Valentin vienne briser volontairement les derniers rêves du gamin.

— Oui, chuchote-t-il en se rasseyant sur mes genoux. Oui, je voudrais trop habiter avec mamie, parce que mamie, elle fait les meilleurs caramels de la terre entière et qu'elle est trop gentille. Même si je ne l'ai jamais vue, mamie, elle m'en envoie des fois par le courrier et en plus, je l'ai souvent au téléphone de maman quand papa n'est pas là, parce que papa, il ne veut pas qu'elle les apporte à la maison, les caramels. Il dit que c'est une fouine qui met son nez partout, alors il lui a interdit de nous parler, mais maman le fait quand même dans son dos. C'est notre secret.

— Et c'est le mien aussi à présent. Je te promets que je ne dirais rien.

La porte de chambre s'ouvre avec fracas, Adam se réfugie au creux de mes bras. Cramponné à moi en guettant le couloir, il se raidit quand son père arrive dans le salon. Même si je n'en mène pas large, je suis contente d'être restée là où je suis tombée. Au moins, cachés derrière le canapé, il ne nous voit pas et s'il se ramène vers nous, on aura le temps de partir dans le sens opposé.

Les yeux rivés sur mon tortionnaire, je le regarde maugréer je ne sais quoi en se dirigeant vers le frigo. Il a l'air concentré, même soucieux et ne semble pas porter attention à l'environnement qui l'entoure. Ouvrant la porte du meuble avec colère, celle-ci s'écrase contre le mur à côté en me faisant sursauter. Adam relève la tête vers moi, les yeux remplis d'incompréhension quand son père s'empare de la bouteille d'eau fraîche pour la vider d'une traite.

Pour qu'il ne nous fasse pas repérer, je répète mon geste de silence en priant pour que Valentin ne nous appelle pas. Si Adam a si peur de son père, tout porte à croire qu'il lui obéira au doigt et à l'œil pour ne pas se faire disputer.

D'un signe de tête, il me laisse entendre qu'il a compris et me contourne à genoux pour se cacher derrière moi.

— Il a intérêt de répondre, cet enculé, ou je jure sur la tête d'Adam que je le bute ! T'as compris, espèce d'enfoiré ? Tu vas répondre ou je te tue !

De rage, il broie la bouteille en plastique entre ses doigts avant de la jeter par terre. D'un pas hâtif comme à l'aller, il retourne dans sa chambre avant de claquer la porte et de la refermer à clé.

La scène à laquelle on vient d'assister est surréaliste. Valentin ne nous a même pas calculés, il était trop absorbé par un quelconque problème à résoudre et l'état dans lequel il se trouvait ne peut que me réjouir. S'il est inquiet, c'est que mon pressentiment est le bon. Le piège va se refermer sur lui, je le sens.

— Angy, je crois que mon papa est vraiment malade, déclare Adam, toujours tapi derrière moi. Je crois aussi qu'il me fait encore plus peur que d'habitude et je veux pas rester ici. On peut s'en aller ?

— J'ai essayé de m'en aller, bonhomme, mais je n'ai pas encore réussi. Ton papa garde la clé de l'appartement autour de son cou comme un secret et...

Au moment où, je prononce ces mots, l'idée d'envoyer Adam la chercher me titille l'esprit. Seulement, c'est un plan trop risqué pour un petit garçon de son âge, même si c'est le seul que j'ai en stock.

— Je pourrais lui demander qu'il me la donne ? Si je lui fais un câlin, je suis sûr qu'il sera d'accord.

— J'aimerais te dire que c'est une excellente idée, Adam, car s'en est une. Malheureusement, je ne crois pas que ton papa te la donnera, il y tient beaucoup trop.

— Angy..., reprend-il alors que ce prénom me hérisse le poil.

— Tu sais quoi, on va faire un jeu. Quand papa n'est pas là, tu peux m'appeler Emma.

— Pourquoi ?

— Parce que j'adore ce prénom.

Ne comprenant pas pourquoi je lui propose ça, Adam hausse les épaules pour approuver.

— OK, je t'appellerai comme ça. C'est comme les filles de ma classe quand elles jouent à des jeux de filles, précise-t-il en faisant une moue dubitative, presque blasée. Elles veulent tout le temps changer de prénom, et moi, j'ai jamais compris à quoi ça servait vraiment.

Sa remarque me fait sourire malgré moi, sa candeur encore plus. Et pour la préserver, je serais prête à faire n'importe quoi pour le sortir de là.

Je lui caresse les cheveux avec tendresse, son visage s'illumine une nouvelle fois.

— Je sais ce qu'on peut faire si papa ne veut pas nous donner la clé !

— Quoi ? Je t'écoute, dis-je en ne m'attendant pas à recevoir la solution à tous nos problèmes.

— On pourrait appeler mamie, car son amoureux, il fabrique des clés. Il pourrait nous en faire une pour sortir.

— C’est une idée, mon chaton, mais on n’a pas de téléphone ici. Il n’y a que papa qui en a un.

— Bah si, moi j’en ai un ! s’exclame-t-il avant de poser ses mains sur sa bouche pour se taire.

Son visage se ferme quand j’ôte ses paumes de ses lèvres pour mieux comprendre. Tandis que je lui demande de me répéter ce qu’il vient de dire, il se mordille l’intérieur de la joue en plissant des yeux comme s’il venait de faire une bêtise et qu’il allait être puni.

— J’ai pas le droit de le dire, c’est encore un secret avec maman ! Elle m’a fait promettre avec le petit doigt que je ne devais en parler à personne. Jamais. Que je ne devais m’en servir que pour me mettre à l’abri si j’étais tout seul un jour avec papa et que j’avais peur. Mais là, je suis en sécurité, je t’ai toi, Ang… Emma.

— Oui, je suis là pour toi, mais tu sais bien que je ne trahirai pas tes secrets, Adam. Tu peux me le dire, tu dois me dire si tu as vraiment un téléphone.

Hésitant, il serre ses poings très fort avant de me demander :

— Si je te le dis très, très vite, comme le vent dans les oreilles, c’est pas comme si je désobéissais à maman, hein ?

— Je crois même que, quand on le dit très vite comme *Flash*, ça compte même pas comme un secret. C’est juste un bruit de fourmi qu’on n’a pas entendu ! tenté-je de le rassurer pour qu’il me livre ce qui pourrait être notre planche de salut.

— Maman-a-mis-un-téléphone-dans-une-poche-secrète-cousue-au-fond-de-la-valise-pour-que-je-puisse-l’appeler-si-j’avais-trop-peur, balance-t-il sans reprendre son souffle avant de poursuivre. Le-code-c’est-0-0-0-0.

— C’est vrai ce que tu me dis ?

— Promis, juré, craché ! lance-t-il en postillonnant sur le sol.

L’espoir renaît tout au fond de mon cœur, une petite bribe de lumière qui ravive ma volonté de nous sortir de ce cauchemar. Pourtant, il ne faut pas se précipiter. La prochaine étape est de définir un plan, un vrai. Le plan qui nous mènera vers la liberté.

— Tu es un petit garçon exceptionnel, Adam. Je te promets qu’on va sortir d’ici bientôt et que tu pourras retrouver ta mamie à l’océan.

À peine ai-je fini ma phrase qu’Adam se jette à mon cou pour me remercier. Il m’enlace si fort que je tombe à la renverse en riant tout bas.

— Merci, Emma. Mais chut, hein ! annonce-t-il en posant son index sur ma bouche. On ne doit rien dire à papa. C’est notre secret.

1ER JUILLET - THOMAS

Allongé sur la banquette en béton de ma cellule, je regarde le plafond d'un blanc immaculé en me perdant dedans. Je ne sais même plus depuis combien d'heures je suis là, mais sans preuves ajoutées au dossier de leur part, je devrais sortir bientôt, car je dois enfin approcher des quarante-huit heures.

Hier matin, quand Cordosi m'a annoncé que le procureur de la République avait accepté de prolonger ma garde à vue de vingt-quatre heures, j'ai bien cru que je l'égorgeais, cet incapable. Malgré la rage viscérale que je voue désormais à cet homme, je n'ai pas eu d'autre choix que de prendre mon mal en patience. Même si j'ai tourné comme un lion en cage, que j'ai frappé les murs, que j'ai hurlé comme un taré pour qu'on me sorte de là, ma seule pensée allait vers Emma.

J'ai bon espoir qu'Hunter ait trouvé une piste, un détail, même un tout petit rien pour me rapprocher d'elle, car dès que je mettrai un pied à l'extérieur, la police pourra bien me mettre encore des bâtons dans les roues, je serai quand même le premier à la retrouver. Et à partir de là, je traînerai cette enflure de Cordosi dans la boue, j'exposerais sa médiocrité à la France entière et je ferais tomber la tête de Dumas au sens propre comme au sens figuré. On m'a toujours appris à ne pas me faire justice moi-même, que rendre coup pour coup n'était pas la meilleure façon de gagner, pourtant, qu'importe ce qu'en pensera mon père, cette affaire est loin, très loin d'être finie.

— Je t'ai toujours dit que ce fumier se ferait baiser un jour, annonce une voix d'homme dans le couloir. Franchement, si tu veux mon avis, il a tellement joué avec le feu qu'il a fini par se brûler les ailes !

— Tu te rends compte de ce que tu dis ? Tu parles d'un flic là, un commissaire même.

— Simple flic ou commissaire, qu'est-ce que ça change dans son cas ? Arrête de te voiler la face, Mendes, ce type était un ripou, et tout le monde le savait, mais personne n'a jamais rien dit !

Bien que les mots me parviennent par bribes à cause de l'épaisse porte qui me sépare d'eux, mon intuition me souffle que ces deux-là sont en train de parler de Cordosi. Qu'est-ce qui a bien pu se passer pour qu'il se soit « brûlé les ailes » ?

Quand j'y repense, c'est vrai que ça m'a paru bien agité ce matin à l'extérieur. Mais comme je n'ai aucun point de comparaison avec une journée banale ici, je ne me suis pas posé plus de questions.

Tout en tapant sur la lourde porte en fer pour attirer l'attention des deux agents, je crie :

— Qu'est-ce qui se passe ? Ouvrez-moi ! Dites-moi ce qui se passe !

— Et merde, je l'avais oublié, le fils Vidal. Personne ne l'a prévenu ?

— J'crois pas... Son père a appelé pour qu'on le libère, mais apparemment, il y a eu des ordres pour dire qu'il ne sortirait pas tant que son avocat ne sera pas venu le récupérer.

— Tu crois que c'est de sa faute si le commissaire s'est fait buter ?

Quoi ? C'est quoi encore cette connerie ! Cordosi s'est fait buter ? Par qui ? Impossible que ce soit l'œuvre de Dumas, il ne serait pas assez con pour faire la peau à un poulet. Par contre Hunter... Pourvu que ce ne soit pas son œuvre où il pourrait bien nous mettre sacrément dans la merde.

— Avec la thune de son père, y'a moyen, mais...

— Je vous entends ! les coupé-je suffisamment fort pour les arrêter dans leur plan. Ouvrez-moi, je veux savoir ce qu'il s'est passé avec Cordosi !

J'ai envie de leur balancer un « bande de nazes » qui me brûle les lèvres, mais m'abstiens in extremis de leur fournir un outrage à agent à ajouter à mon dossier.

La clé tourne dans la serrure de ma porte, la grosse poignée s'abaisse et deux flics en uniforme me font face, visages fermés, poings sur les hanches comme s'ils étaient à deux doigts d'en découdre avec moi.

Alors qu'aucun des deux ne parle, je me prépare mentalement à devoir me battre contre eux. Après tout, s'ils pensent que j'ai fait liquider le commissaire pour me disculper dans cette affaire, ils pourraient bien avoir envie de me rendre la pareille.

Les doigts crispés dans mes paumes, je fais craquer mes phalanges une à une pour me préparer à frapper. Quitte à encaisser quelques coups, je compte bien en donner aussi.

Le policier le plus proche, une cinquantaine d'années, un mètre quatre-vingt-dix, trente bons centimètres au garrot et le double de mon poids, avance d'un pas. Pas de chance pour moi, il fallait que je me tape le plus costaud en premier. Il étire sa nuque sans me quitter des yeux, je souffle un grand coup avant de me mettre en position de défense.

— Qu'est-ce que tu fais, petit ? J'ai pas l'intention de te cogner ! annonce-t-il en secouant la tête, perplexe.

— J'ai cru que…, commencé-je avant d'abandonner ma phrase, le cœur battant à cent à l'heure. Désolé, c'est un malentendu. Vous avez parlé de Cordosi, qu'est-ce qui lui est arrivé ?

— On ne peut pas t'en parler. Ton avocat t'expliquera tout dès qu'il arrivera.

Agacé qu'ils ne me prennent pas au sérieux, je fronce les sourcils en répétant :

— Dites-moi ce qu'il s'est passé avec le commissaire ou je vous promets que dès que j'aurais mis un pied dehors je citerai vos noms au proc' pour que vous vous retrouviez à la circulation !

— On peut lui dire, Mendes ! sort le second flic, resté en retrait. C'est dans tous les journaux télévisés de toute manière.

Le grand baraqué souffle une première fois, puis jette un coup d'œil à son collègue qui lui fait signe de se lancer.

— OK, OK… Hier soir, on a reçu un appel anonyme pour nous prévenir qu'un homme avait buté deux personnes dans une maison de banlieue. Quand les collègues se sont rendus sur les lieux, ils ont découvert un vrai carnage là-bas. Les deux personnes étaient le commissaire Cordosi et l'ex-femme de…

Le policier s'arrête, gêné par la suite de son explication. Alors qu'il baisse les yeux pour ne pas affronter mon regard, je comprends où il veut en venir. Dans un souffle, je prononce son nom, « *Dumas* », en sentant la rage monter en moi.

Si ce fou furieux a tué son ex-femme, la mère de son fils, comment pourrait-il épargner la vie d'une femme qu'il connaît si peu ? Mes mains tremblent en imaginant encore et toujours le pire, pourtant, l'adrénaline qui monte en moi m'empêche de m'effondrer. Mille questions me martèlent la tête, et sans que je m'en rende compte, elles sortent de ma bouche en même temps qu'elles affluent dans mon esprit :

— Avez-vous retrouvé Emma ? Où est son fils ? Pourquoi Cordosi était-il chez l'ex-femme de ce cinglé ? Qui a passé l'appel ? Avez-vous une piste exploitable ?

— Tout doux, gamin, clame le costaud en posant sa main sur mon épaule. Laisse-moi finir de t'expliquer !

Mon corps se raidit à son contact. Je suis une vraie boule de nerfs prête à vriller. Un mot, un geste, il ne me faudrait presque rien pour que je devienne complètement fou. Toutefois, péter un plomb ne m'apportera rien de bon et j'en suis pleinement conscient. Alors, avec une force phénoménale, je parviens à me maîtriser pour ne pas me ruer sur l'agent qui ne m'a rien fait.

— Allez-y, je vous écoute, déclaré-je après avoir pris une profonde inspiration.

— On ne connaît pas l'identité de la personne qui a appelé. On n'a pas pu retracer l'appel, car il s'agissait a priori d'un portable prépayé…

L'identité de cette personne m'apparaît immédiatement. Hunter. Il n'y a que lui qui puisse utiliser ce mode de contact pour rester un fantôme parmi les fantômes. Et si Hunter a prévenu les flics, c'est qu'il sait à présent où se trouve Emma !

Gardant mes pensées pour moi, je fais abstraction du cours théorique sur les portables prépayés que me donne l'agent, quand il poursuit enfin :

— On n'a pas encore retrouvé madame Rolland, par contre, on a suffisamment de preuves pour affirmer que le suspect des meurtres a kidnappé son fils. L'enfant était chez sa mère et il nous a été impossible de mettre la main dessus. Entre l'absence de traces de sang dans la chambre du gosse et les vêtements éparpillés sur le lit, on a bon espoir de penser qu'il l'a emmené avec lui, mais ne l'a pas touché. On a lancé une alerte enlèvement dans les médias, son portrait est diffusé en boucle sur les réseaux et à la télé, de cette façon, le môme ne pourra pas quitter le territoire.

— En ce qui concerne la présence du commissaire chez l'ex-madame Dulland…, commence le deuxième policier avant de se faire couper la parole par son collègue.

— Dumas. L'ex-madame Dumas !

— Exact, j'ai fait un mix des deux !

— Vous avez dit quoi ? demandé-je en repassant ce nom dans ma tête sans comprendre pourquoi il m'est familier.

— J'ai fait un mix des deux, répète-t-il, circonspect.

— Non, pas ça. Le nom. Vous avez bien dit Dulland ?

— Oui, en effet, mais ce n'est pas ça, c'est Dumas. Désolé pour l'erreur.

— Dulland, ça vous dit quelque chose ? me demande le sosie bas de gamme de *The Rock*.

Voyant mon hésitation à lui répondre, le gros balèze m'attrape par l'épaule pour attirer mon attention.

— Monsieur Vidal, si vous avez des informations que nous n'avons pas sur ce dossier, vous êtes dans l'obligation de nous les fournir, ou cela se nomme de l'obstruction à la justice !

Hors de question que je fournisse quoi que ce soit quand on voit l'équipe de bras cassés qui n'a pas avancé d'un chouïa depuis la disparition d'Emma.

Ce nom, Dulland, me dit effectivement quelque chose, mais j'ai besoin de vérifier par moi-même. Ça ne peut pas être une coïncidence, j'en suis persuadé.

— Messieurs, vous êtes priés de laisser mon client tranquille, déclare mon avocat en s'approchant de ma cellule. Il n'est officiellement plus en garde à vue et a été disculpé du meurtre de feu madame Bontie, il y a une dizaine de minutes. Le procureur m'a contacté en personne pour me confirmer que l'ADN de Dumas a été retrouvé sous les ongles de la vieille dame, ainsi que sur son front. Vous n'avez plus rien contre monsieur Vidal, il est libre.

Malgré sa taille assez petite pour un homme, maître Tolson dégage un charisme qui ferait trembler même les plus coriaces. L'air de chien enragé qu'il arbore ne laisse aucune place à l'hésitation, les deux policiers s'écartent avec la peur de se faire croquer en deux par mon roquet.

— Très bien, annonce *The Rock,* dans ce cas, on va aller vérifier ça et procéder à la sortie de monsieur Vidal. Si vous voulez bien me suivre.

1er JUILLET – VALENTIN

— Décroche, enflure ! Décroche !

Quatrième fois que j'essaie de contacter mon frère, mais cet enfoiré ne daigne pas me répondre. Il va foutre en l'air tout mon plan à se la jouer solo.

Les yeux rivés sur les caméras de surveillance, je passe ma main dans mes cheveux avant de tirer dessus. Je ne dois pas me laisser gagner par le stress, je touche trop au but pour tout foutre en l'air maintenant. J'ai beau me dire que tout va se dérouler comme prévu, les mots d'Emma ne cessent de me marteler le crâne. *C'est fini pour toi... tic-tac, tic-tac...* Qu'est-ce qu'elle en sait d'abord ? Elle ne sait même pas ce qu'elle va devenir dans quelques heures, comment pourrait-elle prévoir ma fin ? Ce qui est sûr en tout cas, c'est que si mon plan foire et qu'on ne réussit pas à quitter la France, elle me suivra, qu'importe où j'irais, et l'enfer en fait partie.

Mon portable sonne enfin. Si c'est mon frère, il va m'entendre ! Tandis que je m'en empare pour répondre, je jette un nouveau coup d'œil à la caméra fixée en face du commissariat. Cet appel ne provient pas de mon frangin. Il est toujours assis sur son banc en face de la porte, mais pas de trace de son téléphone.

Sur l'écran du smartphone, le prénom qui s'affiche m'interpelle. Miranda. Ça y est, cette nymphomane, voleuse de grabataires, a enfin compris qui je suis ! Ou bien, elle m'appelle parce qu'elle a la minette en feu… Mauvais timing, ma belle.

— Allô…

— Je ne pensais pas que tu répondrais, Martin… Enfin, à ce que j'ai compris, je devrais plutôt dire Valentin.

Sa façon langoureuse de prononcer mon vrai prénom m'échauffe l'entrejambe. Je ne devrais pas penser avec ma queue dans un tel moment, toutefois, c'est plus fort que moi. J'imagine cette pétasse allongée sur son lit rond, uniquement vêtue de sa perruque blonde, en train de glisser ses doigts entre ses lèvres, peu importe lesquelles.

Même si la vision n'est pas aussi excitante que s'il s'agissait d'Angy, j'apprécie la scène malgré les conséquences d'une telle révélation. En effet, Miranda a compris mon secret à présent, elle possède mon numéro, et il ne lui suffirait que d'un appel aux flics pour que je finisse derrière les barreaux… Mais je la connais, je connais ses penchants pour le glauque, le sinistre. En même temps, quand une femme de son âge se tape un vieux à l'article de la mort, qu'elle se fait sauter par d'autres mecs sous les yeux de son mari sénile, et que son objectif est uniquement de récupérer un gros tas de pognon, on ne s'attend pas à ce que la gonzesse soit complètement intègre. Si Miranda m'appelle, c'est parce qu'elle a une idée en tête. Du chantage peut-être ? Sinon, elle m'aurait déjà balancé.

— Je me demandais quand tu finirais par faire le lien, ironisé-je pour voir sa réaction. Je pensais que tu serais plus rapide que ça, je suis presque un peu déçu…

— C'est vrai que j'ai été longue à la détente, mais maintenant, je comprends mieux certaines de tes demandes… Notamment en matière de perruque, souffle-t-elle en laissant planer un suspense lourd de sens.

— Bon, et alors, qu'est-ce que tu veux, Miranda ? Car j'imagine que cet appel n'est pas un simple bonjour amical pour savoir comment je vais.

— J'aime ta façon de ne jamais tourner autour du pot. C'est ce qui m'a tout de suite plu chez toi. Je dois même t'avouer que j'étais très attachée à Martin, déclare-t-elle d'une voix doucereuse. Cet homme m'a fait ressentir beaucoup de sentiments enfouis depuis longtemps. Je… je peux même dire que je suis amoureuse de lui…

Cette révélation me laisse sans voix. Comment aurait-elle pu tomber amoureuse de moi ? Je n'ai jamais été tendre avec elle, je ne lui ai jamais rien fait entrevoir pour nous, je n'ai jamais rien promis. Je me suis toujours contenté de la baiser en pensant à une autre.

Il faut croire qu'elle a pris ce détachement pour de l'intérêt, après tout, nos âmes sont faites de la même noirceur, j'imagine que ça crée des liens.

— Penses-tu que Valentin pourrait me faire tomber amoureuse, lui aussi ? ajoute-t-elle, aguicheuse.

— J'en doute, Miranda. Valentin est déjà pris.

— Cette foutue Angy… Ou devrais-je dire, Emma Rolland, la petite copine de l'héritier Vidal. Valentin, Martin ou qui que tu sois, dans quel merdier t'es-tu embarqué ? Tu te rends compte que l'issue de cette histoire a de fortes chances d'être sanglante ?

— C'est une possibilité, en effet. Mais je ne me fais pas trop de soucis, je sais où je vais et comment y aller, dis-je d'une voix presque mal assurée.

— Peut-être. Sûrement même, mais c'était avant que je m'immisce dans l'équation, Valentin.

— Qu'est-ce que tu veux, Miranda ? Crache-le morceau, j'ai autre chose à faire, crois-moi ! grondé-je, excédé. Tu vas me faire chanter ? Vas-y, fais-le. Tu vas me dénoncer ? Grand bien te fasse, mais je serais déjà loin…

— Tu serais bien embêté si cette conversation était sur écoute, hein. Peut-être ai-je déjà prévenu les flics, peut-être même qu'ils sont en train de tracer l'appel en ce moment même…

Elle a beau tenter de me faire peur, sa stratégie sent le bluff à plein nez. Me pense-t-elle aussi crédule ? Pour qui elle me prend ? J'ai inventé le bluff, je suis le roi du bluff !

— Dans ce cas, bonjour, messieurs ! J'espère que la découverte du corps de vôtre pote ne vous a pas trop… chiffonné…, m'exclamé-je avant de me mettre à rire pour lui faire comprendre que je ne la crois pas.

Un silence se crée au bout du fil. Miranda grogne, visiblement agacée d'avoir perdu à son propre jeu.

— C'est vrai, finit-elle par reprendre au bout de longues secondes pesantes. C'est vrai, je n'ai pas prévenu les flics, j'aurais trop à perdre en le faisant. Toutefois, mon appel n'est pas désintéressé, Valentin…

Oh, comme c'est étonnant, pensé-je si fort qu'elle aurait pu l'entendre.

— En fait, j'ai un marché à te proposer. J'ai beaucoup réfléchi à ce que je pouvais monnayer en échange de tes services, mais à voir dans quelle panade tu t'es mis, je crois que tu ne pourras pas refuser ma proposition.

Intrigué, je reste muet en attendant la suite, tandis qu'elle poursuit en comprenant mon silence :

— Je voudrais que tu tues Georges, balance-t-elle comme une gifle cinglante.

— Tu veux que je tue ton mari ?

— Pourquoi pas ? Zigouiller des gens n'a pas l'air de te faire peur si j'en crois les infos. Georges ne serait qu'une victime de plus à ton compteur.

— Et qu'est-ce que je gagne en échange ? Car je suppose que pour un tel acte, il y a forcément une contrepartie avantageuse…

— En effet, la vie de Georges contre un aller n'importe où sur la planète dans notre jet privé. Il se tient déjà prêt à l'aéroport du Bourget, il peut partir quand tu veux.

Les yeux écarquillés, je laisse mon cerveau se mettre en marche tout seul pour envisager un plan B qui me tombe dessus comme une aubaine.

En vitesse, je tape sur le clavier pour connaître la distance exacte qui nous sépare du Bourget et réfléchis au timing que j'ai devant moi. Si je contacte le petit Vidal pour le mettre sur une fausse piste, ça me laisserait probablement le temps de faire un aller chez Miranda pour buter le vieux. Pour gagner de précieuses secondes, je pourrais emmener Angy et Adam avec moi. Ils m'attendront dans l'appartement pendant que je réglerais le deal dans la chambre ronde. C'est un peu précipité, mais vu l'urgence de la situation, ça me semble viable.

— Pourquoi pas, réponds-je dans le plus grand calme. Si on se met d'accord sur un plan, ça peut être jouable.

— Écoute, Val, j'en ai ras-le-bol d'attendre qu'il crève pour récupérer ce qui me revient de droit. Ça fait cinq ans que je me force à sucer sa bite molle en me disant que le jeu en vaut la chandelle. Si avec ton aide je peux gagner quelques précieuses années, alors je prends.

— Et qu'est-ce que tu diras aux poulets ? Comment tu vas expliquer que le vieux à tourner l'arme à gauche ? On n'a pas de liens officiels toi et moi. Rien qui nous rapproche pour me donner un mobile de meurtre.

Toute guillerette, Miranda prononce un « si » qui me vrille le tympan. Avec enthousiasme, elle m'expose le plan qu'elle a prémédité :

— Tu as un mobile et j'ai un plan imparable. Il y a quelque chose que je ne t'ai jamais dit, Valentin. Tous nos ébats ont été filmés dans la chambre ronde. Tous sans exception. J'aime beaucoup me les repasser de temps en temps d'ailleurs. C'est un régal de voir à quel point tu es un superbe amant…

— Viens en aux faits, Miranda ! la coupé-je sèchement.

— J'y arrive, mon cher ami. Un peu de patience quand même, râle-t-elle en perdant sa gaieté. Donc, on pourrait partir du principe qu'on était réellement amants, que je t'ai quitté et que par vengeance, tu as tué Georges. Pour rendre le scénario encore plus crédible, tu pourrais me mettre un ou deux coups, histoire d'avoir des preuves tangibles.

— Et pour le jet, comment tu justifieras le décollage ?

— Je dirais qu'avant de trancher la gorge à Georges, tu m'as fait du chantage : la vie de mon mari contre un vol, mais ça a foiré quelque part. Ce qui est la stricte vérité au final.

J'analyse la situation en accéléré, et ne peux m'empêcher de penser qu'un plan monté aussi rapidement au téléphone va forcément comprendre de nombreuses failles. Mais ai-je réellement le choix ? Passer la frontière belge dans ma bagnole me paraît beaucoup trop risqué, me rendre à l'aéroport comme prévu encore plus, donc cette solution est peut-être la moins pire des trois.

— Tu doutes, Valentin ? reprend Miranda face à ma longue réflexion. Tu doutes de quoi ?

— Je ne doute pas, je réfléchis, c'est différent. Qu'est-ce qui me garantit que les poulets ne m'attendront pas au Bourget, Miranda ? C'est vrai après tout, une fois que ton mari sera mort, tu auras tout ce que tu voudras, et en plus, tu pourrais te targuer d'être celle qui a réussi à me faire arrêter.

— Ce n'est pas ce que je compte faire, Valentin. Et tu sais pourquoi ? Parce que toi et moi, je suis certaine que ça ne s'arrêtera pas là.

— Précise ta pensée…

— Ton Emma, ou qu'importe comment tu l'appelles, ce n'est qu'une passade pour toi. Je connais les hommes de ton acabit, il leur faut une femme bien plus robuste, bien plus barrée aussi, et je suis celle qu'il te faut. À nous deux, on pourrait mettre le monde à nos pieds, on serait des Bonnie and Clyde 2.0 !

Sa façon d'évoquer un potentiel futur à deux me fait encore plus peur que sa façon de me demander d'ôter la vie à son richissime époux. Certes, Miranda semble avoir aussi peu de limites que moi, mais je n'ai pas la sensation qu'elle veuille me dénoncer. Toutefois, si je ne validais pas la fin de ce plan ou si je n'allais pas dans son sens, qui sait de quoi elle serait capable ?

Mieux vaut ne pas m'aventurer sur ce terrain avec elle. Qu'elle pense qu'on va finir ensemble, cela ne me fait aucun effet. Rentrer dans son jeu ne pourra que m'apporter ce dont j'ai besoin, tout du moins, jusqu'au moment où je foulerais le sol thaïlandais avec ma femme et mon fils. Après ça, je l'enverrais se faire foutre et disparaîtrais dans la nature.

— Je sais que tu me comprends, Val. Je sais qu'on est sur la même longueur d'onde. On l'est, n'est-ce pas ?

— Oui, on l'est, Miranda, approuvé-je pour renforcer sa confiance en moi. On va tout envoyer balader et quand je serai hors de portée, tu viendras me retrouver.

— Tu vas jeter ta pétasse ?

— C'est prévu, en effet…

Je profère un mensonge auquel je ne crois pas une seconde, mon œil est attiré par du mouvement du côté de la caméra du commissariat.

Debout devant son banc, Vincent fait des signes à un homme qui se trouve en dehors de mon périmètre de vision. Troublé, je réalise que la seule personne que Vincent peut attendre, c'est Thomas Vidal. Mais dans quel intérêt ?

— Miranda, chérie, j'ai un imprévu que je vais devoir régler très vite. Reste près de ton téléphone, je peaufine quelques détails et je te recontacte.

— Tu vas le faire, Valentin ? Promets-moi que tu vas le faire, me supplie-t-elle presque.

— Oui, je te rappelle dès que j'ai réglé ce problème. C'est promis.

— Dis-moi que tu m'aimes, Valentin. J'ai besoin de l'entendre.

C'est qu'elle commence à me les briser avec son délire, celle-ci. La mort dans l'âme, je prononce un « je t'aime » peu convainquant qui semble tout de même lui convenir. Et juste avant de conclure cette conversation, elle me dit :

— Je t'aime aussi, j'ai hâte de te retrou…

Dommage, je n'ai pas entendu la fin, j'ai déjà raccroché. Immédiatement, je compose le numéro de mon frère, et sans surprise, je me retrouve sur son foutu répondeur.

Sans réfléchir, j'ouvre mon tiroir fermé à clé pour récupérer le portable d'Emma. Même s'il ne reste pas beaucoup de batterie, j'appuie sur le dernier numéro appelé et crispe mes doigts sur l'objet en attendant qu'il réponde.

1ER JUILLET - THOMAS

Devant le commissariat, encore sous le hall couvert, j'écoute mon avocat s'autocongratuler de ma libération en rallumant mon téléphone. Au loin, l'homme avec qui j'ai paradé la veille est assis sur un banc, le regard rivé sur l'entrée. Quand il m'aperçoit, il me fait signe de le rejoindre. Que me veut-il, celui-là ? J'ai pourtant été clair en lui disant que je n'étais pas intéressé.

Tout en évitant de regarder dans sa direction pour me concentrer sur Maître Tolson, je sens mon portable vibrer dans ma main. Mécaniquement, je baisse les yeux sur l'écran qui affiche le prénom d'Emma. Mon cœur s'emballe quand je me dis que peut-être il s'agit vraiment d'elle cette fois, il bat à tout rompre alors que je demande à l'avocat de se taire.

Tandis que je fais glisser le curseur vert sur la droite, la pensée, plus rationnelle, que ce soit encore Dumas au bout du fil, me terrifie. Comment aurait-il pu savoir l'heure de ma sortie ?

Le smartphone vissé à l'oreille, je ne prends pas la parole tout de suite, préférant attendre que ce soit mon interlocuteur qui le fasse. Quelque part, ça me donne encore quelques secondes supplémentaires où je peux espérer que ce soit celle que j'aime qui me contacte. Des secondes si précieuses où je retiens mon souffle bien qu'elles me semblent trop illusoires.

Et quand la voix du kidnappeur résonne dans mon tympan, je vacille imperceptiblement.

— Alors, ça fait quoi de sentir enfin l'air pur, Thomas ? Tu apprécies ta liberté retrouvée ?

Je ne réponds pas à cette ironie dont il fait preuve. Je ne veux pas jouer à ce jeu macabre dans lequel il tente de m'emmener. Restant volontairement prostré dans le silence, j'avance d'un pas pour me retrouver sur la place, tout en observant les alentours. Si cet enfoiré est caché par-là, je ne pourrais pas le louper. Hormis quelques voitures ou quelques arbres, il ne pourra pas se soustraire longtemps à mon regard.

— Inutile de me chercher, je ne suis pas là.

— Comment sais-tu que je suis sorti alors ? C'est ce grand con qui me fait signe depuis son banc qui t'a prévenu ?

— Non, même si je le connais très bien, c'est mon frère. D'ailleurs, je partage ton avis, c'est un grand con qui m'a beaucoup déçu récemment. Je vois qu'il te fait signe, si j'étais toi, je n'irais pas le retrouver. À tous les coups, il va vouloir t'extorquer du fric.

— Comment tu sais qu'il me fait signe, grondé-je en faisant demi-tour sur moi-même. T'es où, enfoiré ?

— Non, non, non, non, non, répète-t-il blasé. On ne va pas partir dans les insultes, Thomas. C'est trop puéril, ça ne nous ressemble pas. Pour ta gouverne, je te vois, mais toi, tu ne peux pas me voir. Et si je peux me le permettre, tu as une sale tête. T'as mal dormi en cellule ?

— Ferme-là et dis-moi où tu te planques si t'as des couilles ! On réglera ça en un contre un !

— Et quoi ? Le gagnant remporte le cul d'Emma ? Inutile de parier sur ce genre de trophée, j'ai déjà goûté au joli petit lot…

L'information met quelques secondes à me parvenir au cerveau tant je suis abasourdi. Les pires scénarios se forment dans ma tête en même temps que les larmes me montent aux yeux.

— Espèce de fils de pute, si tu as touché à Emma, je te jure sur ma tête que t'es un homme mort ! m'emporté-je. T'es fini, espèce de malade, je vais te mettre la main dessus, et je vais t'exploser, je te le jure.

— Ne fais pas de promesses que tu ne pourras pas tenir, jeune ambitieux. Je te l'ai déjà dit, j'ai beaucoup trop de coups d'avance sur toi pour que tu me retrouves, annonce-t-il avant de partir dans un rire nerveux.

— J'étais peut-être à la ramasse avant de finir en garde à vue, mon pote, mais je t'assure que je suis plus près de toi que tu ne l'imagines, déclaré-je en essuyant ma joue d'un revers de main. Regarde-bien derrière toi, Dumas, parce que je serais là plus vite que tu ne le penses !

— Si tu le dis…, riposte-t-il, visiblement moins sûr de lui. Toutefois, comme tu sembles si convaincu de me faire la peau, j'ai bien envie de te laisser une chance de me trouver pour un *un contre un*. J'aimerais beaucoup voir la tête d'Emma quand je te briserai la nuque d'un coup sec.

— Comment comptes-tu me laisser cette chance ?

— En te donnant rendez-vous, après-demain, sur la dernière aire d'autoroute avant l'aéroport Charles de Gaulle, à 10 heures.

C'est à mon tour de rire nerveusement. Ce mec est vraiment con s'il pense que je vais tomber dans son piège.

— Prends-moi pour un bleu, Dumas. Ce rendez-vous n'est rien de moins qu'un leurre pour m'orienter dans la mauvaise direction.

— C'est qu'il est loin d'être bête, l'héritier. C'est vrai, je n'y serais pas allé, confirme-t-il presque amusé. Dans quarante-huit heures, on ne sera plus sur le territoire, mais déjà bien loin. Par contre, si je suis de bonne humeur ce soir, peut-être qu'Emma t'appellera pour te faire ses adieux. Alors, ne t'éloigne pas trop de ton téléphone. Conseil d'ami !

— Ce soir, elle sera de retour à la maison et toi tu ne seras plus de ce monde !

Sans lui laisser le temps de répondre, je lui raccroche au nez sur un coup de poker. Peut-être que je fais fausse route, mais si ce nom, Dulland, est bien le nom que j'ai vu sur la boîte aux lettres de l'immeuble en face de chez nous, alors je me dois d'aller vérifier.

Sans me soucier du mec qui me fait toujours signe, je décampe de la place avec un objectif précis en tête. Pour parvenir à mes fins, j'envoie un message à Hunter sur le numéro qu'il m'a fourni avant que je me fasse embarquer, pour lui demander de me rejoindre devant mon immeuble dans trente minutes.

— Où allons-nous, monsieur Vidal ? demande Tolson en me courant après.

— Déposez-moi chez moi, je dois récupérer ma moto.

— Très bien, rétorque-t-il avant de me dépasser pour me stopper. Avant, je veux savoir avec qui vous étiez au téléphone.

— Avec Dumas. Je crois savoir où il se trouve et je vais aller le chercher moi-même.

— Hors de question ! clame-t-il en posant sa main sur mon torse pour faire obstacle. On va prévenir la police. Ils vont aller l'arrêter.

— Vous savez quoi, je n'ai pas fermé l'œil depuis plus de quarante-huit heures, alors ne me tapez pas trop sur le système où c'est sur vous que je vais passer mes nerfs… Vous aurez un petit dédommagement, ne vous en faites pas.

— Il ne s'agit pas de ça, Thomas. Vous ne pouvez pas vous rendre dans cet endroit sans protection. Il en va de votre vie.

— Ma vie ? Elle n'est plus rien, elle ne représente plus rien depuis qu'Emma n'en fait plus partie. Alors quitte à tout perdre, autant tenter le tout pour le tout !

— Hey, oh ! La politesse, vous connaissez ! nous coupe le frère de Valentin. Il faut qu'on parle, vous ! lance-t-il en me pointant du doigt. Sans lui.

— Monsieur, vous êtes prié de vous éloigner de mon client si vous ne voulez pas finir au poste pour harcèlement, ordonne le petit roquet de mon père.

— Toi, tu la fermes. C'est entre lui et moi, gronde le grand baraqué à la tronche de taulard.

Sur ses gardes, Tolson recule d'un pas, la queue entre les jambes. Finalement je me suis trompé sur son compte, il faisait nettement plus le fier devant les flics que devant un potentiel danger.

Face à moi, le mec ne se défait pas de son sourire narquois. J'ai beau l'avoir croisé hier, je n'arrive toujours pas à me faire à sa taille. Si ce type décide de me tordre le cou dans la seconde, je n'ai aucune chance de m'en sortir.

— Il faut qu'on parle de quoi ? Je viens d'avoir votre frère au téléphone, il m'a dit de ne pas me fier à vos propos, car vous l'avez déçu. Il a dit que votre seul but est de me demander de l'argent, alors pas la peine de perdre votre temps, j'ai pas une thune. Ce sont mes parents qui sont riches, pas moi.

— Je me fiche de ton fric, petit, enfin, je ne serais pas contre une petite indemnité pour service rendu, mais ce que je veux par-dessus tout, c'est de ne pas tomber pour complicité. J'ai aidé mon frère dans ses travaux, car je lui étais redevable. Je ne savais pas qu'il irait aussi loin et qu'il s'en prendrait à la flicaille. Si je te dis où se trouve ta gonzesse, je veux deux cent mille cash et un blanchiment total dans cette affaire.

En me tendant sa main pour conclure un pacte, il tourne la tête vers l'avocat qui tremble comme une feuille. Quelle déception, ce roquet ! Je l'avais déjà croisé quelques fois, car mon père bosse avec lui depuis une poignée d'années. Ce que je sais de lui, c'est qu'il est surtout un avocat spécialisé dans les finances, pas dans les gros lourds tatoués au regard de tueur. Je suis certain qu'à l'instant même, il est en train de s'uriner dessus à cause de la peur que lui inspire le bonhomme.

Cela dit, je garde la tête haute, mais n'en mène pas large pour autant. Ce gars ne m'inspire pas plus confiance que son frère, il n'a rien à voir avec un Hunter à l'allure similaire, mais au regard nettement plus franc. Le deuxième Dumas est une réplique du premier, version sale et crasseuse, rien de plus.

La sensation qu'il ne me laissera pas partir sans avoir scellé de pacte me serre la gorge. Bien que ce soit une proposition, je ressens l'ordre et l'impatience qui émane du bonhomme. Pour ne pas le mettre en colère, je lui serre la main et lui confirme :

— Sortez un papier, Maître Tolson, vous allez mettre cet accord par écrit pendant que je fais un virement à monsieur Dumas. Vous avez un RIB, des coordonnées bancaires pour que je puisse le faire ?

Faisant mine de taper sur ses poches pour chercher, cet enfoiré fait semblant de sortir un papier de celle de son jean sale avant de me mettre son majeur sous le nez en guise de doigt d'honneur.

— C'est Pujas, mon nom et je veux du cash, j'ai dit ! gronde-t-il soudain en fronçant les sourcils.

Pour un mec qui n'était pas intéressé par l'argent, je le trouve soudain très pressant. Cette rencontre ne me dit rien qui vaille. S'il pense qu'il va nous mener en bateau ou nous faire chanter, il se fourre le doigt dans l'œil. Changement de plan immédiat.

— OK, dans ce cas-là, échange de bons procédés. Dites-moi ce que vous savez et on va directement chez mon père pour qu'il vous donne ce que vous désirez.

— Je ne parlerai que lorsque j'aurai le liquide dans les mains avec le contrat signé. On devrait y aller tout de suite, d'ailleurs, avant que mon frangin ne prenne la tangente.

— Très bien, on y va, monsieur Pujas. Maître Tolson va nous conduire à la maison, si vous voulez bien nous suivre.

Plus guilleret, l'homme nous emboîte le pas jusqu'à la voiture de l'avocat, pendant que, discrètement, j'envoie de nouvelles directives à Hunter. S'il y en a bien un qui va pouvoir tirer les vers du nez à ce taré deuxième du nom, c'est bien lui.

1ER JUILLET - EMMA

Assise sur le canapé avec Adam à mes côtés, j'évite de croiser le regard de Valentin qui semble bouillir de plus en plus. Voilà déjà dix minutes qu'il tourne en rond en marmonnant dans sa barbe sans que je ne puisse comprendre quoi que ce soit. Parfois, un mot clairement énoncé s'échappe de sa bouche, mais même mis bout à bout, ces bribes de paroles ne m'éclairent aucunement sur ce qui est en train de se passer dans sa tête.

Calé au creux de mon bras droit, Adam me jette des coups d'œil réguliers, aux aguets des réactions de son père. En quelques minutes, ce tout petit bonhomme a fondé un réel espoir en mes capacités à le sortir de cette situation catastrophique, mais plus les secondes passent et moins j'entrevois de moyens de me débarrasser de ce fou furieux. S'il pouvait au moins sortir pour que l'on accède à sa chambre.

Je farfouille discrètement les recoins du canapé pour retrouver le ressort piquant que j'ai senti tout à l'heure, Adam s'extirpe de mes bras pour rejoindre son père. Encore de dos parce qu'il n'a pas dû l'entendre s'approcher, Valentin ne lui prête pas attention jusqu'à ce qu'Adam s'écrie dans un mélange de sons aigus et de sanglots :

— Papa, je suis fatigué. Je peux aller faire la sieste sur ton lit ?

Surpris, Valentin laisse tomber son téléphone qu'il avait entre les doigts, puis se retourne en sursaut avant d'abattre sa main sur la joue du petit bonhomme en hurlant :

— Ne me surprend plus jamais de cette manière !

Bien que j'aie sauté du canapé quand il a levé la main, je n'ai pas réussi à éviter à Adam la gifle cinglante qui a rencontré sa peau. En revanche, dans mon élan, j'ai bousculé Valentin avec tant de force qu'il a vacillé jusqu'aux meubles derrière lui. Les doigts cramponnés sur le rebord de l'évier pour ne pas s'affaler sur le sol, il me regarde avancer vers lui, bouche bée. Prise d'une montée d'adrénaline mêlée à de la rage, je lâche toute ma hargne sur lui :

— Je savais que tu étais déjà un moins que rien pour t'en prendre à une femme, mais tu es en plus un lâche, une sous-merde pour infliger une telle violence à un enfant. Je t'interdis de toucher Adam ! Je t'interdis de le toucher !

À présent au-dessus de lui, je m'apprête à en rajouter une couche quand la lueur dans ses yeux change en une fraction de seconde. De coupable d'avoir mis une claque à son fils, je sens la colère qui surgit en réponse à ma réaction. D'un geste vif, il se relève, me fait une clé de bras pour que je me retrouve dos à lui, prisonnière de sa force, avant de me beugler à l'oreille :

— Plus jamais tu ne me parleras comme ça, Emma ! Je vais te faire passer toute envie de te conduire comme une folle furieuse avec moi, espèce de garce !

À nouveau, il nous fait faire un cent quatre-vingts degrés sur nous-mêmes pour que je me retrouve le ventre contre l'évier. D'une main, il me maintient le bras si fort que je sens un craquement d'os, alors que de l'autre il appuie ma tête vers l'avant pour que je me plie contre le bac. Mon visage entre en contact avec l'eau savonneuse où était en train de tremper un plat tandis que mon nez tape contre un verre. Le souffle coupé, je suis une marionnette entre ses bras. Il enfonce ma tête, la relève, l'enfonce à nouveau. Mon nez tape, tape et tape encore jusqu'à ce que je ressente un liquide chaud se diffuser de l'arête jusqu'à mes narines.

— Papa, arrête ! s'égosille Adam derrière nous. Papa, s'il te plaît, arrête !

Valentin grogne, gronde, vocifère, mais continue encore et encore à me foutre la tête sous l'eau alors que mes forces pour lui résister s'amenuisent. L'eau savonneuse s'immisce dans ma bouche, puis s'écoule dans ma gorge quand enfin il me relâche en me repoussant au sol. Allongée sur le côté, je tousse, crache de la mousse, en me tenant les côtes alors qu'il balance des insultes à qui voudra l'entendre. Mes oreilles sifflent, je ne comprends plus rien. Il me reste juste assez de force pour apercevoir Adam, debout vers l'îlot de la cuisine, les mains sur les oreilles pour masquer les gros mots énoncés par son papa, en pleurs.

— Je vais péter un plomb si je reste là ! Putain, Emma, tu vois ce que tu me fais faire ! Il faut que je prenne l'air sinon je… Sinon je… Et merde !

Sans prévenir, Valentin s'éloigne vers la sortie en balançant tout ce qu'il trouve sur son passage. Alors que ma toux se calme enfin, j'entends la porte d'entrée claquer, puis sa clé qui résonne dans la serrure en me faisant comprendre qu'il vient de sortir.

Adam ne pleure plus. Il regarde la porte, circonspect, avant de se précipiter à mon chevet.

— Emma, il est parti. On peut aller chercher le téléphone. Viens, j'ai besoin de toi !

Tirant sur ma main pour essayer de me soulever, je réalise à quel point cet enfant fait preuve d'un courage extraordinaire. Du haut de son petit mètre, il tire de toutes ses forces pour m'aider à me relever, avant de m'encourager encore et encore. Son envie de s'échapper me montre toute la peur qu'il éprouve à rester près de son père, et touchée par ce caractère de battant dont il fait preuve, je me redresse avec la ferme intention de nous sortir de là.

— OK, bonhomme, montre-moi où est ton sac.

Par chance, dans la précipitation, Valentin n'a pas pensé à fermer la porte de sa chambre à clé. Mais combien de temps lui faudra-t-il pour s'en rendre compte ? Même s'il avait l'air perturbé plus qu'à l'accoutumée, je sais que les minutes nous sont comptées.

Dans la chambre, Adam se faufile sur le côté du lit qui frôle presque le mur pour récupérer son sac. Pendant qu'il l'ouvre, je contemple les écrans restés allumés sur les caméras de surveillance où rien ne semble se passer. Le hall de l'immeuble est vide, il n'y a personne sur le palier. Ouf, il nous reste encore un peu de temps.

— Tu trouves, Adam ? Tu te rappelles où ta maman l'a rangé ?

— Je ne sais plus ! annonce-t-il, la voix tremblante. Je ne sais plus !

Paniqué à l'idée de ne pas le trouver, il vide le sac de tout son contenu jusqu'à ce que son visage s'illumine. D'un geste vif, il le retourne et arrache une pochette scratchée dessous, presque invisible à l'œil nu. L'ex-madame Dumas devait vraiment craindre pour sa vie ou celle de son fils pour en arriver à planquer un téléphone dans le sac.

— Il est là, Emma ! Il est là ! déclare-t-il en brandissant l'objet comme si nous étions sauvés.

— C'est génial, mon bonhomme. Maintenant, tu dois essayer de l'allumer. Tu te rappelles du code ? lui demandé-je en fouillant le bureau de Valentin pour trouver mon téléphone. Tu me l'as dit tout à l'heure.

— Oui, c'est 0000. Maman me l'avait mis pour que je m'en souvienne. Elle m'a dit aussi que si je l'allumais, je n'avais qu'à appeler un numéro enregistré pour que l'on puisse me retrouver, parce qu'il y avait un espion dedans. Mais c'est trop petit pour qu'il y ait un espion, Emma. C'est trop petit !

Terrifié à l'idée que sa mère lui ait menti, je sens l'angoisse monter en lui. Rapidement, je m'agenouille à ses côtés pour le rassurer :

— Ta maman ne t'a pas menti, mon ange. L'espion, c'est un microscopique GPS et c'est grâce à ça qu'on va nous trouver. Ta maman doit vraiment t'aimer très, très fort pour avoir pensé à faire ça. Maintenant, Adam, il va falloir que tu l'allumes pendant que je cherche mon téléphone à moi. Si papa arrive, tu caches le tien dans ta poche et tu ne lui dis rien, rien du tout ! Tu m'as compris ?

— Oui, j'ai compris, Emma.

— OK, alors dès qu'il est allumé, tu me préviens, Adam. Il ne faut pas qu'on perde de temps.

Il secoue la tête tandis que je retourne à mes recherches. Retrouvant le tiroir qui était fermé la dernière fois, je m'apprête à tirer de toutes mes forces dessus pour le faire céder, mais à peine ai-je posé mes doigts dessus que je sens une différence avec mon premier essai. Sans réfléchir, je l'ouvre, il n'est pas fermé à clé et mon portable est là, éteint. Les mains tremblantes, je le récupère, puis appuie longuement sur le bouton d'allumage où rien ne se passe.

Putain, pourvu qu'il reste encore un peu de batterie. Un rien, même 1 %, juste de quoi appeler.

Les doigts crispés sur l'objet, j'appuie une nouvelle fois quand l'écran s'éclaire enfin. Mon cœur tambourine dans ma poitrine, j'ai l'impression de me consumer de l'intérieur tant mon sang bouillonne dans mes veines.

— Allez, allez, allume-toi !

— Le mien est allumé, Emma. Tiens !

Après l'avoir récupéré en vitesse, je compose le numéro de Tom en recommençant deux fois tant je suis sous pression. À la troisième tentative, j'appuie sur le bouton d'appel en priant qu'il réponde à ce numéro qu'il ne connaît pas.

Quand survient la cinquième sonnerie et que sa voix sur le répondeur retentit, je m'exclame :

— Thomas, c'est moi. On est dans l'immeuble en face de chez nous. Valentin va bientôt revenir, fait vite, car je sens qu'on ne va plus rester longtemps ici ! Suis le GPS, Tom. Suis le GPS et sauve-nous. Je t'aime, Tom, je t'aimerai toujours, quoi qu'il arrive !

Alors que je raccroche pour tenter de le rappeler, je remarque que mon téléphone est enfin allumé. Rapidement, j'explique à Adam que je vais le cacher dans la poche de mon jean. Il me laisse faire sans poser de questions, et toujours aussi tremblante, j'appuie sur le raccourci de mon smartphone pour appeler à nouveau la seule personne qui pourra nous venir en aide.

— Emma, c'est toi ? s'empresse-t-il de demander à la première sonnerie. Emma c'est toi, mon amour ?

— Oui, Tom, c'est moi.

Entendre sa voix me coupe dans mon élan, les larmes me montent aux yeux, j'en perds de vue la raison de mon appel.

— Emma, est-ce que tu vas bien ? s'inquiète Tom d'une voix aussi émue que la mienne. Dis-moi où tu es, Em. Dis-moi pour que je puisse venir te chercher.

Les mots sont bloqués dans ma gorge, je ne parviens plus à parler. Consciente que je suis en train de nous faire perdre un temps quasi vital, je souffle un grand coup quand il ajoute :

— Emma, je crois que je sais où tu es. Est-ce que c'est dans l'immeuble en face de chez nous ?

Le « oui » qui sort d'entre mes lèvres ressemble à un couinement inaudible. Tom répète et je reproduis ce son étrange qui ne ressemble à rien.

— Oui, Emma, vous êtes là-bas ? J'arrive, mon amour, j'arrive, je suis tout prêt !

— Emma, regarde la caméra, il est devant la porte !

Adam me montre l'espion sur le palier, j'ai à peine le temps de voir un morceau de son épaule s'évanouir sur l'image. Il est trop tard, Valentin a ouvert la porte, traversé le salon et il fonce déjà sur moi pour me faire taire. Les yeux révulsés, presque injectés de sang, il s'écrie :

— Je suis revenu pour m'excuser et c'est comme ça que tu me remercies, espèce de chienne !

Son poing s'écrase sur mon visage pour me faire voir mille chandelles. Des étoiles dansent devant mes yeux quand je m'écroule au sol et qu'il me roue de coups. Tantôt dans le ventre, tantôt dans les jambes, je sens chaque impact marquer ma peau, écraser mes os. Il frappe en hurlant que je suis décevante, que je ne suis pas reconnaissante pour tout ce qu'il fait pour nous. Il me frappe comme si je n'étais pas humaine, comme si j'étais un vulgaire tas de feuilles, et tout ce qui m'importe c'est la voix de Tom qui crie dans le téléphone.

Quand il s'en aperçoit, Valentin le récupère au creux de ma main. Je voudrais bouger et lui dire de ne pas le prendre, mais mon corps ne répond plus aux ordres que je lui donne. Il est paralysé par la douleur.

Avec un sourire triomphant au visage, Valentin porte le portable à ses lèvres, et sans même prendre la peine d'écouter qui se trouve à l'autre bout du fil, il déclare :

— Clap de fin, Vidal. C'était le mot d'adieux que je t'ai promis tout à l'heure. À cause de toi, il n'y a plus d'Emma.

— Papa ! s'écrie Adam en se ruant sur son père pour le frapper. Tu n'avais pas le droit de faire du mal à Emma ! Je ne veux pas qu'elle parte en voyage à la mort, je ne veux pas qu'elle me laisse comme maman ! Je ne veux pas !

Les mots ne sont plus qu'un souffle. Ma tête est balancée de droite à gauche comme dans un manège à sensation, je ne sens plus mon corps. Clap de fin, c'est ce qu'il a dit, c'est ce qu'il a fait.

— Fais ta valise et rassemble tes jouets, mon fils, on s'en va.

1ER JUILLET - THOMAS

Je trace sur les routes parisiennes, pied au plancher, je slalome à droite, à gauche dans une course contre la montre. Les cris d'Emma résonnent encore dans mes oreilles, et la rage qui m'anime sur ma moto n'est probablement rien comparée à celle qui va surgir lorsque je serais en face de ce pourri.

Hunter est sur mes trousses, il a préféré délaisser le cas Vincent Pujas pour me suivre. Il faut dire qu'il l'a ligoté si fermement en attendant l'arrivée des flics que le mec ne pourra pas aller bien loin.

Quand il a débarqué chez mon père quasi en même temps que nous, la couleur de son visage n'augurait rien de bon. Même si finalement, il était plus petit que le frangin Dumas, Hunter semblait bien plus déterminé à gagner la guerre. Ça ne lui a pris que trois minutes à peine pour le mettre au tapis et lui péter un bras en le maintenant au sol. Après ça, on a juste eu le temps de mettre nos informations en commun pour nous apercevoir que nos deux pistes étaient concomitantes. L'appel d'Emma tombait à pic pour valider la théorie, même si j'aurais mille fois préféré ne jamais l'entendre gémir de cette manière.

Mon père m'a déconseillé de partir à sa recherche tout seul. Même avec Hunter à mes côtés, il voulait faire appel à la police coûte que coûte, sauf que je n'envisageais pas les choses comme lui. Il n'y a qu'à voir comment ils ont traité l'affaire jusque-là ! S'ils avaient auditionné tous les habitants de ce foutu immeuble, ils auraient su depuis le début, mais ce connard de Cordosi, paix à son âme, n'a pas été foutu de suivre les procédures comme il faut. C'est de sa faute si Emma est retenue entre les griffes d'un tueur depuis trop longtemps… Non, c'est la faute de ce pourri, cette merde sans nom, celui qui bientôt ne respirera plus, car c'est à mon tour de jouer avec lui.

Arrivé devant l'immeuble, je lâche ma moto sur le trottoir pour me garer au plus près de la porte d'entrée. Hunter n'est pas encore là. Faire le chemin en voiture au milieu de la circulation massive a dû être plus compliqué que pour moi. Qu'importe, même s'il est plus costaud, même si à deux on aurait été plus forts, je ne compte pas faire le pied de grue dans le hall d'entrée en l'attendant.

La porte principale est verrouillée à clé, je donne un coup d'épaule pour la faire céder. Rien. Acharné, je prends de l'élan puis réitère, une, deux et trois fois sans que rien ne bouge. À la recherche d'une solution pour entrer, je donne des coups de coude, puis des coups de pied comme si j'étais possédé, jusqu'à ce que j'aperçoive une grosse pierre près de la gouttière la plus proche. Avec empressement, je récupère l'objet qui s'apparente plus à un petit bloc de béton oublié ou tombé de je-ne-sais-où, et le jette sur l'épaisse vitre pour la briser.

Le premier coup n'atteint pas son objectif et ne laisse qu'une légère fissure sur le verre de sécurité. Résolu à en venir à bout, j'arme les bras en l'air après avoir calé le bloc entre mes paumes, puis le balance de toutes mes forces à l'endroit de la première fente.

Bien que la vitre ne se brise pas au sol en mille morceaux, le point d'impact est à présent suffisamment fragilisé pour que je puisse le casser. D'un nouveau coup de coude, je pète un morceau de vitre qui s'éparpille à l'intérieur, et après avoir protégé ma main avec le tissu de ma veste de moto, je réussis à passer le bras jusqu'à atteindre le bouton d'ouverture de la porte. Un simple bip résonne, un bip qui représente la fin de tout ce cauchemar.

Dans le hall d'entrée, je vérifie les noms sur les boîtes aux lettres en me remémorant la première fois où je suis venu ici. Quand mes yeux se fixent sur celui que je cherche, mon cœur manque un battement.

DULLAND... Tu te terrais donc ici depuis le début, fils de pute ! Les sonneries en pleine nuit, c'était toi aussi... Tu nous matais depuis combien de temps comme ça ?

Tandis que je réalise que les étages sont notés sur chacune des étiquettes sauf sur celle-ci, je réfléchis à l'endroit où je dois me rendre. Mon cerveau carbure à toute allure et, par association d'idées, j'en arrive à quelques déductions qui me semblent plausibles. D'abord, il devait être plus haut que nous pour avoir une bonne vue sur nos fenêtres, soit au-delà du deuxième étage. De plus, les sonneries nocturnes ont commencé quand les travaux du quatrième se sont arrêtés. Alors si mon intuition est la bonne, c'est là que je dois me rendre.

L'ascenseur est en panne, ce qui veut dire que pour sortir d'ici, Dumas n'aura qu'une seule solution : les escaliers. Si jamais il réussit à m'échapper, j'ai bon espoir qu'il rencontre Hunter en route... Montant trois par trois les marches pour me rendre au quatrième, enragé, j'ouvre la porte qui mène au palier avant de la refermer aussi sec. Toujours dans l'escalier, je réalise que débouler chez Dumas pour tout péter n'est pas la meilleure stratégie, car pendant le court appel d'Emma, une voix d'enfant, probablement le gosse de ce taré, lui a dit de regarder la caméra devant la porte. Je ne peux donc pas me pointer devant comme une fleur, car il saura déjà que je suis là. Il le sait même sûrement.

Retenant mon souffle une seconde pour réfléchir à la situation, je me rends compte qu'un autre problème auquel je n'ai pas pensé va me freiner dans mon sauvetage. Il y a peu de chance que Dumas ait laissé sa porte ouverte, auquel cas, Emma se serait déjà fait la malle depuis belles lurettes. Et de toute évidence, je ne peux pas me présenter en toquant tranquillement ou en attendant qu'il daigne m'ouvrir… Mais dans ce cas, comment vais-je pouvoir entrer ? J'ai déjà eu du mal à défoncer celle de l'entrée, alors il ne manquerait plus qu'il ait mis une porte blindée pour que ce soit mission impossible.

Peut-être qu'une balle dans la serrure pourrait la faire sauter ! De la main, je m'apprête à récupérer mon flingue dans la poche arrière de mon jean avant de m'apercevoir que je ne l'ai pas sur moi.

— Merde, merde, merde ! soufflé-je en donnant un coup de poing dans la rambarde en fer qui résonne dans tout l'escalier. Merde !

Les doigts cramponnés à mes cheveux, je me refais les dernières heures de ma vie, comprenant que je l'ai déposé discrètement chez mes parents, juste avant de me faire embarquer pour la garde à vue. Comme un con, je me suis barré si vite tout à l'heure que j'ai complètement zappé de le récupérer.

Bordel de merde ! fustigé-je une nouvelle fois contre moi-même en serrant les dents pour que le son ne puisse passer la barrière de mes dents.

Comment sauver la femme de ma vie si je ne suis qu'un putain de justicier de pacotille !

Réfléchis, Tom, réfléchis ! grogné-je en tirant plus fort sur mes cheveux pour me punir d'avoir été si étourdi. Avant de partir, j'aurais dû prendre un instant pour m'organiser, pour préparer une stratégie d'attaque. Là, je n'ai rien, aucun plan, aucune arme, et mon esprit est embrouillé. La seule pensée logique qui me vient est que puisqu'il sait que j'ai eu Emma au téléphone, il va se douter qu'on ait pu retracer l'appel. En toute logique, il va donc vouloir partir de l'endroit où il se trouve pour se rendre quelque part où il pourra se terrer à nouveau. Du moins, c'est ce que moi j'aurais fait si jamais j'avais été un serial killer doublé d'un kidnappeur. Ce qui n'est pas le cas.

En dehors de ça, il n'y a que des idées toutes plus irrationnelles les unes que les autres qui me viennent en tête. Si je m'écoutais, je frapperais chez un voisin pour passer par une fenêtre ou pour quémander un couteau, ou au moins quelque chose pour me défendre, sauf que je mettrais en danger des personnes qui n'ont rien à voir avec cette histoire. Mon père avait raison, j'aurais dû contacter les flics et venir ici avec eux. J'aurais dû…

Un bruit de serrure qui se déverrouille résonne dans le couloir d'à côté. Figé sur place, je pose la main sur la poignée, aux aguets du moindre son à venir. Dans le plus grand calme, j'entrouvre la porte et jette un œil sur le palier toujours plongé dans le noir. Mon cœur bat à tout rompre, mes mains sont moites, et malgré le stress qui monte dangereusement en moi, je tente de maîtriser ma respiration pour ne pas me mettre à hyperventiler. On dit qu'en cas de situation d'urgence, notre courage se décuple puissance mille. À cet instant précis, je n'ai qu'une idée en tête, celle de sauver Emma, pourtant, je suis mort de trouille.

Soufflant un gros coup avant d'entrouvrir un peu plus la porte des escaliers, je remarque que la poignée de l'une des deux habitations qui occupent le palier est abaissée. Quelqu'un à la main dessus. Quelqu'un qui s'apprête à sortir.

Comme une ombre, je me faufile sur le côté pour me glisser au plus près de la porte avant qu'elle ne s'ouvre. Et alors que la lumière du couloir s'allume à cause du mouvement, la poignée remonte, s'abat une nouvelle fois en me faisant sursauter, puis remonte à nouveau dans sa position initiale sans qu'aucun son ne franchisse la barrière du bois ou des murs.

Je ne sais pas ce qu'il se passe de l'autre côté, mais quelqu'un s'agite sur cet objet, ce qui me laisse espérer que je suis peut-être au bon endroit. Car même si j'étais convaincu de l'étage où je devais me rendre, je n'ai aucune certitude quant à l'appartement. Pire encore, je m'apprête à attaquer quelqu'un qui va sortir de chez lui sans même savoir si c'est la bonne personne.

Immobile près de l'entrée, je me retiens de respirer en priant pour être très vite replongé dans le noir. Par chance, en moins de deux minutes, alors qu'il n'y a pas eu de nouveau mouvement, ni de moi ni de la poignée, la lumière s'éteint et me laisse l'avantage d'un effet de surprise quand cette foutue porte s'ouvrira.

Le dos collé au mur, le ventre rentré comme si ça me rendait presque invisible aux yeux de la caméra, je compte les secondes en me préparant mentalement à attaquer.

Au bout de la 78e, la poignée s'abaisse. Ma respiration se coupe. Mon cœur bat si fort dans ma poitrine que j'ai l'impression qu'on pourrait l'entendre depuis la rue voisine. Dans ma tête, ça a beau être le branle-bas de combat, mon esprit s'égare tout de même en pensant que le monde continue à tourner comme il le fait quotidiennement tandis que pour moi, tout va se jouer dans les secondes à venir.

Les poings serrés quand elle s'entrouvre enfin, les sanglots d'un enfant me parviennent comme s'ils étaient lointains, juste avant que la voix de Dumas ne s'échappe par le ridicule interstice de lumière qu'il vient de créer dans le couloir, en me glaçant le sang :

— La voiture est garée devant l'entrée, Adam. Je te descends avec les bagages et je reviendrai chercher Angy juste après.

Angy ? Qui est Angy et où est Emma ? pensé-je en imaginant déjà le nombre de femmes qui se trouvent à l'intérieur.

— Papa, pleurniche la petite voix, est-ce qu'elle va bien Emma ? Elle n'avait pas l'air d'aller bien. Je ne veux pas qu'elle parte en voyage à la mort comme maman.

La porte s'ouvre un peu plus en même temps que ce type émet un soupir excédé.

— Arrête de raconter n'importe quoi, Adam. Un voyage à la mort, c'est quoi cette connerie ? Soit on est mort, soit on est vivant. Y a pas de voyage… Et puis ça commence à me saouler ! Je t'ai déjà dit de l'appeler Angy ! gronde Dumas alors que la puissance de sa folie me frappe à nouveau. Le mieux serait même de l'appeler maman. Comme ça, il n'y aura plus de problème.

— Mais elle n'est pas ma…

— Ça suffit ! gronde-t-il sur l'enfant en ouvrant en entier. Tu n'as rien à dire. Je te conseille d'obéir, Adam, car je ne sais pas si tu as remarqué, mais papa est un peu à cran en ce moment, et si tu ne veux pas te ramasser une nouvelle gifle, tu ferais mieux de te taire.

Mon sang bout dans mes veines en apprenant qu'il s'en est aussi pris à son gamin. Mes poings sont si serrés dans mes paumes que mes ongles meurtrissent mes chairs.

Prêt à m'abattre sur cet homme qui ne mérite aucune autre forme de procès que la mort pour avoir infligé autant de souffrance, je décompte à partir de trois en voyant un bout de sa chaussure se poser dans le couloir.

3… 2… 1, le cri qui s'échappe de ma gorge quand je bondis devant lui ressemble à celui des guerriers prêts à se lancer dans l'arène. Il provient du tréfonds de mes entrailles, il annonce le chaos, le désastre, la mort. Car dès que j'aurai porté le premier coup, je ne pourrai plus m'arrêter, tout du moins, c'est la mort de l'un ou de l'autre qui mettrait fin à la guerre.

Surpris, Valentin recule en poussant un son de stupeur. Et avant de lui foncer dessus, j'ai juste le temps d'apercevoir son visage figé, pétrifié. Il ne m'avait pas vu dans les caméras, il ne savait pas que j'étais là, et de toute évidence, il ne s'attendait pas à me voir.

Quand mon épaule droite entre en contact avec son estomac. J'oublie mes doutes, j'efface mes peurs. Mon seul leitmotiv : abattre l'ennemi, l'empêcher de nuire à tout jamais. Il chancelle face à la puissance de l'impact qui le projette au loin, contre un îlot de cuisine. Alors qu'il se retient par les coudes au plan de travail, je le rejoins en vitesse et lui assène une première droite qui fait valdinguer sa tête sur le côté. En garde, je recule d'un pas pour armer le poing une nouvelle fois quand mon regard est attiré par un mouvement sur la gauche, près d'un canapé.

Un enfant haut comme trois pommes me regarde en train de frapper son père en pleurant. J'ai envie de le rassurer en lui disant que je ne suis pas là pour lui faire de mal à lui, mais cette seconde furtive de déconcentration a suffi à mon adversaire pour se ressaisir. Sans que j'y sois préparé, ses phalanges rencontrent ma joue avec force. Pour m'être déjà battu avec lui quelques semaines plus tôt, je savais déjà que ce mec était gaillard, mais là, c'est différent, il est plus fort, il semble plus entraîné, bien plus prêt à combattre.

Malgré la brûlure qui échauffe ma peau, je fonce dans le tas. Les coups pleuvent tant de son côté que du mien. Les meubles nous servent de point de chute, la décoration vole en éclat tandis que tous nos mouvements se succèdent à une vitesse délirante. Je frappe fort, je frappe de nombreuses fois, mais j'en prends autant au point de ne pas savoir à qui appartiennent les gouttelettes de sang qui giclent. Les cris résonnent dans l'appartement, toujours mêlés aux pleurs du môme qui change de place en fonction de notre position.

Avec élan, Valentin m'attrape par les jambes pour me faire tomber au sol. Mon dos craque quand cet enfoiré s'abat sur moi pour me rouer de coups. De mon mieux, je me protège de mes avant-bras pour parer les attaques quand derrière nous, l'enfant s'exclame :

— Emma !

Surpris, je redresse la tête et la distingue rapidement dans le couloir avant de recevoir une droite en pleine tête qui me rallonge au parquet.

— Tom ! s'écrit Emma avant de se précipiter sur nous.

— Non ! beugle Valentin en se redressant si vite pour se précipiter sur elle que je ne peux l'en empêcher. Toi, tu es à moi !

J'ai à peine le temps de redresser le buste qu'il s'empare de la nuque d'Emma avant de la ramener dans le couloir et de disparaître dans une pièce laissée ouverte.

En vitesse, je me relève malgré la douleur qui me vrille les côtes. D'un revers de poignet, j'essuie le filet de sang qui dégouline depuis mon arcade pour se perdre sur mes lèvres, puis me dirige vers la pièce où ils se sont retranchés.

Quand j'arrive dans l'encadrement de la porte, la vision qui se fixe dans mes prunelles me coupe le souffle. Valentin et Emma sont debout au centre de la pièce. Il la maintient toujours par la nuque en se servant d'elle comme d'un bouclier humain, un flingue braqué sur sa tempe.

— Alors, on fait moins le malin, Vidal ! raille-t-il en appuyant l'arme contre la peau d'Emma. Si tu bouges ou si tu l'ouvres pendant que je t'explique la suite du plan, je lui troue la cervelle ! T'as saisi ?

Les mains en l'air pour lui prouver que je ne compte rien faire, je détaille le visage tuméfié d'Emma en sentant les larmes me monter aux yeux. Bon sang, mais qu'est-ce qu'il lui a fait ?

L'arête de son nez est couverte de sang, du bleu s'est répandu sous ses yeux. Elle se tient les côtes et semble plus maigre encore qu'avant. Ses belles boucles d'or ont disparu pour laisser place à une couleur noir de jais qui lui fait un teint si blafard qu'on pourrait penser qu'elle n'a pas dormi depuis une éternité.

En la voyant ainsi, je n'ose imaginer toutes les horreurs qu'elle a traversées, je ne peux envisager tous les sévices qu'il lui a imposés. Un relent de bile remonte le long de ma gorge pour se perdre dans ma bouche, que je ravale en même temps que mes larmes. Pour elle, je ne dois pas montrer que j'ai peur, que de la voir ainsi me rend faible ou m'accable. Non, elle doit savoir que je ferais tout pour la sauver, que je ne laisserais pas ce type me la prendre encore une fois.

Pour tenter le tout pour le tout, j'imagine un coup de poker qui m'arrive comme une putain d'ampoule lumineuse au-dessus de la tête :

— Tu n'iras nulle part avec elle, Dumas. Les flics sont en bas, armés jusqu'aux dents, et ils attendent impatiemment que tu franchisses le seuil du hall d'entrée de l'immeuble pour te cribler de balles.

Les doigts resserrés autour de la crosse de son arme, il appuie plus fort encore pour enfoncer le bout du revolver dans la tempe d'Emma qui encaisse sans broncher.

— Les flics ? Combien ? s'inquiète-t-il, visiblement tombé dans le panneau.

— Une bonne vingtaine environs, bluffé-je pour gagner du temps en attendant l'arrivée de Hunter. Chacun d'entre eux rêve de te croiser pour poser ta tête sur une pique. T'as buté leur chef, tu t'en sortiras pas vivant.

La tête légèrement relevée pour me défier, il me fixe en souriant.

— Beau palmarès, ma beauté ! Adam a peut-être raison finalement, je suis devenue une star ! ironise-t-il avant d'embrasser le crâne d'Emma.

En le voyant faire, j'avance de deux pas pour l'arrêter, mais tout à coup, il braque son flingue sur moi en hurlant :

— N'avance pas plus ou je te fous une balle entre les deux yeux. Recule, enfoiré. Recule !

— Recule, Tom. Je t'en supplie. Fais ce qu'il dit !

D'un geste, il l'attrape par les cheveux pour tirer dessus avec force.

— Ta gueule, Emma ! Ta gueule ! lui crie-t-il à l'oreille.

Profitant de cette diversion, je m'approche d'un pas supplémentaire quand le son de la détonation atteint mes oreilles avant la balle.

Lancée comme un frelon prêt à piquer, elle traverse le côté extérieur de ma cuisse avec une telle intensité que je m'effondre au sol de douleur. La main sur l'impact, je sens le sang couler entre mes doigts alors qu'Emma se met à hurler de stupeur. Sous le choc, elle tente de venir à mon chevet quand cet enfoiré la rattrape d'un geste sec par les cheveux, l'obligeant à se mettre à genoux en face de moi.

Le sourire aux lèvres, il me fixe d'un regard étrange avant de me demander :

— Ça fait mal, hein ? C'était un simple avertissement, Vidal. Ne t'en fais pas, la prochaine, tu ne la sentiras pas quand elle se logera dans ton cœur.

— Pourquoi ne pas l'avoir fait immédiatement dans ce cas ? Tu te serais débarrassé de moi…

— J'ai pas envie de te tuer, Thomas. Au contraire, j'aime autant que tu restes en vie juste pour avoir la satisfaction de savoir que je t'ai brisé le cœur comme tu as brisé le mien quand tu me l'as prise. Savoir que tu te demanderas tous les jours de ta chienne de vie où elle est, si elle va bien, ou si elle est toujours vivante, tu ne t'imagines pas comme ça me fait bander !

— T'es complètement cinglé, Dumas. Ça n'arrivera pas. Je t'ai prévenu que tu ne sortirais pas d'ici vivant.

— Ta gueule ! grogne-t-il en pointant à nouveau son flingue sur la tempe d'Emma. Je suis sûr que c'est un bobard. On va vérifier tout de suite, tiens !

Tandis qu'il force Emma à le suivre vers son bureau, celle-ci me fait un signe discret du doigt en direction de la poche de son jean. Tentant de comprendre ce qu'elle me montre, je suis son doigt des yeux sans broncher. Bien qu'il ait lâché les cheveux d'Emma pour poser ses doigts sur son clavier, il continue de me fixer pour être certain qu'il n'y ait aucune interaction entre elle et moi. Appuyant sur une touche à trois reprises, il m'affiche la foutue caméra cachée sur la rue pour me mettre face à mon mensonge.

— Alors, ils sont où tes potes ? Je ne suis pas sûr, mais je crois qu'il n'y a personne devant l'immeuble, ironise-t-il en faisant bifurquer la caméra de droite à gauche. On dirait bien que tu es tout seul, Vidal. Tout seul contre moi, c'est pas ce que tu voulais ?

— Lâche Emma et réglons ça en face à face dans ce cas ! Si t'as les couilles de t'en prendre à un mec pour une fois ! le provoqué-je avec l'espoir qu'il ait suffisamment envie de me faire taire pour oublier Em.

— Tu me prends pour un idiot, Vidal ? Tu crois vraiment que je vais m'occuper de toi alors que tu te vides déjà de ton sang ? se moque-t-il en désignant ma cuisse du menton. Ce qu'on va faire plutôt, c'est que je vais embarquer Emma et mon fils avec moi, et que je vais t'enfermer ici jusqu'à ce que tu crèves. Tu peux demander à ta chère et tendre, c'est une prison assez sympa quand on imagine ce qui existe ailleurs !

Joignant l'acte à la parole, Dumas pousse Em devant lui en lui glissant à l'oreille d'avancer. Comme elle refuse de bouger, cet enfoiré se place sur le côté avant de la forcer à ouvrir la bouche avec son arme.

— Non, pas ça ! Je resterai là, mais ne lui fais pas ça ! objecté-je en tendant la main vers elle.

— Non, non, non, pas touche, minouche ! me lance-t-il avant de s'adresser à nouveau à Emma. Toi, ouvre la bouche, ma chérie. Il ne t'arrivera rien si tu m'obéis, c'est juste une assurance vie.

Tremblante, Emma ouvre la bouche pour qu'il y glisse le canon. Au coin de son œil, une larme commence à poindre, glisse et se perd le long de sa joue. Je voudrais pouvoir la récupérer, l'effacer et lui faire oublier toutes ces horreurs qu'elle a vécues, où je n'étais pas là pour elle. En réponse à sa tristesse, je ne peux retenir la larme qui coule sur ma joue aussi.

Cet homme ne peut pas partir d'ici avec la femme de ma vie. S'il y parvient, s'il me l'enlève encore, je ne pourrais pas survivre sans elle. Je ne le voudrais pas.

— Oh, ils sont mignons, mes petits amoureux maudits… Dommage qu'il faille vous dire adieux, ironise-t-il en léchant la mâchoire d'Emma d'un coup de langue rapide qui me donne envie de gerber. Allez, mi amore, on bouge. On a assez perdu de temps ici.

1ER JUILLET - EMMA

— Fini les conneries, on se casse ! clame Val en fermant la porte de la chambre à clé.

Le pistolet toujours enfoui au fond de la bouche, je déglutis péniblement.

— Adam, on s'en va ! clame-t-il à l'attention de son fils qui ne répond pas. Adam, on s'en va, j'ai dit !

Pétrifié sous l'îlot de la cuisine, Adam ne bouge plus. Recroquevillé sur lui, les genoux maintenus par ses frêles avant-bras, il regarde dans le vide, les yeux grands ouverts, en se balançant d'avant en arrière.

Choquée de le retrouver dans cet état, je tente de parler sans me faire comprendre. L'espèce de pâté verbale qui s'échappe de mes lèvres ne ressemble à rien, si bien que Valentin, dans sa grande mansuétude, m'enlève le flingue pour m'écouter :

— Il est effrayé, on ne peut pas le laisser comme ça. TU ne peux pas le laisser comme ça.

D'un geste de la main, il caresse ma joue tandis qu'un bruit résonne contre la porte de la chambre.

— Je suis fier de toi, Angy. Je trouve que tu t'es presque parfaitement comportée jusque-là alors je vais te lâcher, mais ne me déçois pas, annonce-t-il d'une voix douce qui sonne faux. Est-ce que tu vas me décevoir, Angy ?

D'un signe de tête, je lui confirme que non avant qu'il ne reprenne :

— Tant mieux, Angy. Je serais vraiment embarrassé à l'idée de devoir retourner dans cette chambre pour achever ton mec. Vraiment embarrassé !

insiste-t-il en relâchant ma nuque. Je vais aller chercher Adam, tu n'as pas intérêt à bouger d'un centimètre, Angy.

Malgré les coups qui cognent contre la porte à un rythme incessant, je reste stoïque pendant que Valentin s'accroupit vers son fils pour lui parler. S'il n'y avait pas eu Adam, j'aurais couru jusqu'à la chambre pour libérer Tom. S'il n'y avait pas eu Adam, j'aurais déjà tenté de m'enfuir, mais en toute conscience, je ne peux pas partir en le laissant entre les mains de ce psychopathe. Même s'il s'agit de son père.

— Emma ! crie Tom de plus en plus fort tandis que les coups qu'il donne à la porte claquent de plus en plus fort contre le bois. Emma, réponds-moi si tu es encore là !

Mes yeux font des allers-retours entre Valentin qui vient de se relever de sous la table avec son fils dans les bras et le couloir. Mon cœur palpite, mon front se couvre d'une fine pellicule de sueur à cause du stress. Si je parle, Valentin me fera souffrir encore, mais si c'est le prix à payer pour retrouver l'homme que j'aime, alors je dois prendre le risque. Qu'importe si celui-ci est la mort.

Le poing serré, je jette un dernier coup d'œil sur Valentin qui n'est plus qu'à quelques pas de moi, et m'élance dans le couloir en criant :

— Tom… Tom…

— Espèce de garce ! Tu m'avais promis de rester sage ! hurle Valentin en tirant ma tête en arrière si fort qu'un craquement résonne dans mon crâne. Viens-là, garce. Viens-là !

Malgré la douleur à la racine de mes cheveux, je résiste de tout mon poids pour tenter d'atteindre la poignée, quand ma tête cède et que je me cogne contre le bois.

Le regard triomphant, ce fou furieux regarde l'énorme touffe de cheveux qu'il tient entre ses doigts en riant.

— T'es prise au piège ! Tu t'es enfermée toute seule dedans en plus… se moque-t-il en me jetant mes cheveux dessus.

— Emma, ne te laisse pas faire, fonce-lui dedans ! crie Tom depuis l'autre côté de la porte. Il ne te tirera pas dessus, sinon, il l'aurait déjà fait.

— N'en sois pas si sûr, Vidal, déclare Valentin en parlant très fort. J'ai une porte de sortie qui m'attend et je commence à être usé de devoir lui courir après. Soit elle vient de son plein gré, soit je fous une balle dans la tête d'Adam. Emma, t'en penses quoi ?

De mon plein gré, alors qu'il menace d'ôter la vie d'un enfant à cause de moi ! Quelle blague !

Le canon braqué sur son fils, il me scrute en attendant ma réponse. Prisonnier des bras de son père, Adam pleure à chaudes larmes en murmurant mon prénom sans s'arrêter. Même si une part de moi se rassure en pensant qu'un père ne serait pas capable de tuer son fils, une part de moi sait que Valentin n'est pas un homme comme les autres. C'est un monstre, un tueur sanguinaire, un homme dénué d'âme ou de cœur. Et cette part de moi sait qu'il est réellement capable de tout.

Le souffle coupé, je ne peux détourner le regard de ce petit bonhomme sans défense qui compte sur moi pour le sortir de toute cette merde. Mais à l'intérieur, je ne suis pas plus vaillante que lui. Je suis terrorisée, j'ai peur pour lui, pour Tom, pour moi, et cette peur contrôle chacun de mes muscles. Figée, je regarde la porte qui me sépare de Tom une dernière fois en comprenant que je suis forcée de faire une croix sur lui si je veux pouvoir sauver un être sans aucune autre défense que moi. Je fais le choix de la conscience, celui où même si mon visage est défiguré jusqu'à la fin de mes jours, je pourrais toujours me regarder dans un miroir sans me dire qu'un gosse est mort à cause de moi.

Avançant d'un pas dans la direction de Valentin, celui-ci m'accueille en me tendant la main. Malgré l'envie de gerber qui me prend aux tripes, je le laisse saisir mes doigts pour les serrer dans les siens en sanglotant.

— C'est le bon choix, Angy. Je te jure que jamais tu ne le regretteras.

— Emma ! clame Tom alors que nous nous éloignons déjà. Emma ne l'écoute pas ! Il est fou, tu ne peux pas partir avec lui.

La mort dans l'âme, je baisse la tête en sachant pertinemment qu'il a raison, mais ai-je un autre choix qui s'offre à moi alors que cet enfoiré vient de poser son arme sur la chute de mes reins pour être certain de me faire avancer.

— On va descendre tranquillement avec les valises jusqu'à la voiture, Angy, me glisse-t-il à l'oreille d'un ton qui sonne presque rassurant. On va jouer à la petite famille parfaite et personne ne fera attention à nous. D'accord ?

Pour toute réponse, je me contente de hocher la tête en descendant les escaliers. Le canon appuie sur ma colonne vertébrale à chacun des pas que je fais, il s'enfonce si fort qu'il me coupe la respiration.

En arrivant en bas, dans le hall d'entrée, regarder la rue me fait vraiment une drôle de sensation. Voilà six jours que je ne suis pas sortie de ma prison, et malgré cette vision de liberté qui s'offre à moi, je comprends que je ne le serais plus jamais tant que l'homme qui se tient derrière moi sera en vie.

Il me fait avancer à l'extérieur, et la chaleur de ce mois de juillet m'accable soudainement. Je me sentais déjà faible là-haut, mais cette fois, je suffoque presque.

En face de nous, une petite bagnole bipe quand il s'en approche. Sans ménagement, il enfourne Adam à l'intérieur avant de m'ordonner de l'attacher. Quelle plaie ! S'il l'avait fait lui-même, j'aurais pu en profiter pour fuir ou pour retourner au quatrième étage, mais voilà qu'il appuie sur ma tête pour que je m'exécute.

À demi pliée au-dessus d'Adam pour attraper la ceinture de sécurité, je sens le flingue griffer mon dos depuis mon coccyx jusqu'à ma nuque. Pas besoin de mot pour sentir sa présence, il me rappelle chaque seconde que l'épée de Damoclès est juste au-dessus de ma tête. Le visage suffisamment près de celui d'Adam pour qu'il ne nous repère pas, je lui demande tout bas :

— Tu vas devoir prendre le téléphone dans ma poche, Adam. Est-ce que tu t'en sens capable ?

Son hochement de tête est imperceptible, mais déjà je sens sa petite main qui s'active. Doucement, avec prudence, il glisse ses doigts dans ma poche sans bouger le reste du corps. Son stoïcisme est presque surnaturel pour un enfant de son âge, il m'épate par son sang-froid.

En moins de temps qu'il n'en faut pour le dire, il ôte sa main de ma poche tandis que je me couche presque sur lui pour boucler sa ceinture. En remontant, je lui murmure :

— Appuie sur le bouton vert et garde le téléphone caché. Je le reprendrai en sortant de la voiture.

— C'est long, là ! T'as fini ou quoi ? grogne Valentin en enfonçant le flingue dans mes côtes pour que je me redresse.

— Oui, c'est bon, c'est bon ! soufflé-je en me redressant juste avant qu'il ne claque la porte d'un geste vif. Je devrais m'asseoir à côté de lui, il aura moins peur.

— Hors de question. Tu montes à côté de moi. Là où est ta place !

Obéissante parce que je n'ai pas d'autre choix, je m'assieds du côté passager sous l'insistance du revolver qui me toise de pleine face. Une voix s'échappe dans l'habitacle au moment où Valentin referme la porte avant de faire le tour de la voiture, le flingue pointé en continu sur ma tête.

Alors qu'il atteint l'autre côté, je profite de la courte seconde qui s'offre à moi pour prévenir l'interlocuteur qui m'entend à l'autre bout du fil :

— Tom, reste silencieux et géolocalise-nous.

1ER JUILLET - THOMAS

Suivant les directives données par Emma, je coupe le micro de mon portable afin que Valentin ne puisse pas se rendre compte de ma présence dans l'habitacle. Je ne sais pas comment elle a fait pour dissimuler un téléphone sur elle, je ne sais même pas comment elle se l'est procuré, mais cet appareil va être d'une aide précieuse et il est hors de question que je laisse passer cette chance de la retrouver.

Aussi, comme elle me l'a demandé, j'active la géolocalisation afin de les suivre depuis ma nouvelle cellule, pendant que j'envoie un texto à Hunter :

[Récupère-moi au 4e. Première porte à gauche. Amène du matos, elle est blindée.]

Debout malgré ma cuisse endolorie, je fouille dans la chambre pour trouver de quoi me sortir de la pièce. Il doit bien y avoir une clé planquée quelque part, ou à défaut, un objet assez lourd pour taper dans la serrure. Rapidement, j'envisage les lieux d'un coup d'œil pour m'apercevoir qu'il n'y a rien qui pourra me servir ici hormis la chaise du bureau. Par précaution, j'ouvre les portes coulissantes du dressing mural pour vérifier aussi. Frénétiquement, je fouille parmi les vêtements accrochés dans la penderie sans rien trouver. Sur l'étagère du haut, en dehors de la poussière qui s'est accumulée, c'est le néant. Au sol, il y a quelques paires de pompes, deux ou trois sacs vides… Mais quand ma main tâtonne sur le carrelage au fond du placard, un carreau bouge imperceptiblement sous mes doigts. Je m'insère dans le dressing minuscule pour mieux toucher les dalles, un cri de douleur s'échappe de ma gorge en sentant la blessure de ma cuisse se raviver. Je devrais nettoyer la plaie, la panser, mais il n'y a rien ici qui me permette de me soigner. Alors autant continuer les recherches, le temps m'est trop compté.

D'un coup de poing sur le carreau, je sens qu'il se fissure en deux. Prestement, j'enlève les morceaux sans vraiment apercevoir ce qui se cache dessous. Il n'y a pas assez de lumière là où je me trouve, alors je plonge ma main dans l'espèce de trou pour deviner ce qui s'y terre, à l'aveugle. Du bout des doigts, il me semble reconnaître un manche en bois, quelque chose de long, de cylindrique. Tirant dessus pour l'extirper de sa cachette, je n'y parviens pas tant ce qui se trouve au bout semble lourd. Enfouissant mon bras un peu plus loin pour sentir ce qui obstrue le passage, je sens le froid du métal glisser sous la pulpe de mes doigts quand mon index rencontre le tranchant d'une lame.

D'un geste sec accompagné d'un juron, j'enlève ma main, mais trop tard, le sang coule déjà de l'entaille que je viens de me faire. Par chance, la coupure n'est que superficielle, et d'un revers, j'essuie la blessure sur mon tee-shirt.

Bien déterminé à utiliser cette arme dissimulée pour me sortir d'ici, je retourne dans le placard pour attraper le manche à deux mains avant de tirer dessus. Cette fois, l'objet, une hache aiguisée à la perfection, ressort sans problème. Mon cœur fait un salto dans ma cage thoracique, je vais pouvoir me tirer de cet enfer et retrouver Emma sans attendre.

En vitesse, je m'approche de la porte et frappe d'un coup sec près de la serrure. Malgré la douleur qui me coupe le souffle, je percute la poignée à plusieurs reprises, de toutes mes forces quand un coup de feu retentit autour de moi.

En alerte, je stoppe le massacre de cette serrure pour écouter les sons qui proviennent de l'extérieur. Se pourrait-il que ce soit Valentin qui soit revenu pour en finir avec moi ? Qu'importe, qu'il s'amène, je suis prêt, déterminé à lui trancher la tête d'un bon vieux coup dans le cou.

En position de défense, les bras armés d'une hache acérée, je me colle contre le mur sur le côté de la porte en guettant l'arrivée de cet enfoiré. Quand il franchira le seuil de la chambre, la lame s'abattra sur son crâne pour le fendre en deux.

En place sur mes appuis, je jette un coup d'œil à mon jean maculé de sang, à cette foutue balle qui m'a effleuré suffisamment pour me mettre hors-jeu en une fraction de seconde. S'il ne m'avait pas tiré dessus, j'aurais foncé dans le tas, j'aurais tout bravé pour Emma. Comme elle le fait actuellement pour aider cet enfant.

— Tom, t'es là ? T'es où ? grogne une voix que je reconnaîtrais n'importe où à présent. Et c'est quoi, cet endroit de détraqué ?

Hunter ! Enfin !

— Ici, mec, je suis dans la chambre. Ne reste pas près de la porte !

— Qu'est-ce que tu me racontes ? Il t'a drogué ?

Même si le moment ne s'y prête pas, un léger sourire se dessine sur mes lèvres en l'entendant râler. Peu importe la blessure à ma jambe, peu importe cet appart, je vais pouvoir sortir pour sauver Emma.

D'un coup de hache surpuissant, je fracasse la serrure qui tombe enfin. Tout le système se répand au sol tandis que je pousse la porte du bout du pied pour découvrir Hunter posté dans le couloir.

— Wow, balance-t-il en regardant mon arme encore levée pour frapper à nouveau. Baisse ça, petit. C'est moi !

— Putain, t'en as mis du temps pour arriver ici !

— J'ai fait tout ce que je pouvais, mais cette putain de circulation…

— OK, OK, on n'a pas le temps pour un point trafic. Dumas est parti avec Emma et son fils, il y a environ dix minutes. Je suis sur haut-parleur avec elle, j'ai coupé le micro et je les ai géolocalisés. On y va !

— Attends, Thomas. Regarde ta jambe, il faut soigner ça !

— Trouve une trousse à pharmacie pendant que je m'envoie l'intégralité de son disque dur en guise de preuves.

— Envoie-le aux flics aussi ! On ne sait jamais.

Il sort de la chambre pour entamer sa recherche, je jette un coup d'œil à mon téléphone pour vérifier où Emma se trouve. Étrangement, la voiture n'a pas beaucoup bougé depuis dix minutes, la circulation doit être vraiment merdique.

Pianotant à toute vitesse sur le clavier collant de Dumas, je copie les dossiers et les partage sur mon *Cloud* sans vraiment prendre le temps de les voir. Quand mes yeux se posent sur une ligne à l'intitulé évident, ma main se met à trembler sans que je puisse m'en empêcher.

Il est écrit : **Notre première fois**.

Bien que conscient de ce que je risque de trouver dans ce fichier, je clique tout de même dessus. À l'intérieur, il n'y a qu'une vidéo à visionner. Curiosité malsaine, haine ou peur d'y trouver ce que je redoutais le plus au monde, je glisse le curseur sur le triangle pour l'ouvrir.

Les premières secondes sont à peine compréhensibles. J'y vois Emma, face caméra, attachée à la chaise qui me frôle, avec un chiffon dans la bouche. Ses yeux sont baignés de larmes. Derrière elle, Dumas sent ses cheveux, renifle son cou, dépose des baisers sur sa joue jusqu'à ce que le regard d'Emma se trouble d'effroi. Je ne sais pas ce qu'elle a vu, je ne sais pas ce qu'il lui a fait, mais elle a peur, elle est tétanisée sur cette foutue chaise que j'envoie valser à l'autre bout de la pièce d'un geste brutal. Dumas la retourne d'un coup, l'angle de vue change pour provenir du coin opposé. Machinalement, je tourne la tête pour trouver cette seconde caméra. Elle est accrochée au-dessus du lit, positionnée de façon à avoir un angle de vue large.

Reposant le regard sur l'écran pile au moment où il lui arrache son tee-shirt, je retiens mon souffle en envisageant la suite. Malgré l'absence d'éclairage dans la pièce, je peux voir les larmes d'Emma tapisser son visage grâce à la lumière bleue répandue par l'écran. Elle crée une auréole au-dessus de sa tête, elle lui donne un air d'ange déchu qui se fixe dans mes rétines. Une image que je voudrais effacer à la javel pour ne plus l'avoir devant les yeux.

Souffrant de voir son si doux visage aussi distendu, je passe la vidéo en accéléré quand l'insupportable me frappe comme un uppercut en pleine tête. Il est là, sur elle, il la force à… Il la force à… Mes jambes se dérobent sous le poids de ma culpabilité. C'est de ma faute s'il l'a… Juste imaginer prononcer ce mot m'est impossible, à la place, je crie, je hurle, de toutes mes forces en me recroquevillant sur moi pour oublier cette foutue vidéo, pour oublier la souffrance qu'a dû endurer Emma. Pourquoi s'en prendre à cette femme si douce, si aimante, sans défense ? Pourquoi s'en prendre à une femme tout court ? Si je l'avais sous la main, j'arracherais les attributs qui font de Valentin un homme d'un coup de hache. Je lui ôterais sa virilité, car il n'est pas digne de détenir ce titre. Il n'est pas un Homme, il n'est qu'un monstre à abattre. Il ne mérite pas de vivre.

Ameuté par mon cri, Hunter se tient dans l'encadrement de la porte alors que je me relève avec une peine immense qui repose autant sur mes épaules que sur mon cœur. Sous son regard attristé, j'essuie les larmes qui coulent sur mes joues comme une source intarissable. Et là, d'un geste d'une violence suprême, j'arrache l'écran pour le balancer sur le mur d'en face. Je fais voler tout ce qui se trouve sur le bureau en vociférant ma douleur. Ma cuisse ne me fait plus mal en comparaison du pieu qui vient de traverser mon cœur. Ce psychopathe a bafoué la femme que j'aime, il lui a ôté toute dignité, toute humanité, et moi, je me sens honteux de n'avoir pu la sauver à temps. Mais il n'est pas trop tard pour changer la donne. Pas encore.

— On se casse ! annoncé-je au molosse qui scrute chacun de mes gestes comme si j'étais du lait sur le feu.

Agrippant la hache d'une main en faisant traîner la lame sur le sol au rythme de mes pas, je passe à côté de lui pour retrouver la sortie. D'une main qu'il plaque sur mon épaule, il m'arrête et me dit :

— Garde cette rage que tu as au fond de toi pour le moment où tu te retrouveras en face de lui, mais un conseil, quand tu l'auras déversée, laisse-la partir ou elle te bouffera jusqu'à la moelle. Crois-moi.

Je n'ai aucune idée de ce qu'il entend par là, en revanche, je compte bien appliquer la première partie du conseil. Cette rage qui m'habite, il va la subir au centuple de ce qu'Emma a vécu, car à partir de cette seconde, je jure de devenir son bourreau.

1ER JUILLET - VALENTIN

— Allez, on s'active ! déclaré-je à Angy afin de la booster un peu pendant qu'elle détache Adam de son siège auto.

Je déteste avoir à la stresser. Ça m'énerve de la voir trembler comme une feuille parce que je suis trop pressant avec elle, mais ai-je le choix ? Dans la rue, les passants nous regardent d'un si drôle d'air que je suis tenu de la coller de près pour lui rappeler que mon copain pistolet est toujours à l'affût du moindre de ses mouvements. Si elle venait à tenter quoi que ce soit maintenant, il n'y a pas quelle que je serais forcé d'abattre, il y a aussi les deux vieux qui nous font face sur un banc, la femme penchée à sa fenêtre derrière nous et le groupe d'ados qui squatte l'entrée de l'immeuble de Miranda à quelques mètres de là.

— Hé, les gars, regardez le type là-bas, on dirait le mec du journal, celui qui a tué un flic, murmure l'un des gamins en me matant avec insistance.

— Tu crois que c'est lui ? rétorque le deuxième en nous observant à son tour.

— N'importe quoi ! Vous êtes vraiment miros ! C'est pas lui, il est beaucoup plus gros que le type qu'on a vu à l'écran.

Plus gros ? Moi ? Je vais t'en mettre du plus gros, petit con ! Encore heureux pour ce merdeux qu'il y ait trop de monde ici, sinon, je n'aurais eu aucun scrupule à lui mettre une balle dans le bide à celui-là. Moi, plus gros ! Mon œil, oui ! Je n'ai jamais été aussi affûté qu'aujourd'hui. Il va voir si j'enlève mon tee-shirt. Il va voir comme mes abdos sont dessinés !

— On devrait prévenir la police, non ? reprend le premier sans me lâcher du regard.

— Dépêche-toi, Angy. On nous observe un peu trop là-bas et je voudrais vraiment éviter de tuer trois ados à cause de toi.

Frissonnante, elle se redresse en disant qu'elle a fini, avant de prendre Adam dans ses bras. Heureusement que j'ai eu l'esprit de lui dire de mettre une grosse paire de lunettes de soleil. Au moins, avec ça, ils ne pourront pas voir les ecchymoses qui marquent ses jolis yeux aussi bleus que sa peau.

Encore une fois, ça m'énerve d'avoir eu besoin de lui donner une correction à cause du comportement d'Emma. Si elle était plus Angy et moins Emma, je n'aurais pas à le faire. Tout serait bien plus simple entre nous. Je commence même à croire qu'elle est victime d'un sérieux dédoublement de la personnalité. Comment peut-elle être si différente lorsqu'elle se trouve dans la peau de l'une ou de l'autre ? J'espère de tout mon cœur que cette rebelle d'Emma disparaîtra complètement au profit d'Angy dès que nous serons enfin hors de portée de tout ce monde qui souhaite nous séparer. Je suis certain qu'elle redeviendra celle qui a fait battre mon cœur à la première seconde, ce jour-là, dans l'ascenseur.

— OK, on y va alors, lui soufflé-je à l'oreille tout en maintenant le pistolet dans son dos pendant qu'elle referme la portière. N'essaie pas de crier, et encore de fuir ou je serais forcé de vous tuer tous. C'est bien clair ?

Angy approuve d'un signe de tête sans broncher. *Brave Angy, c'est ça que j'attends de toi, rien que ça.*

Marchant en direction du groupe de gamins, je relève la tête tout en les scrutant d'un œil sévère. S'ils veulent avoir quelques sueurs froides pour raconter à leurs potes qu'ils ont peut-être croisé le tueur de Paris, comme ils me surnomment à la télé, alors ils vont être servis.

Arrivés à leur hauteur, sous le porche de l'immeuble, nous nous arrêtons près de l'interphone. L'atmosphère est tendue autour de nous. J'hésite à lancer un petit « Bouh » pour les faire fuir, mais je me contiens pour ne pas attirer l'attention. Très calmement, je me contente de leur lancer un simple « Messieurs » afin de les saluer, auquel ils répondent par un « Bonjour » timide.

Comme je connais le code de la porte par cœur pour l'avoir tapé à de très nombreuses reprises ces derniers mois, je ne prends pas la peine de prévenir Miranda de notre arrivée. Mais ce foutu code ne fonctionne pas. *Et merde !* Je pourrais demander aux trois mômes de m'ouvrir, mais je ne sais même pas s'ils vivent ici. Préférant ne pas leur adresser la parole pour ne pas plus attiser les soupçons, je retrouve l'emplacement du bouton de Miranda sans trop d'efforts, tout en restant stoïque face aux six yeux qui me dévisagent.

L'échange s'arrête là quand la voix sensuelle de Miranda résonne dans l'interphone :

— Oui…

— C'est Martin…

— Martin ? Tu devais me prévenir si tu venais.

— J'ai eu un contretemps. Tu me laisses monter ?

— Oui…, hésite-t-elle un instant. Oui, vas-y.

Le bip de l'ouverture de la porte retentit sous le porche, faisant sursauter le garçon qui m'a bel et bien reconnu. S'écartant pour nous laisser passer, il dévisage Angy et Adam quand, d'un coup d'épaule brutal, je lui fais perdre l'équilibre.

— Excuse-moi, petit ! m'exclamé-je en traçant mon chemin. Et passez une bonne journée.

— Bonne journée, Monsieur, répondent ses copains tandis que le curieux se relève en même temps que nous atteignons l'ascenseur.

La porte de l'entrée ne s'est pas encore refermée qu'il déclare :

— Quel connard, ce mec ! C'est clair que ce n'est pas le tueur de Paris, il n'a pas de couilles, celui-là ! Il a de la chance que j'avais pas envie de me battre aujourd'hui, sinon il en aurait pris une belle !

Mon sang ne fait qu'un tour dans mes veines, mon flingue me démange. Je me retourne vers lui au moment même où les portes de l'ascenseur s'ouvrent sur nous. Il a de la chance, ce petit branleur. Heureusement pour lui que j'ai plus urgent à régler, car il est passé à un doigt de se prendre une balle dans la tête.

Après avoir poussé Angy dans l'ascenseur, j'appuie sur le bouton du 5e étage en sentant mon pouls s'accélérer. C'est automatique depuis quelque temps, le simple fait de me pointer ici me fait bander. C'est mécanique, indépendant de ma volonté, mon cerveau associe de lui-même Miranda à une partie de jambes en l'air corsée, je n'y peux rien. Pour être honnête, il se pourrait aussi que l'idée même de devoir mettre fin à une nouvelle vie m'excite aussi. Même si je n'ai rien contre Georges, même si je ne l'ai finalement jamais vu, j'envisage déjà les méthodes que je pourrais appliquer pour faire cesser les battements de son cœur. Strangulation ? Décapitation ? Ou simple et sans bavure avec une seule balle bien placée entre les yeux, puisque c'est le seul organe qui marche encore complètement chez lui… Ironique pour un gros pervers voyeuriste que de mourir d'une balle entre les yeux, tiens… Je suis sûr que Miranda appréciera la corrélation entre les deux !

Cette pensée emplit mon sexe d'un afflux de sang. Pour canaliser la tension qui me submerge soudainement, je me colle à la hanche d'Angy qui ne bouge pas d'un centimètre. Le frottement de mon entrejambe contre son jean apaise quelque peu mon envie de baiser. En revanche, je ne sais pas si c'est mon sexe contre elle ou le flingue qui lui colle toujours au dos qui lui fait de l'effet, mais son souffle s'accélère. Elle a envie de moi. Angy a envie de moi, et il fallait que ça arrive maintenant, là, dans cet endroit où je n'ai pas le temps de la prendre. *Fais chier !*

Les portes de l'ascenseur s'ouvrent, elle s'écarte de moi, à regret j'en suis certain. Cela dit, elle ne peut pas être aussi déçue que je le suis, car pour une fois que je ressens une véritable alchimie entre nous, il faut que ce soit au pire moment. Tant pis, je n'ai pas le temps de m'occuper de notre couple tout de suite. J'ai un homme à tuer.

— Avance ! ordonné-je en lui montrant la seule porte du palier. Notre hôte nous attend.

— Qui c'est, cette femme ?

La question d'Angy me désarçonne. Je ne m'attendais pas à ce qu'elle s'intéresse à ce genre de détail. Je devrais lui dire de la fermer, qu'elle n'a pas à poser de questions, pourtant, je lui réponds :

— Une vieille connaissance, amore, ne sois pas jalouse. D'ailleurs, elle risque de dire qu'il se passe quelque chose entre elle et moi, mais ne la crois pas, Angy. Cette femme n'a jamais rien représenté et ne représente rien pour moi. Tu es la seule qui compte à mes yeux.

Visiblement agacée, Angy me jette un coup d'œil au travers de ses lunettes noires avant de parcourir les quelques mètres qui nous séparent de la porte de Miranda. Cette jalousie naissante m'a chamboulé. Je n'arrive plus à savoir si venir ici était une bonne idée. Toutefois, Miranda est actuellement mon unique chance de m'en tirer à présent, je n'ai pas d'autre choix que de me reposer sur elle, et surtout sur son jet pour quitter le pays.

— Martin…, déclare Miranda affublée de ses dessous rouges les plus tapageurs en ouvrant la porte.

Souriante la seconde d'avant, son visage se fige quand elle remarque la présence d'Angy et d'Adam. Rabattant le pardessus en tulle transparent de la même couleur que ses sous-vêtements sur son corps, elle me fait face, bras croisés sur la poitrine, les traits soudain plus sévères.

— Tu n'es pas seul ! Pourquoi tu n'es pas seul ?

D'un coup de revolver dans le dos, je pousse Angy en avant pour qu'elle rentre dans l'appartement. Miranda s'écarte pour la laisser passer avant de poser sa main sur mon torse pour m'arrêter.

Ne plus mettre Angy en joue me provoque une montée de stress que j'ai du mal à contrôler. En étant si loin de moi, elle pourrait s'enfuir dans l'immense appartement, s'enfermer dans une pièce et m'échapper par un escalier de secours par exemple. Je ne peux prendre un tel risque.

D'un coup d'épaule, je repousse Miranda pour rejoindre ma femme.

— Tu peux parler devant Angy, je ne lui cache rien, annoncé-je avec aplomb.

— Martin… Valentin, se corrige-t-elle en toisant Angy du regard. Je n'avais pas compris que tu ne serais pas seul. Tu aurais pu me prévenir quand même !

— Qu'est-ce que ça change à notre deal ? Rien. Je vais honorer notre accord, sois sans crainte !

— Ah oui ? Et quel sera ton leitmotiv pour liquider le vieux si elle est là ? On a dit que…

— On a dit que… Ce n'est pas parce que tu t'es fait un film dans ta jolie petite tête, que les événements doivent forcément se dérouler comme tu l'imaginais. C'est moi qui mène la danse au cas où tu ne t'en rends pas compte…

Son visage s'éclaire d'un large sourire qui illumine ses traits. Est-ce parce qu'elle m'a avoué être amoureuse de moi, ou est-ce juste parce que je me trouve ici, mais quelque chose a changé chez Miranda. Elle est plus belle, plus attirante aussi, même sans cette perruque blonde qu'elle arbore d'habitude en ma présence.

— OK, quel est ton plan dans ce cas ? abdique-t-elle en minaudant.

— D'abord, est-ce que tu as une pièce sans fenêtre où je pourrais enfermer Angy et Adam ?

1ER JUILLET - EMMA

La rousse incendiaire vulgaire nous promène dans son luxueux appartement, elle ondule du cul sous le regard hypnotisé de Valentin. Je ne sais pas qui est cette femme, toutefois ce que je comprends, c'est que ces deux-là entretiennent une relation d'une nature qui m'échappe, c'est évident. Pourquoi s'en prend-il à moi s'il a déjà quelqu'un dans sa vie ? Pourquoi ne fait-il pas son affaire avec cette pétasse à moitié à poil vu qu'elle le regarde comme s'il était la huitième merveille du monde ?

Arrivée dans une chambre immense décorée comme un boudoir à l'époque du Roi Soleil, la femme me pousse vers une porte capitonnée de la même couleur que sa tête de lit. Quand elle l'ouvre pour me faire entrer, j'envisage la pièce, certes d'une taille plutôt étonnante pour un dressing, en réalisant que cette Miranda a exaucé le souhait de son amant : un endroit parfait pour lui, sans fenêtre, sans échappatoire, mais une pièce sans espoir pour moi.

Je maudis intérieurement cette mégère de n'avoir aucune pitié pour moi. Son seul désir : plaire à Valentin, quitte à bafouer la vie d'un autre être humain. Si elle sait qui il est, pourquoi n'appelle-t-elle donc pas les flics ? Pourquoi le laisse-t-elle agir sans craindre pour sa propre vie ? Les seules explications qui me viennent sont soit la folie, vu qu'elle a parlé de « liquider le vieux », soit l'amour… Et dans un cas comme dans l'autre, je suis perdante.

— Entre là-dedans, jolie biche. Profites-en pour te refaire une beauté, ironise-t-elle en m'ôtant mes lunettes lorsque je passe près d'elle, t'as vraiment une sale gueule.

— Miranda ! grogne Valentin dans notre dos. Garde ton avis pour toi et occupe-toi de ton cul !

— Oh, c'est bon ! Je lui donnais juste un conseil, j'ai pas le droit ?

— Non, tu ne lui parles pas. Ni à elle ni à mon fils.

— C'est ton fils, ce petit ange ? s'adoucit-elle en s'approchant d'Adam pour lui pincer affectueusement la joue. Il est beau, il te ressemble tellement.

Je m'écarte d'elle pour qu'elle ne puisse plus toucher Adam qui se cramponne encore plus à mon cou. Depuis qu'on est sorti de la voiture, son étreinte est si forte autour de ma peau que le frottement commence sérieusement à m'échauffer.

— Est-ce que je peux lui apporter à boire et à manger ? demande-t-elle sans m'inclure dans l'équation.

— Vas-y, c'est sympa. Je vais en profiter pour leur redonner quelques consignes élémentaires, annonce Valentin en se postant devant la porte pour faire barrage à toute éventuelle sortie.

Attendant que sa maîtresse ne soit plus dans les parages pour s'approcher de moi, il glisse sa main le long de ma joue avant de perdre ses doigts sur ma nuque pour me rapprocher de lui. Son nez frôle le mien pour me caresser tandis qu'il pose son front contre moi.

— Sois sans crainte, mon amour, vous ne resterez pas longtemps enfermés ici. Je fais ce que j'ai à faire et je reviens vous chercher. Après ça, on se barre pour aller vivre notre plus belle vie tous les trois, je te le jure.

Les dents serrées pour retenir ma langue, j'ai envie de lui demander des détails sur ce qu'il a à faire de si important, sur l'endroit où il compte m'emmener ou sur la suite de son plan afin que Tom puisse avoir tous les détails dont il a besoin. Sauf qu'en étant si près de lui, il va croire que si j'ouvre la bouche, c'est pour l'embrasser. Et il est hors de question qu'il souille mes lèvres à nouveau. Je ne peux imaginer subir un autre baiser de cet homme, je n'en ai plus la force. Alors, d'un hochement de tête, je me contente de lui montrer que j'ai compris pour qu'il sorte de la pièce au plus vite.

— Je suis fier de toi, Angy, chuchote-t-il en me relâchant. Je sens vraiment qu'on a passé un cap dans notre relation et je crois que tu ne peux pas imaginer une seconde à quel point ça me comble de bonheur.

J'ai envie de lui crier qu'aucun cap n'a été passé, qu'il me dégoûte toujours autant, ou que je voudrais l'émasculer dans la seconde. Je voudrais hurler que je rêve de le voir mort, et que quand ce sera le cas, j'irais cracher sur sa tombe. Mais tout ça, je le garde pour moi. Parce que j'ai Adam dans les bras, je ne peux me permettre de mettre sa vie en danger autant que la mienne. Qui prendra soin de lui, si je ne suis pas là pour le faire ?

— Tiens ! annonce la rousse en s'immisçant dans la pièce pour déposer un plateau sur un banc. Un verre de lait et quelques gâteaux pour le petit chou. Elle, elle est bien assez grasse comme ça.

— Miranda, qu'est-ce que j'ai dit ! s'énerve Valentin avant de me glisser à l'oreille. Ne l'écoute pas, tu n'es pas grasse, Angy. Tu es splendide, elle ne t'arrive pas à la cheville.

Qu'est-ce que j'en ai à foutre d'être grasse ou non dans un moment pareil ? J'ai été kidnappée il y a six jours, je suis retenue prisonnière par un psychopathe qui m'a battue et violée, j'ai eu peur de mourir, j'ai encore peur aujourd'hui, alors s'il y a bien un truc dont je me fous, c'est bien d'être grasse aux yeux d'une bimbo siliconée !

— On y va, Val, minaude-t-elle de plus belle en l'attrapant par la main pour le tirer en dehors du dressing. On a du pain sur la planche !

La porte se referme sur eux, je dépose Adam au sol en respirant enfin.

— Non, Emma, garde-moi dans tes bras. J'ai trop peur d'être ici ! couine-t-il en s'accrochant à ma jambe. Je veux ma maman, Emma. Je veux ma maman !

M'accroupissant près de lui, je prends son visage entre mes mains pour le rassurer tandis qu'il m'attrape les poignets. Avec le plus de douceur possible, je lui dis :

— Chaton, on va bientôt sortir de là. Ce cauchemar sera fini si tu me laisses le temps de trouver une solution. Il faut que je reprenne le téléphone dans ma poche pour parler avec Thomas, le monsieur qui va nous sauver. Tu me laisses faire, chaton ?

Après un petit « oui » à peine audible, il relâche mes poignets en se retenant de pleurer. Me redressant pour envisager la pièce où nous nous trouvons, je lui caresse la tête avant de lui montrer l'assiette de gâteaux.

— Mange un bout pendant que je vais fouiller la pièce, chaton. Tu as besoin de prendre des forces.

— Et toi, tu ne veux pas manger avec moi ?

— Non, j'ai bien déjeuné ce matin, je n'ai pas faim…

Il s'apprête à contrer mon mensonge en faisant probablement référence à la brioche qui n'est jamais sortie du four, mais je lui fais signe de se taire et récupère le téléphone caché dans la poche avant de mon jean. Comme Valentin était constamment derrière moi, il était inenvisageable de le mettre dans la poche arrière, il l'aurait vu tout de suite.

Le cœur battant à tout rompre, j'appuie sur une touche pour rallumer l'écran en priant pour que le portable ne se soit pas coupé quand je l'ai transféré de la main d'Adam à mon jean.

Par chance, enfin un peu de chance, il est toujours allumé, mais la communication s'est arrêtée. Depuis quand Tom n'a-t-il pas suivi ce qui s'est passé ? Pire encore, est-ce que la géolocalisation a marché même si nous n'étions pas connectés ?

Dépitée en voyant qu'il ne reste que dix pour cent de charge de batterie, je rappelle Tom en priant pour qu'il réponde. À la première sonnerie, il décroche :

— Putain, Emma, qu'est-ce qu'il s'est passé ? Pourquoi tu as raccroché ? m'engueule-t-il comme si c'était de ma faute.

— J'en sais rien. Tu es où ? chuchoté-je pour ne pas attirer l'attention.

— Le traceur a cessé d'émettre quand l'appel a été stoppé. On n'est peut-être pas loin de vous, on cherche la voiture, mais je le relance tout de suite. Tu es où toi ? Tu as pris quelle route ?

— Tu es avec la police, Tom ? Tu ne peux pas l'attaquer tout seul, c'est trop risqué.

— Je ne suis pas avec les flics, mais j'ai quelqu'un avec moi, un homme de main de mon père. Tu es où, Emma ?

— J'en sais trop rien. On ne doit pas être loin de la tour Eiffel, mais je ne suis sûre de rien. J'étais trop stressée… Je n'ai pas fait gaffe, j'ai cru que le GPS marchait encore et j'ai pas…

La pression est trop forte, je m'effondre au sol en pleurant. Ameuté par ma détresse, Adam me rejoint immédiatement pour me serrer dans ses bras. Son visage niché au creux de mon cou, il me répète « ne pleure pas, Emma, je suis là. »

— Em, bébé, c'est pas de ta faute, balbutie Tom d'une voix vacillante. Tu n'y es pour rien. On va te retrouver. On va vous retrouver et tout sera fini. Je te le jure sur ma vie.

— Ne jure pas ainsi, Tom. Je t'aime trop pour que tu jures sur ta vie.

— Je t'aime et je ferai tout pour te trouver, Em. Crois-moi, seulement maintenant arrête de pleurer s'il te plaît, et donne-moi toutes les précisions dont tu te souviens.

— On est dans un immeuble de standing avec un interphone en bas. Trois ados étaient devant. En face, près d'un square, deux personnes étaient assises sur un banc. On est monté au 5e étage par l'ascenseur et il n'y a qu'une seule porte d'entrée. L'appartement où on se trouve est immense. C'est très luxueux. C'est une femme en sous-vêtements qui nous a ouvert et elle est de son côté, Tom. Ils nous ont enfermés dans un dressing. Je n'ai pas vraiment compris de quoi ils parlaient mais, apparemment, ils s'apprêtent à tuer quelqu'un. Fais vite, Tom. Appelle la police, et fais vite.

— Putain, Hunter ! La voiture, regarde, elle est là ! Emma, on…

La voix de Tom disparaît de mes oreilles. Plus de batterie. Fin de la communication. De rage, je jette le téléphone au sol alors qu'Adam s'écarte pour le regarder.

— Emma, comment on va faire maintenant ? demande-t-il, paniqué.

— Thomas arrive, chaton. Il arrive avec la police. C'est presque fini.

Tremblante, je me redresse en regardant la pièce pour la troisième fois. Les nombreux vêtements de marque pendus, les chaussures siglées bien alignées, les pans de murs recouverts de bijoux scintillants… Ce dressing doit valoir des millions à lui seul. Impossible de posséder autant de belles choses sans vouloir les protéger.

Pour ne pas me mettre à paniquer, je commence à farfouiller dans tous les coins. Après tout, peut-être que cette femme a planqué une arme, un ustensile ou n'importe quoi d'autre qui pourrait me servir. Peut-être qu'elle m'a enfermée là avec une idée bien précise en tête. Peut-être qu'elle n'est pas mon ennemie comme elle l'a laissé croire à Valentin… Même si j'en doute fortement, l'envie d'espérer que l'Homme n'est pas totalement mauvais renaît en moi. Si jamais il y a quelque chose ici, je dois le trouver.

1ER JUILLET - VALENTIN

— Je ne sais pas si c'est une bonne idée de le buter gratuitement, Miranda. Tu m'as dit toi-même qu'il n'en avait plus pour longtemps.

— Tu t'esquives, Valentin ? C'est ta copine qui te rend ramollo à ce point ? se moque Miranda en passant sa main dans mon jean pour attraper mon sexe. De toute façon, pas de mort, pas de jet privé. C'était le deal de départ. Alors soit tu portes tes couilles fièrement et tu tues mon mari, soit tu te casses d'ici et j'appelle les flics. C'est bien clair ?

Elle ne me presse plus simplement les bourses, elle est en train de planter ses ongles dans mes chairs pour se venger de mon hésitation. Sa manière de réagir m'agace. On dirait qu'elle est en colère tout ça parce que j'ai ramené Angy avec moi. Qu'est-ce qu'elle croyait, que j'allais m'enfuir avec elle ? Ce n'était pas mon plan, ça ne l'a jamais été. Il faut qu'elle arrête de prendre ses rêves pour la réalité.

— Il est où, Georges ? demandé-je en récupérant sa main pour lui faire ôter ses griffes acérées de ma queue. Je te préviens, Miranda, je vais le crever, car j'ai besoin de ton jet, mais si tu me la fais à l'envers, je t'égorge aussi. Comme tu l'as si bien dit, ça ne me gêne pas de tuer des gens, toi y compris !

Ravalant sa salive avec difficulté, elle s'éloigne d'un pas, presque apeurée. Je préfère nettement quand elle fait moins la maligne avec moi, elle n'a pas la carrure pour ça. Pas comme Emma. Car j'ai beau détester cette facette de la personnalité d'Angy, Emma est une casse-couilles de première c'est certain, mais c'est aussi la femme la plus forte à laquelle je me suis confronté dans toute ma vie. Elle est la seule à m'avoir résisté de cette manière, la seule à m'avoir donné autant de fil à retordre, et rien que pour ça, je me dois d'admirer son courage et sa persévérance. Miranda, elle, s'est contentée de faire entrer le loup dans la bergerie, à présent, elle va devoir en supporter les conséquences.

— Il est dans la chambre ronde, il nous attend.

— Il croit que je viens pour baiser ?

— C'est ce que je lui ai dit.

— Les caméras sont toujours branchées ?

— Oui, elles me serviront d'alibi.

— Donc, c'est quoi le plan ? On entre là-dedans, on commence à se toucher et je dois te frapper ?

— En gros, c'est ça, lance-t-elle en gardant ses distances. Un ou deux coups, pas trop forts, parce que tu te rends compte qu'il est là et que tu es jaloux.

— On va me voir passer derrière ?

— Il n'y a pas de caméra derrière, donc tu vas devoir faire le tour pour le ramener vers le lit.

— OK, j'ai compris. C'est bon, je suis prêt.

Presque réticente à me suivre, Miranda me demande de passer en premier tout en laissant une distance entre nous. Elle qui est toujours si tactile d'habitude, ne s'était jamais comportée comme ça avec moi avant. Il faut croire que la menace d'une mort imminente l'a peut-être un peu refroidie. Ce n'est pas plus mal, ça calmera ses ardeurs et ses rêves de Bonnie and Clyde 2.0.

Cela dit, qu'elle se rassure. Je ne compte pas lui faire de mal. J'ai un code d'honneur. Avec tout le plaisir qu'elle m'a procuré ces derniers mois, toutes ces heures où elle a bien voulu jouer un rôle qui n'était pas le sien, je lui suis redevable. Sans Miranda, j'aurais sûrement bâclé les préparatifs de mon plan. Grâce à elle, j'ai pu me concentrer, m'appliquer sans sombrer dans l'envie d'aller plus vite en faisant moins bien. Pour toute cette aide qu'elle m'a apportée, je me dois de la remercier en jouant le rôle qu'elle m'impose aujourd'hui à fond.

J'arrive vers le lit rond au centre de la salle, je me glisse dans la peau du personnage qu'elle veut que j'incarne. Pendant qu'elle se colle à moi pour m'embrasser, je m'imprègne de son odeur, de la texture de sa peau car, même si elle ne le sait pas encore, il y a peu de chances pour que l'on se revoie un jour.

Ses lèvres glissent contre ma joue, attrapent ma bouche puis viennent se perdre sur mon cou. Ses mains s'immiscent sous mon tee-shirt pour caresser mon torse, un mélange de testostérone, d'endorphine et d'ocytocine monte en moi. Même si je ne vais pas aller au bout de l'acte sexuel, je suis excité comme jamais. Bien déterminé à rendre cette envie plus vraie que nature dans l'œil de la caméra, j'empoigne Miranda par les cuisses pour la soulever et la coller à mon bassin.

Même si elle semblait plus distante deux minutes plus tôt, son penchant viscéral pour le sexe reprend le dessus. Elle m'embrasse à pleine bouche, langue contre langue, elle me dévore.

— Je t'aime, Valentin, souffle-t-elle contre ma bouche entrouverte tandis que la toux de ce bon vieux Georges résonne dans la pièce.

L'air surpris, j'éloigne mon visage du sien pour regarder autour de moi. Avec mes plus beaux talents de comédien, je lui demande en la reposant au sol :

— Il y a quelqu'un ici ?

— Non, pas du tout ! rétorque-t-elle en baissant la tête.

— Miranda, est-ce qu'il y a quelqu'un ici ?

— Non, Val, je te le jure !

Retirant mon revolver coincé entre la peau de mon dos et mon jean d'un coup sec, je le pointe sur Miranda qui flanche et se laisse tomber sur le lit. Le regard soucieux, elle me supplie :

— Arrête, Val. Je te dis qu'il n'y a personne. Repose cette arme !

— T'as appelé les flics ? grondé-je en levant la main au-dessus d'elle. T'as appelé les flics ?

— Non, pas du tout !

Sans prévenir, mes doigts s'abattent sur sa joue pour lui cingler le visage. Choquée de la force que j'ai mise dans cette gifle, elle pose ses mains sur la brûlure qui lui échauffe la joue pour l'apaiser en pleurant.

— Tu es devenu fou ! Pourquoi as-tu fait ça ?

— Est-ce qu'il y a quelqu'un ici ?

À fond dans notre scénario de base, elle détourne imperceptiblement les yeux vers l'endroit où se trouve Georges pour me donner le feu vert. Se jetant à mes pieds pour m'empêcher d'aller le chercher, je l'attrape par les cheveux pour qu'elle s'écarte de mon chemin. Le cri qui s'échappe de sa gorge n'a rien de surjoué. Elle a eu mal, et je comprends pourquoi. Je n'ai pas fait semblant de tirer, j'ai vraiment pris plaisir à lui arracher quelques cheveux.

D'un pas décidé, je passe derrière les vitres teintées pour en faire le tour et revenir avec le vieux Georges dans son fauteuil roulant. Quand j'arrive sur lui, je suis surpris de trouver un grabataire qui tient à peine droit sur son siège. Ce vieillard n'a rien à faire dans un fauteuil, il devrait être alité au lieu de squatter derrière une vitre sans tain pour mater un remake mal joué d'un film porno.

Poussant Georges jusqu'au centre de la pièce pour le mettre face à Miranda, elle fait semblant de se jeter sur lui pour le protéger. Ce scénario n'a plus rien de drôle, il est devenu glauque. Quel genre de femme est-elle pour vouloir tuer un homme dans cet état ? Je ne suis pas médecin, mais franchement, il lui reste quoi ? Deux ou trois mois à vivre, tout au plus…

Blasé par ce qu'elle me demande de faire, je hausse les sourcils en lui faisant signe d'arrêter son cirque. Toujours persuadée qu'elle est dans son intrigue bidon, elle me balance :

— Tu ne peux pas t'en prendre à mon mari, Valentin. Je l'aime, il est tout pour moi. Oui, je t'ai menti quant à sa présence, mais ne lui fais pas de mal, s'il te plaît.

Tandis qu'elle se jette à mes pieds pour faire semblant de me retenir de tuer le vieux Georges, je la repousse de la main en lui demandant d'arrêter.

— Miranda, ça suffit. Regarde-le, putain.

— Arrête, Val, tu vas tout foutre en l'air, murmure-t-elle en baissant la tête pour ne pas être filmée. Bute-le, si tu veux ton jet.

Les bras ballants, le flingue toujours dans la main, j'expire bruyamment, blasé par ce qu'elle me demande de faire. Face à mon hésitation, elle tente de se saisir du flingue, mais je l'en empêche d'un revers de main. M'éloignant d'un pas pour qu'elle ne le touche plus, elle se redresse et me foudroie du regard. Les mâchoires serrées, elle me dit :

— Tu peux te le carrer au cul, ton jet ! Allez, viens, le vieux, je vais te remettre au lit. Ce blaireau a perdu ses couilles quand il a kidnappé sa pétasse, il ne m'est plus d'aucune utilité !

Piqué au vif tandis qu'elle me tourne le dos, je la regarde s'éloigner jusqu'à la porte de la salle ronde. Juste avant qu'elle ne la franchisse, je tends le bras, puis l'appel :

— Miranda !

Après un léger sursaut à peine perceptible, elle se retourne en même temps que le fauteuil. Le couple improbable me fait face et sans aucun enthousiasme, je plante une balle dans la tête du vieux. Le sang gicle sur le corps presque nu de la rousse incendiaire, elle se met à hurler.

— Pourquoi as-tu fait ça, espèce de taré ! C'est trop tard, tu n'obtiendras rien de moi, casse-toi d'ici.

Elle n'a aucune larme qui coule pour son mari mort, elle n'a aucun sentiment à son égard, et sa réaction me dégoûte. Peut-être que je ne suis pas quelqu'un de très équilibré, peut-être que j'ai fait souffrir du monde, mais tout ce que j'ai accompli, tout, je l'ai toujours fait par amour. Certes ma façon d'aimer est quelque peu exagérée, intrusive ou débordante, mais elle est vraie, profonde. Car l'amour, ce n'est pas un jeu, c'est se donner corps et âme pour l'autre, et c'est exactement ce que je fais pour Angy. Je ferai tout ce qui est en mon pouvoir pour la rendre heureuse, parce qu'elle est ma vie, ma moitié.

— Baisse ton flingue, Valentin, et tire-toi avec ta pétasse et ton mioche. Tu me fais gerber.

Avant qu'elle n'ait le temps de se retourner, je presse mon doigt sur la détente. La scène se passe presque au ralenti. D'abord la balle qui traverse la pièce pour atteindre son objectif, puis l'impact en plein cœur sur cette femme qui n'en a jamais vraiment eu un, et enfin, la porte d'entrée qui vole en éclat tandis que la voix d'un homme crie « Emma » dans le hall.

Cette fois, c'est l'heure de vérité. Il n'y aura pas que deux morts dans cet appartement, car à partir de maintenant, ce sera lui ou moi.

1ER JUILLET - THOMAS

Hunter se frotte l'épaule vigoureusement tandis que je pénètre dans l'appartement que nous a indiqué Emma. Avant qu'il se jette sur la porte, il nous a semblé entendre un, peut-être deux coups de feu, mais étrangement, à présent que nous sommes à l'intérieur, tout me semble très calme. Trop calme.

Hunter confirme cette impression par un froncement de sourcils. Par une succession de gestes avec les doigts, il me conseille d'avancer en silence, et de rester sur mes gardes.

Il a raison. Puisque la voiture de Dumas est en bas, c'est qu'ils sont encore ici. Mais où ? Emma disait vrai. Cet appartement est très grand. Même s'il ne m'impressionne pas vraiment, étant donné les endroits que j'ai fréquentés depuis ma naissance, il regorge de pièces et de recoins qui risquent de nous causer quelques surprises. Dumas peut se cacher n'importe où dans ce labyrinthe, c'est un vrai terrain de jeu pour un cinglé tel que lui.

Avec prudence, je longe les murs en m'assurant que personne ne se planque derrière les portes, et comme un flic en mission, j'assure chacun de mes pas avec un flingue pointé droit devant moi. Plus futé que moi, Hunter a eu la présence d'esprit de l'embarquer avec lui quand on est parti de chez mes parents. Et il a bien fait, car lui comme moi savons que l'issue ne pourra être belle dans cette histoire. Quelqu'un va mourir aujourd'hui, mais ce ne sera ni Emma ni moi.

Du bout des lèvres, je lui murmure de retrouver Emma. La savoir avec lui me rassurera, il saura la protéger bien mieux que moi. D'autant plus que si moi je sais que Dumas n'est pas seul, mon adversaire ne se doute pas que c'est aussi mon cas. L'effet de surprise sera de notre côté. Il ne pourra pas nous échapper cette fois.

J'avance en direction du salon, un mouvement attire mon regard au bout d'un long couloir. Bifurquant sur la droite pour vérifier, l'espèce de masse qui m'a interpellé s'avère être le corps d'une femme à la chevelure flamboyante. Malgré les flash-back du corps sans vie de mon frère lorsqu'il s'est fait percuter par une voiture, je m'accroupis près d'elle en effaçant ces images qui me hantent encore.

Avec difficulté tant ma blessure à la cuisse me rappelle à l'ordre, je me penche au-dessus de la femme et dépose délicatement mes doigts sur son cou dénudé pour vérifier si elle est toujours en vie. Je ne sais pas si je procède comme il faut, ni même si je suis au bon endroit pour sentir son pouls, toutefois, j'ai la sensation que plus rien ne bat dans sa cage thoracique à cause de la tache de sang qui macule sa peau et ses sous-vêtements. Visiblement, elle a été tuée d'une balle en plein cœur, et si Dumas n'était pas seul quand Emma m'a rappelé, il faut croire qu'il l'est à présent.

Ne pouvant plus rien faire pour lui venir en aide, je me redresse en priant pour qu'Emma n'ait pas subi le même sort dans le dressing où elle a été enfermée. À l'affût du moindre son, je poursuis mon périple dans ce couloir sombre qui débouche sur une pièce ronde. Surpris de me retrouver dans un tel endroit, je détaille la salle sans même avoir besoin d'imaginer à quoi elle peut bien servir. Du sol au plafond, les murs sont tapissés d'une moquette rouge au toucher velours comme celle que je rencontrais dans les cinémas de mon enfance. En face de moi, au fond de la chambre, une sorte de paravent en verre forme un demi-cercle haut de deux mètres. Au centre, il n'y a qu'un lit, rond lui aussi, recouvert d'une couette étonnamment blanche. Levant la tête pour voir ce qui la rend aussi lumineuse, je remarque d'abord les spots pointés en direction du matelas, avant de m'apercevoir qu'un point rouge clignote contre le mur. Soit cette pièce est sous surveillance, soit la rousse filmait ses ébats.

Le glauque de la situation ne m'étonne même pas. Si cette femme était une connaissance suffisamment proche de Dumas pour le recevoir en string et soutien-gorge, alors elle devait être aussi tarée que lui.

Bien qu'il n'y ait aucun bruit dans la salle, j'avance vers les vitres pour en faire le tour. Sans surprise, il s'agit de vitres sans tain qui permettent de mater ce qui se passe sur le lit. Pour m'assurer qu'il n'y a personne, je poursuis mon chemin dans ce couloir arrondi et sombre quand une chaise se dessine en face de moi. Il y a quelqu'un dessus.

Les bras pointés en avant avec mon revolver au bout des doigts, j'avance d'un mètre en réalisant qu'il ne s'agit pas d'une chaise, mais d'un fauteuil roulant, et que la personne qui est assise dessus semble dormir. Arrivé près de l'appareil, je donne un léger coup de pied dans la roue pour réveiller le vieillard, mais en voyant qu'il ne bouge pas, je lui relève la tête et m'écrie :

— Putain de merde !

L'homme a un trou en plein milieu du front. Du sang coule encore le long de sa joue. Ravalant ma salive avec difficulté, j'écarte le fauteuil pour m'apprêter à passer quand une voix résonne derrière moi :

— T'es le prochain, Vidal !

J'ai à peine le temps de me retourner qu'un poing s'abat sur ma pommette avec une telle violence que je m'écroule sur le corps inanimé de l'homme, sur le fauteuil. Dumas s'avance vers moi, l'œil bleuit par les coups qu'il a pris tout à l'heure, les mâchoires serrées et les poings fermés, prêt à en découdre.

Dans ma chute, j'ai lâché mon flingue. Du regard, je le cherche au sol, quand je m'aperçois qu'il est quasiment à ses pieds. Suivant la direction de mes yeux, il baisse la tête et remarque mon arme en souriant.

— Le fifils à son papa est désarmé…, lance-t-il en faisant mine de pleurer avant de se baisser pour le ramasser. Quel dommage pour toi !

Tout en se grattant la tempe avec le canon, il passe sa langue sur ses dents avant de reprendre :

— Tu sais quoi, ça pourrait être tout bénef pour moi, ça ! clame-t-il en désignant le pistolet du menton. Je te mets une balle dans le crâne, j'en mets une dans celui d'Emma et je maquille ça en crime passionnel. Je dirais aux flics qu'on avait prévu de s'enfuir avec Angy… Emma… Et que tu n'as pas supporté qu'elle te quitte. Je te tue, je la tue, je vous positionne, je me fous une balle dans l'épaule, et le tour est joué !

— T'oublie ton fils, ton frère ou même la caméra qui nous filme, là-haut…, objecté-je en me redressant pour lui faire face.

— C'est vrai. Je ne me vois pas tuer Adam pour avoir son silence, confirme-t-il en faisant la grimace. Mais au fait, comment va mon frère ? Tu l'as buté ?

— Non, il est entre les mains de la police, en train de balancer tout ce que tu lui as demandé de faire pour mettre en place ton plan tordu !

— Tordu, tordu, tu admettras quand même que je touchais au but il y a encore quelques heures. Si Vincent ne t'avait pas alpagué à la sortie du commissariat, je serais peut-être dans un avion en direction de la Thaïlande, en train de siroter un pina colada et en roulant des pelles à Emma. Pfff, la vie est injuste quand on y pense !

— Elle l'est en effet. Au lieu de ça, tu vas finir avec de la prison à perpète, à te branler sur tes voisins de cellules. Enfin ça, c'est la version soft. J'ai un pote qui connaît pas mal de monde dans les quartiers haute sécurité, et crois-moi que je ferai tout mon possible pour que tu aies beaucoup, beaucoup de visites. Je te fournirai en savonnettes pour faire passer… la pilule.

Cet abruti éclate de rire. Ma vanne a l'air de lui plaire, toutefois il ferait mieux de se méfier, ça pourrait tout à fait arriver.

— Je vois que ça te réjouis d'avance, ajouté-je pour me moquer de lui. Tant mieux, j'avais peur que tu appréhendes, mais du coup, je culpabiliserai moins quand je leur filerai une somme astronomique pour te dépuceler.

— Ce n'est pas tant cette perspective-là qui me fait marrer, petit malin, c'est plutôt ta capacité à penser que l'un de nous deux va ressortir d'ici vivant. Arrête de faire le beau, Thomas. On sait tous les deux qu'il n'y en a qu'un qui repartira en marchant, l'autre sortira avec un drap blanc sur le corps. Et je te garantis que ce ne sera pas moi, j'ai quelques heures d'entraînement d'avance sur toi…

Le clin d'œil complice qu'il me fait m'agace au plus haut point. Bien que le stress suinte par chaque parcelle de ma peau, c'est mon ego qui prend le pas sur le reste. Fier, le torse bombé, je le provoque en duel, d'abord par les yeux, puis par les mots :

— Tu es bien sûr de toi, je trouve ! En même temps, c'est facile quand on ne joue pas à armes égales ! T'as deux flingues, je n'en ai pas. Les dés sont pipés. Balance-les sur le lit, et là, on pourra vraiment voir qui mérite de vivre ou de mourir.

Le sourire qui s'étire sur ses lèvres me donne des frissons dans le dos. Ce rictus n'a rien d'amical ou de sympathique, non, c'est une grimace quasi satanique. Il ne lui manquerait plus que les cornes rouges et des flammes dans les yeux pour en faire un véritable démon.

— T'es joueur, p'tit branleur ! T'as des couilles, même ! raille-t-il en hochant la tête, étonné. Je découvre cette facette de toi et je dois dire que ça me plaît. OK, c'est vrai, on n'est pas sur un pied d'égalité, alors ce que je te propose, c'est un combat à mains nues. Pas d'armes. On se bat à l'ancienne, jusqu'à ce que mort s'ensuive.

Jusqu'à ce que mort s'ensuive… Bordel, il y a une réelle différence entre le penser et le mettre en pratique. Oui, je voudrais lui faire la peau, mais si j'étais moins fort que lui… Qu'adviendra-t-il d'Emma ? Je ne crains pas pour ma vie, on est tous amené à passer l'arme à gauche un jour, je crains pour celle de la femme que j'aime plus que tout au monde.

— Alors, ma poule, c'est bon pour toi ? J'ai pas tout l'après-midi, moi, faut que je quitte la France encore !

Sans prévenir, les images du corps de cet enculé sur celui de ma future femme me percutent l'esprit dans une violence inouïe. J'entends ses cris, j'entends ses pleurs alors que lui râle comme un porc. La haine monte en moi, l'envie de lui arracher la tête se répand dans tout mon corps. Œil pour œil, dent pour dent. Je vais lui rendre au centuple ce qu'il lui a fait endurer.

— Jusqu'à ce que mort s'ensuive.

Visiblement ravi à l'idée de jouer des coudes contre moi, il balance un flingue suffisamment fort par-dessus les vitres pour qu'il atterrisse sur le lit. Dans la foulée, le second suit la même trajectoire alors que je me mets en position d'attaque immédiatement. Il n'y a pas de top départ, seul le son du revolver qui s'abat sur la couette nous sert de feu vert.

Enragé, je souffle en fonçant sur lui comme un taureau dans une arène. Poings en avant, j'attaque le premier avec un enchaînement droite-gauche qu'il ne peut pas contrer. En d'autres circonstances, mon coach de boxe serait fier de ce jab-cross qui le met à mal à peine le combat commencé. Car même s'il tente de protéger son visage de mes coups, je réussis à le faire reculer suffisamment pour nous sortir de ce couloir étroit, puant et morbide.

Tandis que nous nous déplaçons dans la salle ronde, j'ai l'impression d'entrer sur un ring. Le voilà, mon élément. Je maîtrise les techniques, je sais frapper fort pour mettre mon adversaire au tapis, j'esquive les poings presque mollassons qu'il tente de m'envoyer. Ce que je ne sais pas, par contre, c'est si je pourrai le faire jusqu'à ce qu'il en perde la vie.

Pour me motiver, je visualise une nouvelle fois ces images qui me donnent envie de vomir. Bien qu'elles crèvent mon cœur un peu plus à chaque seconde, elles démultiplient aussi mes forces pour l'asséner de coups. La méthode est malsaine, elle me révulse même, car je préférerais oublier ce que j'ai vu, mais elle agit sur moi comme un leitmotiv qui me pousse à me surpasser. Je le fais pour elle. Pour elle, je suis prêt à tuer.

Dans un cri de rage, je fonce sur lui en évitant la droite qui me menace. Dans un coup d'épaule en plein sternum, je lui fais perdre l'équilibre et nous tombons en arrière. Profitant du court laps de temps avant qu'il reprenne ses esprits, je m'assieds sur lui pour déverser toute la haine que j'éprouve à son égard. Je tape, tape, tape encore. Nez, lèvres, arcade, pommettes, il n'y a pas un seul centimètre carré de son visage qui ne subisse pas mon assaut.

Il ne réagit plus, sa tête ressemble à un punching-ball bien abîmé, je cesse de frapper et me relève, hors d'haleine. Plié en deux pour reprendre ma respiration, je reste à quelques pas de Dumas, qui se retourne sur le côté pour tousser et cracher du sang.

— T'as baissé les bras, enfoiré ? T'as eu ton compte, je peux appeler les flics maintenant ?

À quatre pattes, le dos rond, il éructe comme un vieillard à de nombreuses reprises quand, dans un mouvement imprévisible et rapide, il se retourne pour m'attraper par la taille. Pris dans l'élan de son corps, je retombe sur le lit pendant qu'il grogne dans mes oreilles comme un pitbull déchaîné. Couché sur moi, il m'attrape le cou avec les dents avant de mordre de toutes ses forces.

C'est à mon tour de hurler. La douleur est intense, insupportable, et quand elle cesse enfin, je comprends qu'il a marqué ma peau de la totalité de sa dentition. Les mains sur la blessure pour contenir la sensation de brûlure qui se diffuse dans la zone meurtrie, je réalise que je saigne, mais qu'il n'a rien arraché. Quand je tente de me redresser pour revenir à la charge, cette enflure, fourbe et sournoise, me décoche un coup magistral sur la cuisse, là où la balle a laissé sa trace.

— Fils de pute ! m'égosillé-je en me recroquevillant de douleur. Tu vas…

Je n'ai pas le temps de finir ma phrase qu'il se redresse d'un bond, la tronche dégoulinante de sang, avec un flingue dans chaque main.

— Tu vas quoi… espèce de connard ! gronde-t-il, les yeux injectés d'hémoglobine. Tu n'es plus en position de négocier quoi que ce soit, là !

— Lui, non, intervient une voix dans son dos. Mais moi si !

1ER JUILLET — EMMA

Cinq minutes plus tôt

Un coup résonne contre la porte du dressing, suivi d'un « écartez-vous ! » proféré par une voix que je ne reconnais pas. Apeuré, Adam se glisse entre mes bras tandis que nous reculons le plus loin possible de la seule issue que nous avons pour sortir d'ici.

Cachés au milieu des fringues hors de prix de la propriétaire des lieux, mon cerveau cogite à toute allure pour deviner qui vient nous délivrer de notre prison de luxe. La police ? Un autre complice de Dumas ? Impossible de savoir. De toute façon, nous n'avons pas d'autre choix que d'attendre que cette personne défonce la porte puisque je n'ai rien trouvé ici qui nous aurait permis de sortir ou de nous défendre.

De l'autre côté, l'homme s'acharne sur l'ouverture. Sans succès. Soudain, un coup de feu retentit.

— J'ai peur, Emma ! s'écrit Adam en posant ses mains sur ses oreilles pour ne plus entendre.

Une seconde détonation nous fait sursauter au moment où un son sourd résonne contre la porte, suivi de plusieurs autres. La personne qui se trouve derrière tente de la faire céder à coups d'épaule. Malgré sa tête cachée dans mon cou, Adam guette l'unique sortie comme je le fais, les dents serrées, le cœur battant à tout rompre. Par précaution, ou peut-être parce qu'au contact de cet enfant j'ai développé un instinct maternel qui m'était totalement inconnu jusqu'alors, je le serre plus fort entre mes bras.

— Je suis là, petit chat, je ne t'abandonnerai pas.

— Putain de bordel de merde ! C'est quoi ces portes incassables ! braille une grosse voix avant qu'un visage n'apparaisse enfin.

L'homme, un chauve immense avec une barbe de hipster, jette un coup d'œil dans la pièce pour nous trouver. Bien dissimulés derrière les robes longues de la dame, je replie mes jambes discrètement pour ne pas qu'il découvre mes pieds.

— Emma, nous n'avons pas le temps pour une partie de cache-cache. Je sais que vous êtes ici, vous l'avez dit à Tom au téléphone.

— Qui êtes-vous ? demandé-je sans me montrer.

De toute évidence, ce géant au regard sombre a l'ouïe fine. En entendant ma voix, il tourne la tête dans notre direction, le visage impassible.

— Vous n'avez pas besoin de savoir qui je suis, tout ce qui compte, c'est que je suis là pour vous sortir de cette merde, et que si vous ne sortez pas de votre cachette, l'autre taré pourrait bien nous sauter dessus d'une seconde à l'autre.

— Où est Thomas ? Pourquoi ce n'est pas lui qui est devant moi.

— Il ne pourrait pas être devant vous, vous vous cachez ! lance-t-il en perdant patience. Maintenant, sortez ou je vous chope par les pieds et je vous dépose sur mon épaule. Après ce que vous avez vécu, je doute que vous ayez envie que j'utilise la force avec vous…

Bien vu ! Son argument est suffisamment convaincant pour que je lui obéisse. Tout en gardant Adam dans mes bras, je sors avec le petit koala qui se cramponne à moi de toutes ses forces.

Quand je suis enfin debout face à lui, l'homme esquisse un sourire en me voyant. Avec plus de douceur cette fois, il me dit :

— Je suis heureux de vous trouver enfin, Emma. Je crois que depuis que je fais ce boulot, c'est la première fois que je doute autant de mes capacités à parvenir à sauver quelqu'un.

Cet aveu de faiblesse me donne la chair de poule. À présent, je n'ai plus aucun doute sur le fait que cet homme est bien là pour me tirer d'affaire et non pas pour m'enterrer plus encore.

— Et moi, je suis heureuse d'entrevoir enfin la lumière au bout du tunnel… ce cauchemar est fini…

Des larmes de joie me montent aux yeux. L'une d'entre elles glisse sur ma joue, et pour la première fois, je ne cherche pas à la retenir. On va sortir d'ici, on va s'en tirer.

Le molosse s'apprête à rétorquer, mais il est coupé dans son élan par un cri de douleur qui me donne la chair de poule.

— AAAAAAAAHHHHHH !!!!!

Le son qui résonne dans l'appartement me rappelle que l'histoire n'est pas finie. Cette voix qui souffre, c'est celle de Tom, j'en suis certaine. Et si pendant une seconde j'ai cru que Valentin n'était plus là, ou en tout cas hors d'état de nuire, je remets vite les pieds sur terre.

— C'est Thomas ! Il faut les arrêter, il faut l'aider ! paniqué-je en poussant l'homme pour sortir du dressing afin de me lancer à la recherche de Tom.

Tandis que je cours dans l'appartement avec Adam toujours blotti contre moi, le type me rattrape en m'empoignant par l'épaule. À la fois inquiet et mécontent, il me sermonne comme une enfant :

— Vous pensez aller où comme ça, avec un mioche dans les bras, sans rien pour vous protéger ?! Prenez ça pour commencer, ordonne-t-il en sortant un deuxième flingue de la ceinture de son pantalon. Vous savez tirer ?

Mon signe de tête négatif ne demande pas plus d'explication. Il ajoute :

— Ne tirez que par stricte nécessité dans ce cas. C'est bien compris ? gronde-t-il alors que je confirme. Maintenant, vous allez directement vers la sortie pendant que je retrouve Thomas. Vous traversez la rue, vous nous attendez dans le parc en face de l'immeuble et vous appelez les flics. Je fais vite !

Tournant déjà les talons pour appliquer son plan, il traverse le salon avant de bifurquer dans un couloir que je n'avais pas remarqué en arrivant. Même s'il m'a donné des consignes, je suis incapable d'imaginer sortir d'ici sans Tom. Pas après l'avoir entendu crier de la sorte.

— Adam, je vais te poser sur le canapé et tu vas m'attendre ici, c'est d'accord ?

— Tu vas partir avec le monsieur ? Tu vas aller voir papa ? s'inquiète-t-il en m'étreignant si fort qu'il me coupe la respiration.

— Adam, chaton, il faut que j'aille aider Thomas. Ton papa est en train de lui faire du mal, et je ne peux pas supporter qu'il s'en prenne à lui. Je te promets de revenir. Je t'ai juré que je t'amènerai chez ta mamie, et je compte bien tenir ma promesse.

— Emma, j'ai trop peur, je ne veux pas que tu me laisses, sanglote-t-il en détachant ses bras de mon cou pour que je le pose.

Malgré ses craintes, il comprend que ni lui ni moi n'avons le choix que de se quitter pour quelques instants. Bien que ça me déchire le cœur de le voir pleurer, je ne peux sortir de cet endroit sans être certaine que Tom sera avec moi. Vivant.

Furtivement, j'embrasse Adam sur le front avant de me mettre à courir dans la même direction que le hipster armé.

Quand je le rejoins dans le couloir, il est de dos, accroupi, les yeux rivés sur quelque chose que je ne distingue pas. En approchant d'un pas, j'entrevois la chevelure flamboyante de la femme de tout à l'heure qui s'étale sur le sol. Les mains sur ma bouche pour stopper le son qui s'en échappe, j'avance un peu plus lorsque l'homme se retourne d'un geste vif avant de se relever.

— Qu'est-ce que vous faites là ? murmure-t-il sur un ton grave. Je vous avais dit de partir !

— Est-ce qu'elle est… Est-ce qu'elle est morte ? demandé-je en détaillant son corps quasi nu, maculé de sang.

— Elle l'est, rétorque-t-il froidement. Je vais continuer, mais vous avez intérêt à rester ici.

— Hors de question, je viens.

— Aussi chiante que son mec ! balance-t-il avant de m'indiquer de me taire en posant son index sur sa bouche. Restez derrière moi.

Pour s'assurer que je respecte bien cette dernière consigne, il me barre le passage avec son bras. Le couloir se poursuit sur une dizaine de mètres quand il s'immobilise.

— Fils de pute ! s'égosille Thomas, d'une voix plaintive. Tu vas…

— Tu vas quoi… espèce de connard ! gronde Valentin. Tu n'es plus en position de négocier quoi que ce soit, là !

Imaginant le pire, je repousse le bras du grand baraqué pour passer devant lui avant qu'il ne m'en empêche. Et quand j'entre dans une espèce de salle ronde étrange à la lumière rouge tamisée, je reste interdite en voyant Valentin tenir Thomas en joue.

Mon sang ne fait qu'un tour. La colère gronde en moi comme un volcan en train de se réveiller. Qu'importe tout ce que cet enfoiré m'a fait subir ces derniers jours, là, il s'apprête à toucher à ce que j'ai de plus précieux au monde, et je ne le laisserais pas faire.

— Lui, non, déclaré-je d'un ton sec. Mais moi si !

Surpris par mon arrivée, Valentin se retourne pour me faire face. Les bras tendus devant moi, l'arme braquée sur lui, je le scrute sans ciller.

Tandis qu'il me regarde d'une drôle de manière que je ne parviens pas à interpréter, je perçois du mouvement dans mon dos. Même s'il ne s'est pas montré, je sais que l'homme est derrière moi, tapi dans l'ombre en cas d'attaque.

Allongé sur le lit, Thomas se redresse pour me regarder à son tour. Le visage plein de sang, je frémis à l'idée de cette bagarre à laquelle je n'ai pas assisté. S'il a reçu quelques coups, il semble évident que c'est Valentin qui en a le plus ramassé. Ses traits sont déformés tant ils sont gonflés. Il a tellement saigné qu'on ne voit même plus la véritable couleur de sa peau.

En d'autres circonstances, j'aurais probablement eu pitié de lui, mais à cause de tout ce qu'il m'a fait, la compassion a déserté mon être. Je ne sais pas si je pourrais lui tirer dessus, je ne suis même pas certaine de réussir à l'atteindre, cependant, en voyant ce sourire qui étire ses lèvres, je n'ai plus qu'une envie, c'est de le voir crever.

— Tu es si belle, Angy…, lance-t-il avec douceur malgré les deux flingues qu'il pointe sur moi.

— Je ne suis pas Angy. Je ne serai jamais Angy.

— Non, c'est vrai. Tu ne seras jamais Angy, répond-il en baissant un bras. J'ai imaginé Angy de toutes pièces, j'ai espéré que tu deviendrais comme cette femme quasi parfaite que je voulais formater à ma guise. Mais toi, tu es Emma. Mon Emma, si belle, si agaçante, et véritablement parfaite. Tu es une rebelle au caractère de feu. Tu es une battante, une guerrière, et finalement, je t'aime encore plus de cette manière.

Ses mots sonnent étrangement à mes oreilles. Il devrait être en train de tirer dans tous les sens pour sauver sa peau, au lieu de ça, on dirait presque qu'il abdique. Je ne veux pas qu'il parle de moi, je ne veux pas qu'il sorte des mots qui me feraient baisser la garde. Je voudrais lui coller une balle en pleine tête, je voudrais viser ses organes reproducteurs pour qu'il ne puisse plus jamais s'en servir. Je veux qu'il se taise pour que toute cette hargne que j'éprouve à son égard grandisse au point que ma seule option serait de l'abattre.

— Ferme-là, Valentin. Ferme-là ! Tu n'as plus à prononcer mon prénom, je ne t'en donne plus l'autorisation.

Derrière lui, Tom me fait signe de ne rien dire alors qu'il se lève pour s'approcher lentement de Valentin par-derrière. Il n'est qu'à quelques pas quand mon kidnappeur baisse son deuxième bras, celui qui me pointait encore un flingue dessus.

Surprise, par son attitude, je ne peux m'empêcher de dire :

— Alors, c'est fini, tu rends les armes ?

— Le mépris et la haine que je lis dans tes yeux ne me donnent plus envie de combattre, Emma. J'ai cru très fort en notre avenir, je me suis donné à mille pour cent pour nous créer une vie à deux, à trois même, mais quand je vois avec quelle détermination tu me vises, je ne peux que constater à quel point je me suis trompé. Tu ne m'aimes pas.

— Je ne t'ai jamais aimé, Valentin. Je te déteste, je t'exècre par tous les pores de ma peau. Tu m'as humiliée, tu m'as bafouée, tu m'as séquestrée, harcelée et j'en passe… ma vie est un enfer depuis de nombreux mois à cause de toi. Comment as-tu pu croire que je finirais par t'aimer.

Les épaules lasses, l'air plus abattu que jamais, il laisse tomber les armes au sol alors qu'une larme coule sur sa joue. Le sillon qu'elle trace au milieu de sa peau rouge me donne un frisson.

Profitant de son inattention pour récupérer les armes, Thomas s'abaisse et attrape les pistolets de chaque côté de ses pieds avant de les lui braquer dans le dos. Sentant du mouvement derrière lui, Valentin tourne la tête pour apercevoir Thomas. D'une voix triste, il lui dit :

— Tu n'auras pas besoin de t'en servir, Vidal. T'as gagné. J'ai bien vu comme elle te regarde et comme elle me regarde, moi, souffle-t-il en reposant ses yeux sur moi. J'aurais tellement voulu qu'elle me fixe comme ça. Si elle l'avait fait, j'aurais traversé les océans pour elle, j'aurais décroché la lune pour elle, j'aurais tout fait pour gagner et garder son amour pour le restant de mes jours.

— Ça ne serait jamais arrivé, Valentin.

— Alors, tue-moi…, murmure-t-il en se laissant tomber à genoux.

Les mains sur les cuisses, la tête baissée, il se met à pleurer tandis que je sens mon courage s'amenuiser. Comment tirer sur un homme désarmé et à terre ? Je rêvais de le voir mort, mais à présent, je ne suis plus capable d'aller au bout de cette envie qui m'a animée chaque seconde, à chaque instant à ses côtés.

Pourtant, au plus profond de moi, je sais que la justice ne me sera jamais rendue tant qu'il pourra respirer. Il a fait du mal à tant de monde, il a gâché la vie de son fils en lui prenant sa mère, il a tué des innocents. Comment un procès et une peine de prison pourront calmer la colère qui me remplit le cœur ?

Je ne sais plus comment réagir, je panique.

— Emma, tu es la seule à savoir ce que tu dois faire, intervient Tom de sa voix rassurante et posée. Quoi que tu choisisses, je serai toujours à tes côtés pour t'épauler.

Même si son intervention ne m'aide pas à prendre une décision, ses mots me font autant de bien qu'un baume cicatrisant. Il aurait pu tirer dans le dos de son ennemi, mais il me laisse le choix parce qu'il sait que la décision que je prendrai sera la meilleure pour moi.

— J'ai beau le haïr parce qu'il m'a pris ce à quoi je tenais le plus au monde, il a raison. Tu es la seule à savoir ce que tu dois faire. Avant de faire ton choix, je veux que tu saches que sans toi, ma vie n'a plus aucun sens. Je préfère mourir que de vivre sans toi, Emma. Tu n'en as peut-être pas conscience, mais tout ce que j'ai fait, je l'ai fait par amour. Jamais je n'ai aimé si fort, jamais je n'ai désiré si fort. Même si je n'ai pas su l'exprimer comme il faut, même si je t'ai fait peur, ou si je t'ai brusqué, je te le redis, tout ce que j'ai fait, je l'ai fait par amour.

— Tu ne peux pas dire ça ! Ce n'est pas de l'amour que de harceler quelqu'un, ce n'est pas de l'amour que de frapper ou violer quelqu'un…

Les mots ont dépassé ma pensée. J'avais prévu que si j'avais la chance de revoir Tom un jour, je ne lui parlerais pas de cette facette de l'histoire. Mais à présent, il vient d'apprendre brutalement que la femme qu'il aime a été violentée sexuellement. Quelle image va-t-il avoir de moi ? Comment pourra-t-il me toucher alors que même moi, je ne suis plus capable de me regarder dans un miroir ?

Honteuse, je lui jette un coup d'œil gêné avant de m'apercevoir que son si beau visage est baigné de larmes. Je voudrais courir vers lui, le prendre dans mes bras et lui dire que je vais bien. Mais mes paroles ne seraient que mensonge. À l'intérieur, je suis détruite, je ne suis plus que l'ombre de moi-même. À cause de lui. Lui, l'homme qui ose dire qu'il m'a violée par amour.

Alors que j'avais baissé mon bras de quelques degrés, je retrouve la haine qui ne demande qu'à jaillir. Ma soif de vengeance déborde, je veux qu'il me regarde en face quand j'appuierais sur la gâchette.

— Relève la tête, Valentin. Regarde-moi. Je veux que tu… Je veux que tu me regardes jusqu'à ce que la balle finisse par percuter ton… Ton crâne, bégayé-je en sentant à nouveau la lâcheté s'emparer de moi.

Obéissant sans broncher, il redresse la tête dans ma direction quand je réalise que je suis incapable de tirer. Si je le faisais, alors je ne vaudrais pas mieux que lui. La main tremblante, le corps dépourvu de forces, je reste debout en puisant tout au fond de moi pour ne pas m'écrouler.

— Je t'aime, Emma. Je t'aimerai toujours.

— Et moi, je ne te donnerai pas la satisfaction de tirer. Tu vas vivre sans moi, Valentin. Tu vas aller en taule, et tous les jours tu souffriras en pensant que je vis, que j'aime, que je savoure chaque instant avec l'homme de ma vie. Je sais d'avance que ce sera dur, mais je vais me reconstruire grâce à Tom, grâce aux gens que j'aime, alors que toi, tu crèveras à petit feu au fond de ta cellule. Tout seul, sans amour, sans ton fils, sans personne. Tu sortiras de nos vies, tu sortiras de nos têtes, et pour le commun des mortels, tu ne seras plus qu'un taré de plus qu'on attend de voir disparaître de la surface de la Terre.

— Hunter, attache-le ! ordonne Tom en faisant appel au colosse barbu. Je vais appeler la police.

Toujours tapi dans l'ombre, le fameux Hunter arrive derrière moi en hochant la tête.

— Vous ne devriez pas le laisser s'en sortir à si bon compte. Vivant, il représentera toujours une menace.

— Il a raison, mi amore, affirme Valentin en utilisant ce surnom qui me donne envie de vomir. Tu sais, je réussirai à sortir comme la première fois et je te retrouverai.

Finis les larmes, finie la déclaration d'amour. Son vrai visage est de retour, il a bien failli m'avoir ! Derrière lui, Thomas s'apprête à lui décocher un coup quand je relève le bras pour tirer. Au moment où je m'apprête à faire feu, je suis éjectée sur le côté par un coup de hanche.

— Je suis navré, mais cette fois, je dois faire ce pour quoi on m'a embauché.

Sans sommation, d'un tir net et précis, Hunter appuie sur la gâchette. Une balle se loge en plein milieu du cœur de mon kidnappeur, alors qu'une deuxième termine sa course entre ses deux yeux.

Horrifiée, je me laisse tomber au sol en criant. Avant même que le corps de Valentin percute la moquette, Thomas se précipite près de moi pour me prendre dans ses bras.

— Ça va aller, bébé, ça va aller. C'est fini, maintenant. Le cauchemar est fini.

1ER JANVIER, EMMA
ÉPILOGUE

Six mois plus tard

Confortablement installée sur le canapé face à la fenêtre, emmitouflée dans un plaid avec une tasse de cappuccino bouillante à la main, je contemple la vue de Central Park depuis le *San Remo Building* où nous avons posé nos bagages, six mois plus tôt.

Tom avait raison quand il m'avait dit de faire entièrement confiance à sa mère. Avec son goût sûr et raffiné, cette fan inconditionnelle d'immobilier et de décoration nous a concocté un appartement de rêve pour notre emménagement à New York.

Quand je suis arrivée ici, j'ai eu un coup de foudre pour ce nid douillet. Peut-être est-ce parce que nous étions loin de Paris et de ce cauchemar que nous avons vécu, mais venir vivre ici m'a permis de reprendre confiance en moi.

Il faut dire que depuis cette terrible épreuve, j'éprouve un profond besoin de sécurité. Même si VD[6] n'est plus qu'un souvenir douloureux, il m'a fallu de longues semaines pour sortir la tête de l'eau. Mary m'a conduite chez les meilleurs psys de la ville, elle m'a épaulée tous les jours, tout comme son mari, et surtout comme Tom. Grâce à eux, j'ai traversé les minutes, les heures, puis les jours en ouvrant à nouveau les yeux sur la vie qui s'offrait encore à moi.

Aujourd'hui, je ne peux pas affirmer que les blessures soient complètement cicatrisées. Les entailles que VD m'a faites sont profondes, probablement

---

[6] Valentin Dumas

ineffaçables. En revanche, elles rapetissent semaine après semaine au point que je peux à nouveau sortir dehors sans sursauter à chaque coin de rue.

Je n'ai pas pu reprendre le travail encore. Ce stage que j'avais dégoté dans une école francophone pour effectuer une reconversion professionnelle n'est que partie remise pour le moment. La directrice, qui a appris ce qu'il s'était passé par le biais de la télévision française, a été des plus compréhensives. Face au traumatisme, elle a décalé ma rentrée d'autant de temps qu'il me faudrait pour que je puisse arriver en meilleure forme, remise du choc et avec l'esprit plus libéré. À ce jour, je n'ai aucune idée de quand je reprendrai. Je me sens prête, mais c'est Tom qui met son veto. Il faut dire qu'il a une bonne raison pour ça…

Cela dit, je dois avouer que, sur le coup, j'ai très mal pris la décision de cette dame. Pour moi, commencer un nouveau travail, c'était la continuité de cette nouvelle vie qu'on allait entamer avec Tom. Mais j'ai vite compris que c'est elle qui avait raison. Les nuits remplies de cauchemars, les journées tapies dans un coin de ma chambre parce que j'entendais des bruits… Les premières semaines ont été invivables. J'avais la sensation qu'il était partout, qu'il m'espionnait, qu'il m'étouffait à chaque instant. Je ne parvenais plus à respirer tant son fantôme était omniprésent autour de moi.

Par sa patience et son amour, Thomas m'a aidée à surmonter chaque crise. Il a, lui aussi, décalé la reprise du travail pour pouvoir s'occuper de moi. Il effectue ses cours en visio et bosse d'arrache-pied depuis la maison. Car oui, il a eu son concours pour intégrer cette prestigieuse école de commerce qu'il briguait. Il a même fini à la première place. En plus, comme le lui avait promis son père, il a obtenu une jolie place dans la branche internationale de la société, mais pour lui, la vraie valeur d'un homme se prouve à son courage et à son engagement. C'est donc tout naturellement qu'il l'a refusée pour commencer en bas de l'échelle. Son père n'a pas vraiment compris pourquoi il résistait autant à l'idée qu'on puisse lui tendre la main, mais il a fini par comprendre que son fils voulait réussir par lui-même et non pas à cause de son nom de famille.

Il reprend le travail dans quelques jours, et ce qui le stresse le plus aujourd'hui, est de devoir me laisser seule à la maison. C'est un tel amour que je bénis encore le jour où j'ai croisé sa route dans ce bar. Comme quoi, il n'y a pas eu que du mauvais dans notre vie à Paris. Il y a eu nous.

Et puis, il y a eu Adam. D'ailleurs, quand on parle du loup… La sonnerie de mon portable retentit à quelques centimètres de moi sur le canapé. Comme toujours, il est d'une ponctualité chirurgicale. Je l'imagine bien en train d'assiéger sa grand-mère de questions pour savoir quand il pourrait m'appeler.

— C'est Adam ? demande Tom en arrivant dans le salon pour me rejoindre sur le canapé.

— Oui, viens vite ! Je vais décrocher.

Tandis que Tom s'installe entre mes jambes et que je passe mes bras autour de lui pour le serrer contre moi, il récupère le téléphone pour faire glisser le bouton vert sur la droite.

À l'écran, la petite bouille d'Adam apparaît, tout sourire.

— Bonne année ! crie-t-il de toutes ses forces avant de nous envoyer des baisers avec la main.

— Bonne année, chaton ! Tu as bien fêté ça ? lui demandé-je, la voix pleine d'entrain.

Il se lance dans un récit épique sur sa soirée de la veille, je détaille ses traits qui ont bien changé depuis le mois de juillet. Même s'il est le fils de celui dont on ne prononce que les initiales, son visage ne ressemble en rien à celui de son père. Il a hérité des airs doux de sa mère, de sa beauté méditerranéenne et de son sourire.

Même s'il est l'unique lien qui me ramène au fantôme déchu de son paternel, je n'éprouve aucune colère contre cet enfant. Au contraire, qu'importe qui il est ou qui est son géniteur, il a traversé les mêmes épreuves que moi, si ce n'est plus.

Aujourd'hui, il se reconstruit près de sa grand-mère en attendant que sa mère sorte du programme de réadaptation cardiaque qu'elle suit depuis quelques mois. Il faut dire que pour elle aussi, la vie n'a tenu qu'à un fil. Nous ne l'avons appris que le lendemain de la mort de VD, mais il s'avère que lorsqu'il lui a tiré dessus, en prenant grand soin de viser le cœur, et en la laissant pour morte sur le sol, Sophie n'a pas quitté ce monde.

Malgré ses multiples contusions un peu partout sur le corps, elle s'est battue jusqu'à l'arrivée des secours. En arrivant à l'hôpital, elle a failli y rester mille fois, mais pour son fils, elle n'a rien lâché. L'opération qu'elle a subie en urgence a duré des heures. Son cœur était en très mauvais état, une greffe a même été envisagée. Mais par chance, le cardiologue a réussi à faire des miracles pour donner une nouvelle chance à cette femme que la vie (plutôt VD) avait déjà beaucoup trop abîmée.

Quand on a su qu'elle était en vie, Adam était encore avec nous. Je me rappellerais toujours ce qu'il m'a dit quand il m'a serrée contre lui :

Je savais qu'elle reviendrait de son voyage à la mort, ma maman. Elle m'avait promis de ne jamais me laisser.

En une fraction de seconde, la joie de retrouver sa mère prochainement lui avait presque fait oublier toutes les horreurs auxquelles il avait assisté. Et en voyant cet incroyable sourire se dessiner sur ses lèvres, j'ai compris que c'était lui, le plus fort de nous tous.

Quelques heures plus tard, ce jour-là, sa grand-mère est venue le récupérer. S'il a eu du mal à me lâcher, j'ai eu un mal fou à le faire moi aussi.

Heureusement, sa super mamie caramel, comme on l'appelle tous les deux en secret, ne s'est pas opposée à l'idée qu'on puisse se revoir avant notre départ pour les États-Unis. Elle a même insisté pour qu'on les accompagne à l'hôpital afin de rencontrer Sophie.

En réalité, c'était une demande de la mère d'Adam. Elle voulait me voir pour me remercier. Il n'y a pas eu de grands discours ou de lourds regrets, il y a seulement eu l'étreinte d'une femme meurtrie à une autre femme meurtrie. La reconnaissance que j'ai lue dans ses yeux quand elle a pu serrer son fils dans ses bras était le plus beau présent qu'elle pouvait me faire, car elle comme moi, nous nous sommes battues pour ce petit bonhomme. Parce que lui n'y était pour rien si son père était dingue, parce que lui ne méritait pas de porter ce bien trop lourd fardeau sur ses épaules pour le restant de ses jours, on ne pouvait que combattre pour le sauver.

— Alors, tu as réussi à lire le livre que je t'ai envoyé ? lui demandé-je après avoir écouté son récit. L'école reprend bientôt, j'espère que tu t'es entraîné !

— Tu vas être fière de moi, Emma, je l'ai fini ! C'était trop fastoche !

— Ah ça, oui, je suis fière de toi ! Il y a encore quelques semaines, tu me disais que tu n'arrivais pas à lire et que la maîtresse n'était pas contente, ça veut dire que maintenant, tu y arrives ?

— Bien sûr que j'y arrive ! J'ai beaucoup travaillé avec mamie, mais aussi avec Tom ! Il m'a aidé plein de fois au téléphone !

Ébahie, je pince Thomas sur le ventre en riant. Il se retourne vers moi en grimaçant.

— Hé oh, vilaine fille !

— Bande de petits cachottiers, déclaré-je en l'attrapant par le cou pour déposer un baiser sur sa joue. Pourquoi vous ne m'avez rien dit ?

— C'est parce qu'on voulait te faire la surprise ! s'écrie Adam, content de lui. Et ça a super bien marché ! Hein, Tom !

— C'est clair, mon pote ! On est les meilleurs en surprise !

La conversation se poursuit pendant quelques minutes, entre rires et légèretés, quand Adam me demande :

— Emma, tu as toujours ton bébé dans ton ventre ?

Dans le petit cadre qui nous filme, Tom et moi, je vois l'homme de ma vie sourire, plus rayonnant que jamais. Par mimétisme, et sans même avoir de réponse, Adam fait de même quand Tom lui répond :

— Le bébé est toujours dans son ventre ! Il arrivera le 1er juin. Tu viendras le voir à New York avec mamie caramel et ta maman ?

— Oh oui ! Oh oui ! s'exclame-t-il en sautant dans tous les sens ! Mais c'est dans combien de dodos ? C'est dans longtemps.

— Dans six mois, mon chaton ! Je compte sur toi pour t'entraîner à super bien lire d'ici là, comme ça, c'est toi qui lui raconteras des histoires quand tu viendras !

L'enthousiasme d'Adam est communicatif. La promesse de s'entraîner tous les jours qu'il nous fait avant de raccrocher me donne du baume au cœur. En même temps, quel sacré coup du destin quand on y pense.

Après la fin de notre cauchemar, j'ai été tellement choquée que mon corps et mon cerveau ont cessé de fonctionner comme il faut. Psychologiquement, j'ai été incapable d'accepter tout contact physique intime. Physiologiquement, j'ai cessé d'avoir mes règles, comme si tout mon système repoussait l'idée même d'être une femme à cause de ce qu'il avait subi.

Thomas, patient comme toujours, n'a pas cherché à me brusquer. Il a commencé par une caresse sur le bras, puis une étreinte rapide, pour finir par me câliner longuement dans le noir, car je ne supportais même plus l'idée qu'il puisse voir ne serait-ce qu'un millimètre de ma peau. Il m'a fallu deux mois pour avoir l'envie de refaire l'amour. C'était le 1er septembre.

Comme je n'étais plus réglée, les médecins m'avaient dit de ne plus prendre de pilule en attendant le retour à la normale. Selon eux, ça pouvait prendre des mois, voire des années.

Il s'avère que rien n'est revenu à la normale à ce jour car, par miracle, un minuscule être gros comme un avocat s'est niché au creux de mon ventre. Et comme la vie nous offre parfois l'occasion de prendre de belles revanches, la date d'accouchement est prévue pour le 1er juin, date à laquelle nous fêterons les deux ans de notre rencontre.

Après s'être retourné pour poser sa tête sur mon ventre, Tom écoute les sons émis par le bébé.

— Tu crois qu'on aurait dû lui dire le sexe ? me demande Tom en levant les yeux vers moi.

Les mains de part et d'autre de son visage, je contemple les traits du plus bel homme qu'il m'est été donné de voir. Heureuse, j'imagine que mon fils lui ressemblera, tant par sa beauté que par son courage, et je remercie la vie de nous avoir offert un tel cadeau après tant de souffrances, je la remercie d'avoir placé cet homme fabuleux sur mon chemin.

À l'intérieur de mon ventre, des gargouillis s'élèvent et nous font rire.

— Il doit être l'heure de faire un tour au parc, on dirait bien que le petit Lewis Vidal, deuxième du nom, s'impatiente.

Tom m'aide à me relever, je réalise tout le chemin que l'on a parcouru tous les deux et je m'émerveille de tout ce qui nous reste encore à vivre. Car même si je ne suis pas complètement guérie, je me battrai, pour moi, pour lui, pour nous. Jusqu'à mon dernier souffle.

Remerciements

Val… Val… Val… Difficile de ne pas revenir sur ce personnage sans vous dire qu'il m'a donné du fil à retordre ! Je l'avais prévenu de ne pas retomber dans ses travers, mais que voulez-vous, il n'en a fait qu'à sa tête… Cette histoire, je ne l'ai pas écrite d'un trait. Il m'a fallu faire une longue pose au milieu de la seconde partie, car pour une auteure habituée à de la romance contemporaine classique, j'étais un peu perdue dans ce monde qu'est la dark romance. Cela dit, j'avais tellement à cœur de donner une fin à cette histoire que j'ai retroussé mes manches et plongé dans les noirceurs de mon esprit pour heureusement en sortir indemne.

Je suis fière du travail accompli, fière d'avoir testé ce genre de romance qui était totalement inconnu pour moi et, pour être honnête, je ne sais pas encore si je retenterai l'expérience un jour. Mon mari me le déconseille d'ailleurs… Quand je lui lisais certaines scènes, je décelais dans son regard qu'il ne me reconnaissait pas…

De fait, il est le premier que je dois remercier. Pour avoir supporté mes idées bizarres, pour n'avoir fait aucun commentaire sur mon historique Google complètement flippant et pour m'avoir supportée après tous les cauchemars que j'ai faits pendant la phase d'écriture.

Je remercie aussi les éditions Élixyria de m'avoir fait confiance sur cette histoire. Merci à Laetitia pour son travail titanesque sur ce gros pavé et merci à Didier pour cette couv' sublime qui me donne des frissons à chaque fois que je la vois. Vous êtes au top et j'espère que le résultat sera à la hauteur de votre investissement !

Je remercie ma team d'écriture et mes bêtas lectrices qui sont un soutien infaillible au quotidien : Charlotte, Margherita, Estelle, Camille, Julie et Mathilde. Je vous love, les filles !

Et enfin, je remercie surtout mes lectrices, les fidèles au rendez-vous et les nouvelles. Merci de faire vivre mes romans par vos partages, vos com' et vos retours. Un auteur n'est rien sans lecteurs et, sans vous, je n'existerais pas… alors merci du fond du cœur.

J'espère que l'histoire de Tom et Emma vous a plu, vous a fait sourire ou frissonner. J'espère qu'elle restera dans vos esprits et que la prochaine fois que l'idée de reluquer quelqu'un dans un ascenseur vous prendra, vous y penserez à deux fois… #Joke !

Love
Molly

Molly Reagan

Molly Reagan réside entre Bourg-en-Bresse et Mâcon. Comme la plupart des femmes de notre époque, elle vit à deux cents à l'heure ! C'est le soir, libérée de toute entrave, qu'elle laisse ses doigts frôler les touches de son clavier, créant un monde aux possibilités infinies…

L'écriture ? Plus qu'un hobby, un besoin vital qu'elle a à cœur de partager avec vous.

Dans la même collection
Elixir of Love - Romance

Stol'n love - Intégrale

Molly Reagan

Rongé par un secret qui le hante, Cameron Evans jongle entre ses études et le King's Bar qu'il gère avec ses amis. Seul pour faire face aux coups du sort, il doit mener sa vie de front, n'hésitant pas à se livrer à des activités illégales… au risque de tout perdre.

Zia, étudiante, n'avait pas prévu d'attirer l'attention de Cameron, aussi mystérieux que dangereux. Entraînée dans une spirale infernale, la voilà confrontée à une attirance destructrice qui va dévaster son existence tout entière.

Entre mensonges, manipulations, trahisons et sombres passés, ces deux âmes pourront-elles se côtoyer sans se détruire l'une et l'autre ?

Mentions légales
Éditions Élixyria
Clamont
23430 Châtelus-le-Marcheix
ISBN : 978-2-37961-527-6
Collection Elixir of Love
ISSN 2607-575X
Dépôt légal Novembre 2023
Imprimé en Pologne